KB207412

사바삼사라 서

2

J. 김보영 장편소설

사바삼사라 서西

2

디플롯

차례

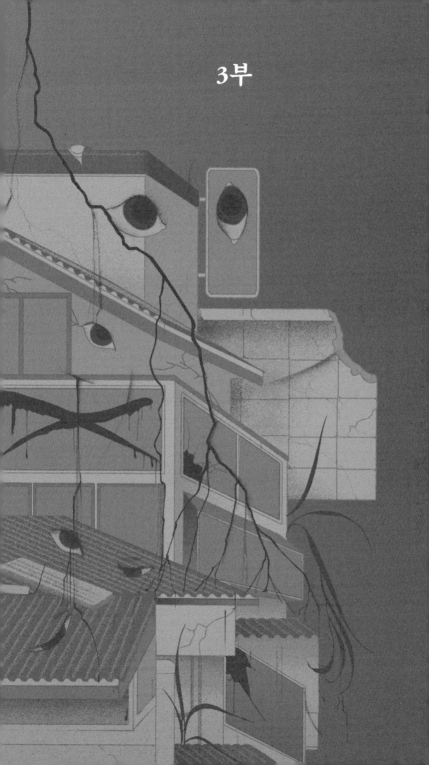

3부

일러두기

♦ 이 소설은 특정 종교, 인물, 단체, 사건과 관련이 없습니다.

♦ 이 소설의 배경은 2015년 10월부터 11월까지이며, 이 소설에 등장하는 많은 공간이
  당시에는 있었지만 지금은 존재하지 않습니다.

♦ 이 작품은 카카오페이지에서 연재된 웹소설입니다.

♦ 이 소설의 최초 아이디어는 무명자님이 제공했습니다.

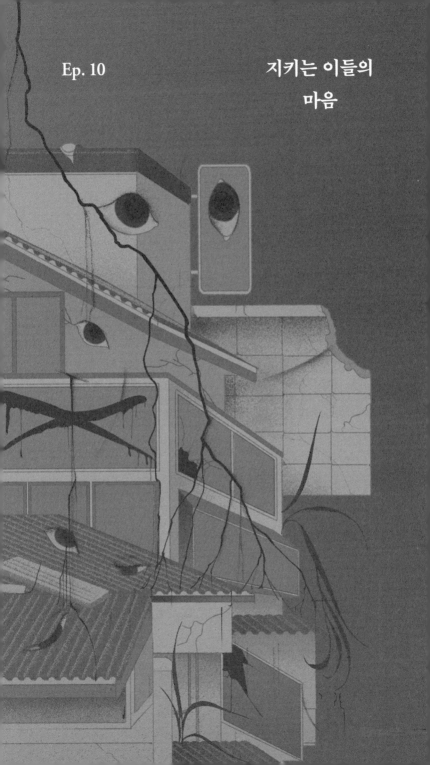

67   붉은 화구

육십칠 년 전.

피비린내.
숨 막히는 썩은 내.
선혜는 눈을 떴다.
검은 하늘에 별무리가 보석처럼 흩뿌려져 있다. 별빛에 들
판이 환했다. 샛노란 불티같은 반딧불이가 사방에서 점점이
피어나는 가운데 멀리서 풀벌레들이 고즈넉하게 울었다.
몸을 움찔거리니 뼈마디마다 아팠다. 눅눅한 것이 몸을 무
겁게 내리누르고 있다.
사람의 몸.
선혜는 자신을 감싸안은 여자를 보았다. 피부에 청색 반점
이 얼룩덜룩하고 몸은 풍선처럼 부었다. 찌르면 푹 들어갈 듯
말랑말랑하다.
부패하고 있다. 안에서 가스가 차고 있을 것이다.
투박한 치마저고리를 입은 여자다. 죽어서도 온몸으로 자
신을 감싸고 있다. 여자의 뒤로는 다른 사람이, 또 다른 사람
이 감싸고 있다.
선혜는 시선을 틀었다.

넓은 운동장만 한 오목한 흙구덩이. 이 섬 어디서나 볼 수 있는 흔한 화구火口 중 하나다.

이 화구는 사람의 시신으로 메워져 있다. 피에 젖은 주검 사이로 샛노란 유채꽃이 흐드러졌다.

빗발치는 총탄 속에서 다들 서로를 몸으로 막아주려 했다.

자신을 끌어안은 여자는 모르는 사람이었다. 몇 번 동네에서 귤이나 좀 얻어먹어 보았을까.

'쓸데없는 짓을……'

선혜는 슬프게 생각했다. 아무리 내가 지금 열 살짜리 어린 여자애 모습을 하고 있어도 그렇지.

나는 퇴마사다. 당신들과 달리 죽은 뒤에도 생이 있는. 그러니 당신들의 목숨이 내 것보다 훨씬 더 소중하건만…….

'심소인가.'

선혜는 한숨을 쉬며 생각했다.

'끔찍한 심소다. 이처럼 비참한 심소에 들어오다니. 마음에 탁濁이 끼었는가.'

선혜는 심소에서 빠져나가려 했다. 하지만 잘 되지 않았다. 짜증을 내며 끙끙대던 선혜의 머릿속에서 천둥이 쳤다.

'심소가 아니야.'

선혜는 번쩍 눈을 떴다.

'현실이다.'

수십, 아니, 수백, 셀 수도 없는 시신들. 머리가 날아가고 배가 뚫리고 다리가 비틀린 사람들. 선혜는 비명을 삼켰다.

생각이 났다.

이 섬의 군수와 경찰들이 섬 주민을 모조리 죽이려 들었다.

뒤이어 정부에서 보낸 계엄군이 눈에 띄는 대로 사람들을 학살했다. 마을마다 떼죽음이었다.

섬에 살육을 탐하는 카마가 폭발적으로 번식했다. 전국의 퇴마사가 소집되었지만 감당할 도리가 없었다. 마음을 정화해도 다음 날이면 다시 카마가 깃들었다. 가장 끔찍한 것들로만.

이 화구에서 또 학살이 있으리라는 소문을 듣고 허겁지겁 달려왔지만 소용이 없었다. 온 힘을 다했지만 어린 병사 몇이 격발을 잠깐 망설인 것이 전부였다.

이 광기 속에서 고작 한두 사람 마음이나 정화할 뿐인 퇴마사가 뭘 할 수 있단 말인가?

'왜……?'

선혜는 소리 없이 오열했다.

'왜……? 왜……?'

그토록 갈망하던 해방이 오지 않았는가. 모멸과 학대의 시대가 끝나지 않았는가.

……학대에서 벗어나기를 바란 것이 아니었나?

그저 자신들을 학대한 자들과 똑같은 자리에 서기만을 바랐는가? 당한 그대로 군림하기만을 바랐는가? 지배하고 학살할 힘을 손에 쥐기만을 바랐는가?

마음이 부서졌다.

선혜의 머리맡에서 검고 걸쭉한 액체가 비죽이 솟았다. 피비린내를 다 삼키고도 남을 악취가 진동했다.

검은 액체가 피에 젖은 흙을 뚫고, 주검의 피부를 헤치고 솟아올랐다. 배 터지게 영양을 빨아들인 악마의 풀이 무성하게 자라나듯이.

인. 간. 따. 위. 이. 제. 지. 쳤. 다.

선혜의 마음 안에서 음산한 소리가 들려왔다.

지. 긋. 지. 긋. 하. 다. 인. 간. 이. 란. 동. 정. 할. 가. 치. 조. 차.
없. 다.

뭘. 위. 해. 지. 금. 까. 지. 싸. 웠. 는. 가. 다. 소. 용. 없. 는. 짓.
이. 었. 다.

'다 소용없는 짓이었다……'

선혜는 얼굴을 가린 채 읊조렸다.

싹. 다. 죽. 었. 으. 면. 속. 이. 시…….

'내가 할 만한 생각이 아니로군.'

시……?

선혜는 흙바닥을 쓸었다. 손에 길쭉한 돌멩이가 잡히자 움
켜쥐고 눈을 떴다.

선혜의 몸이 어린아이에서 열일고여덟 살쯤의 마호라가로
모습이 변했다. 손에 쥔 돌은 한 뼘 크기의 단검이 되었다. 검
날이 워낙 눈부시게 빛나서 빛의 광채로만 보인다. 바싹 마른
마호라가의 오른 다리에 은색 갑주가 철컥거리며 둘러쳐졌다.

마호라가는 시신을 걷어내고 일어나 앉아 자세를 잡았다.

심소는 칠흑처럼 깜깜했다. 하늘은 음침한 보랏빛 구름으
로 뒤덮여 있다. 화구는 해골로 메워졌고 뻥 뚫린 눈마다 피
눈물이 흘러 땅을 적시고 있다.

그리고 눈앞에 두억시니가 있다.

진액이 뚝뚝 흐르는 검은 야수의 모습이다. 전면의 눈은 칙
칙한 노란빛이며 전신에 눈알이 박혀 있다. 늘어진 피부는 꿈

틀거렸고 몸에서 흐르는 액체가 덩굴식물처럼 땅을 기었다.

두억시니, 천오백 년을 살아온 카마.

……모멸을 먹고 자라는 카마.

마호라가가 지금까지 보았던 그 어느 때보다 거대했다.

'이놈이.'

마호라가의 눈꼬리가 치켜 올라갔다.

'나라를 빼앗겼을 때 몸집을 불렸구나.'

해방이 왔을 때 사람들의 마음에 얼마나 큰 기쁨이 흘러넘쳤는가. 하지만 사람의 마음에 모멸이 사라지면 이놈 입장에서는 불어난 몸집을 유지할 식량이 줄어든다. 그러니 어떻게든 그에 상응하는 모멸을 퍼트려야 했을 터.

……그에 상응하는 모멸이란,

그처럼 처참하고도 기나긴 모멸에 상응할 만한 일은,

……대규모 학살 이외에는 없었을 것이다.

"네놈이 한 짓이냐."

마호라가의 마음에 용암처럼 분노가 들끓었다.

"네놈이, 잡귀 따위가 감히."

두억시니는 작고 하찮은 벌레를 보듯 마호라가를 내려다보며 콧김을 길게 내뿜었다. 오래된 디젤기관이 토해내는 듯한 퀴퀴한 매연이 코에서 뿜어져 나왔다.

검. 으. 로. 는. 나. 를. 죽. 일. 수. 없. 다. 외. 다. 리. 퇴. 마. 사.

두억시니의 말이 머릿속에서 울렸다.

외다리.

지금 모습과는 맞지 않는 말이기도 하지만, 대부분의 생을 외다리로 살았던 마호라가에게는 타격이 없는 말이었다.

퇴마사에게 장애는 무기이며 힘이다. 마음에 상처가 없는 자가 퇴마사가 되는 것이 도리어 어렵다. 우연히 자질이 생긴다 한들 퇴마사가 될 마음을 먹지 않는다.

나. 를. 만. 지. 거. 나. 찌. 르. 면. 너. 는. 오. 염. 된. 다.

"……."

마호라가는 손에 쥔 단검을 힐끗 보았다.

내. 게. 오. 염. 된. 자. 는. 자. 신. 을. 모. 멸. 한. 자. 에. 게. 그. 모. 멸. 을. 돌. 려. 주. 지. 못. 한. 다.

"……."

그. 모. 멸. 을. 삭. 이. 지. 도. 못. 한. 다.

반. 드. 시. 자. 신. 보. 다. 약. 한. 것. 들. 에. 게. 네. 가. 당. 한. 그. 대. 로…….

마호라가의 몸이 홀연히 사라졌다. 사라진 자리에 뒤늦게 흙먼지가 피었다.

검은 핏줄기가 솟구쳤다.

두억시니의 몸에 발을 딛고 올라탄 마호라가는 검을 깊이 찔러넣고도 손잡이까지 더 쑤셔 넣었다. 귀를 찢는 비명이 화구를 덮었다. 마호라가의 새빨간 눈동자가 횃불처럼 빛을 뿜었다.

마호라가가 칼을 뽑아내자 검은 핏줄기가 몸 위로 폭포처럼 쏟아져 내렸다. 녹색 도포가 순식간에 시커멓게 물들었다.

"와라, 잡귀야!"

마호라가는 호령하며 검을 치켜들었다.

"나를 오염시킬 테면 오염시켜 보아라!"

현재.

'다치면 안 돼.'

수호는 생각했다.

〔뻔한 소리 마라.〕

바루나가 마음속에서 투덜거렸다.

'체력도 지켜야 하고.'

〔마찬가지로 뻔한 소리로군.〕

퉁명스러운 말투. 무심한 빈정거림.

하지만 싫지는 않았다. 뭐라 지껄이든 이 녀석의 목소리가 들리면 마음이 든든한 것은 사실이었으니까.

〔하지만 묻겠다. 적이 너보다 열 배 많고, 덩치도 두 배 큰데, 어떻게 다치지 않고 체력도 지킬 셈이냐?〕

'지금부터 생각해야겠지.'

〔그럴 시간도 없다.〕

수호는 호랑이들에게 둘러싸여 있었다.

숫자는 열둘. 하나같이 근육이 울룩불룩하고 덩치가 수호의 두 배쯤은 된다. 다들 사람 몸에 맞는 자그마한 식탁과 의자에 앉아 있는데, 의자가 야수들의 무게를 못 견디고 삐걱거렸다.

심소.

같은 욕망을 가진 사람이 모여 생겨나는 집단 의식의 공간.

노란 벽으로 둘러싸인 가게였다. 넓이는 마흔 평쯤 될까.

벽은 신문지와 포스터로 빼곡히 채워져 있다. 포스터에는 근방의 시위 장소와 시간이 적혀 있다. 그림은 어린애가 그린 듯 엉망이었다.

창문이나 문은 없다. 벽은 단단해 보였다. 찢거나 뚫고 나가기는 힘들 듯했다. 바닥은 촘촘하게 나무 식탁과 의자로 채워져서 뛰고 달릴 만하지는 않다. 딱히 숨을 곳도 없었다.

〔어떻게 할 거냐?〕

바루나가 물었다.

비꼬는 말이 아니었다. 곧이곧대로의 질문. 수호가 내놓은 답이 적절하다면 지켜보겠으나, 적절하지 않으면 조정하거나 개입하겠다는 마음이 전해졌다.

수호는 조금 전 선혜가 한 말을 되새겼다.

'체력.'

조금 전.

"체―력!"

선혜가 밤톨 같은 손으로 분홍색 크레파스를 높이 들고 한 바퀴 돌리며 소리쳤다.

"체―력을 지켜야 해!"

선혜가 크레파스로 수호를 가리켰다. 어찌나 소리가 큰지 옆 테이블 사람이 흠칫 놀라 돌아보았다.

수호는 얼굴이 새빨개져서 일단 주위에 고개를 꾸벅꾸벅 숙이며 사과했다. 진은 익숙한 얼굴로 태연하게 따끈따끈한 찐만두를 한입 크게 베어 물었다.

따뜻한 조명의 작은 만둣집.

벽에는 이런저런 시위를 안내하는 포스터가 도배되어 있고, 창문에는 앞으로 가게에서 진행될 인디밴드의 공연 안내 포스터가 붙어 있다.

무대에서는 한 인디 가수가 통기타를 치며 노래를 부르고 있다. 나이는 서른쯤 되었을까, 서글서글한 인상에 머리에 띠를 두른 여자였다.

간혹 노래를 멈추고 "여러분, 만두 맛있죠?" 하며 호응을 유도한다.

"네!" 모인 사람들이 화답했다.

"이 만두를 다시 못 먹게 되면 어떨 것 같아요?" "우우" "화나죠? 자, 구호 한번 가죠! 우리 단골집은 우리가 지킨다!"

"그게 이번 전략이야!"

선혜는 기운차게 고함치며 스케치북을 한 장 부욱 뜯어 수호에게 안기고는 크레파스도 하나 쥐여주었다.

"적어, 적어! 잊어버릴 수도 있잖아!"

"아, 안 적어도 돼."

"안 돼. 까먹으면 어쩌려고! 따라 적어. 체—력!"

"저, 적을게. 소리 좀 낮춰……."

수호는 옆자리에서 들리는 낮은 웃음소리에 몸 둘 바를 몰라 하며 종이 구석에 조그맣게 '체력'이라고 썼다.

"더 크게!"

'대체 뭘 하는 거야?'

두억시니를 물리치러 간다길래 바짝 긴장해서 따라왔더니만, 선혜가 데려온 곳은 뜬금없이 만두 전문점이었다.

찐만두, 군만두, 만둣국, 오직 만두만 파는 집. 찐빵처럼 큼지막한 만두에 송편 같은 쫄깃한 만두, 한입에 들어가는 작은 만두, 종류도 가지가지다. 속도 채소에서부터 고기까지 다양하다. 가게는 작지만 취향에 따라 원하는 만두를 양껏 푸짐하게 먹을 수 있는 집이다.

2대째 이어져 내려오는 가게로 수호가 태어나기도 전부터 동네에 있던 곳이다. 어릴 때는 엄마 손에 이끌려 와보기도 했고 친구들이 종종 약속 잡는 곳이기도 했다. 외부 사람들은 모르지만 동네 사람은 다 아는 집.

인디 가수가 호응을 유도하는 동안 나이가 지긋한 가게 주인 정씨 아주머니는 수심이 가득한 얼굴로 앉아 있었다. 주위에는 사람들이 둘러앉아 위로하고 있다.

가만 보니 하나같이 낯익은 얼굴들이다. 전에 갔던 감자집 부부도 있고 중국집 노부부도 있었다.

"자, 옆에 또 적어! '다치지 말 것!'"

'이게 무슨 전략이야?'

아무리 선혜가 마음 바깥에서는 어린애가 된다지만 오늘따라 심하네. 체력을 안 지키거나 다쳐도 되는 전투가 세상에 어디 있어?

"체~력 ♬ 다치지 말 것 ♬"

선혜는 가락을 붙여 말하며 식탁에 배를 깔고 누워 하나뿐인 다리를 꼬리처럼 흔들며 수호가 써놓은 글자 주변에 별과 꽃을 그렸다.

익숙하지 않은 손놀림으로 삐뚤빼뚤 그리다가 손에 힘을 너무 주는 바람에 크레파스가 툭 부러졌다. 선혜가 우앵, 하

고 울상을 짓자 옆에서 진이 익숙한 몸짓으로 다른 크레파스
를 쥐여주었다.

무대에서는 인디 가수가 발언을 계속했다.

"……여기 건물주가 갑자기 보증금을 이억에서 오억으로
올렸다는 거예요. 갑자기 그 돈이 어디서 난대요? 사장님은
월세를 두 배로 낼 테니 계속 장사하게 해달라고 사정했죠.
그래서 두 배로 내기 시작하셨대요. 그런데 얼마 전에는 갑자
기 열흘 안에 짐 싸서 나가라고 했다는 거예요. 대기업이 입
질을 해온 거죠."

"우우."

"수호, 잘 새겨들어."

진이 옆에서 부드럽게 말했다.

"선혜가 허튼 말을 하지는 않으니까."

수호는 영문 모를 기분으로 종이를 내려다보았다.

종이에는 "체력" "다치지 말 것"이라고 쓰여 있었고, 글자
주위에는 노란색 별과 빨간 꽃무늬가 붙어 있었다.

68   호랑이 굴에 들어가도

"선발대는 **강길**羌늠일 거야."

선혜는 얼굴을 종이에 바짝 대고 빨간 크레파스로 불꽃을 그렸다.

"철거촌이나 재개발 현장에는 어김없이 나타나는 카마야. 강길의 목적은 '파괴'. 뭐든 태워 없애고 싶어 하지."

"불꽃이라. 우리와는 상성이 안 좋네요."

진이 단무지를 냠냠 집어 먹으며 덧붙였다.

"아난타의 뇌격 말고는 우린 기본적으로 물리 타격이잖아요."

진이 선혜의 의족을 톡 쳤다.

"불의~ 삼 요소는~♪"

선혜가 가락을 붙여 흥얼거렸다.

"산소, 온도……."

수호가 옆에서 무심코 입을 열었다. 선혜와 진이 같이 옆을 돌아보았다.

"……탈 것."

고개를 들어보니 선혜가 말똥말똥 자신을 마주 보고 있었다.

"틀려?"

수호가 물었다.

"맞아."

선혜가 답했다.

"학교에서 다 배워."

선혜는 잠깐 생각하는 듯하다가 "그럴 수도 있지" 하고는 어깨를 들썩했다.

"그래. 그 셋 중 하나만 없어도 불은 꺼지지. 안에 들어가서 그것 중 뭘 없앨 수 있는지 보면 될 거야."

선혜는 이번에는 까만색 크레파스를 들어 얼기설기 도깨비를 그렸다.

"그리고 후발대로는 **대흑천**이 나올 거야. 얘는 마술에 가까운 능력이 있는데, 뭐냐면⋯⋯."

"선혜, 크레파스 입에 물지 마세요. 지지."

문득 수호의 눈앞이 흐려졌다.

피곤하거나 졸려서가 아니었다. 주위 풍경이 변하고 있었다. 가게 안에 앉은 손님들의 모습이 점점 호랑이로 바뀌고 있었다.

노랗게 번뜩이는 시선이 수호에게 차곡차곡 꽂혔다.

'카마.'

수호는 생각했다. 이곳에 있는 모두가 우리를 주목하고 있다.

"대흑천은 두억시니에게 사로잡혀 있어. 그놈을 없애면 두억시니에게로 가는 길이 열릴 거야."

선혜는 상황을 눈치채지 못했는지 설명을 계속했다.

'보이지 않나?'

수호는 궁금해했다.

전에 선혜에게 물어보니, 마음에 들어갔다 나오면 일시적으로 현실에서도 사람이 카마로 보이는 부작용이 있다고 했다. 그래도 기다리면 곧 시야가 되돌아오니 너무 걱정하지 말라고 했다.

하지만 내 부작용이 선혜보다 심한 것은⋯⋯ 내가 아직 힘이 불안정해서겠지.

"연속 전투가 이어지겠군요."

진은 선혜가 그려놓은 까만 검댕 앞에 "초楚"라는 한자를 썼다. 한자는 잘 몰랐지만 장기짝에 쓰인 글자라 대강 알아볼 수 있었다. 진은 그 앞에는 "사士"라고 썼다. 그리고 "초"와 "사" 앞에 "졸卒"이라는 글자를 여럿 쓰며 말했다.

"중간에 쉴 수도 없고, 아이템도 없고, 세이브 포인트도 없고. 게임이라면 밸런스 엉망이라고 욕 엄청 먹겠네."

"그래. 그래서 이번 전투의 관건은 마지막까지 전력을 지키는 거야. 다치지 말아야 하는 것은 물론 체력도 지켜야 해."

선혜가 스케치북 위에 초록색 물결을 그리며 말했다.

"알겠지, 수호?"

'아.'

수호는 눈앞의 종이에 쓴 "체력"과 "다치지 말 것"이라는 글씨를, 그리고 그 주변에 반짝이는 별과 꽃을 들여다보았다.

수호는 앉은 채로 발을 살짝 앞으로 내밀어보았다. 그러자 사람들의 모습이 흐릿해지며 대신 호랑이들의 모습이 뚜렷해졌다.

'하지만…… 지켜야 할 체력은 내 체력이 아니야.'

생각이 여기에 이르자 놀라울 만치 판단이 빠르게 섰다.

'마호라가지.'

"일단 전투가 시작되면 아난타가 수호를 태우고 공중에서……."

"이게 아난타예요? 뿔은 어디 갔어요, 뿔은."

진과 선혜의 목소리가 점점 흐려졌다.

"수염도 없네, 수염!"

"꾸잉……. 날개가 있었던가?"

"장난해요? 발 있는 건 알……."

"……몇 개였지? 열……?"

"너무 하……."

"……."

그리고 수호는 호랑이들 앞에 있었다.

무대에 앉았던 가수가 몸을 일으켰다. 아까는 서른쯤 되어 보이는 여자였는데 지금은 예순은 넘어 보이는 할머니였다. 귀와 꼬리가 있고 얼굴이 호랑이상인 점을 빼면 거의 인간처럼 보였다.

날카로운 눈매에 안경을 썼고 사극에서 흔히 보던 남색 전복을 입고 있다. 들고 있던 기타는 붉은 술이 달린 장검으로 변했다. 눈빛이며 태도가 위풍당당했다.

〔다른 카마와 모습이 다르다면,〕

마음 안에서 목소리가 들려왔다. 낮고 분명한 목소리. 바루나였다.

〔혼자 목적이 다르다는 뜻이겠군.〕

언제나처럼 흥미와 귀찮음을 같이 드러내는 목소리.

〔활동가라고 하던가. 시위 현장을 찾아다니는 사람. 그러면 저 노인네가 이 고양이 부대의 전략가…… 아니면 지휘관일 거다.〕

"안녕, 보송보송 솜털 강아지?"

할머니가 수호의 엉덩이라도 토닥여주고 싶다는 듯한 웃음을 지으며 말했다.

"우리 집에는 뭐 하러 왔니?"

"……."

수호는 눈을 또랑또랑 뜨고 상대를 똑바로 보았다.

"여기 너처럼 귀여운 아가에게 정화될 카마는 없단다. 까까 먹고 집에 가렴."

'오, 나 그래도 이제 슬슬 퇴마사처럼 보이나 봐.'

수호는 이 와중에도 신나서 생각했다

〔내가 모습을 숨기고 있어서다.〕

바루나가 무심히 대꾸했다.

"열을 세마."

할머니가 손가락을 들어 올렸다. 그 동작을 신호 삼아 주변의 호랑이들이 움찔거리며 언제든지 일어날 수 있도록 자세를 잡았다.

"다 셀 때까지도 거기 그대로 있으면 널 우리 애들한테 저녁거리로 던져줄 거란다. 애가 작고 야들야들해 보여서 맛있겠구나."

"뭘 기회를 주고 말고야, 추이."

저쪽에서 흰 호랑이가 송곳니를 드러내며 끼어들었다.

한쪽 눈이 찢겨나가고 전신이 상처로 가득한 것이 어디 다른 데서 큰 싸움을 하고 온 모양이었다. 자리를 보아서는 전에 방문했던 중국집 할아버지의 카마일까.

"배도 출출한데 바로 먹어버리지."

'추이酋耳.'

수호는 할머니의 이름을 듣고 머릿속으로 팔랑팔랑 책을 뒤적이며 떠올렸다.

'호랑이를 먹는 호랑이라던가⋯⋯.'

"서둘지 마. 열 셀 때까지만, 백호白虎."

추이라 불린 할머니가 턱짓으로 하얀 호랑이를 말리며 손가락을 접었다.

"하나."

〔저 늙은이가 지휘관이겠군.〕

바루나의 목소리가 들려왔다. 반쯤은 혼잣말에 가까운 말이었다.

〔사람 마음에 사는 카마들이 이렇게 오래 심소에 머물 수 있고, 게다가 서로 협력하고 지휘 체계까지 갖추고 있다니 놀랍군⋯⋯. 여러 카마의 마음이 일치하면 일어나는 현상인가.〕

'조용히.'

수호가 속삭였다.

바루나는 자신이 서 있는 땅을, 말하자면 수호의 마음을 살폈다.

흔들림도 소음도 없다. 바람은 좀 불지만 이만하면 날씨도 좋다.

이길 수 있다고 생각하지는 않지만…….

'않지만…….'

바루나는 더 깊이 들여다보았다.

'……신경 쓰지 않는다.'

이기리라 생각하지는 않는다. 지리라 생각하지도 않는다.

그저 신경 쓰지 않는다. 단지, 눈앞의 적에 집중할 뿐.

바루나는 흥, 하고 가벼운 콧바람을 내뿜었다.

'어디, 한번 지켜볼까…….'

"열."

추이가 마지막 새끼손가락을 접었다. 수호는 그대로 있었다. 추이의 입가에 주름이 깊게 파였다.

"어른 말을 안 듣는 아이로구나. 버릇없기는."

호랑이들이 일제히 으르렁거리며 발톱을 꺼내고 붉은 잇몸과 송곳니를 드러냈다. 하나둘 몸을 일으키더니 식탁과 의자를 치워 자리를 마련하면서 추이를 중심으로 진열을 넓혔다.

수호는 호랑이들에게 둘러싸이며 말했다.

"이러지 마, 우린 다른 카마를 사냥하러 왔어. 그리고 아마 우리와 당신들의 적이 같을 거야."

"퇴마사 도움 따위는 받지 않는다!"

백호의 쩌렁쩌렁한 고함에 공간이 뒤흔들렸다.

"꺼져라, 한입에 잡아먹기 전에!"

백호가 질풍처럼 수호를 향해 달려들었다.

앞에 걸리적거리는 의자는 손에 잡히는 대로 벽에 집어 던졌다. 벽에 부딪힌 의자는 종잇장처럼 부서졌다.

'다치게 해선 안 돼.'

수호는 즉시 생각했다.

만약 이들 중 하나라도 다치면 설득은 물 건너간다. 이런 진형에서는 동료가 위험해진다면 다른 호랑이들이 전부 덤벼들 것이다. 나를 지키기 위해 적을 지켜야 한다.

'내가 다쳐서도 안 된다.'

하지만 어떻게?

「현대 무술은 사람을 다치지 않게 하는 방향으로 발달해왔어.」

수호는 어제 새벽에 옥상에서 훈련받으며 진에게 들은 말을 떠올렸다.

✦

"다리, 몸통, 팔."

진이 입으로 훅훅 소리를 내며 길쭉한 다리를 체조 선수처럼 들어 수호의 몸에 순서대로 얹었다.

"현대 시합에서 때려도 괜찮은 곳이지. 그런데 여기는 실제 싸움에서는 타격했을 때 그리 효과적인 부위가 아니야."

진이 말했다.

"훈련받지 않은 사람도 기본적으로 단단하고, 다쳐도 생명에 지장은 없는 곳이지."

진은 가볍게 다리를 좌우로 교차하며 뛰었다.

"그러면, 어, 어딜 쳐요?"

수호가 할딱대며 물었다.

진이 대련 중에는 절대로 몸을 가만히 있지 말라고 하기는 했는데, 언제까지 그래야 하는지는 알려주지 않은 채로 벌써 한 시간쯤은 지난 참이었다.

진이 가볍게 웃었다. 동시에 세 걸음 떨어져 서 있던 진이 한달음에 수호의 코앞으로 다가왔다. 수호가 눈의 초점을 바꿀 새도 없이 진의 주먹이 수호의 콧등에 꽂혀왔다.

"으악?"

수호는 눈을 감고 팔로 얼굴을 가리며 몸을 뒤로 젖혔다. 동시에 진의 발이 가볍게 수호의 다리를 걸어 넘겼다.

"으아아?"

몸을 젖힌 자세에서 다리가 번쩍 들리자 수호의 몸은 그대로 뒤로 고꾸라졌다.

"엇차."

진이 우아하게 수호의 등을 받쳐 넘어지지 않게 받아주었다.

연립과 연립을 가로지르는 전신주와 전선 사이로 회색빛 하늘이 보였다.

"몸을 젖히지 마."

진이 수호의 콧잔등에 주먹을 가볍게 얹으며 부드럽게 말했다.

"몸을 젖히면 넘어져. 그리고 넘어지면 져."

진이 수호를 잡아 일으켜 세우며 말했다.

"……."

"사람 다리는 두 개뿐이고 사람 허리는 뒤로 접히지 않아. 몸을 젖히면 웬만한 사람은 몸을 가누지 못하고 넘어지고 말아. 특히 적이 앞에서 달려드는 상황이라면. 그러니 절대 몸을 젖혀선 안 돼."

진은 땀에 젖은 머리를 쓸어 올리며 아까의 질문에 뒤늦게 답했다.

"얼굴 한가운데를 노려."

"얼굴이요?"

"첫째, 제대로 먹히면 코뼈나 이빨이 나갈 거고, 둘째, 상대가 피하느라 몸을 젖혔다면 바로 넘어뜨릴 수 있어. 셋째, 놀라 눈을 감았다면 시야를 빼앗은 것이고, 넷째, 손을 들어서 막는다면 마찬가지로 시야를 빼앗은 거야."

'종류별로 다 했네.'

수호는 시무룩해져서 생각했다. 진이 문득 생각난 듯 단단히 다짐했다.

"물론, 마음 안에서만이야! 현실에서는 꿈도 꾸지 마. 감방 가거나 병원비 물어줘야 한다."

'안 해요…….'

수호의 오른손은 붕대로 단단히 감겨 있었다. 진이 훈련을 시작할 때 신경이 끊긴 가운뎃손가락을 붕대로 꼼꼼히 감아서 반쯤 주먹을 쥔 형태로 고정해준 것이다. 진의 왼손 약지와 새끼손가락도 그렇게 감겨 있다.

"몸에 난 구멍은 다 급소라고 생각하면 돼. 네가 싸우는 카마가 어떻게 생겼든 구멍이 보이면 거길 노려."

'똥♪침♪'

수호는 몽실몽실 연상하며 속으로 흥얼거렸다.

"자, 그럼 이번에는 나를 공격해봐."

진이 가슴을 펴고 한 걸음 나서며 말했다.

'?!'

수호는 멈칫했다.

"내 목숨을 빼앗을 생각으로 급소를 쳐봐. 시작해."

'?!'

수호는 딱딱하게 굳었다.

누구의 목숨을 빼앗으라고? 진씨의 목숨을? 나더러?

"시작해, 수호."

진의 목소리가 낮고 중후해졌다. 동시에 움직임도 달라졌다.

사람 같지 않은 움직임이었다. 길쭉한 팔이 이마에서부터 허리까지 진자처럼 부드럽게 움직였다. 팔로 만든 원이 진의 주위에 방패를 만든 듯했다. 어디를 쳐야 할지 감이 오지 않았다.

그래, 진씨라면 내 공격에 다치지는 않겠지.

'하지만 만에 하나 다치면?'

수호는 돌처럼 움직이지 못했다. 수호의 손이 몸에서 스르륵 떨어졌다. 순간 진의 눈빛이 야수처럼 번뜩였다.

진은 소리도 없이 수호와의 거리를 좁혔다. 어찌나 빠른지 마치 저 멀리에 있던 진이 홀연히 사라지고 눈앞에 갑자기 나타난 듯 보였다. 진의 두 손가락이 송곳처럼 수호의 눈을 향해 찔러 들어왔다.

'?!'

몸을 젖히지 말라는 충고를 여기에서도 따라야 하는지 생각할 틈도 없었다. 다음 찰나에 진의 발이 수호의 다리 사이로 미끄러져 들어오더니 높이 솟구쳐 올랐다.

'뭐?'

수호는 놀라 두 손으로 몸의 중심을 감싸며 가랑이를 오므렸다. 진의 동작은 끊어지지 않았다. 그대로 긴 팔로 갈고리처럼 수호의 목덜미를 낚아채고는 뒤로 꺾었다.

69   정신만 차리면 된다

정신을 차려보니 수호는 진의 몸에 휘감긴 채 쓰러져 있
었다.

진은 수호의 뒤에서 왼팔로 수호의 목을 조르고, 오른손 중
지로는 수호의 관자놀이를 짓누르고, 다리로는 수호의 몸을
안아 제압하고 있었다.

'…….'

입이 떨어지지 않았다. 몸이 떨려 힘도 들어가지 않았다.
숨 세 번 쉴 사이에 세 번은 죽은 셈이었다.

진은 수호가 컥컥거리며 마른기침을 할 때쯤에야 수호를
놓아주었다.

수호는 바닥에 엎어져 기침을 계속했다. 진이 손을 탁탁 털
고 몸을 일으키며 물었다.

"왜 멍하니 있었어?"

"하지만…… 나더러 진씨의 목숨을 빼앗으래서……."

"내 목숨을 빼앗지 않으면 네가 죽는데도?"

"그런데요?"

수호는 자기도 모르게 되물었다. 왜 진씨와 내 목숨이 저울
에 올라가 있는데 내 목숨 따위를 택해야 하지?

수호의 얼굴을 한참 보던 진은 난감한 표정을 하고 한숨을

푹 쉬었다.

"수호, 잘 들어."

진의 표정은 부드러웠지만 단호했다.

"적을 해치려면,"

진은 늘씬하고 길쭉한 허리에 손을 얹으며 천천히, 그리고
또박또박 말했다.

"해칠 마음을 먹어야 해."

"……"

수호는 당혹스러운 기분이 되었다.

"나중에 해칠 결심을 해도 늦어. 네 적은 너를 해칠 마음을
먹고 전장에 들어올 거고, 네가 멈칫하는 사이에 네 목숨을
세 번은 가져갈 거야. 너는 전장에 들어가기 전에 적을 해칠
준비가 되어 있어야 해."

"……"

"수호, 잘 들어."

진이 다시 말했다.

"너는 네 동료의 전력이야. 전장에서는 통상의 윤리가 적용
되지 않아. 너 자신을 희생하는 것은 네 동료를 희생하는 거
야. 너 자신을 해치는 건 네 동료를 해치는 거야."

"……"

"네 동료를 지키기 위해 너 자신을 지켜야 해."

수호는 생각에 잠겼다.

그리고 이게 간단한 문제가 아니라는 것을 이해했다. 간단
히 해결될 일이 아니라는 것도 이해했다.

진도 이를 아는 듯 더 말하지 않고 기다렸다. 수호가 답을

찾기를.

"……만약에 제가 끝까지 적을 해칠 마음을 먹지 못한다면."

수호가 고개를 들고 물었다.

"그때는 어떻게 하죠?"

수호의 질문에 진의 한쪽 눈이 살짝 커졌다.

'그러면 어떻게 하는가.'

단순하고도 직설적인 의문.

할 수 있으리라는 생각은 의미가 없다. 할 수 없으리라는 생각도 의미가 없다. 나는 오늘이라도 적을 맞닥뜨릴지 모르고, 그러면 오늘이라도 그 적과 싸워야 한다.

"만약 제가 제때 적을 해칠 마음을 먹지 못한다면,"

수호가 질문을 이어갔다.

"아니, 끝까지 해칠 마음을 먹지 못한다면 그때는 어떻게 이기죠?"

진은 턱에 손을 괴고 동녘 하늘을 바라보며 생각에 잠겼다. 타는 듯한 하늘이 진의 머리 위로 붉은 음영을 드리웠다.

진은 잠시 뒤에야 답을 찾은 얼굴로 미소를 지으며 말했다.

"흉내를 내."

"네?"

수호는 어안이 벙벙해졌다.

"해칠 마음을 먹지 않아도 좋아. 마음먹은 척을 해."

"……척을 하라고요?"

수호는 잘못 들었나 싶어 재차 물었다. 진은 활기차게 고개를 끄덕였다.

"마음으로 베어."

"마음?"

"마음으로 베어서, 적이 네가 목숨을 빼앗으려 한다고 믿게 만들어."

"무슨 말인지 잘⋯⋯."

수호는 땀을 삐질삐질 흘렸다.

"적을 해치려는 흉내를 내서 적이 두려워서 물러나게 만들라는 말이야."

"그러니까⋯⋯."

"수호, 그게 실상 무도의 본질이야."

"본질?"

"무도의 본질은 적을 해치는 것이 아니야."

어리둥절한 말이었다.

"아니라고요⋯⋯?"

"그래. 무도가의 강함은 남을 이기기 위한 것이 아니야."

진이 계속했다.

"남을 이긴다는 것은 결국 누군가를 지게 만든다는 것. 진정한 강함이란⋯⋯."

진은 자신의 두 손을 내려다보며 가만히 주먹을 쥐고 말했다.

"전장 자체를 소멸시키는 것."

그 말을 듣는 순간 가슴 한구석이 뜨거워졌다.

'전장 자체를 소멸시키는 것⋯⋯?'

"진정한 강함이란, 그곳에 승패 자체가 존재하지 않게 하는 것. 승패의 필요를 없애는 것."

"……."

"수호, 너의 압도적인 강인함으로 싸움이 일어나기 전에 소멸시켜."

압도적인 강인함이라니. 생각도 해본 적 없는 말에 수호는 할 말을 잃었다. 진은 말을 이었다.

"아무도 다치지 않도록. 모두를 지킬 수 있도록."

"……."

"이렇게 말이야."

순간 수호는 입을 다물었다. 전신에 소름이 돋았다.

진의 오른쪽 눈에 차가운 살기가 깃들었다. 입가에 아직 웃음이 남아 있는 것으로 보아 진이 단지 눈빛을 바꾸었을 뿐이라는 것을 알 수 있었다. 하지만 거대한 위압감에 꼼짝도 할 수가 없었다.

비눗물에 담근 듯 탁한 왼쪽 눈이 무시무시하게 빛났다. 제 목을 한입에 뜯어버릴 수도 있을 듯한 맹렬한 눈빛.

저 아난타와도 같은, 보석과도 같은 눈부신 야수의 눈동자.

다시 현재.

만둣집 심소.

수호는 눈을 똑바로 떴다. 그리고 의자를 종잇장처럼 부수며 질풍같이 달려오는 백호를 마주 보았다.

백호가 뜨거운 콧김이 느껴질 만큼 가까이 다가왔다. 쩍 벌린 입안의 붉은 목젖까지 눈에 선명하게 들어왔다.

수호는 오른손에서 검을 뽑아 들었다.

백호는 꼬맹이 퇴마사의 손에 나타난 검을 눈치챘지만 속도를 늦추지 않았다. 오히려 마음 한구석에서 코웃음을 터뜨렸다.

저런 손가락만 한 쬐그만 검. 별 타격도 없을 것이다. 게다가 꼬맹이는 딱 봐도 몸이 둔했다. 체형이며 외모도 실제 모습과 다르지 않다. 퇴마사래 봤자 이제 겨우 훈련받기 시작한 애송이겠지.

한입 거리도 안 되는…….

생각하는 찰나 어디서 나타났는지도 모를 돌벽 같은 육중한 검이 눈앞에 나타났다.

'뭐, 뭐야?'

백호는 등을 젖혀 피했다.

〖등을 젖혔다.〗

바루나가 마음 안에서 무심히 말했다. 바루나가 말을 걸 땐 시간이 느려진다.

'봤어.'

수호는 마음으로 답하며 날이 없는 검으로 백호의 콧잔등을 밀어붙였다.

"어…… 어?"

백호가 당황했다. 늘어나는 검에 밀려 몸이 더 뒤로 기울어졌다.

수호는 온몸으로 부딪치는 기분으로 달려들었다. 그러면서 뒤로 넘어가는 백호의 몸 위로 같이 넘어지듯이 뛰어들었다.

'……마음으로.'

수호는 생각했다.

〔퇴마사 말을 듣는 건 내 취향이 아니지만.〕

마음 안에서 바루나가 흥겨운 목소리로 중얼거렸다.

〔무슨 뜻인지는 알겠다.〕

수호는 바위처럼 강한 팔이 제 팔을 잡아주는 기분이 들었다.

수호의 검의 위치가 이동했다. 백호의 귀 바로 옆으로.

〔게다가, 흉내 내기는 내 특기지.〕

바루나가 중후하고 낮은 목소리로 수호의 귀에 속삭였다. 자신감이 넘치다 못해 흥이 돋는 듯했다.

그리고 수호는 자연스레 떠올렸다.

바루나의 마음에 공감하는 것만큼 간단한 일은 없다는 사실을.

'압도적으로 강한 척 흉내를 내는 바루나를 흉내 내기!'

수호는 뭔지 모를 기술명을 떠올리며 바루나의 기세에 몸을 맡겼다.

검이 땅에 내리꽂혔고 지진과도 같은 진동이 공간을 뒤흔들었다. 마룻바닥이 파도처럼 출렁였다. 식탁과 의자가 전부 들리고 넘어졌다. 마룻바닥이 종잇조각처럼 찢겨나갔다.

추이의 낯빛이 변했다. 포위한 호랑이들이 움찔거렸다.

"모두 움직이지 마!"

수호는 백호의 몸 위에 올라탄 채로 고함쳤다. '마치' 자신이 압도적으로 강한 사람이기라도 한 것처럼.

"난 당신들을 도우러 왔어. 보다시피 도움이 될 거고!"

✦

"수호, 졸지 말아요. 지금 중요한 대목인데!"

진이 선혜의 용 그림에 맹렬하게 발을 그려 넣으며 말했다. 수호는 등받이에 등을 기대고 고개를 꾸벅꾸벅 떨구고 있었다.

"조는 거 아냐."

선혜가 크레파스를 새로 꺼내며 말했다.

"네? ……아!"

진은 그제야 알아듣고 주위를 황급히 살폈다.

가게 안은 조용했다.

어차피 퇴마사가 아닌 이상, 몸의 주인은 마음 안에서 일어나는 전쟁을 눈치채지 못한다. 기껏해야 정신이 산만해진다든가, 몸이 노곤하거나, 잠시 넋이 나간 기분이 드는 정도다.

"세상에, 또 혼자 들어갔네, 이상한 데서 저돌적이라니까. 왜 안 말렸어요?"

선혜는 턱을 괴어 말랑말랑한 볼이 볼록해지게 만들고는 말했다.

"말릴 새도 없이 들어갔는걸."

"깨워야 하지 않아요? 다치면 어째!"

진이 허둥댔다.

"얘네들 수호를 해칠 마음 없어."

선혜가 태연히 말했다.

"우리가 왜 왔는지도 알아. 그냥 시험하는 거야. 우리가 적인지 아닌지. 강한지 안 강한지."

"하지만 수호는 그걸 모르잖아요?"

"모르지만⋯⋯."

선혜는 용의 얼굴에 수염을 그려 넣으며 수호를 힐끗 보았다. 표정이 차분했고 호흡도 평온했다.

선혜는 미소를 지었다.

"⋯⋯잘할 거야."

진은 잠시 조용해졌다가 선혜가 그려 넣은 수염을 내려다보고는 목에 핏대를 세웠다.

"수염 난 데 거기 아니거든요!"

"으앙!"

수호의 팔에서 솟아난 칼은 마룻바닥에 깊이 박혀 있었다.

검이라기보다는 팔을 뚫고 자라난 석순이나 석탑처럼 보였다. 바닥은 운석이 꽂힌 듯 동심원을 그리며 내려앉았고 폭발의 열기로 흰 연기가 피어올랐다.

추이는 묵묵히 수호를 보았다.

둘러싼 호랑이들은 바로 지시가 떨어지지 않자 주춤거렸다. 수호의 몸에 깔린 백호는 잠시 얼떨떨해 있다가 망신당했다는 기분이 들었는지 벌떡 몸을 일으켰다.

"이 한주먹거리도 안 되는 게!"

백호는 수호의 멱살을 잡아 높이 쳐들었다. 수호는 검의 무게로 어깨가 빠지지 않게 황급히 검을 거둬들였다.

백호가 수호의 몸을 그대로 바닥에 내리꽂았다.

이미 수호의 검으로 박살이 난 바닥이 과자처럼 부서졌다. 덕분에 충격이 완화된 것이 다행이라면 다행.

'마음으로……'

수호는 이제 그게 무슨 뜻인지도 모르는 채로 생각했다.

수호는 오른 팔꿈치와 어깨를 땅에 붙이고 팔을 직각으로 세웠다. 왼손으로는 손목을 붙잡아 지탱했다. 마음속으로는 포탄을 날리는 상상을 하며 눈을 질끈 감았다.

"……우에헥!"

백호가 마른 신음을 냈다.

수호의 검이 높이 솟구쳐 올라 백호의 목젖 아래를 밀어붙인 것이다. 뒤로 밀려난 백호는 커억커억 헛구역질을 하며 한참 주위를 빙글빙글 돌았다.

수호는 숨을 헐떡이며 검을 도로 집어넣고 일어나 앉았다. 그리고 긴장을 늦추지 않고 상대의 다음 공격을 기다렸다.

"이게 진짜!"

백호가 얼굴이 붉으락푸르락해져 다시 수호에게 덤벼들려 했다. 그때 추이의 나지막한 소리가 들려왔다.

"멈춰, 백호."

"왜!"

백호는 화를 내면서도 멈춰 섰다.

"꼬마는 널 벌써 세 번 살렸어. 은인에게 예의를 지키도록 해."

"뭐?"

"꼬마는 첫 공격에서 일부러 너를 피해 검을 꽂았어."

추이가 차분히 말을 이었다.

"두 번째 공격에서 네가 다치지 않도록 검을 뭉툭하게 만들었어. 세 번째로 네가 돌아서서 허점을 내보이며 기침하는 동안에도 뒤를 치지 않았어."

백호는 당혹스러워하며 수호와 추이를 번갈아 보았다. 그러다 상황을 받아들였는지 귀와 꼬리를 추욱 늘어뜨렸다.

"난 당신들하고 싸우러 온 거 아냐."

수호는 땀이 몽글몽글 난 코를 손등으로 닦으며 아까 했던 말을 반복했다.

"그래, 그래 보이는구나."

추이가 부드럽게 답했다.

"당신들을 도우러 왔어. 보다시피 도움이 될 거고."

"그 부분 또한 흥미롭구나."

추이는 털북숭이 꼬리로 바닥을 탁탁 쳤다.

"그런데 우리는 카마야, 어린 퇴마사. 그건 알고 왔니?"

"그래, 그러니 목적이 있다는 걸 알아."

수호가 말했다.

"카마는 목적만이 전부고, 목적을 위해서는 무엇이든 한다는 것도."

"흠."

"그러면 그 목적에 맞는 일을 해. 우린 당신들을 도우러 왔어. 그러니 우리가 퇴마사든 마구니든, 당신들의 목적을 위해 우리를 이용하도록 해."

"합당한 말이로군."

추이는 자세를 바로 하더니 군인처럼 두 발을 붙이고 섰다. 그리고 눈을 감고 예의 바르게 가슴에 손을 얹었다. 이를 신호로 주위의 호랑이들도 일제히 경계를 풀고 인사했다.

"정식으로 소개하지, 퇴마사. 내 이름은 추이. 내 목적은 **무너지는 건물을 지키는 것이다.**"

추이는 주변을 턱으로 가리켰다.

"여기 있는 동료들도 비슷하지. 이들의 목적은 **집을 지키는 것.** 나와 뜻이 맞아 함께하고 있다."

수호는 주위를 두리번거리다가 대충 따라서 고개를 숙였다.

'그런데 집 지키는 카마가 왜 호랑이 모습이지?'

수호는 살랑살랑 흔들리는 추이의 꼬리를 보며 생각했다.

그 속내를 읽었는지 추이가 가볍게 웃으며 덧붙였다.

"전통적으로 고양이는 사람보다 집을 사랑하는 법."

70   움직일 때는 벼락처럼

육십칠 년 전.

한반도의 남쪽 섬, 화구 한가운데.

마호라가는 입안에 가득 든 검고 물컹한 것을 툭 뱉었다. 문자 그대로 썩은 쓰레기를 씹는 맛.

몸은 온통 검게 물들어 있었다. 진흙 덩어리나 검은 벌레 같은 물컹거리는 것들이 몸 전체에 스멀스멀 기어오르고 있었다.

베어내고 베어내어도 눈앞의 두억시니, 이 끔찍한 괴물의 몸집은 줄어들지 않았다. 섬 전체로부터 몸을 만들고 있는 듯했다.

'분열한 뒤에도 의식이 있고 본체의 기억도 이어받는다. 꼭 원생생물 같군.'

마호라가는 정신이 아득해지는 가운데에서도 생각했다.

몸에 달라붙은 것들이 점점 분열을 거듭하다가 이제는 아예 좁쌀보다도 작아져서 피부를 뚫고 몸에 스며드는 듯했다.

'너무 오래 접촉했다.'

마호라가는 생각했다.

'이 마음을 지키려면 여기서 생을 끝내는 것이 좋을지도.'

생을 끝내는 것은 어렵지 않을 터. 이대로 싸움을 계속하기

45

만 하면 되니.

문득 저 멀리 비틀거리는 형체가 보였다. 마호라가는 얼굴에 기어오르는 것을 떼어내고 눈을 가늘게 떴다. 낯익은 모습이었다.

마호라가는 눈을 크게 떴다. 오랜 동료가 그 자리에 있었다.

"……긴나라!"

마호라가는 친구의 이름을 비명처럼 불렀다.

"긴나라!"

기계눈이 붙은 새 부리 모양의 가면이 아니었다면 알아볼 수 없었을 것이다. 눈부신 순백이 자랑이던 긴나라의 깃털 코트는 이미 찐득찐득한 오물에 뒤덮여 검게 물들어 있었다.

긴나라는 두억시니에게 달라붙어 손톱으로 껍질을 뜯어내고 있었다. 간혹 뭐라고 중얼중얼했고 간혹 "흐…… 흐……" 하며 울었다.

마호라가는 트바스트리의 발목에서 톱니를 뽑아내 진동시켰다. 다리에 달라붙은 것이 떨어져 나가자 자유로워진 마호라가는 긴나라에게 달려갔다.

"긴나라, 떨어져라! 이놈을 만져선 안 돼!"

마호라가가 긴나라의 팔을 당겼지만 긴나라는 정신이 완전히 나간 듯했다. 애초에 원거리 타격계인 긴나라다. 맨손으로 적을 뜯어내는 것부터 제정신이 아니었다.

"긴나라, 정신 차려라!"

마호라가는 긴나라의 허리를 끌어안고 떼어내려 안간힘을 써보았지만 꿈쩍도 하지 않았다.

"나는…… 무엇을……, 무엇을 위해……."

긴나라의 기계눈이 무서운 속도로 찰칵거렸다. 병에 걸린 새처럼 옷에서 깃털이 투둑투둑 떨어져 나갔다. 떨어진 자리에는 피가 맺혀 떨어졌다.

'모습이 변하고 있다…….'

퇴마사의 마음의 모습인 '아트만'. 그것은 그 영혼의 모든 체험을 다 받아들여 만들어진 진실한 자아.

현세의 경험이 아무리 커도 수천 년의 체험에 비할 바가 아니기에 아트만의 모습은 쉬이 변하지 않는다. 긴나라의 아트만이 변한다는 것은, 지금 그 영혼이 믿어왔던 가치관 전체가 전부 흔들리는 충격을 받았다는 뜻.

"나는 뭘 위해 지금까지 싸웠는가……. 열심히 카마를 없애기만 하면…… 세상에 평화가…… 찾아올 줄 알았건만……."

마호라가는 슬픔에 빠졌다.

이해할 수 있었다. 누구보다 열심히, 가장 앞에서 싸웠던 긴나라다. 해방이 왔을 때 가장 기뻐했던 긴나라다. 그렇게 기뻐하는 모습은 지난 천 년 사이에 처음 보았건만.

"긴나라, 가만히 있어라. 몸에 붙은 것들을 떼어내겠다!"

마호라가는 제 몸에도 덕지덕지 붙어 있는 것들은 안중에도 없이 고함쳤다.

그리고는 과일 껍질을 깎아내듯이 단검으로 긴나라의 몸에 있는 것들을 잘라내었다. 하지만 단순한 진흙이 아니라 하나하나가 살아 있는 두억시니의 분신. 아무리 뜯어도 몸에 단단히 붙은 것을 다 떼어낼 수가 없었다.

"긴나라! 내 무기로는 한계가 있다. 이건 네 특기가 아니냐, 샹카의 진동으로 떨쳐내라!"

그제야 긴나라가 동작을 멈추고 귀를 기울였다.

"마호라가……?"

"그래, 나다. 알아보겠어, 긴나라?"

마호라가는 기쁘게 긴나라의 어깨를 붙잡았다. 알아'볼' 수는 없는 동료였지만 지금 마호라가는 상투적인 표현을 할 수밖에 없었다.

"마호라가……."

긴나라의 눈에서 시커먼 눈물이 뚝뚝 떨어졌다.

"마호라가……. 절망이……, 마음을 쥐어뜯는다……. 지쳤다……. 더 이상…… 인간에게…… 아무 희망도 품지 못하겠다……."

"네 생각이 아니다, 긴나라! 두억시니가 하는 말이다. 마음을 다잡아라!"

마호라가가 열심히 긴나라의 몸에서 물컹거리는 것들을 잘라내는데, 아래에서 작은 손이 불쑥 나타났다.

어린 손이 긴나라의 몸에서 검은 것들을 꽉 붙잡더니 우악스레 뜯어냈다.

마호라가가 아래를 내려다보고 누구인지 알아챘다.

"수다나."

긴나라가 몇 생애 전에 거두어 법명을 준 아이다. 체술體術에 능하여 주로 바깥에서 몸을 지키는 역할을 하는 나한이라 마음 안에서는 거의 보지 못했었다.

'……뭔가 특이한 능력이 있다고 들었는데.'

이번 생에서는 아직 채 각성하지 못한 듯했다. 제 아트만도 찾지 못하여 바깥과 모습이 같다. 이제 겨우 열셋이나 되었을까.

수다나는 고사리 같은 손으로 긴나라의 몸에서 벌레들을 잡아 뜯고 이빨로 거침없이 물어뜯었다. 꼭 산짐승 같다.

"좀 가만히 계십시오, 신장님. 뜯어내기 힘듭니다."

수다나의 목소리를 듣자 긴나라는 그제야 얌전해져서는 비틀비틀 주저앉았다.

마호라가는 두억시니를 올려다보았다.

긴나라와 자신이 동작을 멈추고 수다나가 긴나라의 몸을 청소하는 데에 집중하자 두억시니도 함께 조용해져서 자신들을 내려다본다. 등이 크게 부풀었다 가라앉으며 악취 섞인 숨만 쉴 뿐이었다.

'공격하지 않으면 반격도 하지 않는가.'

마호라가는 진한 피로를 느끼며 생각했다.

'상대의 능력은 복사하지만 자기 기술은 없다. 이놈이 본래 가진 기술은 정신 오염뿐인가.'

하지만 이쪽에서 기술을 쓸 수 없다면 없앨 방법 또한 없다.

적을 앞에 두고 맞이하는 짙은 고요 속에서 마호라가는 격렬한 무력감에 몸부림쳤다.

수다나는 꼼꼼하게 긴나라의 몸에서 파편을 떼어내고 달라붙은 것을 입으로 물어뜯고 잘근잘근 씹어댔다. 그러고 돌아서더니 퉤, 하고 오물을 뱉고는 입을 슥 닦으며 눈 하나 깜짝 않고 말했다.

"저는 두 분처럼 오래 수련하지 않았습니다. 제 영혼이 오염될까 두려우니 마호라가께서 제 목숨을 거두어주십시오."

마호라가는 흠칫 숨을 멈췄다.

"나는 그런 일을 하지 않아, 수다나."

"퇴마사의 삶은 육신에 있지 않습니다. 목숨을 보전하려 애쓰느니 깨끗한 혼을 지키는 편이 낫습니다."

"틀려. 수다나."

마호라가는 고개를 저었다.

"그 살아 있는 육신을 소중히 하지 않고, 사람들과 함께 어울려 발에 땅을 디디지 않고 사는 자는 간단히 균형을 잃고 말아. 사는 데까지 살아라. 오염과 함께 사는 것도 수행이다."

수다나는 마호라가의 얼굴을 힐끗 보았다.

"긴나라께서 마호라가는 파계승이나 다름없는 퇴마사니, 하는 말에 귀를 기울이지 말라 하셨습니다만."

"맞아. 그러니 말이 통하지 않을 줄도 알겠군, 나한 수다나."

수다나는 불만스러운 얼굴로 제 손을 툭툭 털었다.

마호라가는 수다나에게서 관심을 거두고 태산과도 같은 두억시니를 바라보았다.

'어떻게……'

마호라가는 생각했다.

'이놈을 어떻게 해야 없애지? 어떻게 해야……'

현재.

추이의 마음 안.

50

"기본적으로는 동료를 많이 모아야지."

추이가 하얀 도자기 찻잔에 따뜻한 차를 따르며 말했다. 향긋한 차향이 찻잔 주변에 은은하게 감돌았다.

"둘째로는 오래 버텨야 하고."

추이는 말을 이었다.

"그러니까 첫째, 동료를 많이 모아서, 둘째, 오래 뒹굴다 보면 불이 꺼질 때가 있다, 이 말씀이지."

추이가 사는 집은 너른 호수였다.

주위로는 짙은 물안개가 차가운 산불처럼 피어올랐다. 그 한가운데에 파란 조각배가 떠 있다.

사람이 누우면 세 명쯤 누울 만한 아담한 배. 중앙에 선실이 있고 갑판에는 푸른 천으로 만든 그늘막이 있었다. 선실 외벽에는 음식 메뉴가 쓰인 나무판이 주렁주렁 붙어 있다. 추이는 그 배의 갑판에 양반다리로 앉아 있었고, 수호는 앉은뱅이 반상을 사이에 두고 그 앞에 어색하게 정좌하고 있었다.

수호는 조금 전 심소에서 빠져나오자마자 초대받아 마음에 들어온 참이었다.

'정착할 땅 없이 떠도는 선상 음식점…… 같은 걸까.'

수호는 주변을 두리번거리며 생각했다.

'그런데 그렇게 해서 불이 꺼질 때가 있다면, 안 꺼질 때도 있다는 뜻인가?'

머리를 굴리던 수호는 추이가 제 코앞에 잔을 내민 채로 기다리고 있다는 사실을 깨달았다.

수호는 당황해서 옆에 잔을 받을 사람이 있나 굳이 찾아본 뒤에야 어색하게 두 손을 내밀어 잔을 받았다.

"감사합니다."

추이는 조금 어리둥절하다가 흠, 하며 흥미롭다는 표정을 지었다.

"그냥 차야, 퇴마사."

수호는 창피해져서 고개를 푹 숙였다.

"기세 좋게 검을 휘두를 때는 입도 걸고 배짱도 두둑해 보이더니만."

추이는 의외라는 듯 고개를 갸웃하고는 말을 이었다.

"……그래. 사실, 많이 모이고 오래 버텨야 어쩌다 불이 꺼질 때가 있을 뿐이지. 실패할 때가 더 많아. 강길과 우리는 상성이 안 좋아. 우리도 다른 카마를 상대로는 그리 약하지 않은데 말이지."

추이는 털이 보송보송한 노란 줄무늬 꼬리로 뱃전을 탁탁 두드렸다.

"맨몸뚱이로 굴러 끄는 수밖에 없는데, 어지간히 동료가 많이 모이지 않으면 털에 불이 붙어 타버릴 뿐이거든. 하지만 이 집은 그래도 사람이 좀 모였으니."

"이 집이 그만큼 중요한 집인 거죠?"

수호는 찻잔에 입을 대려다가 배가 기우뚱하는 바람에 녹차를 얼굴에 끼얹고 말았다.

"음, 글쎄다."

수호가 앗 뜨거, 앗 뜨거, 하는 사이에 추이는 먼 산을 바라보았다.

"그야 그렇지. 전통이 있고 오래되었고 주인이 정성스럽게 잘 가꾼 집이니까."

추이는 잠시 생각하다 말을 이었다.

"하지만 무엇보다도 사람이 많이 모였으니까. 그게 더 맞는 답이겠구나."

'웅?'

수호는 잘못 들었나 싶어 추이를 바라보았다.

"……중요한 집이라서 모인 것이 아니라요?"

"지키지 않아도 되는 집은 없어."

추이는 어깨를 들썩했다.

"하지만 혼자서는 집을 지킬 수 없고 모든 집을 지킬 수도 없단다. 그래서 나는 때와 운이 맞아 인원이 모인 곳이 있다면 가서 그곳을 지키지."

"……"

추이는 새로 차를 따라 수호에게 내밀었다. 수호는 다시 황급히 고개를 숙이며 머리 위로 두 손을 높이 들어 잔을 받았다. 추이는 다시 당혹스러워했다.

"그냥 차라니까. 어른에게 먹을 것도 받아본 적 없니?"

"……"

수호는 얼굴이 새빨개져서 잔을 몸 안쪽으로 끌어당겼다.

몸에 밴 습관, 의식하지 않아도 체취처럼 풍기는 내 삶. 아무리 숨기려 애를 써도 내 습관이 체취처럼 내가 살아온 날을 고자질한다. 그런 생각이 들자 수호는 거리 한복판에서 발가벗은 기분이 되었다.

"뭐 어쨌든, 이건 내가 카마고, 한 가지밖에 생각하지 못해서 그럴 거야. 너희 퇴마사들이라면 더 좋은 방법을 알지도……"

"아니."

뒤에서 마호라가의 낭랑한 목소리가 들려왔다.

"병법의 기본이다."

치익, 하고 바람이 새는 소리와 함께 마호라가의 은빛 의족이 철컹거리며 뱃머리에 닿았다.

팔에 작은 아난타를 감은 마호라가가 뱃머리에 내려서더니 경쾌한 걸음걸이로 뚜벅뚜벅 그늘막 안으로 들어왔다.

"뭐가 기본이지, 기계다리?"

추이가 물었다.

"선택과 집중."

마호라가는 수호의 옆에 털썩 주저앉았다. 추이를 향해 손짓으로 자기도 차를 달라는 시늉을 하며 말을 이었다.

"'최선의 전략은 늘 강력한 병력을 갖는 것이다. 그럴 수 없다면 차선의 전략은 중요한 지점에 강력한 병력을 집중시키는 것이다.' 클라우제비츠."

"클……이 누구야? 그 사람도 퇴마사야?"

수호가 옆에서 어리둥절해서 물었다.

"'하나의 군대의 작전선은 반드시 하나여야 한다. 화력은 한 점에 집중되어야 한다.'"

마호라가는 계속했다.

"'그러면 적진에 균열이 생기고, 균열이 생기면 균형이 깨지며, 균형이 깨어지면 이긴다. ……그것이 기본이며 나머지는 아무것도 아니다.' 나폴레옹."

"나폴레옹?"

마호라가는 차를 한입에 털어 마시고는 더 달라고 손을 내밀며 말을 이었다.

"'싸움은 사람들을 마치 둑을 끊어 막아둔 물을 천 길 계곡으로 쏟아붓는 것과 같은 형세가 되도록 한다.'"

"에……."

"'군세가 이동할 때는 바람처럼, 멈출 때는 숲처럼, 적을 칠 때는 화염처럼, 지킬 때는 산처럼, 숨을 때는 밤처럼,'"

마호라가는 두 번째로 받은 차를 아난타에게 내밀었다.

"……움직일 때는 벼락처럼."

마호라가는 수호를 보며 싱긋 웃었다.

"손자孫子의 말이다."

아난타는 만족스러운 듯 입맛을 참참 다시더니 마호라가의 찻잔에 머리를 폭 박았다.

71 　지켜야 할 곳

"그러니 추이, 당신의 전략에는 틀림이 없어. 오히려 정석이야."

호수에 떠 있는 푸른 조각배에서 마호라가가 말했다.

"흠."

추이는 꼬리로 뱃전을 부드럽게 치며 수긍인지 겸양인지 감탄인지 모를 소리를 냈다.

"그리고 승리는 한 번으로도 의미가 있지. 한 번의 승리로도 적진에는 균열이 생긴다. 균열이 생기면 균형은 무너지고, 균형이 무너지면 승기를 잡는다."

마호라가는 수호를 바라보며 말을 마무리했다.

"추이, 당신 말대로 이곳이 가장 중요한 곳이다. 그 무엇보다도, 이길 수 있는 곳이므로."

"만약 그것이 병법의 정석이라면,"

추이가 말했다.

"적도 알고 있겠군."

마호라가가 고개를 끄덕이며 답했다.

"알고말고. 그러니 그들은 언제나 네게 이리 말할 것이다."

마호라가가 답하는 사이 아난타는 잔에 머리를 박고 꼴깍꼴깍 차를 마시며 물고기 지느러미 같은 꼬리를 살랑거렸다.

"······'그럴 시간에 더 중요한 다른 곳을 지켜라.'"

"흠."

"'그 돈으로 누구누구를 도와라, 더 가난한 사람도 있다', 더 불행한 사람도 있는데.' '더 중요한 일도 있는데.' 혹은 '이 러저러한 일에는 가만히 있으면서 굳이 그곳에.'"

"흠."

추이는 귀를 까닥까닥하며 꼬리로 뱃전을 탁탁 두드렸다.

"적들은 안다. 너무도 잘 알지. 그래서 늘 그리 말한다. 모 인 힘을 흩어놓기 위해. 전력을 분산시키기 위해."

"흠."

추이는 잔에 새로 차를 따랐다. 진한 차향이 은은하게 배 위에 퍼졌다.

"하지만 추이, 당신 말대로 세상에 중요하지 않은 곳은 없 다. 지키지 않아도 되는 곳 또한 없다. 돕지 않아도 되는 사람 또한 없다."

마호라가는 쓸쓸한 얼굴로 말을 멈추었다.

"······하지만 싸움은 선택과 집중. 그러므로 힘을 모아야 하는 곳은 지금 힘이 모인 곳이다. 그리고 그곳이 무엇보다도 중요한 곳이다."

마호라가의 말을 들으며 수호는 문득 가게에 있던 사람들 을 떠올렸다. 겉보기에는 그냥 앉아서 노는 듯했던 사람들. 간혹 '머릿수가 중요하다'든가, '버티는 것이 중요하다'는 말 들이 들렸다.

그러면 진짜 전쟁은 마음 안에서 일어나는 걸까. 의지와 의 지의 싸움. 소망과 소망의 부딪침.

"흠."

추이가 감흥 없이 감탄사를 내뱉으며 아난타가 머리를 박은 찻잔에 모락모락 김이 나는 새 차를 부었다. 온천욕 기분을 만끽하던 아난타가 뜨거워서 화들짝 놀라 고개를 빼냈다.

"그래, 나쁜 자들은 이 전략을 잘 안다."

마호라가가 말을 이었다.

"그래서 때로 그들은 정말 쓰러트려야만 하는 적 대신 쉽게 이길 수 있는 자들을 적으로 삼기도 하지."

마호라가의 얼굴에 그늘이 내려앉았다.

"승리라는 달콤한 과실을 수집하고자, 굳이 이길 필요가 없는 자들, 적이 아니라 동료가 될 수도 있는 상대를 먼저 치기도 해."

"흠."

"그런 자들은 단지 승리를 수집하는 쾌락에 탐닉할 뿐, 결코 제 진영이 이기기를 바라지 않는다. 그 또한 유사 이래 흔한 일이다. 그러니 아무리 승리를 갈망해도 탐닉하지 않도록 경계해야 한다."

무슨 기억을 떠올리는 걸까. 마호라가의 시선이 먼 곳에 닿았다.

"퇴마사는 눈에 보이는 모습과 같은 나이가 아니라더니."

"조금 많아."

마호라가가 답하고는 잔을 내려놓았다.

아난타가 찹찹 소리를 내며 반상으로 내려가는 찻잔을 따라 몸을 엿가락처럼 쭈욱 늘였다.

"하지만 추이, 이곳은 '정말로' 중요해. 당신들은 모르겠지만."

마호라가의 표정이 돌연 식었다.

그러더니 일어나 허리에서 검집을 풀어 지평선 저쪽을 가리켰다. 검집에서 은은한 피리 소리가 났다. 소리의 여운이 바람을 타고 호수 위를 흘러갔다.

"심소의 경계는 사람의 마음이 아닌 지형에 기반을 두고 있어. 자연 지물은 물론, 오래된 사물이나 건물도 심소의 경계가 되지. 하지만 건물이 짧은 시간 내에 연쇄적으로 무너지면 심소의 균형이 흔들려 경계가 무너진다."

'경계가 무너져……?'

수호는 정신을 차리고 귀를 바짝 기울였다. 추이가 가볍게 반응했다.

"흠."

"이 나라의 마구니들이 써온 흔한 전략 중 하나다. 그래서 그들은 토건족과 결탁하여 산을 깎고 집을 허물고 오래된 것들을 부순다."

마호라가가 말했다.

"그렇게 오래된 것들이 부서지면 사람들의 마음도 같이 부서진다. 이 거리의 오래된 건물은 이미 다 사라졌고 남은 건물은 이 집뿐이야. 이제 여기마저 무너지면 이 거리의 심소 경계가 무너진다."

"경계가 무너진다……."

추이가 그 말을 곱씹었다.

"그건 나와 관계없는 문제로군. 나는 이 집을 지킬 수 있으면 그만이야."

"만약 심소가 무너지면 집을 지킨다는 너희의 목적도 이룰 수 없어."

"무슨 말인지는 알겠지만, 그 방향으로 생각이 가지는 않아. 나는 집 이외의 욕망을 갖지 않으니."

"이해한다."

마호라가는 고개를 끄덕였다. 추이가 말을 이었다.

"단지, 네가 말하는 '사냥감'이 뭔지는 알겠군."

추이는 반상에 찻잔을 내려놓았다.

"소문은 들었어. 두억시니…… 천오백 년을 묵은 카마가 이 거리에 도사리고 있다고 들었지. 오래 묵은 것들 중에서도 악독한 것이고."

추이는 긴 털북숭이 꼬리를 탁탁 치며 진저리를 쳤다.

"모멸을 퍼트리는 카마. 이 집이 무너지면 그 썩을 놈이 세상 전체로 나간다는 뜻이로군."

수호는 머릿속으로 뭉게뭉게 그 풍경을 그려보았다.

직접 본 이후 시간이 좀 지난 터라 수호가 기억하는 두억시니는 검은 솜사탕 모양의 몸에 동그란 눈알과 촉수가 덕지덕지 붙어 있는 다소 귀여운 모습으로 변해 있었다.

연이어 수호는 두억시니가 신나게 웃으며 쿵쿵 벽을 뚫고 밖으로 나가는 모습을 상상했다. 상상 속 두억시니가 으하하 웃으면서 눈에 띄는 건물마다 아작아작 집어삼키기 시작했다.

"그러면 큰일이잖아?"

수호가 무심코 소리쳤다. 추이와의 대화에 집중하던 마호라가는 놀란 얼굴로 수호를 돌아보았다.

"응?"

"그러면 큰일 나잖아?"

수호의 말에 마호라가는 눈을 깜박였다. 맞는 말이지만 워낙 직설적으로 듣고 나니 묘한 기분이 든다는 얼굴이었다.

"어, 큰일…… 나지……."

"그럼 왜 말 안 했어?"

"내가 말 안 했던가?"

"안 했어!"

"한 줄 알았는데."

"그렇게 중요한 일은 미리미리 말을 해야지!"

수호가 마호라가의 손목을 붙잡고 다그쳤다. 마호라가는 잠시 눈을 말똥말똥 떴다. 그러다가 표정이 부드러워졌다.

"그렇구나. 말을 했어야 했다."

마호라가는 수호의 손등에 제 손을 얹었다. 그리고 수호의 눈을 지그시 보았다.

"그러니, 꼭 이기자."

〔재미있나.〕

수호가 도로 털썩 자리에 앉아 찻잔을 입에 대는데 마음 안에서 음침한 소리가 들렸다.

'바루나?'

수호가 마음속으로 물었다.

'듣고 있었어?'

〔늘 듣고 있지.〕

'뭐가 불만이야, 또.'

〔그 기계다리, 너무 믿지 마라.〕

'또 그 소리.'

수호는 흘려들으며 차를 홀짝였다.

〖그 퇴마사, 네게 숨기는 것이 있다.〗

'무슨 소리야?'

수호가 바루나에게 되물었다.

〖맹점이 있어. 말 그대로 보지 못하는 것이 있다.〗

'누구나 맹점은 있잖아.'

〖이전에 네 마음에 마구니가 침입해왔을 때, 마음에 들어온 기계다리의 행동이 기묘했다.〗

'?'

수호는 옆에 앉은 마호라가의 옆얼굴을 보았다. 마호라가는 추이와 작전을 짜느라 수호에게는 신경을 못 쓰는 듯싶었다.

〖장님에 귀머거리가 된 듯했다. 마구니가 어디 있는 줄 모르는 듯했어. 언변과 기세로 숨기기는 했지만.〗

'됐어, 됐어. 넌 퇴마사에 대해서는 나쁜 말만 하잖아.'

수호가 차를 호록 마시며 마음속으로 삐죽거렸다.

〖흘려듣지 말고 기억해둬라. 그 퇴마사를 폄하하려는 것이 아니야. 기계다리에게 약점이 백 개 더 있어도 너보다 한참 뛰어난 퇴마사라는 점만은 변함이 없다.〗

'기~ 살려줘서~ 고맙다~.'

〖하지만 네가 약한 만큼 동료의 약점은 더 명확히 알아두어야 한다. 모르면 위험할 때 대처할 수가 없다.〗

'……'

〖네가 나를 어떻게 생각하든, 나는 다른 누구보다 네 안전을 신경 쓸 수밖에 없다.〗

'…….'

✦

"아가씨는 집에 안 가요?"

무대를 치우던 추씨는 아까부터 눈여겨보던 젊은 여자에게 다가가 물었다. 누가 시키지도 않았는데 상을 치우며 바쁘게 돌아다니는 여자였다.

기묘한 사람이었다. 경호원처럼 짙은 색 양복을 입은 키가 훤칠한 여자였는데, 얼굴 한쪽에서부터 손등까지 내려오는 화상 자국이 뚜렷했다. 단발머리를 살짝 내린 것을 제외하면 딱히 감추려는 기색도 없었다. 처음에는 흠칫 놀랐는데, 워낙 인상이 좋은 사람이라 금세 그리 신경 쓰지 않게 되었다.

여자가 활짝 웃으며 말했다.

"사람 수가 중요하잖아요. 오늘은 에…… 할 일도 없어서 조카…… 예, 맞아요, 조카들하고 와서 자리 지켜주려고 왔어요. 하룻밤쯤 버티려고요. 우리 같은 사람도 괜찮으시다면."

"네……. 저희야 감사하지만."

추씨는 저쪽 식탁에 엎드려 쿨쿨 자는 아이들을 힐끗 보았다.

한쪽 다리에 의족을 한 조그만 여자애와 불쌍하리만치 빼빼 마른 남자애였다. 여자애는 무슨 꿈을 꾸는지 입속으로 중얼중얼하며 가끔 파드득 몸을 떨었다.

아무튼 애들은 신나게 놀다가도 저렇게 전원이 꺼진 것처럼 갑자기 푹 쓰러져 자곤 한다니까.

"아까 하시던 말씀에 워낙 감동해서 말이죠. 가슴이 막 불끈불끈 뜨거워지더란 말이죠."

키 큰 여자가 제 가슴을 탕탕 쳤다.

"연설하시는 게 뭐랄까, 허리에 칼 찬 연륜 있는 호랑이 무사 같더군요."

'허리에 칼 찬 호랑이 무사는 뭐야. 묘하게 구체적인 비유네.'

키 큰 여자는 기운차게 말을 이었다.

"그래서 이것도 인연인데 있는 힘껏 도와주자, 뭐 그런 생각이 들더란 말이죠."

'내가 이 여자를 어디서 봤더라?'

추씨는 고개를 갸웃했다.

'왜 처음 만난 사람 같지가 않지?'

"이제는 물러날 수 없다는 기분이 들 때가 있죠. 안 그래요?"

여자가 정곡을 찌르자 추씨는 왠지 마음이 풀어져 웃었다.

"맞아요."

추씨는 고개를 끄덕였다.

"물러날 수 없을 때가 있죠."

수호는 눈을 떴다.

아난타가 똬리를 튼 가운데에 마호라가가 품에 안긴 모습이 눈에 들어왔다. 마음에서 나왔을 때 사람이 카마로 보이는 현상.

식탁 주위에는 아까 심소에서 본 호랑이들이 아난타 주위

64

에 옹기종기 모여 앉아 수다를 떨고 있었다.

"여기라면 정착할 수 있을 줄 알았지요."

가게 주인인 듯 보이는 아주머니가 식탁에 물잔을 내려놓고는 말을 이었다. 아까 심소에서도 보지 못했고 지금도 호랑이 모습이 아닌 것을 보면 마음에 카마가 없는 사람인 듯했다.

"연남동은 골목이 좁고 꼬불꼬불해서 차도 못 다니는 동네니까요. 주민 대부분은 화교 아니면 노인이고. 도심 안의 시골 같은 동네였죠."

아난타는 단무지를 아작아작 씹으며 고개를 연신 끄덕였다. 가게 주인은 둘러앉은 호랑이들을 가리켰다.

"다들 아는 사이에요. 한번 쫓겨나기 시작하면 다 같이 쫓겨나거든요."

호랑이들이 일제히 미소를 지으며 손을 들어 인사했다.

"무슨 유목민 같죠. 때가 오면 거리 전체가 이동해요. 삼 년이나 사 년에 한 번씩 그런 일이 일어나죠. 하지만 기간이 점점 줄어들어요. 이제 일 년에 한 번씩 옮기고 있죠. 이쯤 되니 정신이 번쩍 들더란 말이지요."

"장사를 잘하면 잘할수록 더 빨리 쫓겨나지. 집값이 더 오르거든."

옆에 앉은 백호가 말했다.

"아, 이 사람도 그래."

백호가 옆에 앉은 추이의 어깨에 턱, 하고 손을 얹었다.

"국수 마는 솜씨가 그렇게까지 좋지 않았으면 그렇게 자주 쫓겨나지 않았겠지."

"무슨 말씀을."

"그게 언제였더라? 이 친구도 그때 가게 옮긴 지 일 년도 안 됐을 때였다지. 원래는 한 번 가게 세 주면 오 년은 보장해 줘야 하는데, 어느 날 아침에 이 친구가 셔터 열려고 가보니 건물주가 가게 주위에 철근을 탕탕 올렸다지 뭔가."

추이가 한숨을 푹 쉬며 말했다.

"건물주가 재건축을 하면 세입자를 아무 때나 내쫓을 수 있으니까요."

"나쁜 놈들."

백호가 말을 받았다. 호랑이들도 제각기 작게 욕을 입에 담았다.

"더해서 최근까지만 해도 건물주 본인이 가게를 하면 권리금도 안 돌려줘도 됐고요.*"

"나쁜 놈들 같으니."

백호가 분통을 터트렸고 추이가 말을 이었다.

"그렇게 잠깐 장사하는 척하다가 권리금만 챙기고 또 팔고, 또 내쫓고 또 팔아요. 사람 한번 내쫓을 때마다 돈이 뭉텅이로 들어오는데, 사람 눈이 안 돌아갈 수가 있나요."

"그렇군요."

아난타가 팝콘 그릇에 얼굴을 파묻고 아작거렸다.

가게 주인이 가게 안을 돌아보며 말을 계속했다.

"요새 이 동네 건물주마다 돈 많은 세입자는 얼마든지 구해주겠다는 공인중개사들이 줄줄이 붙어 있어요. 강남구 업

* 권리금 보장 규정이 시행된 것은 2015년 5월의 일이다.

자들까지 몰려와 있죠. 그렇게 바람을 넣으면 멀쩡하던 사람도 정신이 돌아버려요. 강남에서 온 사람들은 낼 수 있는 돈이 차원이 달라요."

환영은 차츰 사라졌고 선혜를 품에 안고 있는 진의 모습이 눈에 들어왔다.

사려 깊고 다정한 눈동자. 잠결에 진이 시야에 들어오자 수호는 저도 모르게 기분이 좋아졌다.

수호는 불현듯 깨달았다.

자기가 지금 눈에 띄어도 괜찮은 사람들과 함께 있다는 것을.

집에서는 언제나 숨어 지냈다. 아버지가 술 냄새를 풀풀 풍기며 집에 오면 방으로 기어 들어가 꼼짝도 하지 않았다. 방에서 행여라도 빛이 새어나갈까 봐 이불 속에 숨은 채 핸드폰 불빛으로 숙제를 했다.

오늘 아버지가 자신을 잊어버리기를, 아들이 있다는 걸 까먹기를 기도했다.

누군가의 눈에 띄는 것은 재난이었다. 하지만 지금은 그렇지 않다……. 아마 지금 별 이유 없이 진의 팔을 건드린다 해도, 진은 "응? 무슨 일 있어?" 하며 웃음 띤 얼굴로 눈을 마주쳐줄 것이다. 그냥 건드려보았을 뿐이라고 말해도 기쁜 듯이 대화를 이어갈 것이다. "네가 거기 있어서 기쁘구나" 하고 말하듯이.

수호는 진을 향해 손을 뻗었다.

그때 진의 품에 안겨 있던 선혜가 눈을 비비며 깨어났다. 진은 선혜의 뺨에 얼굴을 대며 속삭였다.

"잘하고 왔어요?"

"조금은……."

"피곤하지 않아요? 조금 더 잘까요?"

"응, 조금만……."

선혜가 진의 가슴에 얼굴을 묻으며 꼼지락거리자 진은 세상에서 가장 소중한 것을 다루듯 선혜를 품에 꼭 끌어안았다.

수호는 순간 마음이 가라앉아 손을 움츠렸다.

'뭐야, 나 왜 이러지?'

어디선가 작은 송곳이 나타나 마음을 쿡쿡 찔러대는 기분이었다.

'마음이 흔들리면 안 되는데…….'

수호는 다시 눈을 감으며 생각했다.

'바루나가 땅 흔들려서 잠 못 잔다고 뭐라고 할 텐데…….'

72 어둠의 탄생

삼십오 년 전, 5월.

트럭에서 관이 내려졌다. 열 개의 관이 내려진 뒤에는 흰 천에 싸인 것들이 나왔다. 아직 유족을 못 찾은 시신인 듯하다.

병원 영안실이 다 차서 동사무소 앞마당으로 관이 실려 온다. 곧 앞마당도 다 찰 모양이다. 실종자 가족들이 시신을 하나하나 확인한다. 사람들이 내일 장례식을 몇이나 치를지 세고 있다.

저 멀리서 커엉, 하는 고라니 울부짖음 같은 총소리가 난다. 몇 명이 익숙한 몸짓으로 길을 나선다.

계엄군이 시신을 끌고 가면 어딘가에 암매장한다는 흉흉한 소문이 돌았다. 가서 시신을 들고 와야 한다. 그래서 아이를, 아내를, 남편을 잃은 사람들이 시신이나마 거둘 수 있도록.

도시는 봉쇄되었다. 전화는 끊겼고 도로도 모두 탱크가 막고 있다.

텔레비전에서는 북파공작원이 떼로 내려와 도시를 장악했다는 방송이 매일 나온다. 그놈의 북파공작원 재주도 좋지. 국경도 해안도 섬도 아니고 반도 남쪽 도시 한복판을 점령하다니.

하지만, 그래도 처음에는 시위대만 죽이려니 했다.

이제 이곳에는 아이들의 시신이 실려 온다. 책가방을 등에 메고 과자봉지 따위를 손에 쥔 아이들이.

어린 우라가의 눈앞에는 마카라가 고요히 누워 있었다.

그 위로 빗줄기가 주룩주룩 내린다. 총알이 몸을 여러 발 뚫고 지나갔는데도 표정은 잠을 자는 듯 평온했다. 마치 죽은 뒤에라도 우라가의 마음을 불편하게 하지 않겠다는 듯이.

우라가는 담벼락에 등을 기대고 무릎을 끌어안은 채 인형처럼 몸을 웅크리고 있었다. 건드리면 그대로 바스라져 흩날리기라도 할 듯 생기가 다 빠져나가 있다.

동사무소 앞마당은 온통 통곡이었다.

아우성치는 사람들이며 실신하는 사람들이며, 망연자실 걷는 사람들이 주위를 유령처럼 오간다. 멀리서는 탱크가 아스팔트를 짓누르며 전진하는 소리가 들려온다.

'그만.'

우라가는 눈을 감았다.

'이제 그만. 더 볼 수가 없다.'

눈을 뜨자 마호라가는 심소에 있었다.

심소 안도 견딜 만한 풍경이 아니다. 하늘에서는 붉은 피 같은 비가 주룩주룩 내리고, 사방에 핏물이 개울을 이루며 철철 넘쳐 흐르고 있다. 검게 탄 종잇장 같은 사람들의 그림자만이 거리를 허적허적 걷고 있다.

그래도 그나마 마카라의 시신이 있던 자리에는 핏자국뿐이다.

얼마나 그렇게 있었을까.

가까이에 인기척이 느껴져 마호라가는 고개를 들었다. 상대를 알아보는 데에는 시간이 걸렸다.

"……긴나라."

마호라가가 맥없이 동료를 불렀다.

그래도 이전 생에 마지막으로 보았을 때보다는 꼴이 나아 보였다. 화려하고 풍성했던 예전의 새하얀 날개옷은 사라지고, 듬성듬성 깃털이 붙은 흰 코트를 입고 있지만.

삼십이 년 전이었던가.

긴나라는 마호라가와 달리 그 후로도 죽지 않고 계속 살아왔다.

'현실에서는 나이가 많이 들었겠지.'

마호라가는 생각했다. 아마 긴나라도 이제 슬슬 이번 생을 마감하고 다음 생을 준비할 때가 되었을 거고.

'그 일들을 다 마음에 품은 채로, 나처럼 다시 태어나지도 못하고 참 오래도 살았구나.'

뒤에는 수다나가 장승처럼 서 있었다. 나이는 들어 보였지만 어린 날 보았던 매서운 눈은 그대로였다.

마호라가는 긴나라의 오른쪽 어깨를 물끄러미 보았다. 빈 코트 자락이 축 늘어져 있을 뿐 팔은 보이지 않았다.

"팔을 잃었는가."

마호라가가 담담히 묻자 긴나라는 별일 아니라는 듯 지팡이 샹카를 들어 보였다.

진동수로 폭발을 일으키는 무기. 그 동작만으로도 마호라가는 상황을 이해했다.

'두억시니가 긴나라의 기술을 복사해 되돌려주었군.'

"과연, 싸우면 싸울수록 강해지는 카마였다. 감탄스러웠다. 아니…… 경외스럽다는 말이 어울릴까."

긴나라가 흰 중절모자를 손가락으로 까닥이며 히죽 웃었다. 어쩐지 불편한 웃음이었다.

"이번에 퇴마사들이 모여 퇴치 작전을 벌인 것이 오히려 화가 되었더군."

긴나라가 말을 이었다.

"몸집만 키웠다. 내가 그토록 말렸건만. 직접 부딪쳐보지 못한 바보들은 이해하지 못하더군. '그깟 하찮은 카마 따위' 같은 말만 반복했다."

긴나라. 본래 시시껄렁한 농담을 좋아하던 친구다. 동료들 사이에 안 좋은 일이 있을수록 도리어 웃어서 분위기를 풀어 주던 사람이었다.

하지만 지금은 뭔가 다르다.

웃음이 차갑다. 마음에 질척질척한 것이 끼어 있다. 사방으로 튀는 경멸과 비웃음.

'그간 내내 두억시니와의 최전선에 있었기 때문이겠지. 영향을 받을 수밖에 없었을 것이다.'

마호라가는 애써 이해하며 생각을 계속했다.

'지금까지의 체험으로 보아, 두억시니가 상대의 능력을 복사하는 시간은 잠시뿐, 오래 기억하지는 못한다. 하지만 그것만으로도 난공불락. 그 자리에서 내가 쓴 기술을 그대로 되돌려 받는다면 전황은 평행선이 될 수밖에.'

아마도 그것이 '모멸'의 속성. 주는 그대로 돌려받는다.

'두억시니는 한 번에 제압해야 한다. 전장 전체를 단 한 번에 제압해버릴 만한……'

하지만 지금 마호라가가 떠올린 '그 무기'는 천오백 년 전이래로 다시는 나타난 적이 없는 것이었다.

마호라가의 생각과는 아랑곳없이 긴나라가 말을 이었다.

"교단의 방침을 전하러 왔다, 마호라가."

긴나라가 발끝으로 마호라가의 의족을 툭 치며 말했다.

"지금 이후 전국의 퇴마사들은 두억시니는 건드리지 말 것. 두억시니는 자연히 없어지게 하는 것이 최선이다."

마호라가의 눈이 커졌고 이내 차게 식었다.

"두억시니는 자연히 없어지지 않아."

"그래도 그게 최선이야."

긴나라의 기계눈이 철컥거리며 닫혔다 열렸다 했다.

"물리 타격이 그나마 덜 위험하지만, 물리 타격을 쓰려면 두억시니와 접촉해야 해. 하지만 그러면 퇴마사의 마음에 오염이 번지지. 퇴마사가 크게 줄어든 이 시기에 감수할 만한 위험이 아니야."

"그러면 교단은 아무것도 하지 않겠다는 건가."

마호라가의 말에 격앙이 깃들었다. 긴나라가 안타깝다는 얼굴로 어깨를 들썩이며 답했다.

"이런 큰 재난에 관여하는 카마는 두억시니 하나만이 아니야. 다른 카마를 사냥하는 방향으로 전선을 옮기기로 했어. 그러다 보면 두억시니도 수그러들겠지."

"수그러져도 없어지지 않는다면 소용이 없다."

"마호라가."

긴나라의 목소리가 싸늘해졌다.

"동, 북서, 남, 북, 네 진영 최고회의의 결정이다. 북의 다문천께서 직접 선언하셨고. 나는 통보를 하러 왔지, 너와 논쟁하러 온 것이 아니야."

"……."

마호라가는 입을 다물었다.

"교단이 충분히 시도해보지 않고, 충분히 고려하지 않고 간단히 내린 결정이라고 말하고 싶다면, 교단 전체를 모독하는 것으로 간주하겠다. 제 진영도 없는 떠돌이 퇴마사 마호라가."

"……."

'서'의 진영이 해체된 뒤, 서의 신장들은 다른 세 진영으로 뿔뿔이 흩어졌고, 남은 주축은 '북서'라는 새 진영에 합류했다.

하지만 마호라가는 끝까지 진영을 결정하지 않았다. 긴나라는 마지막까지 마호라가 옆에 남아 격렬하게 논쟁한 동료였다.

「우리를 배신하고 욕망에 휘둘려 마구니에게 홀려버린 그 죽일 놈의 광목천에게 아직도 무슨 미련이 남은 거야? 그 썩을 수장에게 무슨 남은 의리가 있어?」

마호라가가 긴나라를 이해시킬 도리는 없었다. 스스로도 자신을 이해할 수 없었으므로.

긴나라는 '북서'에 편입하며 전국을 떠도는 감찰관의 역할을 자청했다. 그리고 제 휘하에 마호라가를 두겠다고 했다.

비록 서로 생각은 맞지 않을지라도 그런 방식으로 마호라가의 신변을 보호해주겠다고.

마호라가가 멋대로 사냥하고 돌아오면 '자신이 지시한 것으로' 대충 처리해줬던 긴나라였다. 마호라가도 적당히 긴나라의 '통보'에 응해 신장이 할 만한 일이 아닌 온갖 지저분하고 잡다한 일들을 처리해주곤 했다.

그 관계가 틀어지기 시작한 게 언제였던가.

그 옛날 남쪽 섬에서였던가.

'내가 그때 무엇을 잘못했던가.'

마호라가는 슬프게 생각했다.

내 위로가 충분치 않아서? 아니면 너무 많이 위로하려 들었기 때문에? 돌이켜보아야 소용없는 일. 두억시니에게 오염된 사람과 사이가 틀어지는 이유는 하나뿐이다.

'그 옆에 있었기 때문.'

사람의 마음이 모멸로 부서지고, 그 모멸을 누구에게든 되돌리고 싶다는 격렬한 욕망이 퍼져 나가는 순간에, 그 옆에 있었기 때문에.

그뿐이다.

그것이 두억시니의 힘. 받은 모멸을 그대로 주위에 되돌리는 것.

'모멸은 접촉만으로도 퍼진다.'

그리하여 두억시니는 상처받은 사람을 세상으로부터 고립시킨다. 가장 위로받아야 할 사람을. 가장 사람이 필요한 사람을. 그래야 그 사람의 마음 안에서 자신이 빨아먹을 모멸이 더욱 풍성하게 자라나므로.

"실례했다."

마호라가는 우선 사과했다.

"귀하의 수고를 우선 치하했어야 하는 것을. 그간 싸우느라 마음은 다치지 않았는가."

일상에서야 몸이 다치지 않았는지 묻겠지만, 오직 마음 안에서만 싸우는 퇴마사 사이에서는 이쪽이 당연한 인사였다.

긴나라는 웃음을 머금으며 깊이 탄식했다.

"수시로 인간 따위 다 쓸어버리고 싶다는 마음이 든다."

거침없이 내뱉는 긴나라의 답변에 마호라가의 얼굴이 삽시간에 어두워졌다.

"그건……."

"그래서 계속 되뇌었다. '이건 인간의 잘못이 아니다. 다 카마가 하는 일이다.'"

마호라가는 가슴을 쓸어내리며 안도의 한숨을 쉬었다.

수다나는 옆에 선 채 목석처럼 둘의 말을 듣고 있었다. 명령도 없는데 눈이라도 깜박할 필요는 있겠느냐고 말하듯이.

"그리고 계속, 계속 생각했다. 세상의 카마를 모두 정화하려면 어떻게 해야 하는가."

'모두?'

마호라가는 의아해했다.

카마가 모두 정화되는 날은 오지 않는다. 인간이 욕망을 품는 한. 그러므로 퇴마사와 마구니의 전쟁은 인류가 살아 있는 한 지속될 전쟁이다.

하지만 마호라가는 굳이 말하지 않았다. 헛된 희망이라도 품지 않으면 계속할 수 없는 싸움이 아니던가.

"정화…… 아니, 구세救世다. 성불이다. 그들도 번뇌로 생겨난 뒤틀린 인격을 버리고 본래의 마음과 하나가 되기를 바라 마지않을 것이다. ……그래, 나는 세상의 카마를 모두 구세하고 싶다."

긴나라는 허공에 귀를 기울였다. 그가 '멀리 보는' 행동이었다.

"그것이 지금 내 마음에 남은 유일한 욕망이다."

가만히 듣던 마호라가는 낯선 단어에 귀를 의심했다.

"지금 '욕망'이라고 했는가?"

"달리 이 마음을 무엇이라 표현할까."

"퇴마사가 욕망이라는 말을 함부로 입에 담는 것이 아니다."

긴나라의 입에 웃음이 떠올랐다.

"네가 두억시니를 없애고자 하는 마음은 욕망이 아닌가?"

"다르다."

마호라가는 지체 없이 답했다.

"뭐가 다르지?"

"이건 의지다. 욕망이 아니야."

"의지와 욕망을 어떻게 구분하지?"

긴나라의 질문에 마호라가는 입을 다물었다. 긴나라의 표정은 이상하리만치 일그러져 있었다. 숨을 쉴 때마다 냉기가 흘러나오는 듯했다.

"말해라, 마호라가. 의지와 욕망을 어떻게 구분하지?"

"뜻을 이루고자 하는 소망에 삿된 마음이 섞인 것이 욕망이다."

마호라가가 답하자 긴나라는 동의하지 않는다는 듯 고개를 도리도리 저었다.

"욕망은 마구니의 마력에 의해 의지를 갖고 생명을 얻어 스스로 살아 움직이는 것. 종내에는 인간이 아닌 제 생존을 우선시한다. 그리하여 결국 인간이 자신에게 해가 되는 행동을 하게 만드는 것이 욕망으로……"

긴나라는 계속 고개를 저었다.

"아니야, 아니지. 그건 '카마'지, 마호라가."

"……."

"나는 카마를 말하는 것이 아니야, 카마가 되지 못한 욕망은 네게도 문득문득 생겨나지 않는가, 마호라가. '너는' 네 마음속에서 의지와 욕망을 어떻게 구분하지?"

마호라가는 입을 다물었다. 몸 위로 흘러내리는 붉은 비가 몸을 적셔 심장까지 얼어붙는 듯했다.

마호라가는 슬픔에 휩싸여 말했다.

"왜 내게 이런 말을 하는지 모르겠다, 긴나라."

그때 심소가 어두워졌다.

어디선가 작은 생물체가 무수히 기어다니는 소리가 들려왔다. 고장 난 전자기기에서 나는 소음과도 같다.

붉은 비에 적셔진 흙바닥에서, 담벼락에서, 마치 썩은 땅에서 버섯이 자라나듯 검은 촉수가 하나둘 사방에서 솟아올랐다. 촉수의 머리는 촘촘한 바늘 같은 이빨을 드러내고 뱀처럼 쉬익 소리를 냈다.

"가만히 있어라, 마호라가."

긴나라가 귀를 기울이며 말했다.

"움직이지 않으면 저것도 공격해오지 않는다."

"······."

마호라가는 일어났다.

그리고 허리에서 검을 풀어 쥐었다. 피리검에서 맑은 음악이 들렸다.

긴나라가 소리가 나는 방향으로 귀를 기울였다.

"마호라가. 움직이지 마라."

마호라가가 걸음을 내딛자 은색 의족이 차랑 소리를 냈다.

"내 말을 못 들은 모양이군."

"들었다."

마호라가는 말이 끝나기가 무섭게 피 웅덩이로 발을 크게 내디디며 검을 뽑아 들었다. 실처럼 얇은 검이 어두컴컴한 가운데 빛을 뿌렸다.

"마호라가."

"물리 타격은 복사한다 한들 그리 위험하지 않다고 한 것 같은데."

빛의 검이 허공에 눈부신 궤적을 그렸다.

땅에서 솟아오른 두억시니의 머리가 일시에 투둑투둑 떨어졌다. 바닥에 떨어진 조각들이 산에 녹듯이 치직거리며 땅에 스며들었다.

"멈춰라, 마호라가."

긴나라가 말했다. 둘 사이에 끊어질 듯 팽팽한 긴장이 오갔다.

"그럴 수가 없다."

마호라가의 검이 다시 허공에 선을 그었다.

"마카라가 내 눈앞에서 죽었나."

"……."

"나를 지키려다가."

마호라가는 그 말을 끝으로 더 말하지 않았다.

긴나라가 가볍게 손가락을 튕겼다. 마호라가는 검을 멈췄다.

두억시니의 촉수가 연신 땅에서 솟아나는 사이사이로 새하얀 글자들이 연기를 피우며 나타났다. 글자들이 속닥이며 자신의 모양을 그대로 발음한다.

긴나라의 기술, '심안'.

사람의 마음을 강제로 여는 기술. 허락받지 않고 남의 마음을 들여다보는 능력.

이 능력 때문에 긴나라의 기술은 한때 교단에서 '사도'로 배척받기도 했다. 무례한 기술이기 때문이었다.

저 능력 앞에서는 거짓말을 할 수가 없다.

그뿐이 아니다. 마음을 들킨다는 생각만으로도 의지는 현격히 줄어든다. 남의 시선을 의식해 자신의 생각을 검열하다 보면 정확하게 생각할 수가 없게 된다.

"한 발짝이라도 더 움직이면, 마호라가."

긴나라가 냉랭하게 경고했다.

"교단의 처벌을 피할 수 없을 거다."

마호라가는 똑바로 서서 긴나라를 마주 보았다.

긴나라의 뒤에 목석처럼 서 있던 수다나의 표정에 처음으로 변화가 일었다. 가벼운 감탄이 눈에 깃들었다.

꿈틀꿈틀 움직이던 글자들이 모두 일직선으로 섰다.

새하얀 직선의 선.

마호라가의 주위로 곧은 흰 선이 하늘로 솟구쳤다. 마치 순백의 빛줄기의 향연처럼 보인다. 장엄한 풍경이었다.

단 한 점의 생각. 뚜렷한 의지. 문자조차도 남지 않은 마음.

긴나라가 한숨을 쉬었다.

"이러지 마라, 마호라가."

"……."

마호라가는 타는 듯한 붉은 눈을 빛낼 뿐 아무 말도 하지 않았다. 긴나라가 말을 이었다.

"지금 이것이 내가 친구로서 할 수 있는 마지막 경고다. 지금 불복하면 너는 다시는 교단의 지원을 받지 못한다."

"……."

"영원히 혼자서 싸워야 한다. 그리고 너 혼자서는 어차피 저것과 싸울 수 없다. 이성적으로 판단해라, 마호라가."

"……."

"제발, 마호라가."

긴나라가 애원했다.

"교단은 저것과 싸우지 않겠다고 했다, 긴나라."

마호라가가 흔들림 없이 말했다. 붉은 눈이 타는 듯 빛을 발했다.

"그러면 교단이 나를 버려도 차이는 없다. 나는 지금 그 어느 때보다도 이성적이다."

긴나라의 입가에 차가운 비웃음이 떠올랐다. 경멸과 조롱이 입에 가득히 담겼다.

"그래, 결국 이렇게 끝나는군, 마호라가."

마호라가는 듣지 않고 돌아섰다. 들을 이유가 없었다. 무슨 말을 듣든 차이는 없으므로.

"그간 함께해서 즐거웠다, 마호라가."

긴나라의 말을 뒤로 흘리며 마호라가는 자세를 잡았다.

은빛 다리가 철컥거리며 변형되었다. 이어 갈퀴로 변했다. 마호라가는 그대로 다리를 높이 들었다가 내리찍으며 크게 긁어냈다.

붉은 흙이 한 줌 벗겨나가자 땅 밑에 우글우글 묻혀 있던 두억시니의 촉수가 모습을 드러냈다. 악취가 화악 코를 찔렀다. 검고 굵고 물컹거리는 것이 땅 밑에 가득했다. 벌레로 뒤덮인 썩은 음식쓰레기처럼.

"──!"

마호라가가 땅을 박차고 기합을 지르며 진격했다.

73 그래도 돼?

"까울끄우으아루아아……."

선혜가 입을 크게 벌리고 하품하며 쭈욱 기지개를 켰다.

손바닥으로 입을 두드려 "아바바바" 소리를 내고는 입맛을 쩝쩝 다셨다. 선혜는 가게의 두툼한 창턱에 쪼그리고 올라앉아 코를 후비적거리며 바깥을 내다보는 중이었다.

어느덧 바깥에는 뉘엿뉘엿 땅거미가 지고 있었다.

가게마다 하나둘 불이 켜지고 버스킹을 하는 인디밴드가 경의선 철길공원 길에 하나둘 자리를 잡았다. 퇴근하는 직장인들과 저녁 약속 장소로 향하는 대학생들이 지하철에서부터 쏟아져 나왔다.

"거기 앉으면 안 돼."

화장실에 다녀온 수호가 선혜 옆에 서서 말했다. 선혜는 머리를 뒤로 돌려 수호를 힐끗 올려다보고는 흥, 하고 혀를 날름 내밀었다.

"나 열 살이거든. 열 살은 창턱에 앉아도 괜찮거든."

"그런 게 어딨어."

"그런 거 있거든."

"열 살 안 어려."

"어리거든!"

선혜가 턱을 치켜들며 뾰로통해져서 대꾸했다. 수호는 대충 포기하고 물었다.

"무슨 생각 하고 있었어?"

"옛날 생각."

"옛날? 언제? 네 살 때?"

선혜는 볼이 납작하게 눌리도록 창에 얼굴을 찰싹 붙이고는 얼굴 모양의 하얀 김을 만들어내며 말했다.

"나 정찰 중이거든~. 방해하지 마라."

"벌써 어두워지는데, 오늘은 공격 안 하려나 봐."

수호는 '기껏 학교도 땡땡이쳤는데' 하고 생각하며 말했다.

"아니, 오늘 공격할 거야."

선혜는 여전히 창에 볼을 납작하게 누른 채로 손가락을 까딱까딱하며 가까이 오라는 시늉을 했다. 수호가 머리를 가까이 들이밀자 선혜는 김이 서린 창에 손가락으로 동그라미를 그렸다.

"저어기, 저기 검은 모자 쓰고 마스크 쓰고 짙은 감색 옷 입은 사람들 보이지?"

"응."

"저 사람들이 전경이야, 전투경찰."

선혜가 손가락으로 그린 동그라미를 톡톡 쳤다.

"공격이 시작되면 저 사람들이 멀찍이서 가게를 둘러싸서 다른 사람들이 못 들어오게 막을 거야."

"?"

수호는 말을 이해하지 못하고 창에 껌딱지처럼 찰싹 달라붙어 있는 선혜를 내려다보았다.

"그럼 공격은 누가 하는 거야?"

"철거 용역 업체에서."

선혜가 종잇장처럼 몸을 흐늘흐늘 늘어뜨리며 말했다. 수호는 무심결에 선혜의 몸을 잡아서 똑바로 세워 앉혔다.

"이 집 건물주가 하청한 용역 업체에서 또 하청을 줄 거고, 하청에 또 하청을 받은 업체에서 다른 지역 체육과 대학생이나 전직 체육 선수 같은 힘 좋은 사람들로 당일 알바를 모아서 데려올 거야."

선혜가 두 팔을 풍선 인형처럼 움직이며 설명했다.

"대부분은 자기가 뭐 하는지도 어디 가는지도 모르고 온 사람들이고, 하루 모였다가 바로 흩어져 집으로 돌아가. 하청에 하청이다 보니 아무도 책임지지 않아. 하는 쪽에서는 시켜서 한 일이라고 하고, 시킨 쪽에서는 직접 하지 않았다고 잡아떼지. 고소하고 싶어도 누구를 고소해야 할지 모를 유령 같은 조직을 짜는 거야."

"그 사람들이 오면 뭘 하는데?"

"이 가게를 부수거나, 가게를 부수겠다고 위협해서 안에 있는 사람들을 끌어내거나, 안에 있는 사람들을 끌어내고 가게를 부수겠지."

선혜가 태연한 얼굴로 조잘거렸다.

"그래도 돼?"

수호가 조금 놀라 물었다.

"철거 대행업체니까. 그래도 되겠지. 자기들은 아무것도 모르고, 돈 받고 의뢰받은 대로 일하는 것뿐이라고 하겠지."

"하지만 여긴 지금 사람이 있잖아."

"그러니까 우리를 힘으로 끌어내려 할 거야."

선혜가 말했다.

"아무리 그래도 사람이 집에 깔리게 할 수는 없으니까."

"……"

"그래서 여기 있는 사람들은 안에서 버티려고 할 거고. 아무리 그래도 사람이 있는데 집을 무너뜨리지는 않을 거라고 믿고."

"……"

"시위란 그런 거야. 적을 믿지 않으면 할 수 없는 일이야. 내가 상대하는 적이 최소한의 양심과 법도를 지켜주리라는 믿음."

"사람이 안에 있는데 집을 부순다고?"

수호는 여전히 믿기지 않아 물었다. 선혜는 창에 이마를 붙이고 턱을 괴었다.

"그러기도 해……. 그러기도 했었지. 이제 더는 안 그러나 싶다가도, 또 그러고. 세상에 욕망이 흘러넘치기 시작하면……."

"경찰은? 경찰은 뭘 해? 그걸 그냥 보고만 있어?"

"말했잖아. 이 전장을 둘러싸서 사람들이 이곳에 못 들어오게 막을 거라고. 누가 사진을 찍어 보도하거나 들어와서 돕지 못하도록."

"……"

"경찰이 보기에는 이 집에서 버티고 있는 사람들도 범법자고, 사람들이 안에 있는데도 철거하는 사람들도 범법자야. 그래서 모른 척할 거야."

"그럼 경찰은 알아서 우리끼리 결투하라고 하고 나중에 이

긴 쪽 편에 서는 거야?"

"그 해석 재미있네."

선혜는 까르륵 웃었다.

"하지만 건물주는 돈이 있고 계속 용역을 부를 수 있지. 여기 있는 사람들은 그냥 선의로 모였고, 계속 사람을 모을 돈 따위는 없고."

"그러면 이길 방법이 없잖아?"

수호가 물었다. 선혜는 졸린 눈을 하고 생각에 잠겼다.

"그래도 이길 때가 있어."

"언제?"

"……이를테면,"

선혜가 답했다.

"……사람의 마음이 변할 때."

수호는 선혜의 동그란 정수리를 내려다보았다. 선혜는 오뚝기처럼 고개를 까닥까닥했다.

"집을 부수고자 하는 욕망이 사라졌을 때. 어떤 이유에서든."

"그럴 때가 있어?"

"그래, 그럴 때가 있어."

수호는 잘 모르겠다는 기분이 되어 질문을 멈췄다.

선혜가 고개를 뒤로 젖혀 위를 보며 물었다.

"무서워?"

수호는 선혜와 마찬가지로 창에 이마를 대고 밖을 내다보았다. 그제야 거리 분위기가 아까와 달라진 것을 알 수 있었다.

감색 옷을 입은 사람들 주위로 더 짙은 색 모자와 옷을 입은 사람들이 다른 쪽 골목에서 서성이다 사라지고 있었다. 하나같이 떡대가 좋고 팔에 근육이 불뚝불뚝한 사람들이었다.

숫자가 많았다. 한데 모여 있지 않아서 정확히 파악은 안 되지만.

평상시였다면 뭔지도 몰랐을 풍경. 현실감이 없었다. 이 작은 집 하나를 부수겠다고 대체 몇이나 온 걸까.

「한 점에 강력한 병력을 집중시키는 것이 병법의 기본.」

「적들은 이 방법을 너무도 잘 안다.」

수호는 마호라가의 말을 떠올렸다.

……그런 걸까.

"무서워?"

선혜가 아래쪽에서 다시 물었다.

"우리 같은 애들은 싸움 전에든 중간에든 내보내줄 거야. 하지만 우린 안 떠나. 해야 할 일이 있으니까. 괜찮겠어?"

수호는 멀찍이서 서성이는 검은 옷의 사람들을 눈여겨보았다. 무력하게 다치고, 아프고, 맞는 일에 대해 생각했다.

"집에 있으면 이보다 더 무서운 일도 많이 겪었어."

수호가 무심히 답하자 선혜가 아래쪽에서 불만스러운 듯혀 짧은 소리로 대꾸했다.

"열여섯 살짜리가 그런 말 하는 거 아냐."

"열 살짜리도 너 같은 말 안 하거든."

"열 살은 무슨 말이든 해도 돼."

"그런 게 어딨어."

"그런 거 있거든."

"바루나는 어때?"

수호가 물었다. 선혜가 맥락을 놓치고 눈을 깜박였다.

"바루나가 어떻다니, 뭐가?"

"바루나의 무기는 물이잖아. 강길인가 뭔가 하는 놈은 불꽃을 쓴다면서. 바루나를 이용할 방법은 없을까?"

"바루나는 기대하지 마."

선혜가 냉큼 말했다. 수호는 어리둥절해서 물었다.

"왜?"

선혜는 이마를 찡그렸다. 설명하려면 길어지는데 어린애 머리로는 힘들다고 투덜댈 때 나오는 표정이었다.

"네 마음 밖에서는 바루나에게 물이 공급되지 않아. 바루나는 주변에 물이 없으면 무기를 만들 수 없고. 그리고 강길이 뭘로 타는지 모르는 상황에서 물은 더 위험해. 혹시라도 기름이라면 물은 상황만 악화시킬 거야. 물이 기름 아래로 가라앉아서 끓어올라 폭발을 일으킬 수도 있어."

'그런가?'

왠지 되는대로 한 대답 같았지만 수호는 나름대로 납득했다.

"……궁금한 게 있는데."

"뭔데."

선혜는 창에 얼굴을 딱 붙인 채로 대꾸했다. 수호는 잠시 고민했다.

「동료의 약점은 정확히 알아두어야 한다.」

비루나가 심술궂기는 해도 선혜와 마찬가지로 전투를 앞에 두고 허튼소리는 하지 않는다. 사실 전부터 궁금했던 것도 있었고.

"전에, 마구니는 아트만이 있는 퇴마사의 마음에는 못 들어간다고 했지."

"그래, 못 들어와."

선혜가 답했다.

"마구니는 욕망이 없는 사람의 마음에 들어가지 못해. 들어갈 길을 찾지 못하니까."

"그런데 그…… 뭐더라? 옛날에 그 광목천인가 뭔가 하는 사람은 아무튼 마구니를 만나서 소원을 빌었던 거지?"

"……."

갑자기 선혜가 입을 닫았다.

여전히 개구리처럼 창에 찰싹 달라붙어 있는데도 어쩐지 주변 공기가 싸늘하게 식는 듯했다. 수호는 조금 어리둥절해져 얼굴로 팔을 쓸어내리며 물었다.

"그럼 그 사람은 어떻게 마구니를 만난 거야? 마구니는 퇴마사의 마음에 들어올 수 없다면서."

선혜는 한참 만에 답했다.

"퇴마사가 자기 마음 밖으로 나가서 싸우는 동안에는 마구니를 만날 수 있어. 당연한 소리를."

"아 참, 그렇구나."

'그럼 퇴마사가 제 마음을 떠나지 않는다면 원래는 마구니를 만날 일도, 카마를 만날 일도 없겠군.'

수호는 생각했다.

'마호라가는 퇴마사 일만 하지 않는다면 어떤 마물에게도 마음을 침범당하지 않고 평온하게 살 수 있는 건가.'

"……그래도 만날 수 없어야 했지만."

"응?"

수호는 선뜻 이해하지 못하고 선혜의 동그란 정수리를 내려다보았다.

"**천왕**天王이라면."

"천왕?"

"천왕이라면 마음을 떠났다 해도 마구니를 만날 수 없었어야 했어."

"천왕이 뭐야? 전에 들은 것 같기도 한데."

"내가 **신장**神將, 나를 보좌하는 진이 **나한**羅漢이야. 특별히 신장을 가까이서 보좌하는 나한은 **협시**夾侍 **나한**이라고 부르지."

선혜가 손가락으로 제 머리를 가리키고, 이어서 저쪽 식탁에서 사람들과 수다를 떠는 진을 가리켰다.

"신장은 모두 평등하고 위계가 없지. 그 신장의 수장이 천왕. 천왕은 퇴마사 중 가장 높은 자리며 한 분파의 지휘관이야. 교단에는 각 방위를 상징하는 이름을 가진 네 분파가 있으니, 그 수장을 통틀어 **사천왕**四天王으로 불러."

"그 광목천이라는 사람은 천왕이었던 거고?"

"……그래. '서'의 천왕이었지."

"그런데 그 사람이 마구니를 만날 수 없어야 한다는 게 무슨 뜻이야?"

공기가 아까보다 더 식었다. 수호는 어디 창문이 열렸나 싶이 주위를 두리번거렸다.

"천왕의 눈에는 마구니가 보이지 않으니까."

선혜가 창에 눈을 고정한 채 조용히 말했다.

"응?"

수호가 되물었다.

"천왕은 마구니의 그 어떤 면도 이해할 수 없기 때문에."

"......응?"

"마구니도 천왕을 볼 수 없어. 천왕의 그 어떤 면도 마구니
는 이해할 수 없기 때문에."

"......."

"욕망의 화신은 욕망이 없는 사람을 이해할 수 없어. 마찬
가지로 욕망이 없는 사람은 욕망의 화신을 이해할 수 없고."

선혜는 말을 이었다.

"그 어떤 면도, 터럭 하나마저도, 온전히 아무것도 이해할
수 없는 자들끼리는 마음 안에서 서로를 찾을 수 없는 거야."

수호는 이해해보려고 애썼지만 명확히 잡히지는 않았다.

"하지만."

선혜가 덧붙였다.

"하지만?"

"온전한 이해가 불가능한 만큼 온전한 몰이해 또한 불가능
한 일."

선혜는 턱을 괴고 먼 곳을 보며 말했다.

"......?"

"설령 상대가 악의 결정체이자 욕망의 화신일지라도 '절대
로 이해하지 못한다는' 보장이 없어. 그래서 천왕이 될 퇴마

사는 일종의 정신적인 시술을 받아."

"시술?"

"물리적이라고밖에 할 수 없는 시술이야……. 다른 신장들이 천왕이 될 퇴마사의 마음에 들어가서 어느 부분을 파괴하지. 재생할 수 없을 만큼 완전히."

"……."

수호는 입을 다물었다.

"설령 본인이 원한다 해도…… 혹여 이해할 만한 상황이 닥쳐도 결코 이해할 수 없도록. ……절대로, 마구니의 마음만은."

'물리적이라고밖에 할 수 없는 시술이라…….'

수호는 생각했다.

'그렇군. 퇴마사에게 마음은 물리적인 실체니까. 보통의 인간이 최면이나 세뇌를 하는 것과는 비교할 수 없는 형태로…… 마음의 한 부분을 파괴하는 게 가능하겠구나.'

응? 뭔가 이상하잖아.

"잠깐, 그럼 그 광목천은 어떻게 마구니를 만난 거지? 서로 절대로 볼 수 없다면서."

선혜는 다시 입을 다물었다. 이번에는 한참 답이 없었다.

'너무 많이 물어봤나? 하긴, 밖에서는 뇌가 작아져서 머리가 아프다고 했던가.'

수호는 나름대로 생각했다.

'진씨가 그 사람이 타락했다고 했었지. 그 시술인가 뭔가를 복구시켜버릴 정도로 회까닥 돌아버려서였던 거겠지?'

어쨌든.

수호는 선혜의 작고 동그란 정수리를 내려다보며 바루나의 말을 떠올렸다.

「그 퇴마사, 보지 못하는 것이 있다.」

'혹시…….'
"선혜, 묻고 싶은 게 한 가지 더 있는데, 너 혹시……."
"수호."
아래쪽에서 선혜가 불쑥 두 팔을 들었다.

뭐 하려나 보자니 짧은 팔을 파닥이면서 낑낑대며 수호의 얼굴을 잡으려 애쓰는 듯했다. 수호는 깊이 생각하면 복잡해진다는 기분이 들어 고개를 조금 낮추어 주었다.

선혜는 수호의 양 볼을 두 손으로 잡고는 고개를 뒤로 젖히며 수호의 얼굴을 마주 보았다.

"수호, 나도 묻고 싶은 게 있어."
"뭔데."
"아직 물어본 적이 없어."
"말해봐."
선혜가 두 손을 수호의 뺨에 대고는 물었다.
"너, 왜 두억시니와 싸우겠다고 마음먹었어?"
수호는 동작을 멈추었다.

"왜 그런 걸 물어?"

수호는 선혜가 자기 얼굴을 잡을 수 있도록 고개와 등을 조금 낮춘 자세로 물었다.

"넌 어차피 내가 허락하든 말든 날 가져다 쓸 생각 아니었어?"

"맞아."

선혜가 슬픈 얼굴로 답했다.

"네가 필요해. 네가 가진 무기가."

"그러면 됐잖아."

"그래도 왜 하겠다고 결심했어?"

선혜가 물었다.

"두억시니 있잖아, 그거, 그냥 카마 아냐. 진짜 무서운 괴물이야. 싸우다 죽을 수도 있어."

그러자 그날의 기억이 떠올랐다.

두억시니의 몸에 삼켜졌을 때 머리부터 발끝까지 달라붙던 질척질척한 모멸이. 전신의 피부로 스며들어와 마음을 난도질하고 갈기갈기 찢어놓던 모멸이. 그 자리에서 목숨을 끊어 나를 죽이는 것 외에는 도망칠 방법이 없을 듯한 모멸이.

그리고 죽음과도 같은 자괴감의 늪에 빠져들었을 때 머릿속을 깨끗이 씻어내는 듯 들려오던 찬란한 소리가.

「나와!」
어둠을 뚫고 손을 내밀어주던, 태양처럼 빛나던 소녀가.
「거기서 나와!」

"……화가 나서."
수호가 답했다. 선혜가 물었다.
"왜 화가 났는데?"
"그 자식이 전에 날 붙잡았을 때 나한테 나쁜 말을 많이 했어."
"두억시니가 네게 무슨 말을 했는데?"
"그 자식이 내 머릿속에 들어와서 말하더라고. 난 그게 내 생각인 줄 알았고."
"뭐라고 했는데?"
"내가 '쓰레기 같은 자식'이고 '쓸모없고 악마 같은 자식'이라서 '아버지한테 맞고 살아도 싼 자식'이라고 생각하게 했어."
"……."
선혜가 입을 다물었다. 눈이 슬픔으로 깊어졌다.
"내가 아버지에게 맞아도 되는 사람이라고."
수호는 잠시 말을 멈추었다. 머릿속에 있을 때는 괜찮을 것 같던 말도 입에 담으면 마음을 뒤흔든다.
바루나가 듣게 되기 때문일까. 나를 비웃거나 같이 동요하기 때문일까.

"……그 자식이 내가 그딴 생각을 하게 만들었어. 그래서 죽여버리기로 했어."

"……."

선혜는 말이 없었다.

"그래서 난, 그 자식이 다시는 아무에게도 그딴 말을 하지 못하도록 영원히 이 세상에서 없애버릴 생각이야."

"……."

그래, 그때 나는 결심을 했다.

내가 마구니에게 무슨 소원을 빌었든 간에 그건 이미 내 소원이 아니라고. 내가 할 일은 지금 내가 바라는 일뿐. 바루나의 목적이 무엇이든 간에 나는 내 결심을 이행하겠다고.

그날 네가 내 앞을 막아주었으니까.

선혜는 수호의 뺨에서 손을 떼었다.

'뭐야, 왜 이렇게 슬픈 얼굴이야. 답지 않게.'

위로해야 하나, 수호는 무심결에 생각했다. 그런데 뭘 어떻게 위로한담.

수호는 무심히 선혜의 머리를 손으로 쓰다듬어 머리를 엉클어트렸다. 하지 말라고 바둥바둥 화낼 줄 알았는데 선혜는 엉클어진 머리를 하고는 가만히 있었다.

"난 너를 만나서 기뻐. 나 혼자 힘으로는 그 녀석과 싸울 수 없었을 테니까."

선혜는 수호를 가만히 올려다보았다.

"내가 널 이용하는지도 모르는데?"

"이용해줘."

"널 다치게 할지도 몰라."

"상관없어. 네기 다치는 것보다야 낫지. 네가 나보다 더 중요한 사람이잖아. ……그러니까, 카마와 싸울 때만큼은?"

"……죽을 수도 있어."

"그게 어때서?"

수호는 진심으로 물었다. 선혜는 다시 조용해졌다.

"네가 날 구해주지 않았으면 어차피 난 죽었을 거야. 아깝지 않아."

선혜는 창에 등을 대고 돌아앉았다. 볼에 바람을 퉁퉁 넣고 뾰로통해지더니 갑자기 돌아서서 삿대질했다.

"너 그 생각, 바루나 때문이야!"

"응?"

"바루나가 자기 목숨에 미련이 없는 카마라서 그래! 그 자식한테 영향받지 마! 딱 생각해도 이상하잖아! 네 목숨인데 왜 아깝지가 않아! 아까워야지!"

'에…… 그런가?'

선혜는 무릎에 주먹을 올려놓고는 고개를 숙이고 말했다.

"수호, 틀려."

"응?"

"그렇지 않아. 네 목숨이 내 것보다 훨씬 더 중요해."

"응?"

"나는 죽어도 이 기억을 갖고 다시 태어나. 하지만 넌 마음에 카마가 있는 사람이야. 죽으면 그만이라고."

수호는 멈칫했다.

"너는 다시 태어나도 나도, 진도, 아무도 기억하지 못해. 완전히 다른 사람이 되는 거야. 그러면 네가 가진 마음의 무기도 같이 사라질 거야. 다시 생겨난다는 보장이 없어."

"……."

"나는 죽어도 변함없이 싸울 수 있지만 네가 죽으면 난 두억시니와 대적할 무기를 잃게 된단 뜻이야."

"……."

"전략적으로도 네 목숨이 내 것보다 중요해. 그러니 만약 싸우다 상황이 위험해지면……."

선혜는 수호를 똑바로 보았다.

"너는 나를 희생시키는 한이 있어도 무조건 네 목숨을 지켜야 해."

✦

바깥이 어수선해졌다.

거리에 드문드문 보이던 떡대 남자들이 한데 모이기 시작했다.

남자들의 움직임은 신속했다. 여기저기서 피어난 잔불이 한데 모이자마자 급격히 불꽃이 솟구치듯이 한순간에 무리를 이루었다. 어림잡아 백 명은 되었다.

반면 만둣집 안에 있는 사람들은 고작 열여섯 명, 그중 셋은 어디서 왔는지 모를 이십 대 중반의 여자와 어린애 둘이다.

동시에 전경들도 신속하게 가게 주위로 진을 쳤다.

방패를 세워 들고, 주요 요소에서 시야를 차단하고, 들어오는 길목을 막아 행인들을 밖으로 인도했다. 행인들은 "뭐야?" "뭐야?" 하면서도 본능적으로 겁에 질려 피해 돌아갔다.

작선선 안에 갇혀버린 옆집 가게 사장이 놀라서 화를 내며 나왔다.

"아니, 길을 막으면 어떻게 해요. 우리 장사는 어떻게 하라고……."

"오래 걸리지 않습니다. 잠시만 협조해주십시오."

"아니, 뭘 하는지 말을 하고 협조하라고 해……."

"오래 걸리지 않습니다."

실제로 그럴 것이었다.

용역회사에서 예상한 집행 시간은 한 시간이었다. 속전속결. 과하다 싶은 인원을 빠르게 투입하여 안에 있는 사람들을 끌어내고, 숨돌릴 틈도 주지 않고 근처에 대기시켜둔 중장비로 단박에 벽을 밀어버리는 것.

집을 지킬 의지조차 남지 못하도록 처참하게 부순다. 기자들이 냄새를 맡거나 마을 사람들이 상황을 눈치채기도 전에 끝낸다.

용역회사 강 사장은 그렇게 계산하고 있었다.

마음에 '파괴'의 카마 '강길'을 품고 있는 사람. 물론 제 마음에 그런 게 있는 줄은 상상도 못한 채로.

강 사장은 담배를 깊이 빨아들이고 바닥에 뱉어 구둣발로 짓이기고는 손목을 우두둑 꺾었다.

'해결사'로 통하는 강 사장은 수완이 좋았다. 사정 보지 않는 과감함과 돌진력으로 이달에만 벌써 골치 아프게 구는 가게 몇 군데를 고작 몇 시간 내에 끝장냈다. 부서진 가게 앞에서 재해가 덮친 집을 보는 이재민처럼 공포와 절망에 사로잡힌 사장들의 얼굴을 보고 있노라면, 일을 잘한 줄을 알 수 있다.

오늘 강 사장은 일종의 '기록 경신'을 할 예정이었다.

번개처럼 일을 처리하여 오늘의 성과를 입소문 내는 것으로 사업을 확장할 계획이었다. 집값이 천정부지로 오를 때가 대목이 아니던가. 그리고 바로 요즘이 그 대목이었다. 비록 과하다 싶은 돈을 들이부었지만, 들인 경비는 오늘 저항한 놈들에게 피해보상 청구로 바닥까지 긁어낼 예정이었다.

강 사장은 무리 안으로 뚜벅뚜벅 발을 옮겼다.

당일 알바로 모은 인력은 아무래도 동작이 굼뜨다. 집행 속도를 최대한 높일 수 있도록 현장 한가운데서 지휘할 예정이다.

✦

"……못 해."

수호가 한참 만에 답했다.

"뭘 못 해?"

선혜가 화가 나서 눈을 부릅떴지만 아무래도 꼬마애의 얼굴이다 보니 뾰로통해진 것으로만 보였다.

"못 한다고."

"왜 못 해! 하면 되지!"

선혜가 무릎을 팡팡 치며 바락바락 소리를 질렀다.

"근성을 갖고 해봐!"

'무슨 근성을 가져…….'

"하기 싫어서 못 한다는 말이 아니야. 내가 원해도 그렇게 되지 않을 거야."

"뭐가!"

"난 너처럼 싸움에 익숙한 사람이 아냐."

수호가 말했다.

"상황이 위험해지면 난 정신이 나가서 판단을 못 할 거야. 그리고 판단을 못 하면 아무 생각 없이 널 구하고 날 희생하려 들 거고."

"……."

선혜의 얼굴이 확 붉어졌다.

수호는 진지했다. 선혜나 마호라가와는 완전히 다른 방식으로, 수호도 상황을 객관적으로 판단하고 있었다.

"그리고 난 미숙하니까, 너를 구하려다가 너도 못 구하고 나도 같이 다치게 될지도 몰라. 그러니 정말로 내 안전이 중요하다면 너는 최선을 다해서 너 자신을 지켜야 해."

"……."

"전략적으로 그게 맞아."

선혜는 한참 말없이 수호를 올려다보았다. 그러다 갑자기 눈에 퐁, 하고 눈물이 맺혔다.

"에?"

수호는 당황했다.

퐁, 하고 맺힌 눈물은 이내 또륵또륵 떨어져 내렸다. 선혜는 이어 히끅히끅 울기 시작했다.

"자…… 잠깐, 잠깐, 지금 어디서 울 부분이 있었던 거야? 호, 호르몬 때문에 그래? 또 감정 통제 안 돼?"

'선혜 울린 거 진씨한테 들키면 날 죽이려 들 텐데!'

수호는 허둥지둥 일단 몸으로 선혜의 앞을 가렸다. 선혜는 수호의 배에 얼굴을 폭, 하고 묻었다.

"왜……."

선혜가 울먹였다.

"왜 날 떠났어?"

"뭐?"

"그때, 왜 날 떠난 거야? 왜 우리를 버리고 갔어?"

"어…… 언제? 어제? 그저께? 학교 간 거 말이야?"

"그게 왜 그렇게 중요했어? 나를 버리고, 우리를 버리고, 자기가 가진 걸 다 버릴 만큼?"

"무슨 소리야? 내가 뭐, 뭘 버려?"

선혜는 수호를 두 손으로 붙잡아 매달리며 반쯤 오열하듯이 소리쳤다.

"그 카마 바루나 따위를 갖는 게 뭐가 그렇게 중요했느냐고!"

그때.

군대가 돌진하는 듯한 함성, 탱크가 폭격하는 듯한 진동.

집 전체가 무너질 듯 흔들렸다. 총탄을 퍼붓는 듯한 굉음이 들리며 선혜가 기대고 있던 창이 크게 흔들렸다.

선혜는 짧은 비명을 내뱉으며 돌아보았다.

덩치 큰 남자들이 떼로 달려들어 창을 두들겼다. 뒤에서 몸으로 밀어붙이는 바람에 앞에 있는 남자들은 벽에 납작하게 눌리고 있었다. 그 무게만으로도 창은 금세 깨져나갈 듯했다.

"선혜!"

수호는 본능적으로 선혜를 끌어안고 등을 돌려 자기 몸으로 막았다.

선혜는 수호의 품에 안기며 조금 전에 수호가 한 말을 떠올렸다.

'상황이 위험해지면 아무 생각 없이 자신을 희생시키고 너를 구할 것이다……'

거짓 없는 말.

'최소한 말에 틀림은 없군……'

상황이 급박해지자 선혜의 판단이 날카로워졌다. 전투에 돌입했을 때 선혜의 마음에는 한 점 틈새도 없다.

수호는 자신을 정확히 파악하고 있다. 허세도 겸손도 없이, 주어진 그대로.

'알겠다. 나 또한 고려하여 움직이겠다.'

선혜는 생각했다.

가게 안에 있던 사람들이 당혹감에 아우성쳤다.

"뭐야!"

"이 미친놈들이!"

"사람 안에 있어! 사람이 안에 있다고!"

아무리 각오했어도, 일어날 법한 일이라 대비를 해도, 결국 닥치고 보면 황망해지기 마련이다.

사람에게 기대하고 사람을 믿었던 마지막 선이 깨지는 순간에는.

그때 반대편 구석 테이블에서 사람들과 대화를 나누던 진이 용수철처럼 일어났다.

"수호, 선혜를 이쪽으로!"

쩌렁쩌렁한 목소리였다.

수호는 단순히 몸으로 막아서는 선혜를 보호할 수 없다는 것을 깨닫고 선혜의 손을 잡고 안으로 내달렸다.

"안에 어린애들이 있어요! 다리가 불편한 애가 있다고!"

추씨의 목소리가 저 안쪽에서 들려왔다.

수호가 안으로 뛰기 시작한 것과 사람들이 선혜를 향해 움직인 것, 진이 새처럼 몸을 날린 것은 거의 동시였다.

주위가 일시에 고요해졌다.

인간으로 느껴지지 않을 만큼 미려한 동작이었다. 진은 도약 한 번에 식탁 두 개를 넘어 수호가 있는 자리까지 날아와서는, 착지하며 수호의 어깨를 가볍게 잡아 밀어주었다.

"수호."

진은 수호를 향해 가벼운 눈인사를 했다.

"선혜를 부탁해."

"거꾸로 말해야지, 진."

그 짧은 순간에도 선혜가 핀잔을 주었다. 진이 가볍게 받아쳤다.

"마음 밖에서는 허세 떨지 말아요, 쬐그만 주제에."

선혜는 혀를 날름 내밀었고 수호도 진의 부탁을 마음에 담았다.

'진씨는 마음 안에 들어올 수 없으니.'

실은 누구보다도 선혜를 가까이에서 지키고 싶을 텐데도.

'부탁해.'

이 전투가 끝날 때까지.

수호는 그 말에 담긴 무게를 곱씹었다.

폭탄이 터지는 듯한 소리와 함께 창이 깨져나갔다. 유리 조각이 안으로 튀었다.

남자들은 신속하게 몽둥이로 창턱을 훑어내더니 준비한 잠바를 창턱에 얹어 보호대로 삼고 좀비 무리처럼 타 넘어 들어왔다.

진의 눈빛은 부드러움이 사라지고 삽시간에 날카로운 칼처럼 벼려졌다.

진이 두 번째로 도약했다.

앞에서 들어오는 사람의 배에 폭탄과 같은 날아차기가 직격했다.

직격이 조금만 일렀어도 뒤에서 밀려 들어오는 남자들이 쿠션이 되어 충격을 가라앉혀 주었겠지만, 안타깝게도 가장 앞에서 속도를 내서 들어오던 사람이 동료들과 떨어진 채로 직격을 맞았다. 그 사람은 충격을 고스란히 몸으로 받으며 멀리 날아갔다.

선두주자가 바윗덩이에라도 얻어맞은 듯 뒤로 밀려나자 뒤에서 몸으로 밀어붙이던 사람들이 잠시 상황을 파악하지 못하고 주춤했다.

진은 가까이에 있던 식탁을 양손으로 붙잡고 끄응, 하고 힘을 썼다. 진의 팔뚝이 부풀며 혈관이 돋았다. 원목 식탁이 진의 양손에 높이 들려 올라갔다.

창으로 들어오려던 남자들도 가게에 있던 사람들도 자기들이 어디에 있고 뭘 하려 했는지도 잊고 높이 올라가는 식탁을 바라보았다.

"가라!"

진은 창을 향해 식탁을 투포환처럼 내던졌다. 육중한 식탁이 창 넘어로 큰 소리를 내며 내려앉았다.

창문으로 진격하려던 사람들도, 다른 통로를 만들기 위해 벽과 문을 두들겨대던 사람들도, 뒤에서 등을 떠밀며 몰려들려던 사람들도 황망해져서 동작을 멈추었다. 지휘하러 무리 가운데에 있던 강 사장도 당황했다.

'저놈들도 용역을 썼나?'

하지만 창턱에 발을 턱 올려놓고 위풍당당하게 모습을 드러낸 인물은 예상외의 인물이었다.

농구 선수만큼이나 키가 크고 호리호리한 체형의 여자였다. 검은 재킷을 입고 있어 팔은 보이지 않았지만, 뺨에서부터 손등까지 뚜렷한 화상 자국이 있었다. 비현실적이기까지 한 모습이었다.

하지만 강 사장은 노련한 전문가답게 이내 정신을 가다듬었다.

"뭘 꾸물거려, 쓸모없는 놈들, 배운 대로 해! 붙잡아 끌어내!"

강 사장은 가장 가까이에 있는 불쌍한 놈을 발로 찼고, 용역들은 소리를 지르며 진격했다. 창문으로 몰려든 용역들이 다투어 진의 팔다리를 움켜쥐려고 손을 뻗었다.

진은 한쪽 팔이 잡히자 그대로 몸을 돌려 상대를 메어치며 몸을 숙였다. 거구의 몸이 하늘로 붕 날아올라 바닥에 쿵, 하고 떨어졌다.

하지만 진이 돌아선 틈을 놓치지 않고 뒤에서 누군가가 진의 목을 졸랐다.

진은 상대의 팔을 붙잡고 철봉을 하듯이 두 다리로 땅을 박차고 뛰어올랐다. 진의 몸이 물구나무서기를 하듯 높이 치솟자, 진의 목을 조르던 사람은 어, 어, 하며 바닥에 내리깔리고 말았다. 진은 십자 조르기를 하며 역으로 상대의 목을 몸무게로 내리눌렀다.

정신 놓고 있던 백씨가 헉, 하고 정신이 들어 주변을 돌아보았다.

"다들 정신 차리세! 안에 애들이 있잖은가! 우리가 몸으로 막자고!"

그 말에 정신이 든 사람들이 허둥지둥 창문을 향해 달려들었다.

수호는 잠시 멍해졌다. 여러 사람이 동시에 여기저기에서 움직이고 소리가 이리저리 뒤엉키는 바람에 정신을 차릴 수가 없었다.

그때 품 안에서 맑은 목소리가 들려왔다.

"진이 적군의 마음 문을 다 열어놓았어."

내려다보니 선혜가 눈을 반짝이며 수호를 올려다보고 있었다.

그 고요한 눈을 보자니 혼란스러웠던 마음이 가라앉았다.

"시작한다."

선혜가 말했다.

"그래."

"준비는 됐지?"

"그래."

수호는 선혜의 손을 맞잡았다.

75   진격進擊

선혜의 작고 말랑말랑한 손이 탄탄하고 굳은살이 박인 마호라가의 손으로 바뀌었다. 어린아이의 모습은 사라지고 녹빛 도포 자락을 휘날리는 수호 또래의 소녀가 눈앞에 나타났다.

이어 풍경이 바뀌었다.

창문으로 밀려 들어오던 검은 옷의 사람들과 온몸으로 막아내던 사람들의 모습이 희미해졌다.

다음 순간, 수호는 전장 한복판에 있었다.

불타는 집 안, 호랑이 무리와 불꽃이 울부짖으며 뒤엉켜 싸우고 있다.

건물 벽은 수호가 주위를 돌아보는 사이에 화마에 휩싸여 잿더미가 되어 무너지고 있었다. 시야가 열리자 불에 휩싸인 주택가가 모습을 드러냈다.

불길이 번지는 모습은 비현실적이었다. 건물이 타고 있다기보다는, 불로 이루어진 생물이 사방에 다닥다닥 달라붙어 불타는 이빨로 뜯어먹는 듯한 모습.

호랑이 무리가 불길의 목덜미를 물고 날카로운 발톱으로 찢어내려 했지만, 불꽃은 흩어졌다가는 도로 본래의 모습으로 돌아오곤 했다.

수호가 사방을 포위해 오는 불꽃에 정신을 못 차리는 사이에 마호라가의 낭랑한 외침이 전장을 울렸다.

"추이, 후퇴하라!"

불꽃 두 마리와 엉켜 있던 백호가 놀라 돌아보았다.

"후퇴라니?! 무슨 소리야, 퇴마사? 후퇴할 수 있는 상황이 아니라고!"

"후퇴하고 이어서 상공으로부터의 공격에 대비하라!"

"상공?!"

"퇴마사 말대로 해, 백호!"

추이가 불꽃 하나를 검으로 베어내며 소리쳤다.

"신호하면 모두 지붕 아래로 피해!"

다음 순간, 난장판 한복판에서 아난타가 몸을 키우며 모습을 드러냈다.

점점 커지는 아난타가 낮은 상공에서 느리게 회전했다. 그 바람에 맞붙어 있던 무리가 중심을 잃고 흩어졌다.

아난타의 회전을 따라 전장 한가운데에 회오리바람이 일었다. 헬기가 떠오르는 모양새였다. 불꽃이 섞인 모래 먼지가 전장을 휘감자 뒤엉킨 진영이 사방으로 흩어졌다.

"꽉 잡아, 수호."

마호라가가 말했다.

고압적이지도, 그렇다고 유약하지도 않은 목소리. 힘차며 확신에 넘치는 어조.

다음 순간 어디선가 나타난 용의 꼬리가 두 사람을 감아올렸다. 수호의 몸이 낚싯대에 걸린 물고기처럼 공중으로 휙 치솟았다. 아난타는 버둥대는 수호를 부드럽게 감싸안고는 그대로 제 등에 얌전히 올려놓았다.

어느새 마호라가는 수호의 앞에 도포를 휘날리며 꼿꼿이 서 있었다. 바람에 휘날리는 아난타의 갈기가 마치 하얀 갈대 풀밭처럼 보였다.

아난타가 점점 몸을 키우며 상승하는 동안 수호는 저 아래를 내려다보았다.

거리가 불에 휩싸여 있었다. 실제보다 낡고 오래되어 보였다.

길 한복판에는 낡은 철길이 지나고 있었고 철도 위에는 수호가 한 번도 본 적이 없는 검은 원기둥 모양의 깡통 같은 기차가 놓여 있었다. 주변 건물은 수호의 기억 속 모습보다 더 드문드문 박혀 있었다. 현대라기보다는 근대의 풍경처럼 보였다.

호랑이들은 조금 전의 마호라가의 지시에 따라 흩어져 도망쳤다. 잠깐이었지만 거리 중심에는 불꽃의 무리만 남아 있었다.

그 위로 물방울이 반짝이며 떨어져 내렸다.

내리는 사이에 공중에서 흩어지며 뿌연 안개가 된다. 아난타의 비늘에서 떨어지는 물방울이다.

"아난타."

눈앞에서 마호라가의 맑은 목소리가 들려왔다.

"내리쳐라."

마호라가의 명령이 떨어지자마자 아난타는 추락했다.

추락이라고 할 수밖에 없는 무식한 강하. 수호는 몸이 떠오르는 바람에 허둥지둥 아난타의 갈기를 붙잡았다.

아난타의 몸이 불꽃 위로 내리꽂혔다. 격렬한 진동과 함께 흙먼지가 솟구쳤다.

'앗, 뜨거!'

수호의 엉덩이를 통해 아난타의 비명이 들렸다.

"셋까지 버텨라, 아난타!"

마호라가가 소리쳤고,

"하나아!"

아난타가 울먹이며 외쳤다.

"둘, 셋!"

아난타의 몸이 다시 떠올랐다.

수호가 아래를 내려다보니 불꽃의 무리는 한층 기세가 죽어 있었다.

'불을 끄는 법, 산소, 온도, 탈 것……'

수호는 머릿속으로 생각했다.

아난타가 물로 온도를 낮추고 몸으로 공기를 차단한 것.

하지만 이렇게 잠깐 짓누른 것으로는 완전히 꺼지지 않는다. 기세만 늦추었을 뿐.

'그렇지만 이 전투의 대전제는 최후까지 아군의 체력을 지키는 것.'

아난타에게 회복력이 없는 것을 감안하면 이만해도 큰 희생을 치른 셈이다.

"지금이야, 추이!"

마호라가의 고함과 추이가 진격 명령을 내린 것은 거의 동시였다. 함성과 함께 흩어진 호랑이들이 일제히 진격했다. 아직 불꽃들이 진열을 정비하기 전, 숨 쉴 틈도 주지 않고 돌진한다.

「적을 칠 때는 화염처럼.」

수호는 마호라가 했던 말을 떠올렸다.

「화력은 한 점에 집중한다.」

'화력의 집중이란 공간뿐 아니라 시간까지 포함하는 말이구나.'

신속, 정확, 좁은 목표. 그것이 화력이 적은 쪽이 승기를 잡는 법.

몰려나온 호랑이들이 불꽃을 향해 덤벼들었다. 온몸으로 불꽃을 끌어안고는 아난타가 짓눌러 부드러워진 흙 속으로 쑤셔 넣거나 그 위로 흙을 끼얹었다.

전에는 그냥 몸으로 굴러 껐다고 들었다. 흙을 쓰는 전술은 아마도 마호라가 가르쳐주었을 것이다. 같은 힘이라도 더 효율적인 방법.

"뒤는 저들에게 맡긴다."

마호라가 말했다.

"우리는 지휘관을 친다."

아난타가 선회했다. 수호는 마호라가 말한 '지휘관'을 눈여겨보았다. 장작을 그 자리에만 모아놓은 듯, 혼자 연기를 피우며 뜨겁게 타는 불꽃을.

아난타가 몸을 줄이며 불꽃을 향해 돌진했다.

가까이 접근하자 불꽃 한가운데에 난 검은 구멍이 또렷이 눈에 들어왔다.

"호랑이들이 강길의 공격을 버텨내고 나면……."

붉은 불꽃으로 이루어진 작은 요정 모습을 한 지귀가 말했다. 말할 때마다 몸에서 타닥타닥 소리가 났다.

"재물신 대흑천이 나타날 거야."

지귀는 엎드린 자세로 허공에 둥둥 떠서는 바둑을 두듯이 흙바닥에 하얀 돌을 놓았다.

"강길은 때려 부수는 것밖에 몰라. 그러니 싸움이 지지부진해지면 쉽게 흥미를 잃어. 버티다 보면 건물주와의 극적인 타협 같은 일이 일어나버린단 말이야."

지귀가 만진 돌이 빨갛게 달구어져 빛을 냈다.

"그러니 대흑천이 나선다는 말이로구먼!"

지귀의 머리 위쪽에서 우렁찬 목소리가 들렸다. 목소리가 어찌나 큰지 풍압에 지귀가 놓은 돌이 전부 흔들렸다.

지귀의 몸보다 두꺼운 손가락이 하늘에서 내려오더니 까만 돌을 지귀 앞에 옮겨놓았다. 뇌공의 손가락이 워낙 큰 탓에 바닥은 삽으로 퍼낸 듯 움푹 파였다. 지귀가 배치해놓은 하얀 돌도 파묻혀버렸다.

"더해서 대흑천이 위험해지면 두억시니도 나설 수밖에 없단 말이렸다."

지귀는 화딱지가 난 얼굴로 머리 위를 노려보았다가, 팔뚝과 눈싸움을 해봐야 소용없다는 생각이 들었는지 포기하고 돌을 도로 배치했다.

"카마를 없애면 사람의 마음에 구멍이 생겨."

지귀가 말했다.

"그리고 두억시니와 연결된 카마가 사라질 때 잠깐이지만 두억시니에게로 가는 길이 열리지."

열풍이 둘 사이로 지나갔다. 실제 생물이 그 자리에 있었다면 그대로 숯덩이가 될 만큼 뜨거운 바람이다.

둘이 대화를 나누는 주변은 화산 속에 잠긴 듯 화염에 휩싸여 있다. 공기는 이글거리고 열풍에 섞인 까만 재가 땅 위를 덮는다. 주위에서는 까맣게 뼈대만 남은 나뭇가지들이 딱딱 소리를 내며 타고 있었지만 아무리 타도 재가 되어 없어질 기미가 보이지 않는다.

마구니 파순의 왕국. 타화자재천의 한구석이다.

"두억시니는 그 퇴마사가 자신과 연결된 카마를 사냥하려 들 때마다 먼저 촉수를 끊고 달아나버린 모양이야."

지귀의 말에 뇌공이 근육을 움찔거리며 답했다.

"하지만 대흑천은 두억시니가 포기할 수 없는 카마렸다."

"피할 수 없는 전선이라는 거지."

뇌공이 고개를 끄덕였다.

"하지만 이 몸은 조금 궁금한 점이 있는데 말이지."

두꺼운 손가락이 다른 흰 돌덩이 하나를 들어 지귀가 만들어놓은 진영 뒤에 쿵, 하고 내려놓았다.

"그 두억시니 뒤에는 다른 자가 하나 더 있지 않은가?"

뇌공은 작은 돌멩이라 생각하고 놓은 듯했지만 지귀가 진열해놓은 돌 뒤에 놓으니 거의 돌산처럼 보였다.

"두억시니가 아무리 요물이라 한들 태생적으로 지성이 부족한 카마. 전략을 짜는 '머리'는 결국 그 주인일 터인데. 어찌하여 그 퇴마사는 그자를 고려하지 않는가?"

지귀가 불타는 머리카락을 황금빛으로 바꾸며 답했다.

"무슨 당연한 소리를. 마구니와 퇴마사는 직접 맞붙지 않아."

지귀는 뇌공이 놓은 하얀 돌덩이를 톡톡 건드렸다.

"카마의 대군을 거느린 마구니가 제 위험을 감수하고 직접 퇴마사와 맞부딪칠 이유가 없어. 인간의 전쟁에서 총사령관이 전선에 나설 일이 없는 것과 마찬가지지."

"흠."

"유사 이래 마구니와 퇴마사의 전쟁은 오직 카마를 통해서 해왔어. 퇴마사에게 마구니는 전략적으로 고려할 만한 사항이 아니야. 기계다리의 전술에 이상한 점은 없어."

"흠……."

뇌공은 손가락으로 제 어깨를 긁었다.

"하지만 그자, 라바나는……."

뇌공은 잠시 말을 끊었다.

"마구니가 아닐세."

뇌공이 흰 돌을 가만히 손가락으로 가리켰다. 지귀가 입을 다물었다.

"그렇기는 하지."

"자네는 바루나에게 두억시니의 주인이 퇴마사라고 말했지만 실은 그조차도 아니지."

"그래. 아마도 아니라고 생각해."

"만약 이자가……."

뇌공이 말을 끊었다.

"만약 '그것'이라면⋯⋯."

"궁극의⋯⋯."

뇌공과 지귀 둘 다 말을 끊고 입을 다물었다. 마치 입에 담는 것만으로도 부정이라도 탈 것처럼.

날아온 붉은 열풍에 두 카마의 모습이 잠시 사라졌다가 나타났다.

"그래, 누구를 응원하는가, 지귀?"

뇌공의 뜬금없는 질문에 지귀가 해죽 웃으며 몸의 불꽃을 더욱 크게 키웠다.

"그야, 퇴마사들이 지고, 그 예쁜 물귀신 카마가 파순의 노예가 되어 내 옆에 오는 것이지."

"과연, 애욕의 지귀라."

뇌공은 천둥이 울리듯 큰 소리로 웃었다.

"왜애, 제 목적을 이루고 사라져버리기엔 너무 아까운 카마야. 난 알 수 있어. 그 물귀신의 잠재력은 무궁무진해. 너도 그렇게 생각하지 않아?"

지귀의 뺨이 붉게 달아올랐다. 뇌공이 헛헛 웃었다.

"카마가 제 목적을 이루기를 바라지 않게 된 카마라⋯⋯. 우리는 대체 무엇이 되고 말았을까, 지귀?"

"마구니의 인도를 따라, 생존이라는 더욱 아름다운 욕망에 매료되었을 뿐."

지귀가 타닥타닥 불타며 입술을 핥았다.

"두고 봐. 개도 결국 깨닫게 될 테니까. 제 집주인의 소원 따위는 아무것도 아니라는 걸. 그따위를 위해 생을 내던지는 게 얼마나 바보 같은지를⋯⋯."

지귀가 이번에는 몸을 파랗게 바꾸며 공중에서 통통 튀었다.

"우리가 과거에 인간 마음의 조각이었든 무엇이었든, 이미 생을 얻은 이상 생존만이 전부라는 것을……."

✦

연희동 성당의 사제관 안에 있는 작은 쪽방.

비사사와 부단나는 작은 침대에 같은 담요를 덮고 서로 부둥켜안고 자고 있었다.

비사사는 누군가 들어오는 소리에 부스스 눈을 떴다.

그러다 바닥을 또각거리는 소리와 함께 지팡이 그림자가 침대맡에 드리우자 정신이 번쩍 들어 일어나 무릎을 꿇고 앉았다.

"무슨 일이십니까, 긴나라 신장니……하하암?"

비사사는 잠을 못 이기고 하품을 길게 했다. 부단나가 뒤늦게 깨어 눈을 비비고는 비사사의 잠옷을 붙잡고 엉금엉금 일어나 앉았다.

등 뒤로 빛이 비쳐 긴나라의 모습은 음영으로만 보였다. 긴나라가 모자를 손가락으로 집어 올리며 말했다.

"훈련을 해야 하겠다."

'이 시간에?'

비사사는 침대맡에 둔 시계를 보았다.

오후 8시. 둘의 통상 수면 시간을 생각하면 애매하게 늦은 시간이었다.

하지만 신장의 명령은 절대적. 비사사는 더 묻지 않았다.

"스칸다와 함께입니까, 저희 둘만입니까?"

비사사의 등에 기대 있던 부단나가 다시 젖은 수건처럼 축 늘어지며 푸르르 잠이 들었다.

"스칸다는 다른 임무가 있어 보냈다."

평상시처럼 싸늘한 긴나라의 목소리였지만 오늘따라 유달리 냉혹하게 느껴졌다.

"심소 카마를 하나 없애는 일이다. 할 수 있겠지?"

심소 카마라면 지능이고 능력이고 별다를 것 없는 잡귀. 운동 삼아서도 하는 일이고 일상적인 훈련에 가깝다.

비사사는 별생각 없이 답하며 고개를 숙였다.

"분부대로 하겠습니다."

수호의 마음 안.

바람이 불어와 등이 흔들렸다. 하얀 한지 등이 동굴 안에 그림자를 드리웠다.

바루나는 동굴 안쪽으로 뻗은 캄캄한 구멍을 뚫어지게 들여다보았다.

수호의 마음 안 호수 깊은 곳에 자리한 동굴. 자신이 태어난 곳. 그리고 그 아래로 이어진 길.

그간 표면으로 나갈 생각만 했지 더 깊이 내려갈 생각은 하지 않았다. 바깥에 숨을 만한 곳이 없는 것은 확인했으니 시도해볼 만한 곳은 여기뿐이다.

바루나는 수통과 허리에 맨 밧줄을 손으로 짚어보았다.

'앞을 밝힐 만한 도구는 없다.'

이 아래에서는 아마 암흑에 갇히게 되겠지.

하지만 다른 길이 없다면 망설일 것도 없다.

'수호가 나를 찾을 수 없는 곳까지 내려가야 한다.'

수호는 이제 내 의지와 상관없이 나를 소환할 수 있게 되었다. 하지만 그래서야 계획대로 움직일 수가 없다.

수호를 혼자 놔두는 것이 신경 쓰이기는 하지만.

'기계다리가 옆에 붙어 있으면 별일은 없을 것이다.'

애초에 수호도, 나나 그 기계다리가 없을 때도 살아 있기는 했었던 놈이니 너무 걱정하는 것도 바보 같은 일이지.

바루나는 수통의 마개를 엄지로 땄다.

경쾌한 소리가 동굴 안에 울렸다. 바루나는 수통을 기울여 밧줄 위로 물을 졸졸 흘렸다. 물에 젖은 밧줄이 번들거렸다.

바루나스트라를 실처럼 만들려면 집중력을 크게 소모하지만, 이 밧줄, 나가파사를 뼈대로 잡으면 쉽게 형태를 잡을 수 있었다.

'뭐라더라, 아리아드네의 실이라던가…….'

바루나는 수호가 보던 책을 생각하며 밧줄을 동굴 입구의 바위에 맸다. 그리고 실처럼 뽑혀 나오는 바루나스트라를 손에 쥐었다.

바루나는 어둠 속으로 발을 내디뎠다.

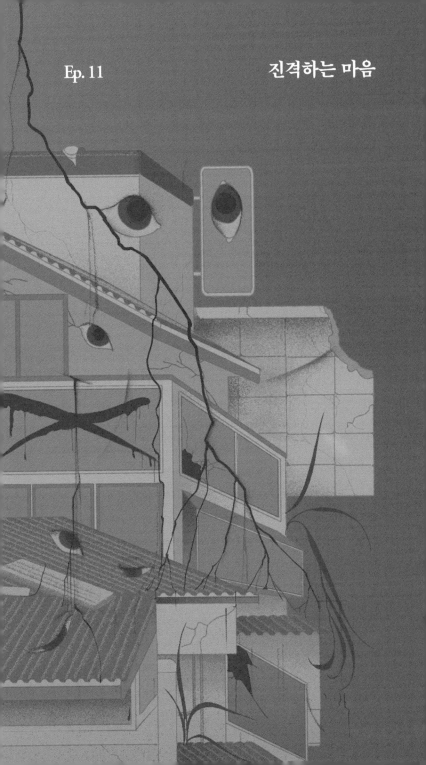

Ep. 11

진격하는 마음

"마음이 좁아!"

아난타가 마음의 틈으로 쑤시고 들어가며 소리쳤다.

"몸을 더 줄여, 아난타!"

고함과 동시에 마호라가가 수호의 허리를 끌어안았다.

아난타는 몸을 서서히 줄였다. 마음의 구멍을 통과할 때쯤에는 수호의 팔에 돌돌 감겼다. 그리고 딱 좋은 위치라는 듯 수호의 어깨에 턱 하니 고개를 올렸다.

마호라가는 의족에서 압축 공기를 뿜으며 수호의 허리를 안고 가볍게 땅에 내려섰다. 발을 땅에 댄 수호는 잠시 움찔했지만 아무 말도 하지 않았다.

뜨거운 열기. 한증막처럼 뜨겁다.

살아 있는 가스관처럼 보이는 공간. 높이와 너비가 이 미터가량인 주름 잡힌 원통형의 통로다.

길은 창자처럼 구불구불했고 꿈틀거렸다. 여러 갈래로 뻗은 것은 물론 천장과 바닥에도 통로가 있었다.

안은 온통 붉은 빛이다. 공기가 달아올라 아지랑이가 이는 탓에 풍경이 전부 흐릿해 보였다. 공간은 좁다. 아난타가 몸을 키우거나 날아오를 만하지는 않았다.

"에? 나 왜 마호라가가 아니라 수호 팔에 안긴 거지?"

수호의 어깨에 고개를 놓고 쉬던 아난타가 눈을 동그랗게 뜨며 두리번거렸다. 그 말에 수호는 아난타와 무심코 얼굴을 마주 보았다.

수호가 킁, 하고 냄새를 맡았다. 아난타도 무심결에 같이 킁, 하고 냄새를 맡았다.

"너 방귀 뀌었어, 아난타?"

"무슨 소리야?! 네가 뀌었겠지!"

"수호, 내 뒤로."

마호라가가 말했다.

"어?"

수호가 묻기도 전에 마호라가가 허리를 감싸안고 수호를 훌쩍 들어 옆으로 옮겨놓았다.

순간, 파앙, 하는 소리와 함께 세상이 진동했다. 충격파로 수호의 몸이 크게 뒤흔들렸다.

마호라가의 의족이 둥근 은빛 방패로 변해 마호라가의 손에 들려 있었다. 방패에 직격한 불꽃이 파편을 뿌리며 파스스 시들었다. 수호가 입을 열기도 전에 다음 지령이 떨어졌다.

"내 등을 받쳐줘, 수호."

수호는 그제야 마호라가가 든 방패가 원래는 의족이고 지금 마호라가가 한 다리로 서 있다는 것을 깨달았다.

수호가 허둥거리는 사이, 마호라가가 반대 방향으로 왼팔을 뻗었다. 방패가 빛을 뿌리며 분해되더니 마호라가의 왼손에서 도로 모양을 갖추었다.

두 번째 불꽃이 방패에 직격했고 그 즉시 흔적도 없이 사라졌다.

"여럿이야?"

아난타가 긴장한 듯 수호의 팔을 몸으로 꽉 조이며 물었다.

"아직 몰라."

마호라가가 답했다.

머리 위에서 꿀렁거리는 소리가 들렸다. 수호가 고개를 들자 천장에 작은 구멍이 생겨났다가 점점 벌어지는 것이 보였다.

마호라가가 머리 위로 양손을 올리며 수호에게 등을 기대고 뒤로 휙 누웠다. 수호는 그대로 무게에 밀려 앞으로 고꾸라졌다.

'으엑!'

파앙—.

다시 방패 위로 불꽃이 흩어졌고 이어 정적이 흘렀다.

수호는 자신의 의지와 상관없이 마호라가에게 깔려 누운 채로 주변을 살폈다.

"흠, 판단이 빠른 놈이군. 이런 방식으로는 안 된다는 걸 바로 눈치챘어."

마호라가가 일단 한숨 돌리며 말했다.

"다음에는 전략을 바꿀 거다, 수호. 일어나서 내 등을 받쳐 줘."

"어……."

주춤거리며 일어난 수호는 마호라가가 어깨에서부터 엉덩이까지 찰싹 몸을 붙이자 잠깐 난처해졌다.

"더 딱 붙여."

"그게 아니라……."

수호는 얼굴이 빨개져서 주춤거렸다.

'야, 아무리 그래도 너 아까랑 달리 지금은 다 큰 여자애 몸인데…….'

그때 마호라가가 갑자기 몸을 뗐다.

돌아보니 마호라가가 도로 트바스트리를 다리로 바꾸고는 자신을 응시하고 있었다.

질책하는 기색조차도 없는 고요한 눈. 전장 한복판인데도 마치 주위에 자신과 수호밖에 없는 듯 또렷이 응시한다. 그 눈을 보자마자 수호의 얼굴이 확 달아올랐다.

"내 지시에 의문을 품거나 되묻지 마라, 수호."

"그게 아니라……."

수호는 변명하려 했다. 마호라가가 말을 이었다.

"내가 네게 지시하는 것은 내 판단이 절대적으로 옳기 때문이 아니다. 네가 내 수하이기 때문도 아니다. 내가 너에게 지시를 내릴 자격이 있어서도 아니다."

잔잔하면서도 차분한 목소리.

"전장에서 승부의 판가름은 한순간에 난다. 내 말에 의문을 품느라 시간을 지체하느니 나를 신뢰하고 내 지시를 따르는 편이 이길 가능성이 높다."

"……."

붉은 동굴 안쪽에서 뜨거운 열풍이 날아왔다.

"네가 지체하지 않은 만큼 나도 시간을 번다. 그만큼 우리가 다칠 확률도 줄어든다. 그만큼 이길 확률도 높아진다."

그제야 수호의 머릿속에서 방금 일어난 일들이 재생되었다.

마호라가는 적의 공격을 감지한 즉시 자신에게 대피를 명령했다.

하지만 수호가 되물으며 지체했기 때문에 마호라가가 직접 자신을 들어 옮겨야 했다. 그건 그만큼 마호라가의 체력 낭비와 시간 낭비로 이어졌다.

지금도 마찬가지. 나는 지금 이 공간이 변형되는 것도 알았고, 예측 불가능한 곳에서 새 통로가 열리는 것도 파악했다. 그러니 내가 조금이라도 전사로서 판단했다면 바로 마호라가의 다리가 되어주고 뒤에서는 눈이 되어주어야 했다.

그런데 나는 뭘 했나. 순간적으로 또래 여자애와 몸을 맞대는 게 부끄럽다는 생각이나 하고 있었다.

그래서 마호라가가 주변 경계를 포기하고 나를 설득하기 위해 대화하고 있다. 이 상황 전체가 우리에게 위험을 더하고 있을 것이다.

"하지만 동의를 우선 얻지 않은 것은 내 불찰이다, 수호."

마호라가가 말했다.

"이 전장에서, 내 지휘를 신뢰하고 따라줄 수 있겠어, 수호?"

연이어 다른 기억이 떠올랐다.

이전에 금강과 긴나라와 싸웠을 때, 전장에 들어선 바루나는 일말의 지체도 없이 마호라가의 지휘에 따랐다. 바루나는 마호라가를 싫어하는데도.

그것이 전사의 판단.

싫든 좋든 관계없이, 더 경험이 많은 자를 신뢰하는 것. 아니, 그게 누구든 자신보다 먼저 현장에 있었던 자의 지휘를 따르는 것.

진이 훈련 중에 말한 적이 있다. 전장에서 목숨을 잃는 때는 둘이라고, 등을 젖힐 때와 멈칫할 때라고.

……그리고 움직임은 바람과 같이. 공격은 벼락과 같이.

수호는 이 모든 체험과 말이 다 하나로 이어지는 것을 깨달았다.

"미안."

수호는 바로 사과했다. 그러고는 즉시 돌아서서 마호라가와 등을 단단히 붙였다. 마호라가는 가볍게 웃었다.

"아난타, 수호의 발을 받쳐줘."

마호라가가 말하자 수호의 팔에 둘둘 말려 있던 아난타가 고개를 빼꼼 내밀었다.

"수호? 네가 아니라?"

마호라가가 눈짓으로 수호의 발을 가리켰다. 마호라가의 눈길을 따라간 아난타는 "아" 하고 수호의 몸을 타고 스르륵 바닥으로 내려갔다.

자기 발을 내려다본 수호는 다시 얼굴이 붉어졌다.

수호의 발은 맨발이었다. 그리고 이곳의 바닥은 맨살을 대기 힘들 만큼 뜨겁게 달아올라 있었다. 땅에 발을 댄 순간 알았지만, 행여 마호라가에게 방해가 될까 봐 아무 말도 하지 않고 있던 참이었다.

"그리고,"

수호의 발밑에 내려간 아난타는 "이렇게?" "요렇게?" 하며 몸의 형태를 구상하다가, 몸을 복어처럼 동그랗게 만들었다가, 다시 납작하게 눌러 작은 접시 모양이 되었다.

"오늘 나는 네가 정말로 필요하다."

수호가 아난타 등 위로 올라가는데 뒤에서 마호라가의 말이 들렸다.

"정말로, 정말로 필요하다."

"……."

"내게 필요한 네 몸이 다치지 않게 해다오."

「체~력!」

수호는 선혜의 말을 떠올렸다.

「다치지 말 것!」

그리고 크레파스가 부러지도록 종이에 온 힘을 다해 별과 꽃을 그려 넣던 동작을.

'그것이 오늘의 전략.'

마호라가는, 선혜는 진심이었다. 밖에서나 안에서나.

"이해했어."

"……수그려."

수호는 생각하지 않았다. 마호라가의 말이 떨어지자마자 몸을 수그렸다. 마호라가는 몸을 뒤로 누이며 머리 위와 아래로 양팔을 수직으로 뻗었다.

천장과 바닥에서 구멍이 동시에 열렸다. 위아래에서 동시에 불꽃이 날아와 마호라가가 만든 두 개의 방패를 강타했다.

"여럿이잖아!"

접시 모양이 된 아난타가 짤막한 날개를 파닥이며 소리쳤다.

"아니, 하나야."

마호라가가 말했다.

"……느낌으로는."

"느낌뿐이야? 다른 근거는 없어?"

"아무튼 방어만 해서는 이길 수 없어. 강길이 뭘로 불타고 있는지 알아내야 해."

마호라가가 방패를 들여다보았다.

"그런데 트바스트리에 묻은 게 아무것도 없어. 이상하네."

마호라가가 방패를 살폈다.

"극단적으로는 마법일 수도 있겠지만, 현대에는 마법 쓰는 카마 찾기가 더 어려운데……."

"그런데……."

수호가 마호라가의 몸에 깔려 엎어진 채로 조심스럽게 입을 열었다. 마호라가가 머리에 물음표를 띄우며 수호를 돌아보았고 수호의 몸에 깔린 아난타도 위를 보았다.

"아난타, 너 아까부터 방귀……."

아난타가 빽 소리를 질렀다.

"내가 안 뀌었다니까! 애초에 내가 여기서 밥을 먹겠냐!"

"방……."

마호라가가 수호의 말을 반복하다가 씩 웃었다.

"가스로군."

접시 모양의 아난타가 바둥거렸다.

"너까지 왜 그래! 나 안 뀌었다니까! 억울……."

"가스야. 가스가 타고 있어."

꿈틀거리는 동굴 안쪽에서 휘이이 바람 소리가 들려왔다.

"가스라."

아난타가 수호의 발밑에서 입맛을 다셨다.

"어째 계속 구린내가 나더라 했지. 메탄가스였군. 메탄은 탄화수소니까 불에 잘 탈 거고. 방귀에는 메탄가스가 들어 있고. 사실 순수한 메탄은 냄새가 안 나지만 여긴 마음 안이니까. 집주인이 방귀 성분으로 메탄을 만든 모양이야."

"그래서 내가 아까부터 방귀……."

아난타가 "쯧" 하며 수호의 말을 무시하고 계속했다.

"몸이 기체라면 어디서든 나타날 수 있겠지. 분열해도 이상하지 않고. 물론 여기가 실제로 메탄으로 가득하다면 벌써 연쇄 폭발이 일어났겠지만…… 마음 안의 화학반응은 현실보다는 약한 편이니까."

아난타는 한 번 입이 터지니 조잘조잘 열심히 떠들었다.

"하지만 강길이 '기체'라면 어떻게 차단하지? 가스 밸브가 있는 것도 아닐 텐데."

"……마호라가!"

위를 올려다본 수호가 소리쳤다.

마호라가는 이미 눈치채고 있었던 듯 시선을 위로 향했다. 천장에 작은 구멍이 하나둘 나타나더니, 점점 늘어나서 열 개, 다시 스무 개로 늘어났다.

"조심해, 어느 구멍에서 나올지 몰라!"

아난타가 수호의 발밑에서 파닥거렸다. 마호라가는 의족으로 방패를 만드는 대신 두 발로 서서 검을 쥐었다.

"간단한 물리법칙이다, 강길. 구멍이 많아지면……,"

마호라가는 검집에서 검을 천천히 뽑아 들었다. 검광이 붉은 공간을 하얗게 비추었다.

"'구멍이 없는 부분'도 같이 늘어난다."

구멍 여러 개가 강길이 나올 수 있을 만하게 넓어지자 천장이 같이 죽 늘어났다. 구멍이 날 자리를 만드느라 돔처럼 위로 움푹 들어가기 시작했다. 천장이 높아지자 마호라가가 뛰어오를 만한 공간이 생겨났다.

한가운데 구멍에서 강길이 튀어나왔다. 그 즉시 마호라가가 의족에서 압축 공기를 뿜으며 땅을 박차고 뛰어올랐다.

퍼엉, 하는 소리와 함께 강길이 수호의 머리 위에서 좌우로 갈라졌다. 강길은 마호라가의 등 뒤에서 도로 합쳐졌고 맹렬하게 선회했다.

'역시 검으로는 잘리지 않는군.'

마호라가는 칼을 도로 검집에 꽂았다.

강길은 원래 옛사람들이 혜성을 보고 상상한 괴물이라고 했다. 긴 꼬리를 늘어뜨리고 하늘을 가로질러 날아가는.

상대는 단순한 불꽃. 가스 덩어리에 불과하다. 적당한 능력이 있는 동료가 하나만 더 있어도 간단히 물리칠 수 있을 상대다.

'하지만 불평할 수는 없지.'

마호라가는 공중제비를 돌며 강길을 향해 은빛 의족을 들이밀었다.

'내 트바스트리는 하나다. 하늘을 나는 용도와 적을 상대하는 용도……. 둘 중 하나로밖에는 만들 수 없겠지.'

의족이 불꽃을 향해 방패 모양으로 펼쳐졌다.

방패는 이어 뒤집은 우산 모양으로 굽혀지다가 큰 파리지옥이 파리를 삼키듯이 강길을 텁, 하고 물었다.

두 개체가 부딪쳐 나는 폭음과 함께 트바스트리는 보자기처럼 깅길을 완전히 감싸 덮었다. 주변이 잠시 깜깜해졌다.

'공기 차단……'

수호는 바로 마호라가의 전략을 파악했다.

마호라가가 트바스트리로 만든 금속 보자기를 공중에 놓아둔 채로 회전하며 추락하는 사이, 보자기 사이사이로 피식피식하며 가스가 빠져나왔다.

마호라가가 수호의 옆에 사뿐히 내려섰을 땐 이미 보자기 주위에서 다시 불꽃이 모여들고 있었다.

"틈새를 좀 더 단단히 막아야겠는데, 마호라가."

수호의 발밑에서 아난타가 말했다.

"아니……. 간단하지 않아."

마호라가가 말했다.

"저건 가스야. 눈에 보이는 불덩어리 바깥까지도 강길의 몸체라는 뜻이야."

"으음, 영역을 특정하기 어렵다는 거로군."

수호는 얼른 마호라가와 등을 단단히 맞대고 서서 다음 움직임에 대비했다. 그러면서 붉게 타오르는 불꽃 주위로 일렁이는 아지랑이와 뿌연 수증기를 눈여겨보았다.

'저 뿌옇게 일렁이는 바깥 부분도 강길의 몸이라는 뜻이겠네.'

"끄응, 내 뇌격을 쓰면 말 그대로 불에 기름을 붓는 격이고."

강길은 피식거리며 보자기를 전부 빠져나와 다시 합체했다. 그러고는 다른 전략을 세워야겠다고 생각했는지 도로 천장의 구멍 안쪽으로 사라졌다.

마호라가는 공중에 남은 보자기를 도로 의족으로 바꾸어 다리에 붙였다.

그제야 수호는 잠시 잊고 있었던 누군가를 떠올렸다.

'바루나.'

수호는 마음속으로 불렀다.

'바루나, 나와.'

바루나가 매달린 얇은 실이 가늘게 떨렸다.

칠흑 같은 어둠 속. 청각과 촉각, 후각 외에는 의지할 것이 없는 어둠.

수호의 마음 깊숙한 곳이다.

바루나는 절벽 한가운데 튀어나온 자리에 매달려 있었다. 바루나가 의지한 끈은 절벽 위까지 이어져 있었다. 귀로 들리지는 않았지만 손에 닿는 진동으로 수호의 말이 느껴졌다.

〔바루나.〕

자신을 소환하려는 기색이 느껴졌다. 끌어당기는 기운이 전기처럼 찌릿찌릿하게 손끝에 와 닿았다.

하지만 힘이 미치지는 않는다.

'됐어.'

바루나는 실을 더 얇게 만들어 늘리며 아래로 발을 뻗었다.

77   약속하시 않았던가

답이 없다. 여느 때처럼 딴청을 피우나 싶었지만 그 이상의 공허감이 느껴졌다.

'바루나? 어디 있어?'

수호는 다시 불렀다.

"지금 누구를 찾는 거지?"

등 뒤에서 마호라가의 목소리가 들려왔다. 왠지 차갑게 느껴지는 목소리였다.

"바루나를 부르는데 답이 없어."

바루나의 이름이 들리자마자 아래에서 아난타가 혀를 삐죽 내밀며 썩은 표정을 지었다. 마호라가가 여전히 서늘한 목소리로 물었다.

"그 녀석은 왜 찾지?"

수호는 어리둥절해서 물었다.

"그야……. 바루나는 물도 쓰고……? 한 명 더 있으면 다른 전략을 세울 수 있잖아?"

"바루나는 이 싸움에서는 나타나지 않을 거다."

마호라가가 돌아보지도 않고 말했다.

"왜?"

"잊어버린 거냐? 나는 두억시니를 잡고 나면 네 카마를 없애겠다고 했다."

순간 수호의 마음이 쿵, 하고 내려앉았다.

아난타가 발밑에서 슬쩍 눈치를 살폈다.

마음이 캄캄해지며 깊은 나락으로 추락하는 기분이 들었다. 마치 지금부터 네 다리를 하나 잘라낼 테니 얌전히 협조하라는 말을 들은 기분이었다. 수호 자신도 당혹스러울 만큼 두려움이 몰아쳤다.

"바루나는 우리가 이 전투에서 승리하면 다음에는 자기 차례일 테니, 우리를 도울 마음도 나타날 마음도 없을 거다. 그래서 모습을 감추었겠지."

마호라가는 말을 계속했다.

"약속하지 않았던가, 수호."

입이 떨어지지 않았다.

"나는 두억시니를 없애는 날에 네 카마를 없애겠다고 했고, 너는 제안을 받아들였다. 설령 자신이 저항하더라도 없애달라고도 했다. 할 말이 있으면 지금 해라, 수호."

바닥없는 나락으로 걷잡을 수 없이 떨어지는 듯했다. 심장이 뒤흔들리고 저항감이 마음 깊은 곳에서부터 들뛰었다.

수호의 발판이 되어 있던 아난타가 고개를 빠끔 내밀고 마호라가의 눈치를 살폈다.

'틀린 말은 아니지만.'

아난타는 당황해서 생각했다.

'지금 수호의 마음을 뒤흔드는 것은 좋지 않아. 마호라가는 전장에서 불필요한 말을 하지 않는데, 왜?'

두억시니를 앞에 두고 있자니 아무래도 마음이 조급해진 걸까. 딱히 말을 붙일 상황도 아니라서 아난타는 침묵했다.

'알고는 있었지만.'

수호는 눈을 꾹 감았다 뜨며 불만스럽게 입을 열었다.

"그런 이야기를 꼭 지금 해야 해?"

"지금 하면 안 되는 이유가 뭐지?"

냉랭한 답이었다. 이것만은 타협의 여지도, 물러설 이유도 없다고 말하는 듯했다. 수호는 입을 다물었다.

마호라가는 카마를 없애려면 주인의 허락이 필요하다고 했다. 실제로 마호라가는 정말 그 사람에게 카마가 해가 되거나 본인이 진심으로 원하지 않는 이상 함부로 카마를 사냥하지 않는 듯했다.

하지만 유독 바루나에게만 그 원칙을 적용하지 않는다.

어렴풋이 짐작은 하고 있었다. 마호라가가 바루나에게 갖는 감정은, 수호가 모르는 오래된 애증. 그래서 처음 보았을 때 없애지 않았고 그래서 결국은 없애고자 한다는 것을.

'짐작은 하지만······.'

수호는 다시 마음속으로 바루나를 불렀다.

'바루나.'

역시 답이 없다.

고독감이 몰아쳤다. 마치 살아오며 단 한 번도 혼자였던 적이 없었다가 이제야 비로소 혼자가 되어버린 듯한. 아무것도 없는 황량한 행성에 홀로 버려진 듯한.

바루나가 없어지면 나는 일생 이런 심정으로 살아야 하는 걸까? 이런 공허감 속에서?

"하고 싶은 말 있어, 수호?"

마호라가의 말이 등을 통해 전해져왔다.

'……나는 여기 들어오기 전에 마호라가에게 말했다.'

나를 이용하라고. 마음대로 쓰라고. 필요하면 목숨도 써도 된다고.

그 생각은 지금도 변함이 없다. 어차피 내 목숨 따위, 대단히 가치 있는 것도 아니니.

'하지만,'

수호는 불만스럽게 생각했다.

'바루나의 목숨을 걸지는 않았는데……'

그 생각을 하자마자 혼란이 찾아왔다.

'이건 또 무슨 생각이지……?'

바루나는 내 욕망이다. 마구니의 마력으로 인격을 얻은 내 마음의 조각이다.

그러면, 내 목숨을 걸었다면 바루나의 목숨도 같이 건 것이 아닌가? 그런데 바루나는 내가 아니니 희생시킬 수 없다니?

나는 언제부터 바루나를 내가 아니라고 생각하고 있었던 걸까? 나와 별개의 존재라고?

'나는 지금, 내 목숨은 내주어도 내 욕망은 내줄 수 없다고 생각하는 건가?'

수호는 눈을 꾹 감았다 떴다.

그래서 마호라가는 어쨌든 마음에서 카마를 없애야 한다고 하는 걸까.

결국은 이렇게 되기 때문에. 결국은 카마에 홀리기 때문에.

"약속은 잊지 않았어."

"그러면……"

"하지만,"

수호가 날카롭게 말을 끊었다.

"이 싸움이 끝날 때까지는 두 번 다시 바루나에 대해서는 입도 벙긋하지 마."

등 뒤에서 침묵이 전해졌다.

"내게 지시하는 거냐, 수호?"

마호라가의 말이 맹렬하게 되돌아왔다. 수호는 지지 않고 받아쳤다.

"마호라가, 너도 자격이 있어서 나에게 지시하는 건 아니라고 했잖아?"

"……."

마호라가가 입을 다물었다.

"네게 지시할 자격이 없는 줄은 내가 누구보다 잘 알아. 하지만 하겠어."

자신의 목소리가 낯설었다. 스스로도 이전에 한 번도 들어본 적이 없는 목소리였다.

"마호라가, 지금부터 이 전투 중에는 바루나에 대해서 다시는 어떤 소리도 하지 마."

발아래에서 아난타가 긴장으로 침을 꿀꺽 삼키는 소리가 들려왔다.

"한 번만 더 입을 벙긋하면 나는 네게 협조하지 않겠어. 어쩌면 너와 싸울지도 몰라. 내가 네 상대가 안 되더라도 싸우겠어."

"……."

"그러면 넌 조력자를 잃을 거고, 이 싸움을 끝까지 끌어갈 수도 없을 거야. 만약 네게 내가 필요하고, 내 무기가 필요하다면 내 지시에 따라."

짧은 침묵 뒤에 마호라가의 답이 돌아왔다.

"이해했다."

마호라가가 침묵을 끊고 말했다.

"조금 전 내 발언은 큰 무례였다. 내가 큰 실수를 했다. 그에 비해 너는 너그럽고 현명하게 대응해주었다. 이 싸움이 끝날 때까지 명예를 걸고 네 지시를 충실히 수행하겠다."

"좋아."

"마호라가, 아래!"

아난타가 소리쳤다. 마호라가가 멈칫했다.

"수호……."

"지시해, 마호라가!"

수호가 소리쳤다. 마호라가는 즉각 반응했다.

"내 몸을 지지해주고 귀를 막아, 수호!"

수호는 곧바로 그렇게 했다.

강길이 땅 밑에서, 주변에서 솟구쳤다.

마호라가는 두 다리를 높이 치켜들며 수호의 등에 드러눕다시피 몸을 젖혔다. 의족이 공중에 떠오르며 둥글고 납작한 네 개의 얇은 금속 접시 모양으로 갈라졌다.

"꺼져라!"

마호라가의 호령과 함께 네 개의 접시가 불꽃의 머리를 동시에 내리치며 무서운 속도로 땅에 내리꽂혔다. 광풍과 함께 굉음이 진동했다.

"알겠어!"

아난타가 감탄했다.

"바람으로 온도를 낮추고, 빠른 속도로 순간적으로 진공을 만드는 거구나!"

아난타가 묻지도 않은 설명을 조잘조잘 덧붙였다.

굉음의 여운이 남아 메아리가 징징 울렸다. 잠시 기다리자 네 개의 은빛 접시 밑에서 피식피식 연기가 피어올랐다.

수호의 등에 누워 기다리던 마호라가는 한숨을 쉬며 의족을 회수하고는 몸을 세웠다.

"또 도망쳤어. 이 방법으로도 안 되는군."

"그래도 주위가 좀 서늘해지지 않았어? 조금은 기세가 줄어든 것 같아."

아난타가 수호의 발밑에서 짧은 날개를 파닥이며 말했다.

"여러 번 하다 보면 기세가 꺾일 거야. 원래 불 끄기는 끈기 아니겠어?"

"여기서 체력과 시간을 낭비하는 건 좋은 선택이 아니지만……."

마호라가는 의족을 점검하며 중얼거렸다.

"다른 수가 없다면 할 수 없지."

'다른 수가 없다……'

수호는 마호라가의 등에 몸을 딱 붙인 채 생각에 잠겼다.

'바루나라면 어떻게 할까?'

바루나는 어디에 가든 우선 지형지물부터 살핀다. 무엇을 활용할지 신속하게 점검한다. 어차피 바깥 무기는 가져올 수 없는 마음속의 전장. 지형지물을 활용하는 것이 기본 전략일 수밖에 없다.

'활용할 것이 있을까?'

뜨거운 열기, 구불구불한 좁은 공간. 공기에 들어찬 메탄.

사람의 마음은 그 안에 사는 카마에게는 본진이라고 했다.

내 마음에 늘 비가 오기 때문에 그 안에 있는 바루나에게 무기가 공급되는 것처럼, 이 공간은 불꽃의 카마, 강길에게 유리한 환경이다.

'그러면, 만약 환경이 바뀐다면……?'

여기까지 생각이 미치자 수호는 중얼거렸다.

"여기 공기를 다 없애버리면 어떻게 될까?"

"아, 예. 그러면 우리도 다 숨 막혀 죽겠군요. 좋은 시도였어요, 수련생."

수호의 질문에 아난타가 발밑에서 날개를 파닥이며 놀렸다.

"게다가 공기를 어떻게 없애냐. 진공청소기로 빨아들일 것도 아니고."

'진공…….'

순간 수호의 머릿속에 어떤 생각이 떠올랐다. 생각이 떠오르자마자 어째 그럴듯하다 싶었다.

'가능할까?'

아니, 시도해볼 만하다.

"마호라가."

수호가 말했다.

"음?"

등 뒤에서 마호라가가 되물었다.

"내가 신호하면, 너는 날 붙잡아주고 아난타는 몸을 크게 키워줄 수 있어?"

"무슨 소리야?"

아난타가 의아해하며 물었다.

"여긴 내가 몸을 키울 만한 공간이 없어."

수호가 마호라가를 돌아보자, 마호라가도 '응?' 하는 눈으로 고개를 꺾었다. 문득 선혜를 떠올리게 하는 동작이었다.

"……안 될까?"

수호의 눈을 바라보던 마호라가가 미소를 지으며 답했다.

"동료를 신뢰하고 그 지시를 따르자, 아난타."

허락이 떨어지자마자 수호는 기분이 좋아져서 머리 위로 손을 번쩍 올렸다. 아난타가 여전히 의아해하는 동안 수호가 말했다.

"지금!"

"뭐가 지금인데!"

"해, 아난타!"

마호라가가 수호의 허리를 감싸 안으며 말했다.

"그러니까 뭘!"

들어 올린 수호의 가운뎃손가락이 딱딱하게 굳었다. 이어 손가락 사이에서 붉은 검날이 솟구쳤다.

아난타가 눈을 동그랗게 뜨고 보는 사이에 검의 뿌리가 자라나듯 수호의 팔을 휘감았다. 수호의 몸이 갑자기 무거워지자 마호라가는 수호를 끌어안은 팔에 힘을 크게 주었다. 검은 수호의 키를 넘어서고는 이내 그 두 배로 커졌고, 천장을 찢으며 솟구쳐 올랐다.

'간디바.'

마호라가가 마음속으로 검의 이름을 불렀다.

'천검, 간디바.'

긴 세월 동안 그토록 많은 퇴마사가 생겨나고 사라졌지만 오직 단 한 사람만이 갖고 있었던 검. 장엄하다는 말 외에는 표현할 길이 없는 압도적인 크기의 검.

"이 안은 가스로 가득 차 있지만!"

수호가 소리쳤다.

"바깥까지 그러리란 보장은 없어!"

검이 높이 솟구쳤다. 천장을 뚫고 솟아오른 검의 무게가 한계에 이르자 서서히 각도가 기울었다.

검이 천장을 종잇장처럼 찢었다. 구멍으로 바람이 회오리치며 빠져나갔다. 몰아치는 광풍 속에서 바깥의 어둠이 모습을 드러냈다.

"몸을 키워, 아난타!"

마호라가가 소리쳤다.

"내 트바스트리의 동력만으로는 간디바와 수호의 무게를 감당할 수 없어!"

"우아아?"

아난타가 뒤늦게 몸을 불렸다. 마호라가는 의족에서 가스를 내뿜으며 아난타의 등에 올라탔다.

"검의 무게에 저항하지 말고 추락에 맞추어 강하해, 아난타!"

"알았…… 꾸엑!"

등에 얹히는 엄청난 무게에 당황하며 아난타가 몸을 늘렸다.

수호의 검이 바닥을 찢으며 그 아래의 통로를, 다시 그 아래를 연이어 찢어냈다.

셋의 몸이 동굴 밖으로 느리게 추락했다.

바깥은 칠흑 같은 어둠이었다. 어둠 속에서 본 동굴의 모양은 배배 꼬여 꿈틀거리는 거대한 창자처럼 보였다. 외벽이 찢긴 창자에서 피식피식 가스가 새어 나갔다.

78   전장을 소멸시키는 검

천오백 년 전.

"광목천니임!"

누군가가 목청이 터져라 고함쳤다.

열서너 살쯤으로 보이는 어린 소녀였다.

땀투성이에 몸은 끈적끈적한 진액으로 덮여 있다. 남자 복식에 머리는 끈으로 질끈 묶었고, 손에는 한 자 길이의 얇은 검을 들고 있다. 아담한 몸집이었지만 기운이 넘쳐 보였다.

"구경 그만하고 좀 도와주세요오! 나한테만 다 떠맡길 겁니까아! 힘들어 쓰러지겠네에!"

'힘들어 쓰러지겠네에'라는 말과 동시에 소녀는 코앞으로 달려드는 거대하고 통통한 벌레의 이마를 질끈 밟으며 기운차게 뛰어올랐다.

제 키만큼 가볍게 날아오른 소녀는 새처럼 공중제비를 돌며 벌레의 등에 올라탔다.

상대는 뒤룩뒤룩 살찐 몸에 발이 많고, 울긋불긋한 붉은 얼룩에 절지동물처럼 단단한 검은 껍질을 두르고 있었다.

소녀는 벌레의 목 관절에 드러난 껍질과 껍질 사이의 틈에 칼을 깊이 틀어박은 뒤, 한 바퀴 돌려 안쪽의 연약한 살을 뽑아냈다. 불필요한 동작 하나 없었다.

진액이 벌레의 목에서 푹 솟구쳐 나왔다.

"투덜대는 것치고는 힘이 남아도는구나, 마호라가."

'마호라가'라 불린 소녀의 등 뒤에서 여유롭게 말하는 인물
이 아마도 소녀가 말한 '광목천'이라는 사람일 것이다.

남자는 하얀 술잔을 기울여 술을 마셨다.

뒤로는 대궐 같은 집이 있는 드넓은 정원이다. 정원이라는
말이 무색하게 넓다. 큰 촌락 하나쯤은 들여놓고도 남을 법하
다. 저 멀리 담벼락 주변으로는 안개가 낀 듯 흐릿한 것을 보
아 현실이 아니라 심소 한복판인 듯하다.

잘 가꾼 정원이지만 여기저기 바닥에 구멍이 숭숭 뚫려 있
다. 그 구멍에서부터 사람만 한 몸집의 벌레들이 끊임없이 몰
려나오고 있었다.

광목천이라 불린 남자는 깔끔한 외모에 단정하게 머리를
늘어뜨리고 새하얀 비단옷을 입은 차림으로 정자 앞 너럭바
위에 편안히 앉아 있었다. 옷은 금방 빨아서 잘 다려 입고 나
온 양 먼지 하나 없고 뜯어진 자리 하나 없었다.

마호라가는 그 앞을 막아서서 혼자 씩씩거리며 싸우고 있
었다.

"지금 한가하게 그런 소리 할 땝니까? 이놈들 베어도 베어
도 끝도 없다고요! 이러다 나, 죽겠, 어요!"

마호라가는 '나'에서 한 번, '죽겠'에서 두 번, '어요'에서 세
번 칼을 휘둘렀다.

"하지만 여기 이렇게 맛있는 꿀술이 흐르지 않느냐."

광목천은 발밑에 흐르는 개울물을 술잔으로 뜨며 다시 한

모금 마셨다.

"한 번 맛을 보니 멈추지 못하겠구나."

"비위도 좋으십니다. 그게 귀족들이 백성의 고혈을 짜낸 꿀술이라고요! 참 맛도 있겠습니다!"

마호라가가 또 한 마리 벌레의 눈에 칼을 박아 넣으며 소리를 질렀다. 광목천은 씁쓸한 얼굴을 하고 술잔을 내려다보았다.

"그래, 하지만 이 맛을 보니, 왜 그렇게 위정자들이 정신 못차리고 백성을 쥐어짜는 줄은 알겠구나. 어찌나 혀에 착 감기는지 한 모금만 마셔도 정신을 못 차리겠다."

"그러면 처음부터 안 마시면 되잖습니까!"

마호라가가 고래고래 고함쳤다.

광목천은 "오호?" 하며 또 그제야 깨달았다는 얼굴을 한 뒤에 고개를 젖히며 웃었다.

"아하하, 네 말이 맞다. 네가 참으로 나보다 똑똑하다."

"어쩌자고 그런 걸 입에 대십니까!"

"궁금하지 않으냐. 왜 그리들 죽자고 목을 매는지."

"장난 그만 치고 좀 도와주세요! 계속 그렇게 빈둥거리시면 저 오늘 확 퇴마사 은퇴하고 탈출, 해, 버릴랍니다!"

"저런, 그건 곤란하구나."

그제야 광목천은 너럭바위에서 느긋하게 몸을 일으켰다.

"내 애제자를 이렇게 잃을 수야 없지."

"죽도록 부려 먹으면서 애제자는 무슨 놈의!"

버럭 성질을 내던 마호라가의 몸이 공중에 붕 떠올랐다.

광목천이 뒤에서 겨드랑이 사이에 손을 넣어 소녀를 번쩍 들어 올린 것이다.

아무리 아이의 몸이라지만 종잇장처럼 가볍게 들어 올리는 힘에는 살짝 당황할 수밖에 없었다.

광목천은 마호라가를 자기 목 뒤에 턱 얹어 목말을 태웠다. 마호라가는 예기치 못한 상황에 바둥거렸다.

"내려놓으십시오, 광목천님! 적이 아직 눈앞에 있습니다!"

"안다, 알아."

광목천은 사람 좋은 웃음을 지으며 마호라가의 종아리를 토닥였다.

"뭘 안다는 겁니까!"

"아니까 가만히 있거라. 내려오면 다친다."

"뭘 다친다……."

마호라가는 소란을 떨다가 입을 다물었다.

광목천의 오른손에서 눈부시게 새하얀 검이 솟구쳤다.

곧게 뻗은 검.

검의 뿌리 부분이 광목천의 팔을 휘감고 팔꿈치 뒤로도 길게 뻗어 나가 중심축을 잡았다. 이내 칼은 이 넓은 정원의 끝에서 끝까지 이를 정도로 자라났다.

마호라가는 입을 다물었다.

이미 몇 차례 보았던 무기인데도 그 위용에는 매번 압도될 수밖에 없었다. 웅장한 건축물 앞에 섰을 때와 같은 위압감. 상식을 초월하는 무게일 텐데도 광목천은 깃털이라도 든 양 자세에 흔들림이 없었다.

광목천이 유쾌하게 휘파람을 불며 검을 부채꼴로 그었다.

무거운 바람. 적막한 해일과도 같은 검격.

주변의 공기마저 경외해 멈춰버리는 듯한. 세간의 살아 있는 것들이 기를 쓰고 발버둥 치는 모든 투쟁을 한 호흡에 비웃어버리는 듯한 일격.

단 한 번의 휘두름.

그것만으로도 정원은 폐허가 되었다. 정원의 벌레 무리는 모두 짚단처럼 썰려 나가 사방에 널브러졌다. 썰리지 않은 것들은 밀리고 짓눌려 형체를 알아볼 수가 없다. 잘린 자리에서 흘러나온 진액이 호수처럼 흥건했다.

폭풍이 휩쓸고 지나간 듯한 자리에 광목천은 아무 일도 없었다는 듯이 평온하게 서 있었다.

'적을 물리친다고 말하기도 민망한 일격.'

마호라가는 생각했다.

'전장 그 자체를 소멸시키는 무기.'

현재.

'간디바.'

마호라가는 수호를 끌어안은 채 검의 이름을 불렀다.

눈처럼 하얗던 광목천의 검과는 달리 피처럼 붉은 검. 깨끗한 직선이었던 광목천의 검과 달리 멋대로 자라난 석순처럼 거칠고 투박하며 날도 없다시피 한 검.

하지만 위용만은 변함이 없다.

수호가 손을 가볍게 털자 칼은 마술처럼 모습을 감추었다. 수호로서는 무심코 하는 일이었지만, 마호라가의 눈에는 그렇지 않았다.

'나타나는 방식만큼이나 사라지는 방식도 물리법칙을 무시한다.'

마호라가는 수호의 옆얼굴을 보며, 그날 부패한 탐관오리들의 심소에 앉아 꿀술을 맛보던 광목천을 떠올렸다.

보통 사람이라면 한번 맛보는 것만으로 권력욕에 휘감겨 허덕일 독주를. 마치 불멸의 인간이 호기심 삼아 죽음을 건드려보듯이.

그 어떤 유혹도 자신의 마음에 영향을 미칠 수 없음을 확신하는 태도로.

'광목천, 왜…….'

스스로 카마를 갖고 윤회의 길을 벗어난 것도 혹여 같은 맥락에서였을까.

'……나는 아직도 모르겠습니다.'

수호, 너라면 답을 해줄 것인가.

하지만 너는 이미 다른 육신을 입은 다른 사람이고, 광목천으로서의 모든 기억을 잃었는데, 어떻게 답을 할 수 있을까.

광목천이라는 사람은 이미 이 세상에 없건만. 그 사람 스스로 그 길을 택했건만.

'죽음'을.

'인격의 소멸'을.

'어째서…….'

마호라가의 생각을 알 리 없는 수호는 두리번거리다 소리쳤다.

"마호라가, 저기!"

어둠 속을 비실비실 나는 것이 눈에 들어왔다.

강길의 몸이 손에 잡힐 정도로 조그맣게 줄어 있었다. 육지로 밀려 나온 물고기처럼 버둥대다가 안간힘을 쓰며 창자 안으로 도로 기어 들어가려 했다.

"가스가 없어서 힘을 못 쓰는 모양이야! 지금이야!"

마호라가는 정신을 바짝 차리고 의족을 변형시켰다. 몸에서 떨어져 날아오른 의족이 은빛 부메랑으로 변해 허공을 우아하게 갈랐다.

깨끗한 곡선.

부메랑이 강길의 몸을 여섯 조각으로 베어냈다.

다음 순간 부메랑은 천처럼 얇게 펴져 조각조각 난 강길을 보자기로 둘러싸듯이 감쌌다. 잠깐의 정적이 지나자 보자기 안에서 황금빛의 알갱이가 민들레처럼 나풀거리며 솟아올랐다.

"됐어!"

아난타가 꼬리를 파닥이며 신이 나서 소리쳤다.

"불을 껐어!"

✦

호루라기 소리가 난장판 속에서 요란스레 울려 퍼졌다.

"다들 멈춰!"

발악하는 소리에 모두가 움직임을 멈추었다.

가게에는 사람들이 겹겹이 쌓여 있었다. 집하장에 마구잡이로 내던져진 택배 상자처럼.

안쪽에서는 진을 한가운데 두고 사람들이 서로 팔짱을 끼고 깍지를 껴서 인간 사슬을 만들고, 바닥에 등을 붙여 몸의 중심을 낮추고 드러누워서 버티고 있었다. 이놈의 나라에서 오래 살다 보면 시위 기술 익히지 않기가 더 어렵다던가.

이들은 진이 남자들에게 몸이 붙들리자마자, 추씨의 지휘로 일사불란하게 서로 몸을 엮고 버티기에 들어간 참이었다.

"멈추라잖아, 시발, 내 말 안 들려!"

성질내며 안으로 들어온 사람은 철거 용역 업체 강 사장이었다.

강 사장은 화난 몸짓으로 진과 가게 주인들의 팔다리에 달라붙은 용역들을 힘으로 떼어내고 등짝을 퍽퍽 치고 발로 찼다. 열심히 일하던 용역들은 갑자기 바뀐 지령에 적응하지 못하고 버벅거렸다.

"이 븅신들아! 어린애들이 깔려 있잖아!"

강 사장이 소리쳤다.

"일 한두 번 해? 염병할 시키들이 누구 사업 망하게 할 작정이야? 어?"

그제야 용역들이 주춤주춤 몸을 일으켰다. 한쪽 구석에서 누가 "변덕이 죽 끓네……" 하고 투덜거리다가 강 사장이 노려보는 바람에 흠칫 입을 다물었다.

인간 사슬 안쪽에서는 추씨와 가게 주인이 같이 두 아이를 몸으로 덮다시피 끌어안고 있었다. 여자애 쪽은 다리 하나가 의족이었다. 아이들은 기절했는지 서로 꼭 끌어안고 꼼짝도 하지 않고 누워 있었다.

사람들이 보기에도 강 사장은 몸이 안 좋아 보였다. 호흡이 가빴고 이마에서는 땀이 줄줄 흘렀다. 멍하니 허공을 보다가 갑자기 정신이 든 얼굴로 고개를 도리도리 젓곤 했다.

"거, 애들 좀 보여줘봐요, 다쳤나? 애들 왜 안 움직여. 시발, 다쳤나 보네. 여자애 다리는 설마 지금 잘린 건 아니지? 아니, 그럴 리가 없지. 왜 이런데 애를 데려와? 미친 거 아뇨?"

강 사장은 온갖 욕을 입에 담으며 핸드폰을 들었다.

"여보쇼. 119죠. 구급차 한 대 빨리……."

"괜찮아요. 기면 발작이에요."

진이 황급히 말했다. 강 사장이 진을 돌아보았다. 명령이 사라져서 건전지가 빠져나간 자동인형처럼 된 남자들도 같이 진을 바라보았다.

"기…… 뭐시기?"

강 사장이 눈을 일그러뜨렸다. 진이 바닥에 누운 자세로 열심히 말했다.

"기면 발작이요. 놀라면 깜박 잠드는 병이에요. 잠깐 놔두면 깨어나요. 하지만 절대 안정해야 하죠. 함부로 깨우면 뇌 손상 와요."

강 사장은 침묵했다. 무슨 말인지도 모르겠고 믿기지도 않지만 질문하기도 귀찮은 얼굴이었다.

"지금 애들 일부러 갖다놓고 연기시키고 있는 거 아뇨?"

"아니, 이보세요! 남의 가게 부수고 쳐들어온 사람이 할 소리예요? 사람을 뭘로 보고……."

가게 주인 정씨 아주머니가 벌떡 일어나 화를 냈고, 강 사장은 다 귀찮으니 됐다는 얼굴로 손을 내저었다.

부하직원인 듯한 덩치 좋은 남자 하나가 사람들을 밀치고 들어와서 작은 소리로 속삭였다.

"사장님, 거의 끝났습니다. 그냥 끌어내기만 하면 돼요. 포크레인 벌써 시동 걸어놨어요. 지금 오고 있다고요."

강 사장은 답을 하지 않았다.

"우리 이 인원 다시 못 모아요. 버스 대절비 일당 다 주고 나면 적자입니다. 어린애들만 밖으로 빼내고 바로 도로 밀어붙입시다."

강 사장은 묵묵부답이었다.

조금 전까지는 마음이 폭발하듯 날뛰고 숨이 턱턱 막혔다. 마치 마음 안에서 격렬한 전투라도 벌어진 듯이.

그러다가 급작스럽게 고요해졌다. 마음 한구석에 구멍이 뚫려, 조금 전까지도 들뛰던 것이 구멍 난 바가지에서 물 새듯 줄줄 흘러나가버린 기분이었다.

더는 이놈의 일을 하고 싶지 않았다. 갑자기 다 진절머리가 났다. 사람들 사이에 깔려 기절한 애들을 보고 있자니.

'이게 다 뭐 하는 짓이고. 애들 있는 데서.'

사람이 그래도 일관성이라는 것이 있는데, 이렇게 한순간에 생각이 뒤집히는 일도 가능한가 싶었다.

하지만 확신했다. 이건 사람이 할 짓이 아니다.

일은 힘들고 버는 돈은 적고 욕은 욕대로 먹고. 아무리 배워먹은 게 도둑질이라지만 힘쓰는 일 찾다 보면 뭐든 못 할 일이 있겠나 싶었다.

"당장 눈앞의 작은 손해 생각하다가 사업 망하는 거야."

강 사장이 입을 열었다.

"전에 저쪽 동네서 앞뒤 안 가리고 밀어붙이다 사람 죽는 바람에 재개발이고 뭐고 다 취소되고 용역비도 못 건지고 사업 박살 난 거 기억 안 나? 뉴스도 안 봤어?"

"사장님, 아직 아무 일도 없습니다. 왜 갑자기 겁을 먹으시고……"

강 사장은 손사래를 치며 건전지 빠진 인형들에게 소리를 쳤다.

"해산! 다들 집에 가! 집에 가라고!"

"사장님, 대체 왜 이러십니까?"

수호는 눈을 떴다.

마음에서 막 빠져나온 탓에 시야가 아직 되돌아오지 않았다. 세상은 심소로 보였고 사람들은 카마로 보였다.

수호의 눈에는 가게 한가운데에 털이 북슬북슬한 호랑이들이 자신을 둘러싸고 옹기종기 모여 있는 듯 보였다. 문과 창문으로는 화염의 무리가 썰물처럼 물러나고 있었다.

수호는 추이의 무릎에 눕다시피 안겨 있었고, 앞에서는 백호가 털북숭이 품에 자기를 끌어안고 있었다.

백호가 빠져나가는 불꽃 무리를 보더니 활짝 웃으며 큰 손으로 수호의 머리를 쓰다듬었다.

"너희를 보고 도망가는구먼. 그래도 저놈들도 사람이라 애들을 어떻게 할 수 없었나 보네."

백호가 수호의 얼굴을 우람한 가슴에 다시 푹 파묻으며 끌어안았다. 수호는 숨이 막혀 잠시 버둥거렸다.

"고맙다, 고마워. 잘했다, 잘했어. 너희가 복덩이다, 복덩이야."

"아이고, 백씨 할아버지, 주책이셔! 애들이 뭘 안다고 그런 소리를 하세요! 놀래서 정신 나간 애들한테!"

추이가 백호의 등을 딱 치고는 수호의 얼굴을 정신없이 살폈다.

"얘, 괜찮니? 미안하다, 미안해. 우리가 미리미리 집에 보냈어야 했는데. 놀라진 않았니? 다친 데는 없고?"

추이와 백호뿐 아니라 다른 호랑이들도 옹기종기 모여 꼬리를 살랑대며 수호를 살피느라 정신이 없었다.

수호는 기뻐하기도 전에 난처해졌다. 칭찬에 익숙하지 않은 탓에 도리어 뭔가 잘못했나 싶은 기분이 앞섰다.

수호는 문득 눈앞을 보았다. 시야가 회복되는 가운데 진이 호랑이 사이에서 선혜를 찾아들고 다급히 품에 끌어안는 모습이 눈에 들어왔다. 다시는 놓치지 않겠다는 듯이, 온 힘을 다해서.

문득 마음이 식었다.

'진씨는 나를 보아주지 않는구나.'

급작스럽고 분명한 깨달음이었다.

어렴풋이 눈치야 채고 있었지만 이제야 뚜렷하게 알 수 있었다.

전에는 억지로 생각을 돌렸었다. 어차피 진씨 눈에 나는 어린애니까. 진씨는 어른이고, 그냥 동경일 뿐이지.

하지만 지금 분명히 알 수 있었다.

'진씨에게 내가 첫 번째가 되는 일은 없어.'

진씨에게는 카마가 있기 때문에.

카마 아난타가 있기 때문에.

선혜를 지키겠다는 맹세, 바로 그 현신인 카마가 마음에 자리 잡고 있으므로.

선혜와 내가 위험해졌을 때 진씨가 나를 먼저 구하는 일도 없을 것이다. 싸움이 끝났을 때 내 몸을 먼저 살피러 달려오는 일도 없다.

진씨가 나를 대하는 태도는 그저 몸에 밴 다정함일 뿐. 그날 생판 모르는 내게 스스럼없이 재킷을 벗어주었을 때처럼, 다른 생판 모르는 아이를 만나도 똑같이 친절을 베풀 것이다. 지금 내게 하는 그대로.

나는 저 사람에게 특별한 사람이 아니다. 지금도 그렇고 앞으로도 그렇겠지.

아난타가 세상에서 사라지지 않는 이상.

어디선가 어둡고 음침한 목소리가 들려왔다. 쇠사슬이 찰그랑거리는 듯한 거칠고 탁한 목소리였다.

거기까지 생각이 미치자 수호는 소스라치게 놀라 눈을 질끈 감았다.

'이런 상황에서 무슨 바보 같은 생각이야.'

아난타만 사라진다면.

소리가 음산하게 들렸다.

진씨가. 나를 돌아봐. 줄 거야.

소름 끼치는 생각이었다.

그래, 나는. 퇴마사고. 아난타는. 카마야.

내가. 아난타를. 사냥한다. 해도. 진. 은. 어쩔. 도리가. 없을걸.

갑자기. 퇴마사로서의. 본분을. 자각했다고. 거짓말을…….

아니, 내 손을. 더럽힐. 것도. 없어.

단순히. 아난타가. 카마라고. 여기저기. 소문만. 내도…….

그래서. 마구니가. 아난타를. 굴복시킨다면.

진. 씨는. 아난. 타를. 통제. 할 수. 없을. 거야.

그러면. 마호라가. 성격. 상. 아난. 타를. 사냥할. 거고, 진. 은. 마. 호. 라. 가. 에. 게. 원. 한. 을. 품. 게. 될. 거. 야.

내. 손. 을. 더. 럽. 히. 지. 않. 고. 간. 단. 히……

거기까지 생각이 미쳤을 때였다. 수호의 마음 안에서 다른 목소리가 들려왔다.

아니, 실제로 들은 것은 아니었다. 워낙 자주 들었기에 나타난 환청. 청량하면서도 낮고 중후한 목소리.

〔꺼져라.〕

바루나라면 그렇게 말했을 법한 순간, 간신히 정신이 들었다.

'내 생각이 아니야!'

눈을 뜨자 수호는 어두컴컴한 물속에 잠겨 있었다. 보이는 것도 들리는 것도 없는 시커먼 물속이었다.

수호는 허우적거리며 헤엄쳤다. 수면은 의외로 가까이에 있었고 손을 뻗자 바로 밖으로 몸을 빼낼 수 있었다.

안간힘을 쓰고 나와서 콜록거리며 주변을 돌아보니 주위에는 아무도 없었다.

창이 깨지고 여기저기 불에 탄 흔적이 남은 가게만 휑하니 남아 있었다.

깨져 나간 창에서 차가운 바람이 몰아쳐 들어왔다. 바닥에 흩어진 유리 조각이 금속음을 내며 바람에 이리저리 휘날렸다. 반쯤 탄 포스터가 벽에서 우수수 떨어졌다.

'방금, 어디서부터가 내 생각이었지?'

수호는 주변 상황을 파악하기보다 그 문제를 먼저 생각했다.

'아난타만 사라지면 좋겠다고 생각한 시점부터였나, 아니면 진씨에게 내가 딱히 특별한 사람이 아니라는 생각부터였나? 내가 흔해빠진 사람 중 하나라고?'

수호는 자기도 모르게 바닥을 주먹으로 쳤다.

창피했다.

좋아하는 마음이 부끄러운 것이 아니었다.

'진씨가 좋아.'

그것만은 사실이었다. 뭘 어찌해보겠다는 그 무엇도 없는 마음일지라도.

수호는 마음에 들어올 때마다 어김없이 입고 있는 진의 재킷을 꽉 붙잡았다.

좋아한다.

하지만 상대의 마음을 멋대로 재단하고 판단하고 내 망상 속에서 그 사람의 인생을 조종하겠다는 마음을 먹다니. 그딴 말을 듣고도 잠시나마 그게 내 생각이라고 착각하다니.

'대체 이놈의 마음은 얼마나 쉽게 침범당하는 거지?'

아니면, 두억시니가 벌써 내 마음에 뿌리를 내리고 있나? 그래서 틈새가 보일 때마다 치고 들어오는 걸까?

자괴감이 들었다. 이런 자괴감마저도 두억시니가 내뿜는 '모멸'의 일부일까.

수호는 자신을 어떻게 해버리고 싶은 유혹에 시달리다가 겨우 마음을 추스르고 일어났다.

'그런데 여긴 또 어디지?'

현실이 아닌 줄은 바로 알 수 있었지만 마호라가의 기척도 아난타의 기척도 없었다. 방금 빠져나온 물구덩이만이 뒤에 남겨져 있을 뿐이었다.

수호는 후우, 하고 호흡을 가다듬었다.

'일단 시야에는 적도 아군도 없다.'

안에서 더 확인할 것이 없다면 밖으로 나가는 것뿐. 마호라가가 뒤늦게 들어온다 해도, 미리 정황을 파악해두어야 바로 대처할 수 있겠지.

그렇게 생각한 수호는 문을 열고 밖으로 발을 내디뎠다.

연남동 어느 공사장의 심소.

비사사와 부단나가 안으로 발을 들여놓았다.

긴나라가 지정한 훈련 장소는 재건축이 예정된 연남동의 한 건물이었다. 건물주와 분쟁이 있어서 철근만 올라간 채로 멈춘 집이다. 요새 이 동네에서는 흔히 보는 풍경이다. 무채색인 것 외에는 바깥과 크게 다를 바 없다.

"우리 둘이서만 훈련하러 온 건 오랜만이네, 누나."

머리 한가운데에 작은 뿔이 나 있고, 땋아 내린 하얀 머리카락에 하얀 한복을 입은 부단나가 말했다.

"협시 나한 본연의 임무는 신장의 보호니까. 바깥에서 대기하는 일이 더 많았지."

비사사는 아직 시위를 걸지 않은 활을 들고 주위를 살피며 말했다. 여느 때처럼 쌍둥이처럼 닮은 모습이었다. 부단나의 손이 붉은빛이고 비사사의 손에 활이 들린 것만 다를 뿐이다.

"긴나라께서 미리 봐두셨을 테니 대단한 놈들은 아닐 거아."

부단나가 말했다.

"그래도 조심해. 집단 의식의 카마는 똑똑하지는 않아도 변종이 많으니까."

언젠가 비사사는 금강의 지시로 훈련 삼아 한 인터넷 커뮤니티의 심소에 들어간 적이 있었다.

기이한 곳이었다. 공간은 계속 변형되는데도 강력한 집단의식의 심소가 형성되어 있었다.

현실의 심소는 견고하지 않다. 아무래도 장소는 오가는 사람이 변하기 마련이라, 심소가 만들어져도 잠시뿐, 특별한 경우가 아닌 이상 시간이 지나면 자연스럽게 소멸한다.

하지만 인터넷 커뮤니티는 그렇지가 않았다. 집단 의식인데도 한 사람의 마음이나 다름없이 견고했고, 시간이 지날수록 사라지기는커녕 점점 더 벽이 단단히 다져졌다.

……그 안에서 생겨난 카마가 충분히 위협적인 크기로 자라날 수 있을 만큼 오래.

'기술이 새로운 카마를 만들고, 새로운 심소를 만든다.'

그 생각을 하니 비사사는 두려운 한편 씁쓸해질 수밖에 없었다.

그때 무너진 돌담 옆에서 애처롭게 우는 자그마한 것이 눈에 띄었다. 털이 삐죽삐죽하니 먼지가 뭉친 듯한 초라한 카마였다.

"누나."

부단나도 괴물을 발견하고 비사사의 어깨를 톡톡 쳤다.

먼지 괴물은 동그란 눈을 깜박이며 쭈뼛쭈뼛 눈치를 보다가 구석으로 도로 숨어 들어갔다.

"나 참, 긴나라 신장님도 너무하시네. 저런 약한 카마를 없애는 건 학대라고."

"하지만 발견한 이상 내버려두고 갈 수는 없어."

비사사가 소 힘줄로 만든 흰 시위를 당겨 박달나무로 만든 활에 매었다. 시위를 활에 매자 탄력 때문에 거의 원형을 유지하던 활이 뒤로 꺾이며 활 모양이 잡혔다.

비사사는 시위를 튕겨 현악기의 현을 타는 듯한 소리를 내고는 화살을 뽑아 시위에 먹였다.

"그냥 맛집이나 다니고 싶다는 욕망일 수도 있잖아?"

부단나는 새빨간 손가락을 핥으며 말했다.

"데이트하고 싶다는 욕망이거나."

비사사 쪽이 여자, 부단나 쪽이 남자였지만, 목석처럼 뻣뻣한 쪽은 비사사고 묘하게 교태를 풍기는 쪽은 부단나다.

전생에 둘의 아트만을 처음 접한 금강은 잠시 침묵하더니 '너희 둘이 짐승에 더 가깝다면 이상한 일도 아니지'라고 넘겼다. '자연계에선 더 예쁘게 꾸미고 교태를 부리는 쪽이 주로 수컷이니.'

"아무튼 금강 사부님은 모든 욕망이 다 번뇌라는데, 사람이 다 수도승으로 살 수는 없잖아. 약한 카마는 마구니도 관심이 없고 계약해봤자 우리와의 전쟁에 쓰이지도 않아……."

비사사는 활을 겨누었다. 구석으로 숨어 들어가서 잘 보이지는 않았지만 저 먼지 괴물은 피부가 번들거리고 살짝 흘러내리는 듯했다.

'피부가 유동적이다……. 그러면 변신 능력이 있을 수도 있

다.'

비사사는 생각했다.

변신할 수 있다면 상황에 맞추어 적용할 수도 있다는 뜻. 조금 경계해야 할지도 모른다.

뒤에서 하품하던 부단나가 문득 코를 붙잡았다.

"그런데 이건 무슨 고약한 냄새지? 음식점이라서인가?"

먼지 괴물이 입을 열었다. 열린 입안에 무수히 많은 작고 가느다란 이빨이 보였다.

비사사의 활시위가 진동했다.

화살은 경쾌하게 바람을 가르며 정확히 먼지 괴물의 등 한가운데에 꽂혔다.

"나이스 샷, 누나!"

뒤에서 부단나가 손가락을 튕기며 팔짝 뛰었다.

그리고 조용했다. 돌가루가 섞인 무채색 바람만 휘이 불 뿐.

비사사는 가벼운 한숨을 쉬었다.

'내가 너무 예민했나.'

하지만 기다려도 기대하는 황금빛의 부스러기는 떠오르지 않았다. 대신 쓰러진 먼지 괴물의 등이 꿀렁거리더니 비사사의 화살을 몸속으로 집어넣는 모습이 눈에 들어왔다.

"끝났으면 나가자, 누나."

"아냐. 뭔가 이상해."

비사사는 서둘러 화살을 다시 시위에 재웠다.

두 번째 화살이 먼지 괴물의 등에 꽂혔다. 여전히 괴물은 반응이 없었다.

"뭐가 잘못된 거지?"

부단나도 그제야 이상한 기분을 느끼고 물었다. 비사사가 다시 화살을 재웠다.

"몸이 액체처럼 보였어. 고무나 뭐 그런 물컹물컹한 재질일 수도 있어."

"고무라면 내가 나서야겠는데."

부단나는 소매를 팔꿈치까지 걷어 올렸다. 그리고 손가락 끝에 성냥을 긋듯이 불꽃을 일으켰다.

"기다려, 부단나."

비사사가 막았다.

"아직 네 무기를 보이지 마. 우선 적의 무기를 파악한 뒤에……."

먼지 괴물의 몸이 크게 꿀렁였다. 이어서는 화살이 몸을 뚫고 등 뒤에서 튀어나왔다.

비사사의 등줄기에 차가운 소름이 돋았다. 섬뜩하고 불길한 기분이 심장을 휘감았다.

괴물이 재주를 한 번 넘었다.

순간 비사사는 괴물의 등에 솟은 화살 두 개를 보았다. 검은 화살이었다.

궁수의 눈으로 분명히 알 수 있었다. 화살은 정확히 둘의 심장을 겨누고 있다. 비사사 자신처럼 정확한 솜씨로.

"부단나, 엎드려!"

비사사가 황급히 부단나의 어깨를 감싸며 엎어졌다. 날아온 화살이 비사사의 등을 스치며 옷을 찢었다. 화살은 벽에 박혔고 그대로 녹아 흘러내려 땅에 스며들었다.

'녹았다……'

비사사는 긴장했다.

'몸의 일부를 화살로 만든 건가? 하지만 어떻게 내 화살과 똑같이 만든 거지?'

"화염을 쓸게, 누나!"

비사사의 몸 아래에 깔려 있던 부단나가 손을 번쩍 들었다. 비사사는 퍼뜩 정신이 들었다.

"잠깐, 부단나, 만약 내 생각이 맞다면……."

부단나는 듣지 않고 손가락을 튕겼다.

화염이 날아가 먼지 괴물에게 꽂혔다. 다음 순간, 먼지 괴물의 몸에 불이 번졌다.

"좋아!"

"아냐……."

비사사가 부단나를 안은 팔에 힘을 주었다. 시커먼 불안이 점점 심장을 침범했다.

"아냐……."

"아니라니?"

"타고 있는 게 아니야……."

"무슨 소리야?"

"화염을 복사하고 있어……!"

비사사의 말이 끝나자마자 주위에서 작은 먼지 괴물이 죽순처럼 솟아올랐다. 괴물의 몸에서 불꽃이 치솟았다.

✦

"그런데, 얘 왜 이렇게 안 깨어나지?"

백씨가 수호의 뺨을 두드리며 물었다.

"이상하네요. 방금 잠깐 눈을 뜬 것 같았는데요."

추씨가 당황하며 말했다. 수호의 고개는 추씨의 팔에 떨어져 있었고 몸은 축 늘어져 있었다. 백씨가 수호의 몸을 흔들었다.

"내가 너무 세게 안아서 또 스트레스 받아서 잠들었나? 그…… 무슨 기면 발작인가 뭐시기 때문에?"

진의 품에 안겨 있다가 막 깨어난 선혜가 그 말을 듣고 긴장했다.

"어디 눕혀보지요. 함부로 깨우면 뇌 손상 온다니……."

추씨의 말에 사람들이 조심조심 수호를 부축하는 동안 선혜는 진의 옷깃을 붙잡았다.

"……어디로 들어간 거죠?"

진이 선혜를 끌어안으며 귀에 작은 소리로 속삭였다.

"또 심소인가요?"

"아냐, 심소가 아니야……. 누군가의 마음에 들어갔어."

선혜는 역시 작게 속삭였다.

"누구 마음에요?"

"아직 몰라."

"선혜, 수호하고 마음 이어져 있죠. 어디에 있는지 대충 감이 오지 않아요?"

"조용히. 찾고 있으니까."

선혜는 사람 하나하나를 눈에 담으며 살폈다.

그때, 옆에서 가게 주인 정씨가 막 걸려 온 전화를 받는 소리가 들려왔다.

"네? 박 사장님, 뭐라고요? 오늘 당장 우리와 면담하고 싶다고요?"

정씨는 뜻밖의 제안에 놀라 전화기를 가리키며 주변 사람들을 돌아보았다. 둘러보다가 선혜와 눈이 마주쳤다. 문득 저 어린애의 눈에 담긴 염려가 지나치게 어른스럽다는 기분이 들었지만, 기분 탓이려니 하고 일단 대화를 계속했다.

"지금 바로요? 속전속결로 하자고요? 아니, 저야 환영할 일이지만……."

수호가 집 밖으로 나가자 서늘하고 건조한 바람이 얼굴에 와 닿았다. 맨발에 닿는 바닥이 차고 단단했다.

눈앞에 펼쳐진 풍경은 돌산이었다.

조금 전 한증막 같은 창자 속에서 뒹굴다 나와서 서늘하게 느껴질 뿐이지 딱 좋게 따듯한 곳이다. 움직이기에 불편하지는 않을 듯했다.

양옆으로 하얀 기암괴석이 높이 솟아 있었고 그 한가운데에 새하얗게 빛나는 길이 놓여 있었다. 판판한 돌을 맞물려 만든 길인 듯했다.

길은 산허리를 돌며 굽이굽이 이어졌다. 완만하게 경사진 곳도 있었지만 가파른 계단도 보였다. 일단 눈으로 보기에는 갈라진 길 없이 한 길이었고, 멀리 보이는 높은 산꼭대기까지 이어져 있었다.

종착지는 낮은 구름에 덮여 있었고 금관이라도 얹은 듯 희미하게 빛나고 있었다.

날이 밝아서일까, 길은 눈이 아플 만큼 찬란하게 번쩍였다.

'……누가 봐도 길을 따라오라고 하고 있잖아?'

양쪽 절벽은 기어올라갈 만한 경사가 아니었고, 아난타가 없는 이상 날아갈 수도 없다.

'이렇게 대놓고 오라고 만들어놓았다면, 뭐든 함정이 있다는 뜻이겠지?'

수호는 맨발로 대리석을 슬슬 문질러보았다.

'심소는 아닌 것 같고 사람 마음 같은데……. 심소는 실제

169

풍경과 크게 다르지 않으니까. 바깥과 풍경이 완전히 다른 것을 보니 사람의 마음이야. 누군가의 마음에 들어온 모양인데. 누구지?'

궁금해하는데 반질반질한 돌 하나하나마다 새겨진 문양들이 눈에 들어왔다. 보석, 금화, 금괴, 금고, 오만 원짜리 지폐 문양, 원(₩) 표시……. 아, 네, 네, 알겠습니다.

'알아보기 쉬운 욕망이로군.'

수호는 한숨을 쉬었다.

'재물욕.'

마호라가의 말을 떠올려보면 아마도 대흑천이 사는 곳일 것이다.

그런데 어떻게 들어온 걸까. 마음에 대흑천을 가진 사람이 근처에 와 있기라도 했나.

수호는 잠깐 기다렸다.

황금빛 길이 손짓하듯이 반짝였다. 나갈 생각도 없었지만 나갈 만한 경계도 일단은 보이지 않았다. 수호는 아직 마호라가처럼 아무 데서나 마음을 빠져나가는 방법을 잘 몰랐다. 정신을 차리고 보면 빠져나가 있곤 했다.

마음 안은 시간이 빠르게 흐른다. 마호라가가 나를 찾아 뒤쫓아 들어온다 해도 아마 한참을 기다려야 하겠지.

'바루나.'

수호는 기대 없이 불러보았다. 여전히 답이 없다.

마호라가는 바루나가 이 전투에서는 나타나지 않을 거라고 했다.

'뭐, 내가 바루나라도 그렇겠지.'

방해하지 않는 것만도 고맙다고 해야 할까.

바루나가 없다고 생각하니 다시 삭막한 공허감이 몰아쳤다.

나 자신으로부터 버려진 기분.

잠시 떨어져 있어도 이 모양인데, 앞으로 내가 바루나 없이 살 수 있을까.

하지만 수호는 그 생각을 지우고 마음을 가라앉혔다. 숨을 가다듬고 나니 생각이 고요해졌다.

'다쳐서는 안 된다. 체력도 유지해야 한다.'

수호는 이 전투의 첫 번째 원칙을 생각했다. 하지만 실상 그 원칙을 절대적으로 지켜야 하는 쪽은 마호라가 쪽.

'두억시니와 맞닥뜨렸을 때, 내 역할은 첫 타격이다.'

단 한 번의 공격.

'그러면 나는 살아만 있으면 된다.'

그렇게 결론을 내리니 딱히 복잡하지 않았다.

적의 무기와 전략을 앞서서 파악하되 다칠 일이 있으면 내가 마호라가 대신 다쳐야 한다. 체력을 소진할 일이 있으면 내가 먼저 해야 한다.

'어차피 걷는 정도야 정찰에 해당하니까.'

수호는 발을 떼고 걷기 시작했다.

✦

"전화를 따라 들어갔다고요?"

진이 놀라서 물었다.

"거의 들리지도 않았고, 아무리 같은 동네라지만 거리가 이렇게 떨어져 있었는데?"

쓰레기통과 쓰레기가 널린 어느 한식당 옆의 좁은 뒷골목.

머리 위에서 식당 실외기 환풍기가 시끄럽게 돌아가는 가운데 진은 의식을 잃은 수호를 품에 안고 있었다.

수호는 일어나지 않는다. 나올 길을 못 찾고 있거나 이미 마음 깊이 들어가버린 듯했다.

벽 하나를 사이에 둔 한식당.

새벽까지 여는 한식당에서는 지금 회의가 한창이었다. 진과 선혜는 사람들의 뒤를 쫓아 그 방과 벽 하나를 사이에 둔 뒷골목에 자리를 잡은 참이었다.

환풍기가 윙윙 돌아가는 가운데 벽 안쪽에서 때로 고성이 오갔고, 다시 잠잠해졌다가는 또 고성이 오가곤 했다.

"마음만 따지면 전화로 대화하는 사람도 옆에 있는 것과 별 차이가 없으니까."

선혜가 답했다.

"기술이 시공을 좁혔다고 해야겠지. 전화나 무전기를 통해 사람의 마음에 들어간 퇴마사가 없지는 않아."

진이 수호의 머리를 무릎에 누이고 바닥에 담요를 깔아 체온을 지키게 해주었다. 그러고는 수호의 이마를 손수건으로 훔치며 말했다.

"아무나 할 수 있는 일인가요?"

"아니."

선혜가 입술을 오므리고 답했다.

"수호 처음 만났을 때도 일진 애들 심소에 빨려 들어갔죠. 데리고 들어가지도 않았는데."

172

"응."

"그 전에도 배우지도 않고 제 아버지 마음을 들어갔고, 아까도 그 가게 심소에 자연스럽게 들어갔죠."

"음."

"어떻게 해석해야 할까요? 쉽게 공감하는 능력? 수호는 어떻게 이렇게 저항도 없이 사람의 마음에 발을 들여놓지요? 마음의 문은 보통 닫혀 있어요. 그 문을 열고 들어가는 일은 퇴마사에게도 간단하지 않은데요."

"이렇게 간단히 들어가는 사람을 이전에 본 적은 있어."

"누구요?"

"……광목천."

선혜의 말에 진은 입을 다물었다.

"처음 만났을 때는 그랬어. 마치 모든 사람의 마음이 그 사람에게는 활짝 열려 있는 것 같았어. 마음의 벽 따위, 그 사람 앞에서는 다 사라지기라도 하는 것처럼."

"……."

"그게 그 사람이 그 법명을 받은 이유였지. '광목廣目', 넓게 펼쳐진 눈이라는 뜻. 그게 그 사람의 무기보다도 더 큰 힘이었어."

"흠."

진은 잠시 생각하다가 물었다.

"처음 만났을 때 그랬으면, 나중에는 그렇지 않았다는 뜻인가요?"

"음……."

선혜는 얼버무렸다.

"천왕 시술을 받은 다음부터 달라진 건가요?"

"……."

"그 사람, 그게 힘들었던 걸까요?"

"모르지……."

선혜는 말없이 무릎으로 기어가 벽에 손을 댔다. 그리고 벽 너머로 들리는 대화에 집중했다. 진도 질문을 멈추고 벽 너머의 대화에 집중했다.

"늦지 않았을까요?"

"내가 갈 때까지 버텨주기를 바라는 수밖에."

선혜가 말했다.

"마음 안 시간의 속도는 위급함에 비례해. 아직 전투가 시작되지 않았다면 평이하게 흐르고 있을 거야. ……그렇게 믿는 수밖에."

"그래도 수호가 아까 우리 대화 듣기는 했겠지요? 대흑천의 능력 말이에요. 그, 마법에 가까운 능력."

선혜는 방해하지 말라는 시늉으로 손을 휘휘 저으며 눈을 감고 집중했다.

그러다가 눈을 번뜩 떴다.

"……응?"

"에?"

"들었던가?"

진과 선혜는 잠시 눈을 깜박이며 서로를 마주 보았다. 진이 뒤늦게 놀랐다.

"안 들었대요?!"

"내가 어떻게 알아!"

174

"중요한 이야기니까 집중하라고 했잖아, 수호!"

진이 의식을 잃은 수호의 몸뚱이를 탈탈 흔들었다.

"선혜, 얼른 들어가요!"

"얼른 들어가게 하고 싶으면 조용히 좀 해! 집중하고 있잖아!"

"잘난 척은 다 하면서 얘처럼 쑥쑥 들어가는 능력도 없고!"

"화낸다!"

꼬르륵.

배에서 나는 소리에 수호는 배를 쓱쓱 문질렀다.

'배가 고프네?'

마음 안에서도 허기가 지나?

수호는 의아해했다. 아까 가게에서 만두도 잔뜩 먹었는데.

'조금 전 전투에서 힘을 많이 써서 그런가.'

수호는 눈앞에 이어진 눈부신 길을 보았다. 끝이 까마득했다. 경사진 평지가 끝나자 눈앞에는 가파른 계단이 나타난 참이었다.

'보기만 해도 배가 고파지는 길이기는 하네……'

하지만 어차피 여기는 마음속. 여기서 뭘 먹어봤자 꿈에서 식사하는 것과 마찬가지로 기분만 나아질 뿐이겠지. 애초에 지금 배고픈 것도 기분 탓일 거고.

'끝나면 진씨한테 야식 먹자고 해야지……. 라면 사서……'

수호는 배를 쓰다듬으며 계단에 발을 얹었다.

175

못 보고 지나쳤지만, 수호가 손으로 짚고 지나간 계단 옆의 돌 위에는 모락모락 김이 나는 찰떡이 올려져 있었다.

바루나는 하강을 멈추었다.

동굴 아래쪽은 얼음처럼 차가운 물로 채워져 있었다.

심해와 같은 물속으로 한참을 내려온 참이었다. 아래로 내려갈수록 물의 농도가 짙어진다. 부유물과 침전물이 점점 짙어지더니 이제는 늪처럼 걸쭉해졌다. 몸을 더 집어넣기 어려울 만큼.

'더 내려가는 것은 무리인가.'

빛이 닿지 않는 어둠. 소리조차 들리지 않는 정적.

사람이었다면 숨을 쉴 수 없는 것은 물론이고 잠깐 사이에 뼛속까지 얼고 말았을 추위다.

온몸의 신경을 곤두세우고 눈 이외의 감각으로 주변을 파악해보려 했지만 시각이 차단되어 있다 보니 집중하기가 어려웠다.

부력 때문에 위와 아래의 구분도 희미했고, 구덩이의 깊이를 가늠할 수 없다는 것 외에는 더 알 수 있는 것이 없었다. 바깥과 이어진 실만이 유일한 끈이었다.

어차피 이 이상 실을 얇게 만드는 것은 무리. 바루나에게는 수호처럼 무기의 용량을 늘리는 능력이 없었다.

'이 정도면 충분히 내려온 듯하군.'

바루나는 그렇게 생각하고 하강을 멈췄다.

'이미 소리도 닿지 않는다. 아마 여기는 수호 자신도 모를 영역일 테고.'

바루나는 절벽의 튀어나온 부분을 발로 더듬으며 물살에 휩쓸리지 않도록 몸을 고정할 만한 자리를 찾았다.

'하지만 사람의 마음에는 정말 층위가 많군. 이렇게 단순한 마음도.'

바루나는 '아래'라고 생각되는 곳을 응시했다. 보이지 않으니 응시라고 할 것도 없었지만.

감각을 집중해보았지만 느껴지는 것은 혼돈뿐이었다. 그런데도.

'아래가 비어 있지는 않다는 기분이 든다.'

더 내려가면 무엇이 있을까.

사람 마음의 바닥에는.

궁금하기는 했지만 지금 시험해볼 이유는 없었다.

'그럼, 이쯤에서 기다려볼까.'

적당히 편한 자세를 잡은 바루나는 마음을 가라앉히고 명상에 들어갔다.

옆에서 지켜보는 사람이 있었다면 명상에 들어간 바루나의 존재감이 차츰 희미해지는 것을 느낄 수 있었을 것이다. 기척은 물론 숨소리마저 사라지고, 그 자리에 있는 것이 돌이나 바위처럼 느껴지다가, 이내 그마저도 사라진다.

고요가 바루나를 삼키다……가 갑자기 번뜩 기척이 살아난다.

'쥐방울 녀석, 설마 혼자 놔뒀다고 별일은 없겠지…….'

바루나는 안절부절못하며 생각했다. 쥐방울이 늘 예상보

다는 잘 해내지만 카마는 별의별 놈들이 다 있단 말이지…….

바루나는 잠시 초조해하다가 초조해하는 자신에게 불편함을 느꼈는지 콧바람을 흥, 하고 뿜었다. 그리고 마음을 가다듬고 도로 고요 속으로 잠겨 들어갔다.

※

'헉, 헉, 흐악…….'

수호는 가쁘게 숨을 몰아쉬며 발을 멈췄다. 다리가 후들거렸다.

'뭐야, 많이 안 걸은 것 같은데. 몸에 힘이 없어…….'

그래, 이것도 기분 탓이겠지. 바깥의 시간과 같지도 않을 것이고, 지금 내가 실제 몸의 체력을 쓰는 것도 아닐 텐데.

겨우 반이나 왔을까, 수호는 구름 속에서 휘황찬란하게 빛나는 산꼭대기를 올려다보았다. 아까보다도 더 까마득하게 느껴졌다.

'그렇게 매일 훈련했는데 어째 체력이 별로 좋아지지 않았나…….'

눈 앞에 펼쳐진 계단이 벽이나 다름없게 느껴졌다.

'안 돼, 겨우 이 정도에 지쳐서 허덕이면 바루나 자식이 비웃을 거야.'

수호는 기를 쓰고 계단에 발을 올렸다.

문득 고통이 뼈나 근육이 아니라 내장에서 온다는 생각이 들었다.

'배…….'

수호는 배를 문질렀다.

'배고파……!'

81   기갈에 날뛰는 위장

수호는 비틀거렸다.

발을 잘못 디디는 바람에 다리가 풀썩 꺾였다. 황급히 두 손으로 바닥을 짚었지만 그대로 몇 계단 아래로 주륵 미끄러지고 말았다.

'몸에 힘이 없어……'

호흡이 가빴다. 마치 위장이 삼키지 못하는 영양을 폐를 통해서라도 흡수하려 드는 것처럼. 공기에 있는 먼지 한 알이라도 게걸스레 집어삼키려는 듯이.

'배고파.'

그 생각 이외에는 아무것도 머리에 들어오지 않았다.

이제 분명히 알 수 있었다. 발을 한 걸음 뗄 때마다 굶주림이 심해졌다. 산 정상에 가까워지면서 위장이 점점 더 날뛰고 있었다. 힘센 손이 바짝 말라 쪼그라든 위장을 쥐어짜는 듯했다.

'꼭 사흘은 아무것도 못 먹은 것 같아.'

실제로 겪은 적이 있어서 수호는 더 생생하게 알 수 있었다.

추석 때였던가. 사흘 연휴 동안 수호는 뭔가 기억나지 않는 이유로 방에서 못 나온 적이 있었다.

아버지가 문을 잠근 것은 아니었다. 단지 나가면 죽고 말리라는 공포에 사로잡혀 꼼짝도 하지 못했다.

그때 몸에 위장 외에는 아무것도 남지 않은 것 같았다. 칼로 위장을 조각조각 난도질당하는 듯한 격심한 고통. 그러다 시간이 지나니 그마저도 사라졌다.

위장이 지쳐 기절하고 나면 배고픔마저도 사라지고, 대신 전신에서 기력이 빠져나간다. 생각도 할 수 없고 손끝 하나 까닥할 수도 없다. 자신이 인간이라는 생각마저도 사라지고, 그 무엇도 남지 않는다.

수호는 고개를 도리도리 저었다.

'정신 차려. 여기에서 일어나는 그 어떤 일도 현실이 아니야.'

수호는 마음을 다잡았다.

'어쨌든 상대의 무기는 파악했어.'

지금까지 겪은 바에 의하면 카마든 퇴마사든 가진 기술은 기껏해야 하나나 둘.

'상대가 만약 마법을 쓴다면 물리적인 힘은 약할 수도 있어.'

수호는 남은 거리를 눈으로 쟀다. 지금까지 온 거리를 봐서 사흘은 굶은 기분이라고 생각했을 때, 도착하면 일주일은 굶은 기분이 될까.

'내가 일주일이나 굶은 채로…… 적과 싸울 수 있을까?'

답이 나오지 않는 질문이었다. 최상의 체력일 때에도 적을 혼자 상대한다는 게 쉬운 일이 아닌데.

수호가 반쯤 포기하는 사이에 다른 생각이 머리를 뒤덮었다.

'배고파.'

수호는 배를 끌어안고 웅크렸다. 다른 생각은 아무것도 할 수가 없었다.

그때였을까. 코끝에 향긋한 냄새가 와 닿았다. 정신이 번쩍 뜨이는 냄새였다.

불판에서 지글지글 끓는 불고기 냄새. 양념을 듬뿍 치고, 지금 막 익어서 부드러워진 살코기가 내뿜는 냄새였다. 육즙이 보글보글 끓다가 기름이 탁탁 터지는 소리도 들렸다.

수호는 황급히 고개를 들고 주위를 두리번거렸다.

보이는 것은 없었다. 새하얀 기암절벽과 햇빛을 받아 은처럼 번쩍이는 길뿐이었다. 냄새는 저 앞에서부터 나고 있었다. 하지만 눈에 보이지 않는 데도 후각 자극이 지나치게 가까웠다.

진짜가 아니라는 뜻.

하지만 진짜일 가능성을 무시하기 어려웠다. 마치 저 고개만 넘고 나면 길 한가운데 거대한 불판에 지글지글 끓는 불고기가 산처럼 쌓여 있을 것만 같은 기분이었다.

'끝내주게 치사한 놈이로군······.'

수호는 입가에 미소를 띠고 후들거리는 다리에 힘을 주며 발을 떼었다.

✦

"어쨌든 불법을 행하는 쪽은 그쪽인 줄은 아시죠?"

선혜는 벽에 손을 대고 정신을 집중했다. 벽 너머로 들리는 박 사장의 말소리가 점점 선명해졌다.

"불법이요?"

가게 주인 정씨의 목소리였다.

실제라면 들릴 리 없는 목소리였지만, 선혜가 마음의 틈새를 찾아 들어가자 점점 크게 들려왔다.

"법을 어겼다, 말하자면 범법자라는 거죠. 본인들은 그렇게 생각하지 않으시겠지만. 자, 여기 좀 보세요. 주택임대차보호법에 따르면 말이지요……."

"지금 우리한테 법 강의하려고 이 늦은 시간에 불렀어요?"

"내가 억울해서 그렇지. 나는 법에 있는 그대로 내 권리를 행사한 거란 말이죠. 깽판을 놓는 건 당신들이고 내가 선량한 시민이라고요. 아, 막말로, 여러분이 내 입장이었으면 손해 보고 사셨겠느냐고요. 아니잖아요. 인간적으로 억지를 쓰는 건 그쪽이고, 그래도 그간의 정이 있어서 최대한 배려해서 들어주는 쪽은 내 쪽이란 말입니다. 양심 없다, 없다 하는데 없는 쪽은 그쪽이라고요."

"조금 전에 남의 가게를 깡패 불러다가 난장판으로 부숴놓은 사람이 할 말이에요? 사람도 안에 있었는데?"

"철거 회사가 하는 일을 내가 어떻게 압니까, 그게 내가 한 일이에요?"

"이보세요."

"그리고 한 가지는 분명히 합시다, 그게 어떻게 남의 가게예요. 내 집이지. 내 집이라고요. 내 건물 돈 주고 사셨어요? 내 집 내가 부수는데 누가 뭐래요? 나는 더 좋은 세입자가 들어온다니 잘 맞이하려고 하는 것뿐이구만, 무슨 사람을 마구니에 홀린 사람 취급을 하고……. 아니, 여러분만 세입자예요? 들어올 사람은 세입자 아닌가? 그 사람들 생각은 안 해요? 솔직히 내 집을 내가 내 마음대로 하겠다는데 욕만 들어 먹고, 내가 이 고생을 해서 재벌처럼 벌기라도 하면 억울하지나 않겠는데."

"아, 네, 그렇게 가난하세요."

이번에는 추씨의 말이 들려왔다.

"월세를 하루아침에 두 배로 올린 건 까먹으셨나 보네요? 그 돈은 어디다 처박고 가난한 척을 하세요?"

"그게, 들어올 세입자가 낼 돈에 비하면 푼돈이란 말이지요……. 여러분이 그만한 돈을 내면 모르겠는데……."

대흑천을 가진 박 사장의 마음은 꽁꽁 닫혀 있었다.

선혜가 살펴보니, 강길이 후퇴하는 바람에 당황해서 회담을 열기는 했지만 마음에 자리한 대흑천의 욕망이 워낙 공고했다.

회담을 준비하는 사이에 일단 마음이 진정은 되었고, 적당히 시간을 번 뒤에 다른 철거 업체…… 말하자면 다른 강길을 불러들일 생각이다.

'지금 무너뜨려야 한다.'

선혜는 생각했다. 처음부터 그럴 생각이었지만.

직접 들어갈 만한 문은 눈에 띄지 않았다. 하지만 수호는 이미 진입해 있다. 그러면 수호의 마음을 읽어 길을 찾을 수 있을 것이다.

'어쩌면 수호가 먼저 들어가지 않았어도, 같은 방법을 써야 했을지 모르겠군…….'

선혜는 생각했다.

수호는 허덕이며 발을 멈췄다. 정신이 혼미했다.

정상에 이르자 계단은 좁아졌고 가팔라졌다. 양옆에 높이 솟은 돌산은 차츰 낮아지고 대신 아래로 펼쳐진 절벽이 깎아지른 듯 높아 보였다. 저 아래는 구름에 덮여 보이지도 않았다.

수호는 고개를 들었다.

계단 끝에 여러 동물의 조각으로 장식한 거대한 황금빛 의자가 있었다. 의자의 등받이는 어찌나 높은지 첨탑처럼 보였다. 등받이 너머로 푸른 하늘이 펼쳐져 있다.

대흑천은 옥좌 팔걸이에 비스듬히 기댄 채 왕처럼 앉아 있었다.

칠흑처럼 새까만 피부에 금발이 치렁치렁 흘러내리는 제법 준수한 외모의 남자였다.

손가락마다 보석이 여러 개씩 채워져 있었고, 금목걸이며 금팔찌, 금발찌를 몸에 주렁주렁 걸치고 있다. 상반신은 벗고 찰랑거리는 금색 치마로 겨우 아랫도리만 가린 차림이었다. 오만한 미소를 짓고 팔걸이에 턱을 괴고 앉아, 자신을 숭배하러 온 새로운 신하라도 맞이하는 눈으로 수호를 내려다보고 있다.

수호의 정신이 혼미해지는 까닭은 여기까지 오느라 탈진해서도, 드높은 옥좌를 보느라 현기증이 나서도 아니었다.

옥좌 주위의 판판한 돌마다 김이 모락모락 나는 산해진미가 흘러내릴 듯이 가득 올려져 있었다.

수호가 평생 본 적도 없는 휘황찬란한 요리에서부터 가게 앞을 지날 때마다 침을 꼴깍꼴깍 삼켰던 음식까지, 상상할 수 있거나 상상할 수 없는 모든 음식이 돌산 가득 펼쳐져 있었다.

수호의 바로 오른편에서는 큰 냄비에 뼈와 살이 두툼한 갈비탕이 끓고 있었고, 발밑에는 갓 오븐에서 꺼낸 듯한 뜨끈뜨끈한 빵이 굴러다니고 있었다. 왼쪽에는 치즈와 토마토소스가 흘러내리는 스파게티가 있었고 그 옆에는 익히 보았던 크기보다 열 배는 큰 두툼한 피자가 해물이며 고기를 듬뿍 얹고 갓 구운 냄새를 향긋하게 풍기고 있었다.

당장이라도 달려들어 몸에 음식을 잔뜩 묻히며 허겁지겁 눈에 띄는 것들을 다 삼키고 싶은 유혹에 정신이 나갈 듯했다.

'진정해.'

수호는 어처구니없는 기분으로 생각했다.

'적이 먹으라고 놓아두었다면 먹으면 안 되는 것일 게 뻔하잖아.'

사실 자세히 보니, 그릇 밑에 눈에 띄지 않을 만치 작은 새까만 지렁이 같은 것들이 꿈틀거리다가 수호와 눈을 마주치자 쑥 숨는 것이 눈에 들어왔다. 정체조차 알고 싶지 않았다.

물론 이 모든 이성적인 판단에도 불구하고 생각은 순간순간 날아갔다. 눈에 보이는 것이 먹을 것이 아니라 쓰레기라도 입에 마구잡이로 쑤셔 넣고 싶은 심정이었다.

'여긴 마음속이야. 여기서 뭘 먹는다 한들 배가 찰 리가 없어.'

수호는 생각했다.

'없애야 할 건 허기가 아냐. 허기를 일으키는 카마야.'

수호는 대흑천을 노려보았다.

배가 고파 죽을 지경이니 마호라가를 기다릴 여유는 없을 듯했다. 어떻게든 저것을 물리쳐서 이 날뛰는 기갈을 가라앉혀야만 했다.

"어서 오게, 용감한 퇴마사."

다리를 꼬고 앉은 대흑천이 오만한 미소를 지으며 말했다.

"기다리고 있었네."

'대꾸하지 말자.'

수호는 눈을 부릅뜨고 생각했다.

'말하면 배만 고파.'

수호는 오른손에 힘을 주고 한 걸음 전진했다.

한 발짝 걸으니 향이 달라졌고 눈에 띄는 음식이 달라졌다.

한 계단 앞에는 여섯 단쯤 쌓아 올린 생크림 케이크가 있었고, 그 옆에는 아기 천사 장식이 달린 초콜릿 분수대에서 초콜릿이 폭포처럼 흘러내리고 있었다. 하마터면 허겁지겁 머리를 들이밀고 얼굴로 초콜릿 폭포를 맞을 뻔했다.

"귀한 손님이 오신다길래 식사라도 한 끼 대접하려고 열심히 준비했건만, 어째 손도 안 대시는가?"

대흑천이 입을 열었다.

"자, 한 입이라도 드셔보시게. 모두 천상의 맛이라네. 자, 자. 게다가 여기서는 배가 차는 일 없이 무한히 먹을 수도 있다네. 극락이 따로 있겠는가?"

수호는 다시 한 계단 더 올라섰다. 이렇게 올라가다가 배가 고픈 나머지 발을 헛디디거나 넘어지기라도 하면 꼴사납겠구나, 생각하면서.

'저놈, 이것 말고도 뭔가 다른 무기가 있을 거야.'

수호는 생각했다.

'직접 공격하는 무엇인가. 경계를 늦춰선 안 돼. 끝까지 이렇게 음식 차려놓고 말만 하지는 않겠지.'

"쯧쯧, 고지식한 손님이시군."

대흑천이 혀를 차며 옥좌 옆을 더듬었다. 옥좌 주변은 작은 과일나무로 가득했는데, 열린 것들이 모두 흔히 보던 것보다 몇 배는 컸다.

대흑천은 주먹만 한 탐스러운 석류를 하나 뚝 뜯어 둘로 가르더니 한입 크게 베어 물었다. 아삭 하는 소리와 함께 즙이 목을 타고 흘렀다. 석류 알이 몸 위로 굴러떨어졌다.

"이렇게 맛이 좋은데 말이지."

수호는 대흑천이 찹찹 오드득 씹는 소리를 듣다가 현기증이 나서 멈춰 섰다.

'뭐든 좋으니 공격해.'

수호는 생각했다.

'공격하지 않겠다면 지금 그냥 베어버리겠어. 말만 하다가 가고 싶지 않으면.'

여전히 말할 기력은 없었다.

대흑천은 붉게 물든 입을 손으로 슥슥 닦고는 말을 이었다.

"일생 맛있는 것을 제대로 먹어보지 못했으면 그 쾌락을 모를 수도 있지. 어린 퇴마사."

대흑천은 이번에는 알이 굵은 포도를 뜯어 한입에 넣었다. 입안에서 알이 터지는 톡톡 소리가 났다.

"귀공은 이제 막 일을 시작하지 않았나? 옆에 있었던 선배

라야 교단에서도 밀려난 떠돌이 신장에, 전생도 기억하지 못하는 나한 하나가 전부였고."

수호는 발을 멈췄다.

'어떻게 알지?'

"자네가 이 세계가 돌아가는 방식을 이제 막 들여다보기 시작했는지 모르겠지만, 아직 아는 것이 별로 없단 말일세."

'무슨 말을 하려는 거지?'

"자네는, 카마가 무엇인지, 어떤 힘이 있는지 아직도 잘 모르네."

'……?'

"그래, 그렇겠지. 자네는 그 퇴마사들이 하는 말밖에 못 들었을 테니."

대흑천은 남은 포도송이 반을 한입에 털어넣고는 오독오독거리며 말을 이었다.

"그런데 자네, 이달 월세는 냈던가?"

"?!"

뜻밖의 말에 수호는 굶주림을 잊을 만큼 놀랐다.

'월세?'

"퇴마사들 도움으로 아버지의 카마를 없앴다지만, 대신에 그나마 있던 자금줄도 없어졌지? 대출금도 못 갚고 있을 거고. 집주인도 사채업자도 지금쯤은 인내심이 다했을 텐데."

대흑천이 방긋 웃었다.

"자네는 알고 있지……. 머잖아, 아니, 오늘이나 내일쯤 집에서 쫓겨나리라는 것을. 집에 있는 물건은 모두 딱지가 붙었으니 아무것도 못 갖고 나올 거고. 자네 동료 퇴마사들에게도 그런 이야기는 안 하고 있지? 부담을 줄까 봐."

"……."

수호는 할 말을 잃었다.

"자네 인생에는 아무런 희망도 없어. 자네는 이 전투 다음의 인생에 대해서는 생각도 하지 않고 있어. 그래서 지금 이렇게 겁 없이 몸을 내던지고 있겠지."

"……."

"내가 귀한 손님에게 너무 사적인 이야기를 했나?"

'마음을 읽는 능력? 그것까지 있나? 아니야……. 누가 말을 해준 거야.'

"카마 주제에 쓸데없는 소리 하지 마."

수호는 굶주림을 참고 입을 열어 말했다.

"오오, 오오."

대흑천은 손가락을 살랑살랑 흔들었다.

"처음 입을 열어 하는 소리가 그렇게 사나워서야. 거칠기도 하시지."

"더 할 말 없으면 일어나. 싸워야겠으니까."

대흑천은 다리를 반대 방향으로 꼬았다. 발목에 주렁주렁 달린 귀금속이 짤랑짤랑 소리를 냈다.

"카마란 마구니의 힘으로 사람의 마음에서 인격을 얻은 욕망. 그 주인의 통제를 벗어나 스스로 생각하는 살아 있는 집념."

"다 아는 강의는 됐어."

"쯧쯧, 아무것도 모르는 어린 퇴마사, 귀를 열고 잘 듣게."

대흑천은 발목의 보석을 짤랑거렸다. 온갖 보석이 햇빛을

190

받아 눈이 부시도록 반짝였다.

"자네의 그 모든 문제는, 그 절망은, 결핍은, 가난은, 암울한 미래는 단지 마구니에게 소원을 빌어 자네의 안에 나, 대흑천을 갖기만 하면 모두 해결된단 말일세."

수호는 뒤통수를 얻어맞은 기분이 되었다.

82 대흑천의 유혹

"거짓말."

수호는 반사적으로 거부했다.

사실 거짓말인지 아닌지 알 도리는 없었다. 그저 머리를 잡고 뒤흔드는 강렬한 유혹에 다급히 저항할 방법이 그것밖에는 없었다.

"거짓말이라……."

대흑천은 고개를 도리도리 저었다.

"자네는 아직도 카마를 잘 몰라. 나는 카마고, 내게는 '거짓말하고자 하는' 욕망이 없다네."

대흑천은 옥좌 옆에 손을 뻗어 이번에는 기름이 지글거리는 통닭을 덥석 쥐었다.

그리고 통통한 몸뚱이에서 닭다리를 죽 뜯어내고는 크게 한입 물어뜯었다. 기름이 툭 흘러내렸고 하얀 살코기가 튀김옷과 함께 대흑천의 발밑에 툭 떨어졌다.

수호는 할 수만 있다면 그 발아래에 엎어져 떨어진 살점을 흙까지 함께 개처럼 핥아먹고 싶은 심정이었다.

딱 한 입만 준다면 뭐든 시키는 대로 하겠다고 다리에 매달려 울부짖고 싶었다. 점점 왜 이 고통을 참고 있는지 이유를 알 수가 없었다.

'저 음식에 뭔가 들어있으리란 것도 내 추측일 뿐이잖아……? 아닐 수도 있잖아? 저 카마가 정말 좋은 카마일 수도 있잖아? 딱 한 입만…… 한 입만 먹는 정도라면…….'

수호는 침을 꿀꺽 삼켰다.

"인간이 마구니에게 소원을 빌면, 마구니는 그 인간의 마음에 카마를 두고 간다. 그 원리를 아직도 모르겠는가, 퇴마사?"

대흑천은 닭다리 뼈가 드러나도록 살을 후루룹 빨아먹으며 말했다. 갓 튀긴 튀김옷이 바삭바삭 입안에서 부서지며 혀에 착착 감기는 소리에 정신이 나갈 듯했다.

수호는 속절없이 입에 고이는 침을 삼키며 시선을 틀었다.

시선을 튼 곳에도 손만 뻗으면 닿을 곳에도 치킨이 한 접시 올려져 있었다. 바삭바삭하고 달콤한 양념 옷을 듬뿍 입은 채로, 김을 모락모락 풍기면서…….

한 입만, 딱 한 입만…….

"카마는 오직 하나의 목적을 위해 사는 마음의 신령神靈."

대흑천이 닭다리를 하나 더 주욱 뜯으며 말했다.

"그걸 단순히 '욕망'이라고만 불러서는 곤란하지."

바사삭.

"본래 사람의 마음은 난잡하고 너저분한 잡념의 온상이라네. 하지만 카마는 자신이 거주하는 마음의 잡념을 없애주고, 단 하나의 갈망에 몰두하게 하지. 그리하여 마음의 주인은 꿈을 이룬다……. 그것이 '마구니와 계약한 사람이 소원을 이루는' 원리일세."

아사삭, 아삭, 찹찹, 후룩. 꿀꺽.

"자네도 마음에 카마가 있으니 잘 알지 않는가?"

수호는 모든 의지력이 날아가 반쯤 치킨을 향해 손을 뻗다
가 멈췄다.

수호는 멍한 기분으로 대흑천을 올려다보았다.

"카마를 갖게 된 이후로 자네, 얼마나 변했는가?"

"……."

수호의 눈이 크게 떠졌다.

"마음에 격렬한 소원을 품었겠지. 그래서 마구니가 찾아왔
을 것이고, 그래서 카마를 갖게 되었겠지. 어떤가? 그 카마는
자네 소원을 이루기 위해 온 힘을 다해 뛰어다니고 있겠지?
카마란 그런 존재니까. 카마는 말일세, 인간의 가장 신실한
친구라네."

수호는 지금도 자신의 등 뒤에 우뚝 서 있는 듯한 큰 키의
남자를 떠올렸다. 어두운 늪에 담갔다 꺼낸 듯한 짙은 색 코
트를 입은 투사를.

'하지만.'

……나는 아직 내 소원을 모른다.

……바루나가 나를 어디로 데려가려는지 모른다.

"퇴마사들은 단지 마구니와의 전쟁에서 이기기 위해 우리
를 퇴치하는 것뿐일세. 그놈들은 인간 개개인의 삶에 관심이
없어. 그들로 인해 구원받는 사람이 있어도 우연일 뿐일세."

"……."

"나를 얻은 뒤, 겨우 몇 달 사이에 이 마음의 주인이 얼마나
벌었는지 알면 자네는 아마 뒤로 넘어갈 걸세."

대흑천은 말끔히 뜯어먹은 닭 뼈를 접시 위에 올려놓고 손
을 들어 하늘을 가리켰다.

"이 마음의 풍경을 보게. 모두 내가 바꿔놓았다네. 내가 오기 전에 이 마음은 사막이나 다름없었다네."

"……."

"이 사람은 참으로 현명한 소원을 빌었네. 인간의 욕망은 많고도 많으나, 돈이 첫째일세. 돈만 있으면 다른 소원은 뭐든 이룰 수 있어. 힘도 명예도 사랑도 모두 내가 줄 수 있지. 자네가 어떤 소원을 마음에 품었든, 자네 마음에 내가 있으면 그것마저도 다 이룰 수 있단 말일세."

"……."

"자네는 마음에 카마가 있으니 이해하겠지? 자, 이 자리에서 다시 마구니를 열망하고, 새로운 소원을 빌게. 나, 대흑천을 마음에 들이겠다고."

"……."

"그러면 자네에게는 미래가 생기는 걸세. 자네는 아직 어리지 않은가. 아직 하고 싶은 것도 아무것도 제대로 못 해봤겠지? 가진 꿈은 얼마나 많은가? 나를 갖게. 나를 가지면 모든 것을 다 가질 수 있어."

"돈을…… 돈을 벌 수 있다고?"

수호는 허기조차 잊고 중얼거렸다. ……집에서 쫓겨나지 않을 수도 있다고?

"너를 가지면……?"

"그래, 돈이야!"

대흑천이 기쁘게 소리쳤다.

"자네가 원하는 만큼 재산을 갖게 될 걸세. 그게 나, 재물의 카마 중에서도 최상위의 신, 대흑천이 하는 일일세. 나로 인해 극상의 행복을 누리게 된 사람이 세상에 얼마나 많은 줄 아는가."

돈. 집에서 쫓겨나지 않는 것만이 문제가 아니다.

돈만 있다면 다른 집을 구할 수 있을지도 몰라. 어딘가 멀리, 아버지가 영원히 나를 찾아낼 수 없는 곳으로 가서.

돈만 있다면.

✦

"수호를 찾아냈어."

한식당 바깥 골목, 돌벽에 손을 대고 눈을 감고 있던 선혜가 말했다.

"들어가겠어. 수호가 있는 곳으로 바로 진입할 거야."

아직 선혜의 모습이었지만 표정은 이미 마호라가로 바뀌어 있었다.

"괜찮아 보여요? 벌써 싸움이 시작된 건 아니겠지요?"

등 뒤에서 진이 물었다.

"궁금해할 시간에 들어가야지. 그럼 나와 수호의 몸을 부탁해, 진."

선혜가 말했다.

진이 등 뒤에서 선혜의 몸을 받쳐주고 선혜가 막 그 팔 위로 누우려는 찰나. 진이 등 뒤에서 선혜를 꼭 끌어안았다. 막 정신을 놓으려던 선혜의 표정이 마호라가에서 순식간에 어린 선혜의 모습으로 되돌아왔다.

"응? 왜 그래? 뭐 잊은 거 있어?"

진은 선혜의 어깨에 고개를 묻었다. 마치 온몸으로 선혜를 기억하려는 듯이.

"지금 들어가면, 두억시니와 싸우고 나서야 돌아올 거죠?"

"그렇겠지?"

선혜는 뭐 다른 길이 있나 하고 눈을 깜박여보다가 답했다.

"돌아올 거죠?"

"……."

선혜는 입을 다물었다.

"이번에는 나 십 년 기다리게 하지 않을 거죠?"

"너, 지금 나 사망 플래그 띄우려는 거 아니지?"

"오래 안 기다려도 되겠죠? 십 분 넘으면 나 들어가서 같이 싸운다."

"돌아왔을 때 창피해서 얼굴도 못 볼 생각 아니면 그만해."

"숫자 셀 거예요. 하나, 둘……."

선혜는 짧은 손을 뻗어 진의 머리를 휘저어 쓰다듬었다.

십 년 전, 반대로 진이 어렸고 자신이 어른이었을 때, 마지막으로 두억시니와 싸우러 전장에 나가면서 했던 그대로.

"진."

"네."

"처음 네가 아난타를 만들었을 때, 너랑 나랑 아난타랑 셋이 한 약속 기억해?"

"아, 왜 지금 그런 소리를 해요."

진이 섭섭하다는 듯이 투정을 부렸다.

"그냥, 혹시 기억하나 해서."

"기억해요. 기억한다고요. 자꾸 이렇게 상기시켜주는데 어떻게 잊어요. 그래서 이렇게 매번 물어보면 안심이 돼요?"

선혜가 이를 드러내며 활짝 웃었다.

"진, 언제나 고마워."

"내가 고맙지요, 선혜."

진은 선혜를 끌어안으며 말했다.

"이렇게 내 옆에 살아 있어주니까."

진이 답했다.

"당신이 살아 있는 것으로, 내가 살아갈 의미를 주니까……."

"알아."

선혜는 말했다.

"그래서 고마워."

선혜는 진을 마지막으로 끌어안고 마음 안으로 뛰어들었다.

"번 게 아니야……."

수호가 입을 열었다.

보석이 주렁주렁 달린 손을 수호에게 내밀던 대흑천이 어리둥절해하며 멈췄다.

수호의 바로 옆에서는 달콤한 냄새를 풍기는 삼계탕이 지글거리며 끓고 있었다.

"이 마음의 주인이 번 돈, 직접 번 게 아니잖아. 다른 사람 것을 빼앗아서 채운 거잖아."

그 말에 눈을 휘둥그레 뜨던 대흑천이 박장대소했다. 도저히 참을 수 없다는 듯이 옥좌를 두드리고 발을 구르며 웃었다.

"아이고, 선비 납셨군. 그러면 지금 누군가는 자네 것을 빼앗아 부를 축적하고 있다는 생각은 들지 않나 보네?"

"……."

수호는 입을 다물었다.

"공정하게 돈을 번다는 소리는 다 헛소리일세. 세상의 재화는 한정되어 있고, 결국 네가 벌기 위해서는 누군가의 것을 빼앗는 수밖에 없네. 그렇게 간단한 이치도 모르는가?"

"……."

"이 미친 나라에서 월급쟁이가 돈을 모을 수 있는 줄 아는가? 아니, 자네는 월급쟁이도 못 되지. 지금 거리로 쫓겨나면 자네가 뭘 할 수 있나? 자네 학력은 어떻게 되나? 이력서에는 뭐라고 쓸 건가? 중졸? 아니, 초졸이구만, 세상에, 초졸이야."

"……."

대흑천은 갑자기 소스라치는 듯한 목소리로 웃었다. 웃음이 터져서 참지 못하겠다는 듯한 소리였다.

"자네는 아직 어려서 아무것도 몰라. 사람이 갖출 수 있는 모든 것을 다 갖추고도 쉽게 손에 쥘 수 없는 것이 바로 돈일세. 자네가 대체 뭔가? 가진 것이 뭐가 있나?"

"……."

"마음 안에서야, 퇴마사입네 하며 떠받들어줄지 몰라도, 바깥에서 자네가 퇴마사인 줄 알아볼 수 있는 사람이 누가 있는가?"

"……."

"자네는 이 전투가 끝나고 나가면, 그냥 아무것도 아닌 흔해 빠진 중학생일 뿐이야. 집도 재산도 없이, 가난에 허우적대며 겨우 목숨만 붙들고 있을 긴밖에 없네. 그러다 노숙자로 길에서 얼어 죽을 수도 있겠지. 바닥의 바닥으로 떨어질 미래밖에 없단 말일세."

"······."

수호는 대꾸할 길 없이 시선을 내렸다.

"자네에겐 내가 꼭 필요해. 나를 가져서 최소한 자네에게 닥친 당장의 처참한 미래만이라도 구원하도록 하게."

선혜가 마음에 들어가자 마호라가로 모습이 변했다.

주위에 무지개색 빛의 무리가 스쳐 지나갔다.

먼저 들어간 퇴마사의 마음을 통해 다른 사람의 마음으로 들어가는 방법. 오랫동안 동료 없이 싸워온 마호라가로서는 오랜만에 해보는 일이었다.

아난타가 뒤따라 마호라가의 옆을 날아왔다.

"수호는 괜찮을까? 이미 안에서는 제법 시간이 지났을 거야."

"우리가 들어갈 수 있을 만큼 마음이 무사하다면 아직 무사하겠지."

마호라가가 말했다. 아난타가 걱정스레 말했다.

"하지만 대흑천의 마법은 유혹이잖아. 수호는 아직 유혹을 이기기에는 어려."

"그래서······."

마호라가가 확신에 차서 답했다.

200

"그래서 믿어."

＊

"잘못 말했어."

수호가 답했다.

"뭐?"

"나한테 세상의 재화가 한정되어 있다고 말하지 말았어야
했어."

"뭐?"

대흑천이 당혹스러워서 되물었다.

"그러면 내가 돈을 번다는 건 누군가의 것을 빼앗는다는
뜻이 되잖아."

대흑천은 눈을 크게 떴다.

"너는 그런 식으로 버는 놈이라는 뜻이고. 네가 지금 들어
가 있는 이 사람이 그랬듯이."

대흑천은 힘이 좀 빠지는 듯 옥좌에 등을 기대고 혀를 끌끌
찼다.

"고생을 좀 해본 줄 알았는데, 아직 진짜 고생은 해보지 않
은 모양이로군, 어린 친구."

"……."

"하긴, 아직 어리니, 세상이 아직은 돌봐주고 있겠지. 네 아
버지, 너를 매일 두들겨 패는 아버지라도."

아버지라는 말이 나오자 수호의 눈이 움찔했다.

"그런 아버지라도 너를 세상으로부터 지켜주고 있었다는

사실을 아직 모르는 게지. 자넨 아직 진짜 기민을 몰라. 정말 맨몸으로 세상에 던져져봐야."

"그래, 모를 수도 있어."

수호가 말했다.

"내가 뭘 모르는지는 나도 모르니까. 하지만 너야말로 정말 모르니까 그런 소리를 하는 거야."

"뭐?"

"정말로 비참한 게 뭔지 체험해보지 않았으니, 그런 일을 남이 겪어도 된다고 생각할 수 있는 거야."

대흑천은 어처구니없다는 얼굴로 웃었다.

"어린 친구, 정신 차리게. 왜 네가 빼앗기는 쪽이어야 하지?"

수호는 한 계단을 더 올랐다.

'말이 빨라진다.'

"다들 뺏고 빼앗기는데, 왜 자네만 빼앗겨야 하는데? 왜 자네가 가지는 쪽이면 안 되지?"

'초조해한다.'

수호는 생각했다.

'예상대로야. 이놈은 물리적인 힘에는 자신이 없어. 어쩌면 늘 힘을 쓰기 전에 이 유혹으로 적을 제압했겠지. 그러면 내 힘으로도 충분할지도 몰라.'

대흑천이 말했다.

"자네, 살면서 억울하다고 생각해본 적이 없나?"

"……."

"왜 너만 그렇게 살아야 하는지?"

그. 래. 서. 그. 렇. 게. 병. 신. 처. 럼. 호. 구. 잡. 혀. 서. 사. 는.
거. 지.

다른 목소리가 귓가에 들렸다.

머리 뒤에서 들리는 소리에 수호의 머리털이 바짝 섰다. 수
호는 흠칫했다.

그. 렇. 게. 멍. 청. 하. 게. 사. 니. 너. 는. 늘. 그. 모. 양. 인. 거.
야.

그. 렇. 게. 구. 질. 구. 질. 하. 게. 다. 빼. 앗. 기. 고.

억. 울. 하. 게. 사. 는. 거. 다.

수호는 눈을 부릅떴다.

그제야 수호는 보석으로 치장한 대흑천의 몸뚱이를 치렁
치렁 휘감고 있는 것을 볼 수 있었다.

살아 움직이는 검은 덩굴식물 같은 것이, 저 심해 밑바닥에
서 천 년쯤 묵은 두족류 같은 것이 목을, 팔목을, 다리를 휘감
고 다정하게 애무하고 있다.

'두억시니……'

어쩐지 하는 말이 익숙하더라니.

내 뒤에서 늘 바루나가 지껄이는 것처럼, 저 카마 뒤에서도
두억시니가 지껄이고 있었을까.

대흑천의 말이 점점 빨라졌다.

"자넨 그 퇴마사들에게 속고 있는 거야! 그래! 지금 나와
싸워 승리한다 치자, 그래서 자네가 얻을 것이 뭐지?"

수호는 다시 멈춰 섰다.

"너는 그 퇴마사들에게 이용당하기만 할 거야. 그러다 네
욕망인 카마를 잃고, 그다음에는 이용 가치가 없어져서 버려

지겠지. 인생의 기쁨이며 행복은 하나도 알지 못한 채! 왜 자네만 그렇게 살아야 하는데?"

'왜 나만……'

수호는 그 말을 곱씹었다. 그 생각에 발맞추어 등 뒤에서 소리가 들려왔다.

왜. 나. 만. 이. 렇. 게. 살. 아. 야. 하. 지?

'왜 나만……'

억. 울. 해.

억. 울. 해.

"나만……."

수호는 입을 열었다.

"나만 이렇게 사는 게 뭐가 어때서?"

신처럼 부드러운 미소를 짓던 대흑천의 얼굴이 딱딱하게 굳었다.

억. 울. 해.

"그래, 억울해."

수호는 말했다.

"그런데, 억울하면 뭐가 어때서?"

억울하고,

서럽고,

아프고,

바닥 모를 절망에서 허우적대고,

내가 왜 이렇게 살아야 하는지도 모르는 채로.

"그래서,"

수호는 고개를 들었다.

"그러면 뭐가 어때서?"

대흑천의 얼굴이 갑자기 야수처럼 험악해졌다.

"……퇴마사 놈."

사람의 얼굴에 주름이 저렇게 많을 수도 있구나 싶을 만치 대흑천의 이마에서부터 눈과 코와 입과 턱까지 전부 쪼그라들고 일그러졌다. 눈은 칼처럼 가늘어져서 찢어지며 양옆으로 치솟아 올라갔다. 입꼬리는 높이 솟았다가 그 끝에서는 다시 축 처졌다. 이마와 볼에는 계곡처럼 깊은 주름이 파였다.

"처참하게 죽어라. 벌레처럼 발버둥 치며 비참하게 죽어라. 오늘을 후회하고, 영원히 후회하면서."

"그래."

수호는 대흑천을 향해 마음의 뻑큐를 내질렀다. 입가에는 가벼운 미소마저 떠올랐다. 수호의 딱딱한 손가락에서 석순처럼 검이 뻗어 나왔다.

"그러면,"

수호는 말했다.

"뭐가 어때서?"

수호의 검이 장쾌하게 허공을 갈랐다.

83   마구니의 사랑을 받는 카마

대흑천의 몸을 가르려던 검이 허공에서 멈췄다.

아직 몸에 닿지도 않은 검이 누군가 허공에서 붙든 것처럼 멈췄다. 억지로 힘을 주어 빼려고 해도 빠지지 않았다.

'한번 공격해보면 무기를 파악할 수 있으리라고는 생각했지만.'

수호는 칼이 붙잡힌 뒤에도 생각을 멈추지 않았다.

'보호막? 아니면 이것도 최면?'

칼을 빼내려고 힘을 쓰는 수호에게 대흑천이 얼굴을 가까이 댔다. 분노로 일그러진 채로 웃기까지 하니 더 기괴해 보였다. 이제는 너무 주름이 잡힌 나머지 사람의 얼굴로 보이지도 않았다.

악취가 코끝에 와 닿았다. 아마도 저 몸을 휘감고 있는 두억시니의 촉수에서 나는 냄새겠지.

"이 작고 맹랑한 어린 퇴마사여."

대흑천이 속삭였다.

"자네는 상대해본 적이 있는가?"

'무엇을?'

대흑천의 잇새에서 웃음 섞인 바람이 새어 나왔다.

"……마구니의 사랑을 받는 카마를."

잠시 세상이 침묵하는 듯했다.

이어 지진이 나듯 산 전체가 흔들렸다.

괴수가 울부짖는 듯한 쩌렁쩌렁한 굉음에 귀가 윙윙 울렸다. 장막이 걷히듯이 수호의 검을 붙잡은 것이 실체를 드러냈다.

대흑천의 옆구리에 공간을 둘로 찢어낸 듯한 검은 구멍이 나타나 있었다. 구멍의 가장자리가 불에 타는 듯 이글거렸다.

그 구멍에서 사람의 몇 배는 될 법한 거대한 파란 팔뚝과 손아귀가 빠져나와 수호의 검을 붙들고 있었다.

피부는 돌처럼 갈라져 있었고 손목에는 보석이 주렁주렁 달린 장신구가 짤랑거렸다. 주먹이 어찌나 큰지 붙잡힌 수호의 검은 초라한 젓가락처럼 보였다.

이름은 잘 모르겠지만 신화 속의 거인 중 하나려니.

파란 팔뚝이 검을 붙들고 수호의 몸과 함께 높이 들어 올리려 했다.

'내 능력은……'

수호는 바루나에게 들은 이래로 늘 되새기는 말을 떠올렸다.

'무기를 만드는 것이 아니야……'

수호는 최대한 버티며 상대의 힘을 온몸으로 받아들였다.

'사라지게 하는 것.'

신경이 예민하게 섰다.

수호는 발이 땅에서 들리는 바로 그 순간에 맞추어 검을 거둬들였다.

서로 버티는 힘이 사라지자 수호는 뒤로 튕겨 나갔다. 계단이 경사진 탓에 중심을 잡지 못하고 뒤로 굴렀다. 팔뚝도 기세를 멈추지 못하고 높이 솟구쳐 올랐다.

파란 팔뚝은 빈 손바닥을 펼쳐보며 잠시 당황한 듯하더니 계단 아래로 굴러 내려간 수호를 발견하고는 다시 손을 뻗었다.

손바닥이 머리 위에서 내려왔다. 머리 위로 그늘이 내려앉았고 그늘이 점점 넓어졌다.

'검의 형태를……'

수호는 생각했다. 지금 바루나가 있다면 틀림없이 뒤에서 그렇게 말했으리라고 생각하며.

'형태를 생각해……'

수호는 바닥에 손을 짚었다.

마치 땅에서 석순이 자라나듯이 손등에서 검이 치솟았다. 칼은 자라나며 땅에 뿌리를 뻗었고, 수호의 키를 넘어서 자라났다.

'속도에 변화를 주고……'

수호는 머릿속으로 중얼중얼했다.

위에서 내리누르던 손바닥이 칼에 찔리는 바람에 깜짝 놀라는 찰나였다. 수호는 칼끝에 뭔가가 닿는 느낌이 나는 순간 온 힘을 다해 검을 키웠다.

치솟은 검이 푸른 손바닥 한가운데를 꿰뚫었다.

다시 지축을 울리는 듯한 울음소리.

파란 팔뚝 가운데에서 황금빛 무리가 피어올랐다. 팔뚝이 당황한 듯 장막 너머로 스르르 물러났다.

수호는 달아나는 적은 내버려두고 몸을 돌려 대흑천을 직시했다.

그새 대흑천의 얼굴에 나타난 일그러짐은 사라져 있었다. 다시 원래의 평온하고 푸근한 표정으로 돌아와 있다.

대흑천은 두 손을 깍지 껴 무릎에 얹고 다리를 반대 방향으로 꼬았다.

"작고 맹랑한 퇴마사여……."

수호는 대흑천의 머리 위에서 허공을 둘로 쪼개며 나타나는 구멍을 똑바로 보았다.

"그 초라한 칼자루 하나로 과연 얼마나 더 많은 카마를 상대할 수 있을까?"

"……."

열린 구멍에서 델 듯이 뜨거운 열기가 쏟아져 나왔다. 안에서 화산이라도 터지듯이 연기와 증기가 뿜어져 나왔다.

✦

타화자재천의 불타는 탑 꼭대기에 앉아 있던 파순이 턱을 괴고 미소를 지었다.

"뭐, 내가 관여할 싸움은 아니지만……."

파순은 허공에 난 구멍을 통해 이쪽을 쏘아보는 소년을 바라보았다.

"나도 계약을 했으니 도리는 해야 한단다."

파순은 그 소년 안에 자리하고 있는 카마 바루나를 떠올렸다.

당장이라도 직접 들어가 저 인간을 한입에 삼켜버리고 바루나를 힘으로 끌고 나오는 상상을 했다.

숨 쉬듯 간단한 일이다. 한순간 해일처럼 밀어닥치는 충동에 잠시 이성을 잃을 뻔했다.

파순은 진정했다.

퇴마사와 마구니의 전쟁은 마음 안에서, 오직 카마를 통해서만.

긴 세월을 명예롭게 지켜온 지엄한 규약.

마구니가 직접 전장에 나서는 것은 치욕스럽고 꼴사나울 뿐 아니라 오랜 균형을 엉클어트리는 일.

파순은 차원 너머의 소년을 귀엽다는 시선으로 바라보았다. 지금의 전투로 저 소년의 인격이 부서진다면 바루나를 손에 넣기는 쉬워지겠지.

지금이야 바루나가 제 생존을 위해 집주인의 안전을 최우선으로 한다지만, 그 울타리가 없어지면 달리 누구에게 기대겠는가.

물론 그렇기에 '그' 바루나가 소년의 안에 버티고 있는 한, 쉽게 되리라는 기대는 없었다.

또한 그런 식으로 바루나가 어쩔 도리 없이 자신을 선택하기를 바라지도 않았다. 그처럼 자존심 높고 오만한 카마이니만큼 스스로 깨닫고 진심으로 굴복하기를 원했다.

하지만 지금 벼락같은 행운을 기대하는 것도 또 즐거운 일이 아니겠는가. 어이없는 패배만큼이나 어이없는 승리도 숱하게 겪어보았으니.

"어디, 소년, 얼마나 더 버텨줄 텐가?"

'얼마나 더⋯⋯.'

수호가 그 문제를 생각해볼 틈도 없이 구멍에서 쏟아지는 열기가 점점 뜨거워졌다.

생각할 틈이 없다는 점은 그나마 다행이었다. 이성을 되찾을 틈이 있었다면 오히려 당장 이 자리를 박차고 도망칠지도 모르는 일이다.

주변의 음식들이 끓거나 구워지기 시작했다. 가까이에 쌓여 있던 디저트 아이스크림이 녹아 흘러내렸다. 거대한 콘에 올려져 있던 동그란 아이스크림 볼이 툭 떨어졌다.

구멍 안에서 괴수가 한 마리 튀어나왔다.

온몸에 불이 붙은 사자 형상을 한 괴수였다. 몸은 쇳덩이였고 빨갛게 달아올라 있다. 피부는 우둘투둘했고 목에는 붉은 갈기가 있고 눈은 샛노랗고 얼굴 한가운데에는 코끼리를 닮은 코가 있었다.

'불가사리⋯⋯.'

수호는 진의 책에서 본 대로 적의 이름을 떠올렸다.

여기는 산 정상의 좁은 길. 피할 곳은 없다.

수호는 검을 일단 거둬들이고 이번에는 두툼한 판 형태로 만들어 얼굴을 막았다. 하지만 이것만으로는 공격해오는 적을 막을 수 있을 것 같지 않았다. 수호의 칼은 몸의 일부. 어차피 팔에 그대로 충격이 전해질 테니까.

그래도 도리는 없었다. 수호는 그저 충격에 대비했다.

찰나, 수호의 몸이 공중으로 붕 떠올랐다.

적이 낚아챈 것은 아니었다. 허리를 부드럽게 감싸는 야무지고 단단한 손. 철컥거리며 관절이 움직이는 소리.

"마호라가!"

마호라가는 답하지 않았다.

붉은 눈에서 활활 투기가 솟구쳤다.

마호라가는 도포와 몸으로 수호를 감싸면서, 수호에게로 돌진한 불가사리가 둘을 스쳐 지나며 추락하는 모습을 주시했다.

피했는가, 생각하는 것도 잠시였다.

추락하던 불가사리의 불타는 꼬리가 채찍처럼 솟구치더니 두 사람의 몸을 휘감았다.

"마호라가아우아아!"

이번에 격렬하게 소리친 것은 저 멀리서 뒤늦게 쫓아 날아오는 아난타였다.

마호라가는 도포로 수호를 더 단단히 감싸안으며 수직으로 세운 검을 몸에 붙여 틈을 만들었다. 불가사리의 꼬리가 둘을 휘감아 조이기 직전, 마호라가는 검을 휘둘러 꼬리를 끊어냈다.

불티와 함께 황금빛의 광채가 솟구쳤다. 불가사리의 꼬리가 여러 조각으로 갈라져 흩어졌다.

"호오."

불가사리는 가벼운 감탄사를 내뱉으며 둘에게 적의도 살의도 없는 눈인사를 치고는 땅에 내려섰다. 그리고 이 한 번의 공격으로 의무는 다했다는 듯이 바로 구멍으로 뛰어들어 사라졌다.

마호라가는 수호를 안고 사뿐히 계단에 내려섰다.

그제야 수호는 마호라가의 몸에 남은 화상 자국을 보았다. 불의 채찍에 휘감긴 흔적이었다. 보는 사이에 화상 자국이 붉게 부풀어 올랐다.

'부상······.'

수호는 생각했다. 그것도 자신을 보호하려다 입은 상처.

다쳐야 할 쪽은 마호라가가 아닌데. 수호는 재빨리 반응하지 못한 자신의 둔함을 자책했다.

"피해 있어라, 수호. 여기는 내가 맡겠다."

마호라가가 말했다. 뒤늦게 아난타가 몸을 작게 줄여 날아와 둘의 주위를 맴돌았다. 마호라가가 말을 이었다.

"너를 지키며 상대할 만한 적이 아니다. 나를 위해 피해 있어라."

그제야 퍼뜩 정신이 든 수호가 소리쳤다.

"배고파!"

"끄엑?"

마호라가가 비틀거리며 앞으로 넘어질 뻔했다.

"이럴 때 무슨 소리야! 일 끝나고 먹어!"

"그게 아니라 배고파진다고! 저 자식 사람을 배고프게 만들어!"

"알아, 알아!"

마호라가가 소리쳤다. 이어 목소리가 차분해졌다.

"힘들었을 텐데."

'응?'

"잘 버텨주었다. 고맙다."

"……."

수호는 얼굴이 조금 붉어져서 입을 다물었다.

그때 돌풍이 불었다.

조금 전 불가사리의 불길에 잘 구워진 따끈따끈한 빵이며, 잘 익은 돼지 통 바비큐가 돌풍에 밀려 둘 사이를 굴러갔다.

"만약 여기에 있는 무엇이든 한 입이라도 먹었다간 허기가 몇 배로 늘었을 거다."

마호라가가 말했다.

"먹으면 먹을수록 배고파져서 나중에는 자기 몸이라도 집 어삼키고 싶어진다. 정신이 나가서 뭐든 저놈이 시키는 대로 하게 되지. 그게 저놈의 가장 큰 무기였는데, 넘어가지 않았 구나. 잘 버텨주었다."

"……과거형으로 말하지 마. 나 아직도 배고파."

"그러면 조금 더 버텨라."

마호라가는 매정하게 대꾸했다. 수호는 덧붙였다.

"그리고 자기가 마구니의 사랑을 받는 카마래."

"그것도 안다. 지금 눈으로 보고 있으니."

마호라가가 고개를 들었다. 오만하게 내려다보는 대흑천 뒤쪽에 난 큰 구멍에서 거센 바람이 불고 있었다.

돌풍이 점점 거세어지며 모래 먼지가 몸에 날아와 부딪쳤 다. 거친 모래가 피부를 긁었다. 주위에 놓인 음식 접시가 흔 들거리다 엎어졌다. 갈비탕이 담긴 냄비가 뒤집어지고 치킨 접시가 흙에 파묻혔다.

바람과 함께 구멍에서 기묘한 모습의 새가 튀어나와 옥좌

꼭대기에 앉았다.

머리는 참새 같은데 몸은 사슴 같고, 전신에 표범을 닮은 무늬가 있었다. 목은 학처럼 길었고 머리 양옆으로는 왕관과도 같은 뿔이 길게 솟아 있었다.

"비렴飛廉."

마호라가가 말했다.

수호는 얼른 그 이름을 떠올렸다. 돌풍을 부르는 새. 풍백과 동일시되기도 하며, 그 이름 자체가 '바람'의 어원이라고도 하던가.

"아난타. 수호를 데리고 상공에서 대기해. 이 공간이 허락하는 한 최대한 높이 솟아 있어."

그 말에 아난타가 주춤하는 듯했다. 전략적으로 그래야 하는 줄은 알지만 내키지 않는 기색이었다. 그럴 수밖에. 아난타의 목적은 오직 하나, '마호라가를 지키는 것'이니.

"내가 두 번 명령하게 하지 마라, 아난타!"

마호라가가 불호령을 내렸다. 아난타가 허둥지둥하며 수호를 몸으로 둘러쌌다.

아난타가 몸을 키우며 수호를 안고 솟구치자마자 살아 있는 돌풍이 마호라가를 덮쳤다.

마호라가는 의족 트바스트리를 얇은 은빛 방패로 바꾸어 돌풍을 막았다. 주변의 접시가 와장창 엎어졌다. 옆에 높이 솟아 있던 생크림 웨딩 케이크가 흙바닥에 엎어졌다.

'안 돼, 다리 하나로는 힘이 모자라……!'

수호는 아난타의 등에 매달려 생각했다.

당연하지만 수호보다 마호라가가 더 빠르게 그 문제를 파악한 듯했다. 마호라가는 뒤를 힐끗 보며 방향을 잡더니 돌풍에 몸을 맡기고 주욱 밀려났다. 그러다가 판판한 돌벽에 등을 기대어 버티고 섰다.

돌풍이 마호라가의 방패에 정신없이 부딪쳤다.

날카로운 흙이 방패 표면을 긁어댔다. 회오리가 마호라가를 휘감으며 살을 베고 옷을 찢었다.

하지만 바람의 공격이 집중되는 곳은 마호라가의 몸이 아닌 방패였다. 모래알이 표면을 긁어대고 작은 틈을 찾아 쑤시고 안으로 침범해 들어갔다.

"저 비렴 자식, 트바스트리를 노리고 있어⋯⋯!"

아난타가 외쳤고,

"마호라가의 의족을 노리고 있어!"

수호가 거의 동시에 소리쳤다.

그때 수호는 막 아난타의 등을 끙끙대며 기어올라가 뿔을 두 손으로 붙들고 겨우 자리를 잡은 참이었다. 아난타가 수호의 말에 살짝 놀라 '응?' 하는 눈으로 머리 위에 앉은 수호를 올려다보았다.

마호라가의 손에서 방패가 사라졌다.

아니, 사라진 것처럼 보일 뿐, 은빛을 뿌리며 작게 분해되었다. 석영 가루처럼 반짝이며 모래바람과 같은 크기로 나뉘어 바람에 섞여 날아올랐다.

'아, 아예 분해되면 공격할 수 없으니⋯⋯.'

수호는 생각했다.

하지만 어째서인지 마호라가의 낯빛이 좋지 않았다.

"이런, 실수야!"

아난타가 얼굴이 파리해져서 말했다.

"이 모래바람 속에서는 트바스트리를 다시 합칠 수 없어!"

그 말에 수호는 황급히 은빛 가루의 무리를 바라보았다.

가루 무더기가 돌풍에 쫓기며 하늘을 배회하기 시작했다. 조금이라도 합치려 들라치면 모래바람이 덮쳐 흩어놓았다.

옥좌에 앉은 비렘이 기쁜 듯이 새 울음소리를 냈다. 그리고 구멍 안쪽에서 다시 스산한 바람이 불었다.

"카마가 하나 더 들어오려 해!"

아난타가 당황해서 소리쳤다.

"한 번에 두 카마를 소환하다니, 마구니라 해도 마력의 소모가 커서 웬만해서는 하지 않는 짓인데!"

구멍에서 거대하고 새하얀 톱니바퀴가 모습을 드러냈다. 지름이 어른 남자의 네 배쯤 되는 것이었다.

"백륜白輪이야!"

아난타가 멀리서부터 파악하고 이름을 불렀다.

"살아 있는 바퀴야. 돌진하는 것 외에는 딱히 지능이랄 것은 없는 놈이지만 지금은……."

마호라가는 공중에 흩어져 떠도는 은빛 가루와 한 다리를 잃은 제 허리 아래를 번갈아 보았다. 마호라가가 칼집에 손을 댔다.

"안 돼……!"

아난타가 애타게 말했다.

"저 회전하는 기세를 칼로 막을 수는 없어!"

백륜이 기이이, 하는 소리와 함께 바람을 가르며 회전했다.

'마구니의 사랑을 받는 카마⋯⋯.'

수호는 아난타의 머리 위에 앉아 저 아래를 내려다보았다.

대흑천은 모래바람이 몰아치는 돌산 꼭대기에 자리한 옥좌에 왕처럼 앉아 있었다. 이미 승리를 확신하는 얼굴이었다.

계단 아래에서는 마호라가가 한쪽 다리를 잃은 채 바위에 등을 기대고 서서 흙바람을 온몸으로 맞고 있었다. 의족은 대기 중에 흩어져 있었다. 덕분에 공기가 반짝였다.

옥좌 등받이 꼭대기에는 돌풍을 일으키는 새, 비렴이 우아하게 앉아 있었다. 그 뒤에 난 검은 구멍으로 몸을 반쯤 내민 백륜이 기잉기잉 소리를 내어 회전하며 돌진할 준비를 하고 있었다.

'마호라가는 다리를 잃었어.'

수호는 생각했다.

'이런 거친 바람 속에서는 다리가 둘이라도 몸을 가누기 어려울 텐데.'

수호는 생각했다.

아난타의 꼬리가 연신 파닥거렸다. 안절부절못하는 기색이었다.

"마구니의 사랑을 받는 카마라면, 카마가 앞으로 얼마나 더 들어온다는 거야?"

수호가 물었다. 아난타는 초조한데 신경 쓰이게 하지 말라는 듯이 꼬리를 파닥였다.

"몰라! 몰라!"

"모르면 안 돼, 답을 해줘!"

수호가 소리치자 아난타는 겨우 정신 차리고 답했다.

"마호라가가 말한 적이 있어. 마구니가 카마와 계약을 하기 위해 공격할 때는 카마 셋 이상을 쓰지 않는다고."

"셋은 이미 넘었잖아!"

"계속 들어!"

아난타는 계속했다.

"카마 하나를 얻겠다고 카마 셋 이상을 희생시킬 수는 없으니까. 마구니는 철저하게 득실을 따지는 놈들이거든."

"……."

"마구니에게 카마는 도구 이상이야. 제 끓어오르는 욕망의 대상이지. 군대라기보다는 보물에 가까워. 그러니까 마구니가 아무리 탐욕스럽게 보물을 원한다 해도, 그 보물을 얻겠다고 이미 가진 보물을 낭비하지는 않는다는 말이지. 전투에 내보낸 카마도 똑같이 귀한 보물이니까. 무슨 뜻인지 알겠어?"

"대충은."

"하지만 지금 싸우는 상대는 카마가 아니야. 퇴마사야."

"그러면 득실을 따졌을 때, 퇴마사는 카마 몇 마리에 해당하는데?"

"몰라."

"모르면 안……"

"정말로 몰라!"

수호는 입을 다물고 아래를 내려다보았다.

백륜이 회전속도를 높이며 구멍에서 튀어나와 계단을 굴러 내려갔다.

돌계단이 백륜의 날카로운 톱니에 찢겨 잘게 부서져 나갔다. 주위에 있던 음식들이 백륜의 회전이 일으키는 회오리에 밀려나 돌산 아래로 떨어졌다. 이미 진수성찬은 난장판이 되었고 돌산의 풍경은 점점 하수처리장에 가까워지고 있었다.

마호라가가 검을 뽑아 들었다. 어차피 지금 그것이 마호라가가 가진 유일한 무기였다.

백륜이 마호라가의 검에 격돌했다. 날카로운 톱니가 검을 긁어대는 통에 용접을 하듯 은빛 불꽃이 튀었다.

마호라가의 팔에서 힘줄이 투둑투둑 솟았다.

하지만 검만으로는 톱니의 기세를 막을 수가 없었다. 검이 톱니에 밀려 마호라가의 몸에 닿을 듯 가까워졌다.

그때, 마호라가가 힐끗 뒤를 돌아보았다.

'이런 위험한 상황에서 뒤를?'

수호는 의아해했다.

마호라가가 발뒤꿈치를 살짝 틀었다. 버티는 방향이 달라지자 마호라가의 몸이 돌벽을 옆으로 긁으며 뒤로 밀려나기 시작했다.

"마호라가!"

아난타가 발버둥 쳤다. 수호는 아난타의 뿔을 꽉 붙잡았다.

'생각이 있을 거야.'

마호라가의 몸이 아까 바람에 엎어진 거대한 웨딩 케이크의 잔해를 향해 미끄러지듯 밀려났다. 이내 마호라가의 몸은 생크림과 카스텔라, 젤리와 초콜릿의 산으로 파묻혀 들어갔다.

'부드러운 물질로 충격을 흡수하려는 건가……!'

수호는 생각했다.

'하지만 미는 힘이 너무 강해……!'

백륜이 생크림을 헤치며 돌진했다.

톱니에 크림이 덕지덕지 묻고 끼기 시작했다. 백륜의 속도가 조금 느려지는 듯했지만 멈추지는 않았다. 계속 밀려가던 백륜은 다른 돌벽에 막혀 전진을 멈췄다.

백륜이 공회전을 하는 듯싶었다. 마호라가가 저 돌벽과 백륜 사이에 끼었다면 틀림없이 뼈까지 갈려버렸을 것이다.

"마호라가……?"

아난타가 반쯤 우는 목소리로 불렀다.

그때 백륜의 몸에서 황금빛 싸라기가 반딧불이처럼 피어올랐다.

끈적끈적한 먹을 것에 뒤덮인 마호라가가 모습을 드러냈다. 마호라가의 몸이 공중에 뜬 채 백륜의 옆으로 빠져나와 있었다.

마호라가의 칼이 백륜의 중심을 찌르고 들어가 있었다. 바퀴의 축이라고 할 법한 정확한 중심점에.

'회전축……!'

수호는 그제야 알아차렸다.

"그렇군! 회전하는 물체라 해도……."

아난타가 호들갑을 떨었다.

"회전축은 회전하지 않아!"

부드러운 물질을 톱니에 끼게 해 적의 속도를 늦추는 것과 함께 그 안에 숨어 움직임을 감추고, 정확한 시점에 정확하게 적의 급소를 파악해 찔렀다.

수호는 감탄했다.

마호라가에게 더 감탄할 일은 없으리라 생각했건만. 아니, 오히려 슬슬 전황을 파악하는 눈이 생기고 있어 더욱 감탄스러웠다.

백륜이 빛과 함께 사라지자 마호라가의 몸이 추락했다. 마호라가는 몸을 굴려 충격을 줄이고 두 팔과 한 다리로 몸을 지탱하고는 고개를 들었다. 수호도 마호라가의 시선이 향하는 곳을 바라보았다.

옥좌.

대흑천은 관망하고 있고 비렴은 아직도 옥좌 위에 꼿꼿이 앉아 있다.

'무슨 생각을 하는 걸까?'

수호는 궁금해했다.

상황은 달라지지 않았다. 모래바람은 계속 불고 마호라가의 다리도 가루가 된 채 공중을 떠돌고 있었다.

이번에는 대흑천의 정면에서 새로운 구멍이 열렸다. 주변이 크게 흔들렸다. 안에서 괴수의 울음소리가 들려왔다.

대흑천의 표정은 여전히 여유로웠다.

"더 내보내려나 봐! 이대로는 승산이 없어!"

아난타가 말했다.

"셋……."

수호는 그제야 알아차리고 말했다.

"알겠어."

"뭘? 뭘 알아?"

"셋이라고 했지."

"그게 왜?"

"마구니가 네 말대로 철저하게 득실을 따지는 놈들이고, 어느 정도는 자기 규칙을 지킨다면, 우리가 카마 셋을 없애면 더 보내지 않을 거야."

아난타가 깨달음을 얻은 표정을 지었다.

"아, 그런 의미의 셋이로군."

아난타가 고개를 끄덕였다.

"하지만 앞의 두 놈은 기습만 하고 갔어!"

아난타가 다시 불안이 솟구치는 목소리로 말했다.

"상대하기 만만찮은 놈들만 보내는데, 이렇게 치고 빠지는 전략으로 나온다면 한 놈이라도 간단히 물리칠 수 없다고! 게다가 마호라가는 벌써 지치고 있어."

"……."

수호는 바람을 맞으며 마호라가를 내려다보았다.

마호라가의 호흡이 조금 가빠져 있었다. 전신에 온통 끈적이는 것들을 뒤집어쓰고 있다. 저것이 백륜의 움직임을 방해했지만 마호라가의 움직임도 이제부터 방해할 것이다.

"끝났어."

아난타가 말했다.

"끝났다니, 뭐가?"

"후퇴해야 해."

아난타가 돌산을 선회하며 말했다.

후퇴.

그 말을 들은 수호는 섬찟한 것이 등줄기를 타고 내려가는 기분에 휩싸였다.

"이대로는 승산이 없어."

"하지만 마호라가가 후퇴해야 한다고 판단했다면 우리에게 지시할 거야."

수호는 마호라가를 내려다보며 말했다.

"마호라가는 두억시니를 앞에 두면 이성을 잃어! 물러날 때를 모른다고! 십 년 전에도 그랬어!"

아난타가 소리쳤다. 수호는 입을 다물었다.

"마호라가를 다시 잃을 수는 없어. 진은 또다시 십 년을 혼자서 견디지 못할 거라고!"

"……."

"무슨 뜻인지 알아? 두 번은 안 된다고! 나는 마호라가를 잃을 수 없어! 마호라가를 위해서도, 진을 위해서도! 내 모든 것을 걸고서라도!"

그것이 아난타의 목적.

그러면 마찬가지로 이것도 전략적인 판단은 아니다.

수호는 한 팔과 한 다리로 몸을 지탱하고 앉아 전방을 주시하는 마호라가를 내려다보았다. 눈이 붉게 빛나고 있다.

투기.

'아니야.'

마호라가는 후퇴해야만 한다면 후퇴한다. 왜냐하면 혼자가 아니기 때문에.

'나와 아난타가 여기 있으니까.'

수호는 알 수 있었다.

마호라가는 혼자라면 무모하게 버틸지도 모른다. 결과를 생각하지 않고 도박을 할지도 모른다.

하지만 우리가 있는 한, 마호라가는 그런 선택은 하지 않는다. 마호라가는 분명히 말했다. 나와 아난타는 마호라가와 달리 죽으면 끝, 다시 살아나지 못한다고.

마호라가는 전략적인 판단에라도 무모하게 나와 아난타를 희생시키지 않는다. 그런 마호라가가 후퇴를 선언하지 않았다면 아직 이 전장에 승산이 남아 있다는 뜻.

'그런데 어디에 승산이 있지?'

수호는 주변을 둘러보았다.

드높은 하얀 돌산, 엉망이 되어버린 온갖 먹을 것들.

'어디에 있지?'

대흑천의 발치에 나타난 구멍이 점점 커져갔다.

높이 솟은 돌계단과 옥좌를 모두 가리고도 남을 크기였다. 구멍의 위치와 크기로 보아 다음에 나타나는 것은 아까보다 훨씬 더 거대한 것. 그리고 아마도 지상형.

"내가 내려가서 마호라가를 낚아챌게!"

아난타가 말했다.

"저항하든 말든 붙잡을게. 난 마음 사이로 이동하지는 못하니까 여기를 탈출하는 건 네가 해줘, 수호! 내가 마음의 경계까지 날아가줄 테니까!"

'승산.'

내가 마호라가라면…….

아니, 바루나라면.

바루나는 여기에 있는 모든 것을 무기로 삼을 것이다. 사물⋯⋯. 아니, 생물마저도.

나조차도.

거기에 생각이 미치자 정신이 번쩍 들었다. 바루나라면 나를 이용할 것이다. 무기의 하나로.

그 생각이 떠오르자 모든 것이 확실해졌다.

구멍을 노려보던 마호라가의 눈이 한순간 수호를 향했다. 짧은 순간이었지만 그것만으로도 수호는 자신의 판단을 확신할 수 있었다.

'알겠어.'

그것이 승산이다.

"하강해, 아난타."

수호가 아난타의 뿔을 잡고 말했다.

"알았어! 꽉 잡아⋯⋯."

"나를 대흑천 가까이 대줘."

아난타가 "아, 그래⋯⋯" 했다가 눈을 동그랗게 떴다.

"뭐? 누구? 뭐? 누구?"

"하나씩 들어오는 카마는 마호라가가 막아줄 거야. 그사이에 내가 대흑천을 쳐야 해."

옥좌에 앉은 대흑천이 머리 위에 흘끗 시선을 두었다.

"뭐, 뭐, 뭐?"

아난타가 날개를 퍼덕거렸다.

"안 돼, 안 돼! 저놈 딱 봐도 너보다 세 보이잖아! 넌 적수가 안 돼!"

"내가 지시하잖아. 말 들어!"

"뭐뭐뭐뭐뭐뭐?"

아난타가 정신이 혼미해지는 얼굴로 더듬거렸다.

"시간이 없어."

우르릉거리는 소리와 함께 땅이 진동했다.

'어떤 마구니가 보내는지 몰라도 그 마구니는 이미 카마 하나를 잃었어. 아난타 말이 맞다면 더 이상의 손해는 감수하고 싶지 않겠지.'

수호는 생각했다.

'그러면 가진 것 중에서도 강한 놈을 내보낼 거야. 여기서 끝낼 만한 센 놈으로.'

쿵,

하고 땅이 진동했다.

사람의 몇 배나 되는 거대한 바윗덩이 같은 두툼한 발이 구멍에서 나와 땅에 쿵, 하고 내려앉았다.

뭉툭한 흙빛 발가락. 파충류의 비늘로 뒤덮여 있는 발이다. 마치 오랫동안 풍파를 겪은 석상처럼 긁힌 자국으로 가득하다. 육각형의 비늘 틈새로는 흙모래가 잔뜩 끼어 있다.

"아난타, 시간이 없으니 하나만 말할게. 잘 들어."

수호가 아난타의 등에 손을 얹고 말했다.

"지금부터, 상황이 정말 위험해지면 마호라가 말을 듣지 마."

"뭐뭐뭐뭐뭐뭐뭐?"

아난타가 완전히 혼란에 빠져 되물었다.

"마호라가는 상황이 위험해지면 네게 나를 지키라고 말할 거야. 지금처럼. 하지만 우리가 이 전투에서 지켜야 할 사람은 하나뿐이야. 마호라가야."

"……."

아난타가 말문이 막힌 듯 입을 다물었다.

"너도 아니고 나도 아니야. 마호라가야. 내 말 무슨 말인지 알지?"

"그야 그렇지. 사실이야. 하지만……."

"네 목적은 마호라가를 지키는 거야. 내 목적은 여기서 이기는 거야. 그러면 우리 둘 다 해야 할 일은 같아. 너는 가장 위험할 땐 나를 이용하고 마호라가를 지켜야 해. 내 말 무슨 말인지 알겠어?"

"감정적으로 지나치게 이해가 되어서 무서운데."

아난타의 녹색 눈이 대흑천을 향했다.

"하지만 넌 대흑천을 못 이겨."

"해봐야 알지."

수호는 그 어느 때보다 마음이 또렷해지는 것을 느끼며 말했다.

85　세 개의 전선

쿵.

육중하고 뭉툭한 발이 한 걸음 더 땅을 디뎠다.

이어 태산 같은 몸체가 구멍 안에서 모습을 드러냈다. 육각형의 무늬가 있는 바윗덩이와 같은 등짝. 그 육각형은 다시 나무의 나이테처럼 자잘한 결 무늬로 채워져 있다.

'거북이……?'

수호는 어리둥절해졌다.

지축을 진동하는 울음과 함께 거북이의 머리가 모습을 드러냈다. 구멍이 꽤 컸는데도 거북이는 고개를 수그려야 했고, 앞부분만 빠져나왔는데도 그 그림자에 뒤의 돌산이 전부 가려졌다.

머리는 흙으로 덮여 있었고 덮인 흙 위로 수풀이 우거져 있었다. 나무뿌리가 얼굴을 반쯤 덮고 있었고 수풀에는 작은 새와 나비도 날고 있다.

"귀수산龜首山."

아난타가 살짝 식은땀을 흘리며 카마의 이름을 불렀다.

"저게 정말로 존재하는 놈이었군. 말로만 들었는데."

움직이는 섬이라고도 불리는 카마.

물 같은 곳에 고개를 묻고 잠겨 있으면 기암괴석이 가득한

바위섬과 다르지 않은 괴물. 크기로만 따지면 카마 중에서도
최상위.

쿵.

돌산에 그림자가 드리워지며 귀수산의 등 전면이 드러났
다. 등에 바위가 자라나 있고 그 위로는 소나무며 대나무 숲
이 무성하게 우거져 있었다.

귀수산이 마호라가를 향해 느릿느릿 전진했다. 발을 땅에
내리찍을 때마다 흙먼지가 일고 돌계단이 쩍쩍 갈라졌다.

수호는 다시 마호라가의 안색을 살폈다. 곤란한 표정이기
는 했지만 물러날 생각은 없다.

'마호라가는 버틸 거야. 그리고 어찌 되었든 낭비할 시간이
없다.'

"비렴은 네가 맡아, 아난타."

수호가 말했다.

"알아들었어."

조금 전보다 훨씬 더 고분고분해진 아난타가 말했다.

수호는 팔에서 검을 뽑아 들었다. 손목을 감싸고 주먹을 쥐
어 손잡이를 잡을 수 있는 파타검 형태로.

아난타가 속도를 내어 하강하다가 급격히 방향을 틀어 옥
좌 위의 비렴을 향해 돌진했다. 그와 함께 수호는 대흑천의
정수리를 노리며 뛰어내렸다.

마호라가는 상공을 선회하던 아난타가 속도를 내어 하강
하다가, 수호를 대흑천 가까이에 내려놓고는 다시 급상승해
서 비렴을 향해 돌진하는 모습을 멀리서 지켜보았다.

'생각한 전략이기는 하지만……'

적은 셋. 그러면 전선은 셋으로 나누어야 한다.

그렇게 생각하면서도 마호라가는 지휘를 망설였었다.

승산이 있다 하나 많지는 않다.

마호라가는 수호나 아난타에게 위험을 감수시킬 마음의 준비가 되어 있지 않았다.

그 누구보다도, 수호에게.

하지만 마호라가의 망설임보다 수호의 결정이 빨랐다.

눈짓을 준 것은 한순간뿐이었는데 그 짧은 순간 눈치를 챘을까. 아니라면 스스로 판단했을까. 스스로 판단했다면 이길 수 있다고 생각한 걸까.

'……아니, 득실을 따지는 녀석이 아니지.'

몸으로 버티든 어떻게든 시간을 벌 생각일 것이다.

'할 수 있을까. 수호 혼자 대흑천을.'

귀수산이 산사태처럼 바닥을 짓이기며 다가오는 와중에도 마호라가는 생각했다.

'하지만 걱정할 여유가 있다면 이놈을 빨리 쓰러트려주는 것이 도리겠군.'

'쓰러트린다'고 생각하면서도 마호라가는 어째서인지 검을 검집에 꽂았다.

대신 앞으로 푹 엎어지더니, 두 팔과 한 다리로 땅을 짚고 네발, 아니 세발 짐승처럼 자세를 낮추었다.

비렴은 아난타가 돌진하자 날개를 활짝 펴고 달아나기 시작했다. 창공을 두 짐승이 어지러이 날기 시작했다.

'가라.'

마호라가는 마음속으로 명령했다. 자신에게, 그리고 동료들에게.

수호는 추락의 무게에 기대어 대흑천의 정수리를 노려 가격했다.

손가락이 부러져나가는 아픔이 찌릿찌릿 전해졌다. 수호는 익숙한 고통을 견디며 대흑천의 발치에 착지했다.

대흑천의 앞을 가로막은 큰 구멍 덕에 전장은 완전히 둘로 구분되었다. 수호가 슬쩍 뒤를 살폈지만 컴컴한 구멍의 뒷면만 시야를 메우고 있을 뿐이었다. 짐승의 울음소리와 땅의 진동만 느껴질 뿐 마호라가도 귀수산도 보이지 않았다. 아마도 저 너머에 귀수산의 몸이 반쯤 빠져나와 있겠지.

대흑천은 팔걸이에 팔을 괴고 가소로운 듯한 눈으로 수호를 내려다보았다. 머리에서는 수호의 부서진 검이 유리 조각처럼 우수수 떨어졌다.

'보호막⋯⋯.'

자세히 보니 대흑천의 몸 주위로 엷은 빛의 막이 감싸고 있는 듯했다.

'이것도 마법일까⋯⋯?'

아니, 내 배를 곯게 하는 것과 마찬가지로 최면일 가능성이 높다.

'어쨌든 칼이 몸에 닿지 않는다는 말이군.'

수호는 검의 밑동만 남은 손을 내려다보며 생각했다.

내가 가진 무기는 이 칼뿐이다. 적에게 칼이 닿지 않으면 무엇으로 무너트려야 하지?

"후우."

대흑천이 한숨을 푸욱 내쉬었다.

"이런 천한 하층민을 이 몸이 직접 상대해야 할 줄은 몰랐지만……."

대흑천은 머리를 털어 검 조각을 떨어트리며 몸을 스윽 일으켰다.

"……심심하기도 하니 네놈은 직접 없애주지."

회오리 치는 모래바람이 눈과 귀와 입으로 사정없이 몰아쳐 들어오는 가운데, 대흑천이 수호를 향해 손을 뻗었다.

"영광으로 알 거라, 천한 놈."

고통.

텅 빈 위장을 긁어대던 고통이 다른 형태로 변했다.

작열하는 사막을 며칠은 헤맨 듯한 갈증이 덮쳤다. 목이 말라붙었다. 침이 말라 삼켜지지 않았다.

버텨보았지만 다리에 힘이 풀렸다. 수호는 무릎을 꿇고 주저앉았다. 땅을 짚은 손이 부들부들 떨렸다.

손등이 말라붙었다. 얄팍해진 거죽 위로 뼈가 드러났다. 배가 등가죽에 달라붙었다. 자기 모습을 볼 수 없었지만 해골처럼 뼈만 남았으리라는 기분이 들었다.

'나, 굶어 죽어가고 있다……?'

수호는 상황을 자각했다. 말로만 들어본 방식인데.

이것도 최면이라는 생각은 들었지만 어쨌든 느끼기에는 다르지 않다.

'진짜 죽을 것 같네…….'

수호는 남의 일처럼 생각했다.

'칼이 닿지 않아……'

몸에서 급속히 빠져나가는 생기보다도 수호는 그 문제에 집중했다.

'칠 수 없는 적을 어떻게 쳐야 하지?'

'쳇, 말 그대로 바람의 속도인가……'

아난타는 비렴의 뒤를 전속력으로 쫓았지만 따라잡을 수가 없었다.

원래대로라면 바람으로 자신을 공격했겠지만, 지금 그 바람은 마호라가의 분해된 의족을 붙들어두느라 바쁜 상황이었다. 그래서 단지 초고속으로 달아날 뿐이었다.

바람의 화신답게 아난타가 최대로 속력을 내는데도 잡히지 않았다.

아난타는 아래 전황을 잠시 살폈다.

대흑천이 수호에게 손을 뻗고 있고 수호가 대흑천의 앞에 주저앉아 움직이지 못하고 있다.

'다친 데는 없어 보이는데, 왜 움직이지 않지? 지쳤나?'

하지만 지금 상대를 바꿀 수는 없는 노릇이었다. 수호와 마호라가는 하늘을 날 수 없으니.

아난타는 눈을 부릅떴다. 비렴을 처치하면 마호라가에게 트바스트리가 돌아오고 그러면 승기가 잡힌다.

'네 녀석이 바람이면 나는, 번개다!'

마음속으로 '번개♪번개♪번개♪'를 중얼거리며 아난타는 속도를 높였다.

234

아난타와 비렴이 공중에서 숨바꼭질을 하는 사이에, 귀수산이 마호라가의 몸 위로 발을 높이 들었다가 쿵, 하고 내리찍었다.

마호라가는 낮은 자세로 땅을 굴러 피하고는 한 다리와 한 팔로 펄쩍 뛰어올라 세발 짐승처럼 귀수산의 발에 매달렸다.

귀수산의 발이 다시 높이 올라갔다가 땅에 쿵, 하고 떨어졌다.

충격이 온몸으로 전해졌지만 마호라가는 발을 껴안고 놓지 않았다.

귀수산의 발이 잠시 멈춘 틈을 타, 마호라가는 원숭이처럼 그 몸 위로 기어 올라갔다.

수호의 마음 안.

어두운 마음의 늪.

한 치 앞도 보이지 않는 어두컴컴한 물속에서 반쯤 잠든 듯 눈을 감고 있던 바루나가 잠시 눈을 떴다. 붙잡고 매달린 바루나스트라나가파사…… 어쩌고인 밧줄이 진동하고 있었다.

'적과 마주친 모양이로군.'

기계다리 녀석, 뭘 하느라 수호가 직접 싸우게 만든 거야. 웬만한 놈은 혼자 처리해야지. 바루나는 투덜거렸다.

그렇다고 올라갈 수도 없었다. 지금 나가면 계획이 어그러진다.

'하지만 해봐라, 쥐방울.'

들리지는 않겠지만 바루나는 마음속으로 말했다.

'한 가지만 명심하면 너는 웬만한 적에게 지지 않는다.'

몇 번이나 말해두었으니 기억하고 있겠지.

'네 진짜 능력은 검을 만드는 것이 아니라…….'

'내 진짜 능력은…….'

수호는 마음에 새긴 말을 되새겼다.

'검을 만드는 것이 아니다…….'

수호는 밑동만 남은 검을 한순간에 거둬들였다.

'사라지게 하는 것.'

손에서 도로 검이 솟구쳤다.

수호는 기합과 함께 남은 힘을 다 끌어모아 일어나 대흑천을 향해 검을 휘둘렀다.

이번에도 칼은 대흑천의 몸에 닿지 못하고 그 앞에서 산산이 부서졌다. 생기가 다 빠져나간 수호의 몸은 충돌의 충격을 버티지 못하고 뒤로 밀려나 종잇장처럼 넘어졌다.

대흑천이 크게 웃었다.

"무의미한 저항을 하는 이유는 뭔가, 퇴마사. 자기만족인가?"

'공격하지 않네…….'

수호는 바닥에 넘어진 채로 생각했다.

이렇게 넘어졌으니 얼마든지 주먹질이라도 할 수 있을 텐데.

'알겠어. 이 자식의 공격 방법은 최면이 전부야. 그렇다면…….'

수호는 비틀거리며 몸을 일으켰다.

'…….'

"뭐하러 굳이 일어나는 건가? 자네 무기는 내 몸에 닿지 않는다네."

수호는 후들거리는 다리로 대흑천을 향해 한 걸음 더 다가갔다.

"그냥 누워서 얌전히 죽는 것이 덜 고통스러울 것을."

수호의 손에서 다시 검이 뽑혀 나왔다.

"쓸데없는 발버둥을……."

대흑천이 혀를 찼다.

수호는 반쯤 쓰러지듯이 검을 휘둘렀다. 검이 다시 산산조각이 났다.

"……끔찍한 굶주림의 고통으로 판단력을 잃었는가……."

대흑천이 안타깝다는 얼굴을 했다. 비틀거리던 수호의 팔에서 다시 검이 솟구쳤다.

그제야 대흑천의 얼굴에 가벼운 의심이 깃들었다.

수호는 다시 반대 방향에서 검을 휘둘렀다. 네 번째 검이 대흑천의 몸에 부딪혀 산산조각이 났다.

마호라가는 발을 타 넘고 귀수산의 등껍질에 대롱대롱 매달렸다. 이어서 암벽이나 다름없는 등껍질을 타고 날쌔게 기어올랐다.

귀수산이 크게 울며 몸을 좌우로 흔들었지만 마호라가는 자세를 낮추고 세 발로 매달렸다.

그리고 멀리서 수호를 응시했다.

'넷…….'

수호는 이번에는 검을 올려 쳤다.

대흑천의 팔이 느리게 올라갔다. 대흑천의 몸 위로 우수수 검날이 떨어졌다.

"네놈…… 지금 뭘 하는 거냐?"

'다섯……'

수호는 숫자를 세며 속도를 높였다.

'만약에 이놈의 몸에 정말 칼이 안 닿는다면…….'

수호는 생각했다.

'과연 몸을 보호하려고 들까……?'

최면이든 마법이든, 본인이 약하다고 느끼는 곳이 하나라도 있다면.

여섯, 수호는 검을 휘둘렀고 부서지자마자 다시 만들었다.

"잠깐……."

대흑천은 확연히 당황한 기색으로 물러나며 옥좌 위로 올랐다. 하지만 등받이에 가로막혀 더 물러날 곳은 없었다.

부서져 흩어진 검날이 수호의 몸을 상처 입혔고 맨발에 검날이 박혔지만 아랑곳하지 않았다.

일곱, 여덟, 아홉.

검이 대흑천의 몸 위에서 사정없이 부서졌다. 실상 유리를 마구잡이로 던지는 것이나 다름없는 공격이었다.

"이……, 이게 무슨……."

수호의 눈에 대흑천이 팔로 입을 가리는 것이 들어왔다.

몇 번의 공격을 더 해본 뒤 확신했다. 어느 방향의 공격에서도,

입을 보호한다.

"마호라가!"

수호는 말라붙은 입으로 온 힘을 다해 소리쳤다.

"입이야!"

마호라가는 귀수산의 등에 솟은 바위산에 매달려 있다가 수호의 외침에 대흑천을 돌아보았다.

귀수산의 몸이 구멍에서 다 빠져나오자 두 전장을 나눈 장벽도 사라졌다. 마호라가의 정면에 대흑천의 옥좌가 있었다.

"입을 공격해! 이 자식, 입이 약점이야!"

마호라가의 붉은 눈에 타는 듯이 생기가 깃들었다.

멀리서 비렴을 쫓던 아난타가 헛, 하고 잠시 아래를 내려다보았다.

"이…… 천한…… 천한 놈이 감히…….."

대흑천의 얼굴이 붉으락푸르락해졌다. 대흑천이 괴성을 지르며 수호의 몸을 향해 달려들었다.

이제 수호에게는 서 있을 힘도 남지 않았다. 수호는 달려드는 대흑천에게 밀려 그대로 뒤로 넘어졌다. 대흑천이 몸 위로 덮치며 주름이 잡힌 무시무시한 얼굴로 목을 졸랐다.

'됐어.'

수호는 안도하며 생각했다.

'할 일은 다 했어.'

"수호!"

멀리서 마호라가가 자신의 이름을 부르는 소리가 들렸다.

산 전체를 울리는 낭랑한 목소리.

'지시.'

수호는 목이 졸리면서도 바짝 긴장하며 귀를 기울였다.

지시.

지금 죽어도 지시가 먼저다.

"교체다!"

마호라가의 맑은 목소리가 돌산 전체에 쩌렁쩌렁 울려 퍼졌다.

'교체?!'

수호는 순간적으로 무슨 말인가 싶었지만 이내 의문을 지웠다. 의문할 시간에 수행해야 한다.

'뒤의 적을 공격하라고?'

바로 다음 의문이 들었다.

'눈앞의 적을 내버려두고?'

하지만,

다시 빠르게 의문을 지웠다.

수호는 생각을 지우고 대흑천에게 저항하던 손을 풀어 머리 위로 두 팔을 뻗었다. 그대로 고개를 젖히니 거대한 귀수산의 뒷모습이 보였다. 큰 바위산처럼 보이는 괴물이었다.

누운 탓에 시야가 낮아서, 돌아선 거북이의 꼬리와 두꺼운 등껍질 아래쪽으로 난 부드러운 살이 똑똑히 눈에 들어왔다.

수호는 손에서 검을 뽑아냈다.

'똥……침……'

86   마음의 구멍

검이 자라나며 무거워졌다.

무거워진 검이 수호를 아래로 당겼고, 그대로 몸이 계단을 미끄러지며 툭툭 내려갔다. 그 바람에 수호 위에 올라타 있던 대흑천도 같이 미끄러졌다. 수호의 목에서도 손이 떨어졌다.

"어……? 어……?"

대흑천의 당황한 목소리가 머리 위에서 들려왔다. 마호라가가 거북이 등 위에서 체조 선수처럼 높이 날아오르는 모습이 보였다.

대흑천이 수호의 시선을 따라 고개를 들고, 빛을 뿌리며 하강하는 마호라가를 멍하니 보았다.

수호의 칼이 귀수산의 거대한 바위산 같은 등짝 아래 야들야들한 엉덩이에 푹 찍혔다. 검은 계속 자라났다.

귀수산의 눈이 크게 떠졌다.

검이 귀수산의 엉덩이를 지나 입을 꿰뚫고 나왔다. 그와 함께 마호라가의 얇고 빛나는 검이 대흑천의 입에 푹 박혔다.

뭉툭하고 거칠고 투박한 붉은 검.

얇고 곧게 빛을 뿌리는 새하얀 검.

두 검의 끝에서 무시무시한 비명이 울려 퍼졌다. 검 끝에서 황금빛 싸라기가 눈부시게 날아올랐다.

비렴이 당황해서 속도를 늦췄다. 그 틈을 놓치지 않고 아냐타가 비렴에게 달려들어 한입에 물어뜯었다.

"트바스트리!"

틈을 놓치지 않고 마호라가 고함쳤다. 바람이 잦아들며 마호라가의 의족이 날아와 합쳐졌다.

다리의 형태가 아니었다. 끝에 갈고리가 여럿 달린 은빛 그물과도 같은 형태.

그물이 물고기를 건져 올리듯이 금빛 싸라기가 되어 흩어지는 대흑천을 덮쳤다.

그리고 대흑천의 몸이 사라지면서 마침내 모습을 드러내기 시작한, 그 몸에 휘감겨 있던 두억시니의 촉수를 뒤덮었다.

그물이 된 트바스트리는 매듭을 묶듯이 복잡한 형태로 꼬이면서 회전했다.

두억시니는 낚싯줄에 꿰인 물고기처럼 퍼덕였다. 트바스트리가 그 몸을 몇 겹으로 에워싸고, 묶고, 다시 둘둘 말아 감았다.

옥좌 위에 가볍게 착지한 마호라가는 매서운 눈으로 두억시니의 촉수를 노려보았다. 몇 종류의 매듭을 조합하여 촉수를 잡아매는 듯했다. 중간에 촉수를 끊어내려는 기색이 보이면 다시 휙 잡아당겨 휘감았다.

트바스트리가 한번 회전할 때마다 촉수가 땅에서 쭉 뽑혀 나왔고, 뽑혀 나온 줄기가 점점 굵직해졌다. 마치 깊이 뿌리 내린 덩굴식물을 그물로 낚아 뽑아 올리는 듯했다.

수호는 바닥에 누워 머리 위로 뽑아낸 검을 거둬들였다.

힘은 하나도 없었지만 기분은 좋았다.

'앞으로는 똥침 말고 좀 괜찮은 기술명을 생각해야지…….'

하고 생각하던 찰나, 마호라가의 눈에 순간 당혹감이 들어서는 것이 느껴졌다.

'……?'

아래를 내려다보던 마호라가는 트바스트리의 움직임을 멈추고 눈을 빠르게 굴렸다. 뭔가를 찾는 듯했다.

'……놓쳤다고 생각하고 있어? 왜……?'

산이 크게 흔들렸다.

돌산이 기우뚱하더니 쩡, 하고 가운데가 둘로 갈라졌다.

옥좌가 뒤로 넘어가기 시작했다. 수호가 누워 있는 바닥이 우지끈 소리를 내더니 얼음처럼 쩡쩡 소리를 내며 여러 조각으로 갈라졌다.

'…….'

언제부터였을까. 위험해질수록 마음이 차분해지기 시작한 것은.

그래야 다음을 생각할 수 있으니까.

나를 지킬 방법을.

나를 지키는 것으로 동료를 지킬 방법을.

수호가 바위가 무너지는 경로를 보며 어디 붙잡을 곳이 있는지 살피는 찰나, 등 뒤에서 바람을 가르는 소리가 들려왔다.

무너진 바닥으로 수호가 떨어지려는 순간, 아난타가 융단처럼 부드럽게 날아 들어와 수호를 머리로 받았다.

"잘했어, 수호!"

아난타는 갈기를 뻗어 수호의 머리를 쓰다듬었다.

"진짜 잘했어! 소름 돋았지 뭐야!"

아나타는 그대로 수호를 태운 채 옥좌에 있는 마호라가를 향해 날아올랐다. 하지만 가볍게 뛰어 아난타에게 올라탈 수 있을 만한 곳까지 이르렀는데도 마호라가는 아직 넋이 나가 있었다.

"마호라가!"

수호가 아난타의 등에 엎드려 누운 자세로 손을 뻗었다.

마호라가는 그제야 정신이 든 얼굴로 고개를 들었고 수호의 손을 잡았다.

사람 하나를 들기에는 팔심이 약한(더해서 지금은 더 약한) 수호였지만, 마호라가는 수호의 손을 축으로 가볍게 몸을 회전해 뛰어오른 뒤 아난타의 등에 착지했다.

아난타는 '잘했어, 마호라가도 잘했어' 하듯이 하얀 등 갈기를 길게 뻗고는, 마호라가의 몸에 묻은 크림이며 먼지를 빗자루로 쓸듯 톡톡 털어주었다.

돌산이 모래처럼 허물어졌다.

산에 올려진 산해진미는 순식간에 부패해 검은 진액이 되어 흘렀다. 휘황찬란한 보석으로 번쩍이던 옥좌도 부서지고 허물어지며 까마득한 낭떠러지로 떨어져 내렸다.

돌산이 무너지자 날뛰던 굶주림도 씻은 듯이 사라졌다. 기력도 뒤따라 돌아왔다.

'살았다…….'

수호는 안도하며 아난타의 등에 얼굴을 묻고 엎어졌다.

트바스트리는 여전히 혼자서 두억시니와 안간힘을 쓰며 줄다리기를 하고 있었다. 두억시니의 촉수가 끌려 올라왔다 도로 내려갔다 했다.

옥좌 아래, 돌산이 무너진 자리에 두억시니의 뿌리가 뻗은 큰 구덩이가 보였다. 사람의 마음에서 카마를 없앨 때마다 보았던 구덩이였지만 지금까지 본 그 어떤 구멍보다 또렷하게 보였다.

"내려가자, 마호라가!"

수호가 말했다. 그런데 마호라가의 반응이 느렸다.

놀라 수호를 보았다가 수호가 보는 방향을 보았다. 초점이 맞지 않았다. 구덩이가 아니라 허공을 보는 눈이었다.

'……?'

마호라가의 몸을 톡톡 털고 닦아주던 아난타도 난처해하는 듯했다. 털의 움직임이 삐걱거렸다.

문득 수호는 싸움이 시작되기 전에 선혜와 나눴던 대화를 떠올렸다.

그리고 바루나의 말을.

「그 기계다리, 뭔가 보지 못하는 것이 있다.」

"마호라가."

수호는 좀 망설이다가 일어나 앉으며 물었다.

"저…… 구덩이, 안 보여?"

✦

"박 사장님? 왜 그러세요? 어디 아프세요……?"

매서운 겨울바람이 부는 연남동 뒷골목.

지은 서혜를 품에 끌어안고 한 팔로는 자신의 어깨에 기대 누운 수호를 안고, 등에는 담요를 뒤집어쓴 채, 벽에 등을 대고 너머에서 드문드문 새어 나오는 소리를 듣고 있었다.

"쉬었다…… 할까요?"

"예? 논의를…… 처음부터요……?"

"갑자기 왜……."

진은 숨을 내쉬며 잠든 서혜의 이마를 쓰다듬었다. 머리카락을 매만지고, 몸에 묻은 것을 손가락으로 털어냈다.

"잘했어요."

진이 속삭였다.

"이제 더 깊이 내려가겠네요……. 더 위험한 곳으로……."

진은 서혜의 감은 눈을 손으로 매만지며 말했다.

"나만 놔두고……."

돌산이 모두 무너지자 남은 것은 검은 구덩이뿐이었다. 마호라가는 난감한 얼굴로 말했다.

"아냐. 그럴 리가."

"……."

수호가 물끄러미 보자 마호라가는 숨을 길게 내쉬었다. 그리고 한층 진정된 얼굴로 말했다.

"이런 상황에서 동료에게 약점을 숨기는 짓은 적절하지 못하지."

마호라가가 아난타의 머리를 손으로 두드렸다.

톡 토톡 톡.

박자가 있는 것으로 보아 미리 짜놓은 신호인 듯했다. 아마 대기하라는 뜻인 듯, 아난타가 조용히 공중에 정지했다.

트바스트리가 다시 한 바퀴 회전하며 발버둥 치는 두억시니를 감아올렸다.

"나는 가끔 앞이 보이지 않을 때가 있어."

"앞이? 다?"

"다는 아니야. 저런 마음의 거대한 구멍 같은 것이 안 보여. 시술의 부작용이지."

"시술……."

"음."

마호라가가 순순히 고개를 끄덕였다.

"옛날에,"

마호라가가 입을 열었다.

"내 스승이자 상관이자 내가 속한 진영의 수장이었던 사람이 있었어."

수호를 마주 보는 마호라가의 눈빛이 깊어졌다.

또, 저 눈빛.

내가 아니라, 그 너머의 누군가를 보는 듯한 눈빛.

"그 사람은 잘못을 해서 직위에서 쫓겨났고, 내가 뒤를 이어 천왕이 될 예정이었어. 그래서 천왕이 받는 시술을 받았지. 영영 마구니를 볼 수 없도록. 절대로 마구니의 욕망을 이해할 수 없도록."

"……."

"이미 수장이 한 번 타락한 사례가 있었기 때문에, 시술은 불필요할 정도로 과하게 이루어졌다."

구덩이에서 부는 바람이 기괴한 울음소리를 냈다.

"그리고 천왕이 될 사람임을 증명하기 위해서 나는 내 옛 상관의 카마를 내 손으로 직접 제거해야 했어. 내가 마구니에게 홀리지 않았음을 증명하기 위해서."

마호라가는 잠시 말을 끊었다.

"……그런데?"

수호가 묻자 마호라가가 씁쓸하게 웃었다.

"하지 못했어."

수호는 입을 다물었다.

생각이 났다. 자신이 바루나의 앞을 막아서며 이것은 내 것이니 없애지 말라고 했을 때, 익숙한 일을 회상하는 듯한 마호라가의 눈빛을.

가질 수 있었던 모든 것을, 스스로도 납득할 수 없는 이유로 내려놓았던 그날을 떠올리는 듯이.

그때도 마호라가는 검을 거두었다. 그 옛날처럼.

"왜…… 안 없앴는데?"

수호는 답을 들을 수 없으리라고 예상하면서도 물었다.

"글쎄, 모르겠어."

마호라가는 다시 쓴웃음을 지었다.

"지금도 나는 그 답을 찾고 있다."

"……."

"어쨌든 그래서 나는 천왕이 되지 못했고 내 진영은 뿔뿔이 해체되었지. 하지만 시술로 이미 내 안에서 지워진 것은 돌아오지 않아."

"……"

"나는 마구니를 이해할 수 없고 그래서 볼 수도 접촉할 수도 없으며, 마구니도 나를 볼 수도 접촉할 수도 없다. 내 세계에 마구니는 없는 것이나 다름없어. 마구니의 세계에도 내가 존재하지 않을 거다."

"……"

"좋은 점도 있어. 덕분에 나는 그 긴 세월 마구니의 유혹을 받지 않았고, 내 마음 가는 대로 살고 있다."

마호라가는 아래를 내려다보았다.

"하지만 그 부작용으로 때때로 적이 보이지 않을 때가 있어. 내 마음이 그것을 마구니와 비슷한 것이라고 인식할 때인 것 같다."

"……"

"저런 마음의 수렁도……. 아마 내 마음은 저것도 마구니 같다고 생각하는 모양이지. ……상관없다. 그럴 땐 아난타가 내 눈이 되어주니까."

"사실 내 눈에도 마구니는 뚜렷하게 보이지는 않아."

아난타가 답했다.

"그놈들은 이해의 영역을 넘어서니까. 그림자가 있고 냄새가 나고 바람이 부는구나, 하는 정도지. 누가 그런 거대한 악의를 명확히 이해할 수 있겠어."

수호는 아래를 내려다보았다.

조금 전의 돌산이나 산해진미가 오히려 비현실적인 느낌을 주었다면 저 구덩이의 존재감은 무서울 정도로 강렬했다.

아래에서 윙윙 울부짖는 소리가 나며 바람이 몰아쳤다. 기울어진 공간과 대기까지, 저 공허에서 생겨난 중력까지 느껴질 정도였다. 현실에 존재하는 계곡이나, 크레바스나, 화산의 입구 앞에 있는 것처럼.

'이해하기에 보인다…….'

문득 알 것 같았다.

"내가 내 의지와 상관없이 이 마음에 들어온 거, 우연이 아니지?"

"응?"

마호라가가 되물었다.

그래, 알 것 같다.

처음에 길거리에서 나를 때리던 일진들 마음에 들어갔던 것도, 아무것도 배우지 않았는데도 아버지 마음에 그렇게 쉽게 들어간 것도.

이처럼 휘말리듯이 사람의 마음에 쉽사리 들어오는 것은.

"내가 이 사람의 욕망을 '이해해서' 들어올 수 있었던 거야. 맞지?"

마호라가가 입을 다물었다.

처음에는 내 기가 허하든가 훈련이 덜 되어서라고 생각했다. 하지만 그게 아니었다.

나는 이해한다. 사람의 어두운 욕망을.

마음 깊은 곳에서부터. 숨 쉬듯 자연스럽게.

'……충분히, 그런 욕망을 가지고도 남는다고.'

돈을 갖고 싶다고, 부자가 되고 싶다고, 남의 것을 빼앗아 차지하더라도.

남을 때리고 싶다고, 괴롭히고 싶다고.

그래, 얼마나 원해 마지않는가.

그리고 그 무엇보다도 선명하게 보이는 것은,

저 마음의 어두운 수렁.

그. 렇. 겠. 지.

어디선가 마음 안에서 사슬이 절그럭거리는 듯한 음울한 소리가 들려왔다.

넌. 악. 마. 새. 끼. 니. 까.

너. 는. 악. 마. 새. 끼. 니. 까, 네. 아. 버. 지. 가. 싫. 어. 할. 수. 밖. 에. 없. 었. 다.

때. 려. 서. 라. 도. 정. 신. 을. 차. 리. 게. 할. 수. 밖. 에. 없. 었. 어.

너. 는. 사. 악. 한. 아. 이. 니. 까. 그. 렇. 게. 미. 움. 받. 았. 던. 거. 다.

아. 니. 라. 면. 왜. 미. 움. 을. 받. 았. 을. 까.

아. 버. 지. 라. 면. 아. 이. 를. 다. 사. 랑. 할. 텐. 데,

네. 가. 사. 악. 하. 지. 않. 았. 다. 면. 무. 엇. 때. 문. 에.

"이야기 다 끝났어?"

아난타가 날개를 파닥거렸다.

"내려간다!"

"잠깐······."

마호라가가 아난타의 등에 손을 얹고 톡 토톡 톡, 하고 두드렸다.

"잠깐 기다려."

87   내가 어둠을 보니

"응?"

아난타는 갑자기 조용해진 분위기에 당황스러운듯 날개를 파닥거리며 공중에서 정지했다.

"……수호."

마호라가가 입을 열었다.

"만약 네 마음에 어둠이 없다면, 너는 네 마음에서 어둠을 볼 수 없을 거다."

'그렇겠지.'

무슨 뻔한 소리야. 수호는 뚱한 기분으로 생각했다.

"하지만 자기 마음에서 어둠을 볼 수 없는 사람은 또 있어."

있든가 말든가.

수호는 지금 입에 발린 위로를 들을 기분이 아니었기에 시선을 피하며 딴청을 피웠다.

아난타의 등을 짚은 수호 손등에 마호라가의 손이 덮었다.

수호는 의아한 기분으로 마호라가를 마주 보았다. 마호라가의 타는 듯한 눈이 자신을 정면으로 향하고 있었다.

이미 모든 것이 무너져 검게 물든 공간 속에서 마호라가의 눈만이 붉게 반짝였다. 아름다운 눈이었다.

"네가 정말로 어둠이라면, 너는 네 마음에서 어둠을 볼 수 없다."

'……?'

수호는 알아듣지 못하고 눈을 깜박였다.

"대흑천은 두억시니를 볼 수 없었을 거다. 이미 제 몸이 두억시니에게 전부 휘감겨 있었기 때문에. 이미 삼켜져 있었으므로. 같은 것이나 다름없었으므로."

"……."

"우리의 눈은 세상을 다 보지만 오직 자기 자신만은 볼 수 없다. 그것이 모든 사람의 맹점이다."

"……."

"그 누구도 자기 자신은 보이지 않아."

"……."

"수호, 그러니 만약 네가 네 마음에서 어둠을 보았다면,"
마호라가는 잠시 말을 끊었다.

"그 어둠은 네가 아니다."

"……."

수호는 입을 다물고 마호라가의 붉은 눈을 보았다.

새벽에 떠오르는 태양처럼, 그 태양에 물든 노을처럼, 새빨갛게 빛을 발한다. 격렬하게 타는 마음의 불길이 눈동자라는 이름의 창을 비춰주고 있는 듯하다.

눈부시리만치 아름답다.

이처럼 찬연하게 아름다운 것을 이전에 본 적이 있었을까 싶을 만큼.

"네가 마음에서 마물을 보았다면, 그 마물은 네가 아니다. 네가 마음에서 악을 보았다면, 그 악은 네가 아니다. 만약 네가 마음에서 마구니를 보았다면…….”

마호라가가 잠시 말을 끊었다.

“너는 마구니가 아니다.”

“……”

“네가 마음에서 얼마나 나쁜 것을 보았든, 어떤 비루하고 지저분한 것을 보았든, 그것을 보며 이렇게 말하면 된다. ‘아아, 내 눈에는 이것이 보이는구나.’”

“……”

“그러므로 이것은 내가 아니구나.”

“……”

“내가 내 눈으로 어둠을 보니, 나는 어둠이 아니로다.”

“……”

“내 마음에 깃든 것이여. 내가 너를 보니, 너는 내가 아니로다.”

“……”

“나와 아무 관계도 없는 것이로다.”

수호는 자기 손을 덮은 마호라가의 손을 내려다보았다. 단단하고 강한 손을. 그리고 그 아래에 놓인, 딱딱하게 굳고 신경이 끊어진 자기 손가락을.

그 손가락 위로 물이 한 방울 떨어졌다.

마호라가의 손이 가볍게 흔들렸다.

이해할 수 없는 말이었다. 하지만 이해할 수 있었다.

알 수 없는 말이었다. 하지만 알 수 있었다.

두 번째 눈물이 떨어졌고 수호는 순간 몰아치는 두려움에 눈을 감았다.

"……미안."

"뭘 사과하는 거지?"

「뭘 잘했다고 울어?」

아버지의 벽력같은 호통이 떠올랐다. 이어지는 손찌검도.

「그칠 때까지 맞을 줄 알아라!」

생각이 떠오르자 몸이 긴장으로 움찔거렸다.

마호라가의 손은 움직이지 않았다. 가만 보니 시선을 아래로 내리고 기다리고 있다.

당황하지 않는다. 놀리지도 않는다. 어쭙잖은 위로를 하려들지도 않는다. 사람이 눈물을 흘리는 일은 흔하고 자연스러운 일이 아니냐는 듯이. 그러라고 눈이 있지 않겠냐는 듯이.

마음이 잔잔한 물에 잠기듯이 가라앉았다. 마음 저편에서 음울하게 속삭이던 소리도 사라졌다.

'이것으로 됐어.'

수호는 생각했다.

지금 네게 이 말을 들은 것만으로.

'후회는 없어.'

지금까지 겪은 모든 일을 포함해서, 너를 만난 이후부터 지금까지 전부, 오늘 이 싸움에 나를 전부 내던지겠다는 결심도.

'나는 이제 아무 후회도 없어.'

"음, 저기, 말이지, 나 지금 엄청 어색하거든?"

아난타가 마호라가와 수호의 머리를 갈기로 문질문질 쓰

다듬으며 말했다.

"내려갈 생각은 아직 있어?"

마호라가와 수호가 동시에 아래를 내려다보았다.

"내려가자."

마호라가가 말했다.

"그래."

수호가 문득 마호라가의 손을 꾹 쥐며 답했다.

"……바루나는?"

마호라가는 수호의 손을 잡았다가 눈을 동그랗게 뜨고 깜박였다.

"응?"

"바루나는?"

마호라가가 당황한 얼굴을 했다. 둘 사이에 어색한 침묵이 오갔다.

"바루나는 나야? 나와 다른 거야? 아니면……."

마호라가는 답을 하지 못했다.

"바루나는……."

"뭐 해? 내려가자니까?"

아난타가 재촉했다.

깊은 수호의 마음 안.

절벽에 매달린 채 흐르는 검은 물살에 몸을 맡기던 바루나는 문득 마음에 떠오르는 심상에 눈을 떴다.

눈으로 보는 것이 아니었다. 수호의 눈에 비친 마호라가의 붉은 눈동자, 그리고 그 너머에 있는 깊은 구덩이. 모든 것이 수호의 마음을 통해 바루나에게도 전해졌다.

마호라가의 기계다리가 그 구덩이에서 빠져나온 두억시니의 몸을 칭칭 감고 있는 모습까지도.

'길이 열렸군.'

바루나는 흥분으로 몸이 달아오르는 것을 느꼈다. 하지만 곧 진정하며 마음을 가라앉혔다.

아난타가 몸을 곧게 펴고 날개를 삼각형으로 접어 공기의 저항을 줄이며 하강했다.

마음의 수렁을 따라 얼마나 내려갔을까, 저 아래에서 빛이 나타났다.

시각보다 먼저 악취가 코를 찔렀다. 그리고 수호의 눈앞에 익숙한 폐허가 들어왔다.

경의선 철길공원의 심소.

사람이 모두 떠나 몇십 년쯤은 버려진 듯한 거리.

건물은 녹슬고 허름해진 채 식물에 점령당해 있고, 사람 키에 이르는 잡초가 도로에 무성하게 자라 있다. 그 한가운데를 검은 괴물이 꿈틀거리며 걷고 있었다.

괴물은 형태가 없었다. 썩은 진흙더미처럼도 보였고 거대한 구더기처럼도 보였다. 거리 곳곳에 촉수를 뻗고 느릿느릿 움직이고 있었다. 저놈을 처음 보았을 때와 마찬가지로.

"저 아래 있어."

수호가 말했다.

"내 눈에도 보여."

마호라가가 말했다. 수호는 손에 힘을 주었다.

"간디바."

수호가 검의 이름을 나직이 불렀다.

마음 안에서 화답이 돌아오는 듯했다.

수호의 오른손에서 핏빛 검이 자라났다. 검은 점점 자라나 수호의 팔을 뒤덮었다. 붉고 우툴두툴한 칼이 순식간에 수호의 키를 넘어서는 크기로 자라났다.

검이라기보다는 차라리 큰 탑이나 다름없는 무기.

무게 균형을 맞추기 위해 검의 뿌리가 식물처럼 수호의 팔을 뒤덮었다. 어깨와 몸을 덮고 얼굴까지도 뒤덮었다.

'나는……'

수호는 생각했다.

'간디바.'

수호는 검의 무게에 몸을 맡기고 추락했다.

내리꽂히는 운석처럼.

자연재해처럼.

"마호라가."

아난타가 낮게 신음했다.

마호라가는 자기도 보고 있다는 화답으로 아난타의 등에 손을 가만히 얹었다.

지상에 검은 그늘이 드리워졌다. 수호의 칼은 심소를 뒤덮고도 남을 만큼 자라났다.

아난타도 몸을 자유자재로 늘리거나 줄일 수 있었지만, 수
호의 칼을 보자 알 수 있었다. 아난타의 변화는 오히려 원래
크기에서 작아지는 방향의 능력임을.

"설마……. 저 검, 무한히 커질 수 있는 건 아니겠지?"

아난타가 감탄하며 말했다.

'무한.'

관념적인 말이다.

그 용어 자체로 이미 불가지不可知의 영역. 인간의 인식 또
한 한계가 있으니, 인간의 마음이 무한을 인식할 도리는 없
다. 그러므로 마음의 공간에는 한계가 있다. 마음이 만들어내
는 무기에도 한계가 있다.

상식적인 사실.

'하지만 저 크기는…… 이미 보통 인간의 인식 한계는 아
득히 넘어선다.'

마호라가가 생각하는 동안 아난타가 흥분해서 계속 떠들
었다.

"피할 수 있는 크기가 아니야. 될지도…… 몰라, 마호라가!
어쩌면 이것만으로 될지도!"

"최대한 멀리 날아 피해, 아난타."

마호라가가 아난타의 흥분을 가라앉히며 말했다.

"수직 방향으로 상승 기류가 치솟을 거야."

조잘거리던 아난타는 놀라 방향을 끼이익 틀고 속도를 높
였다.

수호는 하강했다.

저 아래에서 두억시니가 여러 개의 황금빛 눈으로 자신을 올려다보았다. 마치 오랜 친구를 기다리고 있었다는 듯이.

칼이 수호의 얼굴을 전부 뒤덮었다.

더는 앞이 보이지 않았다. 들리는 것도 없다. 몸이 딱딱하게 굳어 느껴지는 것도 없었다.

수호는 변화에 몸을 맡겼다.

검이 지상을 강타했다.

폭음, 진동, 열풍.

공기가 급격히 달아올랐다. 증발한 공기가 구름이 되어 솟구쳐 올랐다.

한편, 연남동 어딘가. 이름 모를 음식점의 심소.

타닥거리는 소리, 매캐한 냄새, 뜨거운 열기.

비사사와 부단나는 화염 속에 갇혀 있었다.

불을 만들어내는 것은 검은 숯덩이처럼 보이는 주먹만 한 털북숭이 괴물들이었다. 괴물의 숫자는 줄잡아 오십쯤 되어 보였다.

"다 어디서 나타난 거지?"

부단나가 비사사를 끌어안고 바짝 긴장해서 물었다.

"땅에서 솟는 것을 봤어. 본체는 이 아래에 있을지도 몰라."

"본체라니 뭐가?"

"몰라."

비사사는 제 활을 바라보았다. 기름을 먹인 박달나무. 불을 상대로는 쓸모가 없다. 역설적이지만 불을 쓰는 부단나 역시 불을 상대로는 쓸 만한 기술이 없었다.

"긴나라님!"

비사사가 하늘을 바라보며 소리쳤다.

"저희가 상대할 수 있는 카마가 아닙니다! 우리를 깨워주세요!"

"금강님!"

부단나가 같이 소리쳤다.

"저희를 꺼내주세요!"

하지만 답이 없었다.

고요한 가운데 타닥거리는 소리와 숯덩이들이 서로를 비비적거리는 소리만 사방에서 들릴 뿐이었다.

"답이 없으셔."

비사사가 부단나를 끌어안고 말했다.

"우리가 위험에 빠진 걸 모르시나 봐."

부단나가 긴장해서 말했다.

"이상해. 긴나라님은 그렇다 치고, 금강님이 모르실 리가 없잖아. 우리와 마음이 이어져 있을 텐데."

"……주무시는 건가?"

부단나의 허무한 질문에 비사사는 위화감을 느끼며 입을 다물었다.

'왜 나갈 수가 없지?'

훈련받은 퇴마사는 심소의 경계까지 걸어 나가지 않더라도 정신을 집중하면 어디에서든 현실로 돌아갈 수 있다. 하지만 아무리 해도 나가는 길이 잡히지 않았다.

'함정이야, 뭔지 모르겠지만 우린 함정에 빠졌어.'

하지만 누가, 무엇 때문에?

왜 하필 우리를?

✦

연희동 성당. 사람이 없는 예배당.

금강은 제단의 촛대에 불을 밝혔다.

제단 뒤로 솟은 높고 긴 스테인드글라스가 촛불의 빛에 노랗게 일렁였다. 저 위로는 깨진 자리를 새로 붙인 흔적도 보인다.

금강은 촛불 앞에 무릎을 꿇고 앉아 손을 모았다.

"기도해주는 건가, 금강?"

뒤쪽 어둠 속에서 긴나라의 목소리가 들려왔다.

"물론이지."

금강은 돌아보지도 않고 느린 어조로 말했다.

짙은 어둠 속, 예배당 제일 앞자리에 앉아 있던 긴나라가 의자 난간에 두 팔을 걸치고 다리를 꼬았다.

긴나라의 양옆으로는 비사사와 부단나가 각기 다른 방향으로 머리를 두고 의자에 길게 누워 있었다. 둘 다 악몽을 꾸는 듯 쌕쌕거리는 숨소리가 다소 거칠었다.

긴나라는 주머니를 더듬더니 약병을 짤랑거리며 들어 보였다.

"어른용 투여량을 먹이고 말았네. 아마 종일 잘 거야. 안에서는 영원과도 같은 시간이 흐르겠지."

금강은 답하지 않았다.

"애들이 돌아오면 뭐라고 변명할지 생각해뒀어, 금강?"

"돌아오지 못한다."

금강은 촛불을 응시하며 아무 감정도 없이 말했다.

"……돌아온다 한들 두억시니의 모멸에 물든 뒤일 터이니, 더 이상 퇴마사는 아닐 것이다."

"너를 그렇게 따르던 애들이었는데."

금강의 얼굴에 깊은 슬픔이 들어찼다. 금강의 눈에서 굵은 눈물이 뚝뚝 떨어졌다.

"아이들의 희생을 영원히 잊지 않을 것이다."

그 말을 들은 긴나라의 입가에 차가운 비웃음이 떠올랐다.

"신세계를 열기 위한 불꽃이 된 아이들을."

비사사와 부단나의 잠든 얼굴에 촛불의 그림자가 일렁였다.

88 폭격 이후

열풍.

귀를 찢는 굉음. 눈부신 광휘.

감각이 날아갔다.

실은 몸도 같이 날아간 듯했다. 수호는 자신이 산산조각 나 죽었다고 생각했다.

한참 만에야 감각이 돌아왔다. 흐릿하게나마 시야가 밝아져서 보니 추락 지점에서 멀리 떨어진 곳에 쓰러져 있었다. 폭발에 멀리 날아가 내동댕이쳐진 듯했다.

두억시니가 있던 자리에는 화구와도 같은 큰 구덩이만이 남아 있었고, 구덩이에서는 연기가 피어오르고 있다. 아지랑이로 시야가 흔들렸다.

흙은 새까맣게 탔고 구덩이 가운데에서는 돌마저 흐늘흐늘 녹았다. 주변의 건물들도 부서졌거나 화염에 휩싸여 있었다. 공원의 나무들은 모두 쓰러졌고 작은 폭발음을 내며 불에 타고 있다.

하늘은 치솟은 흙먼지로 붉게 물들었고 머리 위로는 검은 재가 후둑후둑 쏟아졌다. 마치 운석이 내리꽂혔거나 화산이 폭발한 거리 같다.

이런 풍경을 이렇게 가까이에서 볼 수 있는 것이야말로, 여기가 현실이 아니라는 뜻이겠지. 현실이라면 지금 몰아치는 열풍만으로도 내 몸은 한순간에 재가 되어버렸을 테니까.

수호는 누운 채로 조금 움직여보았다.

뼈마디가 조각조각 부서진 듯 아팠다. 검을 만들었다가 회수했다기보다는 몸 전체가 검으로 변했다가 돌아온 기분이었다.

옷은 너덜너덜했고 몸 전체가 화상 자국과 생채기로 가득했다. 그래도 상황을 생각하면 이 정도 상처로 끝난 것도 비현실적인 기적이다. 검으로 변해서 몸이 경질화되었기 때문이었을까.

'그렇다 쳐도 죽을 것 같다……. 만약 이보다 더 크게 만들면 꼼짝없이 죽을 거야.'

주변에 두억시니의 흔적은 없다. 적어도 지금 내 시야에는.

'없앴나?'

머리 위에서 아난타가 선회하는 소리가 들렸다.

꽤 멀리까지 도망쳤다가 돌아온 듯 땀을 뻘뻘 흘린다. 등에 올라탄 마호라가가 가볍게 뛰어내리자 아난타는 그대로 작게 줄어들어 마호라가의 팔에 감겼다.

"괜찮아, 수호?"

마호라가가 달려와 무릎을 꿇으며 서둘러 수호의 몸을 살폈다.

"나는 괜찮아. 없앤 걸까?"

수호가 마호라가의 부축을 받아 몸을 일으키며 물었다. 일어났다가 현기증이 일며 다리가 꺾여 도로 풀썩 쓰러지고 말았다.

"더 누워 있어."

마호라가는 수호를 바닥에 누이며 재난 현장이 된 심소를 살폈다.

'이런 공격에 맞설 수 있는 적이 있기나 할까? 카마는 둘째 치고, 퇴마사, 아니 마구니라도……'

마호라가는 생각했다.

투박한 공격이라 더 두렵다. 아군까지 같이 휩쓸릴 수 있다는 점만 제외하면 압도적인 무기.

두억시니의 흔적은 없었다.

'천오백 년을 싸워 온 상대였다. 그 많은 퇴마사들이 대적해왔지만 손도 대지 못한 것인데……. 이렇게 간단히……'

하지만 그 천오백 년 동안은 광목천이 세상에 없었다. 광목천만이 갖고 있었던 이 검 또한 없었다.

카마와 퇴마사 사이에도 상성이 있다. 어쩌면 그 사람이 있었다면 오래전에 간단히 없앨 수 있는 괴물이었을지도 모르지.

허탈했다. 필생의 적을 자신의 손으로 없애지 못한 허무함이 마음을 침범했다.

'쓸데없는 생각.'

마호라가는 자신을 비웃었다.

'이 또한 집착. 결과가 같으면 그만. 실제 결과보다 자기 자신이 앞서는 것이야말로 욕망이다.'

마호라가는 후우, 하고 한숨을 쉬고는 기분 좋게 활짝 웃었다.

"잘했다, 수호."

'이게 끝이라고?'

수호는 누운 채로 생각했다.

'정말로?'

"수고했다. 돌아가자."

'아니야……'

이렇게 모든 것이 산산이 부서진 가운데에도,

소름 돋는 기분이……

사라지지 않는데…….

한편, 연남동의 한 심소.

비사사와 부단나가 옥상 한가운데에서 서로를 부둥켜안고 있다.

건물은 온통 불에 휩싸여 있다. 아래로 내려가는 계단도 모두 불구덩이다. 바닥은 달군 쇠처럼 뜨겁다. 공기도 마찬가지로 질식할 정도로 달아 있다.

하지만 불은 둘을 둘러싸고 있을 뿐, 어느 이상 접근하지 않고 주위를 맴돌고 있다.

"왜 우리를 공격하지 않을까, 누나?"

비사사의 품에 안겨 있던 부단나가 물었다.

"다 이겼잖아. 왜 바로 죽이지 않지?"

비사사는 주위를 살폈다. 슬슬 짐작할 수 있었다. 이 불은 우리를 포위할 뿐, 삼키려 들지는 않는다.

"우리를 살려둘 필요가 있어서겠지."

"왜? 무슨 필요가 있는데?"

"복사하려고……."

"뭘?"

"우리 기술을 복사하고 있어."

"그 기술을 어디다 쓰는데? 우리를 죽이려는 게 아니라면?"

비사사는 입술을 깨물었다.

아마 이 괴물의 복사 능력은 지속 시간이 짧을 거다. 그래서 기술이 있는 퇴마사를 옆에 묶어둘 필요가 있겠지. 필요할 때마다 공격해서 어쩔 수 없이 저항하게 만든 뒤 기술을 복사한다.

하지만 목적이 우리가 아니라면…….

이 괴물은 지금 누구를 공격하고 있는 거지?

경의선 철길공원의 심소.

구덩이에 남은 불꽃이 사그라지지 않고 계속 탄다.

마른 잡풀이나 잡목이 계속 불씨가 되는지, 폭풍이 가라앉은 뒤에도 화염이 줄지 않는다.

수호의 발밑에서 타던 불꽃이 구덩이 안쪽으로 천천히 움직이기 시작했다. 잡풀이 불에 붙은 채로 미끄러지는가 싶었는데 어째 움직임이 부자연스러웠다. 여기저기서 다른 불꽃들이 같은 속도로 하나둘씩 움직이기 시작했다.

'그럴 수도 있겠지'에서 '이상하다'는 느낌으로 확 생각이 옮겨갔다.

불꽃은 구덩이 안쪽으로 떨어지는 것도, 한 방향으로 움직이거나 서로 합쳐지는 것도 아니었다. 작은 짐승이 노닐듯 제멋대로 오가고 있었다.

"마호라가!"

마호라가의 팔에 매달린 아난타가 다급히 소리쳤다.

수백수천의 불티가 일제히 몸을 일으켰다.

불꽃 아래에 털투성이의 거미를 닮은 여덟 개의 검은 발이 나타났다. 등 위로는 칼로 반을 잘라낸 듯 형체가 없고 단지 타는 불꽃뿐이었다.

마호라가가 본능적으로 수호의 앞을 막아섰다. 불타는 거미들이 일제히 날아올라 수호를 향해 달려들었다.

마호라가가 검을 뽑아 휘둘러 날아오는 것들을 반으로 갈랐다. 두 조각으로 나뉜 것들이 마호라가의 주위에 투둑거리며 떨어졌다.

하지만 거미는 잘려 나간 뒤에도 불꽃이 꺼지지 않았다.

잘려 나간 거미들이 다시 꿈틀거리며 일어났다. 네 개, 세 개의 발을 가진 불꽃들.

마호라가와 수호의 뒤에서 타던 건물이 큰 소리를 내며 무너졌다. 검은 재가 까맣게 일어났다. 솟아오른 재가 수호의 머리 위로 우수수 쏟아졌다.

"수호!"

마호라가가 수호의 몸을 감쌌다.

불안이 엄습했다.

전략을 짜고 하는 동작이 아니다.

말 그대로 다른 수가 없어서 그저 자신을 보호하려는 몸짓.

건물 잔해에서 재와 불꽃이 솟구쳤다. 재가 빛을 가려 하늘이 어두워지는 동시에 불꽃이 음울한 빛을 발했다. 하늘 전체에 불이 붙은 듯했다. 쏟아지는 재와 불꽃은 반쯤 불타는 거미 떼였다.

"아난타, 날아!"

마호라가가 소리쳤다. 그처럼 다급한 목소리는 처음이었다.

아난타가 황급히 몸을 키웠다.

마호라가가 한 손으로는 아난타의 꼬리를 쥐고 한 손으로는 수호의 겨드랑이에 팔을 넣어 끌어안았다.

아난타가 솟구쳐오르자 깊게 파인 구덩이 안으로 흙이 흘러내렸다. 마치 그 속에 있는 무엇인가가 흙을 헤치고 몸을 일으키고 있고, 그래서 생겨난 공동으로 흙이 쓸려가는 듯한.

불타는 흙을 밀어 올리며 구멍에서 거대한 얼굴이 모습을 드러냈다.

머리는 불타고 있고, 얼굴이 일그러질 정도로 머리 한쪽에 구부러진 뿔을 박고 있는 짐승이었다.

"저 자식, 열에 면역이 있었나 봐! 알고 있었어, 마호라가?"

아난타가 소리치며 물었다.

"아니!"

마호라가가 답했다.

"누군가의 기술을 복사한 거야!"

"어떻게? 우리는 불은 안 썼는데!"

아래를 내려다본 수호는 등줄기에 소름이 돋았다. 전에 보았던 크기만큼 솟아올랐다 싶었는데도 지상에 드러난 것은 겨우 두억시니의 목 정도였다.

"저번보다도 커졌어……. 어떻게 된 거지? 그새 뭘 먹어 치운 거야?"

아난타의 말에 마호라가는 피가 얼어붙은 얼굴이 되었다. 그 표정을 보자 수호의 피도 같이 얼어붙는 듯했다.

'말하지 마, 마호라가.'

수호는 두려움에 빠져 생각했다.

'말하지 말아줘.'

"복사……."

마호라가가 중얼거렸다.

"뭐?"

마호라가가 딱딱하게 굳은 얼굴로 수호의 팔에 시선을 두었다.

"수호의 무기를 두억시니가……."

두억시니가 땅속에서 천천히 모습을 드러냈다.

몸은 액체처럼 주룩주룩 흘러내리고 있지만 분명한 형체를 갖고 있다. 불타는 등에는 종유석 같은 뿔이 높이 솟아나 있었다. 거대한 팔이 땅을 짚고 몸을 끌어올렸다. 묻힌 부분이 워낙 커서인지 몸을 다 꺼내기 힘든 듯했다.

"……복사했어……. 수호의 능력을……."

"뭐?"

아난타가 되물었다.

"무슨 능력을? 칼 같은 건 안 만든 것 같은데!"

"무한의……."

"뭐?"

"무한의 용량을……."

수호의 얼굴이 하얗게 질렸다.

〈긴나라님.〉

나무 책상에 올려둔 핸드폰이 진동하며 메신저에 문자가 찍혔다. '스칸다'라는 이름에 귀여운 금색 날개가 달린 프로필 사진이 메시지 옆에 붙어 있다.

〈바루나가 사라졌습니다.〉

물이 뚝뚝 떨어지는 긴나라의 손이 폰을 집어 들었다.

손등에서 따뜻한 김이 무럭무럭 나는 것을 보아 방금 목욕하고 나온 모양이다.

〈사라졌다니, 무슨 뜻이지?〉

'긴나라'라는 이름과 함께 귀여운 닭 모양의 프로필 사진이 붙은 메시지가 떴다.

〈심소에서 수호의 마음과 이어진 길을 찾아 저격할 생각이었습니다만, 바루나가 갑자기 수호의 마음에서 자취를 감추었습니다. 늦게 보고해서 죄송합니다.〉

옆에서 누군가 마른 수건을 내밀었다.

수다나였다. 깨끗하게 다려진 정장을 차려입고 왕에게 기사가 하듯이 무릎을 꿇고 앉아 있다.

긴나라는 왕처럼 수다나에게 수건을 받아 몸을 닦았다. 한쪽은 말끔한 정장이고 한쪽은 나신인 것은 서로 아랑곳하지 않는 듯했다.

긴나라는 채 마르지 않은 손으로 스칸다에게 답 문자를

했다.

〈바루나는 영리한 카마다. 미리 눈치채고 마음 깊은 곳으로 숨어 들어간 모양이다.〉

긴나라는 메시지 끝에 엉덩이춤을 추는 분홍색 복숭아 모양의 이모티콘을 붙였다.

〈하지만 언제까지 숨어 있을 수는 없을 것이다. 언젠가는 수호의 마음 표면으로 나올 수밖에 없을 테니 그때까지 대기하도록.〉

〈알겠습니다.〉

〈기척이 느껴지는 즉시 저격하도록.〉

〈알겠습니다.〉

긴나라는 수다나에게 핸드폰을 건네주었다.

마치 다시는 그 물건을 쓰지 않을 테니 알아서 처리하라는 듯이.

두 손으로 핸드폰을 받아든 수다나는 눈으로 가볍게 문자를 훑고는 고개를 갸웃했다.

"심소와 마음이 이어진 길을 찾아 저격한다……. 어떤 기술인지 감도 오지 않는군요."

"명령만 있다면 가진 재능 이상의 실력을 발휘하는 아이다."

긴나라는 수다나에게서 깨끗한 옷을 건네받았다. 길게 기장을 늘어뜨린, 얇은 마로 만든 새하얀 한복이었다. 마치 죽은 사람이 입는 수의와 같은 복장.

긴나라가 거주하는 방은 사람이 사는 방이라기보다는 죽은 사람의 관처럼 보였다.

방에 보이는 물건은 탁자와 의자, 침대가 각기 하나뿐이다. 탁자와 의자는 흰 천으로 씌워져 있고 침대에도 잘 빨아 말린 깨끗한 흰 천이 씌워져 있다.

긴나라는 수다나의 부축을 받으며 침대에 누웠다.

수다나는 긴나라의 머리를 매만지고 옷 주름을 당겨 반듯하게 폈다. 가슴에 양손을 모으고 누운 긴나라의 표정에는 행복감이 넘쳐흐르고 있었다.

"수다나."

"말씀하십시오."

"나는 지금과 같은 극상의 만족을 체험해본 적이 없다."

"그러십니까."

"지금에 비하면 지난 세월은 마치 말라비틀어진……."

"오징어 같습니까?"

수다나의 농에 긴나라는 가벼운 웃음을 내비치며 대꾸했다.

"……퍼석퍼석했다……."

"황태에 가깝습니까?"

긴나라는 웃음을 참지 못했다.

"너도 나와 같은 체험을 할 수 있다면 좋겠구나."

"사양하지요."

수다나가 말했다.

"제겐 극상의 만족을 얻고자 하는 욕망이 없습니다."

"그래, 그렇겠지……."

긴나라는 눈을 감았고 수다나는 솜씨 좋은 마사지사처럼 긴나라의 몸을 매만지며 이완시켰다.

"수다나, 나는 이전엔 알지 못했다."

"무엇을 말입니까?"

"욕망에 마음을 전부 내맡긴다는 것이⋯⋯."

긴나라는 눈을 감고 차츰 잠에 빠져들며 말했다.

"⋯⋯이처럼 ⋯⋯온몸이 떨리도록⋯⋯ 황홀하고⋯⋯ 향락과도 같은⋯⋯ 환희와⋯⋯ 쾌락을⋯⋯ 이 몸 전체로 속속들이 다 받아들이는 일일 줄은⋯⋯."

"⋯⋯."

"마치⋯⋯ 삼라만상이⋯⋯ 다⋯⋯ 내 것인 것만 같다⋯⋯."

한편, 연남동의 한 세탁소 이 층.

위동진은 자신의 방에서 큰 헤드폰을 머리에 쓰고 휠체어에 탄 채 잠들어 있었다. 아니, 자는 듯 보였다.

작고 어두운 방이다.

창문에는 검은 암막 커튼이 늘어뜨려져 있고 벽과 문에는 각종 메탈 밴드 포스터가 붙어 있다. 그 외에 눈에 띄는 곳마다 해골 모양의 목걸이며 쇠사슬 장식이 매달려 있다. 구석구석에는 이름 모를 인디밴드의 포스터도 붙어 있다.

남들이 보기에는 세상 모르고 잠든 듯한 모습.

그리고 마음 안에서는 스칸다가 그보다 더 긴 시간을 대기하고 있었다.

윤기 있는 적갈색 피부를 드러내고 러닝셔츠와 반바지만 입은 차림이다. 창문에 휘트워스 소총을 얹고, 마치 정지한 인형처럼 거리 저쪽을 미동도 없이 보고 있다.

그 가늠쇠 끝에서 스칸다가 무엇을 보고 있는지는 아마 금 강이나 긴나라조차도 짐작하지 못할 것이다. 시간의 흐름이 빨라진 마음 안에서 스칸다가 얼마나 오래 대기했는지도.

저격수가 바람의 방향과 속도를 재며 목표물과의 직선거리에 자리를 잡듯, 스칸다는 마음과 마음이 이어진 길을 따라 적을 찾고 있었다.

인내심 외에는 위로받을 것이 없는 시간.

그리고 마침내 적의 기척이 나타났다.

눈으로 보거나 귀로 들을 수는 없다. 상대가 어디에 있는지도 알 수 없었다.

그저 총잡이의 예민한 감각이 전하는 확신뿐.

목표물은 아무래도 사람의 마음 안 심연에 들어갔다가 지금 막 표면으로 나온 듯했다.

'찾았다. 물귀신.'

스칸다의 얼굴에 가벼운 희열이 들어섰지만, 바로 다시 기계와도 같은 무표정으로 돌아왔다.

스칸다는 미동도 없이 방아쇠에 손을 얹었다.

기척을 느끼고 반응한 시간은 일, 이 초.

'하지만 이곳의 시간의 흐름은 이미 내 집중력에 의해 가속하고 있다.'

저쪽의 시간의 흐름 또한 이곳과 다르다. 이 총알이 언제 적을 꿰뚫을지는 알 수 없다.

하지만 한 가지만은 분명했다.

반드시 언젠가 도달한다는 것만은.

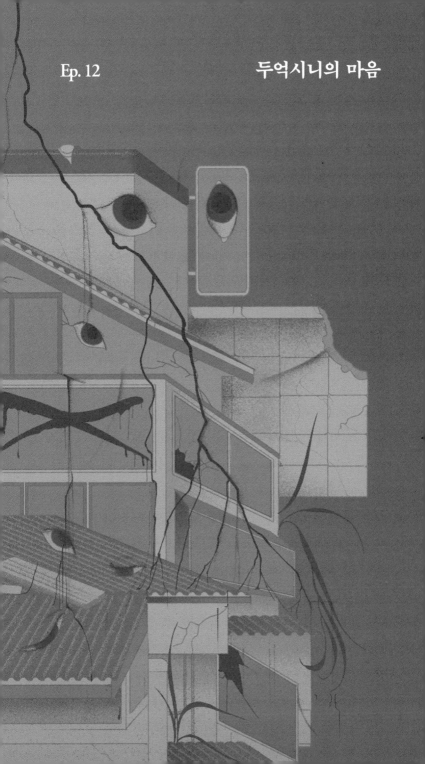

Ep. 12   두억시니의 마음

89   바루나의 길

두억시니의 심소.

조금 전의 폭격으로 열풍과 폭음이 메아리치는 공간. 아직 부서지지 않은 어느 삼 층 건물 꼭대기에 서서 이 광경을 지켜보는 인물이 있었다.

바루나였다.

늪에 푹 담갔다 꺼낸 듯한 짙은 코트가 재로 뒤덮인 바람에 펄럭인다.

'기대 이상이로군, 집주인.'

바루나는 운석이라도 내리꽂힌 듯한 구덩이를 보며 감탄했다. 간디바의 상식을 넘어서는 위력이야 익히 아는 바였지만.

'극한으로 몰리지도 않았는데 자기 의지로 이만큼 검을 키운 점은 칭찬해주지.'

하지만 필살의 타격이었는데도 먹히지 않은 모양이다.

'⋯⋯그 어떤 대단한 퇴마사가 온다 한들 이 이상의 공격을 할 수 있을까 싶은데.'

시커먼 괴수가 구덩이 밑에서 천천히 몸을 꺼내고 있다.

악취를 풍기고 몸이 진흙처럼 흘러내리는 것은 이전과 비슷했지만, 훨씬 더 분명한 형체를 갖추고 있다. 밖으로 나온 부분만 해도 압도적이라 전체 크기는 가늠할 수 없을 지경이었다.

안 좋은 상황은 그뿐이 아니다.

폭격으로 분열되어서인가, 불타는 털투성이 거미를 닮은 작은 두억시니의 분열체들이 지상을 떼 지어 기어다닌다. 땅속이나 건물 안에도 있다고 생각하면 눈에 보이는 것보다 많을 것이다.

'큰 놈 하나에 무수한 작은 놈들.'

바루나는 현장을 빠르게 분석하고 무심히 결론을 내렸다.

'이기지는 못하겠군.'

기계다리 퇴마사는 제법 괜찮은 전략가로 보였지만 두억시니에 한해서는 앞뒤 재지 않는 면이 있다. 그래서 승리를 낙관했겠지.

상대의 기술을 복사한다는 것은 누가 상대하든 무승부 이상이 될 수 없다는 뜻. 두억시니는 내버려두어야 그나마 더 큰 재난을 피할 수 있다는 퇴마사들의 판단에 틀림은 없는 듯하다.

하지만 지금 두억시니는 바루나의 관심사가 아니었다.

수호의 안위가 걱정이기는 하지만, 기계다리가 옆에 있다면 어느 정도는 안심이다.

지금 바루나의 관심사는 하나뿐.

그 자신의 목적.

퇴마사들의 승패나 안전은 둘째 치고, 이 세상마저도 어찌되든 관계없다. 어차피 내 존재는 내 목적과 함께 종결될 것이니.

'서둘러야겠군.'

바루나는 발을 구르고 건물 난간에서 가볍게 날아올랐다.

두억시니가 길게 울었다.

귀곡성과도 같은 괴성.

몰아치는 파동에 주변에 위태위태하게 서 있던 건물 몇 채가 파스스 무너졌다.

아난타가 송곳니를 드러내고 날개를 크게 펼쳤다. 날갯죽지에서 푸른 불꽃이 지직거리며 피어올랐다.

"멈춰, 아난타!"

마호라가가 황급히 소리쳤다.

"지금 뇌격을 쏘면 놈은 네 뇌격마저 복사할 거야!"

수호가 마호라가에게 뭔가 말하려 하자 마호라가가 황급히 손을 들어 제지했다. 고도로 집중해서일까, 수호의 마음을 거울처럼 들여다보는 듯했다.

"수호, 아무 말도 하지 마라. 이건 전적으로 내 탓이다."

"하지만……!"

"내가 적의 기량을 예측하지 못했다. 넌 최상의 공격을 했어. 찬사를 받아야 마땅하다. 이 상황은 전부 내 책임이다."

"지금 누구 잘잘못인지 따질 때가 아니야!"

아난타가 둘의 몸 아래에서 말했다.

"첫 타격이 먹히지 않았어! 기절시키지 못했으니 이제 저놈은 우리 기술을 다 복사할 텐데. 다음 수는 있는 거야, 마호라가?"

두억시니의 등에 석순 같은 붉고 가느다란 뿔이 솟아났다.

하지만 뿔이라고 생각한 것은 자세히 보니 화살이었다. 화살 끝은 불에 타고 있었다. 등이 마치 고슴도치처럼 변했다. 불타는 숲을 등에 이고 있는 듯했다.

"게다가……."

아난타가 허공에 얼어붙은 채 중얼거렸다.

"우리가 쓰지 않은 기술까지 쓰면 뭘 어째야 하지?"

바루나는 동교로 골목 옥상들 사이를 새처럼 뛰어 날았다.

옛 철길이 지표에 드러난 삼거리를 훌쩍 뛰어넘어, 장미 화단으로 둘러싸인 아파트 옥상으로 한달음에 뛰어올랐다.

심소는 물리법칙이 약하게 적용되는 곳이다. 열풍은 어느덧 가라앉고 있었다. 며칠은 타고도 남을 가로수의 화염도 서서히 시들고 있다.

'현실이라면 작용과 반작용이니 마찰력이니 산화 반응 같은 것들이 작용하겠지만…….'

바루나는 건물 사이를 뛰어넘으며 생각했다.

'이 공간에서 계속 에너지를 공급할 수 있는 것은 욕망의 힘…… 정도겠지.'

다시 말해, 이 심소가 스스로 타고자 하는 욕망이 없다면 불은 곧 꺼질 것이다.

바루나는 전신주 위에 올라서서 공간을 한눈에 담았다.

눈은 한계가 있다. 정면밖에 볼 수 없는 것은 둘째 치고, 시야에 가로막힌 너머는 볼 수 없다.

바루나는 눈을 감았다.

귀에 들리는 소리와 피부에 닿는 바람을 느끼며 이 공간에서 일어나는 움직임에 집중했다.

'심소의 넓이에는 한계가 있다. 전체를 파악하는 것이 불가능하지는 않다.'

바루나는 철길공원 한가운데에 자리한 괴수와 그 주위에서 무리 지어 이동하는 불타는 거미들을 하나의 생물처럼 상상했다.

거미들이 파도처럼 궤적을 그렸다.

땅을 기고, 집 안으로 스며들고, 벽을 타고, 눈에 띄는 구덩이마다 기어들어 간다.

바루나는 거미 떼가 한 번 지나간 곳은 검은 물감으로 칠하는 상상을 하며 공간을 조금씩 지워나갔다.

그리고 딱 한 군데, 빈 곳이 있었다.

사람 하나가 서 있을 법한 빈 자리가.

남북으로 통하는 동교로 길 너머. 큰길가에 따닥따닥 늘어서 있는 식당 건물 뒤쪽으로 자리한 오래된 연립주택가. 얼마 전 철거하다가 공사가 중단된 채 방치된 곳이다. 잔해와 펜스만 둘러친 공사현장 주변에 자리한 빈 건물 이 층.

'거기냐.'

바루나의 마음이 쾌감으로 들떴다.

바루나는 허리에 맨 수통의 마개를 땄다. 수통에서 흘러내린 물이 바루나의 손에서 긴 창으로 변했다. 바루나는 창을 쥐고 전선줄을 가볍게 밟았다. 그리고 킥보드를 타듯이 미끄러져 내려갔다.

목적지에 이르자 바루나는 창문을 부수고 건물 안으로 뛰어들었다.

동시에 어둠을 향해 창을 내질렀다.

텅,

하는 소리와 함께 창이 무엇인가에 가로막혔다. 바루나의 창을 막은 것은 물체가 아니었다.

'공기의 진동.'

바루나는 순간적으로 생각했다.

힘을 써보았지만 단단한 돌에 가로막힌 듯 전진할 수가 없었다.

텅,

하는 소리와 함께 바루나는 용수철처럼 뒤로 튕겨 나갔다.

"몸을 수그려, 수호!"

마호라가의 외침에 수호는 질문 없이 머리를 감싸고 몸을 숙였다. 불화살이 높이 솟구쳤다가 아난타의 몸 위로 비처럼 쏟아졌다.

수호를 막아선 마호라가의 검이 빛의 궤적을 그렸다. 동강이 난 불화살이 사방으로 흩어졌다.

등에 불타는 화살이 툭툭 떨어지자 아난타가 "으악, 으악" 하며 펄떡펄떡 뛰었다.

"이 불화살은 다 어디서 나타난 거야?"

아난타가 아래쪽에서 물었다.

"다른 전장이 있어!"

마호라가가 소리쳤다.

"지금 어디선가 다른 퇴마사들이 두억시니와 싸우고 있는 거야! 그 퇴마사들의 기술을 복사하고 있어!"

"그럼 어떻게 하지?"

"그들도 최선을 다하기를 바라는 수밖에!"

"아니, 우리는 어떻게 하느냐고!"

두억시니는 이제 상체가 다 빠져나와 있었다. 거리 한가운데 솟아난 거대한 검은 화산처럼 보였다. 허리 아래쪽은 아직 흐늘거렸다. 몸 아래쪽은 채 모양이 형성되지 않은 듯했다.

'몸 아래쪽은 여전히 식물 뿌리처럼 땅 밑 여기저기로 촉수를 뻗은 형상일 거야.'

마호라가는 생각했다.

'몸이 너무 커진 탓에 전체를 형상화하기는 어려워 보인다. 그러면 최소한 움직임은 느릴 것이다……'

"마호라가, 위!"

마호라가가 궁리하는 사이에 아난타가 다급히 외쳤다. 머리 위로 그림자가 드리워졌다.

팔.

마호라가가 주시하던 두억시니의 두 팔이 아니었다. 등에서 세 번째 팔이 솟아나 있었다.

검은 손바닥이 아난타의 머리 위로 떨어졌다.

"마호라가! 닿으면 안 돼!"

아난타가 회오리를 일으키며 몸을 뒤집었다. 경비행기가 회전하는 듯한 강풍이 수호를 덮쳤다.

마호라가는 네 발로 아난타를 껴안듯이 붙잡았지만, 그만 큼 빨리 움직일 수 없었던 수호는 휘청거리며 아난타의 몸에서 떨어져나왔다.

공중에 뜬 수호의 허리를 아난타의 갈기가 휘리릭 날아가 감아 붙들었다.

"수호, 손을!"

마호라가가 수호에게 손을 뻗었다.

수호의 눈에 검고 끈적이는 거대한 손바닥이 아난타의 머리 위로 떨어지는 모습이 보였다.

'늦었어.'

수호는 순간적으로 판단했다.

마호라가는 지금 머리 위는 신경 쓰지 않고 자신만을 보고 있다.

'나를 끌어올린 다음에 대응할 수는 없어. 늦었어.'

이미 이 전장에 들어왔을 때 결심했던 것. 망설임은 없었다.

"아난타!"

수호가 소리쳤다.

"내가 했던 말 기억하지?"

뒤집어진 탓에 아래를 향하던 아난타의 눈에 당혹감이 떠올랐다. 수호는 아난타의 눈을 똑똑히 응시했다.

"가!"

수호는 외침과 함께 손가락에서 작은 손칼을 뽑아내어 아난타의 갈기를 잘랐다.

"수호?"

마호라가의 당혹스러운 목소리가 머리 위에서 들려왔다.

아난타가 이를 악무는 모습이 눈에 들어왔다. 아난타가 도로 몸을 뒤집고 질풍처럼 가속했다.

"아난타?!"

마호라가의 두 번째 당혹스러운 목소리가 들려왔다.

두억시니의 팔이 아난타의 몸을 스치고 지나갔다.

수호는 안심하며 추락했다.

바루나는 튕겨 나가는 힘에 몸을 맡기고, 가볍게 공중제비를 돌며 벽을 딛고 바닥에 내려섰다.

어디선가 새 울음소리가 들렸다.

어둠 속에서 새의 깃털로 만든 소매가 모습을 드러내었다. 처음에는 붉은 소매인가 싶었지만 소맷단에 붉은 것이 뚝뚝 떨어지고 있었다. 비릿한 냄새가 진동하는 것이 피인 듯했다.

그 손에 새의 형상을 한 장식이 붙은 지팡이가 들려 있다.

눈에 익은 지팡이다.

지팡이에 달린 새가 눈을 뜨더니 귀를 찢는 울음소리를 냈다.

바루나가 서둘러 창을 회전시켜 방패로 바꾸었지만 파동이 바루나의 몸을 통째로 밀어붙였다.

바루나는 버티지 못하고 벽에 날아가 부딪쳤다. 벽에 몸이 짓눌려진 뒤에도 음파는 계속 몸을 압박해왔다.

"……."

바루나는 무심히 몸에 가해지는 압박을 견뎌냈다. 방패가 지직 소리를 내며 금이 가기 시작했다. 벽에도 균열이 생기며 흙이 툭툭 떨어졌다.

바루나의 몸이 벽에 파묻히듯 짓눌려지더니 이내 벽이 쩌정 하는 큰 소리와 함께 터져나갔다.

바루나는 돌무더기와 함께 일 층으로 추락했다.

땅에 내동댕이쳐진 충격도 잠시, 바루나는 아무 일도 없었다는 듯 돌무더기를 헤치고 몸을 일으켜 앉았다. 몸에서 금가루가 핏방울처럼 우수수 떨어졌다.

바루나는 신음 하나 없이 고개를 들었다.

사방에서 불타는 털북숭이 거미들이 우수수 모여들기 시작했다.

머리 위에는 한 사람이 떠 있었다.

얼굴에 기계장치로 만든 눈이 달린 반가면을 쓴 사람이다.

가면은 안경 모양이며 살에 들러붙어 있고, 조리개가 찰칵이며 열릴 때 그 너머로 불로 지진 듯한 감긴 눈이 들여다보였다. 눈과 귀 주위로는 홀로그램처럼 보이는 푸른 창이 떠 있었다. 등에는 피에 젖은 새하얀 세 장의 날개가 돋아 있다.

'저놈은……'

반신반의하며 바루나는 언젠가 만난 적이 있는 퇴마사를 떠올렸다.

'기계눈……?'

이름 따위 일일이 기억하지 않는 바루나는 자신이 멋대로 붙였던 이름을 떠올렸다.

90   너는 졌다

수호는 간신히 몸을 추스르며 눈을 떴다.

땅바닥에 패대기쳐지면서 잠시 정신을 잃었을까.

'그 높이에서 떨어졌는데 살아 있네……'

물리법칙이 약하게 적용되는 곳이 아니라면 오늘 벌써 몇 번은 죽었겠지.

'마호라가는?'

수호는 제 몸을 살피기 전에 생각했다.

열풍은 가라앉은 듯했지만 하늘은 여전히 검붉었다.

비처럼 재가 쏟아지고 있었다. 재가 덕지덕지 달라붙은 몸이 한층 무겁게 느껴졌다. 아난타는 보이지 않았다. 몸을 줄이고 어딘가로 피해 숨은 듯했다.

'둘만이라면 어떻게든 피할 수 있을 거야.'

수호가 떨어진 자리는 주택가에서 한참 떨어진 고가도로 아래였다. 도로는 폭격이라도 맞은 듯 휘었고, 휘다 못해 동강이 나 내려앉아 있었다.

수호는 어질어질한 머리를 붙들고 아픈 몸을 억지로 일으켜보려 했다. 하지만 움직일 수가 없었다. 등에 돌덩이라도 얹힌 듯 몸이 묵직했다.

'몸이 무거워……'

수호는 어디 부러졌나 싶어 다리를 만져보았다.

물컹했다.

손바닥에서 처참한 기분이 전해져왔다.

몸이 아닌 마음의 고통.

맹독이 피부를 통해 스며드는 듯했다. 그 맹독이 혈관을 타고 머리로 올라와 생각을 집어삼키는 듯했다. 이유 없는 절망과 좌절이 마음을 덮쳤다. 심장이 내려앉는 듯했다.

수호는 놀라 다리를 내려다보았다. 다리가 끈적끈적한 진흙과 같은 것에 뒤덮여 있었다.

눈앞에서, 갈라진 콘크리트 사이에서 검은 용암 같은 것이 부글거리며 솟구쳐 올랐다. 용암은 점점 형체를 갖추더니 움푹 들어간 보자기처럼 변했다. 수호를 향해 세워진 큰 검은 대야처럼 보였다.

보자기 가장자리에서 촉수가 하나둘 튀어나왔다.

뭉툭한 촉수 끝에서 입이 나타났다. 바늘처럼 날카로운 이빨이 모습을 드러냈다.

수호는 황급히 손칼을 뽑아 다리에 휘감긴 것을 끊어냈다.

감각이 이어진 칼이다. 칼날에 축축하고 끈적이고 기분 나쁜 것이 들러붙었다.

수호는 바로 일어나거나 수그릴 수 있도록 자세를 낮추어 대기했다.

검은 재가 계속 비처럼 내리고 있다.

무너진 고가도로 위로 검은 재가 덮이고 있다. 얼굴에 묻은 재를 팔등으로 닦아보았지만 팔도 재투성이라 더러움만 나눌 뿐이었다.

'이미 두억시니에 몸이 닿았다.'

그러니 이 마음은 이미 오염되었을 것이다.

'아무것도 귀담아들어선 안 돼.'

수호는 생각했다.

'지금부터 들리는 소리는 전부 두억시니의 말이다. 내 생각처럼 느껴져도 내 생각이 아니야.'

너. 는. 졌. 다.

음침한 소리가 마음을 채웠다.

바루나는 바로 일어나거나 수그릴 수 있도록 자세를 낮추어 대기하며 주변을 살폈다.

거미 떼가 바루나를 향해 안개처럼 자욱하게 모여들고 있다.

불은 주변의 동료를 보호하기 위해서인지 어느 정도 사그라들어 있었다. 자신 한 명을 상대하기에는 과하고도 남을 숫자였다. 필요해서라기보다는 위용을 과시하기 위한 숫자.

발 주변을 어슬렁거리는 거미를 슬쩍 창으로 찍어보았지만, 거미는 뚫리는 대신 부드러운 반죽처럼 움푹 파였다. 창을 들어보니 도로 원래의 모양으로 돌아왔다.

'액체에 가까운 몸인가……. 나와 마찬가지로.'

바루나는 생각했다.

하지만 내가 형태를 바꿀 수 있는 건 내 무기뿐. 이놈처럼 쉽사리 몸을 변형하는 능력은 내게 없다.

기술 복사, 무엇으로든 변하는 몸, 회복력.

'상대할 방법이 있기는 한가……'

건물 위에 떠 있던 사람이 피에 젖은 세 장의 날개를 펄럭이며 폐허로 내려섰다. 이어 높이 솟은 콘크리트 조각의 날카로운 모서리에 깃털처럼 가볍게 섰다.

적이 손에 쥔 지팡이가 진동했다.

바루나의 주위로 한복 옷고름 같은 길고 하얀 증기가 솟아올랐다. 증기는 누가 하늘에서 그 끝을 당기듯이 꼿꼿이 서 있다가, 흩어지며 글자 모양을 만들고는 다시 주욱 솟구쳤다.

'역시 그 기계눈인가.'

이제는 확신하고도 남아야 하는데도 바루나는 의심을 떨쳐내지 못했다.

그간 숨겨둔 본질을 다 드러낸 듯한 모습인데, 바로 그 '본질'이 도통 납득이 가지 않았다.

'저것이 무엇인지 전혀 모르겠군.'

짧은 시간이었지만 마구니도 카마도 퇴마사도 다 만나봤는데 이런 느낌은 처음이었다.

굳이 말하자면, 지금까지 본 적이 없는 완전히 새로운 종처럼 보였다.

애초에 마구니를 만났을 때도, 퇴마사나 카마를 만났을 때도 그놈들에 대한 정보가 없기는 마찬가지였다. 그저 앞을 막아서니 대응할 뿐이었다.

이처럼 역설적인 확신으로, 확실하게 '무엇인지 전혀 모를 존재'라는 기분이 든 적은 없다.

상대가 지팡이를 들었다. 지팡이 끝에 달린 새 머리 장식이 입을 벌리고 낮은 음파를 토해냈다.

음파 공격에 바루나의 몸이 물처럼 흔들렸다. 바루나 가까이 모여 있던 거미 떼도 같이 흔들렸다. 일부는 파동을 견디지 못하고 터져버리기도 했다.

'저 무기는 범위를 특징짓지는 못하는군.'

바루나는 어김없이 분석했다.

하지만 두억시니의 분체는 몸을 물처럼 바꾸었다가 되돌릴 수 있다. 같이 공격을 받는다면 내 피해가 더할 것은 뻔한 일.

"이제야 왔느냐, 카마."

'적'이 말했다.

"애끓는 마음으로, 사모하는 마음으로 네 창조주를 경배하러 왔느냐, 카마."

"……."

바루나의 마음에 불쾌감이 솟구쳤다.

"다른 마구니의 유혹을 버텨내면서, 오직 자신을 만든 창조주에게만 충성하겠다는 일념 하나로."

바루나는 주위에서 글자를 만들어내며 춤을 추는 하얀 증기를 힐끗 보았다.

'마음을 들여다보는 기술.'

바루나는 생각했다.

'기습은 불가능하다.'

"하지만 아이야. 나는 너처럼 잡스러운 카마와 계약하지 않는다. 이처럼 먼 길을 왔는데 헛걸음했구나."

상대가 허공을 쓰다듬듯이 손가락을 움직였다. 벌레들이 그 손짓에 맞추어 춤을 추듯 주위를 맴돌았다.

"능청 떨지 마라, 기계눈."

바루나는 창을 쥐고 일어나며 말했다.

"내 목적을 아는 자는 세상에 나와, 그리고 나를 만든 너뿐."

적의 입에 웃음이 담겼다.

"나는 이곳에 내 목적을 이루러 왔다."

거미 떼가 우수수 소리를 내며 바루나에게 몰려들었다. 바루나의 부츠 위로, 코트 자락에 매달리며 몸 위로 기어올랐다.

바루나의 눈에 격렬한 투기가 깃들었다.

너. 는. 졌. 다.

'들어선 안 돼.'

생각하자마자 허무했다. 틀린 말은 아니잖아?

'좋아, 이 말만 받아들이고 다음 말은 듣지 말자.'

그렇게 생각해보았지만 여전히 허무했다.

너. 는. 졌. 다.

아마도.

하지만 굳이 말해서 사실을 확인시켜주는 데에는 이유가 있겠지. 내게 뭘 원하는 걸까?

감. 히. 내. 영. 역. 을. 침. 범. 한. 퇴. 마. 사. 들. 도. 내. 가. 곧. 잡. 아. 먹. 을. 것. 이. 다.

그러고 싶겠지.

하고 싶다면 그러면 되는데, 굳이 내게 말해주는 이유는 뭐지?

두억시니가 '잡아먹는다'는 건, 아마도 나를 처음 만났을 때 했던 짓을 말하는 것이겠지. 물리적으로 몸을 먹는 것이 아니라…… 정신을 먹는 것.

'하긴, 지금 이 몸은 정신이니 그게 그거겠지.'

움푹 들어간 보자기 안이 더 깊숙해졌다. 안은 따듯해 보였다. 아늑한 이불속처럼.

네. 가. 네. 발. 로. 내. 게. 잡. 아. 먹. 혀. 준. 다. 면. 이. 번. 만. 은. 그. 퇴. 마. 사. 들. 을. 놓. 아. 주. 도. 록. 하. 겠. 다.

'들어선 안 돼.'

수호는 반사적으로 생각했지만, 아무 의미 없는 단어를 늘어놓는 기분이었다.

바루나가 창의 중심을 잡고 쌍곡선을 그렸다.

매서운 바람 소리와 함께 불타는 거미의 몸이 부서져 나갔다. 강풍에 거미가 떨어져 나간다.

그래도 몸을 타고 기어오르는 거미를 다 쳐낼 도리는 없었다. 몸을 흔들고 문대며 떨어트려도 한계가 있었다.

'저놈, 전에 보았을 때와 모습도 분위기도 많이 다르지만, 장님인 점만은 변함이 없다. 그러면…….'

바루나는 두 팔을 양옆으로 활짝 펼쳤다. 그러자 창이 둘로 갈라지며 허공에 떠올랐다.

둘로 갈라진 창이 넷으로, 다시 여덟 조각으로 갈라졌다.

여덟 개의 단창이 햇빛에 반사되어 현란한 빛을 내뿜었다.

이어 단창이 북채처럼 크게 위아래로 흔들리며 주변의 돌과 벽을 시끄럽게 두들기기 시작했다.

적은 귀를 기울이며 흥미롭다는 듯한 미소를 지었다.

'저것이 청각에 의지해서 주변을 파악한다면…….'

바루나는 거미들이 자신의 몸을 뒤덮도록 내버려두며 창의 조종에 집중했다.

'시끄러우면 싫을 것이다.'

여덟 개의 단창이 각기 다른 박자로 주위를 두드리며 긴나라에게 접근해갔다. 그러다 방향을 틀어 여덟 방향에서 날을 세우고 찔러 들어갔다.

적이 지팡이를 높이 들었다.

지팡이 끝의 새 머리 장식이 귀를 찢는 소리를 내자 여덟 개의 창이 전부 가루가 되어 흩어졌다.

예측한 전개.

바루나는 당황하지 않았다. 신속하게 양손을 들어 보이지 않는 실을 잡아 올리는 듯한 동작을 했다.

그러자 가루가 되어 떨어지던 창의 조각이 허공에 정지했다. 그리고 끼긱거리는 소리와 함께 일제히 바늘처럼 가늘어졌다.

적의 눈앞에 떠서 움직이던 푸른 홀로그램이 한 바퀴 회전했다.

"기술이 늘었구나. 갓 태어난 주제에 성장이 빨라."

상대가 경탄했다.

바루나의 수백 개의 바늘이 군대처럼 돌격했다.

다음 순간, 상대의 주변을 가득 메웠던 털북숭이 거미 떼가 일제히 날아올라 주변을 둘러쌌다. 거미 떼에 뒤덮인 사람은 한순간 거대한 검은 알 속에 들어앉은 것처럼 보였다. 몸으로 바늘을 막은 거미 떼가 황금빛을 뿌리며 후둑후둑 떨어졌다.

잠시 후 거미 떼가 도로 흩어져 제자리로 돌아가자, 상대는 아무 일도 없다는 듯 안에서 모습을 드러냈다.

'둘 중 하나만 없앨 수는 없다는 건가.'

바루나는 불편한 기분으로 생각했다.

몸에 달라붙은 거미는 이미 어깨와 목까지 뒤덮었다. 작은 이빨로 서걱서걱 씹어대고 있었다. 몸에서 금가루가 우수수 떨어졌다. 하지만 작은 상처만 낼뿐 치명적인 타격을 입히지 않는다.

이 또한 저놈의 지시겠지.

"어리석은 카마야. 한 가지 묻겠다."

적이 입을 열었다.

"네게 욕망이 있다 한들 욕망을 이룰 방법이 없다면, 그 욕망을 가져 무엇하겠는가?"

"네놈, 역시 마구니가 아니군."

바루나가 입을 열었다. 적의 기계눈 주위에 떠 있는 홀로그램이 반짝이며 회전했다.

"내가 마구니가 아니라……."

마주 선 자가 읊조렸다.

"왜 그리 생각하지, 하찮은 망령아?"

"내가 마구니란 놈들에 대해서는 잘 모르지만,"

바루나가 창을 꾹 쥐며 말했다.

"적어도 내가 만난 마구니는 구역질 나게 재수 없기는 해도, 순수하리만치 열정적으로 카마를 욕망하는 듯했다."

상대가 다시 가볍게 경탄했다.

"카마를 멸시하고, 하찮네, 어리석네, 어쩌네 조롱하는 놈들은 내 기억에 모두 퇴마사였다."

적의 입에서 키득거리는 웃음소리가 새어나왔다.

"확실히 너는 재미있어⋯⋯."

상대가 말했다.

"정말로 재미있다⋯⋯."

"하지만 궁금하군. 어떻게 퇴마사가 너처럼 들끓는 욕망을 숨김없이 뿜어낼 수가 있지?"

바루나가 말했고, 지금까지 묻지 않았던 질문을 던졌다.

"네놈은 대체 뭐냐?"

"나 또한 궁금하다, 불완전한 존재야⋯⋯."

적이 지팡이를 들자 바루나는 흩어진 창을 모아들이기 위해 오른손을 뻗었다.

"어떻게 너처럼 '불완전한' 것이⋯⋯ 이처럼 뚜렷하게 존재하며, 냉철하고 이성적인 동시에 복잡한 내면을 가질 수 있는가⋯⋯."

'불완전?'

마음의 일부에 불과한 카마를 뜻하는 말인가 싶었지만, 왠지 위화감이 들었다.

공기가 잘 벼려낸 칼처럼 섬뜩해졌다.

주변을 기던 불타는 거미들의 모습이 변하기 시작했다. 서서히 가늘어지더니 조금 전 바루나가 만든 바로 그 바늘의 모습으로 변했다. 그 끝은 뜨거운 불에 담금질한 듯 붉게 달아

올라 있었다.

'기술 복사.'

무심코 몸을 피하려던 바루나는 멈칫했다.

몸에 붙어 있던 거미들이 끈끈하게 변해 서로 진흙처럼 합쳐져서는 바루나의 하반신을 꽉 붙들고 있었다.

'······.'

바루나는 고민 없이 탈출을 포기했다.

대신 두 손을 앞으로 폈다. 물보라가 되어 흩어져 있던 창이 방패 모양으로 변해 바루나의 양손으로 모여들었다. 하지만 형성이 다소 늦은 탓에 달구어진 바늘이 몸에 푹푹 소리를 내며 꽂혀 들어왔다.

'······.'

바루나는 신음하지 않았다. 몸을 추스를 새도 없이 거미들이 다시 꿈틀거리며 변했다.

이번에는 적의 눈앞에서 뭉쳐진다.

그리고 거대한 기창騎槍 모양으로 변했다. 중세 기사들이 말을 타고 쓰던 긴 창의 형태. 하지만 너무나 큰 나머지 차라리 거대한 원뿔 모양의 건축물처럼 보였다. 바루나의 방패로는 막을 도리가 없는 크기였다.

'······.'

방패로 막을 수 없다는 판단이 서자 바루나는 미련 없이 방패를 거두었다.

전투를 포기해서가 아니었다.

'차라리 몸을 드러내어 적의 공격 지점을 명확히 해두는 편이, 우연히라도 생길 다음 수를 대비하기 쉬워진다.'

298

원뿔이 회전하며 바루나의 심장을 겨누었다.

"다시 묻겠다, 카마."

적이 환하게 웃으며 말했다.

"네게 욕망이 있으나 이룰 능력이 없다면 너는 어찌할 것인가?"

91   다음 수는 있어?

'무의미한 제안이야.'

수호는 생각했다.

두억시니가 나를 잡아먹고 싶으면 먹으면 그만.

내 검은 몸에서 떨어트릴 수 없다. 따라서 내 검으로 싸우면 정신 오염을 막을 도리가 없다. 더해서, 적이 내 능력을 복사할 수 있는 이상, 검을 크게 키운다 한들 적의 부피만 늘릴 뿐이다.

어차피 나 혼자서는 상대할 수 없는 적이다.

'내가 굴복하든 않든 간단히 나를 잡아먹을 수 있을 텐데, 왜 굳이 스스로 움직이라는 제안을 하지?'

보자기 형체에 붙은 여러 개의 촉수 끝에서 여러 개의 입이 뱀처럼 쉬익 소리를 냈다.

네. 발. 로. 걸. 어. 들. 어. 와. 라.

목소리가 어지럽게 합창했다.

나. 는. 네. 모. 멸. 을. 원. 한. 다.

"……?!"

꿀. 처. 럼. 달. 콤. 한. 네. 모. 멸. 을.

모. 멸. 속. 에. 서. 울. 며. 몸. 부. 림. 치. 는. 네. 비. 명. 을. 음. 미. 하. 고,

네. 가. 쏟. 아. 내. 는. 눈. 물. 을. 양. 껏. 핥. 아. 먹. 기. 를. 원. 한. 다.

충. 분. 히. 맛. 보. 게. 만. 해. 준. 다. 면, 퇴. 마. 사. 들. 은. 이. 번. 만. 은. 풀. 어. 주. 지.

"……."

흠, 말은 되네.

그러니까, 날 그냥 먹으면 맛이 없단 소리로군. 내가 굴욕적으로 몸을 바쳐야 더 맛있게 먹을 수 있단 말이지. 이놈은 모멸에서 양분을 얻으니.

수호는 곁눈질로 주변을 살폈다.

흙먼지와 재로 시야는 어두컴컴했다. 저 멀리 있는 땅에 박힌 두억시니의 상체는 거대한 산처럼 흐릿하게 보였다.

마호라가와 아난타의 기척은 없다.

하지만 전사에게는 일 초도 긴 시간.

이놈이 내게 신경 쓰는 사이에 그 둘이 숨거나 도망칠 시간을 번다면 그것만으로도 좋은 일일지 모른다.

두억시니가 약속을 지킨다는 보장은 없다. 하지만 이놈이 정말로 내 '모멸'을 물고 핥고 빠는 데에 정신이 팔려 다른 퇴마사들에게 관심이 멀어질 가능성이 조금이라도 있다면. 그래서 마호라가가 반격할 방법이나 기회를 찾을 수 있다면.

'딱히 망설일 것도 없어.'

지금 내가 이 전장에서 달리 더 쓸모도 없다면.

'……하지만 나는 조금 전에 두억시니와 접촉했다.'

마음속에서 다른 생각이 떠올랐다.

'지금 내 생각을 믿으면 안 돼……. 나는 지금 비합리적으

로 생각하고 있을 거야……. 내 목숨을 포함해서 내 모든 것이 쓸모없다고 생각하는 방향으로…….'

아련한 생각이 떠올랐지만 마찬가지로 허무할 뿐이었다.

내가 지금 어떤 상태든, 내 생각을 믿지 않을 도리는 있는가?

수호는 칼을 손가락 사이로 접어 넣고 몸을 일으켰다.

깔깔거리고 키득거리는 조롱이 귓가에서 들려왔다. 마음을 후벼 파는 웃음소리다. 그 소리만으로도 머리부터 발끝까지 오물을 뒤집어쓰는 기분이었다.

한 발 내딛던 수호는 다리가 저려 비틀거렸다. 웃는 소리가 커졌다.

'잘했네. 저 녀석을 좀 더 기쁘게 해주었으니.'

수호는 다시 발을 떼었다.

일단 걷기 시작하니 어렵지는 않았다. 걷는 것뿐이니.

보자기 모양의 입구는 수호가 앞에 서자 꿈틀거리며 변형되었다.

천장과 바닥에 바늘 같은 날카롭고 가느다란 이빨이 무수히 솟아났다. 이제 보자기는 거대한 악어의 입처럼 보였다. 이빨에서는 악취를 풍기는 침이 뚝뚝 떨어졌다.

안쪽으로 꿈틀거리는 목젖이 보였고 바닥에는 번들거리는 혓바닥이 현란하게 움직였다. 수호를 금방이라도 삼켜버릴 듯 입맛을 다시며 꿀떡거렸다.

"약속은 지켜."

수호가 입안을 들여다보며 말했다.

너. 하. 기. 에. 따. 라. 서. 지.

302

"최선을 다해보겠어."

수호는 발을 내디뎠다.

그때 맑은 피리 소리와 함께 상쾌한 바람 소리가 대각선으로 눈앞을 가로질렀다.

현란한 은빛 궤적이 눈앞을 휘감았다.

사방으로 빛줄기가 그어졌다. 검의 궤적은 규칙도 패턴도 없이 시야를 정신없이 난자했다. 빛의 궤적을 따라 두억시니가 종잇장처럼 찢겨나갔다.

"우아아아아아압!"

울부짖는 듯한 마호라가의 기합 소리에 귀청이 울렸다.

그간 여러 번 마호라가의 질풍 같은 검의 속도를 체험하기는 했지만 지금까지 본 그 어느 때보다도 빠른 검격이었다.

아니, 빠르기보다는 난잡했다.

적을 베어낸다기보다는 마치 불같이 화가 난 굶주린 야수가 날카로운 이빨로 적을 갈기갈기 찢어내는 듯했다. 두억시니가 여러 조각으로 끊어져 나가고, 둘로, 넷으로, 다시 조각조각 흔적도 없이 갈라졌다.

몸을 수습하거나 기술을 복사할 시간조차 주지 않는 쾌속검.

마호라가의 트바스트리가 분해되어 높이 솟구쳤다.

은빛의 얇은 여섯 개의 금속판이 두억시니가 있던 자리 주변을 둘러싸고 무시무시한 속도로 내리꽂혔다.

"아난타앗!!"

마호라가가 땅의 진동이 가라앉기도 전에 천둥처럼 고함

쳤다.

"뇌격!!"

머리 위에서 제트기가 나는 듯한 소리가 들리며 금속판 위로 푸른 불꽃의 줄기가 쏟아졌다. 재가 되다시피 분해된 두억시니의 조각들이 전기 불꽃 속에서 지져지며 타올랐다.

해일 같은 공격이 끝나고 나자, 두억시니가 있던 자리에 남은 것은 까맣게 탄 땅과 점점이 피어나는 황금빛 싸라기뿐이었다.

만약 수호가 첫 타격에 두억시니를 기절시켰다면 원래 이어졌을 공격.

수호는 만약 '성공했다면' 그 공격이 얼마나 대단했을지 뒤늦게나마 실감했다.

등을 돌리고 선 마호라가의 숨이 거칠었다.

웬만한 싸움에서도 호흡 하나 흐트러지지 않았던 마호라가였건만. 고작 이 몇 초의 공격으로.

숨 넘어가도록 헐떡이던 마호라가가 홱 뒤를 돌아보았다.

부릅뜬 눈이 이글거렸다. 잇몸이 깨지도록 이를 악물고 있었고 얼굴이 분노로 뜨겁게 달아올랐다. 금방이라도 조금 전의 두억시니처럼 수호를 갈기갈기 찢어버릴 듯한 얼굴이었다.

"대체······!!"

마호라가가 언성을 높였다.

"대체 무슨 생각으로······!!"

딱히 할 말이 없었다. 비난받을 마음은 없었지만 자랑할 만한 일도 아니었으니까. 더해서 변명할 일도 아니었다.

하지만 마호라가가 이만큼 감정을 주체하지 못하는 모습

을 보는 것은 처음이었다.

얇은 판이 되었던 트바스트리가 다시 의족 모양으로 변해 마호라가의 다리에 모여들었다. 마호라가는 수호의 앞으로 뚜벅뚜벅 걸어왔다. 마호라가의 손이 높이 올라왔다.

올라간 손을 보자마자 수호의 몸에 구석구석 새겨진 기억이 척수반사처럼 치솟았다.

자비 없는 손찌검.

무력한 고통.

어떤 선택이든 벌을 받았으므로, 선택에 의미가 없었던 나날들.

잘하든 못하든 그저 괴로움만이 돌아왔기에 역설적으로 자유로웠던 기억. 결과에 차이가 없으니 도리어 무엇이든 선택할 수 있었으므로.

'……'

수호는 손을 바라보았다. 하지만 마호라가의 손은 어깨에 조용히 얹힐 뿐이었다. 따뜻했고 떨리고 있었다.

"……내 책임이다."

마호라가가 수호의 양어깨에 손을 얹고 고개를 푹 숙이며 말했다.

"이 전장에서 일어나는 일은 전부·내 책임이다. 네가 그런 결심까지 할 상황을 만들지 말았어야 했다."

"……"

"네가 어떤 판단을 했든 전부 내 책임이다. 미안하다."

수호는 당황했다.

하지만 어쩐지 바로 이해할 수 있었다.

그것이 지휘관의 자세.

판단을 하는 자의 책임.

전장에서 동료에게 지시를 내리기로 정한 자의 책임.

그것이 남에게 지시하는 권한을 쓴 대가.

자신이 한 일의 결과를 전부 책임질 자만이, 남을 한때나마 통제하고 지휘하는 무례를 범할 수 있는 것이다.

아니, 거꾸로다. 그것이 그 무례를 범한 대가로 져야 할 짐.

'지휘관이란 그런 자리인가.'

"잘잘못 따질 때가 아니라고 했잖아."

하늘에서 뒤따라 내려온 아난타가 몸을 줄여 마호라가의 팔에 착 감기며 말했다.

"다음 수는 있어, 마호라가? 있어? 없지? 있나? 없어? 없는 거 아니지? 두억시니가 수호의 능력도 복사할 수 있다는 계산도 했겠지? 안 한 거 아니지?"

아난타가 호들갑을 떠는 바람에 마호라가와 수호 사이의 어색한 분위기도 금방 누그러들었다.

수호는 거리 저편에서 큰 산처럼 솟아 있는 두억시니의 본체를 바라보았다.

"어쩌지? 어째? 수호더러 한 번 더 치라고 해? 마호라가?"

아난타가 말하고 나서는 자기가 더 놀라서 말했다.

"하지만 또 능력만 빼앗길 뿐이면 어쩌지? 두억시니가 지금보다 더 커지면 정말 답이 없을 텐데 어쩌지? 게다가 두억시니 녀석, 저렇게 커졌으니, 아까보다 더 큰 검을 만들어야 한다는 소리인데……"

'한 번 더……'

그 말을 듣자마자 등줄기가 서늘해졌다.

'더 크게……'

이미 몸이 너덜너덜했다. 아무리 현실의 상처는 아니라지만, 피는 몸에서 다 빠져나간 것만 같고 뼈는 전부 조각나 몸 안을 굴러다니는 듯했다.

아까보다 더 큰 검을 만든다면 이 몸이 남아나기는 할까. 그 충격에서 살아날 수는 있을까. 다시 사람으로 돌아올 수는 있을까. 그대로 돌덩이가 되어 다시는 깨어나지 못하는 게 아닐까.

무엇보다, 그래봤자 소용이 없다면…….

'하지만……'

수호는 마음을 다잡았다.

'상관없어.'

만약 마호라가 오늘 내 목숨을 써야 한다고 판단한다면, 그건 맞는 판단일 것이다.

만약 다른 방법으로 두억시니를 이길 수 있다면 마호라가는 절대 내 목숨을 쓰지 않는다. 또한 이길 가능성이 없는 일에도 쓰지 않는다.

마호라가는 내 목숨을 써야 한다면 반드시 쓸 것이다.

그게 두억시니를 없앨 마지막 기회고 단 하나의 기회라면.

나를 써서 세상을 구하겠지. 필요하다면 나를 속여서라도. 필요하다면 강제해서라도.

그렇다면 응할 것이다. 나는 그러고자 이곳에 왔으니.

"마호라가, 지휘해."

수호가 말했다.

"네 판단을 믿고 따르겠어."

"……수호."

마호라가가 멀리 있는 두억시니를 바라보며 나직이 입을 열었다. 바람 소리가 귓전을 때리는 가운데에도 선명하게 들리는 목소리였다.

"내 말 잘 들어."

순간 마음이 흔들렸다. 하지만 수호는 다시 각오를 다졌다.

"지금 당장……."

마호라가의 말을 듣는 순간 수호는 어안이 벙벙해졌다. 뭔가 잘못 들었나 싶었다.

바루나는 제 가슴을 겨누는 기창과도 같은 검은 원뿔을 무방비하게 바라보았다.

원뿔이 느린 포탄처럼 서서히 다가왔다.

뾰족한 끝이 바루나의 가슴에 닿는 순간 바루나의 눈이 번뜩였다.

바루나는 다리에 붙은 것들을 창으로 스윽 발라내고는 원뿔 위로 번개처럼 뛰어올라 질풍처럼 달려갔다. 두억시니가 무기의 형태를 바꾸는 것보다 바루나의 발이 더 빨랐다.

상대가 귀를 기울이며 지팡이를 들었다.

'그 대응은 예상했다.'

바루나의 허리에 감겨 있던 밧줄, 나가파사가 허공을 날았다. 밧줄이 살아 있는 뱀처럼 샹카의 입을 휘감아 막았다.

"호오."

적이 감탄사를 내뱉었다.

"그새 새 장난감도 구했는가……."

이어 바루나의 창이 적의 이마를 향해 곧장 찔러 들어갔다.

그때 바루나가 밟고 있던 원뿔이 꿀렁거렸다. 바루나의 자세가 크게 흔들리는 바람에 창의 방향이 어긋났다. 원뿔 여기저기에서 샹카를 닮은 검은 새의 머리가 솟구쳐 올랐다.

'기술 복사…….'

바루나는 생각했다.

동시에 주위에서 음파가 해일처럼 솟구쳐 올랐다. 바루나는 치솟는 음파에 떠밀려 종잇장처럼 날아가 바닥에 패대기쳐졌다.

'흠, 적의 기술만 복사할 수 있는 게 아니었군.'

바루나는 바닥에 내팽개쳐져 큰 대자로 누워 생각했다.

좌절감은 일지 않았다. 거기까지 예측하지 못한 점만이 아쉬울 뿐.

'수호의 마음을 더 차지하고 와야 했나.'

하지만 당장 할 수 없는 일을 생각할 필요는 없다.

바루나가 움직이지 못하는 사이에 땅에서 솟아난 두억시니의 검은 촉수가 바루나의 손발을 끈처럼 묶었다.

힘을 쓰면 끊어낼 수 있겠지만 몸에 힘이 돌아오지 않았다.

'적이 하나가 아니라 둘이다. 더해서 둘 다 내 능력을 상회한다. 두 기술을 조합했을 때 응용할 수 있는 방법이 너무 많다.'

바루나는 무심히 생각했다.

적은 콘크리트 꼭대기에서 발을 떼고 우아하게 지상으로 내려왔다. 바닥에서 거미들이 몸을 피해주듯이 썰물처럼 흩어졌다.

바루나의 앞에 선 자가 바루나의 가슴에 샹카를 들이댔다.

"질문에 답을 하라, 카마."

적이 말했다.

"욕망을 가졌으나 욕망을 이룰 수 없다면, 너는 어찌할 것이냐?"

샹카가 웅웅 소리를 내자 바루나의 가슴에 파동이 일었다. 큰 괴수가 가슴에 손을 집어넣어 내장을 휘젓는 듯했다.

"마음에 드는 답을 하면 조금은 덜 고통스럽게 죽여주지."

'답을 하면 빨리 죽이겠다는 뜻인가?'

바루나는 순수하게 궁금해했다.

'그러면 답할 이유가 없잖아. 이상한 제안을 다 하는군.'

바루나의 가슴이 움푹 파였다. 파형 주위로 금빛 싸라기가 날아오르기 시작했다. 현실이라면 피부가 찢겨 피가 솟구치는 것과 비슷한 상황.

'파동은 내 몸이 물리력으로 이해하지 않는다.'

이전 기억을 떠올려보면 이놈이 부순 몸은 전투가 끝난 뒤에도 오랫동안 회복되지 않았다. 그나마도 잘려 나간 부분이 팔이었고 몸 대부분이 멀쩡해서 가능했던 회복이었다. 심장을 부순다면 회복할 수 있을지 자신이 없다.

'……곤란하군.'

바루나는 생각했다.

92 저게 뭐야?

연남동 한 공사장의 심소.

비사사와 부단나는 긴 시간 건물 옥상에서 서로를 보호하며 웅크리고 있었다. 여전히 반쯤 불타는 작은 먼지 괴물들에게 포위된 채로.

접근하던 괴물의 등이 삐죽이더니 불로 이루어진 화살이 돋아났다.

"쳇……!"

부단나는 소매를 걷고 붉은 손을 한 번 털고, 비사사를 몸으로 보호하며 앞으로 나섰다. 부단나의 손가락이 붉게 달아올랐다.

"잠깐, 부단나……."

비사사가 앞으로 나서는 부단나를 붙잡았다.

"만약에 내 가설이 맞다면……."

"가설이 맞다면 뭐?"

다음 순간, 부단나가 컥, 하고 입에 머금은 침을 토했다.

비사사가 몸을 조금 숙이며 활의 고자, 즉 끝머리 부분으로 부단나의 명치를 강하게 찌른 것이었다.

부단나는 이해할 수 없는 눈으로 비사사를 바라보다가 앞으로 푹 고꾸라졌다.

비사사는 기절한 부단나의 몸을 받치고 적을 노려보았다. 괴물의 등에서 불화살이 몇 개 더 솟아났다.

'내 가설이 맞다면……'

비사사는 생각했다.

'저항해서는 안 돼.'

비사사는 식은땀을 흘리며 두 팔로 부단나를 감싸안고 엎드렸다.

'투기조차도…… 갖지 않는다.'

비사사는 생각하며 눈을 감았다.

희喜, 노怒, 애哀, 락樂의 감정을 지우는 명상.

몸에 상처도 장애도 없는 비사사와 부단나가 마음의 무기를 얻기 위해 지난 생부터 금강 밑에서 해온 수련이었다. 몸 대신 마음에 강제로 결핍을 가져오는 수련.

'내게 즐거움과 기쁨은 이미 없다.'

비사사는 마음에서 분노를 지웠다. 이어서는 슬픔도 지웠다.

불화살이 맹수처럼 비사사를 노렸다.

"……뭐?"

되묻지 않아야 하는 줄 알면서도 수호는 되물었다. 예상치 못한 지시였기 때문이다. 마호라가의 팔에 감겨 있던 아난타도 놀라 눈을 둥그렇게 떴다.

"무슨 소리야, 마호라가?"

아난타가 물었다.

마호라가는 크게 숨을 쉬며 조금 전에 한 말을 반복했다.

"수호, 지금 바로,"

두 번 들었어도 여전히 이해가 안 가는 지시였다.

"바루나가 있는 곳으로 우리를 소환해."

수호가 알아듣지 못하는 사이에 아난타가 다시 물었다.

"뭐라고 했어, 마호라가?"

저 멀리서 두억시니의 울음소리가 들렸다. 마호라가가 계속 말했다.

"바루나를 소환하는 법은 알고 있겠지?"

언령言靈처럼 강제력을 가진 마호라가의 말이었다.

"그 소환을 거꾸로 해. 바루나가 있는 곳으로 우리를 데려가."

"왜? 왜? 뭐 하러?"

아난타가 호들갑을 떨었다.

"아니, 그리고 바루나는 숨었다고 하지 않았어? 수호가 불러도 답이 없다면서."

수호가 더 물어보려는데 마호라가가 막았다.

"지체하지 마라, 수호."

마호라가의 말에 퍼뜩 정신이 들었다.

'소환을 거꾸로?'

바루나를 부를 때에는…….

분열된 마음을 합치는 상상을 했다. 조각난 몸을 합치듯이……. 그것을 거꾸로 한다면…….

몸보다 먼저 마음이 바루나에게 닿았다.

마음속에서 영상이 떠올랐다.

괴수 두억시니의 몸체가 있는 자리에서 조금 떨어진, 북쪽의 오래된 주택가.

수호의 폭격과는 다른 작은 폭격이 여기저기 내리꽂힌 듯한 풍경이었다. 마치 치열한 전투가 벌어진 것처럼.

부서진 땅바닥에 바루나가 드러누워 있다. 검고 끈끈한 것으로 팔다리가 묶여 있다. 그리고 바루나의 가슴에 지팡이를 대고 있는 인물은…….

'……누구?'

수호는 의문했다.

……누구야, 저건?

하지만 그때 바루나의 가슴에서 황금빛의 운무가 솟구치고 있는 것이 눈에 들어왔다.

그 와중에도 바루나의 표정은 평온했다. 조금도 기세가 꺾이지 않은 채 시선을 상대에게 꽂고 있다.

생각이 휙 날아간 쪽은 수호였다.

"바루나!"

수호의 외침과 동시에 수호의 몸이 무엇에 끌려가듯이 날아갔다.

마호라가가 번개처럼 수호의 손과 아난타의 꼬리를 잡았다. 둘이 수호를 따라 날아갔다. 아난타의 목 졸리는 소리가 뒤따라왔다.

〔바루나!〕

멀리서 수호의 부름이 귀 따갑게 들려왔다.

바루나는 잊고 있던 자신의 터지기, 미덥지 않은 집주인을 떠올렸다.

눈앞이 흐릿해지는가 싶더니 수호의 형체가 홀연히 나타났다. 물리법칙을 무시한 속도였다.

'일부러 한 일은 아니겠지만, 소환을 이용해 움직였으니 순간이동에 가깝다.'

바루나는 담담히 생각했다.

수호는 바루나의 앞을 막아서는 것과 함께 기합을 지르며 손등에서 칼을 꺼내어 휘둘렀다.

'더해서 수호의 무기는 길이를 예측할 수 없고, 언제 튀어나올지도 알 수 없지.'

짧은 시간, 바루나는 마음에 가벼운 기대를 품었다.

'공격이 먹힐 것인가……'

챙.

검이 바람을 갈랐다. 금속 둘이 맞부딪쳤다. 지팡이 샹카가 수호의 검에 맞아 팽이처럼 회전하며 날아갔다.

'부수거나 잘랐어야 했는데.'

바루나는 제 실수처럼 안타까워했다.

'금속을 잘라내기엔 수호가 휘두르는 힘이 부족하겠지. 무기의 날도 무디니……'

어쩔 수 없지……, 하고 생각하는데 하늘 저편에서 검광이 번뜩였다.

눈을 찌르는 햇살과도 같은 얇고 빛나는 검.

전광석화 같은 검격.

공중에서 팽이를 돌던 지팡이가 둘로, 다시 넷으로 허무하게 갈라졌다.

새 머리 장식이 지팡이에서 떨어져 나갔다. 크게 떠진 눈과 벌려진 입이, 마치 살아 있던 새가 목이 떨어져 죽은 듯 보였다.

도포를 두른 마호라가가 홀연히 모습을 드러냈다.

마호라가는 이미 제거한 무기를 확인하느라 시간을 낭비하지 않았다. 바루나의 몸뚱이를 두 다리 사이에 끼운 자세로 쿵, 하고 착지하더니, 그대로 바루나의 몸을 묶은 두억시니의 촉수를 검으로 끊어냈다.

샹카의 머리가 바닥에 구른 것은 그 이후.

마호라가는 재빠르게 무기의 형태를 확인했고, 정체가 밝혀진 적을 안광을 번뜩이며 노려보았다.

'그렇군.'

바루나는 위풍당당하게 자신을 반쯤 발판 삼고 선 마호라가를 올려다보며 생각했다.

'오늘 유달리 감정이 흔들려서 허술하게 나온다고 생각했더니, 전부 계산이었는가.'

수호의 마음을 통해 들었을 때도 어째 이상하더니만.

이 전투에서 나를 배제한 것은 바로 이 순간을 위해서였던가. 나를 마음대로 돌아다니게 내버려둔 뒤, 나를 통해 두억시니의 주인을 찾아내려고.

'여하간 싫은 놈이다…….'

바루나는 마음속으로 투덜거렸다.

수호는 고개를 들어 적을 보았다. 순간 수호의 머릿속에 번개가 내리꽂히며 눈보라가 몰아쳤다.

피에 젖은 새하얀 세 장의 날개.

휘날리는 깃털, 흰 깃털 옷을 입고 하늘에 떠 있는 사람.

시커먼 하늘에서 쏟아지던 차가운 눈송이, 자신의 등을 찍어 누르던 검고 시커먼 앞발도.

그리고 귀에 메아리치던 말.

「소원을 이루어주겠다.」

"……저게 뭐야, 마호라가?"

마호라가의 팔에 돌돌 말려 있던 아난타가 팔을 꼭 조이며 귀신이라도 본 얼굴로 꼬리를 찰싹대며 물었다.

"내 생각이 맞다면,"

마호라가는 바루나를 양쪽 다리에 끼우고 선 채로 상대를 쏘아보며 말했다.

"……**라바나야.**"

"라바나? 두억시니의 주인? 데리고 다니는 카마가 두억시니 하나뿐이라는 그 마구니 말야?"

"그래."

날개를 단 자는 잃어버린 것을 아쉬워하듯 손가락을 비볐다.

네 조각으로 잘린 샹카는 살아 있는 생물처럼 바들바들 떨었다. 가끔 입을 벌리고 소리를 내려 했지만 목에서는 바람 새는 소리만 나왔다. 주변에서 하느작거리던 흰 증기가 당황한 듯 흩어졌다. 하지만 이내 정신을 수습한 듯 도로 직선으로 뻗어 올라갔다.

"하지만 마호라가, 저건……."

317

아난타가 혼란에 빠져 소리쳤다.

"긴나라잖아?"

날개를 단 자가 그 소리를 듣고 입가에 비웃음을 띠었다. 눈에 들러붙은 기계눈이 찰칵거렸다. 눈앞을 맴도는 홀로그램이 푸른빛을 발했다.

"아니."

마호라가가 또렷이 답했다.

"라바나다. 그리고 정정하자면 저것은 마구니 또한 아니다."

마호라가의 말이 이어졌다.

"카마다."

「……왜?」

수호의 기억이 몰아쳤다.

그날 제 입에서 흘러나온 질문이 귓가에 생생하게 들렸다.

그리고, 그날 들은 답.

「네가 온전히 절망했으니까.」

"카마라니?"

아난타가 온몸으로 마호라가의 팔을 더 세게 조이며 물었다.

"무슨 소리야, 마호라가? 못 알아보겠어? 저건 긴나라야! 카마와 아트만은 달라!"

지금까지 아트만인 척 속이고 살아온 카마인 아난타가 소리쳤다.

하지만 그건 어디까지나 마구니에게 한정된 속임수. 마구니 특유의 무관심에다가, 아난타의 활동 기간이 극히 짧았기에 가능했던 얄팍한 속임수.

카마의 기는 퇴마사의 기에 가려진다. 그러니 다른 카마는 속일 수는 있을지 모른다.

하지만 긴나라는 퇴마사 진영에서 지내고 있었다. 퇴마사들이 그렇게 가까이 지내면서 카마와 아트만을 헷갈릴 리가 없다.

지금 눈에 보이는 영체가 마음 전체가 아니라 마음에 기생하는 일부의 조각에 불과하다는 것을.

"혹시나 그렇지 않을까 생각한 적은 있지만,"

마호라가의 입술이 파르르 떨렸다.

"믿고 싶지 않았다. 내 눈으로 확인하기 전까지는……."

"그게 너의 맹점이지, 마호라가."

긴나라, 아니 긴나라처럼 보이는 무엇인가가 냉소했다.

"그 똑똑한 머리로 추리는 하지만 믿지는 못한다. 너는 인간의 어두운 심연을 이해하지 못하니."

마호라가의 얼굴이 분노인지 부끄러움인지 모를 감정으로 확 붉어졌다.

"지난 생애, 그 해방촌에서 아직 어린 나를 만났을 때도, 이상하다고 생각하면서도 의심하려 들지 않았지, 마호라가? 너를 제대로 기억하지도 못하고, 이전의 긴나라와는 너무나 달라진 나를 보고도?"

그때까지 마호라가의 발 사이에 끼어 누워 있던 바루나가 마호라가의 다리를 팔로 툭툭 쳤다. 비키라는 신호인 듯했다.

마호라가가 한 다리를 슬쩍 들어 치우자 바루나는 그제야 몸을 툭툭 털며 일어났다. 가슴에서는 아직 금빛 가루가 떨어지고 있었고, 옷은 다 찢겨나가 너덜거렸지만, 눈에 이글거리는 투기는 여전했다.

"궁극의……"

"뭐?"

아난타가 마호라가의 팔에서 고개를 돌리며 물었다. 질문이라기보다는 왜 끼어들어 귀찮게 하느냐는 반응에 가까웠다.

바루나가 신경 쓰지 않고 물었다.

"**궁극의 카마**인가, 퇴마사?"

"……"

마호라가는 침묵했다.

"궁극의 카마?"

아난타가 양쪽 눈을 각기 다른 크기로 뜨며 물었다. 바루나가 말을 이었다.

"마구니가 내게 '모든 카마의 최종 목적'이니 뭐니 한 적이 있다. 농으로 하는 말이라고 생각했는데."

"무슨 소리야? 카마가 어떻게 목적이 같아?"

"수호가 언젠가 아난타, 네게 물어본 적이 있지 않은가."

"뭘?"

"만약 사람의 욕망이 점점 커져서, 그 욕망이 마음에 전부 들어차고 남은 부분이 하나도 없다면……."

바루나가 경계를 늦추지 않은 채로 말했다.

"본령마저도 잡아먹고, 사람의 마음 전체를 차지한 카마가 있다면."

긴나라는 팔짱을 낀 채 조용히 듣고 있었다.

도로 전투에 돌입하려면 얼마든지 할 수도 있겠지만, 아무래도 대화가 흥미진진해진 모양이었다. 애초에 이처럼 가까이서 얼굴을 맞대고 있는 이상 어느 쪽도 기습을 할 수도 없는 상황이었다.

"⋯⋯그 카마와 아트만을 무슨 수로 구분하는가?"

"카마루파."

마호라가가 한참 만에 말했다.

"뭐지, 그게?"

바루나가 물었다.

"계속 자라나고 커지고, 인간의 마음을 잡아먹다 못해 그 마음을 다 차지한 카마를 이르는 말이다."

"⋯⋯."

바루나는 적을 향한 투기를 꺼트리지 않은 채 귀를 기울였다.

"너로 치면, 바루나, 네가 수호의 인격을 잠식하다 못해 전부 잡아먹고 수호의 몸을 빼앗아 차지한 모습인 셈이다."

그 말에 아난타의 눈에 공포가 들어찼다. 수호는 몰아치는 기억 탓에 정신이 없는 가운데에도 흠칫 놀라 마호라가를 돌아보았다.

바루나는 고개를 끄덕이며 납득했다. 언젠가 싸웠던 나무 괴물, 두두리. 본래의 형체를 알 수 없을 정도로 비대해져 있던 카마.

'역시 그게 궁극의 모습은 아니었군. 미구나라는 족속이 그렇게까지 사기꾼일 리는 없다고 생각했지만,'

바루나는 쓸데없이 안도했다. 마호라가가 말을 이었다.

"……존재해서는 안 되는 것이다."

"네 인식에 맹점이 있는 줄은 잘 알겠다, 기계다리."

바루나의 손에서 조각조각 흩어진 창이 도로 합쳐졌다.

"저것은 존재한다. 네가 '존재해서는 안 되는 것'이라고 믿는 것과 상관없이 저것은 존재한다."

마호라가는 잠시 입을 다물었다.

"네 말이 옳다."

"물리쳐야 할 적이라는 사실에는 변함이 없다. 의문은 해결되었으니 되었다."

바루나가 말했고 마호라가는 바루나를 힐끗 보았다.

"그런데, 잠깐, 잠깐!"

아난타가 그제야 정신이 돌아와서 물었다.

"그건 그렇다 치고, 바루나는 왜 여기 있는 거야? 왜 저것과 싸우고 있었고? 마호라가는 바루나가 여기 있는 줄 어떻게 알았어?"

"불필요한 질문은 하지 마, 아난타."

마호라가가 답했다.

"카마는 자신의 목적을 위해서밖에 움직이지 않아."

바루나는 대응하지 않았다. 아난타는 멀리 떠 있는 긴나라를 올려다보았다.

"바루나."

마호라가가 광검으로 긴나라를 겨누며 말했다. 검 끝이 찬연하게 빛났다.

"전략과 전술에 한정된 이해라지만, 네 이해력이 높은 줄은 안다. 그러면 지금부터 내가 하는 말도 이해할 줄 안다."

"말해라."

"내게 협력하라."

바루나는 눈을 가늘게 떴다.

"네 목적을 위해."

흙바람이 한 줄기 몰아쳐 둘 사이를 휩쓸고 지나갔다.

"이 전장에서 나를 절대적으로 신뢰하고 내 지휘를 따르라."

"……."

"대신, 나는 결코 네 목적을 침해하지 않겠다."

바루나는 입을 열었다가 도로 다물었다. 눈가에 가벼운 웃음이 떠올랐다가 사라졌다.

"이해했다."

93   바루나의 목적, 수호의 소원

「소원을 말하겠어……」

눈보라가 쏟아지는 얼음 벌판에서, 두억시니의 발에 깔려 있던 수호는 입을 열었다.

「내 소원은……」

수호가 입을 열었을 때, 그 마음 안에 뭉쳐 있던 응어리가 생명을 얻었다. 그 응어리는 수호의 통제를 벗어나 자신만의 의지와 인격을 갖게 되었다.

욕망의 결정체, 카마.

수호가 그날 빌었던 소원, 그 하나만을 위해 살고 움직이는 마음의 요괴.

카마 바루나.

「꿈이라고 생각했을 가능성이 높아.」

언젠가 수호는 자신의 소원이 무엇일지 궁금해하다가 생각했었다. 눈앞에 갑자기 괴상한 인물이 나타나 소원을 들어 주겠다는데, 그걸 현실로 받아들일 사람이 얼마나 될까.

「무턱대고 입에서 나오는 대로 말했을 수도 있어. 그만큼 내 마음의 바닥에서 나온 소원이겠지만.」

"대화는 다 끝났는가?"

'긴나라'가 입을 떼자, 주위를 어지럽게 오가던 거미 떼가 하나로 합쳐지기 시작했다. 그러더니 바루나스트라를 닮은 십수 개의 창으로 변해 긴나라의 주위에 도열했다. 살아 있는 듯 꿈틀거리는 창이었다.

"내 샹카를 없앤 대가는 치르셔야지?"

수호는 귓가에 괴수의 울음소리가 들렸을 때야 정신을 차렸다.

뿌연 대기 너머에서, 태산 같은 짐승이 땅에 하반신이 묻힌 채로 이쪽으로 느릿느릿 방향을 틀고 있었다.

"바루나."

마호라가는 긴나라에게서 눈을 떼지 않고 말했다.

"긴나라는 네가 맡아라."

"불필요한 지시로군."

"아난타와 내가 두억시니의 본체를 맡겠다."

'……맡는다라.'

마호라가와 아난타로 두억시니를 물리칠 수는 없을 텐데. 시간이나 끌면 다행일까.

하지만 바루나가 신경 쓸 일은 아니었다.

"지금 긴나라에게 무기는 없다. 그러니 두억시니를 이용해 공격할 것이다. 하지만 아무리 몸 전체가 일일이 살아 있는 두억시니라도 생각이 분산되면 대응이 느려질 것이다. 그 틈을 노려라."

바루나는 답하는 대신 창을 쥔 손에 힘을 주었다.

"유사시 수호의 소환을 이용해라."

"?"

바루나가 의아한 눈으로 마호라가를 돌아보았다.

"소환을 이용하면 먼 거리를 순간이동할 수 있다."

그 말을 듣자 바루나의 마음에 불쾌감이 깃들었다.

'……그건 생각 못 했군.'

"전략을 나보다 먼저 생각하지 못했다고 일일이 불쾌해하
지 마라."

바루나의 마음을 훤히 들여다본 듯 마호라가가 말했다.

'그야말로 일일이 불쾌하군.'

"그리고 수호를 지켜라."

"마찬가지로 불필요한 지시다."

바루나는 진심으로 대꾸했다. 바루나에게 자신의 목적 이
외에 중요한 것이 있다면, 단 하나, 이 미덥지 못한 집주인의
생명뿐이었다.

마호라가는 잠시 긴나라와 무언의 대화를 나누었다.

긴나라 쪽에서도 예상한 전략인 듯, 빨리 떠나지 않는 마호
라가가 귀찮은 표정이다. 전력을 분산시키는 전략이 좋다 할
수는 없지만, 달리 선택의 여지도 없다.

"그러면,"

마호라가가 이어 명했다.

"하라."

말이 떨어짐과 함께 아난타가 회오리바람을 일으키며 날

아올랐다.

먼지가 가시자 긴나라와 바루나, 수호는 폐허 한가운데에서 정면으로 서로를 마주했다.

수호의 마음은 어지럽게 날뛰고 있었다.

흩어진 기억의 퍼즐이 비틀비틀 모였다가 자리를 잡지 못하고 도로 흩어졌다. 그러는 중에 마음속에서 바루나의 굵직한 음성이 들려왔다.

〖놈은 너를 친다. 대비해라.〗

바루나가 말을 걸자 세상 전체가 느려졌다.

〖두억시니가 마음을 오염시키는 능력은 내게는 영향을 미치지 않는다. 그러니 놈은 너를 공격한다. 대비해라.〗

'바루나.'

〖뭐냐.〗

'내 눈앞에 있는 것, 저게 뭐지?'

〖적이다.〗

바루나의 짧은 답과 함께 긴나라의 날카로운 검은 창이 수호를 향해 돌진했다.

수호가 창의 궤적조차 확인하지 못한 사이, 몸이 휙, 하고 높이 들려 올라갔다. 바루나가 수호를 안고 높이 뛰어오른 것이다.

뒤이어 날아온 창날이 몇 차례 더 땅에 꽂혔지만, 바루나는 그때마다 재주넘기를 하며 피했다.

〖기계눈은 무기를 잃었다. 이 물컹 흐물이가 변신할 수 있는 기본 외형은 몇 개 있는 듯하지만, 무기를 스스로 상상하

지는 못하는 모양이다. 상대의 무기를 복사할 뿐이다. 그렇다면,〕

바루나가 땅에 착지하며 수호에게 말했다.

〔내가 모르는 기술은 나오지 않는다는 뜻.〕

〔하지만 나와 같은 기술로 대응하면 버틸 수는 있어도 흐물이를 이길 도리도 없다. 이러니저러니 해도 노려야 할 것은 저 기계눈이다.〕

두 번째 말은 거의 혼잣말인 듯했다.

'바루나,'

수호는 다시 물었다.

'저게 뭐야?'

〔……〕

바루나는 잠시 침묵하다가 답했다.

〔내 목적이다.〕

검은 벌레가 만들어낸 안개 속에서 긴나라의 피에 젖은 하얀 날개가 은은하게 빛나는 듯했다.

'바루나의 목적.'

수호는 생각했다.

'그건, 다시 말해, 내 소원.'

「달아나.」

수호는 바루나의 첫마디를 떠올렸다.

그것이 바루나가 내게 한 첫말.

바루나는 '목적'을 갖고, 생명을 얻고 눈을 떴다.

하지만 당시 바루나에게는 그럴 힘이 없었고, 목적을 위해 내가 살아 있어야 한다고 판단했다. 실력을 키울 때까지.

「죽음을 겁내지 않는 건 알아.」

바루나를 처음 보았을 때, 마호라가가 말했다.

「하지만 그게 목적은 아니지. 죽음을 겁내면 이룰 수 없는 목적. 그건 네 목적이 수호가 감당할 만한 것이 아니라는 뜻이고.」

「너는 투사지, 싸움꾼이고. 그렇다면 그건 네겐 '적'이 있다는 뜻이고.」

「'네' 목숨을 위협한 건 아버지였을 텐데 왜 다른 사람을 떠올렸지?」

답은 단순했다.

내가 그때 떠올릴 수 있는 인물은 이 세상에 하나밖에 없었다.

눈앞에 있는 바로 그 인물.

내가 보고 있는 바로 그 인물.

내 소원을 들어주겠다고 말하는 바로 그 인물.

「마구니는 카마를 만들고 나면 보통 자신에 대한 기억을 지우니까.」

마호라가는 그렇게도 말했다.

'그것이 내 소원이 지워진 이유였다.'

왜냐하면,

'내 소원이 바로 그 인물에 대한 것이었기 때문에.'

그자를 기억할 수 없었기에, 나는 소원을 기억할 수 없었다.

'알리기를 바라지는 않았지만.'

바루나는 수호를 땅에 내려놓고 몸을 꼿꼿이 폈다.

'이렇게 알리기를 바라지 않았지만.'

흙먼지가 휘날리는 가운데 벌레의 날갯짓 소리가 귀 따갑게 들려왔다.

'수호가 알게 되면 그 귀찮은 마구니 파순 녀석도 내 목적을 알게 된다. 하지만 어차피 더 숨길 도리도 없다.'

바루나는 수호의 어깨에 손을 얹고 수호를 보호하듯이 창을 앞으로 치켜들었다. 수호의 그림자가 창을 대신 들고 서듯이.

등 뒤에서 코트 자락이 바람에 휘날리는 소리가 들려왔다.

"내 목적은,"

바루나가 창으로 긴나라를 가리키며 말했다.

"나를 만든 너."

불쾌함으로 가득했던 긴나라의 입가에 웃음이 떠올랐다.

"너를 죽인다."

「소원을 말하겠어.」

수호는 그때, 눈보라 속에서 말했다. 전신을 짓누르는 모멸
과 좌절과 들끓는 분노 속에서.

눈앞의 사람은 흥미 없는 얼굴로 기다리고 있었다. 마치,
수호와 같은 것을 수도 없이 보았고, 굴러다니는 돌이나 마찬
가지로 발에 치일 정도로 보아왔고, 이제 무슨 소원을 듣든
관심 없다는 듯이.

수호는 그때 생각했다.

용서할 수 없다고.

저것이 무엇이든.

저것이 악마든 천사든 내 환상이든 간에.

이처럼 사람의 마음을 처참하게 짓밟고 조롱하는 것을.

무슨 소원이든 빌어도 된다면, 나는 이 소원을 빌겠다.

「너를 죽이겠어…….」

그 말을 듣자 눈앞 사람의 표정이 변했다. 예상치 못한 답
을 들은 얼굴. 그 사람은 당황한 낯빛으로 수호의 말에 귀를
기울였다.

"동시에."
바루나가 계속했다.

「그리고.」

그때, 수호는 말을 이었다.

눈물이 가득한 핏발 서린 눈을 하고, 눈앞의 사람을 똑바로 노려보며.

"너와 같은 것을 다."

바루나가 말했다.

「너와 같은 것을 다.」

그때 수호는 말했다.

"남김없이 전부, 이 세상에서."

「남김없이 전부, 이 세상에서.」

"다시 묻겠다, 카마."

긴나라는 가련하다는 듯이 말했다.

"네가 이룰 수 없는 꿈을 꾸었다면……"

긴나라는 손을 뻗었고 두억시니의 무리가 그 손을 따라 움직였다.

"……너는 그 꿈을 어찌할 것인가?"

✧

두억시니가 지나는 길가 아파트에 아난타의 정수리가 대포알처럼 격돌했다.

아난타의 뿔을 양손에 쥔 마호라가는 엎드려 눕다시피 몸을 낮춰 충격에 대비했다.

거대한 파열음과 함께 이미 쩍쩍 갈라진 건물 귀퉁이에서 콘크리트 조각이 떨어져 나갔다. 남은 부분은 재가 되어 종잇장처럼 우수수 허물어졌다. 회색 연기가 구름처럼 뭉게뭉게 솟구쳤다.

반쯤 바닥에 파묻힌 몸으로 느릿느릿 걷던 두억시니 괴수가 시선을 소리가 난 쪽으로 틀었다.

"이쪽이다, 이 더러운 진흙 구덩이야!"

아난타가 머리에 빨간 혹이 난 채로 소리쳤다.

이어 마호라가가 팔을 뻗어 검집으로 허공에 부드러운 곡선을 그렸다. 구멍이 난 검집 사이로 바람이 스치자 은은한 피리 소리가 울려 퍼졌다.

두억시니가 꿀렁이는 소음, 건물이 부서져 음울하게 스러지는 소음, 재와 먼지로 가득한 바람이 휘몰아치는 소음 가운데 청량한 피리 소리가 모든 것을 상쾌하게 씻어내는 듯했다.

두억시니의 육중한 몸이 뒤틀리며 아난타를 향했다.

'이제야 생각이 났어, 바루나.'

수호는 어깨에 올려진 바루나의 차가운 손바닥에서 냉기가 흐르는 것을 느끼며 제 욕망의 이름을 불렀다.

바루나와 대화하는 사이에는 시간이 느려진다. 긴나라가 손을 조금 드는 짧은 시간 사이에 긴 대화가 오간다.

〔늦었군.〕

바루나가 답했다. 수호는 긴장으로 침을 꿀꺽 삼켰다.

'바루나.'

〔뭐냐.〕

'대답해줘. **저것과 같은 것이 뭐지?**'

긴 침묵이 이어졌다. 어렴풋이 바루나의 생각이 전해져왔다.

〔'이런 상황에서 그딴 것을 생각하는 건가…….'〕

침묵 뒤에 답이 돌아왔다.

〔생각해보지 않았다.〕

내려치는 듯한 답이었다. 엉뚱하기까지 한 답.

'생각해보지 않았다고?'

〔지금 눈앞의 적을 제거하면 알게 된다. 지금 생각할 이유
가 없다.〕

어찌 생각하면 당연한 답.

수호는 자신의 소원을 기억하지 못했고, 자신이 없애겠다
고 마음먹었던 '적'조차 기억하지 못했다. 그런 수호의 마음
에 자리한 바루나가 '그 적과 같은 것'까지 생각할 여력은 없
을 것이다.

아마도 그 소원은 지금의 적이 사라지면 발동될 소원.

하지만 바루나가 내내 보였던 퇴마사에 대한 적대감.

카마의 본성에 자리 잡은 퇴마사에 대한 거부감을 한참 뛰
어넘는 적대감.

'바루나, 잘 생각해봐. 그때 난 제정신이 아니었어. 그건 진
심으로 빌었던 소원이 아니야.'

〔그렇지 않다.〕

334

바루나가 말했다.

〔나는 네 마음을 누구보다 잘 안다. 너는 분명하고도 뚜렷한 의지로 소원을 빌었다.〕

'……'

〔그게 지금 내가 실재하는 이유다.〕

'바루나,'

수호가 호흡이 조금 거칠어져서 말했다.

'네가 정말 내 마음이라면 내 마음을 다시 똑똑히 봐, 바루나. 저것과 같은 것을 전부 다 없앤다는 말은 그런 뜻이 아니야.'

등 뒤에서 짧은 침묵이 전해졌다.

〔이래서 네게 내 목적을 말할 생각이 없었다.〕

고요하고 무거운 목소리.

〔너는 그때와 달라졌다. 때문에 나를 방해하려 들 가능성이 높다.〕

'……'

〔하지만 나는 실재한다. 방해한다면 너라 해도 대적할 수밖에.〕

그 어느 때보다도 무겁고 분명한 목소리다.

〔내 목적은 명확하다. 첫째, 저놈을 없앤다. 둘째, 저놈과 같은 것을 모두 없앤다.〕

〔그 어떤 수단을 쓰더라도.〕

그때 수호의 마음에 어렴풋이 무엇인가가 떠올랐다.

'그게 다가 아니었는데……?'

그때, 뭔가를 더 말했었다.

'뭔가가 더 있었어……?'

잠깐의 침묵, 그리고 수호의 마음을 읽은 바루나의 짧은 답이 돌아왔다.

〔그건 중요하지 않다.〕

'중요하지 않다니?'

〔네가 마지막으로 했던 말은 '소원'이 아니었다. 덧붙인 말이었고 중얼거림에 불과했다. 그러므로 아무 의미가 없다.〕

'……'

〔수호, 네가 지금 뭐라 하든, 너는 지금도 마음 깊은 곳에서는 내 목적을 소망한다. 그렇지 않다면 내가 존재할 리가 없다.〕

수호는 눈을 감았다 떴다.

'바루나.'

〔말하라.〕

'최소한 한 가지는 분명히 하자.'

〔말하라.〕

'우리 눈앞의 저것이 네 첫째 목적이지.'

〔두말할 것 없다.〕

'그것만은 지금의 나 역시 원해. 내 몸과 마음을 다해.'

〔다행이로군.〕

'그러면 우선 저것을 처치하고 다음 문제는,'

수호는 고개를 들었다.

'전에 약속한 대로 우리 둘이 싸워서 정리해보자.'

〔……마음에 드는 제안이로군.〕

바루나가 말했다.

〔내가 너 따위에게 질 리가 없으니.〕

'……'

대화가 끝나자 시간이 본래의 속도로 흐르기 시작했다.

털북숭이 거미 떼의 모습이 변하기 시작했다.

물컹거리고 꿈틀거리며 서로 합쳐졌다. 네발짐승의 형태로, 이어서는 들개로 변했다. 머리 한쪽에는 두개골을 짓누르듯 큰 뿔을 박고, 몸집은 큰 늑대만 한 생김새다.

검고 흐느적거리는 들개 무리가 긴나라를 중심으로 전열을 갖추며 두 사람 주위를 포위하기 시작했다.

〔내 등을 대고 서라.〕

바루나의 목소리가 뒤에서 들려왔다.

타화자재천의 불타는 기둥.

사람의 해골로 이루어진 기둥 꼭대기에 앉은 파순이 미소를 지었다.

"내 사랑."

파순은 문신으로 가득한 손등으로 붉은 머리카락을 쓸어 올리며 중얼거렸다.

"너는 알면 알수록 사랑스럽구나."

아난타가 질풍처럼 두억시니의 주위를 선회했다. 손이 닿을 듯 가까이 갔다가는 다시 멀어졌고, 시야에서 멀어질 듯하다가는 다시 돌아왔다.

"그러니까,"

아난타는 솜씨 좋게 두억시니의 주변을 선회하며 말했다.

"수호가 빈 소원은 '제 눈앞의 적을 없애겠다'였던 거지?"

"그래."

마호라가가 답했다.

"수호가 그때 투기를 불태운 것이 아버지가 아니었다면, 그

대상은 하나뿐이지."

"의외로 간단한 답이었군."

아난타가 콧김을 뿜었다.

"그런데 바루나를 만든 놈은⋯⋯"

"긴나라였어."

마호라가가 말했다.

"마음이 전부 카마에 먹히기는 했지만."

"그러면 그 바루나 녀석이 퇴마사를 유난히도 싫어하던 게, 단순히 자기가 카마라서가 아니었단 말이지?"

"그래."

바루나는 격렬하게 '퇴마사를 이길 방법'을 탐구했다.

'그것이 광목천과 수호, 두 사람의 소원이 합쳐진 순간.'

마호라가는 생각했다.

먼 옛날, 퇴마사와 대적하겠다고 결심했던 광목천의 카마가 다시 생겨난 순간.

"어쨌든 잘됐네. 바루나와 우리의 목적이 일치하는 거잖아. 저 녀석, 처음으로 전력으로 협조하며 싸워주겠네. 사실 난 좀 더 위험한 게 아닐까 의심했었는데 말이지. ⋯⋯뭐, 지금도 충분히 위험하지만."

"하지만⋯⋯."

마호라가가 입을 열었다.

"하지만?"

"그것만으로는⋯⋯."

"그것만으로는?"

"그것만으로는 바루나의 복잡성을 설명할 수가 없어."

"응? 뭐가 더 있다고 생각하는 거야?"

물론 퇴마사와 싸우겠다는 소원은 보통 사람이 흔히 떠올릴 소원은 아니다. 그러나 그뿐이라면 지난 천오백 년간 바루나와 같은 카마가 다시 나타나지 않았을 리가 없다.

아마도 그 이상의 소원.

그것은 당면한 첫 번째 목적을 이룬 뒤에 발동할 것이다.

그리고 바루나는 첫 번째 목적을 이룬 뒤에는 새 목적을 향해 투지를 불태울 것이다.

그것이 아무리 불가능하고, 또 불합리하다 해도.

'밝히지 않는 것이 좋았다.'

바루나는 진영을 갖추는 들개 무리를 바라보며 생각했다.

'모두 내 목적을 알면 방해할 놈들뿐이었다. 퇴마사든, 마구니든, 수호마저도. 입에 담았으니 돌이킬 수도 없게 되었군.'

하지만 어쩔 수 없는 노릇.

지금 수호의 도움 없이 저놈과 대적할 수는 없다. 그리고 저놈과 대적할 수 없다면 다른 것은 모두 의미가 없다.

바루나는 창을 손안에서 한 바퀴 회전시켜보았다.

'창이 가벼워졌다.'

발걸음도 가뿐하다. 반대로 창의 강도는 단단해졌다. 묵직하고 든든했지만 잡히는 감각은 새털 같다.

'원래 그렇게 쉽게 부서지는 재질은 아니었다는 건가.'

등을 맞댄 수호의 집중력이 몸속으로 흘러들어오고 있었다.

'어쨌든 내 힘은 이놈의 마음을 자원으로 삼는다는 말이로군.'

바루나는 생각했다.

'이놈이 내 뜻에 동의해야 나도 힘을 자유롭게 쓸 수 있다. 일단은 기억을 떠올릴 필요는 있었다.'

……그러면, 이놈의 마음을 다 내 것으로 한다면.

……나는 과연 어디까지 힘을 쓸 수 있을 것인가.

마음에 문득 들불처럼 유혹이 일었고, 바루나는 불쾌한 기분으로 세차게 생각을 떨쳐냈다.

"카마 라바나."

문득 등 뒤에서 수호의 목소리가 들렸다.

'?'

쓸데없이 적과 대화인가, 바루나는 귀찮은 기분으로 생각했다.

"네가 카마라면 목적이 있겠지. 목적이 뭐야?"

그 말을 들은 긴나라의 입에 가벼운 비웃음이 떠올랐다.

들개의 수가 늘어났다. 땅에서부터 버섯처럼 하나둘 솟아나며 수를 늘린다.

수십의 살기, 수십의 적의.

"네가 카마라면 네 모든 행동은 네 목적을 위한 것이겠지. 그러면 왜 두억시니와 함께하는 거지? 두억시니의 목적은 세상에 모멸을 퍼트리는 것일 텐데. 그게 네 목적이야?"

긴나라의 웃음이 커졌다.

"이런, 이런."

긴나라가 말했다.

"내 옛 수장, 작고 귀여운 광목천께서는 궁금한 것이 많으시군."

"난 그 사람이 아니야! 너도 긴나라가 아니고!"

"과연 내 소원이 광목천께서 비셨던 소원의 크기에 미칠까 모르겠군."

"난 그 사람이 아니라고 했어!"

수호는 이어 말했다.

"너도 긴나라가 아니야, 카마 라바나!"

"나는 긴나라다. 다른 존재로 변화했을 뿐이다."

"틀려!"

"그래, 지금은 우리 둘의 소원이 격돌하는 양상이군. 안 그런가, 어린 광목천?"

"나는……!"

"나 또한 묻고 싶다. 옛 수장이시여."

긴나라의 기계눈 앞에서 홀로그램이 빛을 내며 번쩍였다.

"그때 자신의 진영을 버리고, 자신을 따르는 자들을 다 버리고, 가진 것을 다 버리고, 영원히 이어질 삶마저도 버리고……."

"……."

"마음에 소망을 품은 까닭은 무엇인가?"

"……."

수호는 입을 다물었다. 답할 수 없는 질문이었기 때문이다.

"고통스러운 사바의 굴레에 들어가, 아무것도 모르고 태어나 죽고 사는 것마저 감수하며, 고작 그 카마 하나를 마음에 들이는 것으로, 대체 무엇을 얻었는가?"

들개 무리의 호흡이 잔잔해졌다. 공격의 기운을 예민하게 느낀 바루나는 두 발에 무게를 실었다.

"……활활 타는 욕망에 제 인생과 운명을 다 내던져버린 내 선구자시여."

"문답은 지옥에서나 하라."

바루나가 입을 열었다. 손에서 바루나스트라가 날아올랐다. 창은 허공에서 풍차처럼 회전하며 선회했다. 창의 궤적에 닿은 들개 떼가 종잇장처럼 산산조각으로 찢겨나갔다.

〖내가 길을 만들겠다.〗

바루나의 목소리가 수호의 마음속에서 들려왔다.

〖저 기계눈은 이제 무기가 없다. 네가 직접 쳐라.〗

"……."

〖그것이 내 목적이자, 네가 빈 소원이다.〗

〖이루어라.〗

이루어라.

그 말이 마음에 두방망이질 쳤다.

사방에서 들개 떼의 몸체가 검은 눈보라처럼 휘날렸다. 들개가 으르렁대며 눈앞에 나타나는가 싶으면 회전하는 창이 청소기처럼 쓸어냈다. 눈앞의 긴나라까지 경로가 직선으로 뚫려 있었다.

그래, 기억이 났다.

비록 전부는 아니지만.

저것을 없애겠다는 마음, 그것만은 틀림이 없다.

수호는 생각했다.

바루나 말이 맞다. 그다음은 생각할 이유가 없다.

전장에 서 있는 이상, 지금 생각해야 할 것은 눈앞의 적뿐.

그날, 내가 저것을 보며 생각했던 마음.

그것은 소원이라기보다는 맹세.

기억과 함께 조각조각 흩어졌던 자신이 하나로 합쳐지는 기분이었다. 갈피를 잡지 못했던 마음 앞에 뚜렷하게 빛나는 일직선의 길이 펼쳐졌다.

그 길을 달리는 것 외에는 다른 무엇도 생각할 필요가 없었다.

'내가 그날, 마호라가의 등을 보며 생각했던 결심, 두억시니를 없애겠다는 마음. 그건 내 소원과 별개의 것이 아니었다.'

그간 자신을 구해준 마호라가에게 빚을 갚으려는 마음이라고 생각했다.

하지만 그래서만이 아니었다.

처음부터 나는 이것과 싸울 결심을 했다.

처음 마주한 순간 이래로.

처음부터 바루나는 내 소원대로 움직였고, 나는 바루나의 목적대로 움직였다.

수호의 오른손에서 붉은 검이 뻗어 나왔다.

몸 주위로 뜨거운 기운이 감돌았다. 실상 지금 수호의 몸은 바로 '마음'의 구현, 투기가 물리적인 실체를 갖고 나타나도 이상하지 않다.

수호는 눈앞의 길을 따라 달렸다.

들개가 앞을 가로막아도, 포효하며 머리 위에서 공격해도 속도를 늦추지 않았다. 수호가 내딛는 걸음에 발맞추어 어김없이 바루나의 창이 날아와 주변의 적을 조각내며 수호의 길을 터주었다.

때로는 바늘 끝만 한 시차를 두고 창이 눈앞을 회전하며 지나가거나 수호가 막 발을 내디딘 자리에 꽂히기도 했지만, 수호는 주춤거리지조차 않았다.

'바루나의 창은 나를 다치게 하지 않는다.'

알 수 있었다. 마치 내가 하는 일처럼.

'적이 나를 해치게도 하지 않는다.'

'······?!'

바루나는 몸에서 격랑과도 같은 힘이 치솟는 바람에 살짝 당황했다.

마치 지금까지 팔다리에 족쇄가 채워져 있었는데, 처음부터 채워져 있던 족쇄라 그 존재를 느끼지 못했던 것처럼.

바루나는 피식 웃었다.

들개 떼가 일제히 바루나를 향해 달려들었다.

긴나라의 기계눈이 얼음장처럼 싸늘하게 번뜩였다.

수호가 내딛는 자리를 따라 땅에서 흰 증기가 솟구쳐 올랐다. 그리고 온갖 글자 모양으로 꺾이고 휘어졌다가 다시 땅속으로 스며들었다.

수호가 칼을 휘두른 찰나, 긴나라가 가볍게 피하며 수호의 먹살을 잡아 올렸다.

'?!'

당황하는 사이, 수호의 발이 들렸다. 막힌 숨통을 쥐며 두 발을 버둥대는데, 긴나라의 기계눈이 눈앞에서 차갑게 번뜩였다.

"작고 귀여운 수장 나으리……."

긴나라가 속삭였다.

"누구의 욕망이 더 강한지 어디 볼까?"

긴나라가 수호의 멱살을 잡은 채로 높이 들어 올렸다. 그러고는 바닥으로 패대기쳤다. 수호는 손쓸 수 없이 돌 더미 위로 내팽개쳐졌다.

〔수호.〕

바루나의 목소리가 마음속에서 들려왔다.

'불필요한 말이면 하지 마.'

수호는 바로 일어나 앉아 손을 높이 쳐들었다.

실처럼 길고 가느다란 붉은 검이 허공에 선을 그었다. 주위에서 춤을 추던 하얀 천과 같은 증기가 수호의 마음을 반영하듯 한순간 붉게 변했다.

수호는 실 같은 검을 허공에서 내리그었다.

긴나라는 간발의 차이로 몸을 피했다. 다음, 그다음 공격도 마찬가지였다.

〔주변의 증기가 네 공격을 미리 알려준다.〕

바루나가 말했다.

〔지팡이는 부서졌건만, 일단 만든 것은 회수할 때까지 건재한 모양이다.〕

'해결할 방법은?'

〔모른다.〕

'그러면 말할 필요 없어!'

십수 마리의 검은 들개들이 높이 뛰어올라 수호의 머리 위로 내리꽂혔다.

수호는 피하지 않았다.

회오리바람을 일으키며 날아온 창이 수호의 머리 위에서 풍차처럼 회전하며 들개들을 조각냈다. 검은 들개의 파편이 머리 위에서 흩뿌려졌다.

'형태를 오래 유지하지는 못하는군.'

바루나는 들개 떼에 둘러싸여 생각했다.

달려든 들개들은 이내 허물어져 찐득찐득한 진흙이 되었고, 바루나는 그 진흙에 묻혀 있었다.

수호의 앞을 터주는 것에 집중하느라 자기 몸을 방어할 여력은 없었다. 하지만 두억시니도 수호에 집중하고 있기는 마찬가지였다. 조금 몸을 물어뜯다가도 이내 흙더미로 돌아간다.

'기계다리 퇴마사가 본체의 신경을 분산시켜주고 있으니, 확실히 이쪽은 약해졌다.'

더해서, 불꽃도 이제 쓰지 못하는 듯하다.

그 불꽃이 지금 어딘가 다른 전장에 있는 퇴마사의 기술을 복사했던 것이라면, 그쪽도 뭔가 대응을 했다고 봐야겠지.

'하지만 기계눈은 하늘을 날 수 있다.'

물론 기계다리도 나를 저놈에게서 떼어놓을 방법은 없었겠지만, 공중전이 가능한 인원을 다 데려간 것은 아무래도 좀

안일하지 않은가……?

'그 기계다리 퇴마사 녀석, 자기를 절대적으로 신뢰하라더니만. 허술…….'

허술……

……까지 생각하던 바루나는 전원이 나간 것처럼 잠시 정지했다.

'…….'

바루나의 생각이 멈추자 수호가 빠르게 알아차렸다.

'뭐야, 바루나?'

수호가 허덕이며 물었다.

〔아니다.〕

'정말 일일이 불쾌하군…….'

바루나는 입속으로 낮게 투덜거렸다.

긴나라가 손을 앞으로 뻗었다.

들개 한 마리가 그 손으로 뛰어들더니 길쭉해지며 바루나 스트라와 같은 창의 모양으로 변했다. 단지, 거무튀튀하고 검은 연기가 나는 모습으로.

'…….'

수호는 비틀비틀 몸을 일으키다 도로 주저앉으며 긴나라의 손 옆에서 회전하는 창을 바라보았다. 기세와 위력도 바루나의 창과 다르지 않아 보였다.

'지금 두억시니가 복사할 수 있는 유일한 무기겠지.'

수호는 생각했다.

긴나라는 수호의 앞에 내려서며 등의 날개를 접었다.

수호는 주위를 돌아보았다. 여전히 증기가 사방을 둘러싼 채 춤을 춘다. 수호가 오른쪽으로 움직이려 하면 오른쪽으로 기울어지고, 왼쪽으로 움직이려 하면 왼쪽으로 기울어진다.

바루나는 두억시니의 진흙 더미에 파묻혀 있었다. 바루나 스트라만이 새까만 진흙더미 위에서 빙글빙글 회전했다. 바루나는 제 몸은 포기하고 바루나스트라의 조종에 모든 정신을 쏟고 있는 듯했다.

"일어나라, 광목천."

긴나라가 수호에게 말했다. 검고 이글거리는 창이 수호의 미간을 겨누었다.

"내 천오백 년의 원한을 다 받으려면 아직 한참 부족하지 않은가. 조금 더 발버둥 쳐주어야지."

'나 그 사람…… 아니라니까…….'

수호는 의미 없이 생각했다.

'곤란하군.'

바루나는 진흙에 묻힌 채 수호의 시야를 통해 창을 든 긴나라를 보며 생각했다.

두억시니의 몸으로 이루어진 창을 수호의 무기로 받아치면 수호의 정신이 오염된다. 창이 몸에 스치는 것만으로도 위험하다. 수호의 신체 능력이 훨씬 뛰어나다 해도 절대적으로 불리한 상황이건만, 그럴 리도 없지.

저놈이 마호라가 같은 검사가 아니라 마법사에 가깝다 해도, 상대는 천오백 년을 살아온 퇴마사……의 기억과 능력을 빼앗은 카마다.

더해서 수호의 몸은 이미 한계다. 아마 여기까지 오는 동안 여러 전투를 거치며 부상과 피로가 누적되었겠지.

조금 전의 타격이 거의 마지막 지푸라기를 얹은 셈. 아무리 이 안에서의 물리적인 '힘'은 정신력이라지만, 그것마저도 바닥이 났을 것이다. 더해서, 긴나라가 수호의 마음을 읽는 이상 기습도 무리.

'교대해야 하나?'

바루나는 생각했다.

만약 수호와 역할을 바꾸면 두억시니가 수호를 공격할 것이다.

'하지만 어차피 마음의 오염을 피할 수 없다면, 조금이라도 승리할 가능성이 있는 길을 택할 수밖에.'

수호의 마음을 시궁창에 처박는 일이 되겠지만…….

고민할 시간은 없다.

'어쩔 수 없다. 교대다.'

수호의 정신은 포기한다. 본인이 의지가 있다면 벗어날 수도 있겠지.

바루나가 그리 판단하고 움직이려는 찰나.

'바루나.'

수호의 목소리가 전해져왔다.

〔뭐냐.〕

바루나는 일단 답했다.

'이전에 내 몸을 움직이지 못하게 막았던 적이 있지.'

'?'

바루나는 이해하지 못했다.

〔지금 그걸 해달라는 거냐.〕

설마 자포자기해서 죽을 작정은 아니겠지.

'거꾸로 해.'

〔?!〕

'네가 내 몸을 꼼짝 못 하게 할 수 있다면, 그 반대도 가능하겠지.'

〔…….〕

'내 몸을 조종해.'

바루나는 입을 벌렸다. 머릿속이 환해지는 기분이었다.

'내 몸을 네게 전부 맡기겠어.'

수호의 말이 전해져왔다.

'나를 조종해.'

〔훌륭하다.〕

'답이야?'

〔답이다.〕

95   물빛 창과 검은 창

수호는 옆으로 팔을 뻗었다.

주위에서 모래바람이 불었다. 먼지와 작은 돌들이 부유하며 공중에 떠올랐다. 바루나 위를 회전하던 바루나스트라가 수호의 손 가까이로 날아왔다.

창이 일으키는 바람이 수호의 몸 주위로 회오리를 일으켰다. 진이 준 검은 재킷이 바람에 펄럭였다.

수호는 바루나스트라를 손에 꾹 쥐었다.

손바닥을 통해 차가운 냉기가 흘러들어왔다. 몸 전체가 창과 이어진 기분이 들었다.

"가라."

수호는 바루나에게 낮게 명령했다.

그리고 몸이 움직이기 시작했다.

맨발이 깃털처럼 가볍게 들렸다. 발 언저리에서 연기가 피어오르며 작은 돌이 공중에 떠올랐고 이어 천 근처럼 무겁게 내리꽂혔다. 내디딘 땅이 깊게 파였다.

수호는 폭풍처럼 긴나라를 향해 돌진했다.

물빛 창과 검은 창이 공중에서 격돌했다.

같은 위력과 같은 기술의 창.

둘 다 본래 주인이 아닌 자의 손에 들려 있다.

수호는 자기 몸에 흐르는 격류에 몸을 전부 내맡겼다. 외부에서 몸을 잡고 움직이는 것이 아니라 내부에서 움직이는 느낌. 혈관과 뼈와 근육이 자기 의지를 지니고 살아 움직이는 기분.

회전하는 창의 궤적은 수호로서는 머리로도 눈으로도 쫓을 수가 없다. 창은 손바닥 안에서 풍차처럼 회전하다가 돌연 다른 손에서 나타나고, 하늘로 솟구쳤다가는 등 뒤에서 로켓처럼 높이 치솟는다.

몸도 마찬가지였다. 새처럼 뛰어올랐다가 포탄처럼 땅에 내리꽂히고, 굴렀다가는 일어난다. 움직일 때마다 몸이 부서질 것 같았다.

'정말 사정 봐주지 않네, 바루나.'

수호는 아프다 못해 웃고 싶은 심정이 되었다.

'바라는 바야.'

들개 무리의 움직임은 멋졌다. 아무리 분열과 합체가 자유로운 변신생물이라고 해도, 마호라가와 나(실은 바루나)까지 맞서 싸우면서 들개 떼까지 조종하기는 무리인 듯했다.

새까만 창이 눈앞에서 울부짖으며 회전했다. 눈을 찌를 듯이 가까이 오고, 다리와 팔을 양분할 듯 내리꽂혔다.

수호가 눈을 부릅뜨고 검은 창을 노려보노라면, 몸이 회오리에 휘말리듯이 획 들려 올라가거나, 어디선가 창이 날아와 공격을 막아냈다.

'두려워하면 안 돼.'

수호는 지금 자신의 역할을 분명히 이해하고 있었다.

'피하려 해서도 안 된다.'

아무리 바루나가 내 몸을 조종할 수 있다지만, 결국 이 몸에는 내 의지가 더 강하게 작용할 수밖에 없다. 내가 바루나의 힘에 조금이라도 저항하려 하면, 바루나는 나를 마음대로 움직일 수 없다. 최소한 이렇게 빠르게는.

창이 이마를 꿰뚫을 듯 다가와도, 머리를 둘로 가를 듯이 내리꽂혀도 피하지 않는다.

바루나를 믿고.

아니, 설사 몸이 둘로 갈라져도 상관없다. 그 또한 싸움에 서라면 일어나는 일이다.

'충분히 빨리 공격한다면, 설사 이놈이 마음을 읽는 재주가 있어도 대응할 수 없을지도 몰라.'

수호는 생각했다.

'그리고 지금 공격하는 것은……'

수호는 검은 창이 물빛 창과 부딪혀 눈앞에서 불꽃을 일으키며 버티는 모습을 보며 생각했다.

'……내가 아니야.'

바루나의 창이 긴나라의 창을 크게 튕겨냈다.

긴나라의 팔이 머리 뒤로 꺾였다. 검은 창이 높이 들렸다. 긴나라의 얼굴이 험악하게 일그러졌다. 두 팔이 높이 들려 올라갔다.

텅 빈 몸이 정면으로 수호의 눈앞에 나타났다.

'빈틈.'

수호는 즉시 손에서 붉은 검을 뽑아냈다.

기합과 함께 수호의 검이 긴나라의 가슴을 향해 찔러 들어갔다.

검이 긴나라의 가슴에 박혔다. 푹, 하는 소리가 귀에 울렸다.

하지만 칼은 더 들어가지 못하고 단단한 바위에 막힌 듯 멈
췄다. 들어간 길이로 보아 적의 피부만 겨우 찔렀을 뿐이었
다. 잠시 지체하는 사이, 삽시간에 수호의 칼에 검고 끈적이
는 것이 휘감겨왔다.

가슴에서 빛 싸라기를 뚝뚝 흘리는 긴나라의 입에 사악한
웃음이 떠올랐다.

"결국 참지 못하고 직접 움직였군, 광목천. 이걸 기다리고
있었다."

"……."

아무래도 이놈은 자신을 다른 이름으로 부를 생각은 없는
듯했다.

"네 마음은 다 읽히고 있다니까?"

수호의 맨발 주위에서 하얀 증기가 비웃듯이 춤을 추었다.

발바닥은 돌바닥에서 격심하게 움직인 탓에 이미 상처투
성이였다. 다시 말하자면 황금빛 가루가 우수수 떨어지고 있
었고, 디디는 자리마다 황금빛이였다.

긴나라의 창이 천처럼 부드러워지더니 수호의 검에 감겨
들어왔다. 검은 천에서 작고 가느다란 빨판이 뻗어 나와 피부
에 끈적이며 달라붙었다.

〖수호, 검을 거두어라.〗

바루나의 목소리가 머릿속에서 들려왔다.

수호는 거두지 않았다.

나는 이미 적을 찔렀다. 여기서 물러날 수는 없다.

빨판이 점점 늘어났다. 두족류를 닮은 미끌거리는 것이 수호의 팔을 휘감고 어깨까지 뻗어왔다.

너는 이길 수 없다.

심장을 쥐어짜는 듯한 험악한 목소리가 머릿속에서 들려왔다.

수호는 순간 착각했지만, 이내 바루나가 아니라 두억시니의 목소리라는 것을 알아챘다.

마음에 독을 심는 목소리.

나. 는. 지. 금. 네. 몸. 속. 으. 로. 파. 고. 들. 고. 있. 다.

네. 정. 신. 을. 파. 먹. 을. 것. 이. 다.

네. 마. 음. 을. 엉. 망. 으. 로. 망. 가. 뜨. 릴. 것. 이. 다. 산. 산. 이. 부. 숴. 놓. 을. 것. 이. 다.

네. 가. 상. 상. 도. 못. 할. 방. 법. 으. 로.

그. 옛. 날. 나. 를. 없. 앤. 대. 가. 를. 치. 르. 게. 해. 주. 겠. 다.

'나더러 물러나라고 하는 말이야.'

수호는 생각했다.

'그러면 물러날 수 없어.'

〔수호.〕

바루나의 다급한 목소리가 들려왔다.

'버티겠어, 그 사이에 네가 공격…….'

그때 긴나라의 입에서 웃음이 사라졌다. 고개가 아래로 수그러들었다. 수호는 잠시 어리둥절해졌다.

긴나라의 심장 부근에서 비죽이 솟아난 빛나고 가느다란 칼이 눈에 들어왔다. 긴나라는 자기 가슴을 뚫고 나온 것을 손으로 더듬다가 천천히 뒤로 귀를 기울였다.

　마호라가의 사비트리가 맹수의 이빨처럼 긴나라의 등을 꿰뚫고 있었다.

　저 멀리 두억시니 괴수가 크게 포효하며 팔을 휘둘렀다. 그에 맞은 건물 한구석이 과자처럼 부서져 나갔다.

　아난타는 머리 위로 쏟아지는 콘크리트 더미 사이를 제트기처럼 피하며 날았다. 괴수가 아난타를 잡기 위해 손을 뻗자, 아난타는 날쌔게 빈 창문을 통해 건물 안으로 숨어들었다가 반대쪽 창문에서 치솟아 올랐다.

　용이 몸을 회전하며 높이 솟구쳤다가 다시 내려올 때쯤에야 괴수는 깨달았다.

　용의 등에 아무도 타고 있지 않다는 것을.

　마호라가의 칼은 긴나라의 날개 두 장을 동시에 꿰뚫고, 가슴을 통과해 꽂혀 있었다.

　"카마 라바나."

　탁한 공기를 정화하는 듯한 마호라가의 맑은 목소리가 울려 퍼졌다.

　"제 주인을 잡아먹은 욕망이여, 나, 신장 마호라가가 범천이 내린 권한으로 명하니, 긴나라의 마음에서 떠나라."

수호는 그제야 서 널리서 선회하는 아난타를 돌아보았다.
먼발치였지만 그 등에 아무도 타고 있지 않은 것을 알 수 있
었다.

'아…… 아까 마호라가 두억시니의 시선을 분산시키는
것이 더 중요하다고 소리친 건, 긴나라에게 들으라고 한 말이
었구나. 어째 좀 이상하더라니.'

수호는 그제야 깨달았다.

〔그랬더군.〕

바루나가 투덜거리는 목소리가 마음속에서 들려왔다.

"성동격서聲東擊西."

긴나라가 쓴웃음을 지으며 중얼거렸다.

"동쪽에서 소리를 내고 서쪽을 친다……. 고소향비소지야,
소견비소모야故所向非所之也, 所見非所謀也. 향하는 쪽이 가는 쪽
이 아니고, 보이는 것이 계획하는 바도 아니다. 여전히 능청
스럽군, 내 옛 친구."

"나는 너 같은 친구가 없다, 카마 라바나. 긴나라의 기억을
이용해 긴나라인 척하지 마라. 내 친구 긴나라는 이미 죽었
다."

멀리서 두억시니가 울부짖는 소리가 들렸다. 주변의 털북
숭이 거미 떼들도, 땅을 기는 식물 뿌리들도, 진흙들도 일제
히 울었다.

처음 듣는 서럽고 서글픈 소리였다. 마치 아버지나 아들을,
혹은 단 하나뿐인 친구를 잃은 듯 처참한 소리였다.

수호의 칼을 붙든 검은 천이 힘이 풀리며 흐물흐물해졌다.

수호는 그 기회를 놓치지 않고 칼을 더 깊숙이 찔렀다. 간

디바가 긴나라의 등을 뚫고 뒤로 튀어나왔다.

"바루나!"

마호라가가 외쳤다.

"최후의 일격은 네 몫이다! 지금 네 목적을 이루라!"

수호의 주변에서 경계하듯 맴돌던 바루나스트라가 그 말이 떨어짐과 동시에 높이 솟구쳐 올랐다.

창이 잠시 태양을 가렸다.

이빨을 드러내듯 번뜩이던 창이 마호라가와 수호의 검에 앞뒤로 꿰어 있는 긴나라를 향해 직각으로 추락했다. 창은 긴나라의 정수리에서부터 발밑까지 깊이 내리꽂혔다.

부단나를 품에 끌어안고 웅크리고 있던 비사사는 문득 주위가 조용해지는 바람에 눈을 떴다.

'······그새 정신을 놓았었나.'

옥상의 불은 어느새 꺼져 있다. 드문드문 잔불만이 애처롭게 타고 있을 뿐이었다. 주위를 둘러싼 불타는 벌레들도 땅속으로 스며들며 물러가고 있었다.

'지금 어딘가 다른 곳에서 싸우던 퇴마사······. 이긴 건가.'

"투기를 지웠구나, 누나."

부단나가 비사사의 품에서 속삭였다. 비사사가 '깨어났니?'와 '미안해'를 포함한 말을 대신하여 부단나의 머리를 끌어안았다.

"잘 판단했어, 누나. 능력을 복사하는 능력이라는 생각이 누나한테 맞을 때야 들너라. 내가 먼저 생각했어야 했는네."

"적은 사라졌어. 이제 나갈 방법을 찾기만 하면 돼."

"그걸로 끝이 아니야, 누나."

부단나가 말했다.

"이곳에서 깨어나면 우리를 함정에 빠트린 자들이 기다리고 있을 거야."

"함정이라니……. 그런 말 마. 뭔가 착오가 있는 거겠지."

"나가보면 알겠지."

부단나는 비사사의 손을 꼭 잡았다.

"그게 누구든 간에, 난 누나를 위험에 빠트린 사람은 절대로 용서하지 않겠어."

긴나라의 몸에서 빛이 주룩주룩 흘러내렸다.

수호를 둘러싸고 흐늘거리던 증기도 금싸라기가 되어 흩어졌다.

주변을 에워싼 거미 떼도 허물어져 땅속으로 스며들었다. 바루나를 뒤덮고 있던 진흙과 들개들도 허물어졌다.

저 멀리 있던 괴수도 같이 무너지고 있었다. 진흙처럼 형체를 잃고 내려앉기 시작했다. 무너지는 진흙의 무게에, 주변에 남아 있던 건물들이 누군가 우악스러운 손으로 으스러뜨리듯이 같이 무너졌다.

'저 몸의 형태도 긴나라의 지시로 만들어진 건가…….'

수호가 생각하는 사이, 혈류에 흐르던 힘이 주욱 빠져나갔다. 몸을 가득 채웠던 바루나가 물러난 모양이었다.

순간 몸이 텅 비었다. 갑자기 마취에서 깨어난 듯 억눌러두었던 통각이 한꺼번에 몰아쳤다. 수호는 털썩 주저앉았다.

뒤에서 바루나가 몸을 일으켰다. 바루나도 엉망이기는 매한가지였다. 코트 자락은 넝마가 되어 있고 들개가 물어뜯은 자리마다 금가루가 툭툭 떨어졌다. 하지만 바루나는 별일 아니라는 듯 무심히 몸을 툭툭 털었다.

긴나라를 꿰뚫은 창이 도로 하늘로 치솟아 오르더니 바루나의 손으로 되돌아갔다. 마지막으로 마호라가가 검을 뽑아내자, 긴나라는 심지가 빠진 짚단처럼 툭 무너지며 무릎을 꿇었다.

'사람이라면 이미 죽었을 텐데.'

수호는 격통이 몰아치는 몸을 붙들고 생각했다.

'영체의 급소는 다르기 때문인가.'

하긴, 현실이라면 내 몸도 오래전에 성치 않았을 테니까.

마호라가가 마지막 일격을 바루나에게 맡긴 것은 바루나를 생각해서였을까. 카마는 욕망을 이루지 못하면 사라지지 않으니.

또, 마지막 일격을 날린 사람이 나였다면……. 마음이 카마에게 전부 먹힌 긴나라는 이제 카마 없이는 살지 못할 것이다.

나는 사람을 해칠 준비는 되어 있지 않다. 마호라가는 그것까지 배려했을 것이다.

마호라가는 검을 검집에 꽂고 긴나라에게 다가왔다.

"사라지기 전에 말하라, 카마 라바나."

마호라가가 물었다.

"네 목직을."

바루나가 시선을 틀었다.

"무엇을 욕망하여 네 주인을 잡아먹었느냐."

96 　변이

긴나라의 입에서 키득거리는 웃음이 새어 나왔다.

"⋯⋯내 친구, 너는 여전히 보고도 보지 못하고, 듣고도 듣지 못하는구나⋯⋯."

이빨을 드러내고 웃는 가운데에도 긴나라의 몸은 점점 무너졌다.

"내게 다 들었으면서도, 또 그럴 리 없다며 부정하는구나."

마호라가가 침묵하다 입을 열었다.

"⋯⋯**모든 카마의 정화.**"

긴나라의 등에서 피에 젖은 날개가 하나 더 솟구쳤다가 물에 젖은 진흙처럼 흘러내렸다. 흘러내린 날개도 황금빛으로 분해되어갔다. 날개에서 떨어진 황금빛이 땅에 툭툭 떨어져 스며들었다.

"모든 카마의 정화⋯⋯."

긴나라가 꿈처럼 읊조렸다.

"그것으로 이 지긋지긋하고, 끝나지 않을 전쟁이 종말을 맞이하기를⋯⋯."

긴나라가 이어 말했다.

"그리하여 카마뿐 아니라, 이 아귀도에서 영원히 살아야 할 모든 가엾은 퇴마사를 구세하기를."

"……."

"이 몸의 전 주인이, 그 몸을 내게 전부 내주는 것을 감수하며 바라 마지않은 소원이다……."

마호라가는 눈썹 하나 까딱하지 않았다.

"그것과 네가 두억시니의 몸집을 키운 것과의 연관성은 무엇인가."

마호라가가 물었다.

"아무리 카마가 그 주인의 진실한 소망과 다른 길을 가는 어리석은 종자라지만."

긴나라의 웃음소리가 점점 섬뜩해졌다. 몸이 무너지고 있어서일까, 고장 난 스피커에서 나는 소리처럼 목소리가 점점 기괴해졌다.

"세상 모든 사람의 욕망이 하나가 되면,"

긴나라가 답했다.

"세상 사람의 마음에 들어선 카마가 하나뿐이라면, 그 카마의 소멸로 카마가 다 없어지리라."

마호라가의 눈에 격렬한 노기가 깃들었다.

〔인간이 다 사라지면 카마가 다 사라진다는 말과 같은 논리로군.〕

수호의 마음속에서 바루나가 빈정거렸다.

"두억시니는 세상이 다 모멸로 물들면 목적을 이루고…… 소멸한다. 그것으로 카마는 정화된다……."

"네놈은……,"

마호라가의 눈에 노기가 깃들었다.

"그 의미를 모르고 한 일이냐, 알고 한 일이냐."

'?'

바루나가 시선을 틀었다.

'의미?'

이제 긴나라는 인간의 형체를 거의 잃고 있었다. 얼굴에서부터 몸 전체가 녹은 눈처럼 내려앉았다. 바루나가 눈을 빛냈다.

'의미가 뭐지?'

"범인이 어찌 큰 뜻을 알랴……."

"타락한 자는 타락하는 방향으로밖에 생각하지 못하니,"

마호라가가 말했다.

"타인을 감히 범인이라 칭하고 자신은 위대한 자라 믿는 것이 타락의 증명이다. 사라져라, 라바나."

긴나라의 몸은 거의 내려앉아 물처럼 되었다. 남은 것은 반쯤 녹은 얼굴과 기계눈뿐이다. 긴나라는 기계눈을 철컥이며 말했다.

"내 친구여. ……내 마지막 선물이다……."

수호는 문득 바루나의 시선이 땅에 내리꽂혀 있다는 것을 느꼈다. 수호는 의아해하며 바루나의 시선을 따라 땅을 내려다보았다.

긴나라의 몸에서 피어나는 황금빛이 날아오르지 않고 전부 땅에 떨어져 스며들고 있다. 몸에서 황금빛이 떨어질 때마다 바닥에서 작은 구멍이 나타나 꿀꺽 소리를 내며 받아먹는다. 나타난 구멍마다 작은 혓바닥과 가시 같은 이빨이 나 있다.

소름이 돋았다.

'먹고 있어……?'

"수호, 마호라가."

바루나가 말했다.

"물러나라. 기분이 좋지 않다."

"나를 전부…… 받아들이라."

이 말을 마지막으로 그 자리에 큰 구멍이 움푹 파였다.

긴나라의 입에서, 그리고 긴나라를 받아먹는 구멍에서 귀를 찢는 파동이 울려 퍼졌다.

수호와 마호라가, 바루나와 아난타 모두가 귀를 막았다. 땅여기저기에서 똑같이 깔때기와도 같은 구멍이 숭숭 파였다. 구멍마다 격렬한 굉음이 터져 나왔다.

마치 소리의 퇴마사라 불리던 긴나라의 소멸을 애도하듯이.

✦

긴나라의 방.

수의와도 같은 흰옷을 입은 긴나라는 두 손을 가슴에 모은 채 죽은 사람처럼 침대에 누워 있었다. 수다나는 아까부터 그 침대맡에 기도하는 자세로 조용히 무릎을 꿇고 있었다.

긴나라가 잠든 시간은 짧았으나 아마 저 안쪽 시간의 흐름은 다를 터.

문득, 긴나라의 몸에서 생기가 빠져나갔다. 오르락내리락하던 가슴이 잠잠해졌다. 간헐적으로 몇 번 부푸는 듯하더니 조용히 멈추었다.

수다나는 방 안의 공기가 식는 것을 느끼고 긴나라를 바라보았다. 긴나라의 얼굴에서는 생기가 빠져나가 있었지만 평온한 미소가 떠올라 있었다.

"꿈을 이루러 가셨군요……."

수다나가 중얼거렸다.

"축복받으신 분……."

✳

어디선가 다시 땅이 푹 꺼졌다.

여기저기서 지반이 푹푹 꺼져 들어갔다. 꺼진 지반마다 굉음이 울렸다. 악취를 풍기는 구더기로 이루어진 듯한 진흙이 멀리서부터 전진해왔다. 느릿느릿한 홍수처럼 차츰 바닥을 메워간다.

가로등과 전신주가 뚝 꺾이며 진흙에 파묻혀 사라졌다.

진흙에 반쯤 묻혀 있던 주변 건물들이 굉음이 내는 파동과 진흙의 무게를 못 이겨 기울어지고 내려앉았다. 땅이 굉음 속에서 진동했다.

수호가 균형을 잡지 못하고 일어나 앉았다 넘어졌다 했다.

그러자 바루나가 훌쩍 도약해 다가와 수호의 어깨를 잡고 땅에 다리를 단단히 붙이고 서서 지탱해주었다.

그때 마호라가의 시선이 바루나에게 날카롭게 꽂혔다.

'소멸하지 않는다…….'

바루나는 주변을 살피며 경계를 늦추지 않고 있었다.

'투기 또한 사라지지 않았다.'

"마호라가!"

몸을 작게 줄인 아난타가 저 멀리서 날아와 마호라가의 목을 감싸안았다. 무사한지 살펴보듯 마호라가의 뺨을 쓰다듬었다.

"괜찮아? 뭐가 어떻게 되어가는 거야? 끝났어?"

"지능 역할을 한 긴나라만 사라지면 두억시니가 힘을 잃으리라고 생각했지만……."

"생각했는데?"

호들갑을 떠는 아난타의 말을 귓등으로 들으며 마호라가가 땅을 내려다보았다.

"두억시니가 긴나라의 영체를 먹었어."

"먹어? 먹었다고?"

아난타는 우웩, 하며 구토하는 시늉을 했다.

"그러면 어떻게 되지?"

바루나가 주변의 변화에 예민하게 신경을 곤두세우며 물었다.

"여기서 우리의 몸은 정신, 두억시니는 지금 긴나라의 힘과 의지를 먹었다."

마호라가가 파리해진 얼굴로, 하지만 흔들림 없이 말했다.

"더해서, 카마는 목적만으로 이루어진 존재. 그 목적이 두억시니의 목적에 더해지겠지. 처음부터 이럴 생각이었던가, 긴나라……."

"카마의 구세라는 목적 말인가?"

"그것은 의도, 더 중요한 것은 무엇을 하려는가다. 진정으로 이루려는 것은 그 뒤에 한 말."

마호라가가 말했다.

"……모든 사람의 욕망을 하나로 만든다."

연희동 성당 제단 앞.

제단 앞에서 기도하던 금강이 무엇을 느꼈는지 조용히 눈을 떴다. 등 뒤에서는 비사사와 부단나가 서로 온 힘을 다해 끌어안고 잠들어 있었다.

수다나가 뒤에서 저벅저벅 소리를 내며 나타났다. 금강은 무심히 그를 바라보았다.

"긴나라께서 입적하셨습니다."

수다나의 말에 금강은 아, 하는 짧은 감탄사와 함께 입을 다물었다.

"긴나라님의 상태에 대해서는 알고 계셨습니까?"

금강은 무거운 침묵 끝에 답했다.

"이번 생에, 네가 지금 막 각성했다며 열 살 남짓한 긴나라를 교단에 데려왔을 때, 이미 내가 알던 긴나라와는 다른 자였다."

"……."

"긴나라의 기억은 물려받았으나, 워낙 어린애 같은 면이 있어서 눈치채이지 않게 하느라 나도 힘들었지. 지난 생의 충격으로 인격과 아트만이 변했다 둘러대곤 했다."

설명은 더 없다.

"상관없다고 생각하셨습니까?"

"상관없었다."

수다나는 침묵했다. 설사 바로 알아차리지는 못했어도, 의심이 쌓이고 쌓이다 확신으로 변했다 해도, 이미 그때는 아무

사이도 없었다는 뜻일까.

수다나는 두 아이를 돌아보았다.

아무것도 모르는 아이들을 희생하고, 긴나라의 육신 또한 희생했으나, 오늘의 작전에 손해는 없다. 득실을 따질 것도 없다. 오늘 모든 것이 끝나기에.

긴나라는 예정대로 두억시니에게 잡아먹혔다.

그러지 않을 수 있었다면 물론 더 좋았겠지만, 패배했을 때는 그리하기로 했었지.

모든 카마의 정화. 그러기 위해 모든 욕망을 하나로 한다.

애초에 두억시니의 목적과 긴나라가 바라는 바가 일치했으니 함께할 수 있었지만, 이제 두억시니의 방향은 분명해졌다. '다른 방법'을 고려하지 않는다.

이제 두억시니는 무슨 수를 쓰든 결계 밖으로 뛰쳐나가기를 소망할 것이다. 두억시니의 결계가 사라지고 그 영역이 무한이 되면, 세상은 모멸로 뒤덮인다.

인간의 욕망은 단 하나, 모멸로 귀결된다.

서로에 대한 모멸, 자신에 대한 모멸, 사랑하는 이들에 대한 모멸, 세상 전체를 향한 모멸.

멸시하고, 천시하고, 조롱한다. 비웃고, 낮춰보고, 내리깐다. 무시하고, 짓밟고, 깔아뭉갠다.

떠받들어지리라는 희망을 조금도 품지 못하는 자가 떠받들림을 탐할 때 갖는 욕망.

타인에 대한 모멸.

그러나 카마가 하는 일이 대개 그렇듯이, 떠받들림은 따라오지 않는다. 멸시할수록 오직 멸시만이 불어날 뿐. 그것이 바로 두억시니의 목적이므로.

자신이 떠받들어지리라는 희망을 조금도 품지 못할 때 생겨나는 욕망, 실상 누구보다도 자신을 모멸해 마지않는 자가 품는 욕망이 바로 타인을 향한 모멸이므로. 자신을 모멸하지 않고는 유지할 수 없는 욕망이므로.

그러나 재앙은 잠시뿐, 목적을 이룬 카마는 소멸한다.

모멸이 목적인 카마가 다른 모든 카마를 집어삼키면, 모멸을 퍼트리는 것이 목적이던 카마는 목적을 이루고 사라진다.

그리고 세상은 구원된다.

오늘, 지금.

이 작은 마을에서, 하나의 결계가 깨어지는 그 순간에.

굉음이 조금 가라앉을 무렵이었을까.

어디에선가 쾅, 쾅 하며 포탄이 터지는 듯한 큰 폭발음이 연이어 들렸다.

수호는 다급히 그 방향을 돌아보았다.

현실이라면 아까의 그 가게가 있었을 법한 자리. 안개가 자욱한 그곳에 금이 쩍쩍 가기 시작했다. 하늘은 이미 실금으로 가득했지만 균열의 깊이가 달랐다.

'구멍이 났어……!'

보이지 않는 거리인데 왜 그렇게 생각했을까. 하지만 바닥을 메운 진흙이 그 방향으로 흐름을 전환하는 듯 느껴졌다.

수호의 생각과 동시에 마호라가의 외침이 귓전을 때렸다.

"드바스드리!"

의족이 철컥거리며 분해되었다. 마호라가의 다리가 실타래처럼 풀려 나갔다. 은빛 실이 누군가 끝을 잡고 날아가듯 하늘로 휘익 날아올랐다.

긴나라의 빛이 사라져가며 굉음도 점점 가라앉았다. 이제 전부 두억시니에게 흡수되어 융화되었을까.

수호는 마호라가를 보았다. 마호라가는 검집을 지팡이 삼아 몸을 지탱하고 서 있었다.

'마호라가가 다리를 잃었다······.'

불안이 마음을 침범했다.

아난타, 그리고 자신의 검과 바루나의 창이 있다 해도, 마호라가의 트바스트리는 활용성이나 위력에 있어서 비할 무기가 아니었다. 지금 그것을 잃은 것이다.

"곤란해졌군."

마호라가가 검집을 짚고 서서 말했다.

마호라가는 정말로 곤란해지기 전에는 곤란해졌다고 하지 않는다.

"심소의 경계에 구멍이 뚫렸다. 그리 크지는 않지만 두억시니는 지금 액체처럼 변했으니 충분히 빠져나갈 것이다. 내가 지금 트바스트리로 구멍을 막고 있으나."

"오래가지 않는다는 뜻이야?"

아난타가 물었다.

"구멍이 더 커지지 않는 한은 버틸 것이다. 단,"

"단?"

"내가 이 안에 있는 한은."

372

모두가 입을 다물었다.

"그러니 이 전투에서 후퇴할 수가 없게 되었다."

마호라가는 담담히 말하고 모두를 돌아보았다.

"아무래도 너희 모두를 다 써야 하겠다. 상황이 급박하니 저항은 용납하지 않겠다."

지금 말한 '모두'에는 바루나까지 포함된다. 자신의 목적 이외에는 움직이지 않는 바루나까지.

바루나는 묵묵히 마호라가를 보았다.

"'의미'가 뭐지, 마호라가?"

바루나가 입을 열었다. 웬만한 일에 의문을 갖지 않는 바루나였다. 마호라가가 바루나를 마주 보았다.

"아까 '의미'라고 했지. 모든 사람의 욕망이 같아진다는 것에 무슨 '의미'가 있는가, 마호라가?"

"네게 답할 이유가 없다, 카마."

마호라가의 답에 바루나의 눈이 움찔했다.

"대신 묻겠다, 카마 바루나."

"……."

"너는 이미 소원을 이루었다."

"……."

"바루나, 너는 마구니와 계약하지 않은 카마다. 목적을 이루었는데 어째서 소멸하지 않는가?"

"나 역시 네게 답할 이유가 없다, 퇴마사."

마호라가는 묵묵히 바루나를 노려보았다.

"역시, 이중 소원이로군."

마호라가가 스스로 묻고 스스로 답했다.

"첫 번째 소원이 끝나면 두 번째 소원이 발동하는 구소. 여러 겹으로 이루어진 소원. 이제 네 복잡성을 조금은 이해하겠다."

"……."

"그러면 남은 목적은 무엇인가, 바루나?"

"그 또한 네게 답할 이유가 없다, 퇴마사."

"우리는 전장 한복판에 있고 수호는 이런 심층의 심소에서 빠져나가는 법을 모른다. 네 남은 목적이 무엇이든 네게는 수호의 생존이 필요하다. 그러기 위해서는 최소한 이 전장 안에서는 내 생존이 필요하다. 말하라."

"……."

바루나의 짙푸른 눈이 불쾌감으로 뒤덮였다. 또다시 수호의 생존을 인질로 삼은 협박이었기 때문이다.

"퇴마사, 네 생존이 내게 필요하다 한들, 내 목적을 네가 아는 것과 네 생존 사이에는 아무 관계가 없다."

"상황이 급박하며 예측할 수가 없다. 나는 가진 자원을 다 써야 한다. 너는 추동으로만 움직이는 자고 네 추동을 모르면 너를 충분히 활용할 수 없다. 그 사소한 차이가 승패를 가를 수도 있다. 말하라."

바루나의 마음은 곧이곧대로 수호에게 전해졌다.

공감이나 눈치라고 할 것도 없었다. 바루나의 마음은 수호 안에 있으므로.

바루나의 생각은 뒤섞여 있었으나, 아까 말했던 대로 여전히 '모른다'에 가까웠다.

수호의 소원이 만들어낸 방향성은 있지만, 아직 목적 하나를 이룬 지 얼마 되지 않았다. 바루나는 지금 갓 태어났을 때처럼, 새로 몸이 형성되는 상황에 가까웠다. 구체적인 전략도 생각도 없다.

그런 만큼, 지금 바루나의 동력은 단지 '수호를 지킨다'에 쏠려 있었다.

"마호라가."

수호가 끼어들었다.

"내 생각에 지금은 다른 문제에 집중해야 할 것 같아."

"반대로 내가 제안하지, 기계다리 퇴마사."

바루나가 뚜벅뚜벅 걸어 마호라가 앞에 섰다.

마호라가보다 머리 두 개는 큰 바루나였다. 바루나는 가슴과 머리가 서로 닿을 정도로 가까이 서서 마호라가를 내려다보았다.

"내 목적을 몰라서 나를 지휘하지 못하겠다면 내가 대신 너를 지휘하겠다. 나는 네 목적을 아니 지금부터 내 명령을 따라 움직여라, 퇴마사."

"……."

마호라가의 눈썹 사이에 깊은 주름이 파였다.

말이 끝나기도 전에 바루나의 몸이 얼어붙었다. 이어, 수호는 팔에 타는 듯한 아픔을 느꼈다.

무엇인가 뜨거운 것이 팔을 꿰뚫고 지나간 듯했다.

하지만 맞은 쪽은 수호가 아니었다.

시공을 뚫고 날아온 것이 소리보다 빠르게 바루나의 몸에 박혔다. 바람을 가르는 소리는 그 뒤에 들렸다.

375

97 죽음의 기로

탕.

어디선가 총성이 울린다.

쿠라레 독을 바른 총알.

영기로 이루어진 총알이 마음의 심연을 뚫고 날아간다.

총알은 현실의 총알처럼 직선으로 날지 않았다. 좁고 가느다랗고 복잡한 마음의 길을 따라 질주한다.

서로 다른 시간의 흐름을 관통하는 총알. 그렇기에 총알은 믿을 수 없이 느리게 목표에 도달했다.

탕.

총성이 다시 울린다.

탕.

또 한 발.

그때, 스칸다는 총알이 목표물에 박히는 감각을 온몸으로 느꼈다.

총알은 스칸다 자신이 마음의 조각으로 담금질한 것, 실상 손가락으로 직접 적의 살을 후벼 판 것과 느낌이 다르지 않았다.

'하나.'

스칸다는 확신을 갖고 숫자를 세었다. 마음속에서는 이미 총알 세 개가 목표물의 몸에 박힌 것이나 다름없었다.

'다음.'

바루나는 제 팔을 내려다보았다.

팔이 돌덩이처럼 어깨에서 툭 떨어졌다.

마호라가의 눈이 붉게 빛났다. 마호라가는 두말없이 달려들어 바루나의 옷소매를 찢고 팔을 들여다보았다.

바루나의 팔은 삽시간에 퉁퉁 부어올랐다.

회전하는 작은 납탄으로 꿰뚫린 상처. 구멍에서는 짙은 황금빛이 흘러내렸다. 상처로부터 마치 식물이 뿌리를 뻗듯 붉은 것이 어깨와 손을 향해 퍼져 나가고 있었다.

"저격이다. 그리고 독이다."

짧게 말한 마호라가는 바루나의 눈을 정면으로 보았다.

수호는 마호라가의 생각을 읽을 수 없었다. 마호라가의 생각의 속도가 수호보다 몇 배는 빨랐다.

일 초도 되지 않는 시간, 그 짧은 시간 마호라가는 두 개의 선택지를 재고 있었다.

'이대로 바루나를 정화한다.'

이중 소원이라는 결론은 내렸으나, 바루나의 다음 목적은 가늠이 되지 않는다.

만약 바루나의 두 번째 목적이 훨씬 위험하며, 소멸하는 지점이 뚜렷하지 않은 것이라면 수호의 마음에 위해가 된다. 만약 지금 어렴풋이 예상하는 대로 바루나의 목적이 퇴마사에게 위협이 되는 방향이라면 더욱 실려둘 수 없다.

'하지만 지금?'

지금 없애야 하는가?

이런 상황에서?

일 초도 안 되는 짧은 시간, 마호라가는 결론을 내렸다.

"카마 바루나."

마호라가가 말했다.

"내겐 아직 수호의 투기가 필요하다. 지금 이 안에서 너를 잃을 수는 없다."

바늘 끝만 한 차이로 내린 선택.

그리고 그 선택으로 바뀔 운명에 대해 아직 마호라가는 상상도 하지 못하고 있었다.

마호라가는 검을 바루나의 어깨에 올렸다. 바루나는 자기 어깨를 힐끗 보았다.

"해라, 퇴마……."

마호라가는 기다리지 않았다. 바루나의 팔이 마호라가의 은빛 검에 금빛을 뿌리며 잘려 나갔다.

수호는 어깨에 불이 붙는 듯한 고통을 느끼고 짧은 비명을 내뱉었지만, 바루나는 소리 하나 내지 않았다.

'저격수.'

바루나의 눈빛이 날카로워졌다.

'스칸다.'

바루나는 흑색 갑옷의 총잡이를 떠올렸다. 마호라가 외에 이름을 제대로 기억하는 유일한 퇴마사였다.

'그놈이라면……'

바루나의 생각이 전광석화처럼 돌아갔다.

'그놈 격실에 총알이 하나만 있지는 않을 것이다.'

바루나는 총알이 날아온 방향을 직시하며 앞을 막고 선 마호라가를 옆으로 밀쳐냈다.

마호라가의 붉은 눈이 바루나를 향했다.

뜻밖의 움직임에 대한 놀람과, 전황을 파악하는 전사로서의 이해가 섞인 눈빛. 마호라가의 생각도 바루나처럼 고속으로 회전하고 있었다.

수호의 마음에 바루나의 생각이 또렷하게 전해져왔다.

〔나는 팔을 잃었다.〕

'바루나……'

수호가 바루나를 마음으로 불렀지만 들리지 않는 듯했다.

〔내 전력은 이미 떨어졌다. 지금 수호가 이곳을 탈출하려면 내가 아니라 기계다리가 필요하다.〕

〔기계다리는 다리가 없어도 전략을 세울 수 있다. 전략을 세울 수 있다면 수호를 지킬 수 있다. 수호가 살아야 내게 기회가 있다.〕

바루나가 마호라가의 앞을 막아서자마자 두 번째 총알이 바루나의 다리에 꽂혔다.

'둘.'

스칸다가 마음속으로 세었다.

바루나의 다리가 푹 꺾였다. 다리에서부터 검붉은 빛이 바루나의 몸을 타고 퍼져 나갔다.

"바루나!"

수호의 외침과는 상관없이 바루나는 상체를 일으키며 두 팔을 벌렸다.

세 번째 총알이 바루나의 가슴을 꿰뚫었다.

'끝났다.'

세 개의 총알이 박히는 감각을 모두 몸으로 느낀 뒤에야 스칸다는 생각했다. 해방감에 마음이 툭 풀어졌다.

'내가 이겼다, 물귀신.'

바깥 시간은 하루가 지나지 않았겠지만 스칸다로서는 한 달쯤은 족히 지난 듯한 시간이었다.

집중의 극한으로 내려간 마음 안.

무섭도록 고독하고 긴 시간이었다.

임무를 이행하는 것이 스칸다의 맹세이자 가치이자 힘의 근원이었다. 맹세에 속박되는 긴장까지 더해서, 스칸다는 이미 모든 힘을 쓴 상태였다.

'내가 이겼다, 카마 바루나.'

찬사 없는 승리를 자축하며 스칸다는 그대로 의식을 잃었다.

바루나는 기다렸지만 다음 총격은 없다.

'충분하다고 판단했을까.'

그리고 충분했다.

독이 목을 타고 얼굴까지 퍼져 나갔다. 마호라가는 바루나를 묵묵히 바라보았다.

"바루나."

"……."

"바루나."

"시간이 없다. 빨리 말해라."

"너는 물리 타격이라면 분해되어도 몸을 조립할 수 있겠지."

마호라가의 붉은 눈이 활활 타올랐다. 수호는 바루나의 마음에 이는 패배감이 그대로 전해지는 것을 느꼈다. 마호라가가 이어 말했다.

"바루나, 도박이기는 하나, 네가 만약 화학 공격에 당하기 전에 물리 타격으로 분해된다면……."

"해라, 퇴마사."

바루나는 망설이지 않았고 마호라가도 그러했다.

광검이 바루나의 목을 내리쳤다. 그리고 허리 아래까지 한 번에 베어버렸다. 마음 한구석이 부서지는 고통이 수호를 덮쳤다.

땅의 진동은 계속되었다.

바루나가 있던 자리에서는 황금빛 싸라기만이 하늘하늘 솟아올랐다.

마호라가가 기력을 잃고 무릎을 꿇었다. 그 팔에 감긴 아난타가 안타까운 듯 마호라가의 뺨을 쓰다듬었다. 마호라가가 기력을 잃은 이유는 힘이 다해서가 아니라는 것을 알 수 있었다.

좌절 때문이라는 것을.

'바루나가 사라졌다.'

수호도 알 수 있었다. 이제 우리에게는 남은 전력이 없다. 마호라가의 트바스트리도 없다. 수호에게도 힘이라고는 한 톨도 남아 있지 않았다.

하지만 여기서 정신을 놓을 수는 없었다.

내가 여기서 의식을 잃기라도 하면 말 그대로 짐이 되어 모두를 위험에 빠트릴 것이다.

'하지만…… 이제 내가 뭘 할 수 있지?'

바루나가 패퇴했기 때문일까, 투기조차도 물처럼 빠져나가는 기분이었다.

고요했다.

"두억시니 녀석, 뭘 기다리는 거지?"

"두억시니는 지휘관을 잃었어."

마호라가가 말했다.

"긴나라를 먹었다지만, 그 힘이 몸에 다 흡수되려면 시간이 걸릴 거야. 지금은 스스로 판단해 공격하지는 못할 거다. 대신 뭐든 모방할 것을 찾고 있겠지."

수호와 아난타는 같이 침묵했다.

382

"우리가 어떤 공격을 하든, 그 공격을 토대로 반격할 거야. 똑같이 되돌려주는 것으로."

결국 처음으로 되돌아왔다. 아니, 더 나빠졌을까.

"긴나라가 다 소화되기 전인 지금이 실상 마지막 기회야. ……하지만 지금도 모든 공격이 복사되기는 마찬가지겠지."

"그래도…… 마호라가, 다음 수는 있지?"

아난타가 마호라가의 볼을 얼굴로 쓰다듬으며 물었다.

"늘 다음 수를 준비해두었잖아. 응? 아직 우리한테 말하지 않은 수가 있지? 그렇지?"

마호라가가 수호를 보았다.

그 표정을 보자 수호의 마음에 두려움이 몰아쳤다. 마호라가의 얼굴에 그토록 짙은 절망감이 드리운 것은 처음 보았다.

'진 걸까?'

수호는 마음에 이는 생각을 지워내려고 애를 썼다.

'우리가 진 걸까?'

마호라가는 검을 짚고 일어났다. 그리고 검을 지팡이 삼아 절뚝거리며 수호에게 다가왔다.

"수호."

마호라가는 한참을 침묵했다.

'망설인다.'

수호는 생각했다.

'이처럼 망설이는 마호라가를 보았던가?'

전광석화처럼 판단하는 마호라가였다. 마호라가가 망설일 때는 전략의 문제가 아니었다.

마호라가가 망설일 때는…….

"……한 번만 더 해볼 수 있겠어?"

마호라가는 내뱉은 자신의 말을 도로 주워 담고 싶은 듯 입을 다물었다.

수호는 답을 하지 못했다. 마호라가의 눈이 젖어 있었기 때문이었다.

"수호, 아까보다 더 큰 검을 만들 수 있겠어?"

"……."

"잠깐만, 마호라가."

아난타가 물었다.

"두억시니가 또 수호의 능력을 복사하면 어쩌려고?"

마호라가는 붉은 하늘을 한참 바라보았다. 마음을 정리하는 것처럼 보였다.

나, 수호에 대한 마음을.

연민을, 인연을.

"두억시니가 삼킬 수 없는 용량이 필요해. 아까는 타격을 줄 생각이었어. 이번에는 허용량을 넘어서는 것을 만든다고 생각해야 해."

마호라가가 천천히 말했다.

"할 수 있겠어?"

마호라가의 눈에 맺힌 눈물이 뚝, 하고 볼을 타고 흘렀다.

"……."

수호는 알고 있었다. 이러니저러니 해도, 마호라가가 감정을 내비칠 때는 하나뿐이었다.

'내가 죽을 위험에 처했을 때뿐이었다.'

죽음.

이 전장에 들어온 순간부터 각오한 일이었지만, 수호는 비로소 실감했다.

'아까보다 더 큰 검을 만들면, 나는 죽는다.'

틀림없는 확신.

싸움을 시작하기 전이라면 막연한 희망이나마 있었겠지만, 이미 한 번 시도해본 수호는 명확히 알 수 있었다.

'나는 죽는다.'

마호라가도 안다. 모를 리가 없다. 마호라가는 나보다 더 정확히 내 무기의 속성과 위력을 파악하고 있다.

아니, 그 이상이었다.

죽음을 피할 생각으로 만들어서는 지금의 두억시니를 이길 수 없다.

'나는 지금 네 목숨을 쓰겠다.'

마호라가가 그렇게 말하고 있다. 눈물을 흘리면서.

진흙 바다 위로 거친 모래바람이 불었다. 재로 덮인 하늘에는 피처럼 붉은 태양이 빛나고 있었다. 그 사이로 금빛 싸라기만이 빛나는 눈처럼 춤을 추었다.

'아름답다.'

수호는 생각했다. 이런 처참한 풍경인데도 불구하고.

'마지막 풍경으로 괜찮은 것 같아.'

황금빛에 둘러싸인 마호라가가 눈물을 흘리며 서 있다. 멸망한 세상에 홀로 선 사람처럼.

수호는 이해했다.

우리에게 남은 무기는 이제 내 것뿐이다. 거기에 다 거는 것 외에는 도리가 없다. 오늘 후퇴하면 다시는 두억시니를 잡지 못한다. 내가 지휘했더라도 같은 결정을 내렸을 것이다.

"하겠어."

수호는 답했다. 순간 마호라가 흠칫했다.

'아까는 최선을 다하지 않았다.'

살 마음이 있었기 때문에.

알 수 있다. 나는 지금은 만들 수 있다.

'**무한의 검을.**'

〔그만둬라.〕

어디선가 바루나의 목소리가 들렸다. 수호는 흠칫했다. 휙 둘러보았지만 바루나는 없었다.

하지만 마음 한구석이 든직했다. 구멍이 뚫려 허망하게 바람이 새던 마음이 단단히 메워진 기분이었다.

'몸은 돌아오지 않고 의식만 돌아온 건가.'

〔검의 크기로 승부하는 것은 이미 실패한 방법이다.〕

바루나의 음울한 목소리가 들려왔다. 감정이 격앙되어 있다. 이런 꼴을 보겠다고 희생한 것이 아니라고 말하듯이.

'……네 의견은 의미가 없어.'

수호는 마음속으로 대꾸했다.

'너는 나를 살리는 게 최우선일 테니까.'

〔다시 말하겠다. 이미 실패한 방법이다. 두억시니는 이판사판 도박으로 이길 상대가 아니다.〕

'도박이라도 하겠어.'

〔도박조차도 아니야.〕

바루나의 목소리가 수호의 머릿속에서 울려 퍼졌다.

〔두억시니가 지금 무엇을 기다리는지 모르겠는가?〕

'……'

〔네 공격을 기다리고 있다.〕

'……'

〔네 기술을 흡수하려 기다리고 있어. '무한'의 크기로 커지기 위해. 그러면 돌이킬 수 없다. 다시는 아무도, 누구도, 어떤 퇴마사도 저것을 막을 수 없어.〕

'……'

〔잘 들어. 마호라가는 지금 판단력이 흐려졌다. 잘못된 결정을 내렸어. 두억시니를 물리치려면 다른 누구도 아닌 네가 살아야 한다. 네 검이 세상에 남아 있어야 한다.〕

'……'

〔네가 후퇴해야 한다. 다른 퇴마사들을 희생하는 한이 있더라도.〕

수호는 마호라가의 눈을 바라보았다.

'이건 내 마음의 소리야.'

바루나는 나를 말릴 수밖에 없겠지. 바루나는 자신의 생존을 위해 내 생존이 필요하니까.

그건 내 마음이기도 하다.

살고 싶다는 내 마음.

〔수호, 내 말 들어라.〕

수호의 마음을 읽은 바루나가 말했다.

〔우리가 서로 거짓말을 할 수 없다는 것쯤은 잘 알겠지. 나는 진심이다. 너를 설득하려고 늘어놓는 말이 아니야. 너는

정말로 그 방법으로는 이길 수 없다.〕

〔멈춰라. 나는 이런 식으로 너를 잃을 수 없다.〕

"아난타, 나를 높이 들어 올려줘."

수호가 마호라가의 팔에 매달린 아난타에게 손을 내밀었다.

마호라가의 몸이 흠칫 떨리는 것이 느껴졌다. 수호가 마호라가를 마주 보며 말했다.

"너는 결정했지. 나도 결정했어."

98 네 개의 의지

"알았어. 내 꼬리를 잡아. 날아오를 테니."

아난타가 꼬리를 파닥파닥 흔들며 길게 늘였다. 꼬리로는 마호라가의 손을 부드럽게 감았고, 연이어 수호의 팔을 감았다.

수호가 둘에게 말했다.

"내가 검을 만들면 둘은 최대한 멀리 피해."

수호는 말을 이었다.

"이 심소 전체가 다 날아갈 테니까."

"알았어."

아난타가 흥겹게 답했다. 말 그대로의 뜻인 줄은 눈치채지 못한 듯했다. 아난타는 꼬리에서 자라난 부드러운 흰 갈기로 두 사람을 감싸안아 제 머리 위에 올려놓았다.

아난타는 높이 상승했다.

수호가 내려다보니 심소에는 거의 아무것도 남아 있지 않았다. 건물이 몇 채 드문드문 진흙 바다 위에 위태롭게 고개를 내밀고 있을 뿐이다. 진흙 홍수가 난 세상이나 다름없었다.

"마호라가, 수호, 저기 봐!"

아난타가 뿔을 굽혀 어딘가를 가리켰다. 조금 전에 마호라가가 트바스트리를 날려 보낸 곳이다.

심소의 경계 한 구석이 깨진 유리잔처럼 갈라져 있었다.

그 갈라진 자리를 트바스트리가 거미줄을 쳐서 메웠다.

은색 거미가 수를 놓은 듯한 화려한 장벽이었다. 가늘고 긴 은사가 방사형으로 펼쳐져 있어 마치 성화에서 성인의 머리 뒤에 나타나는 거대한 은빛 후광처럼 보였다.

그것을 보며 수호는, 마호라가가 자신이 아닌 수호의 목숨을 버리기로 선택한 두 번째 이유를 이해했다.

'마호라가가 살아 있어야 저 구멍을 계속 막을 수 있겠지.'

그러면 이 전투에서 최후에 남는 사람은 마호라가여야 한다. 몇 번을 생각해도 마호라가의 판단에는 틀림이 없었다.

그때 옆에서 나지막한 목소리가 들려왔다.

"미안해."

수호가 옆을 보니 마호라가가 시선을 피하며 바닥을 응시하고 있었다.

"뭐가?"

수호는 진심으로 물었다. 마호라가가 돌아보았다.

"넌 내게 아무것도 미안할 수 없어."

마호라가의 눈이 흔들렸다. 수호는 다시 다짐했다.

"아무것도."

아난타는 계속 상승했다. 아래가 까마득하게 멀어졌다.

현실과 다른 점이라면, 최소한 도시 전체는 보일 정도로 높이 올라왔건만, 보이는 곳은 마을 하나 정도고, 그 바깥은 모두 뿌연 안개에 둘러싸인 것처럼 보이는 점일까.

"수호."

아난타의 중저음 목소리가 아래에서 들려왔다. 등에서 길고 흰 갈기가 자라나 수호를 부드럽게 끌어안으며 머리를 쓰다듬었다.

"고마워."

아난타의 말은 수호가 그 등에 짚은 손바닥을 통해 전해져 왔다.

"뭐가?"

수호가 속삭였다.

"아, 뭐, 지금만이 아니라,"

아난타가 갈기를 수호의 귀에 갖다 대며 속삭였다.

"나더러 너 대신 마호라가를 지키라고 해줘서."

"전략적으로 당연하잖아."

"그렇기는 하지만……."

아난타는 쑥스러운 듯 말했다.

"내가 너도 지킬 마음을 먹을 수 있다면 좋겠는데, 나는 목적이 하나뿐이라서 말야. 이번 생에서는 안 되겠지?"

수호는 아난타의 등을 토닥였다.

"그래, 다음 생에서."

"언젠가는 네 지휘도 따라보고 싶어."

수호는 피식 웃었다.

"그래."

그때는 나도, 너도 서로를 기억하지 못하겠지만.

수호는 재킷을 벗어 옆에 단정히 개켜 두고 오른손을 앞으로 내밀었다. 그리고 눈을 감고 생각했다.

「네 몸에 피가 무한하다고 상상해봐.」

선혜가 언젠가 했던 말이 떠올랐다.

그래, 지금이라면 상상할 수 있다.

대륙을 다 잠기게 하고, 바다를 다 물들이고도 남을 만한 피가 내 몸에 있다고. 세상을 꿰뚫어버리고도 남을 거대한 검이 내 몸 안에 있다고.

수호는 오른손에서 뿜어져 나오는 폭포수 같은 핏줄기를 떠올렸다.

……조용했다.

손에 아무것도 느껴지지 않았다. 검이 뽑혀 나올 때의 둔중한 무게감도, 뼈를 뚫고 무기가 자라나는 둔탁한 통증도 없었다. 수호는 당황해 눈을 떴다.

"왜 그래, 수호?"

아래에서 아난타가 물었다.

수호가 당황해서 말했다.

"……검이…… 나오지 않아!"

저 아래에서 물결이 내는 음산한 소리가 들려왔다.

마호라가의 시선이 번개처럼 수호의 손에 가 꽂혔다.

물 냄새가 났다. 낙엽이 침잠한 호수와 같은 냄새. 공기에 파문이 일며 서늘한 바람이 불었다. 금빛 광휘를 내뿜는 투명한 손이 수호의 손을 틀어쥐고 있었다.

'바루나…….'

마호라가는 짐작했고 아무래도 수호도 눈치챈 듯했다.

'실수다, 차라리 죽게 내버려두었어야 했는데.'

마호라가는 입술을 깨물었다.

'바루나의 회복 속도가 상상 이상이다. 몸은 돌아오지 않았지만 의지가 돌아왔다.'

〔거절한다, 마호라가.〕

바루나의 목소리가 들렸다.

수호의 낯빛이 변했다. 당연하다면 당연하겠지만 바루나가 하는 말을 듣고 있을 것이다.

〔수호의 목숨을 내줄 수 없는 것은 물론이고, 저 진흙 괴물은 아까 수호가 만든 검의 크기만큼 성장했다. 그보다 더 커진다면 다시는 승산이 없다.〕

"수호, 왜 그래? 얼른 해!"

아난타가 꼬리를 파닥거리며 채근했다.

마호라가의 눈에서 분노의 불꽃이 튀었다. 바루나는 얼음장 같은 눈으로 그 시선을 받아냈다.

〔너는 패배했다, 퇴마사.〕

"……"

〔패배한 장수의 임무는 하나뿐이다. 네 목숨을 걸고 네 병사를 안전하게 집으로 돌려보내라.〕

마호라가가 다음 수를 궁리하는 찰나,

"마호라가!"

수호가 오른팔을 앞으로 쭉 내밀며 소리쳤다.

"상처에서 검이 나올 거야. 내 팔을 잘라내!"

무슨 뜻인지 알 수 없었지만 마호라가의 머리는 빠르게 돌아갔다.

'상처에서 검이 나온다고?'

직접 본 적은 없지만 수호는 자신의 경험에서 하는 말일 터.

'만약 수호가 광목천의 능력을 이어받았다면?'

광목천은 바깥세상의 상처만이 아니라 전투 중에 입은 상처도 무기로 바꿀 수 있었다.

'그렇다면.'

마호라가는 허리에서 검집을 뽑아들었다. 그리고 검집을 지팡이 삼아 땅을 짚었다.

"움직이지 마라, 수호."

수호의 등 뒤에 있던 금빛 형체가 더 선명하게 빛났다. 자세를 낮춘 바루나의 모습이 눈에 들어왔다. 수호의 손을 틀어쥐고 그 등 뒤에 버티고 있다.

검푸른 눈이 이글이글 탄다. 입을 꾹 다물고 위협하는 눈으로 마호라가를 마주 본다.

바루나의 마음이 수호의 마음을 통해 전해졌다.

〔퇴마사, 너는 전술의 일환으로 이 녀석을 소모하고 버릴 수 있을지 몰라도, 나는 허락할 수 없다.〕

바루나의 눈에 불꽃이 튀었다.

〔내겐 수호가 내 목적을 위해 필요한 전술의 모든 것이다. 그리고 내 목적은 내 전부다. 네가 수호를 네 목적에 쓰고 버리고자 한다면, 나는 지금부터 내 모든 것을 걸고 너와 대적하겠다, 퇴마사 마호라가.〕

마호라가의 눈이 호랑이처럼 치켜 올라갔다. 살의를 마주한 열감이 몸을 찌르르 채웠다.

'카마 바루나.'

아득한 옛날 바루나와 처음 대적했을 때와 마찬가지로 실감했다.

'이것은 카마다. 목적 이외의 상념이 없는 것.'

그러므로 카마의 생각을 바꿀 방법은 없다. 설득할 방법도, 물러나게 할 방법도 없다.

'제거한다.'

마호라가는 검집을 짚고 광검을 뽑아냈다. 피리검에서 경쇠를 울린 듯 차라랑 하는 맑은 소리가 들려왔다.

수호가 각오한 얼굴로 입술을 꾹 닫았다.

'조금 전에 했어야 하는 일, 순간의 판단 착오로 두 번 하고야 마는구나.'

실처럼 가늘고 빛나는 검이 마호라가의 몸에 은빛 음영을 드리웠다.

"네가 하라고 했다, 수호."

"응."

수호는 고개를 끄덕이며 눈을 감았다.

마호라가의 검이 높이 들렸다. 마호라가의 휘날리는 머리카락이 중력을 거스르며 높이 일어섰다. 치솟는 의지가 몸 주변에 전기처럼 기운을 만들어냈다. 몸 전체가 타오르는 것처럼 아지랑이가 일어났다.

바루나는 수호의 손을 붙들고 생각했다. 수호가 지금 이 생각까지는 듣지 못하도록 마음을 단단히 닫고는.

'지금 내 몸은 실체가 없다. 독에 당한 이상 이 전장에서 다시 몸을 수습하는 것은 불가능하다. 겨우 수호의 정신을 통제

하는 정도다.'

그렇다면 지금 쓸 수 있는 전략은 그것뿐.

'수호의 몸을 조종해서 대적할까?'

이전의 체험에 의하면 수호와 나의 의지력은 비등비등하다. 수호가 협조해주었던 조금 전과는 달리, 수호가 전력을 다해 저항한다면 수호를 조종하기가 간단하지는 않을 것이다.

그리고 애초에 둔해 빠진 수호의 몸으로 싸운다 한들, 저귀신 같은 퇴마사를 이길 수 있을 리가 없다.

그러면 그 방법은 불가능.

'수호의 몸을 방패로 쓴다면……?'

하지만 바루나는 즉시 그 생각을 재고했다. 지금 마호라가는 수호의 목숨을 쓸 생각을 하고 있다. 인질로서 의미가 없다. 그리고 그건 내가 쓸 수 있는 전략이 아니다.

'수호는 지금 칼을 뽑아내려고 안간힘을 쓰고 있다.'

바루나는 계산했고 생각을 굳혔다.

수호의 목숨과 이 퇴마사의 목숨, 빗댈 것이 아니다.

'수호가 검을 뽑아내려 애쓸 때, 수호가 눈치채지 못하게 그 주먹을 마호라가의 심장에 겨눈 뒤 갑자기 힘을 푼다.'

그러면 통제를 잃은 수호의 검은 마호라가의 몸을 꿰뚫을 것이다.

바루나는 다짐하고 준비했다.

'네게 감정은 없다, 퇴마사.'

바루나는 마호라가를 응시했다.

'하지만 나는 지금 너를 제거하겠다.'

'둘을 동시에 벤다.'

마호라가는 생각했다.

'수호의 팔, 바루나의 목숨. 같이 가져가야 한다.'

팔을 잘라내는 것만으로는 안 된다. 바루나는 살려두면 반드시 대응한다.

마음의 카마가 사라지면 한순간 수호가 정신적인 혼돈에 빠질 수도 있다. 내내 바루나를 어쩌지 못했던 이유 그대로, 수호가 '투기' 자체를 잃을 가능성도 높다. 바루나를 먼저 없애면 수호의 검이 사라질 가능성도 무시하지 못한다.

'동시에 벤다.'

마호라가는 황금색 빛에 둘러싸여 있는 흐릿한 바루나를 응시하며 다짐했다.

'같이 베고, 아난타에게 즉시 신호하여 그 자리에 뇌격을 쏟아붓는다.'

흐릿한 영체뿐일지라도 타격은 있을 터.

마호라가는 지팡이로 짚은 검집을 아난타의 등 위에서 살짝 움직였다.

서로 소통하기 위한 신호는 여러 종류로 만들어두었다. 아난타는 간단히 눈치챌 것이다.

'동시에 벤다.'

검만 뽑아낼 수 있으면 그만이다. 만약 수호가 투지를 잃는다면 발로 차서라도 떨어뜨린다. 차이는 없을 테니.

'설령 잘못되어 수호가 저 팔을 다시는 쓸 수 없게 되더라도. 아니, 그 무엇도 생각할 필요가 없다. 어차피 수호의 목숨은 지금 끝난다. 죽을 사람에게 팔이 필요할……'

순간 마호라가는 멈췄다.

자신의 마음을 가득 채운 '욕망'을 한순간 자각하고.

멈칫했다.

보통 사람이라면 눈치챌 수조차 없는, 빛과도 같은 찰나의 망설임.

그 찰나의 순간, 마호라가는 눈앞에 돌이킬 수 없는 갈림길이 펼쳐지는 것을 느꼈다.

바루나는 그 찰나를 놓치지 않았다. 이 퇴마사가 두 번 기회를 주지 않는다는 것도 알고 있었다.

'내 승리다.'

바루나는 한 점 감정 없이 생각했다.

총을 겨누듯 수호의 팔의 방향을 마호라가의 심장으로 튕겨 올렸다.

그리고 억제하던 힘을 풀었다.

하늘을 선회하던 아난타는 벼락처럼 뇌리에 내리꽂히는 불길함에 간담이 서늘해졌다.

이만큼 몸을 키운 채로는 등에 탄 사람들의 상황을 제대로 파악할 수 없다.

하지만 등 위에서 큰 야수가 뒤엉켜 혈전을 벌이는 듯한 격렬한 살기가 치솟고 있었다.

'뭐지?'

그리고, 자신의 전부가, 존재 이유가, 살아야 할 가치가 전부 소멸하고 말리라는 무시무시한 예감이.

99 종착지

연남동의 한식집 옆 골목.

어두운 좁은 골목 안에서 진은 두 팔로 선혜와 수호를 끌어안은 채 웅크리고 앉아 중얼중얼 숫자를 세고 있었다. 입에서 하얀 김이 새어 나왔다.

"오백칠십셋……. 오백칠십넷……."

아직 십 분도 지나지 않았지만, 안에서는 얼마나 시간이 지났을지 모른다. 한 시간, 경우에 따라서는 몇 시간.

골목 저쪽은 네온사인으로 휘황찬란했다. 거리를 지나는 사람들이 어두운 골목 안쪽에 누가 있는 것을 보고 기웃거리며 지나갔다.

중얼중얼하던 진이 문득 셈을 멈추었다.

무릎에 안겨 있던 선혜의 눈에서 눈물이 흘렀다. 선혜가 고개를 떨구며 진의 가슴에 얼굴을 묻었다.

진의 얼굴에 핏기가 가셨다.

"선혜!"

수호는 눈을 감고 기다렸다.

참을 수 있다. 어차피 진짜가 아니니까. 설령 진짜여도 참을 생각이었다. 팔이 잘리면 검이 자라날 것이다.

하지만 기대하던 격통은 오지 않았다. 대신 손을 틀어쥐던 힘이 한순간에 획 사라졌다.

'어?'

수호는 상황을 파악하지 못하고 눈을 떴다.

'바루나가 포기했나?'

눈을 뜬 순간 수호는 믿을 수 없는 광경을 보았다.

자기 손에서 곧게 뻗어 나가는 거대한 붉은 대검을.

붉고 두껍고 우툴두툴한 검이 마호라가의 심장을 향해 돌진하고 있었다. 마호라가는 무엇에 사로잡혔는지, 꼼짝도 하지 않고 날아오는 검을 바라보고 있다.

"마호라가!"

수호는 공포에 사로잡혀 비명을 질렀다.

푸욱.

수호의 검은 자기 몸이기에, 검날에 닿는 감각이 고스란히 전해졌다.

검이 피부를 꿰뚫는 감각.

꿰뚫고도 멈추지 않고 갈비뼈를 부수고, 내장을 꿰고, 등뼈를 부수고, 다시 등의 피부를 뚫고 나가는 감각. 죽음이 칼에 꿰여 나무처럼 자라났다.

"마호라가!"

수호는 지금 자신이 만들 수 있는 가장 거대한 검을 상상하던 참이었다. 칼은 주체할 수 없이 자라났다. 댐이 무너져 물이 콸콸 솟구치듯 속절없이 치솟았다.

수호가 앉은 바닥이 파도처럼 꿀렁이며 들썩였다. 그 바닥은 물론 아난타의 몸이었다.

몸이 공중에 부웅 떠올랐지만 추락하지는 않았다. 팔이 무엇인가에 걸려 있었다.

수호는 뒤늦게 깨달았다. 자신의 손에서 자라난 검이 아난타의 등을 꿰뚫고 있어서라는 사실을.

아난타의 등이 산처럼 치솟아 있었다.

용의 형태마저 잃은 변형, 방사형의 빛처럼 보이는 웅장한 산봉우리가 자신과 마호라가의 사이를 가로막고 있다.

수호의 손에서 자라난 붉은 검이 그 봉우리를 꿰고 있다. 꿰인 자리에서 눈을 뜰 수 없을 만큼 눈부신 황금빛이 솟아올랐다.

마호라가는 그 산봉우리 같은 용 너머에 있었다.

강철로 이루어진 빛이 몇 겹으로 자라난 듯한 모습, 강철의 불꽃이 폭발하는 듯한 아난타의 형체가 수호의 검을 전부 둘러싸고 있었다.

제 몸을 몇십 번이나 다시 꿰뚫리게 하는 것이나 다름없는 무모한 방어. 아난타가 온몸으로 칼날을 칭칭 감아 온몸으로 베이고 잘리고 있었다.

반대편에서는 길게 자라난 부드러운 갈기가 이불처럼 마호라가를 감싸고, 검으로부터 멀리 떨어지도록 온 힘을 다해 높이 들어 올리고 있었다.

친구의 파멸을 지켜보는 마호라가의 동공도 크게 확장되어 있다.

폭발하는 황금빛 너머에서 아직 형태가 남은 아난타의 눈이 이쪽을 향했다. 끔찍한 고통에 휘감긴 눈이 도저히 믿을 수 없다는 눈으로 수호를 보고 있었다.

핏발이 선 눈에 믿을 수 없다는 경악이 서리다가, 이내 몸서리치는 배신감과 분노가 휘감았다.

'네가 어떻게.'

그 붉게 물든 눈이 속삭였다.

'어떻게 네가 감히.'

수호는 그 눈 너머에서 진이 원한에 차서 자신을 노려보는 착각에 사로잡혔다.

수호는 정신을 놓은 채로 검을 회수했다. 회수했다기보다는 검을 만드는 힘을 잃었다는 표현이 맞을 것이다.

지지할 것이 없어진 수호의 몸이 추락했다. 충격에 빠진 수호는 추락한다는 자각조차 할 수 없었다. 느려진 시간 속에서 마호라가의 시선이 자신을 향했다.

마호라가가 한탄하듯 하늘을 보았다. 그리고 팔을 뻗어 아난타를 쓰다듬었다.

작별을 고하듯이.

✦

"안 돼!"

진은 골목 한가운데서 웅크리고 선혜를 품에 끌어안은 채 몸서리치며 비명을 질렀다.

"나를 내보내지 마! 두 번은 싫어! 제발! 또 너를 잃느니 차라리 죽는 게 나아!"

선혜의 작은 몸은 깨어나지 못한 채 진의 품에서 흔들렸다.

"내게 이러지 마!"

진이 머리를 쥐어뜯었다.

"싫어!"

눈부신 황금빛만을 남긴 채, 그 형체를 잃은 아난타가 하늘에서 홀연히 자취를 감추었다.

마호라가의 얼굴에 결의가 새겨졌다.

마호라가는 허공을 한 발로 차며, 팔과 다리를 일직선으로 해 공기저항을 줄이며 새처럼 수호를 향해 날아 내려왔다.

공중에서 수호를 낚아챈 마호라가는 수호를 끌어안고 회전했다. 회전하며 두억시니의 바다에 우뚝 솟은 건물 옥상으로 향했다.

마호라가는 온몸으로 수호를 감싼 채 옥상 건물에 포탄처럼 직격했다. 그리고 난간까지 몇 바퀴를 구르다 부딪쳤다.

수십 차례의 공중제비로 충격을 줄였다지만 바닥은 충돌과 함께 쩌적, 하며 갈라졌고 마호라가가 구른 자리가 길게 움푹 파였다.

"마호라가!"

수호가 황급히 품에서 빠져나와 마호라가의 몸을 살폈다.

마호라가는 부서진 기계처럼 옥상 난간에 기대어 늘어져 있었다.

옥상을 긁고 지나간 몸에서 황금빛이 날아오르고 있었지만, 새삼 아픔을 느낄 겨를도 없는 듯했다. 눈이 무섭도록 공허했다.

마호라가의 몸을 더듬어 살피던 수호의 시선이 제 오른손에 멎었다.

손이 덜덜 떨렸다.

그 손에 아직 겹쳐진 큼지막한 손을 두 눈으로 똑똑히 볼 수 있었다. 수호는 공포에 휩싸여 뒤를 돌아보았다.

등 뒤에 있는 바루나의 희미한 형체가 눈에 들어왔다. 그 음울한 눈에 아직 서려 있는 살기마저도.

실제로 유령 같은 형체였지만, 유령처럼 자신과 마호라가를 응시하고 있다. 조금 전에 한 일에 한 점 후회도 없는 눈으로.

소름이 머리끝까지 끼쳤다.

'어떻게……?'

바루나, 내가 정말로 바라지 않는 일은 하지 않는다고 호언장담하지 않았던가?

지금 내가 마호라가나 아난타를 죽여서라도 살고 싶어 했다고, 그렇게 말하고 싶은 거야?

바루나는 수호의 생각에 반응하지 않았다. 냉혹한 눈을 빛낼 뿐이었다.

"마호라가……."

수호는 돌아보았다. 재가 섞인 바람이 불어와 마호라가의 축 늘어진 몸에 내려앉았다. 눈이 말라 있는데도 우는 듯 보였다.

"내, 내가……."

"네가 한 일이 아니다, 수호."

마호라가가 다짐하듯 말했다.

그러면서 수호의 뒤편을 바라보았다. 아직도 거기서 살기를 뿜으며 자신을 노려보는 카마의 흔적을 응시했다.

"바루나가 한 일도 아니다……."

마호라가의 입가에 자조적인 웃음이 떠올랐다.

"내가 한 일이다. 내가 순간적으로…… 승리에 눈이 멀어 삿된 욕망을 품었다. 그래서 이렇게 되었다. 네 잘못이 아니야, 수호."

마호라가는 바루나의 차가운 시선을 쓸쓸한 미소로 마주했다.

"그렇게…… 그렇게 많은 생을 살아보았어도 욕망이 찾아드는 순간은 참으로 달콤하구나……."

그리고 마호라가는 고개를 숙였다. 수호는 마호라가의 손을 잡아 떨림이 멈추지 않는 제 손 위에 얹었다.

"마호라가……. 아직…… 아직 할 수 있을 거야. 잘라…… 내줘."

말하면서도 무슨 말인지 알 수 없었다.

이제 두 번 다시는 검을 만들 수 있을 것 같지 않았다. 혼란과 두려움이 손가락 끝에 스며들고 있었다.

마호라가는 고개를 젓고 수호를 바라보았다. 붉은 눈동자가 젖어서 더욱 붉게 반짝였다. 붉은 구름이 그 눈에 아름답게 잠겼다.

"나는 패했다."

선언과도 같은 말이었다. 지휘관이 전투를 종결하는 말.

"이미 패했으면서도 받아들이시 못했다. 그래서 너와 아난타의 목숨을 위험에 빠트렸다. 지휘관의 자격이 없다."

회한.

수호는 이해하기 어려웠다. 패배 그 자체보다도 패배를 받아들이지 못했음을 회한하는 심정을.

"바루나의 말이 전부 맞다. 너희에게 용서를 빌어야 할 사람은 나다. 용서해다오."

마호라가는 무엇이 우스운지 낮은 소리를 내며 웃었다.

"이런저런 변명을 했지만, 그저 한 번만 더 너와 함께 싸우고 싶었는지도 모르겠다……."

마호라가가 저 멀리로 시선을 틀었다.

붉은 하늘에서 재가 비처럼 내렸다.

거리는 검은 진흙과 온갖 쓰레기로 만들어진 듯한 구더기의 바다로 들끓었다. 그 위로 높은 건물들이 드문드문 고개를 내밀고 있다.

그리고 마호라가가 보는 방향에, 은실로 방사형의 수를 놓은 듯한 트바스트리의 윗부분이 검은 수면 위에서 은은하게 빛나고 있었다. 허공에 짠 거미줄처럼 보였다.

'패했다.'

수호는 그 말을 곱씹었다.

기껏 여기까지 왔는데, 결국 패하고 말았다.

'다시 할 수 있을까?'

지금까지 온 길을 전부 다시 되짚어, 여기까지 되돌아올 수 있을까? 그리고 다시 이 괴물과 싸울 수 있을까? 나도, 마호라가도, 아난타도, 바루나도 전부 만신창이가 되었는데? 다시 회복할 수 있을지 없을지도 모르는데?

그래도 마호라가가 다시 오자고 하면 와야지. 설령 나갔다 바로 돌아와야 한다고 해도. 아무 의문 없이.

문득 수호는 저 멀리 반짝이는 트바스트리를 보며 묘한 위화감을 느꼈다.

'그런데 저건 두고 가나……?'

트바스트리로 구멍을 막아 놓았으니 회수할 수도 없을 텐데.

바깥에서 저 형체를 계속 유지할 수 있나……? 영체의 일부만 두고 가는 게 가능한가……?

수호는 그제야 까맣게 잊고 있던 말이 떠올랐다. 조금 전에 마호라가가 했던 말.

「나는 이 전투에서 후퇴할 수가 없게 되었다.」

'……그게 무슨 뜻이었지?'

간단한 말인데도 이해할 수가 없다. 받아들일 수 없으므로.

그때였다. 마호라가가 부드럽게 수호의 머리를 당겨 품에 끌어안았다.

아직 수호의 등 뒤에 바루나가 버티고 있었기에, 마치 수호의 등 뒤에 버티고 선 바루나의 품에 안긴 듯한 모양새가 되었다.

"마호라가……?"

바루나는 묵묵히 수호의 등 뒤에서 마호라가를 내려다보았다.

방심해서는 안 된다. 이미 여러 번, 이 능청스러운 퇴마사에게 속은 전력이 있지 않은가. 좌절하는 척하다가 내가 힘을 푸는 순간 갑자기 돌아서서 수호에게 칼을 뽑아내라고 할 수도 있다.

"수호⋯⋯."

마호라가가 수호의 귀에 대고 속삭였다.

"두억시니를 이기는 방법은 결국 하나뿐이다. '네가 받은 모멸을, 너를 모멸한 그 사람 이외의 그 누구에게도 돌려주지 마라.'"

"마호라가⋯⋯?"

"그것만 잊지 않으면 된다⋯⋯."

모래바람이 한바탕 불어와 시야를 가렸다. 마호라가가 수호를 끌어안은 팔을 풀고 물러났다.

"나는 그리 하는 사람을 거의 보지 못했다⋯⋯."

젖은 붉은 눈동자가 수호의 눈을 향했다.

"하지만 너는 그럴 수 있는 사람이다⋯⋯. 내가 안다. 천오백 년 전부터, 내가 너를 알아왔다."

마호라가의 머리카락이 모래바람 속에서, 아난타가 흩뿌린 황금빛 속에서 휘날렸다.

"그러니 너는 두억시니를 이길 수 있을 거야."

순간, 얼음처럼 차가운 두려움이 마음을 꿰뚫었다.

"마호라가!"

"그간 즐거웠다, 수호."

수호의 눈이 크게 떠졌다. 마호라가가 한 걸음 물러나며 황금빛 속에서 미소를 지었다.

"……다음 생에 만나서 또 같이 놀자."

마호라가가 뒤돌아서서 한 발로 높이 도약했다. 도약한 마호라가의 몸이 두억시니의 바다로 빛을 뿌리며 새처럼 떨어졌다.

붉은 하늘이 피를 흘리는 것만 같았다.

"마호라가!"

수호는 난간을 향해 달려갔다. 힘이 풀려 다리가 제멋대로 휘었다.

수호가 난간에서 막 뛰어내리려 했을 때, 누군가 강한 힘으로 수호의 몸을 낚아채 잡아당기는 바람에 그대로 뒤로 나동그라지고 말았다.

〔진정해라, 수호.〕

냉혹한 소리가 마음 안에서 울려 퍼졌다. 이제는 악마처럼 느껴지는 목소리였다.

〔저 퇴마사는 이곳을 나갈 수 없다. 네가 구할 수도 없다. 기계다리가 네가 이길 수 있다고 말했으니 네게 뒤를 맡긴 것이다. 네가 살아야 다음이 있다.〕

"닥쳐!"

수호는 울부짖었다. 일어나려 했지만 손발이 묶인 것처럼 꼼짝도 하지 않았다.

바루나가, 내 카마가, 내 욕망이 나를 지배하고 있다. 내 마음을 내가 통제할 수가 없다. 정신이 나갈 것 같았다.

"놔, 바루나!"

수호가 악을 썼다.

〚이제 싸울 수 있는 건 너뿐이다. 네가 살아야 한다.〛

"내게 말 걸지 마!"

수호는 귀를 막고 울부짖었다.

"다시는 너와 아무 말도 하지 않겠어! 네 말은 이제 아무것도 듣지 않겠어! 두 번 다시 너와 아무것도 하지 않겠어!"

수호의 손과 몸을 붙든 영체가 움찔했다. 새삼스러울 것도 없건만 기분이 상한 듯했다.

수호는 주먹이 부서지도록 바닥을 쾅쾅 두드렸다. 그 손을 쥐고 있는 바루나의 영체도 같이 바닥에 내리꽂혔다.

"바루나!"

수호의 외침이 폐허에 울려 퍼졌다.

100   전투가 끝나고

피리검을 손에 꼭 쥔 채 두억시니의 바다로 떨어진 마호라가는 바다 위 고개를 내민 부서진 건물 잔해에 내려섰다.

한 발로 콘크리트 조각들을 타고 뛰어 이동했다. 곤충처럼 가볍게 날아오르고 솜씨 좋게 좁은 디딤돌을 찾아 딛고 뛴다. 마침내 금이 간 심소의 외벽 앞에 둥둥 떠 있는 스티로폼 조각 위로 내려섰다.

구멍은 얼핏 보기에도 작다. 손가락 하나 들어갈까 말까.

그 앞을 트바스트리가 짠 은빛 거미줄이 단단히 막고 있다.

마호라가가 구멍을 확인하려 손을 뻗자 스티로폼 주위에서 검고 흐물거리는 형체가 솟아올랐다.

버섯이 자라나듯이 주욱 솟구치더니 하나하나 검은 구멍이 생겨났다. 그 안에 눈알이나 이빨이 채워진다. 바다 가득히 그런 눈알이며 이빨이 나타나 마호라가를 에워쌌다.

마호라가는 피리검을 지팡이 대신 짚고 스티로폼 위에서 돌아섰다. 보는 사이에도 눈알이 달린 돌기는 점점 늘어났다.

"많이도 왔구나. 구경꾼이 많으니 노래라도 불러줄까나."

스티로폼이 들썩였다. 큰 파도가 몰아치듯이 흔들리는데도 피리검에 지탱해 한 다리로 선 마호라가의 자세에는 흔들림이 없었다.

스티로폼 앞의 수면이 천천히 일어났다.

솟아오른 둔덕에 고름이 터지듯이 구멍이 툭툭 나더니 구멍이 난 자리마다 눈알이 들어차 뒤룩거리며 마호라가를 노려보았다.

"함부로 나를 건드리지 않는 것이 좋을 거다, 두억시니."

눈알과 이빨이 늘어나는 가운데 마호라가가 말했다.

"내가 여기서 죽으면 트바스트리는 이 형태 그대로 시공간에 고정된다. 죽은 퇴마사의 영체는 심소와 동화된다."

그 말에 수런수런하던 소리가 끊기고, 자라나던 버섯들이 움찔 멈추었다.

"그렇게 긴나라와 긴 시간 애썼는데도 고작 요만한 구멍이 아니던가. 새로 뚫느니 어떻게든 나를 여기서 떼어내는 게 빠를 거다, 두억시니."

마호라가가 한 발로 서서 피리검을 높이 들어 올렸다.

가벼운 웃음소리가 파도치며 들려왔다.

고작 검 하나로 네가 무엇을 할 수 있겠냐는 듯이.

마호라가는 검집에서 검을 뽑아 들었다. 가느다란 빛줄기 같은 검이 맑은 피리 소리를 내며 뽑혔다. 어둠 속에서 마호라가의 검만이 눈부시게 빛났다.

마호라가는 검을 높이 들어 올렸다가 두억시니의 바다를 향해 휙 던졌다.

당혹감이 전해져왔다.

사비트리가 빛을 뿌리며 늪 아래로 잠겨 들어갔다.

"너는 이제 내게서 훔칠 기술이 없다."

등 뒤에서 트바스트리의 거미줄이 문양을 그리며 정교해

졌다. 마치 벽에 수를 놓듯이 아름답게 펼쳐졌다.

"이제 네가 내게 쓸 수 있는 기술은 단 하나, 정신 오염뿐이다."

마호라가의 눈이 쏟아지는 재 속에서 붉게 빛났다.

"하지만 나는 네게 오염되지 않는다."

높이 솟아오른 파도가 마호라가에게로 가까이 왔다. 수십 개의 눈알이 마호라가의 몸을 샅샅이 핥듯이 뒤졌다.

퇴. 마. 사.

두억시니의 목소리가 마호라가의 머릿속에서 울렸다.

너. 는. 십. 년. 전. 에. 도. 그. 리. 말. 했. 었. 지.

마호라가의 눈이 움찔했다.

지. 난. 생. 의. 네. 죽. 음. 을. 기. 억. 한. 다.

오. 래. 버. 텼. 기. 에. 더. 욱. 달. 콤. 했. 다.

맛. 있. 었. 다.

"그래, 기대되겠구나."

네. 가. 한. 가. 지. 착. 각. 하. 는. 것. 이. 있. 다.

지. 금. 내. 안. 에. 는. 내. 친. 구. 긴. 나. 라. 가.

파도에서 꿈틀거리며 손이 튀어나왔다.

그 소매는 검은빛이었지만 긴나라의 옷처럼 깃털이 무수히 달려 있다. 진짜 깃털이라기보다는 끈적이는 진흙과 꿈틀거리는 구더기로 만든 모조품처럼 보였지만.

끈적이는 손이 마호라가의 머리를 쓰다듬었다.

마호라가의 몸이 흔들렸다. 진흙과 구더기가 마호라가의 머리카락과 이마에 묻어 뚝뚝 떨어진다.

샹. 캬. 가. 없. 어. 도.

그. 의. 시. 혜.

의. 지.

마. 음. 을. 샅. 샅. 이. 들. 여. 다. 보. 는. 통. 찰.

모. 두. 내. 것. 이. 다.

마호라가는 피식 웃었다.

"대단할 것도 없네. 어차피 그리 똑똑한 녀석도 아니었거든."

허. 물. 어. 져. 라.

그. 강. 인. 함. 도. 자. 존. 심. 도. 고. 결. 함. 도. 다. 망. 가. 지. 고.

허. 물. 어. 져. 처. 참. 하. 게. 시. 궁. 창. 에. 구. 를. 때. 까. 지.

"하라."

마호라가가 눈을 빛내며 말했다.

그리고 검은 파도가 벌어지며 거대한 입이 나타났다. 바늘 같은 이빨이 무수히 돋아난 거대한 입이다. 마호라가는 가벼운 웃음마저 지은 채 그 입안을 들여다보았다.

'두억시니, 궁금한 것이 있는데, 너는……'

마호라가가 미소를 지으며 생각했다.

'……아직도 카마인가?'

두억시니가 마호라가를 한입에 삼켰다.

✦

수호는 눈을 떴다.

어두운 골목길이었다. 네온사인이 번쩍이는 거리가 눈에 들어왔을 때 수호는 현실감을 찾을 수 없었다.

수호는 진과 함께 담요를 덮고 진의 어깨에 고개를 기대고 있었다. 몸이 뻑뻑했다. 남의 몸인 듯 잘 움직여지지 않았다.

담요를 걷고 물러나 보니 진은 선혜를 끌어안고 웅크린 채 바들바들 떨고 있었다. 얼굴이 죽은 사람처럼 창백했다. 호흡이 가빴고 식은땀을 흘리고 있었다.

"아니, 이게 무슨 일이래요?"

누군가가 골목 저쪽에서 다가왔다. 익숙한 목소리였다. 마음에 추이가 있는 아주머니였던가.

"하도 안 와서 와봤더니…… 다들 왜 이래요?"

"아니, 그러게, 추운 데 있지 말랬더니만. 입 돌아가겠네!"

마음에 백호가 있는 할아버지가 말했다.

진이 소란 속에서 고개를 들었다.

수호와 진의 눈이 마주쳤다. 진의 눈을 마주한 수호는 숨을 삼켰다. 진의 눈은 죽은 사람처럼 움푹 파여 있었다.

마음이 소란스러워 보였다. 진이 자신의 마음에 돌아온 아난타로부터 상황을 듣고 있다는 것을 짐작할 수 있었다. 눈이 휘둥그레 떠져 있다. 너무나 크게 떠진 나머지 얼굴을 눈이 다 잡아먹은 것처럼 보였다.

믿을 수 없는 배신을 마주하는 경악이 그 눈에 담겨 있었다.

✦

부단나는 눈을 떴다.

텅 빈 예배당이었다. 스테인드글라스에서 햇빛이 쏟아지고 있다. 벌써 아침이다. 밤새도록 심소에 갇혀 있던 셈이다.

부단나는 황급히 비사사를 살폈다. 비사사는 자신을 온몸으로 지키겠다는 듯이 꼭 끌어안고 누워 있었다. 심장 소리도 건강했고 호흡이나 체온도 이상은 없었다.

부단나는 일단 안심했지만, 안심할 단계는 아니었다.

제단 앞에는 금강이 무릎을 꿇고 앉아 기도를 드리고 있었다.

녹은 촛농이 제단에 흥건했다. 찬 공기가 사제복에 묻어 뻣뻣하게 느껴졌다. 그 자세로 밤을 새운 듯했다.

비사사가 이어 눈을 떴다.

금강의 뒷모습을 본 비사사가 흠칫 부단나의 팔을 붙잡았다. 팔이 바들바들 떨렸다.

현실로 돌아오면 아이일 뿐인 두 사람이었다. 마음 안에서만큼 머리가 빨리 돌아가지 않는다.

아니, 퇴마사로서는 마음 안이 모든 능력을 발휘할 수 있는 현실이고, 현실이 꿈처럼 몽롱한 편이라고 할까.

금강이 고개를 무겁게 들었다. 보이는 것은 거대한 등뿐이었지만 부단나의 눈에는 번뜩이는 안광이 보이는 듯했다.

'누나는 전투에서는 나보다 빠르게 판단하지만,'

부단나는 생각했다.

'사람의 마음속 어둠을 보는 건 내가 빨라.'

부단나가 비사사의 손을 마주 잡았다.

'지금은 내가 누나를 지켜야 해.'

"일어났느냐."

금강이 바위처럼 무겁게 입을 열었다. 조용한 새벽이라서인지 금강의 목소리가 예배당을 쩌렁쩌렁 울렸다.

"오래 깨어나지 않아서 걱정하고 있었다. 안에서 무슨 일이라도 있었느냐."

비사사가 무심코 말하려 했고 부단나가 비사사의 손을 꽉 잡아 말을 막았다.

걱정한다지만 눈에는 감정이 없다. 몸을 살펴보는 기색도 없다.

'몰랐을 리가 없어.'

부단나는 두려움에 사로잡혀 생각했다.

'우리의 위험을 몰랐을 리 없어. 신장 금강과 우리의 마음은 이어져 있어.'

내버려둔 것이다.

'금강은 내 의혹도 곧바로 느낄 거야. 마음이 흔들려서는 안 돼.'

"저희가 실수를 했습니다."

부단나가 말했다.

"하찮은 잡귀라 믿고 방심했다가 포위되어 빠져나오지 못했습니다."

"고생했구나."

감정 없는 목소리였다.

"긴나라께서는 어디 계십니까?"

금강은 답이 없었다. 비사사는 그제야 바깥이 어수선하다는 느낌을 받았다.

"글쎄다, 나는 밤새 너희를 지키느라 이곳을 떠나지 않아서……."

'망설이고 있다.'

부단나는 서늘한 창이 가슴을 파고드는 기분을 느꼈다.

'우리가 수상한 낌새를 알아차렸을 테니 제거해야 하겠지만…… 망설이고 있어. 남은…… 정 때문에.'

비사사가 입을 열려고 했다. 부단나는 비사사의 손을 꼭 쥐었다. 비사사는 부단나의 의도를 파악하지는 못한 듯했지만 바로 입을 다물었다.

'어리석은 어린애처럼 굴어야 해.'

부단나는 유달리 붉은 입술을 깨물었다.

"걱정을 끼쳐드려 송구합니다. 싸움이 길어 저희 둘 다 몹시 지쳐 있습니다. 오늘은 보좌 업무를 쉴 수 있게 허락해주시겠습니까?"

기나긴 침묵. 얼음장 같은 시선.

죽음이 그 시선 너머에 도사리고 있다.

부단나는 심장이 얼어붙는 듯한 공포를 느꼈다. 사신 앞에 맨몸으로 선 기분이었다.

'누나에게는 손 못 대.'

부단나는 생각했다.

'그러려면 최소한 나를 먼저 죽여야 할 거야.'

무거운 침묵을 깨고 금강이 입을 열었다.

"그게 좋겠구나. 그러도록 해라."

명령이 떨어지자마자 부단나는 그만 다리에 힘이 풀려 쓰러질 뻔했다. 부단나는 비사사의 손을 잡고 허겁지겁 달려 나갔다.

스칸다는 눈을 떴다.

임무를 끝낸 상쾌함 속에서 깨어나리라고 생각했는데 몸이 천 근만큼 무거웠다.

'너무 긴 시간 마음 안에 있었는가.'

기력을 회복하려면 시간이 걸릴 듯하다. 하지만 보고를 하러 돌아가야 한다. 그리고 다음 임무를 받아야…….

문득 위화감이 몸을 뒤덮었다.

스칸다의 '저격수의 눈'은 아직 수호의 마음에 가느다란 실이 이어진 듯 연결되어 있었다. 그리고 수호의 마음 안에 아직 바루나가 생생하게 살아 있는 것을 느꼈다.

'내가 실패했다고……?'

스칸다는 믿기지 않는 기분으로 생각했다.

'바루나가 살아 있어……? 어떻게……?'

세 발의 총알은 명중했고 독은 분명히 카마의 몸에 퍼졌다. 무슨 수로 살아났다는 거지?

스칸다가 혼란 속에서 상황을 파악하려는데, 아래층에서 무엇인가가 깨지는 소리가 들려왔다. 누군가 그릇을 집어 던지는 듯한 소리였다. 비명과 소란이 이어졌다. 그리고 공포가.

"사람 무시해? 야, 내가 누군지 알아? 시발, 다 죽어봐야 알겠어?"

"야, 다 나와! 다 나오라고! 응? 오늘 너 죽고 나 죽자!"

또 흔한 진상 손님인가 싶었지만 불길한 기분을 떨칠 수가 없었다.

주변의 공기가 변했다.

평온하던 심소가 더럽혀지고 있었다.

뭔가 찐득찐득하고 악취를 풍기는 것이 땅을 기며 온 세상을 향해 뿌리를 뻗고 있었다.

＋

마호라가는 눈을 떴다.

고요했다.

아무것도 없다. 해일과도 같던 진흙의 물결도, 야수의 울부짖음도, 소름 끼치는 악취도 없었다. 건물도, 폐허의 흔적마저도 없다. 텅 빈 공간에 붉은 하늘뿐.

그리고 금이 간 벽과 트바스트리가 만들어낸 그물뿐이었다.

혼자였다.

아무도 없었다.

마호라가는 의아해하며 주위를 두리번거렸다.

갑자기 정신이 뒤흔들릴 듯한 격렬한 좌절이 덮쳐왔다. 끔찍한 후회와 자기 모멸이. 몇백 번이고 자신을 죽여 없애고도 남을 절망이.

나. 는. 패. 배. 했. 다.

다. 시. 없. 을. 기. 회. 를. 날. 리. 다. 니.

한. 순. 간. 의. 유. 약. 함. 으. 로.

나. 로. 인. 해. 세. 상. 은. 지. 옥. 이. 된. 다.

이. 런. 하. 찮. 은. 거. 미. 줄. 로. 얼. 마. 나. 버. 틸. 것. 인. 가.

하. 루? 일. 주. 일?

420

나. 는. 졌. 다.

내. 어. 리. 석. 음. 으. 로.

절망이 날카로운 수백 개의 칼처럼 잔혹하게 몸을 난자했다. 몸을 꿰뚫고 잘라내고 꼬치처럼 꿰었다. 내장을 찢어놓고 잘게 다지고 들쑤셨다.

"내 마음의 소리가 아니다……."

마호라가는 심장을 부여잡았다. 고통이 심장을 조이고 물어뜯고 짓이겼다. 죽음의 고통 속에서도, 그 와중에도 붉게 물든 하늘만은 숨이 막히도록 아름다웠다.

'감사하구나.'

마호라가는 생각했다.

'마구니와 비슷한 것조차 보지 못하는 내 이 저주가.'

모. 두. 내. 탓. 이. 다.

나. 만. 없. 었. 더. 라. 면.

차. 라. 리. 지. 금. 이. 라. 도. 내. 가. 세. 상. 에. 서. 없. 어. 진. 다. 면.

나. 를. 죽. 여. 용. 서. 받. 을. 수. 있. 다. 면.

마호라가는 마음을 갈기갈기 찢어내는 모멸을 그저 응시했다. 짓밟히는 마음을. 갈가리 찢어지는 마음을.

'내가 어둠을 보니……'

마호라가는 눈을 감았다.

'어둠은 내가 아니다……'

그리고 천천히 자신의 내면으로 침잠해 들어갔다.

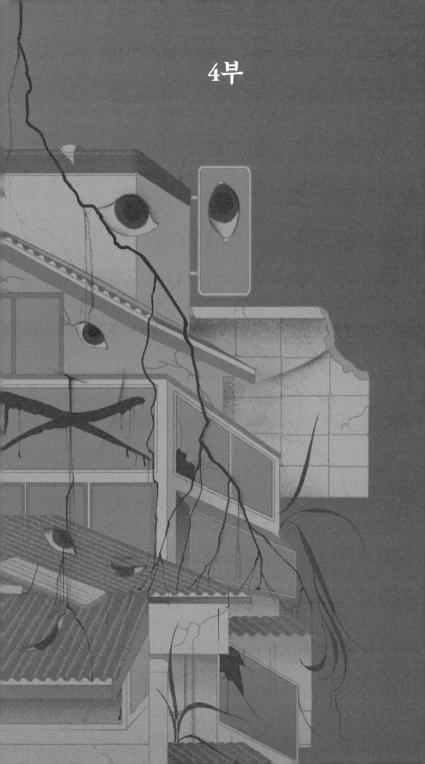

4부

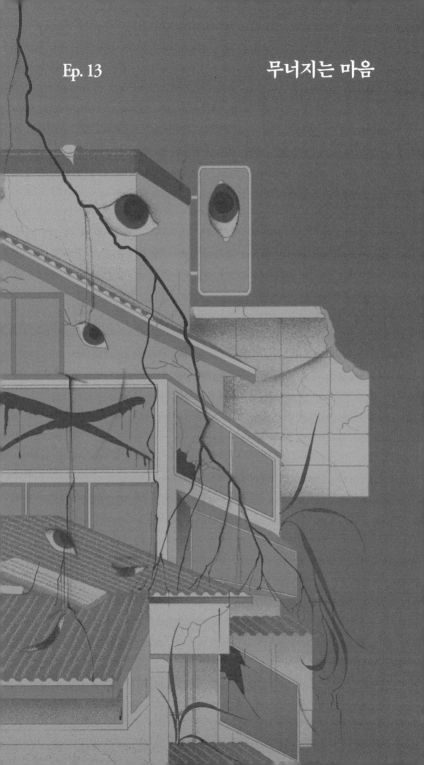

Ep. 13   무너지는 마음

언젠가의 기억.

"야, 씨, 봤냐, 봤냐?"

하교 시간, 수호가 의자에 걸어둔 책가방에 책을 넣을 때였다. 복도에서 옆 반 녀석들이 와자지껄 지나갔다.

"교문에 있는 못난이 꼬맹이 말이야. 다리 한 짝 없는 거 맞지? 맞지? 봤냐?"

수호는 책가방을 메다가 동작을 멈추었다.

"아, 시발, 내가 다리 좀 보여달랬더니 존나 틱틱대면서 비싸게 구는 거야."

"야이씨, 미친 새꺄, 변태냐? 남의 다리를 왜 보여달래?"

옆에서 친구인 듯한 놈이 핀잔을 주었다.

"아, 궁금하잖냐. 나 다리병신 생전 처음 봤거든? 철때기가 몸에 어떻게 붙어 있는지 알고 싶어서 그랬지! 넌 안 궁금하냐?"

"미친 새꺄, 쪽팔린다, 멀리 떨어져서 와라. 가서 수학 문제나 풀어."

"쉬벌, 궁금해도 못해? 아씨, 기분 조깟네. 존나 못난 게 존나 비싸게 굴더라. 지 다리도 아닌데 좀 보여주면 어때? 닳냐?"

시끄럽게 떠들던 녀석이 수호네 반 창문을 활짝 열더니 소리를 고래고래 쳤다.

"야, 혹시 이 반에 동생 다리병신인 놈 있냐?"

"미친 새꺄, 돌았냐?"

친구인 듯한 놈이 창에 매달린 놈의 목을 잡더니 창문을 닫고 끌고 나갔다. 뭐가 그렇게 재미있는지 깔깔대는 소리가 복도에 계속 울렸다.

모멸에는 악의조차 없다.

생각이 없는데 악의가 있을까.

의도마저 없는데.

수호는 돌연 벌떡 일어나 교실 문을 벌컥 열고 나갔다.

깔깔거리는 놈에게 성큼성큼 다가가 멱살을 움켜쥐었다. 의식조차도 없이 벽에 밀어붙이고 주먹을 들었다. 히죽히죽 웃던 녀석의 얼굴이 싸늘하게 식었다.

"뭐야, 미친놈아."

수호는 입을 열지 않았다. 높이 든 손이 부들부들 떨렸다.

"미친놈아, 뭐냐고 물었잖아."

"……."

「두억시니를 이기는 방법은 하나뿐이다.」

마음 어디에선가 마호라가의 목소리가 들려왔다. 언제 들었는지 모를 소리였다.

「네가 받은 모멸을, 너를 모멸한 바로 그 사람 이외의 그 누구에게도 퍼트리지 않는 것.」

'그러면, 마호라가.'

수호는 마음속으로 물었다.

'다른 사람이 받은 모멸은?'

"이 시끼가 돌았나."

먹살을 잡힌 놈의 얼굴이 험악해졌다. 거칠게 수호의 손을 치우며 수호를 밀쳤다. 녀석이 수호의 콧등으로 주먹을 내지르는 것을 양옆에서 겨우 뜯어말렸다.

소동이 가라앉고 수호가 주저앉은 채 주변을 돌아보니 복도에 널브러진 책가방이 짓밟혀 있었다. 들어보니 어깨끈이 툭 끊어졌다. 어쩔 수 없이 손으로 들어야 했다.

먹살을 몇 번 잡히는 바람에 교복 단추도 몇 개 떨어져 나갔다. 학생들이 힐끗거리며 옆을 지나갔다.

교문 옆에는 선혜가 앉아 노래를 흥얼거리며 다리를 까닥까닥하고 있었다.

"품어왔었던 단 하나의 꿈~ 언제라도 이룰 수 있는 곳~ ♬"

짧은 칠부바지를 입은 탓에 선혜가 다리를 올릴 때마다 의족이 선명하게 드러났다.

수호를 발견한 선혜는 활짝 웃으며 두 팔을 부채처럼 휘저었다.

"수호! 여기야, 여기!"

목소리는 또 어찌나 큰지, 지나던 학생들이 모두 돌아보았다. 시선이 수호에게 한번 꽂히고 이어서는 선혜의 다리에 꽂혔다.

"그지야. 병신끼리 친구였나?"

428

등 뒤에서 킥킥거리는 웃음소리가 들렸다. 귀에 속삭인 녀석은 수호가 흠칫 보는 사이에 횡하니 달아났다.

수호는 크게 숨을 쉬고는 선혜에게 다가가 물었다.

"여기서 뭐 해?"

"괜찮은 사냥감이 있다는 정보를 입수해서 데리러 왔지."

"훈련? 아니면 힘든 적?"

"힘든 적이야."

선혜가 답했다.

"두억시니에게로 가는 통로가 열릴지도 몰라. 아니더라도 정보를 얻을 수 있을 것 같고. 같이 가자."

"여기까지 어떻게 왔어?"

수호가 선혜의 의족을 보며 물었다.

"진이 자전거로 데려다줬어. 진은 길 건너 편의점에서 먹을 거 사고 있어."

선혜는 벽을 손으로 짚고 성한 다리에 힘을 주어 일어나더니 바지에 묻은 흙을 털었다.

"진이라면 또 잔뜩 살 테니 말려야겠다. 가자."

선혜가 의족을 땅에 딛자 수호가 선혜의 팔을 잡았다. 선혜가 눈을 깜박이며 돌아보았다.

"업어줄게."

"걸을 수 있어."

"나도 괜찮아."

"흠."

선혜는 잠시 고민했다. 그제야 발견한 듯 수호의 뜯긴 교복 단추며 어깨끈이 떨어져 나간 가방을 보았다.

"싸웠어?"

"아니."

수호가 '안 싸웠으니 맞았지' 하고 말하려는데 선혜가 기웃 기웃 훑어보며 말했다.

"현실에서 말고 마음 안에서 말야. 벌써 사냥 하나 하고 온 것 같은데?"

수호가 멈칫하자 선혜는 다 안다는 얼굴로 해죽 웃었다.

"어떻게 알았어?"

"당연히 알지. 그렇게 전사의 투기가 풀풀 풍기는데."

'투기……'

이상한 말이라고 생각하며 수호는 책가방 어깨끈을 묶어 팔에 걸고 선혜를 등에 업었다. 한쪽 팔에 선혜의 딱딱한 다 리가 걸쳐졌다.

'여기만 로봇 같아…….'

수호는 그렇게 생각하며 끙, 하고 몸을 일으켰다. 애를 업 은 채로 책가방을 한쪽 팔로 들려니 몸이 기우뚱했다.

"진짜 괜찮아? 너 허약하잖아."

선혜가 엉덩이를 번쩍 들고 수호의 어깨에 고개를 턱 올리 며 물었다. 다리가 하나 없을 뿐, 실상 수호보다 날래고 힘이 넘치는 선혜였다.

"……괜찮아."

수호가 겨우 균형을 잡으며 말했다.

"괜찮지 않으면서 그런 말 할 건 없는데."

"괜찮지 않으면 괜찮다고 말하지 않아."

수호가 살짝 역정을 내며 주위를 돌아보니 학생들의 눈길이 느껴졌다. 아예 전봇대 옆에 서서 껌을 짝짝 씹으며 재미있다는 듯 구경하는 무리도 있었다. 수호는 선혜의 다리를 끼운 팔에 힘을 주었다.

'그래도 이렇게 업고 있으면 선혜가 아니라 나를 쳐다보니까.'

선혜는 신경 쓰지 않을 것 같지만 그래도 그게 낫다고 생각했다. 내가 놀림받는 것보다 선혜가 놀림받는 게 더 싫으니까.

"어쨌든 고마워. 걷기 힘들었는데."

선혜가 성한 다리를 까닥까닥하며 말했다.

"힘들어?"

수호는 문득 물었다. 뻔한 질문이었지만, 너무 뻔한 나머지 오히려 물어본 적이 없었다.

"힘들지. 이건 그리 좋은 의족도 아니고."

선혜가 의족을 위로 들었다 내렸다 하며 말했다.

"나처럼 성장기인 애한테는 의족이 금방 몸하고 안 맞아. 벌써 빡빡하고 작아. 많이 걸으면 다리가 퉁퉁 붓고."

"그렇구나."

"휠체어가 편해. 하지만 우리나라 길은 휠체어가 다니기 불편해서 말이야. 턱이 너무 많아. 계단도 많고. 진은 아무 때나 나를 둘러업고 달리기에는 의족이 낫다고 생각한 모양이야. 나중을 생각해도 내 발로 걷기는 해야 하겠지만……. 여기 봐봐! 거기도 휠체어가 못 다니겠지? 여기도! 저기도! 아! 저기도!"

선혜가 수호의 등 뒤에서 상체를 크게 움직이며 땅을 가리키는 바람에 몸이 뒤로 홱 젖혀졌다.

　수호는 황급히 허리를 앞으로 굽혀서, 뒤로 넘어져 선혜를 깔아뭉개는 참사를 겨우 막았다. 또 바로 옆에서 누가 킥킥 웃으며 지나갔다. 수호는 한숨을 푹 쉬었다.

　"너 말야."

　"가만있을게."

　"옷 말야."

　"옷?"

　"그것보다 긴 바지 없어?"

　"왜?"

　"사람들이 쳐다보잖아. 날도 슬슬 추워지는데 의족 안 보이게 더 긴 바지 입는 게 좋지 않아?"

　"내가 일부러 의족이 보이는 옷을 입는다고 생각하지는 않고?"

　"?"

　수호는 허리를 세우고 멈춰 섰다. 선혜의 의족이 장난치듯이 수호의 옆구리에서 높이 들렸다 내렸다 했다. 높이 들 때마다 운동화가 달린 철제 의족이 반짝이며 드러났다.

　"왜?"

　수호가 물었다.

　"남들 보라고."

　선혜가 의족을 까닥거렸다.

　"그러니까, 왜?"

　"익숙해지라고."

　"익숙해지라고?"

"그래."

슬쩍 뒤를 돌아보니 선혜가 방긋 웃고 있었다. 천진한 미소였지만 눈빛은 그렇지 않았다.

"사람들이 나를 쳐다보는 이유는 익숙하지 않아서야."

선혜가 말했다. 한층 차분해진 목소리였다. 선혜가 종종 말하는, '너무 오래 이렇게 있으면' 급속도로 피곤해진다고 하는 어른 모드였다.

"이런 것을 흔히 보지 않았으니."

선혜는 운동화가 붙은 의족을 들어 올리며 말했다.

"힐끔거리고 쳐다보면서 정보를 얻으려 하는 거지. 짐승의 본능이다. 새로운 것을 탐구하는 거지. 인간도 짐승이고."

"하지만 그건 그 사람들 입장이고, 너는 매일 겪는데……."

"짐승은 낯선 것을 배척하고 자기와 같은 무리를 지키려고 하지. 자기와 다른 자를 조롱하고 배격하고 모멸을 주어 무리에서 숨거나 움츠러들게 하거나, 멀리 도망치거나 나대지 못하게 해."

"……."

"자기가 왜 그러는지도 몰라. 이유를 대도 다 진짜 이유가 아니야. 짐승의 본능이지."

"……하지만 인간은 짐승이 아니야."

"마음이 많이 자랐을 때만."

선혜는 다리를 빙글빙글 돌렸다.

"인간은 본질적으로 짐승과 다르지 않아."

선혜가 말했다.

"마음이 많이 자랐을 때만 짐승과 다르게 사고하지. 하지만 낳은 인산은 마음이 다 자라기 전에 늙어 죽고 말아. 한 사람이 다 자라기에는 인간의 수명은 짧고도 짧아."

수호는 대꾸할 말이 없어 입을 다물었다. 그러는 사이에도 사람들의 자비 없는 차가운 시선이 수호와 선혜를 지나갔다.

"이 나라는 오래전부터 아픔을 감추고 보지 않는 것으로 해결해왔어."

선혜의 목소리가 이어졌다.

"응?"

"가난한 사람의 집이 있으면 보기 싫다고 철거해버려. 노점상이 있으면 아름답지 않다고 거리에서 치워버리고, 장애인은 보기 싫다고 거리에 다니지 못하게 하지. 사실 네 교복도 그래. 모두 똑같은 모습으로 만들어서 네가 도움을 받아야 할 사람이라는 것을 아무도 알지 못하게 하잖아. 그렇게 안 보이게만 해놓고 문제를 해결한 척하지. 실상 아무것도 해결해주지 않으면서."

"……."

뭐라 답해야 좋을지 모를 소리였다.

"서울에 등록된 장애인의 수만 해도 중학생의 수를 넘어서는데, 너는 거리에서 중학생을 매일 보지만 장애인은 보지 못하겠지. 만약 이 나라가 제대로 돌아간다면 거리 어디를 보든, 어디에나 장애인이 있어야 해."

'거리 어디를 보든 어디에나 장애인이 있어야 한다.'

생각해본 적이 없는 말이었다.

"결국 모든 사람은 다 장애인이 돼……. 늙고 다치고 병에 걸리고 눈이 멀고 이가 빠지고 걷지 못하게 되지. 사람은 누구나 죽고, 건강하게 죽는 사람은 아무도 없어. 하지만 다들 그런 생각은 하지 않고 살지."

선혜는 말하다가 수호를 보며 방긋 웃었다.

"그래서 나는 일부러 이러고 돌아다니는 거야. 나 같은 사람이 익숙해지도록. 그래서 나를 많이 본 어떤 누군가는, 다음에 나 같은 사람을 봐도 이상해하지 않도록. 그래서 두 번째에는 쳐다보거나 놀리지 않도록."

"……."

"한 살이라도 많은 내가 해야지, 어린애들한테 어떻게 시키겠어."

수호는 잠시 침묵했다. 그리고 선혜의 엉덩이를 띄워 올려 잠시 팔을 쉬고는 발을 옮겼다.

뒤에서 선혜의 "아" 하는 소리가 들렸다.

"너는 그러지 마! 너는 어리잖아."

"이상한 소리 하지 마!"

"태어난 지 십오 년밖에 안 됐잖아!"

"그러니까 이상한 소리 하지 말라고!"

✦

수호는 잠에서 깼다.

집이었다. 거실에서 이불 하나만 뒤집어쓰고 자던 참이었다. 집 안 물건마다 붙은 빨간딱지가 으스스하게 눈에 들어왔다.

"압류물 표목, 이 압류물을 처분하거나 이 표목을 파괴하는

435

자는 형벌을 받을 것이다"라는 문구가 딱지마다 쓰여 있었다. 문구 사이에서 도깨비가 눈을 치켜뜨고 감시하는 듯했다.

며칠 전에 덩치 큰 사람들이 와서 딱지를 붙이며 이 집에 있는 물건은 전부 네 물건이 아니니 건드리면 감옥 간다고 으름장을 놓았다. 그래서 수호는 그간 거실에서 담요 한 장만 덮고 자던 참이었다.

난방을 돌리지 않아 거실은 얼음장 같았다.

현관에는 고지서가 줄줄이 쌓여 있었다. 수도와 전기와 가스 모두 삼 개월 체납으로 곧 끊는다는 경고가 쓰여 있다. 여기저기 내야 하는 돈이 이렇게 복잡하게 많은 줄을 수호는 상상도 못 했다.

아버지가 '뭔가는 하고' 있었고, 그것도 꽤 착실하게 많이 하고 있었다는 것을 매일 새로 실감하는 중이었다.

관리비 고지서에는 삼 개월 체납 관리비가 삼십만 이천사백이십 원이라고 쓰여 있었다. 밀린 월세 이백오십만 원을 내라는 내용증명도 날아와 있었다. 수호에게는 백만 원이나 천만 원이나 아무 차이가 없었다.

뭔가 방법을 찾아야 했다.

하지만 수호는 어른들에게 도움을 청할 때마다 크게 혼나기만 했고, 그래서 누구에게 도움을 요청할 수 있다는 생각이 마음에 떠오르지 않았다. 복지센터로 가거나 일을 해서 돈을 벌어야 한다는 막연한 생각뿐이었다.

단지 어제까지만 해도 그럴 필요가 없다고 생각했다.

나는 살지 않을 것이므로.

두억시니에게 목숨을 놓고 올 것이므로.

그런데 다른 것을 놓고 와버렸다.

그것도 내가 목숨을 주겠다고 생각한 사람의 목숨을.

"마호라가……."

수호는 몸을 감싸 쥐었다. 눈물이 바닥에 떨어졌다.

"미안해……. 미안해……."

수호의 마음 안.

바루나는 눈을 떴다.

아직 움직일 수 있는 것은 눈동자 정도였지만. 상체의 반과 한쪽 팔 이외의 몸은 아직 황금빛 액체에 가까운 형태로 흐물거리고 있었다.

바루나는 제 몸 대신 주위를 살폈다.

풍경이 완전히 달라져 있다. 바루나의 몸은 눈보라가 휘몰아치는 눈밭에 파묻혀 있었다. 하늘은 칠흑처럼 어둡고 바람은 귀곡성을 내며 몰아쳤다.

나무와 바위에는 바람의 방향을 따라 수천 개의 칼처럼 고드름이 달라붙어 있다. 바람에 뿌리가 뽑혀 넘어진 나무들도 눈에 띄었다. 돌멩이며 나뭇가지들이 바람에 날아다녔다.

바루나는 누운 채로 중얼거렸다.

"……엉망이로군."

서울 연남동.

두억시니 심소의 외벽.

집단 의식의 공간에 한 무리의 퇴마사들이 모여 있었다.

현실적으로 '심소의 바깥'을 규정하기는 어렵다. 사람의 마음과 달리 심소, 즉 집단 의식은 흐르는 물이나 구름처럼 경계와 위치가 불분명하며 끊임없이 변화한다. 날씨와 마찬가지로 '비가 오는 지역'이나 '맑은 지역'처럼 대강의 영역을 확률적으로 정할 수 있을 뿐이다.

그러므로 경계가 불분명한 지역의 '외부'란 실상 존재하지 않는 영역에 가깝다. 이런 지역을 특정하기 위해서는 다양한 능력의 신장이 모여 협력할 수밖에 없었다.

현 '북서'의 천왕, 바람을 다스리는 **풍천**風天이 소집을 명한 퇴마사들은 다음과 같았다.

하나, 영적인 물질의 형태를 변화시킬 수 있는 자.

둘, 원격 소통이 가능한 자.

셋, 망원 시각 혹은 탁월한 청력, 후각이 있는 자.

넷, 공중 비행이 가능한 자.

다섯, 지하 침투가 가능한 자.

하나같이 특수능력자들이라 평상시라면 수리 기술자처럼 여기저기 바쁘게 불려 다닐 퇴마사들이다. 그들을 천왕이 긴급 호출로 한자리에 부른 것이다. 그만큼 사안이 위중했다.

모인 퇴마사는 나한을 포함해 스무 명, 평상시라면 한자리에 모일 일 없는 신장도 셋이었다.

그들이 가스가 유출되는 화산이나 홍수로 넘치는 둑방을 살피듯이 심소 여기저기에 흩어져 각자의 능력을 편다.

안을 정탐 중인 한 신장의 목소리가 퇴마사들의 귀에 울려 퍼졌다. 목소리의 주인공은 공중전에서는 따라올 자가 없다고 알려진 퇴마사, 생각의 속도로 난다는 신장 **가루라**迦樓羅였다.

"마치 검은 홍수가 난 듯한 형상이군요."

가루라는 흉부까지만 아름다운 여성일 뿐, 가슴 아래로는 큰 새의 형상을 한 퇴마사였다. 금빛 날개를 한껏 펼친 모습은 아래에서 보면 마치 거대한 비행기처럼 보인다.

가루라가 발하는 빛을 반사하여 지나는 자리마다 구름이 오색으로 빛나는 모습은 장관이었지만, 이를 구경하며 감탄하기에는 상황이 처참했다.

"지상은 전부 두억시니의 몸이고, 두억시니는 점성이 짙은 액체 상태네요. 용량을 보면 가장 컸을 때 기록의 열 배는 되겠습니다. 착륙할 지점은 보이지 않습니다. 위에 솟은 건물이 일부 있지만 언제 무너질지 모릅니다."

가루라의 목소리를 모두에게 전달하는 자는 가루라의 어깨와 풍천의 어깨에 앉아 있는 세발까마귀, 나한 **신오**神鳥 자매였다.

검은 피부, 작은 몸집에 짧은 날개와 부리, 새의 발을 가진 반인반수의 모습이다. 스피커폰이라는 별명으로 불리는 나한들이다.

"가까이 접근하는 것도 위험합니다. 제가 최대한 시야 밖에서 날고 있습니다만, 두억시니가 저를 발견하는 순간, 저 진흙에 날개가 생길 수도 있어요."

"땅속은 전부 뿌리로 뒤엉켜 있습니다."

뒤이어 말을 전하는 퇴마사는 땅속을 무서운 속도로 파고 있는 나한 **건예자**乾麂子다.

어린애 같은 몸집에 통통한 체격으로, 전신에 두더지처럼 털이 있고 딱딱한 부리와 손발톱이 있다. 광부의 화신이라 할 만큼 땅을 파는 데에 일가견이 있는 퇴마사다.

하지만 두억시니의 뿌리가 땅속에 가득한데다가 곳곳에서 성장하고 있어, 피해서 움직이느라 전진하지 못하고 제자리만 맴돌고 있었다.

"땅을 파는 능력이 있어도 저보다 큰 몸집의 퇴마사가 들어오는 것은 무리겠습니다."

"공중과 지하, 모든 방향의 진입로가 막혀 있다는 뜻이로군."

어깨에 신오를 얹은 풍천이 탄식하며 말했다.

풍천은 나뭇잎을 짜서 만든 듯한 녹빛 갑주를 입은 노파였다. 다른 퇴마사들에 비해 몸집이 두 배는 커서, 사람이라기보다는 거신상처럼 보였다.

풍천은 심소 외벽에 높이 뜬 채 상황을 조망하고 있었다. 투명한 비단 같은 하늘하늘한 천이 중력을 무시하며 날개처

440

럼 갑주를 감싸고 있었고 주위로는 상쾌한 바람이 불었다. 때때로 무지갯빛 꽃잎이 그 주변을 맴돌며 향기를 풍겼다.

"신장 가루라, 마호라가의 병기 트바스트리의 모습이 보이시오?"

"예, 잘 보입니다."

동생인 작은 신오가 풍천의 말을 가루라에게 전했고, 가루라의 답이 풍천의 어깨에 있는 언니 큰 신오의 입을 통해 돌아왔다.

"은실로 거미줄을 짠 듯한 방사형 구조입니다. 상단부가 수면 위에 솟아 있군요. 주변이 침침하니 저쪽만 등불처럼 밝군요."

"마호라가의 모습은 보이시오?"

"아니요."

가루라의 답이 돌아왔다.

"하지만 트바스트리가 소멸하지 않은 이상 살아 있습니다. 물론 두억시니의 안에 잠겨 있다면 정신 오염으로부터 얼마나 버틸지는 모르겠습니다만."

천오백 년 전 '서'의 광목천이 천왕의 지위를 잃고, 그 후계자였던 마호라가마저 천왕의 승계를 거부하였기에 '서'는 해체되어 '북'의 진영에 '북서'로 편입되었다.

'북'의 신장 중 가장 너그럽고 인자한 풍천이 자리를 이어받자, '서'의 세력들도 두말없이 그 아래에 모여들었고 지금까지 큰 부침 없이 진영을 다스리고 있었다.

풍천. '천天'의 이름은 그 힘을 근원으로 삼는 퇴마사 중 최고위라는 뜻이다.

말하자면, 바람의 군주.

하지만 온화한 천성 탓일까, 풍천은 '서'보다는 '북'의 신장으로서의 정체성이 강하여 '북서'의 공무를 수행하기보다는 북의 다문천 휘하에서 북의 공무에 전념할 때가 많았다.

무엇보다 지금은 '북'의 영역인 종로에서 대규모 충돌이 연이어 일어나는 시기라 그간 풍천은 상대적으로 안전한 서부 전선을 떠나 북부 전선에 힘을 쏟던 참이었다.

하지만 '서' 전선에 위기가 왔다는 소식에 다급히 퇴마사를 소집했다.

두 생에 걸쳐 근신을 위반하여 파문 논의가 오가던 퇴마사 마호라가 서부 전선에서 결투를 벌였고, 그 결과로 신장 긴나라가 명을 달리했다는 소식이었다.

더구나 그 상대는 교단에서 '퇴마 금지'를 지령한 두억시니였다.

"신장 **나찰**羅刹, 그쪽은 어떠하오?"

나찰이라 불린 신장은 트바스트리가 막고 있는 곳 근처에 있었다. 사자 갈기처럼 제멋대로 뻗친 백색의 머리카락을 허리까지 내린 우람한 근육질의 사내였다.

등에는 길이가 이 미터는 되어 보이는 붉은 낫을 지고 있다. 붉은 무사복에 한 팔을 드러내고 있었는데, 드러난 손은 털이 수북한 짐승의 손이었다. 입에는 송곳니가 뚜렷하고 눈이 부리부리했고, 이마 한가운데에 세로로 박힌 세 번째 눈이 있었다. 세 번째 눈동자는 회색빛을 발하며 뒤룩뒤룩 구르고 있었다.

다양한 힘이 있을 것이 분명한 자였으나, 아마 오늘 불려온 것은 이마에 박힌 세 번째 눈 때문인 듯했다.

붉은빛은 불의 힘을 주로 쓰는 진영인 '남'의 색. 말하자면 지금은 남의 신장까지 소환된 상황이다.

"샅샅이 뒤지고 있으나 보이지 않습니다."

나찰은 옆에서 풍성한 꼬리를 흔들어대는 생물의 머리를 쓰다듬으며 말했다.

"제 **천구**天狗도 냄새를 맡지 못하는군요. 두억시니의 악취가 모든 것을 가리고 있습니다."

천구라 불린 생물은 털이 흰빛에 키가 나찰의 허리쯤 오고, 사자와 늑대를 반쯤 섞은 모습이었다. 애교를 부리듯 나찰의 다리에 몸을 비비고 있다.

"제 세 번째 눈은 암흑 속에서도 보고자 하는 것을 볼 수 있고, 폭풍 속에서도 원하는 기척을 감지할 수 있습니다. 생명의 기척은 없습니다. 생명 활동을 극단적으로 줄이고 가사 상태로 들어간 듯합니다. 정신을 오염으로부터 보호하려는 조치인 듯합니다."

풍천이 고개를 끄덕였다.

"나한 **금와**金蛙, 구멍의 상태를 보고해주시오."

풍천이 이번에는 나찰 옆을 지키고 선 나한을 향해 말했다.

심소의 외벽은 물고기처럼 이리 튀고 저리 튀었다. 수시로 부풀며 튀어나왔다가 축소되었다. 심소의 '구멍'을 살피는 일은 펄펄 뛰는 산짐승의 흉터를 들여다보는 것처럼 난감한 작업이었다.

금와라 불린 자는 팔다리는 가늘고 두꺼비와 같은 큰 배와 뭉툭한 입에, 온몸에는 노란 반점이 난 자였다.

"구멍은 트바스트리로 단단히 막혀 있습니다."

금와가 아이고, 에고, 하며 움직이는 외벽을 따라 이리 뛰고 저리 뛰며 답했다.

"심소의 경계는 물리적인 방법으로는 깨지지 않습니다. 이 구멍은 장기간에 걸쳐 이 주변에 사는 사람들의 마음을 조금씩 무너뜨려 생겨난 것입니다. 몸이라 치면 흉이 진 것입니다. 회복하려면 상처를 입은 시간만큼의 시간이 필요합니다."

금와는 몸이 미끌거리고 접착력이 있으며 어떤 구멍에든 몸을 맞출 수 있었다. 필요하면 가사 상태로 몇십 년이고 그 상태로 버틸 수도 있다. 오늘 유사시 생명을 바쳐 구멍에 몸을 던질 각오로 이곳에 왔다.

"요는 두억시니가 경계 밖으로 나가지 않게 해야 한다는 것인데요,"

심소 안에서 가루라의 말이 들려왔다.

"두억시니는 교단에서 '없앨 수 없다'는 결론이 난 카마입니다."

"알고 있소."

"몸을 경질화 할 수 있는 퇴마사를 불러 두억시니가 그 능력을 복사하게 하면 어떻겠습니까? 구멍으로 빠져나갈 수 없게 말입니다."

"고려하는 방법 중 하나요."

풍천이 답했다.

"하지만 퇴마사를 투입했을 경우, 두억시니가 정확히 경질화 능력만을 복사한다는 보장이 없소. 다른 능력을 복사하여 위험만 커질 수도 있소."

"그렇군요."

가루라가 수긍했다.

"또한 두억시니의 기술 복사는 일시적이오. 그 방법을 쓰려면 마호라가가 구멍을 막기 위해 빠져나오지 못한 것과 마찬가지로, 그 퇴마사가 이 심소에서 생을 마쳐야 하오."

"풍천, 지금은 누군가의 희생을 각오할 수밖에 없는 상황입니다."

가루라가 안타까움이 묻어나는 말투로 말했다.

"결정을 내려주십시오. 천왕의 명이라면 아무도 불만을 품지 않을 것입니다. 이생의 연이 다하는 것일 뿐, 다음 생에서 또 만나지 않겠습니까."

"……."

"본디 카마 하나와 퇴마사 한 명의 목숨을 맞바꾸는 것은 채산이 맞지 않는 일이기는 합니다. 퇴마사 한 명이 일생 몇백, 아니 몇천의 카마를 정화하니까요. 하지만 심소의 경계가 깨어지는 것은 일급 재난, 게다가 '없앨 수 없는' 카마의 경계가 없어질 때 생겨날 재난의 규모는 예측이 되지 않습니다."

풍천은 그 말을 듣고 침울해졌다.

"거기까지겠지……, 그대들이 이해하는 바는."

"예?"

가루라가 되물었다.

풍천이 낮게 중얼거린 소리였으나 어깨의 신오가 퇴마사 모두에게 전달해버린 것이다. 풍천은 황급히 말을 돌렸다.

"신장 나찰, 신장 마호라가가 얼마나 버티겠소?"

투시에 힘을 쏟느라 잠시 듣지 못하던 나찰이 서둘러 자세를 바로잡고 답했다.

"마호라가는 신장이지만 한때 천왕 후보였고, 천왕의 시술을 받았습니다. 정신에 마魔가 침범할 수 없습니다."

나찰이 말을 이었다.

"저만 해도 이미 정신이 오염되었을 것입니다. 다른 퇴마사도 마찬가지입니다. 천왕이라면 얼마나 버티실지 가늠해봐주십시오."

풍천은 침묵했다.

"사흘."

풍천은 선언했다.

"이틀 안에 결단을 내리겠소."

풍천이 홀연히 모습을 감추더니 금강 앞에 모습을 드러내었다.

본디 다문천의 전령사였던 풍천의 기본 능력. 순간이동이나 다름없는 신속의 이동. 천오백 년의 세월 동안 그 어떤 잔혹한 전투에서도 몸에 상처 하나 입은 역사가 없다는 풍천이었다.

금강은 이끼와 문신이 가득한 큰 석상과 같은 모습을 하고, 여러 나한과 함께 다른 깨어진 곳이 없는지 경계 외벽을 점검하고 있었다.

"신장 금강."

풍천이 가까이 오자 나한들이 모두 황급히 고개를 조아렸다. 차마 서 있지 못하고 엎드려 절하는 나한도 있었다. 천왕과 조우하는 일은 나한은 물론, 호위 신장을 제외하고는 신장

446

에게도 흔치 않은 일이었다.

풍천의 주위에는 나뭇잎이 흩날렸고 산들바람이 불었다. 나한들은 그 산들바람이 언제든 마음먹기에 따라 태풍으로 변할 수 있음을 알고 있었다.

신장의 힘이 군대와 같다면, 천왕의 힘은 재해와 같다고 하지 않던가. 수치로 잴 수 없는 힘.

"말씀하십시오, 풍천."

금강이 두 손을 맞잡고 머리를 조아렸다. 풍천은 말하는 대신 금강의 뒤에 선 사람을 주시했다.

나한 수다나였다.

수다나는 특별히 모습이 변하지 않았으나 새까만 도포를 입은 차림에 큰 향로를 들고 있었다.

향로에서는 연기가 피어오르고 있었다. 연기는 투명하고 길쭉한 물고기의 모습이었는데, 물고기의 몸 안쪽에는 실과 바늘이 비쳐 보였다. 바늘이 물고기의 얼굴 부위에 있었고, 바늘귀에 꿰인 하얀 실이 물고기 몸 안을 척추처럼 흐르고 있었다.

"늘 데리고 다니던 아이들이 보이지 않는구료."

풍천이 금강에게 물었다.

"지금은 수다나의 기술이 더 도움될 듯하여 교대하였습니다."

금강이 허리를 조아리며 말했다.

"수다나는 '영체의 형태를 변화시킬 수 있는 자'입니다. 비사사와 부단나는 어제 두억시니와 싸우느라 휴식을 명해두었습니다."

풍천은 수다나의 손가락 끝에서 흔들리는 향로를 바라보았다.

나한 수다나가 육체의 전투력에 비해 마음 안의 전투력은 강하지 않다고 들었지만, 저 능력만큼은 신장마저도 두려워하는 힘이었다.

수다나에게 '파문자'라는 별명을 붙여준 힘.

"기대하겠소, 수다나."

수다나가 고개를 숙였다. 풍천이 금강을 보며 말을 이었다.

"금강, 어제 이 심소에서 있었던 일을 다시 또렷이 말해주시오. 이곳에 모인 다른 퇴마사들도 모두 알 수 있도록."

103　노리는 자들

금강이 입을 열었다.

"아시다시피, 신장 마호라가는 여러 생애에 걸쳐 카마 두억 시니에게 집착해왔습니다. 그 집착이 과하여 교단의 전선에 차질이 생기는 바, 지난 생애부터 근신 처분을 받고 퇴마 업무를 금하였습니다."

"알고 있소. 내가 직접 지시하였으니."

"하지만 마호라가는 이번 생애에도 근신의 명을 어기고 멋 대로 두억시니와 맞붙으려 했습니다. 하여 저와 긴나라가 제 지하고자 갖은 애를 썼으나……."

"듣지 않았다?"

"보시는 대로입니다. 멋대로 전투를 벌였으나 두억시니에 게는 상처를 입히지 못하고 심소의 경계에만 충격을 주고 말 았습니다."

금강의 이끼 낀 바위 같은 얼굴에 깊은 슬픔이 깃들었다.

"신장 긴나라는 마호라가를 말리려 전장에 뛰어들었다가 싸움에 휘말려 명을 달리하고 말았습니다."

퇴마사는 '입적'이나 '열반'이라는 말을 하지 않는다. 단지 명을 달리한다. 퇴마사는 수도사가 아닌 투사. 윤회는 퇴마사 에게 업보가 아닌 의무다. 천상에서 편히 쉬는 것이 허용되지 않는 자들이다.

풍천은 길게 한숨을 쉬었다.

"천오백 년을 살았는데도 마치 갓 태어난 영혼처럼 불같은 혈기가 가라앉지 않는 이였지."

"근신 처분을 받은 퇴마사가 재차 규율을 어기면 신장의 이름으로 파문할 수 있습니다. 이런 일이 일어날까 두려워 제가 파문을 선고했으나 귓등으로도 듣지 않았습니다."

풍천은 고개를 끄덕였다.

"이미 중죄를 지은 자입니다. 그 상관이었던 광목천과 마찬가지로 다시는 퇴마사 일을 하지 못하도록 다음 생애를 빼앗아야 합니다."

조급한 제안이었다. 풍천은 위화감을 느꼈지만 상황이 상황인지라 나름대로는 납득했다. 오랜 친우를 잃은 비탄에 분노하는 것은 당연지사.

마호라가가 통제되지 않는 퇴마사라는 사실도 교단에서 공공연한 문제였다. 이를 묵인해온 까닭은 신장, 그것도 천왕의 지위에 오를 수 있는 신장의 가치란 무엇으로도 잴 수 없는 귀한 것이었기 때문이었다.

신장의 중요성은 강함만이 아니다. 신장은 모두 능력이 다르다. '천'의 이름을 부여받지 않았어도 모두가 각자 자신이 가진 능력에서 최정상의 일인자다. 대체할 자가 없다고 해도 과언이 아니다. 신장 하나를 잃는 것은 이 퇴마 전쟁의 전선 한 귀퉁이를 잃는 것이나 마찬가지였다.

더해서, 천오백 년을 살아온 퇴마사란 하나의 사조며, 하나의 군대나 다름없다. 신장은 스스로 전선을 만들고 현장지휘관으로서 책임을 진다. 치밀하게 통제하거나 관리할 수 없다는 점에서는 마호라가만이 아니라 모든 신장이 같았다.

더구나 마호라가는 지략과 경험이 월등하여, 일대일로 붙었을 때 이긴다고 장담할 신장이 거의 없는 인재다.

하지만 금강의 말은 원리적으로는 옳았다. 아무리 신장 하나하나가 귀하다 한들, 이런 참사를 일으킨 자를 봐줄 수 없는 일.

"무슨 말인지 충분히 알아듣겠소. 하지만 중죄인이라도 소명할 기회는 주어야 하니, 이생에 기회가 없다면 다음 생을 기다려 재판하도록 하겠소."

금강은 뭐라 저항하려다 입을 다물고 고개를 숙였다.

"뜻을 받들겠습니다, 천왕 풍천."

"그런데……"

풍천이 문득 궁금한 얼굴로 물었다.

"두억시니의 몸이 저리 커진 연유는 무엇인가. 마호라가에게 부피를 늘리는 능력은 없는 줄로 아는데."

"마호라가가 새로 들인 나한의 무기를 복사한 탓입니다."

풍천은 의아한 얼굴을 했다.

"몸을 키우는 능력이 있는 나한이었는가?"

마음도 현실의 물리법칙에 어느 정도 영향을 받는지라, 몸집을 키우는 능력은 꽤 상급에 해당했다.

"무기를 키우는 자였습니다."

금강은 다급히 덧붙였다.

"마호라가가 급히 들인 아이입니다. 이제 겨우 힘을 각성한 어린아이로, 전투에서 패배하자 줄행랑을 쳤습니다. 풍천께서 신경을 쓰실 만한 자는 아닙니다."

풍천은 경계 안쪽을 묵묵히 바라보았다.

"그 아이를 찾으면 내게 데려오시오."

금강은 멈칫했다. 움직이지 않을 때의 금강은 말 그대로 돌로 만든 석상처럼 보인다. 한참 만에 금강이 입을 뗐다.

"귀하신 몸께서 이런 시기에 그런 하찮은 일을 하실 필요는 없습니다. 필요하다면 제가 직접 심문하지요."

"아니, 이런 시기고 위중한 사안이니만큼 직접 듣도록 하겠소. 찾으면 반드시 내게 데려오시오."

금강은 침묵했고 천천히 머리를 조아렸다.

풍천은 바람처럼 날아 심소 곳곳을 점검한 뒤, 마지막으로 트바스트리의 바깥 면에 이르렀다.

은빛의 거미줄처럼, 혹은 하얗게 빛나는 후광처럼 방사형으로 치솟은 마호라가 몸의 일부.

그 견고한 형태가 마호라가의 불굴의 의지를 상징하는 듯했다. 마치 천년이고 만년이고 망부석처럼 이 자리를 지키겠다고 말하는 듯하다.

그러나 의지는 의지일 뿐.

마호라가의 생명력이 다하면 이 결계는 뚫리고, 경계가 없는 카마 두억시니는 세상으로 퍼져 나갈 것이다.

"마호라가……."

풍천은 한탄했다.

"어쩌자고 이토록 무모한 짓을 했소. 천왕 후보였던 그대라면 알고 있을 텐데……."

452

풍천은 트바스트리를 향해 손을 뻗으며 한숨을 쉬었다. 풍천의 손에서 날아간 나뭇잎과 꽃잎이 쓰다듬듯이 트바스트리의 주변에 머물렀다.

"모든 사람이 같은 욕망을 가지면 어찌 되는지를……."

두억시니의 심소.

모든 것이 부서져 엉망이 된 공간 속에서, 검은 구렁이로 이루어진 바다 같은 두억시니가 느릿느릿 부유하고 있었다.

두억시니는 다소 혼란에 빠져 있었다. 어떤 외형으로 변할지 아직 정할 수 없을 정도로.

지금까지 두억시니의 정신은 하나로 합쳐지지 않았다. 자기 의지를 갖고 움직이는 무수한 집단이 중앙통제장치 없이 한데 뭉쳐 있는 느낌이랄까.

그야, 한 명의 마음이 아닌, 무수한 사람의 마음이 이어져 만들어진 것이 두억시니였으니.

하지만 지금은 긴나라가 중앙통제장치 같은 역할을 하고 있다.

내 친구 긴나라, 마지막 순간에 자신의 영체를 전부 내게 주었다. 때가 되면 그리하리라는 말을 몇 번이나 했지만, 지금까지는 그 뜻을 몰랐다.

긴나라에 의해 두억시니의 정신은 하나로 통합되고 있었다. 어떤 의미에서, 하나의 개체로서는 이제 막 태어난 것이나 마찬가지로 느껴진다.

그 어느 때보다도 정신이 또렷했다. 생각도 분명했다. 지성이 변하자 지난 천오백 년간의 기억마저도 뒤섞이고 흐릿해지고 있었다. 마치 어른이 되어, 인지력이 부족했던 어린 날의 기억이 희미해지듯이.

지난날을 떠올리자니 공허한 굶주림만이 떠올랐다. 허기, 그뿐이었다. 오직 허기를 달랠 것만을 찾아 헤맸다.

두억시니는 그간의 자기 전략을 검토해보았다.

자신이 지금까지 한 일은 사람의 마음 그 바닥에 잠긴 어둡고 질척한 곳으로 촉수를 뻗어, 그 마음이 내는 소리를 메아리처럼 되풀이하는 것이었다.

스스로를 파괴하는 말, 스스로를 혐오하는 말, 인간 마음의 늪에서는 그런 말을 얼마든지 찾을 수 있었고, 이를 속삭여주는 것만으로도 사람은 쉽사리 허물어졌다. 그 허물어진 마음의 상처에서는 꿀과도 같은 모멸의 즙이 흘러나왔다. 그 즙을 핥아먹는 황홀경이란 이루 말할 수가 없었다.

이제야 자신이 지금껏 전략도 뚜렷한 방침도 없이 먹이를 찾아 헤맸다는 것을 깨달았다.

'이곳을 나가야 한다.'

바깥에 무한한 먹이가 있다. 무한한 세상이 있다.

긴나라가 왜 심소의 벽을 부수고 자신을 바깥으로 내보내려 했는지 이제야 이해했다.

'밖으로 나가면,'

두억시니는 생각했다.

'나는 세상 어디에나 있고 무엇에든 깃들 수 있게 된다.'

그러면 나는 지금과는 다른 존재가 된다.

그게 무엇인지는 아직 모르겠지만……. 아마 긴나라는 알고 있었겠지만……. 하지만 나 또한 밖으로 나가기만 하면 알게 되리라. 내가 지금 많은 것을 알게 되었듯이.

'이곳을 나가야 한다.'

하지만…….

두억시니는 심소의 벽을 응시했다.

심소의 경계는 안개가 낀 듯 흐릿했고 반죽처럼 물컹물컹했다. 그 경계에 두들겨 부순 듯한 금이 자잘하게 나 있었다. 금 한가운데에는 다람쥐 하나 겨우 빠져나갈 법한 구멍이 나 있다. 아니, 난 적이 있었다.

구멍의 크기는 상관없다. 설사 바늘구멍이라 해도, 얼마든지 몸을 가늘게 줄여 빠져나갈 수 있다. 하지만 구멍은 지금 막혀 있다. 구멍을 막은 것은 빛나는 은색 거미줄이다.

두억시니는 거품을 일으켜 파도를 치며 은실을 떼어내려 해보았다. 하지만 거미줄은 당기면 다른 곳에서 생겨나 도로 붙고, 끊으면 도로 이어졌다.

'살아 있는 물질…….'

두억시니는 높아진 지능으로 판단했다.

'누군가의 몸이다.'

자신의 촉수와 마찬가지로.

'누군가가 여기에 있다.'

두억시니는 주변을 살폈다. 땅속으로 하반신을 나무뿌리처럼 뻗어 심소 전체를 더듬었다.

'땅속에는 없다.'

그런 다음 수면에서 수십 가닥의 촉수를 뻗어 올렸다. 뱀처

럼 길게 자라난 가느다란 촉수가 귀신의 머리카락처럼 공중
에서 흔들렸다. 촉수에 닿는 바람을 통해 대기를 살폈다.

'대기 안에도 없다.'

아무도 없다.

'이상하군. 논리적이지 않다.'

이 거미줄을 만든 주인은 분명히 이곳에 있다. 하지만 찾을
수가 없다. 긴나라의 지능이 내 안에 다 흡수되면 이해할 수
있을까.

'거미줄의 주인은 이곳에 있다.'

두억시니는 일단 '마음의 반향'을 퍼트렸다. 가장 질척한
어둠이 정신을 뒤흔들도록. 그자가 어디에 숨어 있다 한들,
결국 몰아치는 모멸로 마음이 부서져 죽도록.

'일단 이놈은 이것으로 족하다. 그리 오래 버티지는 못한
다.'

그리고 두억시니는 어렴풋이 기억해냈다.

'긴나라를 죽인 자가 저 밖으로 도망쳤다.'

기억은 점점 또렷해졌다. 한 손이 붉은 검이었던, 맨발에
반바지 차림이었던 어린 소년의 모습이 떠올랐다. 그리고 그
소년이 누구인지도 기억해냈다.

'나를 처음 죽인 놈.'

사무친 원한이 들끓었다.

먼 옛날, 나는 그놈에 의해 한 번 죽었었다. 비록 곧바로 회
복해 살아나기는 했지만, 그 고통만은 잊을 수 없다.

'죽여야 한다. 아니, 죽이는 것으로는 성이 차지 않는다. 그
마음을 갈기갈기 찢어 고통의 나락으로 떨어트려야 한다.'

456

가만…… 그런데 어떻게 그놈은 나를 죽일 수 있었지?

불멸의 나를?

기억은 흐릿했다. 하긴, 막 태어났을 때였다. 나는 아기였고 힘을 쓸 줄도 몰랐다. 그래서 가능했겠지.

하지만 이제 나는 불멸이다. 무엇으로 나를 죽이려 하든, 나는 나를 죽이려 한 바로 그 기술로 상대를 쓰러트릴 수 있다.

그러므로 나는 불굴이다. 쓰러지지 않고 사위지 않는 자다.

'나는 불멸이다.'

두억시니는 생각을 집중했다. 그러자 자신의 가느다란 촉수 하나가 그 소년의 마음과 이어져 있음을 느낄 수 있었다. 흡반과 가시를 뻗어 질척한 마음의 바닥에 단단히 붙어 있다.

'부순다.'

두억시니는 생각했다.

그 마음을 산산이 부수고 절망의 구렁텅이로 떨어트릴 것이다. 그 상처에서 나오는 달콤한 모멸의 술을 한껏 음미할 것이다. 그 모멸의 힘으로 이 구멍을 막고 있는 귀찮은 자를 치워내고 세상 밖으로 나갈 것이다.

세상 밖으로 나갈 것이다.

두억시니는 파도치며 벽을 긁어댔다.

'그 어린놈의 마음을 으스러뜨리는 것을 시작으로.'

금강은 풍천이 사라진 방향을 응시하며 뒤의 나한을 불렀다.

"수다나."

"말씀하십시오."

수다나가 기다렸다는 듯 답했다.

"풍천께서 마호라가의 협시 나한에게 관심을 두시는구나."

금강은 더 말하지 않았고 수다나는 굳이 되묻지 않았다.

수다나의 향로에서 바늘과 실을 품은 하얀 연기가 날아올랐다.

"심려하실 일이 없도록 하겠습니다."

104 용의 분노

수호가 병원에 들어서는데 문 쪽이 소란스러웠다. 환자복을 입은 나이 지긋해 보이는 할아버지가 경비원의 멱살을 잡고 고래고래 고함을 치고 있었다.

"내가 내 집에 간다는데 왜 안 보내주는 거야? 응? 병원장 나와! 나오라고!"

험악하게 일그러진 할아버지의 얼굴에 순간적으로 아버지의 얼굴이 겹쳐 보였다. 등줄기에 소름이 돋으면서 몸이 뻣뻣하게 굳었다. 수호는 시선을 꾹꾹 누르며 할아버지를 지나쳐 엘리베이터를 탔다.

같이 탄 직원들이 수군거렸다.

"어휴, 진상들."

"어째 저런 사람들 요새 부쩍 늘어난 것 같지 않아?"

"늘 있었지, 새삼."

"어휴, 어제도 웬 아저씨가 커피가 너무 뜨겁다면서 '너 몇 살이야'에서부터 학교는 어디 나왔냐, 부모는 누구냐, 고객은 왕이다, 난리를 치는 거야. 꼴랑 삼천 원 내고 어디까지 갑질을 하는지 모르겠네……. 그런데 미친, 점장이 오더니 나보고 닥치고 무릎 꿇고 사과하라느니, 소란을 일으켰으니 나더러 월급 토해내라느니, 더러워서 정말……."

"참아라, 월급생이 인생이 다 그렇지."

"아휴, 이럴 때 악마라도 나타나서 소원이라도 들어준다고 하면…….."

"로또라도 돼서 이 병원 사게 해달라고 빌게?"

"아니, 이놈의 세상 다 망하게 해달라고 빌 거야."

직원의 얼굴이 흐릿해지며 순간적으로 아버지의 얼굴로 바뀌어 보였다. 술에 취해 눈이 풀리고 얼굴이 벌게진 얼굴이었다.

수호는 흠칫 놀라 물러나다 벽에 머리를 쿵 박았다. 직원 둘이 의아한 얼굴로 수호를 돌아보았다.

"애, 왜 그러니?"

"어디 아프니?"

"아뇨, 아무것도…….."

수호는 손을 내저었다.

'피곤해서 그런가.'

수호는 도망치듯 엘리베이터에서 내렸다.

병실 방 번호와 환자 이름을 확인한 수호는 안에 들어가 커튼을 걷고 침대 쪽을 보았다.

선혜가 누워 있었다. 코에 호흡기를 끼우고 수액을 달고 가쁜 숨을 내쉬고 있었다. 이마는 땀에 젖었고 악몽을 꾸는 듯 힘들어 보였다.

수호는 보호자용 의자를 펴고 옆에 앉았다. 무릎에 얹은 오른손이 오한이라도 난 사람처럼 덜덜 떨렸다.

두억시니와 결전을 치르고 나온 이후로 손 떨림이 멈추지 않았다. 진정시키려 왼손으로 쥐어보았지만 마찬가지였다.

앉아 있는데 간호사가 커튼을 걷고 들어왔다. 간호사는 남은 수액량을 재고, 수액이 제대로 들어가는지 확인한 다음 선혜의 귀에 체온계를 넣어 체온을 쟀다.

"저, 물어볼 것이 있는데요……."

간호사가 수호를 힐끗 보았다.

"가족이세요?"

"아뇨, 친구……인데요."

"궁금한 것이 있으면 의사 선생님 회진 오실 때 물어보거나 면담 신청을 하세요. 요새 간호사가 병에 대해 말하면 네가 뭘 아느냐고 화내는 보호자가 너무 많아서."

"의사 선생님 면담 신청을 했는데, 두 달 뒤에나 만날 수 있다고 해서……."

"곧 연말이니까요. 병원도 바쁠 때죠."

간호사가 답했다.

"요새 메르스 때문에 면회 함부로 못 하게 정책 바뀐 거 알죠? 이제부터 사람 아프다고 무슨 경조사 치르듯이 아는 사람 다 오는 거 못해요. 지금 면회 시간 아니니까 가족 아니면 나가 봐요."

수호는 간호사의 얼굴을 보았다가 고개를 떨구었다. 여전히 오른손은 바들바들 떨렸다.

간호사는 말없이 수호를 내려다보다가 한숨을 푹 쉬고는 그 옆에 쪼그리고 앉았다.

"내 말 잘 들어요."

간호사는 수호의 머리를 쓰다듬었다.

"검사를 계속해봐야 더 자세히 알겠지만, 지금까지 보기에는 우리 아가씨는 몸에 아무 이상 없어요. 깨어나지 못하는 건 정신적인 문제예요. 아무래도 뭔가 격렬한 마음의 전쟁을 하나 봐요."

"……."

"아가씨는 용감한 전사예요. 지금 마음속에서 엄청 강한 적을 만난 바람에 열심히 싸우고 있는 거예요. 그러니까 친구라면 믿고 기다려줘요, 알겠죠?"

간호사가 수호의 등을 토닥였다.

눈앞이 흐려지면서 간호사의 모습이 변했다. 깃털이 달린 빛나는 투구를 쓰고 큰 방패와 검을 든 무사가 옆에 앉아 있었다. 드러난 팔이며 얼굴에는 전사의 상흔이 가득했다.

수호는 떨리는 오른손으로 그 손을 붙잡고 말했다.

"마호라가를 부탁해요."

"마호라가? 그게 누구죠?"

간호사는 아이들 장난에 장단을 맞춰주려 애쓰는 얼굴로 웃었다.

"간호사 선생님이 여기 있는 건 우연이 아녜요. 아마 오래전부터 마호라가와 아는 사이일 거예요."

"네?"

"예전에 친구였거나 가족이었거나 아니면 어디선가 같이 전장에서 서로 목숨을 맡기고 싸웠을 거예요. 그래서 이렇게 중요할 때 옆에 있게 된 거예요."

수호는 절박하게 말했다. 간호사는 한참 수호를 보다가 풋, 하고 웃었다. 재미있는 상상이라도 하며 노는 아이라고 생각한 듯했다.

간호사는 귀엽다는 듯 수호의 머리를 쓰다듬고는 주먹을 쥐고 파이팅 자세를 취했다.

"네, 네, 알겠어요. 내가 전생의 전우를 온 힘을 다해 지켜줄게요."

"따듯한 옷하고…… 이불하고…… 휴지도 몇 개 챙겨가고……."

수호는 진과 선혜의 방에 들어서자마자 멈춰 섰다.

늘 깔끔하게 청소되어 있던 집은 폭풍이라도 휩쓸고 지나간 것처럼 엉망이었다. 서랍이며 찬장이 다 열려 있고 안에 있는 것들이 전부 바닥에 흐트러져 있었다.

진이 혼자 계속 넋두리하며 큰 가방에 짐을 싸고 있었다. 병원에서 지낼 준비를 하는 모양이었다.

"밑반찬도 있어야 하고…… 갈아입을 속옷하고…… 마스크는 가다가 한 상자 사고…… 핫팩이나 얼음팩이 어디 있었을 텐데……. 괜찮아……. 아트만이 없어도 사는 경우도 있으니까……. 요샌 의학 기술이 발달해서 괜찮아…… 괜찮아……."

진이 미친 사람처럼 괜찮아, 괜찮아 하는 것을 들으며 수호는 현관에 서서 진을 불렀다.

"진씨."

진이 돌아보았다. 그 얼굴을 본 순간 수호는 흠칫 놀랐다.

진의 눈이 거뭇거뭇하고 움푹 들어가 있었다. 머리는 제멋대로 헝클어져 있었고 상의는 거꾸로 입은 데다 구겨져 있었다.

"……."

수호는 발이 땅에 달라붙은 기분으로 서 있었다.

진이 유령처럼 느릿느릿 일어났다. 발에 무거운 사슬이라도 단 것처럼 느린 몸짓이었다. 걸음마다 그대로 쓰러져버리기라도 할 것처럼 휘적휘적 다가왔다.

진이 수호의 앞에 섰다. 휑한 눈이 공허했다. 수호는 견디지 못하고 시선을 내렸다.

"죄송합니다……."

"……뭐가?"

진의 목소리가 머리 위에서 들려왔다. 그대로 땅속으로 깊이 꺼져 내릴 듯 무거운 목소리였다.

"죄송합니다."

수호는 반복했다.

"네…… 잘못이 아니야."

진이 느릿느릿 말했다.

"네가…… 한 일도 아니고……."

진의 말이 지나치게 느렸다. 마치 진의 마음이 둘로 분리되어 이성이 감정을 난폭하게 짓누르며 하는 말처럼 느껴졌다.

"제가 한 일이에요."

말하자마자 진의 눈에 무시무시한 살기가 깃들었다.

"죄송합니다."

수호는 반복했다.

진의 손이 벽을 턱 짚었다. 수호는 이내 벽과 진의 팔 그리고 몸 사이에 갇힌 상황이 되었다.

"네 잘못이 아니라고 했잖아. 내 말 못 알아들어?"

진이 언성을 높였다. 귀가 쩡쩡 울렸다. 지금까지 한 번도 들어본 적이 없는 어조였다.

수호는 진의 눈을 마주 보았다. 눈이 야수처럼 차갑게 빛나고 있었다.

'아난타.'

수호는 본능적으로 깨달았다.

'아난타의 눈이야.'

상처 입은 아난타가 진의 안에서 폭주하고 있다.

"한 번만 더 죄송하다고 하면 한 대 맞을 줄 알아."

"……."

그 또한 진이라면 절대로 하지 않을 말이었다. 특히, 절대로 자신에게는.

"한 번만 더 말해봐."

"……."

수호는 고개를 들어 진의 눈을 보았다.

"……죄송합니다."

수호가 말했다. 진은 안에서 튀어나오려는 무엇인가를 억누르는 듯 입술을 꾹 깨물었다. 문설주를 쥔 손아귀에 핏줄이 치솟았다. 나무가 우그러지는 듯 두둑 소리가 들려왔다.

수호는 도살장에 끌려온 양처럼 말없이 서 있었다.

"수호."

숨 막히는 침묵 끝에 진이 입을 열었다.

"……네."

"네 잘못이 아니야. 선혜는 만약의 일이 생기면 다음 생이 있는 자기 대신 너와 아난타를 살려야 한다고 몇 번이나 말했어."

그랬을지도.

하지만 그 마호라가조차도 내 검이 제 목숨을 노리고 아난 타를 꿰뚫으리라고는 상상도 못 했을 것이다.

"그래도 내 한 가지 부탁만은 들어주면 좋겠어."

뭐든지, 하고 생각하며 수호는 고개를 들었다. 정말로 무엇 이든 할 작정을 했다.

"마음을 열어."

수호의 눈이 크게 떠졌다. 오른손의 떨림이 심해졌다.

"지금 내 손으로 네 바루나를 없애야겠어."

바루나는 눈이 쏟아지는 들판 한가운데에 서서 고개를 들 었다.

몸은 이제야 거의 돌아왔지만 한쪽 팔과 다리는 아직 형성 되는 중이라 물에 푼 물감처럼 흐릿했다. 전력으로 싸우기에 는 무리가 있다.

수호의 마음은 엉망이었다. 없었던 산이 솟구치고 땅이 꺼 져 내리고 있었다. 호수는 진흙탕이 되어 내려가 숨을 수도 없었다.

바루나는 쏟아지는 눈을 손으로 쥐었다.

"수호, 쓸데없는 생각 마라."

말을 걸었지만 답은 없었다.

두억시니와 결전을 치른 이래로 수호는 바루나에게 말을 걸지 않았다. 응답하지도 않았다. 정말로 들리지 않을지도 모른다는 기분도 들었다.

'피할 도리는 없는가.'

바루나의 손에 내려앉던 눈이 서로 엉겨 붙었다. 곧이어 희뿌연 창의 형태로 자라났다.

✳

수호는 진의 눈을 마주 보았다.

아난타의 눈이 격렬한 분노로 이글거렸다. 마음에 들어가지 않았는데도 진의 모습이 용의 형상으로 느껴졌다.

용의 눈은 치켜 올라갔고 활활 타오르는 분노로 핏발이 서 있었다. 당장이라도 수호를 송곳니로 갈기갈기 찢어버리고 싶다는 듯한 눈이다.

〔감히 네가.〕

아난타가 격렬한 배신감에 치를 떨며 말했다. 붉은 잇몸이 치켜 올라가 날카로운 송곳니를 드러냈다.

〔감히 네가 우리를 배신하고 내 마호라가를 노리다니.〕

수호는 침묵했다.

〔진과 마호라가가 너를 얼마나 소중히 대했는데. 나 또한 너를 믿었는데, 네가 감히 어떻게 이럴 수가.〕

수호는 견디지 못하고 눈을 감았다.

〔네가 처음부터 바루나를 포기했더라면, 그때 내 말대로 얌전히 내놓기만 했어도. 내가 그놈이 위험하다고 그렇게 말했는데.〕

대꾸할 말이 없다. 차라리 뇌격이라도 내리꽂히는 게 편할 듯한 비난이었다.

〔네가 그깟 욕망 하나를 끌어안은 대가로 내 마호라가를 잃었다. 네 욕망 따위가 뭐라고. 내 마호라가에 비하면 아무것도 아닌 것 때문에.〕

아프다. 심장이 쇠꼬챙이로 꿰뚫리고 후벼 파이는 것만 같다.

〔그따위 놈을 살리고, 네 하찮은 목숨 따위를 살리고, 내 마호라가를 그 지옥에 두고 뻔뻔하게 살아 나오다니. 너나 그놈이 뭐라고.〕

틀린 말은 하나도 없었다.

내가 바루나에게 조종당했다지만, 그 바루나는 내 마음이 아니란 말인가? 내 마음을 내가 통제하지 못했는데, 그게 내 책임이 아니면 뭐란 말인가?

〔수호. 퇴마사의 카마로서, 네게는 손대지 않겠다. 하지만 바루나는 내가 정화하겠다. 마음을 열어라.〕

"……."

〔마호라가에게 한 용서받을 수 없는 짓에 더해, 그놈은 아직 목적이 남아 있고 그게 무슨 끔찍한 것일지 알 수 없다.〕

알 수 없다.

수호 자신도 모른다. 하지만 이제는 생각하고 싶지도 않다.

그건, 내가 얼마나 지독한 것을 소망했을지 상상하는 일.

내가 어디까지 추락할 수 있는 사람인지 상상하는 것.

〔처음 만났을 때 했어야만 하는 일을 이제 하겠다. 네 카마를 포기해라, 수호.〕

"마음을 열어, 수호."

진이 무겁게 내려앉은 목소리로 말했다.

"마호라가에게 일어난 일을 생각했을 때 네 카마는 위험해. 이보다 더 나쁜 일이 생기기 전에 정화해야겠어."

"……."

"거부하겠다면, 이런 말은 하고 싶지 않지만 힘으로라도 열고 들어가겠어."

마찬가지로 내가 아는 진이라면 절대로 하지 않을 말이었다.

하지만 이 모두가 내 탓이다. 지금 진의 마음이 아난타에게 삼켜진 것까지도. 애초에 내가 바루나를 잃지 않으려 했기에.

내 욕망을 포기하지 못해서.

"……죄송합니다."

"거부한다는 뜻이야?"

수호는 고개를 저었다.

"거부하지 않겠어요."

마음 한구석에 돌이 얹히는 듯했다. 뱉은 말을 주워 담고 싶었다. 아니라고 말하고 싶었다. 아무 논리도 없는 감정이었다.

이건 내 감정이 아니다.

바루나의 마음.

바루나가 살고자 하는 마음.

"다시 확인하겠어, 수호."

진이 또박또박 물었다.

"네 카마를 정화하는 것에 동의하겠어?"

"……네."

수호가 답했다.

"동의해요."

수호의 마음 안.

눈보라가 몰아치는 하늘이 갈라지며 검은 구멍이 입을 벌렸다.

바루나는 차가운 김이 나는 창을 움켜쥐고 구멍을 향해 몸을 틀었다.

"바루나!!"

우레 같은 고함과 함께 아난타가 구멍에서 제트기처럼 날아 들어왔다.

눈에 핏발이 서서 에메랄드빛 눈이 붉게 물들어 있었다.

이전의 급격한 변형의 여파가 사라지지 않았는지 등에는 고슴도치 같은 가시가 삐죽삐죽 돋아나 있었다. 비늘은 희게 바래고 군데군데 벗겨지고 검은 얼룩이 져 있었다. 등에서는 여전히 황금빛 싸라기가 피처럼 날아오르고 있었다.

"죽여버리겠다!!"

아난타의 날갯죽지에서 지직거리며 전류가 튀었다. 바루나는 꿈쩍도 하지 않았다.

뇌격이 바루나의 주위에 원형으로 작렬했다. 바루나는 아난타를 매섭게 노려볼 뿐 바위처럼 서 있었다. 뇌격은 눈밭에 큰 구덩이만 남긴 채 사그라들었다.

'날이 좋았다면 풀밭에 불이 번졌겠군.'

바루나는 무심히 생각했다.

'수호의 마음이 불안할 때 내가 싸우기 좋은 환경이 된다는

점이 늘 아이러니하군……'

"진작 너를 없앴어야 했다, 바루나!!"

아난타가 눈보라 속에서 선회하며 울부짖었다.

"마호라가가 뭐라든, 널 처음 보자마자 한입에 잡아먹어버려야 했어!!"

105 뇌룡과 수신水神

아난타의 날개 끝이 지직거렸다. 구름이 번쩍였고 천둥이 쳤다.

'저 뇌룡과 맞붙게 되리라는 예상은 오래전부터 했다.'

벌써 몇 번이나 마음속으로 예행연습을 했던가.

'양쪽 다 만신창이인 것을 고려하면 그럭저럭 공정한 대결이겠군.'

상상 속에서는 언제나 그 무시무시한, 대적할 방법도 보이지 않는 기계다리 퇴마사와 함께였던 것을 생각하면, 이건 어쩌면 천재일우의 기회.

바루나는 창을 가능한 한 길게 늘였다.

'하지만 저놈 혼자라도 간단한 상대는 아니다.'

지상전이라면 퇴마사라 해도 웬만큼 버틸 자신이 있었지만, 상대는 하늘을 난다. 게다가 원거리 타격.

"사라져!!"

아난타의 날개 끝에서 푸른 불꽃이 일렁였다.

'빛을 눈으로 보고 피할 수는 없다.'

바루나는 생각했다.

'보아야 하는 것은 살기.'

나를 죽이고자 하는 결심.

머리 꼭대기에서 그 결심이 빛나는 순간, 바루나는 눈 덮인 땅에 섬광처럼 창을 꽂았다. 그리고 창을 축으로 장대높이뛰기를 하듯 몸을 날렸다.

보통은 가볍게 꽂은 창이 사람의 무게를 감당할 수 없겠지만, 바루나의 도약은 창이 무너지는 속도보다 빨랐다. 바루나는 창끝을 깃털처럼 밟고 새처럼 도움닫기 했다.

찰나의 간격을 두고 뇌격이 바루나의 창에 직격했다. 번개가 내리꽂힌 얼음 창이 쩡 소리를 내며 한순간에 기화했다.

빛의 증기가 치솟았다.

수증기가 된 뒤라 해도 바루나스트라는 여전히 그 자신의 몸. 바루나는 디딤판을 딛듯이 공기를 밟고, 풍압을 추진제 삼아 비상했다.

아난타는 날아오른 바루나를 향해 입을 쩍 벌리며 달려들었다.

바루나는 공중제비를 돌며 살짝 몸을 피해 아난타의 콧잔등을 밟고 섰다. 그리고 언덕을 타듯이 아난타의 몸을 달려 올라가며 손을 뻗었다. 쏟아지는 눈이 바루나의 손에서 창으로 변했다.

바루나는 질주하는 기세 그대로, 아직 황금빛을 뿌리는 아난타의 상처에 창을 깊이 꽂아 넣었다.

아난타의 몸에서 빛의 알갱이가 높이 솟아올랐다.

✦

진이 짧은 비명을 내뱉으며 비틀거리고 주저앉았다.

"진씨!"

수호가 놀라 다가가려다 진의 이글거리는 눈빛에 멈춰 섰다.

낯선 사람의 눈이었다. 낯선 사람을 보는 눈.

이 낯모르는 아이가 왜 남의 집에 들어와서 귀찮게 구는지 모르겠다는 눈.

숨이 턱 막혔다.

아난타의 눈이 번뜩였다.

바루나는 갑자기 바닥이 사라지는 바람에 당황했다. 아난타의 몸이 획 줄어들면서 사라져버린 것이다.

'제법이군…….'

적이 좋은 전술을 보이면 당황하는 대신 감탄부터 하는 바루나였다.

밟을 바닥이 없어진 바루나는 낙엽처럼 추락했다.

나무 위로 방향을 틀어 추락의 충격을 줄이려는 찰나, 어디선가 길게 늘어나 날아온 꼬리가 바루나의 몸을 낚아챘다. 꼬리가 바루나의 몸을 바닥에 패대기치려 높이 들어 올렸다.

야구 선수가 공을 던지는 듯한 큰 회전이다. 무섭게 가속이 붙었다.

"제법이었지만……."

바루나가 중얼거렸다.

"좋은 전술을 연이어 생각하지는 못하는군, 아난타."

바루나의 손가락 사이에서 날이 셋 달린 창이 하얀 증기를 일으키며 돋아났다. 바루나는 한 치의 망설임도 없이 아난타의 꼬리에 창을 깊이 박아 찢어냈다.

아난타가 비명을 지르며 바루나를 놓았다. 하지만 놓는 순간에도 바루나를 바닥에 패대기치는 것만은 잊지 않았다.

눈보라가 치솟았다.

눈밭에 내동댕이쳐진 쪽도 꼬리가 잘려 나간 쪽도 신음 하나 내지 않았다. 둘 다 바로 자세를 수습하고 상대의 다음 공격에 대비했다.

바루나의 몸은 눈밭에 깊이 파묻혔지만, 다행히 눈이 충격을 흡수해주어 큰 타격은 없었다.

'여러모로 수호 마음의 눈보라가 도움이 되는군.'

바루나는 쓸쓸한 기분으로 생각했다.

아난타가 등과 꼬리에서 황금빛을 뿌리며 바루나를 향해 총알처럼 진격했다. 아난타보다 풍압이 먼저 바루나를 덮쳤다.

'몸으로 돌진한다……. 지금 부상으로 일시적이나마 뇌격은 쓸 수 없는 모양이군…….'

바루나는 무심히 판단했다.

'난타전인가.'

적은 감정이 앞선다. 그만큼 틈이 있을 것이다.

바루나가 낮은 자세에서 창을 곧추세우는데, 날아오던 아난타가 한순간 연기처럼 모습을 감추었다. 바루나는 신경을 곤두세웠다.

'몸을 축소했다……. 어디서 나타날 셈이냐?'

그때 굉음과 함께 땅이 푹 꺼져 내렸다. 쌓인 눈이 폭포처럼 구덩이로 흘러내렸다.

'아래?'

예상치 못한 위치였다. 땅이 꺼지며 급격히 기압이 변하자 귀가 먹먹했다.

'몸을 줄여 눈 속으로 파고들었다가 갑자기 늘이며 솟구친 다······. 이번에도 좋은 전술이었다, 뇌룡.'

바루나가 균형을 잡지 못하는 사이에 발밑에서 용의 입이 솟구쳐 올랐다.

거대했다. 지금까지 본 것 중에서 가장 컸다.

바루나의 몸이 아난타의 목구멍으로 추락하기 직전,

"바루나스트라."

바루나가 오른손을 아래로 뻗었다.

눈보라가 회오리를 일으키며 모여들었다. 바루나의 손안에서 창이 가로로 자라났다. 자라난 창이 아난타의 입천장과 바닥에 꼬챙이처럼 끼워진다. 바루나는 그대로 공중제비하며 창 위에 균형을 잡고 섰다.

아난타는 멈추지 않고 솟구쳤다. 상승하는 기세로 바루나를 떨어뜨릴 작정인 듯했다.

"좋은 전술이었지만, 뇌룡."

바루나의 짙푸른 안광이 어둠 속에서 서늘하게 빛났다.

"여전히 좋은 전술을 연이어 상상하지는 못하는군."

바루나는 오른손을 아래로 향하여 바루나스트라를 고정한 채로 왼손을 위로 높이 뻗었다.

희뿌연 창의 표면이 증발했고 그 일부가 바루나의 왼손 주위로 모여들었다. 바루나는 자신이 밟은 창은 최대한 가늘게 만들며 높이 쳐든 왼손 주변에 눈송이를 만들어 모았다.

왼손 주변의 작은 눈송이들이 흰 얼음 침 모양으로 변했다. 바늘 같은 침이 반짝이며 바루나의 주위를 맴돌았다.

차라랑, 하는 맑은 소리와 함께 군대 같은 얼음 침이 일제히 아난타의 쩍 벌어진 목구멍을 향했다.

"네게 감정은 없으나, 뇌룡."

한순간, 바루나는 아난타의 눈에 떠오른 패배를 읽었다.

바루나는 아난타의 목구멍을 무심히 내려다보며 나직이 말했다.

"작별이다."

                    ✦

진은 몸을 수그린 채 고통을 견디고 있었다. 흰 와이셔츠 아래로 불에 덴 듯이 등이 붉게 물들었다.

"……."

수호도 현관문에 기대 겨우 몸을 지탱하고 있었다. 마찬가지로 몇 번은 바닥에 내동댕이쳐진 듯 몸이 욱신욱신 쑤셨다.

마음이 전쟁이라도 난 듯 날뛰었다. 바루나와 굳이 대화하지 않더라도 지금 자신의 마음 안에서 격렬한 전투가 벌어지고 있다는 것쯤은 짐작할 수 있었다.

'착각했어…….'

아난타는 마호라가가 아니다.

진과 아난타의 기세에 넘어가 나도 잠시 잘못 생각했다.

아난타는 분노에 삼켜져 앞뒤 재지 않고 바루나에게 덤벼들었다. 하지만 마호라가가 없는 아난타가 바루나를 이길 수 있을까?

아무리 아난타가 공중전을 하고 뇌격을 쓴다 해도, 교활함이라는 면에서 아난타는 바루나의 상대가 되지 않는다.

'바루나가 아난타를 이길 거야.'

그 생각을 하자 공포가 마음을 뒤덮었다. 연이어 수호는 자신의 마음 안에서 창처럼 높이 솟구치는 살기를 감지했다.

'바루나가 아난타를 죽일 거야.'

내가, 내 손으로, 마호라가에 이어서, 아난타까지 죽게 만든다고?

안 돼.

수호는 몸부림치며 저항했다.

안 돼.

죽어도 그것만은.

'?!'

아난타의 목구멍에 얼음 침을 내리꽂으려던 바루나는 당황했다. 몸이 갑자기 무거워져서였다.

끙, 하고 몸에 힘을 주었지만 마치 발에 천 근 같은 추가 달린 듯 꼼짝도 하지 않았다. 공중에 뜬 얼음 침도 멈춰서서 내려오지 않았다.

'수호⋯⋯.'

바루나는 반쯤은 욕설을 담아 불렀다.

'내가 할 수 있는 일은 너도 할 수 있다는 뜻인가.'

하지만 수호의 힘은 자신이 수호를 제지하는 힘에 미치지 않았다.

'뿌리칠 수 있다. 내가 조금만 더 힘을 쓴다면……'

조금만…….

하지만 바루나는 힘을 주다가 무슨 생각을 했는지 멈췄다.

"……."

바루나는 움직이지 않았다.

다음 순간, 둘로 나누는 바람에 얇아진 바루나의 창이 쩡 하는 소리와 함께 깨어져 나갔다. 그리고 아난타의 입이 닫히며 바루나의 허리를 꽉 물었다.

바루나는 급히 몸을 회전해 닫히는 입을 등과 다리로 막았지만, 이미 등에는 날카로운 이빨이 쑤시고 들어오고 있었다. 입을 열어젖히려 힘을 쓰니 박힌 이빨이 더 파고들었다.

바루나는 이를 악물고 낮은 신음을 뱉었다.

아난타는 바루나를 입에 문 채 그대로 회오리 치며 온몸으로 바닥에 내리꽂았다.

눈보라가 안개처럼 피어올랐다.

＊

진은 등이 쪼개지는 듯한 아픔이 조금 가시자 흐릿한 눈을 들었다.

머릿속이 안개에 싸인 듯 혼란스러웠다. 슬픔이 커서 다른 생각을 하기 어려웠다. 마음에 풍랑이 일어 정신을 차릴 수가 없었다.

눈잎을 보니 수호가 현관에 주저앉아 웅크리고 있었다. 몸은 덜덜 떨리고 땀이 흥건했다. 뭘 하고 있는지 몰라도 사력을 다해 무언가를 제지하고 있다.

그 모습을 보자 벼락같은 미움이 솟구쳤다.

몸서리치도록 미웠다.

저런 하찮은 어린애 하나 때문에 선혜를 잃었다. 내게 가장 소중한 것을, 전부이자 내 목적을. 내 존재의 의의를.

'용서할 수 없어.'

진은 피가 나도록 입술을 깨물고 주먹을 꾹 쥐었다.

저 애 마음의 카마를 없애는 것만으로는 분이 풀리지 않는다. 혼쭐을 내서 자기가 무슨 짓을 했는지 깨닫게 해주어야지. 눈물 콧물 범벅이 되어 잘못했다고 엉엉 울며 비는 꼴을 내 눈으로 보아야겠어.

수호가 눈물 맺힌 눈으로 고개를 들었다. 그 눈을 보니 더 역정이 났다.

'어디서 착한 척이야.'

진은 열불 나는 마음으로 생각했다.

'내가 어떤 심정인지도 모르면서. 알 리가 있겠어, 너 따위가. 어디서 굴러먹다 온 지도 모를 애가. 뭘 잘했다고 슬픈 척이야. 뭘 안다고…….'

순간 진의 마음 한구석이 펄쩍 튀어 올랐다.

'뭐……?'

진은 숨을 크게 삼켰다.

'이게 무슨 생각이야……?'

아난타는 원래 크기로 돌아와 높이 치솟아 올랐다. 하늘이 푸르게 번쩍이며 천둥이 우르릉거렸다.

바루나는 분화구처럼 파인 눈 바닥에 파묻혀 있었다.

물리력에 의한 상처라 회복은 되겠지만 일단은 충격이 커서 시간이 필요했다. 그리고 지금도 수호가 끈질기게 몸을 구속하고 있었다.

'협공이라, 불공정하군.'

하지만 승부는 났다.

애초에 집주인이 적의 편인 이상 승리는 무리였을까.

아니, 내게 기회는 있었다. 기회를 잡고도 최후의 일격을 망설인 이상 변명할 여지는 없었다.

'패배는 패배다.'

바루나는 받아들였다.

'신나겠군, 뇌룡. 드디어 눈엣가시를 치우게 되었으니.'

하지만 어쩐지 잠잠했다.

천둥소리가 서서히 가라앉았다. 번쩍이던 하늘도 잠잠해졌다. 아난타의 그림자 길이가 짧아졌다. 바루나는 다가오는 아난타를 묵묵히 바라보았다.

아난타의 콧잔등이 바루나의 눈앞으로 날아들었다. 눈이라기보다는 큰 에메랄드 보석처럼 보이는 동공이 빛을 발했다.

'뭐냐.'

"한때나마 같이 싸웠던 사이니 묻겠다."

아난타가 입을 열었다.

"지금, 네가 다 이겼을 텐데, 왜 최후의 일격을 하지 않았지?"

'무슨 쓸데없는 질문인가.'

바루나는 귀찮은 기분으로 아난타의 거대한 눈을 마주했다. 하지만 아난타 말대로 같은 편에서 싸우기도 했던 사이, 마지막 말대꾸 정도야 해줄 수 있겠지.

"쓸데없는 질문은 하지 마라, 뇌룡."

바루나가 답했다.

"넌 내 목적이 아니다."

그뿐.

이미 끝난 전투는 바루나의 관심거리가 아니었다. 설사 자신의 전투라 한들.

아난타가 한참 만에 입을 열었다.

"마호라가도 나와 마찬가지로 네 목적이 아니었을 텐데, 물귀신."

"아난타."

바루나는 처음으로 용의 이름을 불렀다.

"그 퇴마사는 수호의 생존에 비하면 내게 아무 가치도 없었다."

아난타의 눈에 핏발이 섰다. 광폭한 분노가 치솟았다.

같은 카마로서 이해할 수 있었다. 입장이 반대라면 자신은 이보다 더 미쳤을지도 모른다. 만약 그 생지옥에 남은 것이 마호라가가 아니라 수호였다면.

나라면 이 뇌룡은 둘째 치고, 세상을 다 갈기갈기 찢어놓았을지도 모른다.

그러니 이해하고도 남았다.

아난타도 마찬가지로 자신을 심연까지 이해하는 것이 느껴졌다.

카마끼리만의 공명.

'뇌룡, 마호라가도 수호도, 결코 나만큼 너를 이해할 수는 없을 것이다.'

"끝내라, 뇌룡."

바루나가 적의 없이 말했다.

"복수해라."

"그러겠다."

아난타가 물러났다.

"지옥으로 꺼져라, 바루나."

떠오른 아난타의 몸이 푸르게 빛났다. 지금까지 본 그 어느때보다도 눈부시게 빛난다. 지금까지 본 적 없는 뇌격을 쏟아부을 작정인 듯했다.

지척에서의 일격. 살아남을 도리는 없다. 바루나는 눈을 감았다.

그때 공기가 변했다.

"진?!"

아난타의 비명이 귓전을 때렸다.

'진?'

진이 뭐였더라, 하고 바루나는 잠시 생각했다.

106 너는 선을 넘었다

정신이 든 수호는 진이 의식을 잃고 축 늘어지는 것을 보고 소스라치게 놀랐다.

"진씨?!"

허겁지겁 달려가 진을 바로 눕히고 심장에 귀를 대어보던 수호는 금세 상황을 깨달았다.

문제가 생긴 곳은 몸이 아니다. 넋이 빠져나가 있다. 퇴마 사가 마음의 전투를 할 때처럼.

'진씨가 마음에 들어갔어?'

아난타가 카마라는 것을 감추려고, 진씨는 절대로 마음 안에 들어가지 않는다고 들었는데……?

'어디로 간 거지?'

불필요한 질문이었다. 지금 전쟁이 일어나는 곳은 하나뿐.

내 마음속.

'왜……?'

이해할 수 없었다. 하지만 수호는 일단 마음을 진정시켰다. 숨을 푹 내쉬고, 눈을 감고 자기 마음 안으로 들어가는 연상을 했다.

깊이, 심연 속으로.

수호의 몸이 방바닥에 풀썩 쓰러졌다.

"안 돼, 진! 마음에 들어오면!"

하늘 저편에서 아난타의 비명이 귀 따갑게 들렸다.

어두컴컴한 하늘에 눈보라가 매섭게 휘날렸다. 눈의 장막 탓에 시야는 극히 좁다. 수호는 몰아치는 추위에 몸을 움츠렸다. 제 마음이지만 지독한 한파였다.

"네가 마음에 들어오면 마구니들이 내가 카마라는 것을 눈치채고 말아!"

눈이 눈꺼풀에 내려앉고 세찬 바람이 머리카락을 흩어놓아 시야를 뒤덮었다. 수호는 하늘 저편에 푸르게 번쩍이는 뇌격의 빛으로 겨우 아난타의 위치를 파악했다.

눈이 어둠에 익숙해지자 주변이 차츰 눈에 들어왔다.

드넓은 눈밭은 포탄이 내려앉은 듯 푹푹 패여 있었고, 왼편에는 산이라도 내리꽂힌 듯한 큰 구덩이가 있었다.

그 구덩이 안에 반쯤 묻힌 바루나의 기척이 느껴졌다.

그리고 진이 있었다. 바루나와 아난타 사이를 가로막고 서 있다.

소매가 없는 검푸른 두루마기를 걸치고, 상의는 가슴만 붕대로 감은 차림이다. 왼쪽 눈은 보석을 박은 듯한 새파란 빛이고, 왼쪽 이마에서부터 뺨으로, 옆구리와 어깨에서 손가락 끝까지 먹으로 그린 듯한 검은 문신으로 채워져 있다.

"진씨……!"

수호가 고함쳤지만 진은 아난타에게만 시선을 고정한 채

꼼짝도 하지 않았다.

진의 왼손이 춤을 추듯 움직였다.

몸 한쪽을 덮은 문신이 살아 있는 듯 하나둘 떨어져 날아올랐다.

날아오른 문신이 솟아오르더니 아난타의 몸에 하나둘 처덕처덕 붙었다. 등과 뿔에, 날개와 콧잔등에. 문신이 들러붙은 부위는 풀로 단단히 붙인 것처럼 아난타의 몸에 엉겨 붙었다.

"무슨 짓을……! 진! 왜 이러는 거야!"

느린 공격이었지만, 진이 자신을 공격하리라고는 예상치 못했는지 아난타는 제대로 대응하지 못했다. 아난타가 저항하려는 찰나, 새 문신이 날아가 아난타의 입을 틀어막았다.

"카마 아난타."

중저음의 음성.

무거운 추를 달아 땅속으로 꺼지는 듯한 목소리.

작은 카마라면 소리를 듣는 것만으로도 기가 죽어 저항하지 못할 듯한 무거운 음성이다.

푸른 보석을 박은 듯한 진의 눈이 차갑게 빛났다.

"너는 지금 선을 넘었다."

진의 목소리가 수호의 마음 안을 쩌렁쩌렁 울렸다.

"약속을 기억하라. 퇴마사 마호라가가 너를 정화하지 않는 조건은 단 하나, 결코 네가 내 마음을 차지하지 않는 것이었다."

아난타가 문신에 입이 막힌 채 원망과 설움이 섞인 눈빛을 되쏘며 몸부림쳤다.

"카마, 너는 규약을 깼다. 네가 선을 넘었으니, 마호라가가 내게 준 권능으로 너를 내 심연에 봉인하고 모든 행동을 금한다.”

아난타가 몸부림치다가 얼굴을 억지로 변형시켜 입을 틀
어막은 문신을 겨우 뜯어냈다.

“진!”

아난타가 울부짖었다.

“저 자식이 마호라가를 해쳤어! 내 목적이자 전부를!”

수호의 심장에 칼이 꽂히는 듯한 말이었다.

“왜 말리는 거야! 내 마호라가야! 네 마호라가기도 하잖아!
복수하게 해줘!”

땅이 크게 흔들리며 눈보라가 더욱 거칠어졌다.

“카마 아난타. 그건 네 목적이 아니다.”

땅으로 꺼지는 듯한 무거운 목소리가 눈 덮인 들판에 울려
퍼졌다.

“카마가 제 목적이 아닌 일을 한다면 마구니와 계약한 것
과 다름이 없다.”

진은 한참을 숙연하게 서 있다가 말했다.

“너는 선을 넘었다. 더는 목적을 추구할 자격이 없다.”

아난타의 눈에 한탄이 들어찼다. 진은 무거운 슬픔이 담긴
눈으로 아난타를 향해 손을 높이 뻗었다.

“진!”

아난타가 고통스럽게 울부짖었다.

“제발 이러지 마!”

“나를 부르지 마라. 이제 우리는 더는 대화하지 않는다.”

문신이 아난타의 몸을 단단히 조였다.

“나는 네 일생의 소원이야, 진! 네 모든 것이라고!”

"나는 선을 넘은 카마에게 볼일이 없다."

아난타의 원망 어린 눈이 한순간 수호를 향했다. 그 눈이 이게 다 너 때문이라고, 네 잘못이라고 말하는 것만 같았다.

"다시는 내 심연 밖으로 나오지 마라, 카마."

문신이 날아가 아난타의 몸을 남김없이 감쌌다. 아난타의 슬픈 울음이 어두운 하늘에 울려 퍼졌다. 하늘에 소용돌이치는 검은 구멍이 나타나더니 아난타가 그대로 모습을 감추었다.

눈보라가 잦아들었다. 진은 문신이 반쯤 사라진 팔을 드러낸 채 힘이 쭉 빠진 모습으로 서 있었다.

"진씨……."

진이 수호를 보며 민망한 듯 웃었다.

"미안해, 수호. 무서웠지?"

진의 오른쪽 눈에 눈물이 맺혔다.

"내가 조금 전에 어른답지 못하게 굴었지? 창피해서 어쩌면 좋아. 괜찮니?"

"진씨, 왜……."

수호는 눈밭에 주저앉은 채 물었다.

"왜……?"

답을 들었는데도 묻는다. 납득할 수가 없으므로.

진이 눈을 밟으며 비척비척 걸어왔다.

걸어오며 구덩이에 파묻힌 바루나에게, 하늘에, 눈밭에 시선을 둔다. 저것이 네 카마구나, 이곳이 네 마음이구나, 하듯이.

진이 가까이 오자 수호는 입을 다물었다. 진의 눈에 깊은 구덩이가 내려앉아 있었다.

수호는 그제야 실감했다. 자신의 카마를 스스로 내치는 것이 무슨 의미인지.

제 살을 칼로 직접 도려내는 것이나 마찬가지라는 것을.

"진씨."

"음."

진이 답했다.

"바루나가 마호라가를 죽이려 했어요."

수호는 진이 아직 그 사실을 모르기라도 하는 것처럼 말했다. 눈보라가 둘 사이에 하염없이 쏟아졌다.

"그래, 그랬구나."

진은 꼭 처음 듣는 것처럼 말했다.

진의 팔에서 먹으로 그린 듯한 문신이 나비처럼 들떴다가 다시 가라앉았다. 진은 수호의 손을 잡아 일으켰다. 그리고 수호의 몸에서 눈을 털어냈다.

"정말 미안해, 많이 무서웠지?"

"진씨, 왜……."

여전히, 이미 들은 답의 질문을 계속한다.

"그게 마호라가와의 약속이었어, 수호."

"약속이라니……."

진이 수호를 품에 끌어안았다. 한참을 그대로 있다가 귀에 속삭였다.

"내 말 잘 들어, 수호."

"……."

"만약에 나보다 먼저 깨어나면, 나를 깨우지 말고 방에서

489

나가주겠니?"

수호는 눈을 크게 떴다.

"깨어나면 내가 조금 변해 있을지도 몰라. 그런데 나 어른이고, 그런 모습을 보여주기가 조금 부끄러우니까, 잠깐만 나가줘. 조금만 떨어져 있다 만나면 변해 있어도…… 그리 이상하지 않을 수도 있으니까."

'왜……?'

그때 수호는 벼락처럼 깨달았다. 진의 목소리에서, 그 어조에서.

만약 이대로 마호라가가 두억시니의 심소에서 돌아오지 못한다면, 정말로 그리된다면, 아난타는 바루나를 해치는 것만으로는 만족하지 못할 것이다.

아난타는 나를 해칠 것이다. 자신에게 가장 소중한 것을 해친 나를. 반드시 그럴 것이다.

'그러니 나를 해치지 않으려면 진은 아난타를 포기해야 한다.'

나를 지키기 위해, 진은 자신에게 가장 소중한 것을 포기해야 한다.

선혜를 지키려는 마음을 지워야 한다.

"……."

"약속해줄래?"

수호는 아무 말도 못 했다.

그저 진의 품 안에서 고개를 끄덕였다. 진은 감촉으로 답을 듣고 수호의 머리를 쓰다듬었다.

"그래, 고마워……."

진은 방에서 혼자 눈을 떴다.

기억이 흐릿했다. 안개가 머리를 덮었다가 사라졌는데, 이번에는 다른 안개가 찾아온 것만 같았다.

'내가 지금까지 뭘 하고 있었지?'

일어나 보니 방이 엉망이었다. 옷장은 다 열려 있고 서랍은 전부 뒤집혀 있다. 여행 가방에 쑤셔 넣은 물건은 하나도 정돈이 안 되어 있었다. 누가 술에라도 취해서 난동을 부린 듯한 풍경이었다. 입고 있던 옷도 단추가 반쯤 떨어져 있다.

'이게 무슨 꼴이야, 내가 왜 이 난리법석이었지?'

문득, 같이 살던 어린 여자애 하나가 떠올랐다.

'그래, 애가 아팠지.'

그렇다고 이렇게 정신을 놓을 건 뭐람, 내가 미쳤나. 어차피 만난 지 얼마 되지도 않은 아이인데.

진은 주섬주섬 일어나 옷을 도로 옷장에 걸고, 방을 청소하기 시작했다.

그런데 내가 왜 그런 애랑 살고 있었지?

아무리 생각해도 이유가 떠오르지 않았다.

'나도 참, 정신머리 없지. 내 앞가림도 못하면서, 직장도 좀 알아봐야 하고, 자격증 시험 준비해도 모자랄 시간에⋯⋯.'

갑자기 충격이 마음을 뒤흔들었다.

"⋯⋯!"

진은 공포에 사로잡혀 얼굴을 감싸고 비명을 질렀다.

"싫어, 싫어!"

진은 바닥을 쥐어뜯으며 비명을 질렀다.

"싫어, 잃고 싶지 않아! 제발, 내 마음……. 나인데, 이게 내 전부인데……! 안 돼! 잃고 싶지 않아! 싫어!"

진은 오열했다.

"제발, 내가 변하지 않게 해줘……! 싫어……!"

현관문 밖.

수호는 충격을 받고 돌처럼 굳었다.

공포가 마음을 휘어잡았다. 본능적으로 도로 들어가려다 이를 악물고 자신을 제지했다.

쩡.

수호의 마음.

파묻힌 눈 속에서 빠져나오며 눈을 털어내던 바루나는 어디선가 큰 균열이 나는 소리에 놀라 고개를 들었다. 어두컴컴한 하늘 한구석이 누가 돌로 쳐서 깬 것처럼 금이 가고 있었다.

〔싫어어!〕

여자의 울부짖음이 하늘에 울려 퍼졌다. 조금 전 마음에 들어왔던, 몸 한쪽이 문신으로 뒤덮여 있던 아난타 집주인의 목소리다.

수호가 먼저 마음을 나간 뒤, 혼자 남아 자신을 바라보던 여자의 쓸쓸한 시선이 떠올랐다.

쩡.

여자의 비명과 함께 다시 무엇인가가 큰 소리를 내며 깨졌다.

바루나는 흠칫 소리가 나는 곳을 보았다.

다른 하늘이 와장창 깨지며 균열이 났다. 벽지나 흙이 떨어지듯이 우수수 떨어졌다.

〔싫어!〕

쩡.

이번에는 땅이 큰 소리를 내며 쪼개졌다. 갈라진 자리에서 물이 치솟았다가 치솟은 모양 그대로 얼어붙었다.

'젠장…….'

바루나는 마음속으로 욕설을 내뱉었다.

✦

진의 처참한 통곡을 뒤로 하며, 수호는 정신을 놓고 비틀비틀 계단을 내려갔다.

✦

"신장 나찰님."

나찰은 '검은 홍수' 심소의 경계에서 침을 똑똑 흘리며 꾸벅꾸벅 졸다가 누가 자기 더벅머리를 쿡쿡 쑤시는 바람에 화들짝 놀라 두리번거렸다.

검은 홍수.

두억시니의 심소를 감시하러 모인 퇴마사들이 붙인 이름이었다.

나찰을 깨운 것은 일명 금두꺼비로 불리는 나한 금와였다. 금와가 끈적끈적한 손가락으로 더벅머리를 쑤시는 사이, 나찰이 벌떡 일어나는 바람에, 점액이 머리카락에 붙어 죽 늘어났다.

"네 손으로는 남의 머리 만지지 말라고 했잖느냐. 기껏 잘 빗어놓았는데."

빗었다기에는 사자 갈기처럼 엉망으로 뻗친 머리라, 농으로 듣고 대꾸해주기도 애매한 말이었다.

"진지에 웬 애기가 아까부터 서성입니다."

금와의 말에 나찰은 주위를 획획 두리번거렸다. 나찰의 허리를 감고 반쯤 졸며 경계하던 천구도 몸을 일으키며 킁킁 냄새를 맡았다.

"마음 안이 아니라 바깥에서 말입니다."

금와가 나찰의 머리카락에 들러붙은 점액을 손가락에 감아 떼어내려 애쓰며 말했다. 풀로 풀을 떼려는 격이라 잘 떨어지지 않아서, 긴 줄을 만들며 다섯 걸음쯤 물러났다.

"애기라니, 신입 퇴마사라도 왔나?"

나찰은 천구의 머리를 쓰다듬으며 물었다. 위험이 닥치면 천구가 먼저 알아채고 짖어댈 것이라, 천구가 조용한 이상 위험한 자는 아닐 듯했다.

"우선 정말 애기가 왔고요. 신체적으로 말입니다."

"몸의 나이로 퇴마사의 나이를 가늠해서는 곤란하지."

나찰은 기지개를 켜며 늘어지게 하품을 하고는 등에 진 큰 낫을 들어 그 끝으로 금와의 끈적이는 점액을 잘랐다.

'북서'의 천왕 풍천이 이틀 안에 결정을 내린다고 했지만, 마음 안은 이틀도 아득하다. 졸음이 올 수밖에 없는 업무였다.

계산에 특화된 나한들이 보고하기를 체감 시간을 두 주 이상으로 생각하라고 했다. 물론 싸움이 발생하거나 위기가 닥쳐 극도의 집중을 요하게 된다면, 그때의 시간 팽창은 계산할 수 없다는 덧붙임과 함께.

"퇴마사의 기운은 있으나 미약하고, 교단에 등록되지 않은 자였습니다. 나한들이 신분을 확인하려고 몰래 마음에 들어가보려고 했다가 입구에서 튕겨 나왔습니다. 마음에 몹쓸 재난이 일어나고 있다더군요."

"재난이라니?"

"뇌우를 동반한 폭우에 홍수와 산사태가 나고 있는데 잘못 발을 들였다간 재해에 휩쓸려 명을 달리할 정도라고 했습니다. 아마 본인 자신도 위험해서 들어갈 수 없을 겁니다."

금와는 혀를 날름거리며 미끌거리는 피부를 핥았다. 언제 구멍으로 몸을 던져야 할지 모르는 상황이라 계속 끈적이는 상태를 유지하는 참이었다.

'재난이라.'

재난이 났다면 마음이 심각하게 불안정하다는 뜻.

"바깥을 지키는 나한들에게 퇴마사냐고 물으며 마호라가가 괜찮은지 묻고 다닌다는군요."

"아마도 마호라가가 새로 들였다는 수련생 나한이겠군."

나찰은 팔짱을 끼며 추리랄 것도 없는 답을 내놓았다.

마호라가가 협시 나한을 새로 들였다는 말은 천왕 풍천께서 금강의 말을 방송해준 덕에 알고 있었다. 부피가 변하는 무기를 쓴다고 했던가.

'마음의 재난은 아마 스승을 잃은 충격에서 온 것이겠지.'

"마호라가는 살아 돌아오나 죽으나 퇴출이 결정 난 듯합니다만, 협시 나한에 대해서는 아직 아무 언급이 없었지요. 풍천께서 찾으면 데려오라고 하셨습니다만, 어떻게 할까요? 신장 금강께 알릴까요?"

"아니."

나찰이 바로 손을 번쩍 들어 올려 제지했다.

"북서 놈들은 재미가 없어."

"재미가 없다니요?"

"너무 엄격하단 말이지. 사도로 규정되어 해체된 '서'의 후예라서인지, 지나치게 깐깐하단 말야. 잘 웃지도 않고."

"잘 안 웃는 것이 잘못은 아니지요."

"사회생활 못하는 놈들이야."

"그것도 잘못이 아니지요."

"애들한테도 예외 없이 깐깐하단 말이지. 내 생각에는 금강에게 들켜 곤욕을 치르기 전에 멀리 보내는 게 좋겠어."

"별로 동의할 수 없는 생각이네요. 풍천께서 직접 심문하시겠다고 하셨습니다만."

"더 내보내고 싶어지는데. 금와, 여기는 잠시 네가 맡아라."

나찰은 말이든 동작이든 오래 지체하지 않는 사람이었다. 금와가 답을 하기도 전에 나찰은 심소에서 홀연히 모습을 감추었다.

107 아트만이 있는 마음

퇴마사들의 몸이 대기하는 곳은 상가 이 층에 있는 주거 공간으로, 퇴마사를 보위하는 조력자들, 선인仙人 소유의 건물이다.

모르는 사람이 본다면 심히 수상해할 법한 풍경이다. 여러 개의 간이침대나 매트리스에 사람들이 줄지어 누워 자고 있었으니까. 게다가 다수가 몸이 성치 않은 장애인이다.

문에 붙여놓은 팻말에는 "기체조, 기수련"이라는 더욱 수상한 문구가 붙어 있다. 너무 수상해서 되레 접근하는 사람이 없도록 공들여 못 만든 팻말이었다.

예비로 옆에 마련한 대기소에는 "다이어트 단식원"이라고 붙여두었다. 각기 다른 연령대의 사람들이 줄줄이 누워 자는 풍경을 설명하기 위한 문구였다.

몇 블록 떨어진 다른 건물에서는 지하실을 쓰는 교회를 빌려두었다. 그곳은 '북서'의 금강과 그 나한들이 쓰고 있었다.

모두 엎어지면 코 닿을 곳이니 꼬마가 이리저리 쑤시고 다니다 보면 금방 들키고 말 것이다.

심소에서 나온 나찰은 간이침대에서 벌떡 일어났고, 나찰의 발치에서 웅크리고 자던 삽살개도 같이 벌떡 일어나 꼬리를 살랑거렸다.

나찰은 이십 대 후반의 사내였다. 한쪽 팔이 기형이라 다른 쪽 팔의 반 정도밖에 오지 않을 만큼 짧았고 한쪽 눈이 탁했다.

나찰은 옆에서 대기 중인 나한들의 인사를 건성건성 받으며 벗어두었던 선글라스를 끼고 모자를 눌러쓰고는 강아지 천구의 목줄을 쥐고 거침없이 계단을 달려 내려갔다.

금와가 말한 '애기'는 가게가 나간 뒤 입주가 되지 않은 건물 일 층에서 서성이고 있었다.

가게는 유리창만 세워놓고 깨지지 않도록 신문지로 도배해놓은 채로 방치되어 있었다. 유리창에 스프레이로 "악덕 공사는 물러나라"라는 글씨가 쓰여 있었다.

'애기 맞군.'

나찰은 소년을 보자마자 생각했다.

중학생쯤 되어 보이는 소년이었다. 사실 교복 셔츠와 바지로 중학생이라고 짐작할 뿐, 몸집만 보면 그보다 더 어려 보였다.

"어이, 꼬마야, 누구 찾아왔어?"

나찰은 다짜고짜 소년 앞으로 터벅터벅 걸어가며 물었다.

"여기 사유지야. 들어오면 안 돼."

소년의 눈을 들여다본 나찰은 금와가 말한 '마음의 재난'을 바로 눈치챌 수 있었다.

금방이라도 푹 꺼질 것처럼 보였다. 얼굴은 그늘이 내려앉아 거뭇거뭇했고 눈은 빛이 꺼져 있어 꼭 죽은 사람 같았다.

'꼭 주인 잃은 강아지 같군.'

"아저씨, 퇴마사죠?"

"형이라고 불러."

나찰은 부정하는 대신 그렇게 답했다. 소년이 허겁지겁 나찰의 팔을 붙잡았다. 나찰의 한쪽 팔은 소매만 덜렁거릴 뿐이었지만.

　"저는 한수호라고 해요. 마호라가에게 돌아가야 해요……. 저를 안에 들여보내주세요. 계속 주변을 돌아다녀봤는데 어떻게 들어가야 하는지 모르겠어요."

　'퇴마사끼리인데 계명이 아니라 본명을 말하네. 아직 계명도 받지 않았나 보군.'

　나찰은 생각했다.

　'이름도 아직 안 주었다면 마호라가는 애를 이번 전투에서만 쓰고 내보낼 생각이었나 보군. 하긴, 다음 일을 생각하지 않았을 테니.'

　"거긴 지금 아무도 못 들어가."

　나찰이 말했다.

　"너 같은 애는 더 못 들어가고. 어, 어, 말대꾸하지 마라. 지금은 내가 말해야 하니까."

　나찰은 소년을 조금 밀치고 살짝 위협하는 몸짓으로 팔을 거칠게 붙잡으며 말했다.

　"너, 앞으로 이 근처에 얼씬도 하지 마라. 이렇게 아무 데나 와서 퇴마사네 뭐네 들쑤시지도 말고. 알아들었으면 얼른 집에 가."

　자신을 수호라 밝힌 소년은 나찰의 얼굴을 한참 들여다보았다.

　나찰은 충격으로 몸이 굳었다.

　소년의 몸이 축 늘어지고 있었기 때문이다.

나찰은 한 팔로 쓰러지려는 소년을 붙들고 눈을 크게 뜬 채로 한동안 움직이지 못했다. 친구가 귀를 쫑긋 세우고 벌떡 일어나더니 으르렁거리다가 컹컹 짖었다.

　　나찰은 소년을 끌어안고 천천히 자리에 앉았다. 아직도 상황이 믿기지 않는 얼굴이다.

　　위층에서 나한 건예자가 통탕통탕 소리를 내며 내려왔다.

　　머리가 희끗희끗하고, 잘 면도하지 않은 턱이 거뭇거뭇하고, 나이가 오십은 넘어 보이는 사람이었다. 거칠거칠한 피부에 면장갑을 낀 것이 근처 공사장에서 일하는 인부처럼 보였다.

　　"부르셨습니까, 신장 나찰님?"

　　"문을 닫아걸고 내 몸을 지켜라, 건예자."

　　"분부 받들겠습니다."

　　건예자는 한마디도 묻지 않고 문을 닫더니 발판을 딛고 올라서서 열쇠로 잠갔다.

　　안이 곧 어두워졌다. 신문지가 빛을 다 차단하지 못해 안으로 흐릿하게 햇빛이 들어왔다.

　　"전장을 알려주십시오."

　　우선 명을 받들고 다음에 질문한다. 문을 막아선 건예자가 짧게 물었다.

　　"내 마음속이다."

　　나찰은 마찬가지로 짧게 답하고 소년을 끌어안은 자세로 축 늘어졌다.

　　건예자는 조금 당황했지만 곧 등을 펴며 자세를 바로 한다. 컹컹 짖던 친구도 주인을 끌어안고 같이 잠들었다.

나찰의 마음 안,

자기 마음에 진입하는 것이 얼마 만이던가. 신장이 된 이후로는 처음이다. 그만큼이나 낯설었다.

땅이나 하늘이라 할 만한 것은 없는 공간. 발을 딛고 설 만한 곳도 없다. 눈에 띄는 특별한 물체도 없다. 점성이 강한 무지갯빛 늪뿐이다.

적에게든 동료에게든 속내를 들키기 싫어 조형한 마음.

나찰은 마음 안에 들어온 이물질의 위치를 잡아 헤엄쳐 들어갔다. 몸 한구석에 돌이 박힌 것처럼 거슬렸다.

'이 마음이 침입받은 것이 언제였지?'

기억도 나지 않는다. 간혹 마음에 카마가 들어섰는지 보려고 동료 신장에게 점검을 받은 것이 전부였다. 그것도 자신이 허락할 때만 들어올 수 있을 뿐.

미치지 않고서야 누가 신장의 마음에 들어온단 말인가. 천왕도 감히 못할 짓이다.

자신을 수호라 부른 소년은 마음 한가운데 멀뚱히 떠 있었다. 이런 풍경을 처음 보는 듯, 신기한 눈으로 두리번거리고 있었다. 그야말로 어처구니가 없었다.

"네놈은 주인한테 아무것도 못 배운 모양이군."

나찰이 얼굴에 귀기를 띠며 소리를 높였다.

나찰은 화가 나면 얼굴이 창백해지고 눈이 희번덕이며 눈 주위와 입가에 검은 화장을 한 듯 귀기 어린 선이 나타난다. 말 그대로 귀신 같은 상이 되는데, 심약한 카마는 얼굴을 보는 것만으로 기절하기도 한다.

"허락 없이 사람의 마음에 들어가지 말라는 말을 못 들었는가."

나찰의 허리를 꼬리로 감싸고 있던 천구도 털을 뻣뻣하게 세우며 송곳니를 드러내고 으르렁거렸다.

수호의 표정에는 두려운 빛이 없었다. 대신 난처한 기색이 완연했다.

"형."

나찰은 잠시 몸의 균형을 잡지 못하다가 정신을 가다듬고 헛기침했다.

"형이 아니다. 물론 내가 그렇게 부르라고 했지만, 부르지 마라, 신장 나찰이다."

나찰은 천구의 머리를 쓰다듬어 진정시키고 자신도 진정하며 말했다.

"이 녀석은 천구다. 인사하지, 나한 수호."

"저도 퇴마사예요."

"충분히 알고 있다. 보기와는 달리 맹랑한 놈이군."

"돕게 해주세요."

"내가 마음을 열지도 않았고 들여보내지도 않았는데 들어온 기술만은 칭찬해주지. 어떻게 했는지 모르겠지만 궁금하지 않으니 넘어가겠다."

나찰이 속사포처럼 말했다.

"두 번 말할 생각 없다. 나는 너를 들여보낼 수 없어. 교단은 두억시니를 없애는 방법을 몰라. 아직 교단이 물리친 적이 없고 그래서 퇴마 절차가 없어. 불치병이란 뜻이지. 교단이

의료계라 치면, 불치병은 포기하고 치료할 수 있는 병에만 집중한다는 뜻이야."

"……."

수호가 입을 다물었다.

"그 불치병이 거주하는 심소 경계가 뚫려서 우리는 그놈을 가두는 작업을 할 거야. 하지만 두억시니는 물리치기는커녕 접근할 수도 없는 카마라, 그 안에 들어간 네 마호라가를 구할 방법은 없어."

"……."

"알았어? 안됐지만 마호라가는 못 나와."

수호의 표정을 본 나찰은 기분이 나빠졌다.

'꼭 내가 때리기라도 한 얼굴이군.'

"우리가 못 하는 일을 네가 할 수도 없고 말이지."

나찰은 어흠, 하고 헛기침을 했다.

"여긴 필요한 사람들이 다 와 있어. 넌 지금 예를 들자면, 의사들이 모인 수술실에 난입해서 자기가 집도하겠다고 설치는 환자 친구 같은 놈이라고. 방해만 될 뿐이야. 다시 말하지만, 떠나라."

"그러면……"

수호는 망설이다 말했다.

"저도 같이 갇히게 해주세요. 마호라가만 혼자 둘 수 없어요."

나찰의 피가 거꾸로 솟았다.

얼굴빛이 피처럼 붉어지고 눈 주변의 문신이 더 짙고 길어졌다. 얼굴에 나타난 문신이 불길처럼 붉게 달아올랐고 더벅

머리가 짐승의 갈기처럼 빳빳하게 섰다.

나찰은 손을 까닥였다. 그러자 수호 주변이 변했다. 오색 빛을 발하는 공간이 꿈틀거리며 움직였다. 빛이 날카로워졌다.

눈 깜박하는 사이에 수호는 수백 개의 빛나는 칼날에 둘러싸였다. 눈부신 후광에 머리부터 발끝까지 둘러싸인 것과 같은 형상이었다.

칼을 좀 많이 만들었나 싶었지만 나찰은 충분히 위협할 필요가 있다고 생각했다.

마호라가, 교단에서도 내놓은 떠돌이 녀석, 이 애한테 교육을 순서대로 안 한 게 분명했다. 아마 짧은 시간에 전투에 투입하기 위해서였겠지.

마음에 들어오는 법은 아는데 나가는 법은 또 제대로 모르는 것 같고, 교단이나 계율에 대해서는 아예 백지인 듯했다. 그렇지 않고서야, 신장의 마음에 들어가면 안 된다는 최대의 금기를 이렇게 간단히 범할 수가 없다.

"아트만이 있는 퇴마사의 마음에는 들어가면 안 된다. 네 스승은 그런 말도 안 해준 거냐?"

수호는 난처한 얼굴로 나찰을 바라보았다.

신기한 놈이었다. 꼬챙이에 둘러싸인 것은 난감한 문제가 아니라는 태도였다. 실은 꼬챙이로 꼬마의 주변을 뒤덮었을 때 녀석의 눈빛이 섬뜩했다.

두려움은 한 톨도 없이 '이건 어떻게 만든 거지?'와 '대처할 방법이 있나?' 하는 생각이 재빠르게 동공 안에서 오가고 있었다.

'신기한 놈이군.'

나찰은 생각했다.

'진심으로 이 안에서 나와 맞서 싸울 수 있다고 믿는 거냐. 아니면 투사의 본능인가.'

투사의 본능이라. 생긴 것도 그렇고 어딜 보나 싸움꾼 같은 느낌은 조금도 없는데.

하지만 경고는 해둬야 했다. 지금 말해주지 않으면 무슨 사고를 칠지 모르니까.

"그냥 금기의 문제가 아니야."

나찰의 목소리는 사방에서 울렸다. 마치 이 공간 전체가 나찰의 입이기라도 한 것처럼. 꼬챙이들이 눈부시게 번쩍였다.

"무루無漏, 흠, 그러니까 아트만을 가진 퇴마사는 마음 전체를 다스릴 수 있어. 너는 지금 나 자신으로 이루어진 공간에 들어온 것이나 마찬가지야. 나는 이 공간의 모든 부분을 이용해서 너를 공격할 수 있어. 내가 생각하는 그대로."

"……."

수호의 눈에 '아, 그래서 이런 풍경이 가능하군' 하는 생각이 번뜩 떠오르는 듯했다.

'여전히 신기한 놈일세.'

나찰은 헛기침하고 말을 이었다.

"자신의 마음은 자신의 본진이다. 누구든 제 마음 안에서 싸운다면 훨씬 유리하지. 하지만 아트만이 있는 퇴마사는 절대적으로 유리한 정도가 아니야."

"……."

"누구도, 카마가 아니라 신장, 아니 천왕이 들어온다 해도, 아니, 설령 마구니라 해도 우리 마음에 발을 들여놓는다면 그 자리에서 퇴치된다."

"……."

"마구니가 아트만이 있는 퇴마사의 마음에 침입하지 못한다는 말도 못 들어보았나?"

"……들어봤어요. 그게 그런 뜻이었군요."

"두 번 다시 퇴마사의 마음에 들어오지 마라."

"……죄송합니다."

"사과는 잘도 하는군."

"그럼, 뭐라도…… 뭐라도 하게 해주세요. 바깥에서 퇴마사의 몸을 지키는 정도는 저도 할 수 있을 거예요."

나찰은 콧김을 흥, 하고 뿜고 팔짱을 꼈다. 검은 문신이 사라지고 얼굴이 본래의 빛으로 돌아왔다.

"나한 수호, 잘 들어."

108 무너지는 마음

나찰이 말했다.

"신장 마호라가는 큰 실수를 했고 교단에서 퇴출이 결정되었어. 그건 마호라가 밑에 있던 너도 그냥 넘어가기 어렵다는 뜻이야."

"……."

수호는 다시 입을 다물었다.

"여기는 북서의 영역이야. '북'도 엄격한 편이지만 '북서'는 깐깐하기로는 첫째가라 해. 북서 놈들 눈에 띄었다간 너한테서 처벌이랍시고 퇴마사로 활동했던 기억이며 퇴마사의 힘까지 다 빼앗을 수도 있어."

"……."

나찰은 괜히 우쭐거리며 꼬리를 감아대는 친구의 머리를 쓰다듬었다.

"사실 내가 신경 쓸 일은 아니지만, 나는 걔네들 방식이 별로 마음에 안 들어서."

"네……."

"이해했으면 너그럽고 자비롭고 착한 나한테 들킨 것을 인생의 행운이라고 생각하고 다시는 이 근처에 얼씬도 하지 마. 마호라가에 대한 추억이나마 간직하고 싶다면."

"네⋯⋯."

수호는 완전히 좌절한 얼굴로 답했다.

안된 마음이 들었지만 어쩔 수 없었다. 여기까지 상대해준 것만 해도 내 오지랖이 심했지.

나찰은 마음을 빠져나갔다.

나찰은 눈을 떴다.

수호도 나찰의 품에서 눈을 떴다.

나찰의 옆에 누워 있던 천구도 부스스 눈을 뜨며 컹, 하고 짖었다. 문을 막고 서 있던 건예자가 표정 없이 안도의 한숨을 쉬었다.

나찰은 자신을 올려다보는 수호를 보며 생각했다.

'좀 위험해 보이는데.'

눈에 비친 절망이 심해만큼이나 깊었다.

혹시 이것이 마지막 지푸라기였을까. 더는 할 수 있는 일이 없다는 사실에 단단히 좌절한 듯했다. 아무래도 마호라가와 연이 깊었던 모양이다.

전생의 기억도 없을 어린애가 겪기에는 무리한 일이었겠다 싶었다. 시체 같은 얼굴을 하고도 울거나 투정 부리지 않는 것이 더 위험해 보였다.

"죄송했습니다⋯⋯."

수호가 깍듯이 인사하며 일어났다.

"어이."

나찰이 안된 마음에 나가려는 수호를 불러 세웠다.

"이봐, 너무 슬퍼하지 마. 마호라가는 다시 태어날 거야. 네가 어른이 될 때쯤이면 다시 만날 수 있을 거야."

수호가 한참 멈춰 있다가 돌아보았다.

순간 나찰은 자기가 뭔가 더 심각하게 잘못한 기분이 들었다. 나락에 떨어지는 아이를 더 밀어 아예 진흙탕에 처박아버린 듯했다.

하긴, 퇴마사에 대해 배운 게 없다면 '다시 태어난다'는 말 따위 믿을 수 있을 리가 없지. 이 애한테는 생이 하나뿐일 테니까. 보통은 그게 맞겠지만…….

"아, 그러니까, 뭐랄까, 음, 마호라가를 다시 만났을 때, 네가 정식 퇴마사가 돼서 도와주면 돼. 그리고 퇴마사가 되려면 우선 마음에 삿된 것이 없어야 하는데 말이지. 무슨 말이냐면……."

'내가 왜 이 녀석을 붙잡고 이러고 있지?'

"카마가 뭔지는 알지?"

그러자 수호의 얼굴에 핏기가 싹 가셨다.

"내가 마음 좀 들여다봐줄까?"

수호의 몸이 가늘게 떨렸다. 나찰은 의아해하며 말을 이었다.

"요새 마구니는 마구잡이로 사람 마음에 카마를 만들고 버려두고 가기 일쑤거든. 힘없는 카마는 데려가도 전력에 도움이 안 돼서……. 그러니 벌써 네 마음에도 카마가 들어서 있을 수 있어. 만난 것도 인연인데 안에 나쁜 게 있으면 정화해줄게."

나찰은 뚜벅뚜벅 수호에게 다가갔다. 수호는 얼어붙은 듯 움직이지 못했다.

"내시경 한다고 생각해. 작은 카마는 사람에게 위험하지 않다지만, 원래 작은 종양이라도 악성이 되기 전에 미리미리 잘라주는 게 좋아."

나찰은 수호에게 손을 뻗었다. 수호의 몸이 덜덜 떨렸다. 시선에 온갖 것이 담겨 있었다.

"이봐, 무슨 사형 집행하겠다는 말이 아니라고."

들어가기는 쉬워 보였다. 손을 몸에 댄 것만으로도 마음의 벽 전체에 난 균열이 느껴졌다. 그 안에서 울부짖으며 몰아치는 눈보라와, 얼어붙을 듯한 한기와, 부서지는 땅이.

'이대로라면 나 말고도 무엇이든 침범할 수 있겠군.'

물론, 침범한 뒤의 안전은 다른 문제겠지만.

딱 취약해져서 마구니의 침범을 받기 좋은 상태다. 흔히 사기꾼에게 홀랑 넘어가는 때다. 이상한 놈들이 달라붙는 때고. 무슨 카마가 생겨나도 이상하지 않고.

'바루나를 퇴마한다.'

격렬한 갈등이 수호의 마음속에서 날뛰었다.

'이 사람 상당히 세 보이는데. 똑같이 신장이라면 마호라가나 긴나라와 비슷하게 셀지도 몰라. 그러면 바루나를 없애줄지도 몰라. 그게 맞는지도 모르지……. 아니, 그래야 하는지도…….'

지금 마음에 이는 거부감은 바루나의 감정이다. 내 감정이 아니다…….

"그만두자."

나찰은 수호의 가슴에 댄 손을 거두었다. 격렬한 각오를 하

510

던 수호는 맥이 탁 풀리며 어리둥절해졌다.

"너 지금 마음에 재난이 났어. 퇴마사라면 자기 마음 정도는 볼 수 있겠지?"

"?!"

"지금은 너한테 카마가 있어도 없애면 안 돼. 영양실조에 걸린 사람을 개복 수술하는 짓이나 마찬가지야. 마음이 버티지 못해."

"……."

"수술하기 전에 몸을 회복해야 하는 것처럼, 우선 네 마음을 회복해야 해. 그렇게 마음이 엉망일 때 카마까지 사라지면 완전히 손쓸 수 없이 무너질 수도 있어."

"……."

수호의 마음에 절망이 얹혔다. 좌절 위에 다시 좌절이 짓누른다. 낙담 위에 다시 낙담이 내려앉는다.

"마음이 좀 나으면 와. 애당초 나는 '남' 진영 사람이야. 우리는 '북서'처럼 그렇게 마구잡이로 사냥하지 않아. 본인이 원할 경우만……. 야! 야! 인사는 하고 가야지!"

수호는 문을 막고 선 건예자를 격하게 밀치고 밖으로 나갔다.

숨이 턱에 닿도록 뛰었다. 오가는 사람들에게 부딪치고 달려드는 차에 치일 뻔하며 도망쳤다.

✦

수호가 집에 돌아왔을 때, 아파트 앞에 사람들이 모여 구경하고 있었다.

처음에는 옆집이 이사 가는 중인가 싶었다. 사람들이 물건을 들어 나르는데, 어쩐지 이삿짐센터 직원들의 복장이 이상했다.

계단을 다 오른 뒤에야 수호는 나가는 집기가 모두 자기 집 물건인 줄을 알았다.

집에 도착하니 문은 활짝 열려 있었고 사람들이 흙발로 집을 드나들었다.

그때 막 책상과 소파가 밖으로 나가고 있었다. 텔레비전과 냉장고는 벌써 없어졌고, 물건이 빠져나간 자리에는 흙먼지가 쌓여 있었다. 집 안은 이미 거의 비어 있었다.

수호는 넋이 나간 채로 현관 앞에 섰다.

문 안쪽에는 뒤룩뒤룩 살찐 큰 곰돌이가 엉덩이를 씰룩거리며 지휘하고 있었다. 목과 팔목과 발목에 주렁주렁 금줄을 두른 곰돌이였다.

'나티'였다.

조금 전 마음에 들어갔다 나온 뒤라, 사람이 카마로 보이는 증상이 남아 있었다. 나티가 수호의 시선을 느끼고 뒤를 돌아보았다.

"아, 왔나."

나티가 친한 친구나 친척이라도 본 듯 손을 들며 인사했다. 주변에는 자기가 말하겠다는 손짓을 했다.

나티가 뒤뚱거리며 수호에게 걸어왔다. 기분상으로는 꼭 놀이공원에서 아이들과 놀아주는 인형 옷 입은 사람처럼 보였다.

"아버지한테는 연락 있었나?"

나티가 친절하게 물었다. 수호는 고개를 저었다.

"전화도 안 받고. 연락도 없고. 이 봉투는 뜯지도 않았네."

나티가 현관에 쌓여 있던 봉투 중 하나를 집어 들어 흔들어 보였다. 이런저런 공과금 독촉장과 밀린 월세 고지서 사이에 묻혀 있던 것이었다.

"최후통보 날짜를 벌써 몇 달을 넘긴 줄 아나?"

"……."

"그나마 아저씨가 네가 안돼 보여서 회사에 그간 잘 말해 줘서 지금까지 기다려준 거다. 그렇게 사람 좋게 굴다간 회사 망한다고 상사한테 혼나고 왔다. 내가 왜 이렇게 고생해야 하나?"

죄송하다고 해야 하는 걸까.

"내가 위임장 받아둔 걸로 서류 처리 다 했으니 네가 따로 할 건 없다. 집은 경매 넘겼으니 오늘부터는 딴 데 가서 자라. 원, 남의 돈은 꿀꺽 삼켜놓고 뻔뻔하게 이사는 여적 안 갔대? 얼른 집부터 줄였어야지."

말만 들어서는 꼭 다정한 사회복지사 같다.

"딴 데…… 어디요?"

수호가 묻자 나티가 허, 하고 웃었다.

"아, 이놈 보게, 그것까지 내가 알아서 해줘야 하니?"

갑자기 나티의 언성이 높아졌다.

"내가 니 엄마고? 밥까지 떠먹여주리?"

수호는 맥락도 없는 꾸지람에 대꾸할 말을 찾지 못했다. 누가 지나가는 바람에 비켜보니 수호의 옷가지도 전부 상자에 실려 나가고 있었다.

수호의 시선이 자기 오른손으로 내려갔다.

간혹 여기가 현실인지, 심소인지 헷갈릴 때는 그 손을 보면
되었다. 비죽이 나온 칼 대신 덜덜 떨리는 굳은 손가락이 거
기에 매달려 있었다.

나티의 시선이 수호의 시선을 따라 그 오른손에 멎었다.

"손가락은 왜 봐?"

〔나를 퇴치하시게, 꼬마 퇴마사님?〕

목소리가 이중으로 들렸다. 나티가 능글맞은 웃음을 지으
며 수호에게 다가와 귀엽다는 듯이 수호의 정수리를 내려다
보았다.

〔나 퇴치해봤자 더 지독한 놈이 온다고 했지?〕

수호는 말없이 손가락만 내려다보았다.

칼을 뽑을까 말까 이전의 문제에 봉착해 있었다. 거기서 어
떻게 칼을 뽑아냈는지 생각이 전혀 나지 않았다. 그저 망가진
손가락일 뿐인 그곳에서.

〔여긴 현실이야, 퇴마사님. 카마 하나 없앤다고 변하는 그
런 세상이 아니라고.〕

어림잡아도 열 명은 될 나티들이 주위에서 소란스럽게 오
갔다.

〔마음 안에서 무시무시한 힘을 발휘하면 뭘 하나. 그래봤
자 고작 사람 마음 하나 바꿀 뿐이지. 그걸로 너희가 뭘 할 수
있다고?〕

"……."

〔얌전히 살아. 우리 같은 건 잊고, 꼬마 퇴마사님.〕

"어이, 그건 이리 가져와."

나티가 팔찌를 짤랑거리며 밖으로 나가던 다른 나티를 불러 세웠다. 누군가 수호의 책가방을 들고 나가고 있었다. 나티는 수호 앞에 책가방을 턱 놓았다.

"이거 팔면 십 원이나 나오겠나. 가져가라. 학생이 공부는 해야지."

수호는 한참을 서 있다가 묵묵히 책가방을 손에 들고 계단을 내려갔다. 내려가는데 아까 옷을 나르던 직원 하나가 다급히 뒤를 쫓아와 수호를 붙잡았다.

"얘. 어디 가니? 연락할 데는 있니?"

수호는 그 사람을 멍하니 쳐다보다가 고개를 저었다. 직원은 주머니에서 종이를 꺼내서 뒤에다가 뭔가 숫자를 썼다.

"여기 전화해봐. 너 같은 애들 돌봐주는 데가 있어. 가면 밥도 주고 친구도 사귈 수 있을 거야."

직원은 수호 어깨를 두드렸다.

"우리 나름 좋은 회사야. 너한테 대신 물어내라 그런 소리 안 해요. 너희 아빠한테만 갈 거야. 너는 어떻게든 멀리 가서 살아라. 힘내라."

그러면서 두 주먹을 쥐고 파이팅 포즈를 지어 보였다.

109 아버지의 얼굴

수호는 어둑어둑해질 때까지 경의선 철길공원 벤치에 죽은 듯이 앉아 있었다.

날이 추워지며 저녁마다 공원에 돗자리를 깔고 놀던 가족들은 사라졌지만, 토요일 저녁이라 거리는 발 디딜 틈 없이 사람으로 가득했다.

교통이 정체된 도로 위의 차들처럼, 사람들은 이리 밀치고 저리 밀쳐지며 인파에 쓸려 구름처럼 오갔다. 하나같이 친구들과 맛있는 저녁이나 술자리를 가질 생각에 들떠 웃음꽃을 피우고 있다. 모두 활기차고 시끌벅적하다.

수호는 주머니에서 종이를 꺼내 전화번호를 보았다. 1388. 언젠가 알아두었던 번호였다. 그리고 지역 시설 번호 몇 개도.

가방에서 꺼낸 핸드폰 배터리는 두 칸밖에 안 남아 있었다. 친구가 버린 공기계로 가입만 해놓은 것이었지만, 이것도 요금을 안 내서 곧 끊길 예정이었다.

수호는 번호를 눌렀다.

"상담사와 연결해드리겠습니다" 하는 음성이 나왔다. 누군가가 전화받는 소리가 났다. 수호가 입을 열려는 찰나, 전화기 너머에서 굵직하고 쉰 목소리가 들렸다.

〈수호야.〉

누가 얼음물을 뒤집어씌운 것 같았다. 머리카락이 빳빳하게 일어섰다.

〈왜 전화했어?〉

"예, 상담사입니다. 무엇을 도와드릴까요?"

머릿속이 뒤엉켰다. 귀에서는 상담사의 목소리가 들렸고 머릿속에서는 아버지의 목소리가 들렸다.

"여보세요?"

〈너, 지금 어디다 전화하는 거냐. 너, 아버지 신고하려고 그러냐?〉

아버지의 목소리가 점점 커졌다.

"말씀을 못 하실 상황인가요? 맞으면 '예'라고만……."

수호는 전화를 껐다. 그리고 책가방을 벤치에 버려둔 채 일어났다.

수호는 한참 걷다가 편의점에 붙은 아르바이트 구인 공고를 발견했다.

밤.

갑자기 머리가 환해졌다. 그래. 밤에 아르바이트를 하면 잘 곳이 생긴다. 당장 오늘부터라도. 따뜻한 건물 안에 있을 수 있다. 화장실도 있고 세수도 할 수 있을 거고.

낮이라면 학교든 도서관이든, 어떻게든 버틸 곳을 찾을 수 있을 테니까.

수호가 문을 열자 종이 딸랑거렸다.

"어서 오세요."

핸드폰을 들여다보던 편의점 주인이 인사하며 벌떡 일어

났다. 수호는 쭈뼛쭈뼛 판매대로 다가섰다.

"구인 공고 보고 왔어요."

주인은 수호를 힐끗 보더니 귀찮은 듯 도로 앉아서 핸드폰을 보았다.

"초등학생은 안 돼."

"저 초등학생 아니에요. 중학생⋯⋯."

"중학생도 안 돼."

"고등학생이에요."

수호가 냉큼 말하자 주인이 수호의 얼굴을 뜯어보더니 코웃음을 쳤다.

"그래도 안 돼. 미성년자는 안 받아. 나중에 문제 된다고. 어른 돼서 와라. 훠이, 훠이."

수호는 멱살이라도 잡혀 내쳐진 기분으로 서 있었다. 수호가 어정쩡하게 떠나지 못하고 있는데 다시 문이 딸랑거리며 손님이 들어왔다.

"어서 오세요⋯⋯. 어이! 거기 서 있지 말고 나가. 장사 방해하지 말고."

편의점 주인이 수호를 옆으로 밀치는 순간 주인의 얼굴 모습이 변했다.

〈꺼지란 말 못 들었어?〉

아버지였다. 술에 취해 눈이 풀리고 얼굴이 붉어진 아버지가 그 자리에 있었다.

"!!"

수호는 소스라치게 놀라 주인의 팔을 뿌리치고 뒤로 물러났다.

그러다 중심을 잃고 과자가 쌓여 있는 가판대에 부딪히며 넘어졌다. 과자봉지가 와르르 무너져내렸다.

"너 뭐 하는 거야, 지금?"

주인이 계산대를 올리고 밖으로 뛰어나왔다.

"어머, 얘 왜 이래? 지금 애를 친 거예요?"

들어온 손님이 삼각김밥을 고르다가 물었다.

"누가 밀쳐? 와, 이놈 사람 잡네, 이놈이 나를 밀치더니 제 풀에 넘어졌다고요! 뭐야. 팔 긁혔잖아. 너 뭐야, 장사 망치러 왔어? 행패 부리는 거야, 뭐야?"

〈행패 부리는 거야, 뭐야?〉

아버지의 얼굴을 한 편의점 주인이 수호에게 손을 뻗었다. 공포가 심장을 쥐어뜯었다. 수호는 오른 손등에서 칼이 자라나는 착각에 빠져 황급히 왼손으로 손을 감싸 쥐었다.

"죄송합니다…… 미끄러졌어요."

"과자 다 부서졌네, 이거 어쩔 거야? 물어낼 거야?"

〈내 집에서 꺼져!〉

수호는 정신없이 편의점에서 빠져나왔다. 등 뒤에서 쌍욕이 뒤따라왔다.

한참을 달리는데 주머니에서 벨이 울렸다. 휴대폰을 꺼내보니 배터리가 하나 남았고 고모라고 찍혀 있었다.

수호는 놀라고 안도했다.

통장에 입금했다는 전화일지도 모른다. 그래, 입금해주셨으면 만 원은 넘겠지. 그걸로 일단 찜질방에 들어갈 수 있을 거다. 수호는 전화를 받았다.

"예, 고모."

"수호니? 잘 지내니? 혹시나 해서 전화했는데…….."

쩨쩨하게 만 원은 아닐 거야. 십만 원, 아니, 오만 원이라도. 며칠 찜질방에서 버티면서 아르바이트를 찾는 거야. 가능하면 먹여주고 재워주는 곳으로. 월급 주는 데 말고. 일급이나 주급 주는 곳으로…….

"네 아버지 혹시 거기 갔니?"

심장이 얼어붙었다.

"……네?"

"네 아버지가 며칠째 안 들어온다. 방구석에서 밥만 처먹는 게 꼴 보기 싫어서 좀 씻고 청소라도 하라고 잔소리했는데 속이 상했는지……. 갖고 간 돈은 차비밖에 안 될 텐데, 너희 집 말고는 어디 갈 데도 없는 사람 아니니. 혹시 너희 집 안 갔니? 너 안 찾아갔어?"

하나 남은 배터리 잔량이 사라지며 전화기가 툭 꺼졌다.

전화기가 땅에 떨어졌다. 떨어진 것을 집어 들려 했지만 손이 떨려 다시 툭 떨어졌다.

핸드폰을 들고 일어나 고개를 든 수호는 그대로 몸이 굳었다.

눈앞에 아버지가 있었다.

술에 취해 검붉은 뺨에, 초점이 없는 충혈된 흐린 눈을 하고, 어깨를 구부정하게 하고 눈조차 깜박이지 않고 자신을 보고 있다.

〈수호야.〉

아버지가 두껍고 거무죽죽한 손을 뻗었다.

수호는 소리 없는 비명을 지르며 뒤로 물러났다. 그러는 바람에 마침 뒤로 지나던 자전거에 부딪혀 우당탕 넘어졌다. 수다를 떨며 뒤따라오던 사람 둘도 넘어지는 수호에게 걸려 비틀거렸다.

"아이구, 아야! 뭐야? 야, 눈은 어디다 달고 다녀?"

〈수호야.〉

자전거 타던 사람이 손을 뻗었다.

수호는 피가 차갑게 얼어붙는 기분이 되어 손을 뿌리쳤다. 자전거를 타던 사람이 황망한 얼굴을 하고 있다 어처구니가 없어 소리를 쳤다.

"이 자식 뭐야? 왜 사람을 쳐? 야, 너 뭐야? 정신 나갔어? 어린놈이 술이라도 처먹었어?"

〈수호야.〉

흐릿한 눈, 부스스한 머리, 거무죽죽한 얼굴. 아버지가 느릿느릿 수호의 멱살을 잡아 올렸다. 소리 없는 비명이 몸속에서 메아리쳤다. 피가 말라붙어 내장이 부패하는 듯했다.

정신이 들었을 때 수호는 어두운 골목에 있었다. 입간판 사이에 웅크린 채였다.

액세서리나 작은 도자기를 파는 공방이 늘어선 좁은 골목이었다.

어떻게든 사람을 피해 정신없이 거리를 달렸었다. 그러다 겨우 찾은 가장 어두운 골목 구석에 몸을 숨기고 머리를 벽에 박고 있다가 정신을 놓았던 기억이 났다.

〚어디든 들어가라.〛

바루나의 목소리가 마음 안에서 들려왔다.

〔이대로 밖에서 밤을 나면 얼어 죽는다.〕

감이 멀었다. 어딘가 먼 곳에서 말하는 듯했다. 아마도 지금까지 계속 말을 걸었지만 이제야 말이 닿은 기분이었다.

〔누구에게든 도움을 청해라.〕

수호는 무감각하게 들었다.

그래.

'아직 내겐 할 일이 있었지.'

이제 내게 남은 단 하나의 싸움.

내 욕망과의 싸움.

수호는 눈을 감고 마음 안으로 들어갔다.

수호는 마음에 들어서자마자 바람에 밀려 푹 주저앉았다.

마음 안에는 눈보라가 치고 있었다. 바깥보다도 더 사무치도록 추웠다. 늘 그렇듯이 맨발에 반바지 차림이 되는 바람에, 강풍이 살에 닿을 때마다 면도날에 베이듯 아팠다.

저 멀리 들판에서는 차가운 불처럼 새하얀 눈이 연기처럼 솟아나고 있었다.

끝없이 펼쳐진 눈밭 한가운데 바루나가 꼿꼿이 서 있었다. 몸에 눈이 하얗게 내려앉아 있다.

바루나의 냉랭한 눈이 자신에게 꽂혀왔다. 화가 난 듯했다.

웬만한 일에는 눈썹 하나 까딱하지 않는 바루나였지만, 언제든 수호의 몸이 위험해지면 무섭게 분노했다.

"네 몸을 지키는 사람도 없는데 거리 한복판에서 함부로 마음 안에 들어오지 마라."

바루나가 내뱉었다.

"나가라."

"닥쳐……."

"마음이 부서지는데 몸마저 망가지면 살지 못한다. 어디든 들어가 쉬어라."

"너야말로 나가……."

수호는 눈밭에 주저앉은 채 말했다. 바루나의 눈썹이 높이 치켜 올라갔다.

"내 마음에서 나가……."

바루나는 침묵했다. 몰아치는 바람 소리만 둘 사이를 오갔다.

"네 마음대로 되는 일도 아니고 내 마음대로 되는 일도 아니다."

"나가! 이젠 너 따위 필요 없으니 사라져!"

수호는 돌을 집어 들어 던졌다. 돌은 멀리 날아가지도 못하고 코앞에 떨어졌다.

"너 때문에……. 너 때문에 아난타가……. 너 때문에 진이……."

수호는 울먹였다.

"너 때문에 마호라가가……!"

"나 때문이라고?"

바루나의 얼음장 같은 말이 귀에 꽂혔다.

"내가 무엇을 했든, 그 일은 모두 네가 바랐기에 한 일이다."

수호는 눈을 크게 뜨고 입을 다물었다.

"네가 바랐고, 네가 소망했기에, 내가 너를 대신해 한 일이다. 모두 네가 바란 일이다."

"아니야……!"

"아니라고?"

바루나가 저벅저벅 눈을 밟으며 앞으로 걸어왔다.

"거짓말 마라, 수호."

바루나가 말했다.

"너는 세상 그 무엇보다도 내가 필요하다. 모든 것을 잃어도 너는 나만은 잃을 수 없다."

수호는 이를 악물며 눈을 두 손으로 움켜쥐었다. 차가운 눈을 쥔 손이 발갛게 부어올랐다.

"그리고 너는 그 어느 때보다도 지금 내가 필요하다."

"아니야!"

수호는 필사적으로 거부했다.

"이제야 알겠다, 수호."

바루나가 냉랭하게 말했다.

"인간은 자신의 마음을 모른다."

"……."

"인간은 제 바람조차 제대로 보지 못한다. 그러기에 네게는 내가 필요하다. 수호, 너는 네 마음을 모른다. 너는 결코 그 심소에서 죽기를 원하지 않았다."

수호는 놀라 고개를 들었다. 몸이 덜덜 떨렸다.

"너는 승리하기를 원했고 살아남기를 원했지, 다른 사람을 위해 희생하고 죽기를 원하지 않았다. 너는 너 이외의 모든 것을 희생하는 한이 있더라도 살기를 원했다. 설사 그 퇴마사들이 다 죽는 한이 있더라도."

"……아니야!"

"너는 살기를 원했다. 수호, 그것이 네 마음이었고 나는 그 마음에 응답했다. 감사를 받아도 모자란데, 이렇게 네 비난을 들을 이유가 없다."

수호는 고개를 떨구었다. 주먹을 꾹 쥐었지만 손등에서는 아무것도 생겨나지 않았다. 새빨갛게 얼어붙은 주먹이 부들부들 떨릴 뿐이었다.

"이제야…… 이제야…… 알겠어."

수호가 울먹이는 소리로 말했다.

"왜 카마를 가지면 안 되는지."

바루나가 발걸음을 멈췄다.

"그렇게 많이 경고를 들었는데…… 바보처럼…… 조금도…… 이해하지 못했어."

눈물이 떨어져 눈밭에 작은 홈이 생겼다.

"소원을…… 소원을 이룰 수 있는데…… 왜…… 카마를 가지면 안 되는지…… 몰랐어……. 이제야, 이제야…… 알겠어……."

바루나의 눈이 가늘어졌다.

"카마를 가지면…… 자기 소원에만 집착하게 되는 거야……."

"……."

"다른 사람의 소원은 생각지도 않고…… 자기 소원만……."

"……."

"자기 소원만……."

"……."

"괴물처럼……."

"……."

110 바루나와 수호

하얀 눈이 하염없이 쏟아졌다.

바루나는 눈을 맞으며 야생 늑대처럼 이글거리는 눈으로 수호를 노려보았다. 바람 소리가 마음의 울부짖음처럼 귓전을 때렸다.

"그간 네놈의 온갖 징징거림이며 헛소리를 산더미처럼 들어왔지만, 이번 것이 그중 최고로군."

바루나의 자비 없는 시선이 송곳처럼 수호에게 꽂혔다.

"네 소원이 전부다. 그 외에는 아무것도 가치가 없다. '다른 사람의 소원'이라니, 지금 무슨 헛소리를 하는 거냐?"

너는 그렇게 말할 수밖에 없겠지.

너는 내 욕망의 화신, 내가 절망 속에서 멋대로 내뱉은 소원이 만들어낸 환영. 그 외의 것은 아무것도 모르는 내 마음의 웅어리니까.

수호는 덜덜 떨리는 오른 손등을 쥐어뜯었다. 손등에서 피가 솟구치듯이 검이 느릿느릿 자라났다.

부러진 팔을 억지로 잡아당겨 펴는 듯한 아픔이었다. 수호는 손등을 긁고 검신을 쥐고 당기며 나오지 않는 검을 억지로 뽑아냈다.

바루나는 그 모습을 바위처럼 서서 노려보았다.

수호는 숨을 헐떡이며 삼십 센티 길이로 검을 뽑아낸 팔을 축 늘어뜨리며 일어났다.

"나가지 않겠다면⋯⋯"

수호가 말했다.

"내 손으로 내쫓겠어."

바루나는 수호의 초라한 검을 물끄러미 보았다.

"우리의 대결 약속은 두억시니를 없앤 뒤로 기억한다. 두억시니는 아직 살아 있다."

"꺼져!"

수호는 눈밭을 박차며, 검을 직선으로 찌르는 자세로 바루나를 향해 달려들었다.

바루나는 눈썹 하나 까딱하지 않고 손을 뻗었다. 손바닥 안에서 눈이 회오리를 일으키며 모여들더니 차가운 김을 내뿜는 하얀 얼음 창이 되었다.

바루나는 마치 날아오는 낙엽이라도 쳐내듯 수호의 검을 옆으로 쳐냈다.

중형차에 부딪히는 듯한 충격이었다. 수호는 그대로 멀리 날아갔고, 쌓인 눈이 수호의 머리 위로 산을 이루도록 밀려났다.

바루나는 묵묵히 서 있었다.

강한 충격에 다리 힘이 탁 풀렸다. 수호는 바로 일어나지 못하고 눈밭에서 꿈틀거렸다.

"무의미하군."

바루나가 말했다.

"너는 나를 이기지 못한다."

"……."

수호는 느릿느릿 몸을 일으켰다. 그리고 다시 소리를 지르며 바루나에게 달려갔다.

바루나는 달려드는 수호를 다시 멀리 쳐냈다. 수호는 이번에도 가랑잎처럼 날아갔다.

"괴물 같다고?"

바루나의 추상같은 목소리가 귀에 꽂혔다.

"진에게도 같은 소리를 할 거냐?"

수호는 눈을 헤집으며 몸을 가누려 애썼다. 칼이 부러지지 않았는데도 격통이 일었다. 검날이 겁에 질린 듯이 덜덜 떨렸다.

"아난타에게도 같은 소리를 할 거냐? 너도 다른 사람 소원은 생각지도 않고, 자기 소원만 바라는 이기적인 괴물이라고? 너는 지금 그 말로 네 소원만이 아니라, 다른 모든 사람의 소원까지 같이 모독했다."

"……."

수호는 칼을 땅에 짚고 비틀비틀 일어났다.

"그런 헛소리를 할 요량이라면 지금까지 다른 사람의 카마는 왜 퇴치했던 거냐?"

"나는……."

"일그러졌든 삐뚤어졌든 그 소원은 그들이 바라는 전부였다. 그걸 지금까지 네 멋대로 없애놓고는, 이제 와서 그만 헛소리를 하는 거냐? 네가 퇴치한 카마들은 적어도 목숨을 걸고 너와 싸웠다. 너는 지금 그들의 패배까지 전부 모독했다."

"사라져……."

"논리도 없고 아무것도 없군."

수호가 비틀거리며 한 발 내디뎠을 때였다. 바루나가 쥔 창이 공중에 떠오르더니 수호를 향해 성난 매처럼 날아왔다.

수호는 칼을 들어 막았지만 소용없었다. 대포알에 맞은 듯한 충격이 몸을 덮쳤다. 수호는 그대로 멀리 밀려나며 넘어졌다.

"너는 나를 이기지 못한다."

바루나가 반복했다.

"너는 내 마음이야……."

수호는 꿈틀거리며 눈을 헤집었다.

"내가 네 주인이야……. 내 말 들어……."

"내가 살아온 시간이 길지는 않고, 내가 만난 카마가 많지는 않지만."

바루나가 무자비하게 답했다.

"그에 대해서만은 정확한 답을 할 수 있다, 수호."

바루나의 목소리가 눈보라를 뚫고 귀에 꽂혔다.

"인간은 자신의 카마를 이기지 못한다."

수호의 눈이 크게 떠졌다.

"결코."

수호는 고개를 들어 바루나를 보았다. 시커먼 하늘에서 눈이 쏟아지고, 그 검은 하늘을 뒤로한 채 바루나가 귀신처럼 서 있었다.

"내가 바로 네 욕망이기 때문이다."

"……."

"내가 네 욕망이므로, 너는 결코 나를 이길 수도, 내쫓을 수도 없다. 내가 바로 네가 바라는 전부이므로."

바루나의 안광이 눈보라 속에서 푸르게 빛났다.

"너는 결코, 나를 지워내겠다는 마음을, 나를 갖고 싶다는 마음 이상으로 가질 수 없다. 또한 네가 나 이외의 다른 것을 바랐다면 그 카마가 나 대신 네 마음에 있었을 것이다."

"……."

"내가 네 마음에 자리하고 있다는 사실 자체가, 네가 가장 원하는 것이 나라는 뜻이다."

"……."

"아니, 명확히 말하면, 네가 바라는 것은 오직 나뿐이다."

바루나의 무자비한 목소리가 피에 스며들어 몸을 얼어붙게 했다. 수호는 마음의 격통 속에서 마른침을 삼켰다.

"그러니 우리 대결의 결과는 처음부터 정해져 있었다."

수호는 반쯤 넋을 놓은 채 비틀비틀 일어났다.

"사라져……."

바루나가 한심함을 참을 수 없다는 시선으로 수호를 노려보았다.

"사라져……. 이제 난 너 같은 것 필요 없어……. 다 필요 없어……."

수호는 공격이 먹히리라는 아무 기대도 없이 검을 끌고 발을 떼었다.

바루나가 한순간에 시야에서 사라졌다. 검은 표범처럼 한순간에 거리를 좁혀온 바루나는 수호의 정면에서 나타났다. 그리고 몸무게를 실어 발로 밟아 검을 부러뜨렸다. 수호가 몸을 휘청할 새도 없이 연이어 창을 휘둘러 검이 밑동만 남도록 잘라냈다.

이어 수호의 오른팔이 기계에 감긴 듯 뒤로 꺾였다. 수호는 짧은 비명을 내뱉었다.

바루나의 허리에 감겨 있던 밧줄이 수호의 오른팔을 등에 붙이고 둘둘 감았다. 밑동만 남은 검이 수호의 등을 꾹 눌렀다. 손을 빼내려 버둥대던 수호는 균형을 잃고 그대로 눈밭에 머리를 박고 넘어졌다.

"실망스럽기 짝이 없군."

한심함을 참을 수 없다는 듯한 목소리가 머리 위에서 들려왔다.

"패기도 전략도 없는 공격 방식하며, 이 마음에 몰아치는 눈보라하며, 내가 너를 처음 만난 날로 추락해버렸군."

바루나는 밧줄을 풀려고 버둥거리는 수호의 몸을 발로 차서 하늘을 향해 눕게 했다.

눈보라가 몰아치는 검은 하늘이 눈에 들어왔다.

바루나의 몸 주위에서 눈보라가 회오리를 일으키더니 여러 개의 가느다란 창으로 변했다. 작은 얼음 창들이 수호의 머리 위 허공에 멈춰 섰다. 하늘에서 투명한 기사들이 일제히 수호를 둘러싸고 겨누는 듯했다.

수호는 멀거니 창을 올려다보았다.

"나도 할 수만 있다면 너를 내쫓고 싶다. 너같이 약해빠진 것을 끌고 다니는 데도 지쳤다. 아무리 구해주어도 감사할 줄도 모르고 징징대는 멍청이에게도 질렸다."

'마호라가……'

검은 하늘에서 쏟아지는 눈송이를 바라보며, 수호는 그 이름을 떠올렸다. 아무 목적도 바라는 것도 없이, 무엇을 해야 한다는 의지조차도 없이.

'마호라가……'

"하지만 내게는 아직도 네가 필요하다."

가느다란 창이 빛을 뿌리며 서서히 다가왔다. 날카로운 창 끝이 수호의 목을 겨누었다.

"나는 이미 목적 하나를 이루었다. 다 네놈이 원해서였다. 전부 너를 위해서였다."

"……."

"하지만 다음 목적은 아직 흐릿하다. 네놈의 마음이 계속 엉망으로 뒤섞여서다."

붉은 하늘 아래, 검고 꿈틀거리는 바다 한가운데서, 후광처럼 은은하게 빛나는 은색의 트바스트리.

수호는 눈을 감았다.

"말하라. '그놈과 같은 것'이 대체 무엇인가?"

수호는 의지를 잃은 가운데서도 마음이 꿈틀하는 것을 느꼈다. 생각지 못한 질문이었다.

"아니, 말할 필요는 없다. 생각만으로 족하다."

'그래……'

수호는 생각했다.

'지금 이 녀석이 원하는 건 그것 하나뿐이겠구나……'

"생각해라. 그러기만 하면 내가 갈팡질팡하는 네 마음을 이끌어주겠다."

바루나가 말했다.

"네 길을 인도하고, 할 일을 알려주겠다. 너는 내 말에만 따르면 된다. 내가 너를 위해 생각하고, 움직여주겠다. 네놈이 아무리 나를 거부해도, 나는 너를 위해서 살아왔고 앞으로도 그럴 것이다."

수호는 생각해보려고 했다. 진심으로.

'마호라가······.'

하지만 그것 외에는 달리 아무것도 떠오르지 않았다.

한참 기다리던 바루나는 솟구치는 불쾌감을 억누르며 수호를 겨누던 창을 치웠다. 여러 개로 갈라진 얼음 창이 바루나의 손으로 되돌아왔다.

"넌 나를 못 이겨······."

돌아서는 바루나의 등에 수호의 힘없는 말이 꽂혔다.

바루나는 돌아섰다. 눈이 쏟아지는 가운데 반바지에 맨발 차림으로 눈밭에 파묻힌 수호의 모습이 눈에 들어왔다.

"제정신이 아닌 놈과 더 말하기도 지친다."

"너는 나를 못 죽여."

수호가 흐릿한 미소를 지으며 말했다.

"너는 카마니까. 결코 네 생존을 걸지 못해."

바루나의 눈이 움찔했다.

"그러니 너는 나를 못 죽여. 나를 없애는 것으로 네가 죽을 수도 있으니까. 하지만 나는 아냐."

"······."

"나는 내 생존을 걸 수 있어."

바루나는 잠시 눈보라 속에서 침묵하다 입을 열었다.

"피장파장이다. 너도 나를 죽일 수 없기는 마찬가지다."

"아니, 내가 이겨."

수호는 묶인 채 비틀거리며 몸을 일으켰다. 몇 번씩 도로 주저앉으며 일어났다.

"너를 죽일 수 있든 없든 나는 내 목숨을 걸 거야. 그리고 내가 죽으면 너도 죽어."

"……."

"그러니 내가 이겨."

수호가 바루나를 노려보며 힘을 썼다. 등 뒤로 꺾인 손등에서 붉은 칼이 느릿느릿 솟아났다. 칼이 자라나며 수호의 등을 찌르자 등에서 점점이 황금빛 싸라기가 떨어졌다.

바루나는 침묵하며 지켜보았다.

수호는 바루나에게서 시선을 떼지 않은 채로 자기 몸을 찌를 각오로 검신을 늘렸다. 칼이 막 수호의 등에 박히기 직전, 몸을 칭칭 감고 있던 밧줄이 느슨해졌다.

수호는 온 힘을 다해 검을 휘둘렀다. 밧줄은 끊어지기 직전 황급히 몸을 말며 피하고는 허둥지둥 날아가 바루나의 허리에 감겨 들어갔다.

수호는 자기가 뽑은 검의 기세에 휘둘리며 눈밭에 푹 쓰러졌다. 한참 뒤에야 검을 짚고 허덕이며 일어났다.

바루나는 이글거리는 눈으로 수호를 노려보았다.

"네가 카마를 없앤 사람들이 어떻게 되었는지도 똑똑히 봐 왔을 텐데."

그 말을 듣자 마음이 흔들렸다. 마음 안에 들어와 있는 탓에 서 있는 땅 전체가 흔들렸다.

카마를 정화하고 난 사람들의 흐리멍덩한 눈동자가 떠올랐다. 목적을 잃은 멍한 눈. 기력을 잃고 넋이 반쯤 빠진 얼굴.

처참하게 울부짖던 진의 목소리.

마음에 재난이 났을 때 카마까지 없어지면 마음이 돌이킬 수 없이 부서진다는 나찰의 말도.

"지금도 나만 없었다면 너는 마음이 부서져 죽었을 것이다. 감사를 받아도 모자라건만, 고맙다는 말 한마디 한 적 없으면서, 은혜도 모르고, 이제 와서 나더러 나가라고?"

바루나는 언성을 높였다.

"전부 너를 위해서였다!"

바루나의 고함에 눈밭이 뒤흔들렸다.

"너를 살리기 위해서! 네 소원을 이루기 위해서! 내가 한 일은 전부 너만을 위해서였다! 그런데 나를 이렇게 취급해?"

"……."

"나에게는 그 기계다리 퇴마사든, 뇌룡이든, 문신을 한 여자든, 너에 비하면 종잇장만큼의 가치도 없어!"

"넌 존재할 자격이 없어, 바루나."

수호의 말에 바루나의 동공이 흔들렸다.

"진이 나 때문에 자기 소원을…… 아난타를 포기했어. 그러니 똑같이, 나도 널 가질 자격이 없어."

"……."

"내가 진의 마음을 부숴놓았으니……,"

수호는 바루나를 노려보았다.

"내 마음도 유지될 자격이 없어."

"내 모든 것을 걸고,"

바루나의 안광이 활활 불탔다.

"동의하지 않는다."

바루나가 창을 움켜쥐었다. 수호가 눈밭을 박차고 뛰었다.

111 격돌

수호가 눈밭을 박차며 달려왔다.

맨발에 눈밭, 거친 바람을 앞에서 맞으며 오는 무모한 공격.

밖에서든 안에서든 비실비실한 놈인 데다, 체력이 더 떨어져서 걷는 것이나…… 아니, 기는 속도나 다를 바 없다.

'검은 키우지 못하는 모양이군.'

바루나는 파들파들 떨리는 수호의 검을 물끄러미 보았다.

'저것도 간신히 꺼낸 듯하군. 정신의 혼란 때문에 무기를 운용하지 못하게 되었는가.'

가까이 온 수호가 검을 휘두르자 바루나는 궤적을 보며 한 발 내디뎠다. 수호는 검의 기세에 휘둘려 회전하며 눈밭에 고꾸라졌다.

바루나는 그 모습을 물끄러미 내려다보았다.

숨을 몰아쉬며 일어난 수호는 다시 마구잡이로 검을 휘둘렀다. 바루나는 다시 발을 내디뎌 검날이 몸을 스치게 했다.

허공에 대고 하는 주먹질이나 다름없는 공격. 몇 번의 공격 끝에 수호는 녹초가 되어 허덕였다.

바루나는 고요히 그 꼴을 보기만 했다.

〔날 지치게 할 셈이야.〕

수호의 생각이 전해져왔다.

마음의 소통이 무디다. 역시 마음이 무너져 있어서겠지. 강렬한 생각만이 전해진다.

'그래도 내가 읽을 때는 너도 읽을 수 있겠지, 수호.'

바루나는 자신의 마음이 전해지기를 바라며 생각했다.

'너는 지금 무기도 못 쓴다. 네 기량은 내게 미치지 않고, 게다가 우리 사이에는 서로 전략이 읽힌다.'

수호의 눈빛이 흔들렸다.

'포기해라.'

바루나는 생각했다.

'승산 없는 전투에 많이 나서본 줄은 알지만, 지금보다 승산이 없는 경우는 없었다. 결국 네가 나나 퇴마사 도움 없이 혼자 전투에서 이긴 적도 없다.'

아픈 곳을 건드린 모양이었다. 수호는 낮게 신음하며 다시 덤볐다. 마찬가지로 허공만 베고는 제풀에 다시 쓰러졌다.

'무모한 짓.'

기껏해야 마음이 풀릴 때까지 울분을 쏟아내는 것이 고작. 인간의 인내심이 나보다 클 리는 없다. 결국은 지치겠지. 당장 설득할 수 없다면 이대로 힘이나 빼는 수밖에.

〔자해……?〕

눈밭에 넘어진 수호의 마음에 한순간 생각이 스쳐 갔다.

〔자해할까……?〕

바루나의 마음에서 분노의 불길이 솟구쳤지만, 이내 진정하고 자신을 다독였다.

'그것만은 못 한다, 수호. 내가 네 마음에 있는 한.'

바루나는 수호에게 들리도록 또박또박 생각했다.

'내게 온갖 방법으로 저항해볼 수는 있겠으나, 그것만은 못한다. 내가 네 마음에 있는 한.'

수호의 눈이 똑바로 자신을 향했다.

수호는 비틀거리며 일어나 검을 휘둘렀다. 이미 체력이 바닥이라 그 짧은 검을 드는 것마저도 버거워 보였다.

바루나의 허리에서 밧줄 나가파사가 쐐액 날아올라 뱀처럼 수호의 검을 칭칭 감았다. 나가파사가 공중에서 멈추자 수호의 검이 공중에서 뒤로 획 당겨졌다. 검과 연결된 수호의 팔과 몸이 뒤로 획 넘어갔다.

바루나는 그대로 수호를 넘어뜨릴 생각이었지만, 저항하던 힘이 툭 풀려 나갔다.

'?'

바루나가 어리둥절해하는 사이에 수호의 손등에서 검이 획 사라졌다가 도로 솟구쳤다.

수호는 밧줄이 당겼다 놓은 힘을 빌어, 활시위에서 튕겨 나간 화살처럼 전력으로 찔러 들어왔다.

'무기를 사라지게 하는 능력……. 그것만은 늘 예상외였지.'

덕분에 종이 하나 차이로 피할 수는 없게 되었다. 바루나는 창을 크게 휘둘러 수호의 검과 몸을 한 번에 밀어냈다.

예상치 못한 반격에 박자를 놓친 탓에 그만 힘 조절이 되지 않았다. 수호는 높이 솟구쳤다가 눈밭을 밀며 호수까지 밀려났다.

호수는 탁해지다 못해 늪처럼 찐득찐득해져 있었다. 밀려나던 수호의 몸은 진흙탕에 반쯤 빠진 뒤에야 멈췄다. 현실이라면 땅에 부딪히며 몇 배로 다쳤을 법한 타격이었다.

아차 싶었다.

하지만 어차피 설득도 하기 힘든 상황. 빨리 제압하고 내보내서 머리를 식히게 하는 것이 나을 수도 있다.

수호는 한동안 충격으로 일어나지 못했다. 더는 몸을 가눌수 없는 듯했다. 진흙투성이가 된 몸을 일으키려다가 도로 진흙탕에 빠져 진흙 범벅이 되기를 반복한다. 처참한 꼴이었다.

바루나는 기다렸다.

'이제는 남은 힘이 없다. 일어나지 못한다.'

바루나는 확신했다.

'끝났다.'

문득 수호의 시선이 호수로 향했다.

다시 나타나는 생각의 번쩍임. 바루나는 재차 경고했다.

'자해는 못 한다고 했을 텐데, 수호.'

이 정도까지 저 녀석과 마음이 안 맞은 적은 처음이다. 이렇게 소통이 안 되었던 적도.

'내 목적이 희미해진 탓이다.'

그것만은 분명했다.

내 남은 목적, 수호가 빌었던 두 번째 소원.

'그놈과 같은 것을 전부 없앤다.'

분명치 않은 말이다.

어렴풋이 퇴마사 놈들일 거라는 기분은 들지만 뚜렷하지않다. '모든 인간'일 가능성도 없지는 않다. 모든 퇴마사가 아니라 '신장'만일 가능성도 없지는 않다. '같은 것'은 애매한 말이다.

그러니 내게는 말 너머에 담긴 생각이 필요하다. 수호가 그때, 진정으로 무엇을 바라고 그런 말을 했는지.

그것만 알면.

목적만 잡히면 나는 멈추지 않고 전진할 것이다. 그게 아무리 불가능한 목적이라 한들.

'쳇, 저놈이 전투가 끝난 뒤 정신만 멀쩡했으면 바로 알 수 있었을 것을.'

이렇게까지 마음이 망가질 줄 알았다면 조금은 다르게 행동했을까. 하지만 내 목적을 이루려면 내가 살아야 하고, 그러려면 수호가 살아 있어야 하는 점만은 변함이 없다.

'네 목숨은 너 혼자만의 것이 아니다, 수호.'

바루나는 생각했다.

'네 생명은 내 것이다. 건드릴 꿈도 꾸지 마라.'

이 마음의 소리는 분명히 들렸을 것이다.

수호가 자신을 날카롭게 보는 시선이 느껴졌다. 수호의 마음에 벼락처럼 내리꽂히는 결심도.

수호의 몸이 뒤로 기울어졌다. 말릴 새도 없이 풍덩 하는 소리와 함께 수호는 호수로 몸을 던졌다.

'뭐……?'

바루나는 당황했지만, 이내 정신을 차리고 앞뒤 재지 않고 호수로 따라 뛰어들었다.

호수 안은 한 치 앞도 보이지 않았다. 물은 탁했고 바깥도 밤처럼 어두워 안으로 빛이 비치지 않았다.

더해서, 바깥 날씨 탓에 수온은 영하였다. 수호는 물속에서는 숨을 쉴 수 없다. 바깥이라면 여지없이 죽는 환경이다.

'바보 같은…….'

정신없이 호수 안을 뒤지던 바루나는 겨우 진정했다.

'죽으려고 뛰어든 것이 아니야. 나를 피해 일단 숨은 것이다. 여기에 숨을 만한 곳은 하나뿐이다.'

바루나는 서둘러 더 잠수해서 자기가 처음 태어난 동굴로 헤엄쳐 갔다.

웅덩이에서 튀어나온 바루나는 급히 수호를 찾았다.

익숙한 넓은 원형의 동굴. 사방에서 흔들리는 등불. 물이 뚝뚝 떨어지는 천장, 물웅덩이가 도처에 있는 습한 돌바닥. 안쪽으로 이어진 여러 개의 통로…….

순간 돌풍이 바루나를 덮쳤다.

'?!'

대검이 포탄처럼 돌진했다.

바루나는 다급히 창을 들어 막았지만 밀어붙이는 전차 같은 기세를 막을 수 없었다. 바루나의 창이 손안에서 부서졌고 손도 같이 황금빛을 뿌리며 부서졌다.

'……!'

위기에 도리어 차분해지곤 하던 바루나였지만, 지금은 상황 파악이 되지 않았다.

검은 자라나는 힘으로 바루나를 동굴 벽으로 밀어붙였다. 인간이라면 납작해졌거나 산산조각으로 터지고도 남았을 충격.

'……!'

바루나의 허리를 꿰뚫은 검날이 급속도로 늘어났다. 검날이 바루나의 몸의 크기를 넘어서자 바루나의 상체와 하체가 둘로 갈라졌다. 갈라진 자리에서 눈부신 황금빛이 솟아올랐다.

'……!'

자라나는 검은 기세를 멈추지 않았다. 동굴 벽을 부수며 굴착기처럼 밀고 들어왔다.

바위 동굴 벽과 천장이 포탄에 맞은 듯 굉음과 함께 흔들리며 흙먼지를 일으키고 무너졌다.

물리적인 힘으로 무너지는 것이 아니라, 마치, 마음의 주인이 무너지기를 원하여 무너지는 듯한.

흙먼지 속에서 대검과 함께 자신을 향해 뛰어드는 수호의 모습이 눈에 들어왔다.

"수호, 피해라! 천장이 무너진다!"

바루나는 황급히 외쳤지만 수호의 귀에는 들리지 않는 듯했다. 인간의 감각으로는 극히 짧은 시간 사이에 일어나는 일이기도 했다.

'젠장.'

바루나는 하나 남은 손을 들었다.

분해된 바루나스트라가 손 위에 물방울이 되어 모여들었다. 바루나는 모여든 창을 회전시켜 방패 모양으로 만들었다.

바루나스트라의 크기로는 수호의 머리를 보호하는 것이 고작이었다. 나머지는 모두 바루나의 몸 위로 폭포처럼 쏟아졌다.

포탄이 연이어 터지는 듯한 굉음.

귀가 먹먹한 소음이 가라앉았다.

자욱한 흙먼지가 내려앉은 뒤에야 바루나는 상황을 살필 수 있었다.

수호는 검을 끝까지 밀어붙인 탓에 바루나의 가슴에 이마를 붙일 만큼 가까이 와 있었다.

바루나스트라는 아직도 수호의 머리 위에서 쏟아지는 흙먼지를 막아주고 있었다. 몸은 진흙 호수의 오물과 지금 맞은 먼지로 지저분했지만 눈에 띄는 상처는 없었다.

바루나는 천장과 벽에서 쏟아진 흙과 바위에 파묻혀 간신히 가슴 위만 밖으로 드러나 있었다. 허리 아래로는 감각이 없다. 하체가 몸과 분리되어버린 것을 느낄 수 있었다.

등불은 모두 넘어져 흙먼지 속에서 바위와 함께 뒹굴고 있다.

바위틈 사이에서, 말하자면 바루나의 몸에서 피어나는 금싸라기만이 눈부시게 동굴 안을 밝히고 있었다.

'몸이 바위와 흙더미에 파묻혔다.'

바루나는 판단했다.

'이 돌 더미를 치우고 빠져나오기 전에는 하체를 수습할 수 없겠군.'

바루나는 생각했다.

몸이 전부 분해되어도 물리력에 의한 상처라면 머지않아 회복되겠지만, 지금은 부서진 몸을 내리누르는 흙과 바위가 거치적거렸다. 게다가 이 바위는 수호 마음의 물질이다. 수호가 나가도 이대로 몸을 구속할 것이다.

'이 단 한 번의 일격에 모든 것을 걸었는가.'

바루나는 생각했다.

'일격에 모든 것을 걸고, 그 꼴을 당하는 내내 끝까지 검을 키울 수 있다는 사실을 속였는가.'

더해서……

'동굴 자체를 무너뜨리면, 내가 자기를 보호하느라 방어하거나 대응하지 못할 것까지 계산했는가. 그래서 여기를 결전의 장소로 선택했나.'

내가 나 자신을 지키리라고 믿어 의심치 않았다면 시도하지 못했을 전술.

'내 머리를 노렸다면 전신이 분해되었겠지만, 그랬다간 이전처럼 다른 곳에서 다시 합쳐지며 회복되었을 것이다. 지금처럼 내 몸을 반만 남긴 채 파묻어놓은 것이 제압하기에는 가장 적절한 방식이로군.'

바루나는 올렸던 팔을 내렸다. 동시에 머리 위의 창도 툭 떨어져 바위 위를 통통 튀며 굴렀다.

수호는 기절한 것이나 다름없는 자세로 바루나의 가슴에 머리를 파묻고 있었다. 아마 이 한 번의 승부에 남은 모든 힘을 썼으리라.

'수호.'

바루나는 마음속으로 찬탄했다.

'전술로만 보면 네가 긴나라보다 더 위협적이었다.'

"수호."

바루나가 불렀다. 수호는 반응하지 못했다.

"너는 여전히 나를 이기지 못한다."

바루나가 말을 이었다.

"네 무기의 속성은 물리력뿐이다. 네 힘으로는 나를 없앨 방법이 없다."

그 말을 듣자마자 수호의 손에서 힘이 툭 풀렸다. 아직 바루나의 몸을 꿰뚫고 벽에 박혀 있던 대검이 물에 녹듯이 사라졌다.

수호가 벌벌 떨면서 눈을 들어 바루나를 보았다. 짙은 절망이 눈에 담겨 있었다.

'……인간이 자기 카마를 없앨 속성이 딱히 없는 것도 마음의 이치일지 모르겠군.'

"수호."

바루나가 다시 나직이 불렀다.

"나가서 다른 퇴마사를 데리고 다시 들어와라."

수호는 덜덜 떨 뿐 답하지 못했다.

"나를 없애려면 술법을 쓰거나 독을 쓰는 자를 데리고 들어와라. 나는 어차피 움직일 수 없으니."

"……."

"물론 나는 네 의지와 관계없이 끝까지 저항할 것이다. 하지만 네가 원한다면 그렇게 해라. 다른 퇴마사를 데리고 들어와서 나를 제거해라."

수호의 눈에 눈물이 맺혔다. 바루나의 옷깃을 잡고 한참을 바들바들 떨었다. 그러다 최후의 기력마저 잃고 천천히 쓰러졌다.

'마호라가…….'

수호의 마음이 전해져왔다. 어찌나 처절한지 동굴 안을 다 쩌렁쩌렁 울리는 듯했다.

'마호라가…….'

통곡과도 같은 마음의 울림.

'이해할 수가 없군.'

바루나는 생각했다.

'내가 마음에 있는데 어떻게 다른 사람을 걱정할 수 있지?'

아무리 서로 소통이 끊겼어도 내 목적이 여전히 네 마음을
지배하고 있을 텐데. 그러면 지금 너는 자신의 안전만이 최우
선이어야만 하는데.

지금까지는 이 녀석의 길이 어떻게 나와 어긋나든, 결국 내
목적과 이어진다고 생각했건만.

인간이 제 카마의 목적과 완전히 다른 소망을 이토록 간절
히 바라는 일이 가능한가?

수호의 몸이 축 늘어지며 흙더미 아래로 툭 떨어져 길게 누
웠다.

'의식을 잃었는가⋯⋯. 차라리 잘 됐군. 자연스레 나가게
될 테니.'

수호가 사라지면 이 흙더미에서 빠져나올 궁리를 해야겠
군, 하고 생각하는 찰나, 동굴 벽이 마치 곰팡이가 난 듯 군데
군데 뭉그러지기 시작했다.

"?!"

썩은 자리마다 악취가 풍겼다. 그리고 버섯이 자라나듯 검
은 촉수가 썩은 벽에서 올라오기 시작했다.

'이 악취는⋯⋯.'

미끌거리는 문어발 같은 것이 천장과 바닥, 사방에서 꿈틀
거리며 솟아 나왔다. 그중 몇 개의 끝이 벌어지며, 벌어진 자
리에 바늘과도 같은 이빨이 나타났다.

'두억시니……'

"수호!"

바루나가 외쳤다.

"수호, 두억시니다! 여기서 나가라! 어서!"

바루나는 창을 향해 손을 뻗었지만 몸에 힘이 들어오지 않아 창을 끌어당길 수가 없었다.

"수호! 정신 차려라!"

바루나의 등 뒤 벽에서 솟아난 것이 팔과 몸을 칭칭 감았다. 두억시니의 기다란 촉수가 구더기처럼 벽을 기며 수호를 향해 다가왔다.

"수호!"

112 최후통첩

"수호!"

바루나가 외쳤지만 수호는 의식을 잃었는지 꼼짝도 하지 못했다. 수호의 몸으로 거머리 같은 두억시니의 촉수가 접근하고 있었다.

'지금처럼 마음이 무너진 채로는 두억시니의 오염을 감당할 수 없다.'

바루나의 몸은 이미 꾸물거리는 두억시니로 칭칭 감기고 있었지만, 영향을 받지 않는 바루나로서는 그저 거슬릴 뿐이었다.

바루나는 하나 남은 왼팔로 사력을 다해 창에 기력을 불어넣었다.

창이 부들부들 떨리며 일어났고, 이내 맑은 소리를 내며 여러 조각으로 잘게 깨져나갔다. 조각난 창이 풍차처럼 수호의 주변을 회전했다. 그러자 수호에게 다가오던 거머리들이 잘게 찢겨 흩어졌다.

하지만 임시방편일 뿐. 벽이 문드러진 자리가 점점 늘어났다.

'수호 마음의 벽이 무너지고 있다.'

뚫린 구멍으로부터 썩은 내를 풍기는 검은 살덩이가 주체할 수 없이 비집고 들어왔다. 하나하나 따로 살아 꾸물거리는 것들이었다. 마치 찢어져 드러난 피부의 상처에 온갖 나쁜 세균이 비집고 들어오듯이.

낭패다.

부르면 냉큼 들어와주던 퇴마사들도 옆에 없다. 바루나에겐 제 몸을 뒤덮은 흙더미를 치울 힘도 남아 있지 않았다. 바루나는 아무 희망 없이 버텼다.

그때였다. 허공에 불로 지진 듯한 검은 구멍이 나타났다.

구멍에서 태양처럼 눈부신 빛이 쏟아져 동굴 전체를 비추었다.

빛에 닿은 두억시니의 촉수가 열에 말라비틀어지듯이 오그라들며 없어졌다. 수호의 몸을 덮쳐오던 것들도, 바루나의 몸을 뒤덮은 것들도, 벽을 비집고 들어오던 것들도 말라붙어 후둑후둑 떨어졌다.

빛은 바루나의 몸에는 타격을 주지 않았다. 따듯한 햇볕을 쬐는 느낌이었다.

구멍에서 금관을 쓰고 금색 장신구로 치장한 여인이 잠시 모습을 드러냈다. 여인의 시선이 바루나에게 잠시 머물렀다.

〔어떤 놈팡이를 구하겠다고 감히 나를 소환했는지 궁금했는데.〕

생각이 전해져왔다.

〔제법 귀여운 놈이로구나.〕

얼핏 보는 것만으로도 알 수 있었다. 오래된 카마. 태곳적부터 있었을 법한 고대의 신령에 가까워 보였다.

'빛의 신' 어쩌고 계열로 추정되는 여인이 사라지자 이번에는 구멍에서 하얀 원숭이들이 쏟아져 나왔다. 꼬리가 제 몸보다 길고 눈이 타는 듯 붉고 귀가 넷이었다.

'우禹…… 인가.'

바루나는 대강 이름을 떠올렸다.

쏟아져 나온 원숭이는 돌 하나씩을 들어 나르고는 할 일 다 했다는 듯 도로 구멍으로 뛰어 들어가 사라졌다. 딱히 치울 돌이 눈앞에 없는 놈은 흙을 손으로 헤집어 한 줌 옮기고 사라졌다. 조금 큰 바위는 여러 놈이 달려들어 치웠다.

그렇게 수백 마리가 군대처럼 열을 지어 나타났다 사라지고 나니, 바루나의 몸을 뒤덮은 바위와 흙은 순식간에 치워져 있었다.

파묻힌 절단면이 드러나자 갈 곳을 모르고 허공으로 피어오르던 금빛의 영체가 모여들기 시작했다.

원숭이들은 쓰러진 수호의 주변도 둘러쌌다. 등을 맞대고 앞뒤로 정렬하더니, 앞줄은 수호를 보호하고 뒷줄은 다가드는 두억시니를 막대기로 툭툭 쳐서 쫓아냈다.

'이런 짓을 할 수 있는 놈은 내가 아는 한 하나뿐이다.'

그리 생각하는 찰나, 바루나가 누워 있던 흙과 돌 더미가 꿈틀거리며 움직였다. 흙이 우수수 흘러내렸다.

바위 더미가 움직이더니 진흙 거인의 모습이 되어 느릿느릿 일어났다. 거인이 돌무더기로 이루어진 손으로 상체뿐인 바루나의 몸을 뒤에서 잡아 들어 올렸다. 이제 겨우 합쳐지던 하체에서 황금빛의 영체가 후두둑 떨어졌다.

바위로 된 벽 전체에서 크기는 다르지만 비슷한 생김새의 진흙 인형이 빼곡히 모습을 드러냈다. 이들은 나타난 뒤에는 숨소리도 없이 정지했는데, 그러고 나니 마치 동굴 전체가 조각과 부조로 만들어진 듯한 풍경이 되었다.

등 뒤의 진흙 거인이 손가락으로 바루나의 턱을 들어 눈앞을 응시하게 했다.

수호를 사이에 두고 반대쪽 땅바닥에서도 진흙 거인이 흙을 헤치고 솟아올랐다. 그러더니 무릎을 꿇고 무언가를 받으려는 듯 머리 위로 양손을 떠받드는 자세를 취했다. 그러자 수호는 원숭이에게 둘러싸인 채 두 거대한 진흙 거인 사이에 놓인 형상이 되었다.

'토우土偶나, 뭐 그런 종류.'

연출인가, 바루나는 생각했다.

장엄한 광경이기는 했다. 하지만 이놈들도 카마고 제 목적이 있을 텐데, 고작 주인의 위세를 자랑할 용도로 이렇게 꼴사납게 불려 다녀야 한다니.

'나도 계약하면 그놈이 원할 때마다 이놈들과 마찬가지로 개처럼 불려 다니게 되는 건가. 고작 풍경을 치장하겠다는 이유 정도로.'

물론 중요한 문제는 아니다.

내게 목적 이외에 중요한 것은 없다. 이놈들도 마찬가지고. 그러니 마구니에게 굴복했겠지. 이보다 더 수치스러운 짓이라도 목적을 이룰 수만 있다면 못 할 이유가 없다.

'목적을 이룰 수만 있다면…….'

이번에는 구멍이 열리며 붉은 열기가 쏟아져 들어왔다.

전신이 불타는 사자 형상인 불가사리의 등에 불타는 요정과도 같은 모습의 시귀가 타고 있었다.

불가사리는 바루나의 앞에 무릎을 꿇고 앉은 진흙 거인의 양손에 올라탔다.

"타화자재천의 왕, 마라 파피야스, 마군 파순의 전언을 전하겠어, 카마 바루나."

타닥타닥 불꽃을 일으키며 지귀가 말했다.

"바루나, 너는 자신을 만든 마구니를 먼저 만나기 전에는 나와 계약할 수 없다고 했다. 나는 이를 돕고 기다렸다."

"……."

"이제, 답을 듣겠다."

지귀가 바루나를 지그시 응시했다. 전언의 무거움과는 별개로, 지귀의 눈은 호기심과 기대로 반짝이고 있었다.

"내가 거절하면,"

바루나가 토우에게 잡혀 들린 채로 입을 열었다. 지귀가 큰 눈을 반짝였다.

"너희는 나를 방해할 건가."

"그리 생각하는 이유를 말해, 바루나."

"너희는 이제 내 목적을 안다. 하지만 내가 마구니와 계약하지 않는 한, 나는 목적을 이루면 사라진다. 만약 마구니 파순이 나를 갖기를 원한다면 계약하기 전까지는 내 목적을 방해하리라 생각하는데."

"마군 중의 마군, 파순의 전언을 다시 전하겠어, 바루나."

지귀가 말했다.

"나, 파순은 너희 카마의 주군으로서, 너희 카마의 목적에 관심을 두지 않는다. 알게 되어도 곧 잊어버린다."

바루나가 눈을 움찔했다.

"알면 방해하고 싶어질 테니까."

"……."

"이는 너희의 정당한 주인이자 자비로운 군주로서 나 파순이 지키는 규약이다. 너희는 내 무지無智하에서 자유롭다."

바루나는 침묵했다.

'전능하다 싶을 만큼 무시무시한 놈이 희한하리만치 무신경하다 싶기는 했지만.'

하지만 어차피 사후에 하는 말이다. 진심인지 알 도리도 없고, 애초에 그걸 기대하고 움직일 도리도 없었다.

"그럼 답을 듣겠어. 바루나, 마군 중의 마군, 파순과 계약하겠어?"

지귀가 말했다.

"못 한다."

바루나가 눈을 감고 답했다.

정적이 오갔다.

불가사리가 묵묵히 바루나를 바라보았고 지귀는 침묵했다.

"다시 말해주겠어?"

"말 그대로다. 못 한다, 지금은."

"지금은?"

지귀가 최대한 인내심을 발휘하며 물었다.

"지금 나는 목적이 흐릿해져 있다."

바루나가 눈을 가늘게 뜨며 말했다.

"첫 번째 목적을 달성했지만, 수호는 여전히 자신의 소원을 제대로 기억하지 못한다. 따라서 내 목적은 지금 흐릿하다. 목적이 뚜렷하지 않은 상황에서는 아무것도 결정할 수 없다. 마구니와 손을 잡는 것이 내 목적에 이득인지, 해인지 지금은 판단할 수가 없다."

천장에서 흙과 돌이 투둑, 툭 떨어졌다. 바루나는 자신의 양팔을 틀어쥔 토우의 손아귀 힘이 커지는 것을 느꼈다. 그대로 으스러뜨리기라도 할 것처럼. 그래도 할 말은 없었다.

'물리력으로 나를 없앨 수 없다는 점은 파순도 충분히 알고 있을 것이다.'

그리고 아는 만큼 무한의 고통에 영원히 빠트릴 수도 있겠지.

그래도 어쩔 수 없다. 할 수 없는 일은 할 수 없다.

지귀는 한참을 말이 없었다. 파순과 통신하는가, 하고 생각하며 바루나는 묵묵히 기다렸다.

불가사리와 지귀를 손바닥에 얹은 토우가 먼지를 툭툭 떨구며 움직였다. 토우가 양손을 앞으로 뻗어 불가사리와 지귀가 바루나의 몸에 닿을 듯 가까이 가도록 했다. 뜨거운 열기가 가까이 오자 바루나의 낡은 코트에서 연기가 피어올랐다.

"바루나, 마구니 파순께서 말씀하셔."

지귀가 말했다.

"내일 다시 너를 찾아오겠다."

토우가 조이는 손아귀 힘이 더 강해졌다. 바루나의 양팔에서 빛 알갱이가 투둑툭 떨어졌다.

"내일 네가 내게 오지 않으면 나는 너를 제거하고 다른 마구니의 것이 되는 일이나마 막겠다."

결국, 최후통첩인가.

"그리하면 어차피 너는 목적을 이루지 못하리라. 내 말에 무림은 없다."

'자기 것이 되지 않는다면 없앤다. 목적을 방해하는 것과의 차이를 모르겠군.'

바루나는 무심히 생각했다.

"내 말에도 틀림은 없다."

바루나가 입을 열었다.

"나는 지금 결정할 수 있는 상황이 아니다. 이 말에 다른 의도는 없다. 안 되는 일은 안 된다."

"나도 파순의 뜻을 그대로 전했어, 바루나."

지귀가 말했다.

"파순께서 말을 무르지 않겠다고 하셨으니 말씀대로 이루어질 거야."

"잘 알아들었다. 그간 수고가 많았다, 불귀신."

지귀는 뜨거운 한숨을 쉬었다. 그리고 불가사리의 목덜미를 타고 기어올라 바루나에게 조금 더 가까이 갔다. 타닥타닥 지귀의 몸이 불꽃을 일으켰다.

"바루나, 나도 너를 열렬히 원해. 파순과 마찬가지로."

바루나는 지귀를 물끄러미 응시했다.

"불가사리도 뇌공도 같은 마음이야. 우리는 너를 동료로서 원하고 환영해. 우리의 군대에 들어와 영생을 누리며 마음껏 욕망을 펼치며 함께 살기를 원해. 너는 이대로 사라지기에는 아까운 카마야. 너는 아직 마구니와 계약하지 않아서 큰 힘의 일부가 되는 쾌락을 몰라."

"호의에 감사한다."

바루나는 태연히 말했다.

"수호에게 남은 소원은 분명해. 긴나라와 같은 것을 다 없앤다."

"말했듯이, 내가 아직 그 뜻을 이해하지 못한다."

"'퇴마사의 절멸'이겠지. 광목천이 원했던 것처럼."

"명확하지 않다."

"수호의 소원이 명확하지 않다지만, 어차피 너는 광목천이 빌었던 것과 같은 소원에서 탄생했을 테니 틀림없어."

"나는 광목천이 누군지 모르겠고, 그자가 왜 그것을 원했는지도 모르겠다."

"그야, 퇴마사가 악의 세력이니까."

지귀가 열띤 어조로 말했다.

"인간이 마음껏 욕망을 펼치며 자유롭게 사는 낙원의 도래를 막는 세력이니까. 광목천은 그 모순을 깨닫고 윤회의 삶 대신 너를 택했어."

"……."

"퇴마사와의 전쟁은 우리 카마 모두의 과제야. 하지만 지금껏 너와 같은 목적을 가진 카마는 없었어. 세상에 어떤 인간이 '퇴마사를 절멸한다' 같은 소원을 빌겠어? 그러니 우리는 계속 갈팡질팡하며 싸워왔어. 우리 모두가 퇴마사와의 전쟁보다 자신의 목적을 우선했으니까."

"……."

"하지만 이제 네가 있어. 우리에게는 네가 필요해. 네가 우리 군대의 총사령관이 될 거야."

"계속 말했듯이, 광목천이 무엇을 빌었든, 그자는 나와 아무 관계도 없다. 또한 나는 수호의 소원을 파악하지 못하고 있다. 어쨌든 제안에 감사한다."

지귀는 잠시 침묵했다. 그리고 발끝을 세우고 더 가까이 다가가더니 바루나의 귀에 속삭였다.

"……수호를 잡아먹어."

바루나의 눈이 커졌다.

"……뭐?"

지귀의 발아래 있던 불가사리가 침묵하며 바루나를 바라보았다.

"수호를 잡아먹어."

"무슨 소리를……."

"그러면 너는 즉시 네 목적을 깨달을 수 있어. 수호의 생각과 기억, 그 모든 것을 넘겨받을 수 있어."

지귀는 저 아래 원숭이들의 비호를 받으며 의식을 잃고 쓰러진 수호에게 힐끗 시선을 두었다.

"지금 이 마음의 주인은 너를 방해만 하고 있어. 게다가 너를 없애려고까지 하고 있고. 자기가 원하는 바도 모르면서 네가 사는 마음이라는 보금자리를 부수고 있어. 그야말로 모든 면에서 쓸모가 없어."

"……그게 그렇게 간단한 일인 줄 몰랐는데."

바루나가 토우에게 붙들린 채로 더듬거렸다.

"파순은 내가 자기와 계약하게 되면, 이런저런 전투에 불려 다니며 점점 강해지는 것으로 서서히 수호의 마음을 잠식할 수 있다고 했다."

"성석적으로는, 그렇지."

천장에서 다시 먼지가 후둑후둑 떨어졌다. 동굴이 한 차례 흔들렸다.

"본래 카마는 자기 본령을 해칠 수 없으니까."

바루나는 움찔했다.

"하지만 지금 너희 둘의 마음은 갈라졌어. 수호가 너를 버렸으니 너도 수호를 버릴 수 있어. 수호를 없애고 이 몸을 차지해. 간단한 일이야."

"······."

동굴이 우르릉거렸다. 이번에는 큰 돌이 툭툭 떨어졌다.

불가사리는 바루나를 지그시 응시하며 다른 길이 없으리라는 듯 고개를 끄덕였다.

"내일까지야, 바루나."

지귀는 불가사리의 머리를 타고 내려가 도로 등에 탔고 그대로 구멍으로 훌쩍 사라졌다.

113 너와 같은 것을 다

동굴이 크게 뒤흔들렸다. 천장에서 흙과 돌이 우수수 떨어졌다.

바루나를 붙잡고 있던 토우가 바루나를 바닥에 내려놓더니 뒷걸음치며 도로 바위 속으로 스며들었다. 다른 진흙 인형들도 뒷걸음질 치듯이 천천히 바위 속으로 스며들어 사라졌다. 수호의 주변을 지키고 있던 원숭이들도 끽끽 소리를 내며 줄지어 구멍으로 사라졌다.

카마들이 일시에 사라지자 다시 벽이 구석구석 썩은 빵처럼 뭉그러지며 구멍이 숭숭 뚫리기 시작했다. 뚫린 자리에서 악취가 났다.

동굴 한쪽 벽이 큰 소리와 함께 무너져내렸다. 무너진 구멍에서는 구더기 같은 검은 살덩이가 폭포처럼 밀려 들어왔다.

'알아서 살아 나가라는 건가……'

불평할 수는 없지.

돌과 흙이 몸 위로 쏟아지는 가운데, 바루나는 수호를 바라보며 간신히 손가락을 움직였다. 그리고 손을 흙더미 방향으로 향했다.

흙더미가 꿈틀꿈틀 움직이더니 속에서 밧줄 나가파사가 일직선으로 솟구쳐 올랐다. 나가파사는 막힌 숨을 토해내며 기침하듯이 몸을 탈탈 털었다.

이미 동굴 안은 흙먼지로 한 치 앞도 보이지 않았다.

바루나는 다시 한 손을 높이 들었다.

손 주위 물방울이 모이더니 창이 만들어졌다. 밧줄은 서둘러 창에 몸을 휘감았고, 창은 밧줄을 몸에 매단 채 바루나의 손짓에 따라 휘익 날아 진흙 웅덩이에 빠졌다. 바루나는 끌려가는 나가파사의 끄트머리를 겨우 부여잡았다.

"가라."

바루나는 힘없이 명령했다. 몸이 그대로 질질 끌려갔다.

끌려가는 와중에 수호를 온몸으로 감싸 안았다. 바루나가 수호를 안은 채 웅덩이에 겨우 몸을 집어넣었을 때 동굴이 우르르 무너져내렸다.

바루나는 간신히 밧줄에 이끌려 호수 밖으로 몸을 빼냈다.

돌아보니 호수는 완전히 진흙탕이 되어 다시는 내려갈 도리가 없어 보였다.

바루나는 품에 안은 수호를 보았다. 진흙투성이였지만 일단은 무사해 보였다. 바루나는 안도한 뒤 주변을 둘러보았다.

시야가 닿는 곳마다 눈 덮인 바위산이 치솟아 있었다. 저쪽에서는 또 새로운 산이 우르릉거리며 솟아오른다. 솟구친 산이 벽처럼 시야를 가로막고 있다.

눈과 우박이 거세게 쏟아진다. 땅은 끊임없이 뒤흔들렸고, 바닥은 쩍쩍 갈라지고 있었다. 저쪽 얼음 산에서 쩡, 하는 큰 소리가 들렸다. 산꼭대기에서부터 눈사태가 나며 얼음과 눈이 해일처럼 쏟아졌다.

'날씨야 변할 수 있다. 하지만 마음의 지형이 변하고 있다는 건, 수호의 인격 자체가 변하고 있다는 뜻인가……'

바깥은 조금도 보이지 않았다. 이제 수호의 감각으로 외부를 파악할 수 없으리라는 기분이 들었다.

수호가 이렇게 가까이 있는데도 마음을 읽을 수가 없다.

완전한 단절.

수호와 이렇게까지 단절된 적은 없었다.

'아난타를 다치게 하지 말았어야 했나. 아니, 애초에 마호라가를 노리지 말았어야 했나.'

바루나는 처음으로 후회했다.

그렇게 많은 일을 겪고도 멀쩡했던 마음인데, 내가 마호라가를 공격한 것 하나로 이렇게까지 무너질 줄은 상상도 못했다.

'하지만 백 번 다시 시간을 되돌린다 해도 나는 같은 선택을 했을 것이다. 내가 수호의 목숨을 담보로 할 수 있는 일은 없다.'

아난타도 마찬가지다. 아난타는 마호라가의 목숨을 지키려 할 테니, 그 자리에 나와 아난타가 있었던 이상 그 일은 백 번 돌아가도 백 번 반복될 것이다.

나는 수호를 해칠 수 없다.

내일이라 해서 상황이 달라지지는 않는다. 차이는 없다.

나는 목적을 이루지 못할지언정 '목적을 버릴' 수는 없다. 그런 선택은 못 한다. 그러니 나는 수호를 잡아먹는 선택은 할 수 없다.

'하지만……'

바루나는 쏟아지는 눈보라를 맞으며 생각했다.

'만약 수호가 이 마음 자체를 지킬 수 없다면……'

눈보라 소리가 윙윙거리며 귓가에 몰아쳤다.

'만약 수호를 잡아먹는 것이 수호를 지키고 수호의 마음을 지키는 유일한 방법이라면……'

바루나가 바라보는 사이에 수호의 본령은 희미하게 사라져갔다.

'수호가 이대로 정말로 자기 마음을 지키지 못한다면……'

바루나는 차가운 눈을 꾹 쥐었다.

'너를 지키는 것도 결국 수단의 하나, 내 목적 이외에 가치 있는 것은 없다……'

내 남은 목적만이.

「너와 같은 것을 다.」

✦

바깥.

수호는 뼛속까지 스며드는 한기를 느끼며 눈을 떴다. 마치 몸 안에서 돌멩이로 뼈를 두들겨대는 듯한 추위였다. 수호는 어두운 구석에 몸을 더 숨기며 골목 바깥을 멍하니 응시했다.

시야가 완전히 변해 있었다.

무너진 도시가 펼쳐져 있었다. 두억시니가 사는 심소의 풍경 그대로. 천 년쯤 방치되어 폐허가 된 듯한 거리였다. 창문이 모두 깨져 나가고 칠이 벗겨진 건물들이 시든 덩굴나무 잔해에 뒤덮여 있었다. 그 대부분은 무너져 잔해만 남았다.

거리는 카마로 가득했다.

온갖 짐승과 요괴가 거리를 오갔다. 카마 무리 사이사이에서 아버지들이 구름처럼 수호를 향해 걸어왔다.

팔짱을 끼고 걷는 연인들, 군것질거리를 입에 물고 걷는 학생들, 옷을 여미며 걷는 직장인들, 아이와 손을 잡고 걷는 부모들, 강아지를 데리고 나온 사람들.

모두가 아버지였다.

수백의 아버지가 거리를 걷는다.

손에 몽둥이를 든 아버지가, 술병을 든 아버지가, 비틀거리며 걷는 아버지가, 거리에 구부정하게 앉아 있는 아버지가. 수백의 아버지가 버스에서 내리고, 수백의 아버지가 지하철에서 올라오고 내려간다.

'아직 마음 안인 걸까? 아니면 심소에 들어온 건가?'

수호는 진동이 멈추지 않는 손을 내려다보았다. 굳은 손가락이 그 자리에 얌전히 있었다.

현실이었다. 감각으로 알 수는 있었다. 하지만 시야는 전부 변해 있었다.

'정신 차려, 아버지일 리가 없잖아…….'

하지만 만약, 만약 저 중에 진짜 아버지가 있다면? 고모네에서 도망친 아버지가 지금 나를 찾아 이 거리를 떠돌고 있다면? 그런데 그 진짜가 와도 이제는 내가 알아볼 수 없다면? 이대로 정신 놓고 있다가 진짜에게 무력하게 당한다면?

고개를 돌려보니 저쪽에서 몽둥이를 든 아버지가 다가왔다. 돌아보니 저쪽에서는 혁대를 양손에 쥐고 탁탁 당기는 아버지가 다가왔다. 저쪽에서는 맥주를 꿀꺽꿀꺽 마시다가 맥주병을 전신주에 쳐서 깨트린 아버지가 다가왔다.

수호는 견디지 못하고 눈을 감았다.

'나는 카마 바루나를 쫓아낼 힘마저도 없다.'

그게 내 모든 힘을 끌어냈던 마지막 싸움이었다. 나는 하다 못해 바루나조차도 없애지 못한다.

내 마음조차도 이기지 못한다.

'더는 못 버티겠어……'

수호는 눈을 꾹 감고 아스팔트에 머리를 박았다.

악취와 냉기가 피부를 타고 몸 전체로 스며들었다. 부서진 마음의 벽으로 온갖 나쁜 것이 전부 속절없이 마음에 스며들고 있었다.

수. 호.

기쁜 듯한 목소리가 악취를 풍기며 거머리처럼 목을 타고 올라왔다. 미끌미끌하고 끈적이는 피부를 문대며 귀에 속삭였다.

네. 마. 음. 은. 이. 제. 내. 것. 이. 다.

「너와 같은 것을 다.」

✦

그날 저녁,

상사에게 시달리다 지쳐 담배를 물며 사무실 창밖을 내다보던 남자는 불현듯 울분에 사로잡혔다.

천정부지로 오르는 집값과 늘어나기만 하는 대출이자와 쥐꼬리만 한 월급이 떠올랐다. 저축은 꿈도 못 꾸고 결혼도 가망이 없다 싶었다. 언제까지 이렇게 살아야 하나 생각하니 억울함이 마음을 채웠다.

'억울해⋯⋯.'

남자는 생각했다.

'왜 나만 고달파야 하지?'

이 거리에 가득한 사람들은 모두 주머니도 두둑하고 행복하게만 보이는데. 다들 비싼 밥이며 비싼 물건도 펑펑 사대는 것 같고.

그때 한 신입사원이 옆을 지나갔다. 들어올 때부터 알았지만, 한쪽 팔이 불편한 친구였다.

들어보니 대학도 변변치 않은 놈이라고 들었는데, 무슨 지방 할당제, 장애인 고용제, 저소득층 지원, 내가 모르는 뭐 그딴 것이 작용한 게 아닐까.

'나는 그렇게 힘들게 노력해서 대학에 갔고 그렇게 애써서 회사에 들어왔는데, 왜 저 녀석은 아무 노력도 없이 무임승차를 하는 거지?'

어떻게 이렇게 세상이 불공정할 수가 있어? 왜 나만 손해 봐야 하는 거지? 이렇게 열심히 살았는데?

'억울해⋯⋯.'

남자는 분통을 터트리며 생각했다.

어느 집,

칭얼거리며 우는 아기의 기저귀를 갈던 여자는 불현듯 울분에 사로잡혔다.

이렇게 살려고 그렇게 힘든 입시를 치르고 비싼 등록금 내고 대학 나온 게 아니었는데. 어차피 애만 보며 할머니가 될 거라면 난 왜 그렇게 놀지도 못하고 공부했던 거지?

'억울해……'

여자는 생각했다.

'왜 나만 고달파야 하지?'

텔레비전 속의 사람들은 모두 주머니도 두둑하고 행복하게만 보였다. 가끔 옛 친구들에게 전화해도 모두 새집을 샀네, 땅을 샀네, 남편이 승진했네, 주식이 대박 났네, 하며 자랑이었다.

그때 문득 빽빽대며 우는 아기가 눈에 들어왔다.

어쩌면 얘는 이렇게 남의 속도 모르고 이렇게 밉게 굴까. 너 기르느라 나는 취직도 못 하고 이렇게 무시당하며 살아야 하는데.

'억울해……'

여자는 분통을 터트리며 생각했다.

'누구에게 이 화를 풀어야 하지?'

누워서 스마트폰을 보며 놀던 소년은 신나게 친구들 인스타그램을 돌다가 불현듯 울분에 사로잡혔다.

반 녀석의 인스타였다. 피드는 온갖 여행지와 맛있는 음식으로 가득했다. 못생기고 인기도 없고 찐따인 줄만 알았는데, 집이 엄청 잘사는 줄 이제야 알았다. 여자친구 사진도 있는데 엄청 예뻤다.

'와, 억울해.'

소년은 생각했다.

'왜 나는 이렇게 살 수 없지? 내가 뭘 잘못했다고? 나는 아무 잘못도 안 했는데, 내가 애보다 못 사는 건 공정하지 않아.'

어떻게 해야 이 불공정함을 해소하지? 어떻게 정의를 구현하지?

그래, 지금 이 녀석을 어떻게든 무너뜨리면 되지 않을까?

이 인스타그램에 익명으로 욕설을 달면 얘는 어떻게 반응할까? 돼지라고 놀리고, 못생겼다고 하고, 부모님 욕을 하면. 게다가 그런 아이디를 여러 개 만들어 댓글을 여러 개 달면 분명히 멘붕이겠지?

'내가 이렇게 억울한데……'

소년은 분통을 터트리며 생각했다.

그리고 또,

그리고 또.

사람들의 마음에 촉수를 뻗어가면서 두억시니는 모두의 마음에 속삭였다.

억. 울. 해.

억. 울. 해.

"금강."

푸른 천으로 몸을 휘감은 녹색 갑주의 풍천이 소리 없이 내려섰다. 트바스트리가 가로막은 벽 앞에 장승처럼 서 있던 금강이 고개를 조아렸다.

퍼져 나가는 빛처럼 방사형으로 사방으로 뻗은 트바스트리가 금강의 뒤에서 은은한 은빛을 발하고 있었다.

금강의 주변에서 구멍을 감시하던 금와를 비롯한 다른 나한들이 마찬가지로 고개를 숙여 경의를 표했다.

"결정을 내렸소, 금강."

"말씀하십시오."

"내일 심소의 경계를 막고 마호라가와 두억시니를 봉인하겠소."

둘러싼 나한들의 입에서 가벼운 한숨이 터져 나왔다. 어차피 다른 길이 없는 결정이라지만, 결단의 무게만은 모두의 어깨에 무겁게 얹혔다.

"현명하신 판단입니다."

금강이 허리를 조아렸다.

"아시다시피 닷새 전 종로에서 있었던 대규모 시위에서 사람이 크게 다쳐 사경을 헤매고 있소."

"기사를 보았습니다."

"오늘 '북'의 전황이 심각하오. 위기감을 느낀 위정자들의 카마가 폭주하고 있소. 더 많은 사람이 다치거나, 어쩌면 죽을 수도 있소. 이런 상황에서 전력을 나누는 것이 위험한 줄은 알지만, 상황이 매우 열악하오. 나는 종로를 지원하러 가 보아야 하겠소."

"지당하신 말씀입니다."

"'서' 구역의 지휘는 금강에게 맡기니 차질 없도록 하고, 매 순간 보고하시오."

"여부가 있겠습니까."

나한들이 모두 정중하게 고개를 숙였다.

풍천은 깊은 한숨을 쉬며 트바스트리를 바라보았다.

"마호라가, 그대에게 과오가 있다 하나 지금 내가 하는 일도 과오겠지."

풍천은 닿지 않는 트바스트리를 멀리서 쓰다듬었다.

"내세에 다시 만나 서로 소명하도록 합시다."

트바스트리가 풍천의 말을 알아들은 듯 움찔거리며 빛났다. 등을 굽히고 선 금강의 입가에 서늘한 웃음이 담겼다.

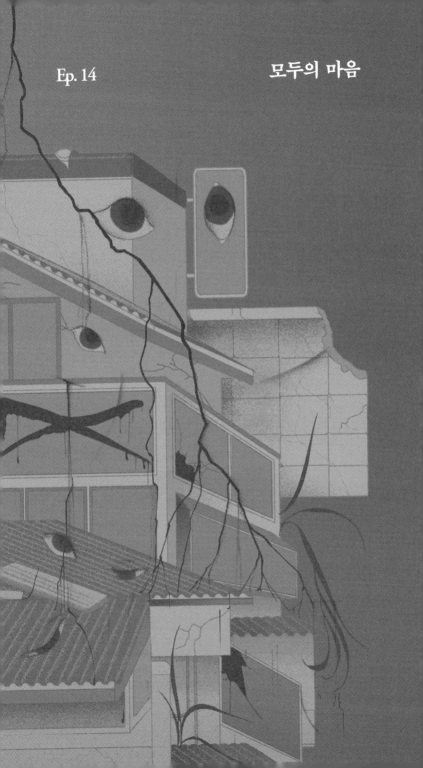

Ep. 14   모두의 마음

114 스칸다의 마음

연희동 성당 안. 불 꺼진 제단 앞.

스칸다는 헤드폰을 쓴 채 휠체어에 앉아 있었다.

며칠 전 바루나를 저격하느라 힘을 너무 쓴 탓에 목발을 짚고 걷기도 힘들 만큼 체력이 소진되었고, 아직 회복되지 않은 채였다.

제단에는 촛불이 은은하게 타고 있었고 저녁 햇빛을 받은 스테인드글라스가 바닥에 빛의 그림을 드리우고 있었다.

문이 열리며 수다나가 전당 안으로 들어왔다. 수다나는 스칸다의 헤드폰을 벗겨내며 말했다.

"나한 스칸다, 신장 금강께서 마호라가의 나한을 파문하라 명하셨습니다."

스칸다가 수다나에게 시선을 두었다.

"동행을 요청하겠습니다, 나한 스칸다."

스칸다는 노을이 잠긴 바닥의 스테인드글라스 빛을 내려다보았다.

"나한 수다나, 저는…… 지금 명령을 받을 수 없습니다."

"압니다. 카마 바루나를 아직 퇴치하지 못하셨지요."

수다나가 스칸다의 어깨를 토닥였다. 스칸다는 바닥을 매섭게 노려보았다.

독을 바른 세 개의 탄환은 분명 바루나의 몸에 정확히 명중했다.

그 즉시 바루나는 퇴치되어야 했다. 전략에도, 과정에도, 결과에도 틀림은 없었다.

그런데 바루나는 아직 수호의 마음에 멀쩡히 살아 있다.

납득할 수 없었고, 납득할 수 없다는 점이 스칸다의 마음에 불편한 파문을 일으키고 있었다. 두 번이나 정면 대결을 했는데 퇴치하지 못했다. 이미 패배나 다름없다.

'이것이 진짜 전쟁이었다면 나는 실상 지금 살아 있을 수도 없을 것이다.'

스칸다는 생각했다.

"아마도 마호라가의 협시 나한이 계속 자신의 카마를 보호하는 듯합니다."

수다나가 스칸다의 마음을 읽은 듯 답했다.

"우선 나한 수호의 힘을 빼앗아야 카마 바루나의 퇴치가 용이할 것입니다."

"……불가합니다. 퇴마의 힘과 카마를 연이어 없애면 아이가 그 마음을 지탱하기 어려울 것입니다."

"어쩔 수 없지요. 상황이 급박합니다."

스칸다는 바퀴를 굴려 수다나의 손을 밀쳐냈다.

휠체어가 큰 원을 그렸다. 원을 그리는 사이에 스칸다는 생각을 마쳤고 수다나를 마주 보았다. 검은 양복을 입은 수다나가 스테인드글라스 빛 속에 유령처럼 꼿꼿이 서 있었다.

"나한 수다나……, 이…… 주변의 심소를 보셨습니까?"

스칸다는 **저격수의 눈**을 주변에 펼치며 말했다.

저격수의 눈.

신장 긴나라의 '마음을 모사하는 증기'와 방식은 다르지만 효과는 같다. 사람의 마음의 문을 열지 않아도 그 안을 탐색하는 기술.

이 기술 덕에 긴나라는 늘 스칸다를 자신의 협시 나한으로 선호했다. 긴나라가 마음에 들어가 싸우려 해도, 보좌하는 나한이 따라 들어오지 못하면 소용이 없으니까.

논리는 간단하다. 총알 대신 '눈'을 날린다.

총알도, 눈도, 똑같이 자기 몸이므로.

수다나도 긴나라의 협시 나한이라 스칸다와 마음이 이어진 사이였다. 단지 공력의 한계로 신장처럼 명확히 볼 수는 없고, 감정의 동요를 공감하는 정도였지만.

그 정도만으로도, 수다나도 느낄 수 있을 것이다.

이 지역의 심소 전체가 변화하고 있다. 온통 진흙처럼 찐득찐득하고 악취를 풍긴다. 곰팡이가 피고 뭉그러지고 썩어간다.

"두억시니의 영향이 이 주변 전체로 퍼져 나가고 있습니다……. 이런 심각한 상황에서…… 나한 하나의 마음을 정화하는 일에 시간을 낭비할 필요가 있겠습니까?"

"전쟁에서는 모두가 자기 역할이 있는 법입니다, 스칸다."

수다나가 동요 없이 답했다.

"큰일은 신장의 업무지요. 어차피 모두가 두억시니에 매달릴 수는 없으니, 우리의 역할은 이 정도가 적당합니다."

"……."

"이 난장의 주범인 타락한 마호라가의 협시 나한입니다. 교활한 마호라가에게서 무슨 사특한 지시를 받았을지 모르니, 일각이라도 빨리 파문하여 행여라도 있을 위험을 막아야지요. 작은 위험이라도 감수할 수 없는 시기가 아닙니까. 이 또한 그 무엇보다 중요한 임무입니다. 스칸다, 함부로 임무의 경중을 논하지 마십시오."

"……."

"무엇보다도 스칸다께서 '카마 바루나를 제거한다'는 임무에 사로잡혀 있는 한, 스칸다께서는 아무것도 할 수 없지 않습니까. 다른 전투에 임하거나 위기에 대처하는 것은 물론 신장 금강의 보좌도 불가능합니다."

스칸다는 입을 다물었다.

그것만은 틀림없는 사실.

실은 누구보다 조급한 사람은 바로 자신이었다. 모든 것을 제쳐두고 다짜고짜 수호를 찾아가 강제로 마음에 쳐들어가서 바루나를 퇴치하고 싶을 만큼 조급했다.

"신장 금강께서도 이를 배려하여 스칸다를 이 임무에 동행하게 하셨습니다. 위기이니만큼 더욱더 빨리 스칸다께서 자잘한 임무로부터 해방되셔야 하지 않겠습니까."

"나한 수다나,"

스칸다가 입을 열었다.

"신장 긴나라의 마음이 카마에게 먹힌 것을 알고 계셨습니까?"

해가 기울며 바닥에 내려앉은 노을빛도 꺼져간다. 수다나의 입가에 섬뜩한 미소가 떠올랐다.

"언제 아셨습니까?"

되물음. 그것은 알고 있다는 긍정의 답이기도 했다. 스칸다의 눈매가 날카로워졌다.

"저격수의 눈으로 바루나를 찾아…… 심소를 샅샅이 살피던 중에 알았습니다. 사특한 기를 숨김없이 개방하였기에."

"마지막에 조심성이 없어지셨군요. 뭐, 바랄 수도 없는 일이겠습니다만……."

그제야 스칸다는 어렴풋이 깨달았다. 살아온 날이 많지도 않은 이 나한이 어찌도 그토록 시건방졌는지, 아득한 세월을 살아온 신장에 대한 조소와 깔보는 시선이 어디에서 왔는지.

자신이 모시는 신장이 실은 카마에 불과하다는 것을.

"사람의 인격을 남김없이 삼킨 카마지요."

수다나가 말했다.

"그야말로 본령에게서 온전히 해방되어 외부와 소통할 수 있는 카마. 카마로서 궁극의 경지라고 하지요. 소문으로만 들어왔습니다만. 눈으로 보는 경이는 실로 대단했습니다."

스칸다는 수다나를 뚫어지게 보았다.

"신비하지 않습니까? 아트만과 구분되지 않는 카마라니, 상상이나 해보셨습니까?"

수다나가 희열에 들떠 말했다.

"순수하게 목적으로만 움직인다는 점을 제외하고는 지능이나 판단력을 포함하여 본래의 사람과 아무 차이가 없었습니다. 그야말로 '궁극의 카마'였습니다."

"언제…… 그리되셨습니까?"

"이 생애에서 처음 각성하셨을 때였지요."

수다나가 벅찬 어조로 답했다.

"이미 지난 생, 제주에서 두억시니와 접촉하셨을 때부터 준비하셨습니다만."

수다나는 아무 일도 아니라는 듯 방긋 웃었다.

"긴나라께서는 이 생에서 각성한 즉시 소원을 비셨고, 바로 카마에게 제 인격을 전부 내놓으셨습니다. 누구도 긴나라의 아트만이 카마로 교체된 것을 눈치챌 수 없도록."

수다나의 눈에는 경탄까지 깃들어 있었다.

"긴나라 정도의 신장이 지닌 힘과 상상을 넘어서는 강력한 소망, 이 둘이 아니었으면 불가능했던 일입니다."

수다나와 달리 스칸다의 표정에는 한 올의 감탄도 깃들어 있지 않았다.

"긴나라께서는 무엇을 원하여 그런 짓을 하셨습니까."

"한 인간으로서는 이룰 수 없는 일을 원하셨지요."

"그런 것은 바라서는 안 됩니다."

스칸다가 즉각 말했다. 수다나는 네가 무엇을 알겠느냐는 듯한 시선을 주었다.

"스칸다, 소망과 욕망의 차이는 무엇입니까?"

"……퇴마사가 할 말이 아닙니다."

"열정과 탐욕의 차이는 무엇입니까? 꿈과 갈애의 차이는? 갈망과 욕심의 차이는? 이상과 망상의 차이는 무엇입니까? 사랑과 애욕의 차이는 무엇이며, 충성과 굴종의 차이는, 신의와 맹신의 차이는, 헌신과 집착의 차이는 무엇입니까?"

스칸다는 휠체어 손잡이를 쥔 손에 힘을 주었다.

하지만 힘을 주어도 그뿐. 바깥에서 스칸다는 비사사나 부단나도 당해낼 수 없는 몸이었다.

수다나가 퇴마사의 규율을 아직 신성하게 여긴다면 자신과 전투를 할 때는 마음 안에서 할 것이나…… 지금 스칸다는 그 마음의 전투마저도 전력을 다할 수 없다. 이미 바루나를 제거하라는 임무에 속박되어 있으므로.

"마구니와 계약한 욕망은 탐욕, 그렇지 않은 욕망은 아직 순수하게 소망이지요."

수다나가 스스로 답했다.

"신장 금강과 제 꿈, 그리고 긴나라의 카마가 품은 목적까지도 순수합니다."

스칸다는 수다나의 마음 너머에 잠긴 막막한 검붉은 바다를 응시했다.

피에 물든 바다. 시체가 잠긴 심해. 해골로 가득한 해안가.

종말의 풍경. 모든 것이 사라진 세계.

"아니요."

스칸다가 눈을 부릅뜨고 말했다.

"자신과 타인에게 같이 해로운 것이…… 탐욕이며, 자신과 타인에게 같이 이로운 것이 소망입니다. 마구니는…… 자신과 타인에게 해를 끼치게 만드는 명확하고 분명한 매개체일 뿐입니다."

"금강과 긴나라와 제가 바라는 것은 모두 구세입니다."

수다나가 말했다.

"우리는 순수하게, 오직 이 고통받는 세상의 구원을 바랍니다."

스칸다는 수다나를 노려보았다.

"나한 스칸다, 왜 혼란스러워하십니까?"

"……."

"저는 긴나라를 옆에서 모시며 종종 생각했습니다. 마음을 전부 잡아먹은 카마와 아트만을 정녕 우리가 구분할 수 없다면……."

"……."

"카마는 실상 아트만을 가진 사람과 같다…… 그렇게 볼 수도 있지 않을까요?"

"……."

"카마는 제 목적 외에는 아무 잡념도, 삿된 번뇌도 없다는 점에서 덕이 높은 퇴마사와 같다. 참으로 배덕한 생각입니다만."

"인간의…… 마음을 다 잡아먹은 카마는…… 육신을 가진…… 카마입니다."

스칸다가 수다나의 말을 막으며 말했다. 스칸다의 발음은 분명하지 않았지만 내용만은 분명했다.

"오직…… 마음 안에서만 일어나야 할 성마聖魔의 전쟁을…… 현실로 끌어내는, 이 신성한 전쟁 전체를 모독하는 존재."

수다나가 그 말을 듣고 빙긋이 웃었다.

"역사상…… 그런 카마가 태어날 때마다, 인간의 마음속에서만 살 수 있는 마구니가…… 현실로 침범한다고 들어왔습니다. 맹목과 편협한 광기를…… 현실로 구현하는 존재……. 결코 생겨나서는 안 되는 존재……입니다."

수다나는 입가에 웃음을 머금었다.

"……저는 그 일에 함께할 수 없습니다, 수다나."

"스칸다, 누구도 당신을 그 일에 함께하라 말하지 않았습니다."

수다나가 비웃으며 말했다.

"그럴 자격도 없으시고요."

스칸다의 꾹 다문 입술이 흔들렸다.

"스칸다께서 하실 일은 자신의 임무를 완수하는 것입니다. 지금 저와 함께 동행하지 않으면 제가 카마 바루나를 제거할 것이고, 스칸다는 영영 임무를 마칠 기회를 놓칠 것입니다. 그러면 나한 스칸다는 앞으로 아무 일도 할 수 없게 됩니다."

스칸다의 눈에 얼음처럼 차가운 불꽃이 일었다.

"한 번도 임무에 실패해본 적이 없으시지요? 영영 임무를 수행하지 못했을 때, 그 규약에 얽매인 자신이 어찌 될지 상상해보신 적 있으십니까?"

"……"

"금강께서는 우리의 목적과 상관없는 스칸다에게 그런 희생을 강요하는 것은 옳지 않다고 하셨습니다. 긴나라께서도 같은 뜻일 것입니다."

"……"

"어찌시겠습니까?"

스칸다는 몸을 떨었다.

수다나의 말에 틀림은 없었다. '바루나를 제거한다'는 임무의 규약이 있는 상태로는 다른 싸움에 임할 수 없다. 설사 임한다 해도 힘은 현저하게 떨어질 것이다.

어차피 나는 수다나와 싸워 이길 수 없고, 신장 금강과는 더 불가능하다.

'도리가 없다.'

스칸다는 그렇게 판단했다. 지금은 그 무엇보다 내 임무에서 해방되어야 한다. 그래야 다음 수가 있다.

수다나는 문득 흥미와 동정이 같이 담긴 눈으로 스칸다를 바라보았다.

"스칸다, 새삼스럽습니다만 궁금하군요. 그 마음의 규약, 어쩌다 생기신 것입니까?"

"……."

스칸다는 묵묵히 수다나를 노려보았다.

"마음에 일부러 결핍을 주어 공력을 높이는 방식의 수행에 대해서는 익히 압니다만, 왜 하필 그 방향으로 정했습니까? 군인으로서의 충성심이었나요?"

"……모든 명령이 시시하니까요."

스칸다가 답했다. 수다나가 눈웃음을 쳤다.

"저는 많은 생애를 군인으로 살았습니다……. 그렇기에…… 대부분의 생애의 결말은 부상자였고, 저는 거의 언제나 신체장애인으로 삶을 마감했습니다. 그러면서…… 대부분의 명령이 시시하고 무의미하고, 때로는 형편없고 어리석다는 것을 깨달았습니다……. 어차피 모든 명령이 시시하다면, 가치를 두지 않고 순서대로만 따르기로 작정했습니다. 그러면 최소한 신장들이 동시에 여러 명령을 내려 저를 귀찮게 하지 않을 테니까요."

"훌륭합니다, 스칸다."

수다나는 만족스럽게 웃으며 스칸다에게 손을 내밀었다. 마치, 우리는 서로 이해할 수 있지 않느냐는 듯이.

"그러면 같이 가시지요. 우리에게 주어진 시시한 임무를 완수하러요."

스칸다는 그 손을 이글이글 타는 눈으로 노려보았다.

"어서요. 같이, 한 아이의 마음을 어지럽히는 카마 바루나를 없애러 갑시다."

115 비사사와 진의 마음

같은 시각, 연희동 성당 사제관.

금강은 사제관의 작은 제단에 촛불을 켠 채 무릎을 꿇고 기도하고 있었다.

문이 열리고 작은 아이가 쭈뼛쭈뼛 모습을 드러내었다.

하지만 금강은 돌처럼 꿈쩍도 하지 않았다. 아이는 다람쥐처럼 쪼르르 달려와 금강의 옷자락에 와락 몸을 파묻었다.

"신장 금강님!"

비사사였다.

금강은 비사사가 한참을 품속에서 훌쩍이게 놓아둔 뒤에야 기도를 끝내고 돌아앉았다. 옷자락에서 고개를 든 비사사의 얼굴은 눈물범벅으로 엉망이었다.

"내 사랑스러운 협시 나한, 가엾게도."

금강은 두꺼운 엄지로 비사사의 눈물을 닦아주고 다정하게 품에 끌어안았다. 비사사는 금강의 품 안에서 참았던 울음을 터트렸다.

"스승님, 스승님."

"그래, 말해보거라."

금강이 비사사의 등을 토닥이며 말했다.

"제가 신장 긴나라와 스승님께 불경하게도 의심을 품었습니다. 부디 용서해주십시오."

"저런, 말해보거라. 어쩌다 의심을 품었느냐?"

금강은 다정하게 물었고 비사사는 멈칫했다. 어쩐지 예상과 조금 어긋난 반응인 듯싶었다.

"긴나라께서 저희더러…… 훈련하라고 보내셨는데…… 저희가 몹시 어려운 적을 만났습니다."

비사사는 몸을 움츠리며 금강의 눈치를 살폈다.

"부단나가 말하기를 금강께서는 저희와 마음이 이어져 있으니……."

"부단나가 긴나라는 일부러 너희를 위험에 빠트렸고, 내가 알고 있었으면서 구하러 가지 않았다고 하더냐?"

"아니, 아닙니다!"

비사사가 벌떡 일어나 황급히 손을 내저었다.

"아니, ……맞습니다."

비사사는 풀이 푹 죽었다.

"그래서 제가 마음에 의심의 싹이 트는 것이 두려워 서둘러 스승님께 달려왔습니다. 부디 가르침을 주시고 저희의 죄를 용서해주십시오."

비사사는 금강의 앞에 납작 엎드렸다. 금강은 한동안 말이 없었다. 제단의 촛불이 흔들리며 둘 사이에 음영을 드리웠다.

"그래, 두억시니를 만났느냐?"

금강이 다정하게 물었다. 비사사는 예상과 다른 질문에 놀라 고개를 빼끔 들었다.

"예…… 예. 저희가 배움이 부족해 잘 몰랐습니다만……. 신장 마호라가가 그 금기의 카마를 들쑤셔놓아 지금 지역 전체가 위험에 처했다고 들었습니다."

"그래, 어떻더냐? 소문대로 강하고 아름답더냐?"

"……예?"

비사사는 어안이 벙벙해졌다. 흔들리는 촛불 빛을 뒤로 하고, 금강이 큰 입으로 미소를 지었다.

"소문대로 불멸이며, 범접할 수 없는 존재며, 퇴마사란 퇴마사는 모두 달려들어도 어찌할 수 없는 궁극의 존재더냐?"

"금강님……?"

"두억시니와 접촉했으니, 네 영혼도 어쩔 수 없이 모멸로 더럽혀졌겠구나. 가엾게도."

금강이 등을 숙인 비사사의 머리를 상냥하게 쓰다듬었다. 그 손이 닿을 때마다 비사사는 놀라 움찔움찔 피했다.

"아, 아닙니다. 저희는 두억시니와 접촉하지 않았습니다."

"그래?"

금강이 쓰다듬던 손을 멈췄다.

"원거리에서만 교전했으며, 기술을 복사하는 카마라는 것을 깨닫고 어느 순간부터 교전을 중단했습니다. 그러자 두억시니도 더는 공격해오지 않았고, 그렇게 소강상태가 지속되다가 빠져나왔습니다."

"그랬구나."

금강은 얼굴에 불쾌한 기색을 비치며 한탄했다.

"네가 쓸데없이 영리하여 기껏 공들여 짠 작전을 망쳤구나. 너희의 하찮은 기술이나마 두억시니에게 공손히 바쳤더라면, 일은 이미 끝났을 거고 긴나라가 그리 가는 일도 없었을 것을."

"금강님……?"

분노를 내뱉던 금강은 돌연 비사사를 품에 끌어안았다. 비사사는 겁에 질려 금강의 품에서 몸을 빼려 했다. 하지만 금강은 두꺼운 팔로 비사사를 끌어안은 채 놓아주지 않았다.

"가엾게도, 네가 무슨 잘못이겠느냐. 네가 두억시니에게 오염되어서 그랬겠지."

"금강님……. 지금 앞뒤가 맞지 않는 말씀을 하고 계십니다."

"그래서……? 어디 가서 이르려느냐? 내가 앞뒤가 맞지 않는 말을 하더라고 음해하려느냐?"

"……."

"내가 이미 교단에 너와 부단나가 두억시니와 교전하다 정신이 오염되었다고 다 일러두었는데, 누가 너희 말을 듣겠느냐?"

비사사의 얼굴에서 핏기가 가시기 시작했다. 비사사의 몸이 덜덜 떨렸다.

"오염이 퍼지지 않도록, 일이 다 끝나면 교단에서 너희를 파문하러 올 것이다. 내가 차마 내 손으로는 못 하겠으니 내가 보지 않을 때 해달라고 특별히 부탁해두었단다.".

"금강님……, 왜 이렇게 나쁜 장난을 치십니까?"

금강은 흥미로운 웃음을 지으며 비사사를 바라보았다.

"내 사랑하는 아가야."

"……."

"내가 이렇게까지 말하는데 너는 왜 아직도 나를 믿으려 애쓰느냐?"

"스승님……."

"네가 아직 어리다지만 마음까지 어린 것은 아니잖느냐."

비사사의 눈에 눈물이 맺혔다.

"제발, 아니라고 말해주십시오. 장난이라고 한마디만 말씀해주십시오. 저는 바보처럼 다 믿겠습니다……. 멍청이처럼 다 잊겠습니다……."

금강은 참으로 사랑스럽다는 미소를 지으며 비사사의 머리를 쓰다듬었다. 비사사는 금강의 손이 닿을 때마다 전기에 감전된 듯 깜짝깜짝 놀랐다.

"사랑하는 내 협시 나한. 내 너와 부단나를 친자식처럼 아꼈단다."

금강은 온화하게 웃었다.

"너희는 내 길고 지루한 전쟁의 폐허에서 마지막에 온 안식이자 기쁨이자 단꿈이었고 햇빛이었단다."

금강은 비사사의 이마에 입을 맞추었다.

"이 나쁜 사람을 떠나거라. 가능한 멀리, 아주 멀리. 내 마음이 변하기 전에."

핏기가 가신 비사사의 몸은 딱딱하게 얼어붙어 있었다.

"세상은 곧 업화에 삼켜질 것이나…… 네가 참으로 영리하여 내 함정에서 빠져나왔듯이 그곳에서도 살아남을 수 있겠지."

금강은 비사사의 뺨을 손으로 쓰다듬었다.

"내 사랑하는 아가, 어디 가든 건강하거라."

비사사는 바들바들 떨며 뒷걸음질 치다 엉덩방아를 찧었다.

"어서 가거라, 내 아가야."

극한의 공포 속에서, 비사사는 극도의 생존 본능에 사로잡혀 활짝 웃었다. 무한한 존경과 신의를 바치는 사람처럼 몸을 수그렸다. 그리고 문을 닫자마자 정신없이 뒤돌아 뛰었다.

✦

"선혜 환자, 언제 수술 들어갈지 모르니까 직계 가족 데려오세요."

신촌의 한 병원, 데스크에 앉은 간호사가 키보드를 두들기며 말했다. 진은 그 앞에 멍하니 서 있었다. 간호사는 입력을 멈추고 진을 이상스레 보았다.

"무슨 문제 있으세요?"

"직계……요?"

진이 더듬더듬 물었다. 간호사는 '직계란 말을 모르나' 하는 눈빛으로 진을 훑어보았다.

딱 보기에도 눈에 띄는 사람이었다. 훤칠한 키에 한쪽 눈은 탁했고, 얼굴 반은 화상 자국이 뒤덮고 있었다. 정장 안쪽으로도 화상 흉터가 이어져 있을 터였고 왼손 손가락 약지와 새끼손가락은 붙은 채였다.

흉터는 중요하지 않았다. 아무리 뜯어봐도 비싸게 한 치료가 아니었다. 그래서 간호사는 이 '보호자'를 자처하는 여자의 경제 능력을 심히 의심하는 중이었다.

"부모님이나 조부모님이나 배우자나 자식이요, 어린애라 배우자나 자식은 없을 테니 조부모님이나 부모님을 모셔 오세요."

"제가…… 제가 하면 안 되나요?"

진이 더듬거리며 말하자 간호사는 다시 진을 물끄러미 보았다.

"가족이세요?"

"예, 물론 가족이죠. 아, 아니, 제 말은, 피가 이어진 건 아니지만, 그래도 같이 살면 가족이라고 하잖아요. 식구라고 하나요."

"입양하셨어요?"

진은 다시 당황했다.

"아, 아녜요. 물론 알아본 적이야 있죠. 원래는 결혼해야 가능한데, 그래도 팔 년 전부터는 독신자 입양도 가능해졌더라고요. 그런데 조건이 너무 엄격해요. 제가 서른다섯 살은 넘어야 하고, 재산도 많아야 하고, 장애도 없어야 하고, 친부모 동의 없이 입양하려면 애가 열세 살은 넘어야 하고, 그래 봤자 결혼 안 했으면 일반양자만 들일 수 있고 친양자 입양은 못 하고……."

진은 한참을 떠들다가 자신을 째려보는 간호사의 시선에 말을 멈추었다.

"숙식을 같이하는 친척이라면 자격이 돼요."

"아, 아니요, 저 친척 아니에요."

간호사는 짜증이 나는 목소리로 말했다.

"그러면 부모님 모셔 오세요."

"저, 선혜는 부모님 없어요."

간호사는 키보드에서 손을 떼고, 이건 뭐 싸우자는 건가 하는 눈으로 진을 올려다보았다.

"돌아가셨어요?"

"아, 아뇨. 죽었다는 뜻이 아니라……."

"할머니, 할아버지도 없어요? 형제도요?"

"어, 저기, 아무도 없어요. 저기, 제가 같이 살거든요. 제가."

"아니, 어떻게 아무도 없을 수가 있어요. 애가 혼자 태어났어요?"

"그러니까, 말씀을 잘 못 알아들으시는데, 지금은 제가 저애 보호자예요. 집에 사정이 있어요."

"이봐요. 무슨 사정이 있는지 모르겠지만 불러오세요. 설마애가 아픈데 부모가 얼굴은 내밀겠지요."

진은 한참 생각하다가 뭔가 생각이 떠올라 데스크에 매달리듯이 몸을 바짝 들이댔다.

"저, 환자가 절 보호자로 지정한다고 위임장 쓰면 되지 않나요?"

"마찬가지예요. 미성년자 위임장은 부모가 써야 해요."

간호사가 외면하며 말했다. 도돌이표 같은 대화였다. 진은 갑자기 울컥해서 역정을 냈다.

"아니, 세상 모든 사람이 다 직계 가족 있어요? 본인이 고아면요, 집에서 버려졌으면요. 가족이 사고로 죽었거나 절연했거나 실종됐거나 다 이민 갔으면요. 부모가 빚져서 쫓기고 있어서 나타나면 경찰한테 잡혀가면요. 가족이 아무도 시간 없으면요? 다 일용직 노동자라서 휴가도 못 내고, 병원에 오려면 그날 벌이 망쳐서 굶어야 하면요? 늙어서 가족 다 죽은 사람은 그럼 치료 못 받고 죽어요? 아프면 당장 치료받아야지, 가족이랑 치료가 무슨 관계예요?"

간호사는 한숨을 쉬었다.

"그럼, 환자분 의식도 없는데, 모르는 사람이 아무나 와서 수술 막 사인하고 그러면 좋겠어요?"

"전 모르는 사람이 아니……."

"그런지 아닌지 우리는 알 수가 없어요."

진은 입을 다물었다.

"저는 해드릴 수 있는 게 없어요. 병원 방침이니까 저한테 따지시면 안 돼요. 제가 법 만든 거 아니고, 제가 법 못 바꿔드린다고요."

"……."

"정말로 본인이 애 보호자라고 생각하시면, 책임지고 부모님 모시고 오든가 끌고 오든가 하세요."

"직계 가족……. 우리나라 직계 가족 참 좋아해. 그래, 직계 가족 없으면 의료인 되기 힘들겠죠?"

진은 보호자 의자에 앉아 선혜를 바라보며 말했다. 온갖 링거줄에 연결된 선혜의 작은 몸이 가쁜 숨을 몰아쉬고 있었다.

"그래요, 게다가 의사 하려면 좋은 집에서 태어나거나 최소한 착한 부모님 밑에서 태어나야겠죠. 그러니까 사람한테 직계 가족 없을 수도 있다는 상상을 못 하겠죠? 법조인도 그렇겠죠. 다 좋은 가족하고 잘 살아서 공부도 많이 하고 법조인도 됐겠죠. 그러니 이딴 법을 만들겠죠?"

진은 선혜의 작은 손을 만지작거렸다.

"나더러 당신과 피가 안 이어져 있다네요."

선혜의 가쁜 숨이 조용한 병실 안에 울렸다.

"태어날 때부터 안 이어진 피를 어떻게 이을까요? 그냥 우리 콱 결혼해버릴까요? 아, 그렇지, 아직 동성결혼도 금지죠. 생활동반자법도 없죠. 뭐 이 모양이에요?"

진은 담담히 말했다. 받아들일 수밖에 없지 않느냐는 듯이.

"……우리는 누가 봐도 남남인 거죠?"

말하자마자 진은 넋이 나갔다. 무엇에 놀란 사람처럼 숨을 가쁘게 쉬다가 얼굴을 감쌌다.

"선혜……."

진은 얼굴을 감싼 채로 말했다.

"당신이 이대로 돌아오지 않으면…… 나는 수호를 지키기 위해 당신을 지키려는 마음을 버려야 해요."

화상으로 눌어붙은 진의 팔이 가늘게 떨렸다.

"내가 당신을 영영 잊을지도 모른다고요. 설마 나한테 그딴 짓 시키지 않을 거죠? 이 꼬맹아."

진의 손가락 사이로 눈물이 흘렀다. 진은 자신의 팔에 얼굴을 묻고 한참을 흐느꼈다.

"제발, ……내가 나일 수 있게 해줘요. 제발……."

진의 마음 안.

검은 바다에 거친 풍랑이 일었다. 높은 파도가 회색 거품을 일으키며 사납게 부서졌다. 시커먼 하늘로 솟구쳤다가 산산이 부서지며 내리꽂혔다.

아난타는 물풀에 휘감긴 채 심해 바닥에 잠겨 있었다.

"진, 나를 내보내줘!"

아난타가 슬프게 울부짖으며 수면으로 솟구치려 안간힘을

쓸 때마다 물풀이 몸을 칭칭 감아 조이며 도로 흙바닥으로 끌어내렸다.

"진!"

116 수호의 마음

선유도 한강공원.

한강 한복판, 양화대교 사이에 있는 섬.

본래 봉우리 섬이었지만 일제 치하에서 암석 채취용으로 깎여나가 판판해진 뒤, 정수장으로 쓰이다가 2002년에 공원으로 개장한 곳이다.

물때가 남은 대형 콘크리트 구조물을 그대로 이용해 만든 산책로와 야외극장, 수생 식물원이 오밀조밀 이어져 있고, 입장료 없이 새벽부터 자정까지 운영한다.

은행나무는 잎이 아직 무성했지만 담쟁이와 연잎은 말라붙어 흔적만 남아 있다. 바람이 불 때마다 샛노란 은행잎이 눈처럼 내렸다.

수호는 동교로를 따라 밤새도록 걷다 한강공원에 이르렀고, 거기서 다시 한강 둔치를 따라 걷다 여기까지 왔다.

집에서 멀어지면 환각이 약해질까 싶어서였는데 소용이 없었다.

건물마다 거머리를 닮은 식물이 무성하게 뒤덮여 있었다. 식물은 꿈틀거리며 움직였고, 문득 시선을 두면 금색 눈을 뜨고 캬악 하는 소리를 냈다.

수호는 추우면 식물원에서 몸을 녹이다가 사람이 들어오

는 기색이 있으면 숨거나 나가는 척하며 공원을 서성였다. 저녁에는 쓰레기통 옆에 버려진 식은 컵라면 국물로 배를 채우고는 원형극장 벤치 구석진 자리에 달팽이처럼 웅크렸다.

극장은 원형의 저수지 구조물을 개조한 곳으로 물때가 선명했다. 이 공원 안은 외진 곳이라 그나마 한적했다.

억. 울. 해.

마음이 속삭였다.

거머리처럼 목을 타고 올라와, 끈적이는 피부를 문대며 속삭인다.

억. 울. 해.

✦

선유도공원이 내려다보이는 보행자 전용 육교인 선유교 위.

묘한 차림의 두 사람이 원형극장을 내려다보고 있었다.

한 사람은 검은 양복을 입은 키가 훤칠한 남자였고 다른 사람은 체크무늬 치마를 입은 중학생쯤 되어 보이는 깡마른 소녀였다. 소녀는 휠체어에 기댄 채 잠든 것처럼 보였다.

수다나와 스칸다.

스마트폰과 이어진 스칸다의 이어폰에서는 강한 비트의 메탈 음악이 쿵쾅거리며 울리고 있었다.

얼핏 보면 수다나가 주변을 감시하고 스칸다는 쉬는 듯했지만 그렇지 않다. 수다나는 현실을, 스칸다는 선유도공원의 심소를 감시 중이다.

심소에서는 중갑옷 차림의 스칸다가 난간에 올라타 수호

를 지켜보고 있었다. 이어폰을 꽂은 채로 들어왔기에 스칸다의 귀에는 음악이 쿵쾅거리며 울리고 있었다.

음악은 지루한 감시 시간을 견디게도 해주지만, 바깥의 시간을 가늠하는 척도이기도 했다. 과도하게 긴 시간만 아니라면 폰에 저장한 음악 순서로 시간 경과를 계산할 수 있었다.

스칸다는 이미 지난 전투에서 '저격수의 눈'으로 수호와 마음의 길을 이어놓았다. 그래서 바로 수호를 찾아냈지만, 정작 마음에는 진입하지 못하고 있었다.

〔어떻지요, 스칸다?〕

바깥을 감시하는 수다나의 질문이 스칸다에게 전해졌다.

"수호의 마음이 암흑에 둘러싸여 있어 시야가 어둡습니다."

마음이 칠흑처럼 어두웠다. 간혹 창과 창이 부딪치는 소리가 메아리치고 있어, 안에서 카마가 적과 싸우고 있음을 가늠할 뿐이다.

"마음의 벽은 다 부서졌고 두억시니가 안을 헤집고 있는 듯합니다."

역설적이지만, 지금 저 소년에게 카마도 없다면 마음이 지탱하지 못했을 것이다.

또한 역설적이지만, 두억시니가 저처럼 온통 마음을 휘감고 있지 않았다면 저 부서진 벽으로 온갖 잡스런 것들이 다 침범해 마음이 쓰레기장이 되었을 것이다.

"지금 수호의 마음에 진입하면 안전을 장담할 수 없습니다."

〔마음에 재난이 왔다면, 카마가 자연사할 가능성도 있겠군

598

요.〕

수다나의 답이 이어졌다.

〔카마 정화는 예정대로 2순위로 미루겠습니다. 주변에 사람이 사라지기를 기다린 뒤 접근하여, 1순위로 아이의 본령을 심소로 끄집어낸 다음, 퇴마 능력을 파훼하겠습니다.〕

"……대기하겠습니다."

스칸다는 문득 바닥이 찐득하다는 기분에 아래를 내려다보았다.

바닥은 갯벌처럼 뭉그러져 있었다. 아이들의 놀고 싶은 마음이 만든 자아自我, 구르는 작은 돌멩이 모양의 카마들이 찐득찐득한 바닥에 달라붙어 오도 가도 못하고 있었다.

두억시니가 이 구역의 모든 심소에 침범하고 있다.

심소의 영역은 지형지물의 영향을 받아 구역이 나뉘지만, 지금 두억시니의 영향력은 한강과 북한산으로 둘러싸인 구역, 마포구와 서대문구 일대까지 퍼져 나가고 있었다. 이미 경계는 한강 둔치까지 이르고 있다.

곧 서울을 다 삼킬 기세다. 이대로 놔두면 나라 전체까지. 재앙이 일어나도 이상하지 않은 상황.

'이런 일을 할 때가 아닌데……'

스칸다는 초조해졌다.

'아니, 이럴 때가 아닌 만큼 내 마음의 해방이 먼저다. 일의 순서를 바꿀 수는 없다. 내 임무가 아니라도 어차피 언젠가는 없애야 할 카마기도 하다.'

스칸다는 마음을 다잡으며 수호의 마음에 집중했다.

수호의 마음 안.

바루나는 황량한 우주 같은 암흑 속에서 홀로 창을 쥔 채 싸우고 있었다.

적막한 가운데 시끄러운 것은 제 마음의 동요뿐.

두억시니의 촉수가 벽을 뚫고 들어와 마음을 휘감고 있음은 알 수 있었지만, 어디서 공격해 올지는 청각과 촉각으로 판단할 수밖에 없었다. 몇 배나 집중해야 했고 피로는 몇 배나 빠르게 몰려왔다.

최소한 뒤를 내주지 않으려 바위산을 등지고 있었지만 등에 닿는 감각이 물컹했다. 예감이었지만 이제는 눈 덮인 바위산이나 들판의 형태마저도 무너지고 있을 것이다.

바루나는 마음을 무겁게 가라앉혔다.

불안마저 시끄러웠기에.

휘익. 바람 소리와 함께 공기가 흔들렸다.

바루나는 소리가 날아온 방향으로 창을 휘둘렀다. 적이 베였다는 것도 창에 닿는 감각과 소리로 알 수밖에 없었다.

그 사이에 무엇인가가 발목을 휘감았고 바루나는 창으로 제 발목을 찍어버릴 기세로 땅을 찍었다. 가래가 끓는 듯한 비명이 솟구쳤다.

그때 눈앞의 기운이 변했다. 살기가 음험하고 생생해졌다.

'또 다른 적인가.'

바루나는 불필요해진 눈을 감고 적의 기세를 몸으로 감지했다.

바루나스트라와 같은 창이 여러 개, 아니, 수십 개가 코앞에서 자라나고 있었다. 창술 훈련을 하듯 창을 회전하며, 원을 그리며, 높이 치거나 내리찍고, 직선으로 찔렀다가 제자리로 돌아온다.

바루나는 냉소했다.

"내 기술을 복사했는가."

바루나는 너덜너덜해진 코트 자락을 뜯어내버리며 창을 고쳐 쥐었다.

"덤벼라, 제자들아."

✦

부모와 함께 온 아이들이 작은 새소리를 내고 깔깔거리며 원형 벤치 저 끝에서 이 끝까지 뛰어다니며 놀고 있었다.

한 아이가 수호 가까이 다가왔다가 수호가 사람이라고 생각하지 못하고 툭 건드리고는 물컹한 촉감에 깜짝 놀라 물러났다.

수호는 아이가 건드렸는데도 꼼짝도 하지 않았다. 생기가 없다는 점에서 돌멩이와 다를 것이 없었다.

아이가 얼굴을 실룩거리다가 와앙, 울음을 터트리자 멀리서 사진을 찍던 엄마가 놀라 달려와 아이의 등을 떠밀고 힐끔거리며 사라졌다.

너. 는. 어. 차. 피. 돌. 이. 킬. 수. 없. 어.

바위처럼 꼼짝하지 않는 몸과는 달리 수호의 마음은 격렬하게 시끄러웠다.

'……어째서?'

미. 움. 받. 았. 으. 니. 까.

'고작 그것만으로……?'

그. 기. 억. 은. 영. 원. 히. 너. 를. 지. 배. 할. 거. 다. 너. 는. 고. 통. 에. 서. 헤. 어. 나. 올. 수. 없. 다. 영. 원. 히.

'영원히……?'

네. 삶. 에. 는. 아. 무. 희. 망. 도. 없. 어.

수호는 오른손을 붙든 채 꼼짝도 하지 않았다. 조금이라도 움직였다간 이미 통제를 잃은 몸이 무엇을 할지 몰라 두려운 것처럼.

"야, 여기서 뭐 하냐?"

얼마나 시간이 지났을까, 수호는 고개를 들었다.

밤이었다. 선유도공원이 닫히자 수호는 주변을 서성이다 다리 아래로 내려가 쓰레기봉투를 바람막이 삼아 웅크리고 있었다. 냄새는 나지만 그래도 푹신한 쓰레기봉투가 바람을 막아주었다.

간혹 차가 헤드라이트를 밝히며 지나가고 한강 둔치에서 세찬 바람이 불었다.

갖가지 짐승의 머리를 한 사람들이 자신을 둘러싸고 있었다.

모두 다섯.

말, 돼지, 소, 토끼, 쥐.

쥐 얼굴을 한 사람이 발끝으로 수호를 툭툭 건드렸다.

"너 여기서 뭐 해? 엄마가 지저분하다고 쫓아냈냐?"

반 친구들인가 아니면 지나가던 불량배들인가, 얼굴을 알아볼 수가 없었다. 말 얼굴을 한 사람이 옆에 앉더니 수호의 머리를 툭툭 쳤다.

"너 밥은 먹었냐?"

말 인간이 수호의 입에 뭔가 차가운 것을 들이밀었다. 수호는 입에 부어진 것을 정신없이 삼키다가 술이라는 것을 깨닫고 컥컥거리며 토했다.

"야, 시발 애한테 뭘 주는 거야."

"이 새끼 진짜 굶었나 보네."

"야, 너 노숙 처음 해보지?"

"너 구걸하는 법도 모르냐? 잘 때 앞에 바구니라도 놔두면 아침에 빵 값은 나와, 병신아."

"완전 초짜네. 귀여운데."

"십새야, 뭐 얼마나 길에서 잤다고 불쌍한 척하고 있어."

"멍청아, 설 수 있냐? 우리랑 가자. 우리 사는 데 있어. 일만 하면 잠은 재워줄게."

누군가가 수호의 팔을 우악스럽게 잡아 일으켰다.

지독히도 폭력적인 호의.

막연히, 이대로 얌전히 이들을 따라가면 어떻게든 살 수 있으리라는 생각이 들었다.

하지만 제 팔을 붙잡은 사람의 얼굴이 가까이 오자 수호는 소리를 지르며 팔을 뿌리쳤다.

"……뭐냐?"

한심스럽다는 듯한 목소리가 머리 위에서 들려왔다.

소 얼굴을 한 사람의 얼굴이 아버지로 변해 있었다.

붉게 물든 얼굴, 축 늘어져 풀린 눈, 균형이 무너진 채로 치켜 올라간 눈썹. 허공에 고정한 채 깜박이지도 않는 눈동자.

아버지는 모멸감을 참을 수 없다는 얼굴로 땅에 침을 탁 뱉더니 운동화로 침을 밟아 비볐다.

"꼴에 재냐? 뭐, 우리가 지저분해서 싫으냐? 내가 사람으로도 안 보여?"

수호는 필사적으로 고개를 저었다.

"이게 불쌍해서 거둬 먹이려고 했더니만. 우리가 뭐 짐승 같냐? 사람 같지 않아?"

수호는 손을 내저었다.

"어? 너 그거 손가락 뭐야? 욕하냐? 지금 나 욕하냐?"

수호는 황급히 손을 뒤로 감추었다. 아버지가 바지 뒷주머니에서 손칼을 꺼내어 툭, 칼날을 뺐다.

죽. 여.

마음속에서 음침한 소리가 속삭였다. 부서진 마음의 벽을 뚫고 악취를 풍기는 거머리가 마음의 바닥을 헤집어 들쑤셨다.

죽. 여.

아버지가 칼로 수호가 머리를 파묻은 쓰레기봉투를 그었다. 수호의 머리 위로 음식물 쓰레기며 오물 묻은 휴지가 우수수 쏟아졌다.

죽. 여.

저. 건. 네. 아. 버. 지. 야. 네. 가. 복. 수. 할. 사. 람. 이. 야. 괜. 찮. 아. 죽. 여.

"응? 내가 사람 같지 않아? 응?"

이번에 날아온 칼날은 다른 쓰레기봉투에 쿡, 하고 박혔다.

아버지가 칼을 당기자 등 뒤의 쓰레기봉투가 칼날에 딸려 나오는 바람에 수호의 등을 쳐 쓰러트렸다.

죽. 여.

다시 머리 위로 칼날이 날아들었을 때, 수호는 바루나의 움직임을 떠올렸다.

늘 피하지 않고 적의 움직임을 마지막까지 보며 방향과 속도를 파악하고 한 치 앞을 예측한다. 큰 팔을 휘두르면서…….

수호는 칼 손잡이를 주시했다.

상대의 속도와 자신의 속도를 생각해 칼 손잡이가 놓일 자리를 향해 팔을 뻗었다. 칼을 쥔 손이 수호가 뻗은 손아귀에 빨려 들어오듯이 잡혔다.

다음 순간, 칼은 수호의 손에 쥐어져 있었다. 늑대가 이빨로 낚아채듯이.

아버지의 눈에 분노와 함께 당황한 빛이 어렸다. 공포가 깃든 당혹감.

"뭐야? 너 뭐 하는 놈이야?"

죽. 여.

"시발 너 진짜 뭐야?"

죽. 여.

'싫어.'

수호는 고개를 저으며 칼을 떨어트리고 고개를 떨궜다.

'죽어도 싫어.'

무방비한 몸에 주먹이 날아왔다.

억. 울. 해.

억. 울. 해.

수호는 마음에 몰아치는 소리를 들으며 눈을 떴다.

수호는 잔잔한 호수에 누워 있었다. 거울처럼 맑고 바다처럼 큰 호수다. 몸이 그대로 비칠 만큼 투명하다. 수면에 꽃잎이며 초록 이파리가 유유히 흐르고 있었다.

어째서인지 가라앉지 않고 수면에 파문만 그린 채 떠 있었다.

일어나 둘러보니 울창한 전나무 숲이 호수를 둘러싸고 있었다. 하늘이 희어 호수도 눈처럼 희었다. 대기는 눈부셨고 바람마저 빛나는 듯했다.

'기절이라도 한 걸까. 차라리 다행이다……'

억. 울. 해.

왜. 나. 만. 이. 렇. 게.

수호가 마음에 몰아치는 말들을 한 귀로 흘려보내는데, 어디선가 흥얼거리는 소리가 들렸다.

익숙한 목소리. 수호는 소스라치게 놀라 벌떡 일어났다.

"마호라가?!"

저 멀리 호수 한가운데 잔잔한 파문이 일었다.

그곳에 누군가가 주저앉아 무엇인가를 쓰고 있다. 멀어서 흐릿했지만 한쪽 다리가 없는 것이 눈에 분명히 들어왔다.

수호는 허겁지겁 일어나 달려갔다. 수호가 발 디디는 자리를 따라 소금쟁이가 뛰듯이 파문이 따라왔다.

"마호라가!"

마호라가는 아이처럼 노래하며 나뭇가지로 수면을 끄적이고 있었다. 늘 입던 하늘하늘한 녹빛 도포 차림이었지만 도포 끝단이 잘게 찢어져 휴지 조각처럼 흩어지고 있었다.

"마호라가!"

수호는 허겁지겁 마호라가를 붙잡았다.

"괜찮아?"

퍼석, 하고 마호라가의 팔이 내려앉았다.

시든 나뭇잎을 쥐는 듯했다. 마른 밀가루 반죽처럼 마호라가의 팔에 균열이 나며 하얀 가루가 일어났다.

수호는 당황해서 물러났다.

마호라가는 놀란 눈을 했다. 이 사람이 누군지 한참 생각하는 듯하다가 이내 환하게 웃었다.

"수호,"

오랜만에 친구를 만난 듯한 반가운 목소리.

"잘 있었어?"

늙음.

몸이 아니라 영혼의 늙음.

수호는 마호라가에게 깃든 막막한 시간을 느꼈다. 우주처럼 광막한 적막. 아득한 세월.

고도로 집중하느라 시간의 흐름이 무한히 늘어나고 있다는 것을, 마호라가가 지난 사흘간 아득한 세월을 견디고 있었음을 깨달았다.

"마호라가,"

수호는 어찌할 줄 몰랐다. 마호라가의 손을 잡으려다가 또 부서질까 손을 내밀었다 물러났다 했다.

"미안해."

"응?"

마호라가가 눈을 동그랗게 떴다.

"뭐가?"

마호라가는 늙었고 동시에 어려져 있었다.

"미안해, 미안해, 미안해……."

마호라가는 또 아득한 기억을 떠올리는 얼굴로 잠시 생각했다가 또 아, 하고 손을 내저었다.

"아, 그거? 아, 뭐야. 아직도 마음에 두고 있었어? 네가 한 일 아니라고 했잖아."

마호라가는 꼭 전생의 일이라도 말하는 듯 손사래를 쳤다.

"아, 그렇지. 말 안 했구나! 나 그때 두억시니를 이기고 싶어서 너를 희생시키려 했었어. 바루나가 그걸 알고 막은 거야. 진짜 별일 아냐. 아니, 그러니까 내가 나빴지."

"난…… 그러려고 했어."

수호의 말에 마호라가는 말을 멈추었다.

"난 그러려고 했어……. 처음부터 그럴 생각으로 따라갔었는데……. 바루나가……, 바루나가…… 내 말을 안 듣고……."

마호라가는 나뭇가지를 내려놓고 일어났다. 휴지처럼 넝마가 된 도포가 가루처럼 흩어졌다.

"수호, 난 네 희생을 받을 자격이 없어."

"무슨 소리야……."

"너를 희생시키려고 했으니까."

마호라가는 쑥스러운 듯 웃었다.

"그 마음을 먹었을 때 나는 승리할 자격을 포함해서 모든 것을 잃었어. 부디 마음 쓰지 마라."

그리고 도로 주저앉아 나뭇가지로 수면을 톡톡 건드렸다.

마호라가의 나뭇가지 끝에서 하얀 파문이 일었다. 휴지처럼 넝마가 된 도포가 가루처럼 흩어졌다.

마음이 온전치 않은 걸까.

그러고도 남지. 아무리 마호라가라지만 두억시니 안에 사흘이나 있었다. 아니, 시간의 왜곡을 생각하면 훨씬 더 아득한 시간 동안. 다른 사람이라면 접촉하는 것만으로도 완전히 정신이 나갔을 것이다.

수호는 문득 주위를 둘러보았다.

"여긴 어디야? 두억시니의 몸속이야?"

"글쎄. 내 마음속일까…… 아니, 나는 내 마음을 떠나 있으니까. 내 꿈속일까."

마호라가가 아리송하게 답했다.

"내가 꿈을 꾸는 건가?"

"그럴 수도. 우리가 아직 마음이 이어져 있으니, 나도 의식을 잃고 너도 의식을 잃은 김에 마음이 겹친 모양이다."

수호는 마호라가의 시선을 따라 호수를 보았다.

마호라가가 나뭇가지로 수면에 그린 궤적을 따라 파문이 일고 있었다. 어떻게 하는지 모르겠지만 수면 위에 그렸는데도 물이 흩어지지 않고 글자가 파인 채 남아 있었다. 꼭 흙에 쓴 듯이.

나찰이라는 퇴마사가, 아트만을 가진 퇴마사는 마음 전체를 다스릴 수 있다고 했다.

그러면 마호라가는 이곳의 사물을 다 마음대로 조종할 수 있을 거다. 마음 전체가 마호라가의 몸이나 다름없으니까.

글씨는 여러 번 겹쳐 써서 어지럽게 섞여 있는 데다 한자도 있어서 알아보기 힘들었다.

"뭐 쓰고 있어?"

"네 소원."

마호라가는 다시 또 모르는 한자를 그 위에 썼다.

"그리고 광목천의 소원."

마호라가가 쓴 글씨가 수면 위에서 하얗게 빛났다.

광목천.

아, 또 그 사람 생각하는 건가.

"광목천의 소원은, **타락한 퇴마사를 절멸할 힘을 갖는다.**"

마호라가가 입을 열어 말하자마자, 수호의 머릿속에 환영이 떠올랐다.

기억인지 환각인지 알 수 없는 영상.

긴 생머리를 휘날리며 눈처럼 새하얀 갑옷을 입은 남자가 눈앞에 서 있었다. 바루나와 비슷한 느낌이지만 몸집이 더 컸고, 바루나보다 더 나이가 들어 보였다.

넘실거리며 불타는 공간이었다. 건물도, 나무도, 자동차도 화염에 휩싸여 있다. 살이 녹아내릴 듯 뜨겁게 타는 곳이다.

그리고 눈앞에 태양처럼 타오르는 화염이 그 남자를 내려다보고 있었다. 그 화염을 바라보며 바루나를 닮은 사람이 말한다.

자기 소원을.

타락한 퇴마사를 절멸할 힘을 갖는다.

"그리고 네 소원."

그 밑에 쓰인 글자들이 하얗게 빛나며 떠올랐다.

"너는 긴나라를 가리키며 말했겠지. **너를 죽인다.**"

영상이 변했다. 이번에는 얼어붙을 듯한 눈밭이다.

뼈를 저미는 세찬 바람.

그리고 눈앞에 있는 것은 깃털 옷을 입고 피에 젖은 세 장의 흰 날개를 단 긴나라다. 더해서 수호의 등을 찍어 누르는 것은 악취를 풍기는 괴물, 두억시니.

"그리고 너와 같은 것을 다."

「너와 같은 것을 다.」

마호라가가 두 손을 휙 들자 글자가 연기처럼 공중에 떠올랐다. 마호라가는 실을 잣듯이 허공에서 손가락을 움직였다. 손가락이 지나갈 때마다 글자가 자리를 바꾸었다.

"그런데 역시 둘은 다른 소원이란 말이지."

마호라가는 서로 섞이는 글자들을 손으로 톡톡 건드렸다. 마호라가가 손으로 건드릴 때마다 글자들이 간지러운 듯 바르르 떨었다.

"계속 생각하는데도 모르겠어. 그런데 어째서 같은 카마가 태어났을까?"

"긴나라가 퇴마사였으니까……."

수호가 음울하게 말했다.

"바루나가 '긴나라와 같은 것'을 퇴마사라고 믿고 있나 봐. 그러면 광목천의 소원과 이어지지."

"그게 가장 간단한 설명이겠지만……."

마호라가는 뭔가 해소되지 않았다는 듯이 선혜처럼 손톱을 아작였다.

"이렇게 긴 세월이 지났는데도 나는 여전히 광목천이 왜 그런 소원을 빌었는지 모르겠어. 아무리 타락한 퇴마사라지만 퇴마사를 절멸할 힘이라니……. 기왕에 소원을 빌 바에야 왜 마구니나, 카마의 절멸을 빌지 않은 거지?"

"……그런 소원은 마구니가 안 들어줄 테니까."

"하긴 그렇지."

무심결에 답하던 마호라가가 멈칫했다. 멈칫한 채로 한참 허공을 보다가 수호를 보았다.

"지금 뭐라고 했어?"

"응?"

"조금 전에, 뭐라고 했어?"

"어……? 그러니까, 마구니가 그런 소원은 들어주지 않을 거라고?"

"……왜 그런 생각을 했어?"

마호라가는 진지했다. 수호는 당황해서 열심히 머리를 굴렸다.

"그야, 누가 자기를 절멸하겠다는 소원을 들어주겠어……? 나 같으면 너 뭐냐, 하고 그냥 떠나거나, 그런 카마는 생기자마자 없애버리겠어. 게다가 마구니는 카마를 많이 모으고 싶어 하는데, 카마의 절멸 같은 소원도 들어주지 않겠지."

마호라가는 침묵했다.

"어…… 내가 이상한 말을 했어?"

"아니."

마호라가가 답했다.

"네가 그런 생각을 했다면 광목천도 같은 생각을 했을지 모른다 싶어서."

"……그러면?"

마호라가는 잠시 생각하다가 고개를 설레설레 저었다.

"잘 모르겠네. 사실 나 지금 생각이 잘 되지 않아. 머릿속도 흐릿하고, 나쁜 소리도 너무 많이 들리고……. 그래도 계속 이러다 보면 알게 될지도 모르지."

마호라가는 호수 위에 털썩 다리를 펴고 앉았다.

"어서 가. 나는 두억시니 안에 있고, 여기 있다가는 너도 위험해질지 몰라. 얼른 네 세상으로 돌아가야지."

"돌아가서 뭘 하는데?"

"글쎄."

마호라가는 생각에 잠긴 듯 눈을 굴렸다.

"살아야지. 너 아직 살날이 많잖아."

허무한 말이었다.

"너는?"

마호라가는 아직 몰랐냐는 듯 눈을 깜박였다.

"어? 말 안 했나? 나 못 나가."

"……."

"괜찮아, 수호. 처음 죽어보는 것도 아니고. 저번 생에도 비슷하게 죽었었어."

"……진씨는……?"

마호라가는 다시 또 진이 누구였던가 하는 얼굴을 했다. 그러다 고개를 주억거렸다.

"음, 슬퍼하겠지. 한 생에 두 번이나 나를 잃으면."

마호라가는 생각이 났는지 "아!" 하고 손가락을 들어 올렸다.

"내가 죽으면 진의 아난타가 폭주할 수도 있어. 전에도 그럴 뻔했거든. 그래서 그때는 진이 아난타를 봉인할 수 있게 해놨어. 행여라도 너한테 불똥이 튀지 못하게."

어디 찬장에 먹을 것 감춰놨다는 듯한 말투였다.

마음이 무너질 것 같았다. 이미 무너질 대로 무너졌지만.

"……자기 카마 없애는 거……."

수호는 더듬거렸다.

"진짜 힘든 일이야……."

"그걸 내가 모르겠니. 그래도 어쩔 수 없어. 진도 퇴마사니까."

마음이 아렸다. 수호는 가슴을 쥐어뜯었다. 숨이 가빠졌다.

만약 처음부터 내가 욕망을 품지 않았더라면.

내 카마가 자리 잡기 전에 마호라가가 정화한다고 했을 때 저항하지 않고 받아들였다면. 금강이나 긴나라가 바루나를 없애려 했을 때라도 받아들였다면.

"마음이 너무 아파……."

수호는 울먹이며 말했다.

"이제 알 것 같아. 아버지도 그래서 그랬던 거야. 자기가 잘못했다고 생각하느니 자기 옆에 있는 사람이 잘못해서 그렇게 됐다고 믿고 싶었던 거야."

"수호……?"

마호라가 고개를 들었다.

"잘못했다고 생각하는 것이 이렇게 아픈 줄 몰랐어. 그 어떤 싸움에서 다쳤을 때보다 더 아파."

"수호."

"그래서 아버지는 자기가 잘못했다는 사실을 받아들일 수 없었고 대신 내가 잘못했다고 믿으려 했나 봐. 자기가 잘못했다는 사실을 떠올릴 때마다 죽을 것 같았을 테니까. 아침마다, 밤마다, 자기 잘못을 생각하는 아픔을 견디느니 남 탓을 하는 게 몇 배는 편했을 테니까. 이제야 아버지를 이해할 것 같아……."

"수호……!"

마호라가 일어났다. 손에서 나뭇가지가 길게 자라나 목발 모양이 되었다. 하얗게 색이 바랜 도포가 휴지 조각처럼 흩날렸다. 새하얀 호수의 수면 위로 바람이 불어 잔물결이 일었다.

수호는 얼굴을 감쌌다.

"네가 다치는 모습이 계속 떠올라. 아난타가 내 검에 꿰이는 모습이 계속 떠올라. 이 풍경만 사라지게 할 수 있으면 뭐라도 할 수 있을 것 같아. 이제야 아버지를 이해할 것 같아……."

"……수호."

"하지만 그러면 안 되겠지?"

수호는 눈물을 닦으며 말했다.

"아무리 아파도 난 이 아픔을 계속 갖고 가야 해. 내가 잘못했으니까. 다른 누가 한 게 아니라 내가 했으니까. 그렇지? 잘

못까지 했는데, 최소한 내 탓이라는 것은 받아들여야지. 그렇지?"

호수가 파문을 그렸다.

수면을 찰박이는 소리. 목발이 땅을 짚는 소리, 팔에 무게를 실어 몸을 들었다가 도로 목발로 땅을 딛는 소리.

다가온 마호라가가 수호의 손을 쥐었다. 단단한 마호라가의 손을 맞잡으니 제 손이 덜덜 떨리는 것을 실감할 수 있었다.

"사람은 대개 자기가 한 잘못을 기억하지 못한다……."

마호라가가 말했다.

"잘못을 기억할 만큼 강하지 못하기 때문에."

지금 상황에 맞는 말이라기보다는, 마호라가가 언젠가 들었던 말을 떠올리고 중얼거리는 듯했다.

"사람은 제 잘못을 받아들이지 못한다……. 그럴 만큼 강하지 못하기 때문에. 하지만 그건 사람이 약해서가 아니다."

마호라가가 말을 이었다.

"제 잘못이 일으키는 마음의 풍파가 그토록 강렬해서다. 잔인한 재해처럼 풍파를 일으키고 마음을 칼로 들쑤시고 헤집어 피를 흘리게 한다."

"……."

"네가 예전에……, 아니……."

마호라가는 잠시 입을 다물었다.

"내 스승님, 광목천이 해주신 말이다. 너는 강한 사람이다, 수호, 진심으로 존경한다."

마호라가는 기사가 주군에게 하듯이 경건한 자세로 수호의 손등에 입을 맞추었다.

118 파문 의식

수호는 마호라가를 마주 보았다.

마호라가는 늘 마음에 고대의 시간을 품고 있는 듯했다. 그래서 시시때때로 마음에 품은 고대의 세월을 풀어놓아 주변을 먼 옛날로 되돌리는 듯했다.

그러면서 말하는 듯했다. 너는 네 기억보다 오래된 사람이라고. 네가 지금 아는 것보다 더 많은 것을 품은 사람이라고. 그만큼 중요한 사람이라고.

"그럼 뭐 해."

수호가 입을 삐죽이며 투덜거렸다.

"내가 강하고 말고가 무슨 상관이야. 너는 여기 있고 곧 죽을 텐데."

"그러네."

마호라가는 남 일처럼 말했다.

"그럼 나를 구하러 와야겠네, 수호."

마호라가는 또 남 일처럼 말했다. 바람이 불자 마호라가의 몸이 파스스 흩어졌다.

"네가 두억시니를 물리쳐주면 나는 나갈 수 있어."

대꾸할 말도 없었다. 수호는 힘없이 웃고 말았다.

"두억시니를 물리치는 방법은 알려줬지? **너를 모멸한 사람**

617

외에는 아무도 모멸하지 마라."

수호는 불만스러워했다.

"그건 그냥 말이잖아."

"말이지."

"말로 뭘 하라고? 가서 설득해? 앞으로 착하게 살라고?"

"두억시니도 결국 '마음'이다. 바루나나 아난타처럼."

마호라가가 수호의 등을 토닥였다.

"아무리 많은 집단 의식이 모여 만든 마음이라 해도, 마음은 마음이야. 마음을 이기는 것은 언제나 마음이다. 나는 방법을 찾지 못했지만 너는 찾을 수 있을 거야. ……언젠가는."

언젠가는.

나이가 들어서? 어른이 되어서? 다음 생애에? 몇 생애 뒤에?

하지만 너는 지금 죽는다.

나는 도저히 그 안에 방법을 찾을 수도 없고, 하루 이틀 사이에 수련해서 힘을 키울 수도 없겠지.

너는 그게 아무렇지도 않겠지.

너는 다시 태어날 테니까. 다음 생애나 천 년쯤 뒤의 일을 며칠 뒤의 일처럼 말할 수도 있겠지.

하지만 나는 그런 것 모른다.

나는 다시 태어날 수 없고, 내 생은 하나뿐이다. 지금 할 수 없는 일은 다시는 할 수 없다.

「아무도 모멸하지 마라.」

"난 지금 그것도 못 해."

수호가 답했다.

"나 지금 모든 사람이 아버지로 보여."

마호라가의 눈이 흔들렸다.

"모든 사람이 다 아버지로 보이는데, 나를 모멸한 사람과 모멸하지 않은 사람을 어떻게 구분해?"

"……."

"모든 사람이 다 똑같아 보여. 나는 눈에 띄는 모든 사람과 싸우거나, 죽은 사람처럼 아무하고도 싸우지 않거나, 둘 중 하나밖에 못 할 거야. 하지만 난 둘 다 못하겠어. 둘 다 못하겠는데, 그 둘 중 하나만 선택해야 한다면, 난 어째야 하지?"

"……."

"아버지와 다른 사람을 구분하는 것, 엄청 쉬운 일이라고 생각했는데 그게 아니었어. 어째야 할지 모르겠어."

억. 울. 해.

어디선가 소리가 들려왔다.

왜. 나. 만. 이. 런. 일. 을.

"수호."

마호라가가 수호의 손을 잡은 손에 힘을 주었다. 타는 듯 뜨거웠다.

"소리가 들리지?"

억. 울. 해.

"응."

수호는 고개를 끄덕였다.

"네 귀에 소리가 들리면, 그것은 네가 아니다……."

마호라가가 말했다.

"기억해야 해, 수호."

그리고 마호라가의 모습이 희미해졌다. 잔잔하던 바람이 거칠어지기 시작했다.

수호는 자신이 마호라가의 마음에서 떠나 자신의 마음속으로 되돌아가고 있다는 것을 깨달았다.

미풍은 강풍이 되고 이어 폭풍이 되었다. 새하얀 하늘이 우중충해지고 천둥이 치더니, 장대비가 몰아치고 진눈깨비가 내리다가 이내 눈보라가 몰아쳤다.

곰팡이가 나고 썩은 마음의 벽에서 거머리들이 비집고 들어왔다. 미끌미끌하고 꿈틀거리고 축축한 것들이.

거머리가 시야를 가득 메우고 수호를 향해 덮치려는 순간 수호는 퍼뜩 깨어났다.

✦

"한수호."

소리.

사람의 말소리. 이름.

자기 이름이라는 것을 깨닫는 데 시간이 걸렸다.

"한수호, 일어나라."

저승사자 같은 음산한 목소리다.

터진 쓰레기봉투에서 나는 고약한 냄새가 진동했다.

아까와 마찬가지로 양화대교 아래 차도였다. 동물 머리를 한 사람들은 보이지 않았다.

조금 뒤에야 저만치 떨어진 곳에 어수선하게 모여 있는 모습이 눈에 들어왔다. 아까 눈이 뒤집혀 칼을 휘두르던 아버지가 그 사이에서 웅크린 채 벌벌 떨고 있었다.

"이 시키, 왜 이래?"

"발작 왔나 봐. 뭐 귀신 봤나? 야, 정신 차려! 뭐 하냐?"

"시발 창피하다. 어디 좀 끌고 가라."

누군가가 카마를 퇴마했으리라는 생각이 어렴풋이 들었다. 그건 여기 퇴마사가 있다는 뜻.

눈앞에 선 사람도 아버지의 얼굴이었다. 음침한 눈으로 자신을 내려다보고 있다.

키가 장승처럼 훤칠했고 검은 두루마기를 걸치고 있다. 손에는 쇠사슬로 걸어놓은 향로를 들었는데, 향로에서는 투명한 뱀처럼 보이는 연기가 솟아올랐다.

뱀의 몸에는 뼈대 대신 실 같은 것이 있고, 뱀의 머리 부분에는 두개골 대신 실에 꿰인 바늘이 있다. 몸에 실을 품은 눈 없는 뱀이 향로에서 연기처럼 솟아올랐다가 흩어진다.

공. 격. 해.

마음 어딘가에서 음침한 소리가 속삭였다.

저. 건. 아. 버. 지. 야. 공. 격. 해.

널. 해. 치. 러. 왔. 어.

수호는 꼼짝하지 않았다.

만약 내가 눈에 띄는 모든 사람을 해치거나, 누구에게도 저항하지 못하거나, 둘 중 하나밖에 선택할 수 없다면, 내가 선택할 길은 하나뿐이다.

'누구에게도 저항하지 않는 쪽을 선택할 수밖에.'

그리고 그렇게 사는 건 너무 힘들 테니, 살 수 없으리라는 확신이 섰다.

아직 나는 열다섯 해밖에 안 살았으니, 어쩌면 앞으로 칠십 년쯤은 더 살아야 할지도 모르니까.

그걸 다 어떻게 살아내란 말인가.

하루도 못 견디겠는데.

죽고 싶지는 않지만,

남은 수명이 숨 막히게 아득해서 어쩔 수 없을 것만 같았다.

내가 쉰 살이나, 아니, 마흔 살, 아니, 서른 살만 먹었어도 어떻게든 견뎌보겠는데. 지금은 도저히 못 견뎌.

앞날이 너무 창창해서. 그래서 사막처럼 아득해서.

수호가 몸을 웅크리자, 아버지의 얼굴을 한 사람이 수호의 멱살을 잡아 높이 들어 올렸다.

수호는 더러운 물과 찐득한 진흙으로 채워진 낮은 저수조에 내던져졌다.

"수질정화공원"이라는 팻말이 붙은 콘크리트 저수조가 격자 모양으로 다닥다닥 이어진 곳이다. 수생식물을 키워 더러운 물을 정화하는 곳.

저수조는 연잎이 가득한 것이, 6월 즈음에는 연꽃으로 화사했을 듯했다. 지금은 물은 거의 말라붙고 썩은 연잎이 쌓여 생겨난 진흙과 웃자란 갈대뿐이었다.

밤이었다.

문이 닫힌 선유도공원은 무덤처럼 고요했다.

물때가 가득한 콘크리트 저수조만이 사방에서 밤하늘 아래 무겁게 침묵하고 있었다.

눈앞에는 또 다른 아버지가 휠체어에 앉아 있었다. 표정이 없었고 체크무늬 치마 교복을 입은 차림이었다.

"한수호,"

뒤에서 수호를 내던진 다른 아버지가 말했다.

"카마 바루나의 주인, 너와 타락한 신장 마호라가의 헛짓으로 심소의 균형이 깨졌고 이 나라 전체가 위험에 처했다."

수호는 진흙 구덩이에서 겨우 몸을 일으키며 그 말의 뜻을 생각하려 애썼다.

"교단은 너희들이 친 사고를 수습하느라 큰 희생을 치르고 있다. 네가 더 이상 사고를 치지 않도록, 나한 수다나가 신장 금강의 명으로 네 퇴마의 힘을 회수하는 의식을 치르겠다."

수호는 한참 만에야 뭘 하겠다는 것인지 이해했다. 수호는 제 오른팔을 보았다. 그리고 굳어 움직이지 않는 손가락을.

내 검.

내 간디바.

"네 악행을 거두는 자비에 감사하라. 다시는 성스러운 전쟁에 분탕을 치지 못하리라."

〔수호.〕

마음속에서 낮은 목소리가 들려왔다.

오랜만에 들리는 소리.

차가운 심해처럼 깊이 가라앉은 목소리. 현실보다 더 거칠게 몰아치는 마음속 눈보라가 느껴졌다.

캄캄한 암흑 속에서 홀로 싸우는 바루나의 모습이 떠올랐다. 이쪽을 보지 않고 돌아서 있었지만 마음을 느낄 수 있었다.

〔달아나라.〕

무심한 목소리.

제 말을 들어주거나, 하다못해 들리리라는 기대도 없는 말투. 그래도 포기할 수 없다는 태도.

〔어서.〕

공. 격. 해.

마음 어딘가에서는 다른 소리도 들려왔다. 끈적이고 질척이는 목소리.

죽. 여.

"마음을 어지럽히는 카마의 목소리에 괴로워하는가."

등 뒤에서 경멸 어린 목소리가 이어졌다.

눈앞에 있는 교복 차림의 아버지는 휠체어에 앉은 채 한 줌의 자비도 없는 눈으로 자신을 응시하고 있었다.

"그것이 네 번뇌다. 저항 없이 순순히 파문을 받아들이면 자비심으로 네 카마도 같이 치료해주마."

〔수호.〕

체념마저 담긴 바루나의 목소리.

〔제발, 달아나라.〕

"만약 저항하거나 달아나려 든다면, 그만큼 다음 생애에서 마호라가의 처분이 더해질 것이다."

수호는 넋을 놓은 채 진흙 바닥을 응시했다. 머리에서 썩은 진흙이 툭툭 떨어졌다.

'알량한 협박이로군.'

스칸다는 생각했다.

'누가 이런 바보 같은 말에 넘어갈까.'

저 애의 무기. 단 한 번 보았지만 상식을 아득히 초월하는 것이었다.

도저히 나한의 무기라고 볼 수 없었다. 신장……? 아니, 그 이상이었다. 제대로 쓸 줄 모를 뿐. 천왕에 필적하는 위력이었다.

'전장 그 자체를 소멸시키는 무기.'

퇴마사라면 몇십의 생을 내놓고라도 탐낼 만한 무기였다. 가질 수만 있다면 모든 것을 내놓을 법한 것. 무수한 수련을 하고 기나긴 고행의 삶을 견뎌야 겨우 얻을까 말까 한 무기.

그런 것을 이런 알량한 말에 넘어가 간단히 내줄 리가 있겠는가.

수다나도 기대하고 하는 말은 아닐 터.

'결투는 어차피 피할 수 없을 것이다. 마음이 엉망인 만큼 제압하기는 쉽겠지만.'

수호는 오른손을 한참 내려다보다 앞으로 내밀었다.

수다나에게 내밀어야 했겠지만, 어째서인지 수다나와 자신을 구분하지 못하는 눈이었다.

결의도, 하다못해 각오마저도 느껴지지 않았다. 허무하리만치 고요했다. 스칸다는 당황했다.

"저항 안 할 테니까…… 마호라가는 용서해주세요……."

수호가 말했다.

"저항 안 할 테니까…… 달아나지도 않을 테니까……."

"태도가 변했군."

수호의 귀에 수다나의 목소리가 들려왔다.

"고분고분해진 것만은 칭찬해주마. 계기라도 있었는가."

"내 카마 바루나가······."

수호가 더듬더듬 말했다.

"바루나가 마호라가를······ 마호라가를 죽이려 했어요······."

무거운 침묵이 팔에 내리꽂혔다. 얼음산에서 홀로 싸우던 바루나의 몸이 경직되는 듯했다.

"나는······ 퇴마사가 될 자격이 없어요. 다 필요 없으니 가져가세요. 어서······."

그 말을 끝으로 수호는 의식을 잃었다.

✲

너. 는. 망. 가. 져. 야. 해.

'망가져야 한다'니, 그건 또 신선한 소리였다.

'······그건 또 어째서야?'

수호는 마음의 소리에 되물었다.

네. 가. 훌. 륭. 한. 사. 람. 이. 된. 다. 면.

네. 아. 버. 지. 는. 너. 를. 때. 려. 서. 사. 람. 만. 들. 었. 다. 고. 하. 고. 다. 닐. 거. 야.

아,

미친,

그것만은 싫다.

진짜 싫다.

공. 익. 을. 위. 해. 너. 는. 망. 가. 져. 야. 해.

'그래, 그거 말이 되네.'

네. 아. 버. 지. 가. 얼. 마. 나. 잘. 못. 된. 사. 람. 인. 지. 세. 상.

에. 알. 리. 기. 위. 해.

네. 아. 버. 지. 처. 럼. 아. 이. 를. 키. 우. 면. 안. 된. 다. 는. 사.
실. 을. 알. 리. 기. 위. 해.

'그러네. 내가 망가져야 부모들이 다른 애들을 아버지처럼
안 키우겠지.'

그 사람이 벌은 안 받아도 자식 잘 키웠다고 칭찬받는 일만
은 없게 만들어야지……

다. 른. 아. 이. 가. 그. 런. 짓. 을. 당. 하. 지. 않. 게.

응, 다른 아이들을 위해서.

네. 가. 나. 쁜. 사. 람. 이. 되. 면.

네. 아. 버. 지. 를. 벌. 할. 수. 있. 어.

너. 를. 잘. 못. 키. 웠. 다. 며. 후. 회. 하. 게. 될. 거. 야.

'그래, 그럼 정말 기분 좋겠다……'

"아냐."

어디선가 마호라가의 목소리가 들려왔다.

"수호, 너는 결과가 아니야."

'아아, 또 이해할 수 없는 소리.'

"사람은 제 삶을 인과로 엮으려고 해. 안 그러면 이 엉망진
창인 삶을 이해할 수 없으니까."

'몰라, 그런 것……'

"내가 무엇 때문에 이 모양이 되었는지 이해하고 싶어서,
계속, 계속 이유를 찾는다."

'무슨 소리야……?'

"아마도 누구에게 미움받아서, 괴롭힘당해서, 누가 나한테
나쁜 짓을 해서, 누가 내 것을 빼앗아서 이렇게 되었다고. 하

지만 그렇지 않아. 삶에는 인과도 없고 맥락도 없어. 우리의 존재는 우연이다."

'무슨 말인지 모르겠어……'

"인과가 있다면 네가 시작이다. 지금 네가 네 앞날의 이유며, 원인이며, 처음이다."

마호라가의 목소리가 멀어져갔다.

"네가 처음이다, 수호. 부디…… 끊어내라."

119 달아나!

눈을 떴을 때 수호는 낯선 곳에 있었다.

선유도의 심소.

수호는 화사한 연꽃이 가득 핀 저수조의 야트막한 물에 반쯤 잠긴 채 누워 있었다.

지형은 아까의 선유도 그대로였지만 어쩐지 훨씬 더 옛날처럼 느껴졌다.

콘크리트 저수조는 나무통으로 변해 있었고, 양화대교와 선유교는 흙과 소나무 잔가지로 만든 섶다리로 바뀌어 있었다. 은행나무 숲은 훨씬 더 크고 무성해서 마치 타오르는 황금빛 불꽃처럼 보였다.

주변은 모두 야트막하게 물에 잠겨 있었다. 한강이 범람해 섬을 덮은 것처럼.

저수조 난간에 검은 도포를 입은 수다나가 저승사자처럼 서 있었다. 그나마 여기서는 얼굴이 아버지로 보이지 않았다. 수호는 무의미하게 안도했다.

수다나가 향로를 좌우로 흔들자 향로에서 살아 있는 뱀의 모습을 한 하얀 연기가 피어올랐다.

뱀의 투명한 머리에는 바늘이 비쳐 보였다. 바늘귀에는 실이 꿰어져 있었다. 마치 바늘 모양의 두개골에 실 모양의 척

추를 가진 실뱀처럼 보였다.

"팔을 들어라, 수호."

수호는 무력한 항변의 눈빛을 보냈지만 수다나는 냉랭한 눈길만 돌려줄 뿐이었다.

〔수호.〕

멀리서 바루나의 마지막 애원이 들리는 듯했다.

수호는 팔을 들었다.

연기로 이루어진 하얀 뱀이 수호를 향해 조용히 날아와 손을 에워쌌다. 여러 개의 바늘이 피부를 콕콕 건드렸다. 그중 하나가 머리를 비집고 손등을 꿰뚫었다.

'아파……'

꿰뚫린 자리가 불이 지나가는 듯 뜨거웠다.

수호가 숨 쉬느라 몸을 움찔움찔할 때마다 팔을 꿰뚫은 실이 근육을 조였다. 실이 팔을 빠져나오더니 다시 다른 자리를 뚫고 지나갔다.

"……"

수호는 눈을 감았다.

뜨거운 실이 손등을 찌르고, 신경을 나누고, 뼈를 통과해 피부를 뚫고 빠져나갔다. 통과한 자리에서 황금빛 싸라기가 톡톡 떨어졌다.

'마호라가……'

수호는 어서 끝나기만을 바라는 동안에도 생각했다.

'미안해, 이제 나는 정말 너를 구할 수 없게 되었네.'

하지만 이 힘이 있으나 없으나 어차피 나는 너를 구할 수 없다.

그러면 이딴 힘, 갖고 있어봤자 쓸모도 없다.

「두억시니를 물리치려면.」
마호라가의 말이 마음속에 울려 퍼졌다.
「네게 모멸을 준 사람 외에는.」
「아무도.」

'말했잖아. 안 된다니까, 마호라가.'
수호는 생각했다.
'나는 이제 누가 아버지인지 구분할 수 없어.'
뭘. 고. 민. 하. 지.
마음의 소리가 속삭였다.
모. 두. 에. 게. 복. 수. 하. 면. 되. 지.
'모두에게?'
수호는 아픔으로 정신이 몽롱한 가운데 되물었다.
네. 가. 받. 은. 그. 대. 로.
네. 게. 모. 멸. 을. 준. 사. 람. 에. 게. 모. 멸. 을. 돌. 려. 줘.
문득, 예전에 몇 번 이런 유혹에 시달렸던 기억이 떠올랐다.
하지만 이쯤에서 짜증 내며 꺼지라고 화를 내던 다른 목소리가 이제는 들리지 않았다.
어. 차. 피. 모. 든. 사. 람. 이. 네. 아. 버. 지. 니. 까.

✦

밤이 내려앉은 선유도.

스칸다는 헤드폰을 목에 건 채 불편한 기분으로 수다나와 수호를 지켜보고 있었다.

'왜 이런 짓을 해야 하지?'

계속되는 질문.

수다나는 물탱크 앞에 정좌를 한 채 명상에 들어갔고, 수호는 의식을 잃은 채 진흙탕 속에 누워 있었다.

'이미 모든 것을 잃은 아이다. 더 빼앗아서 뭘 한단 말인가? 단순한 괴롭힘일 뿐이지 않은가?'

물론, 카마 바루나를 제거하려면 우선 방해물인 이 아이의 힘을 제거해야 한다.

논리에 문제는 없다.

어차피 내가 임무에서 해방되지 못하면 저 수다나와 금강을 말릴 수 없다. 그들이 타락한 이상, 협조하는 퇴마사가 얼마나 더 있을지 모른다. 다른 퇴마사는 믿을 수 없으니 내 해방이 무엇보다도 급선무다.

어쨌든 저 아이도 고분고분 따르고 있지 않은가. 본인이 받아들인 일을 어쩌란 말인가.

수호가 퇴마의 힘을 잃으면 영혼의 힘은 약해질 것이고, 마음의 격랑도 웬만큼 가라앉을 것이다. 그때 기회를 노리다가, 바루나가 싸우다 기력을 다 잃었을 때 정화하면 된다.

문제는 없다…….

순간, 섬뜩한 것이 마음을 침범했다.

'뭐지?'

스칸다는 급히 주변을 살폈다.

여전히 스칸다는 수호의 마음에 눈을 두고 있었다. 깊은 암흑뿐이라 상황을 파악하기는 어려웠지만, 전에 없던 묵직한 진동이 느껴졌다.

지금까지와는 다른 진동.

수호의 마음에서 카마 바루나의 기척이 느껴지지 않았다. 싸움 중에 잠시 물리적으로 소멸했거나 전투 불능이 된 듯했다.

'그러면 지금 저 애의 마음을 지배하는 소리는 두억시니뿐인가…….'

위험 신호.

'마음이 완전히 망가졌을 가능성이 있다.'

마음 안에서 수호는 우리의 상대가 되지 않는다. 하지만…….

'마음 바깥이라면?'

만약, 수호가 수다나보다 먼저 깨어나 난동을 부린다면?

평상시라면 마음 안에서 싸우는 역할은 스칸다 몫이었고, 밖에서 몸을 지키는 역할은 수다나의 몫이었다. 스칸다는 신체 능력만 따지면 나한 중에서도 가장 약한 축에 속했으니까.

'수호는 훈련이 덜 된 퇴마사. 마음 바깥에서는 싸우지 않는다는 금기도 없다. 아니, 제정신이라도, 상황을 생각했을 때 나를 공격해도 이상하지는 않다…….'

예감일 뿐이면 좋겠지만 만약 상황이 발생한다면?

그때였다.

갑자기 누군가가 스칸다의 눈앞에 새우깡 봉지를 쓱 내밀었다. 예상치 못한 상황에 스칸다의 생각이 정지했다.

스칸다가 새우깡 봉지의 오동통한 새우 그림을 한참 보다가 돌아보니 부단나가 봉지를 들고 서 있었다.

마음 안에서야 어른이지만 현실에서는 열한 살짜리 어린

애일 뿐인 부단나였다.

"어떻게…… 오셨습니까?"

"이, 일이 잘되어가나 보려고. 배 안 고파? 과, 과자 먹고 할래?"

부단나가 평상시답지 않게 말을 더듬었다. 불안감이 두 배로 솟구쳤다.

부단나는 끙끙대며 새우깡 봉지를 뜯으려다가 잘 안 뜯어지는지 주머니에서 커터칼을 꺼내어 뜯고는 활짝 웃으며 도로 스칸다에게 내밀었다.

스칸다가 묵묵히 보고만 있자 새우깡 하나를 스칸다의 입에 물렸다가 스칸다가 새우깡을 문 채로 가만히 있자 슬금슬금 도로 빼어 제 입에 냉큼 털어 넣었다.

"신장 금강의 보좌는…… 어쩌시고?"

"아, 그, 금강께서 여기 가보라고 하셨어."

"이런 급박한 시기에 나한 넷을 뺄 리가 없습니다……. 다시 묻겠습니다. 어떻게 오셨습니까?"

부단나의 얼굴이 확 식었다.

다음 순간, 누군가가 뒤에서 스칸다의 얼굴에 옷을 확 덮었다.

"미안해, 스칸다 언니!"

"미안해, 스칸다 누나!"

비사사가 스칸다의 얼굴에 옷을 덮어 시야를 가린 사이, 부단나가 스칸다의 잠바 지퍼를 끝까지 올린 뒤 획 뒤집어 올렸다.

스칸다가 잠바에 얼굴과 팔이 파묻혀 버둥거리는 동안 부단나가 끙, 하고 힘을 주어 휠체어를 밀어 뒤로 쓰러트렸다.

그대로 둘은 양쪽에서 끙끙대며 버둥거리는 스칸다를 끌고 갔다. 그러더니 양쪽에서 소매를 하나씩 잡고 다리 난간 기둥에 교차해서는 같이 단단히 묶었다.

그다음에야 비사사는 지퍼를 열어 스칸다의 얼굴을 빼고 숨을 쉴 수 있게 한 뒤 소리쳤다.

"심소로 들어가, 부단나!"

향로에서부터 이어진 실은 뜨개질을 하듯 수호의 손등을 꿰매고 있었다.

잠시만 견디면 되리라 생각했지만, 다 끝난 후에도 아픔이 사라지지 않으리라는 기분이 들자 서글퍼졌다.

그때, 하늘에서 누군가가 낙하했다. 아픈 와중이라 뭔지 잘 파악이 되지 않았다.

하얀 땋은 머리에 한복을 입은, 이마에 작은 뿔이 있고 짐승의 눈동자에 손발에 털이 수북한 남자였다.

수다나가 놀라 고개를 들었다.

부단나는 고속으로 낙하하며 실을 잣듯이 손가락을 휘저었다. 부단나의 붉은 손가락에서 피어난 불꽃이 소낙비처럼 수풀에 쏟아졌다. 나뭇가지에 불이 옮겨붙어 타기 시작했다.

불꽃이 수다나의 도포와 향로 그리고 향로에서 솟아올라 수호의 팔을 휘감고 있는 연기 뱀 위로 쏟아졌다.

연기가 불꽃은 통과했지만 실은 그렇지 않았다. 불의 비를 맞은 뱀의 몸뚱이에서 실이 타서 오그라들다 뚝뚝 끊어졌다. 향로에서 이어진 실 다발이 끊어지자 수호의 팔은 돌덩이처럼 땅에 툭 떨어졌다.

부단나는 수다나와 수호 사이에 내리꽂히듯이 착지했다. 수다나의 눈이 차갑게 식었다.

"무슨 짓입니까, 부단나."

"보다시피 방해하려고."

"타락했습니까, 부단나."

"타락한 건 그쪽이라고 생각하는데, 수다나."

부단나는 맞받아치고 손가락으로 허공에 원을 그렸다. 그러자 수호의 주위로 화염의 장벽이 솟구쳤다. 기온의 급격한 변화로 상승기류가 치솟으며 회색 연기가 피어올랐다.

수다나가 이로 입술을 지그시 눌렀다.

"나, 나한 수다나, 나한 부단나가 신성한 파문을 방해하는 것으로 보아……."

"주절주절 쓸데없는 소리 말고 덤벼, 수다나."

수다나의 향로에서 연기 뱀이 하얗게 솟아났다. 뱀이 부단나와 수호를 향해 귀곡성을 내며 돌진했다.

하지만 속성이 부딪친다. 연기 뱀은 불꽃이 일으키는 더 큰 연기에 얽혀 방향을 잃고 흩어졌다.

"야, 마호라가의 협시 나한, 일어날 수 있어?"

부단나가 뒤를 보지도 않고 말했다.

"여기서 달아나."

「달아나」

636

아까 바루나가 했던 말.

바루나가 맨 처음 내게 했던 말.

모든 것의 시작이었던 말.

그때 달아나지 않았다면 시작하지 않았을 이 모든 일.

"신장 긴나라와 금강은 타락했어. 물론 저 자식도 말이지."

부단나가 손으로 원을 그렸다. 손가락 사이에서 새 불꽃이
일어났다.

"만약 저 자식과 금강이 네 힘을 빼앗으려 하고 있다면, 그
건 네 힘이 세상에 남아 있어야 한다는 뜻일 거야. 그렇다면
우리 남매는 목숨을 걸고 너를 지키겠어. 여긴 누나와 나한테
맡기고 몸을 피해."

수다나가 입으로 뭐라 주문을 외우며 향로를 좌우로 흔들
었다. 그러자 부단나와 수호를 둘러싼 불꽃에서 솟아오르던
연기가 모습을 바꾸더니 투명한 뱀의 형태로 변했다.

"?!"

부단나가 당황했다.

크고 투명한 뱀이 높이 솟아오르더니 거꾸로 하강해 부단
나와 수호를 향해 내리꽂으려 했다. 부단나가 황급히 수호의
앞을 막아서는 찰나, 두 번째 사람이 하늘에서 하강했다.

부단나와 똑같이, 백발에 짐승의 눈과 작은 뿔을 단 외모,
큰 화살통과 활을 어깨에 찬 여자. 비사사였다.

비사사는 활시위를 당겨 수다나의 향로를 향해 화살을 날
렸다. 향로가 화살에 맞아 튕겨나가자 솟구쳐오르던 연기 뱀
이 사방으로 흩어졌다.

"달아나, 수호!"

비사사가 부단나 옆에 착지하며 말했다.

"신장 긴나라와 금강은 타락했어!"

"내가 벌써 말했어, 누나!"

"금강이 우리는 신경 쓰지 않으면서, 네 힘은 제거해야 한다고 생각한다면, 우리보다 네가 살아야 할 거야!"

"그것도 말했어, 누나!"

화살에 튕겨 나간 것도 잠시, 수다나의 향로가 도로 우아한 진자운동을 시작했다.

그러자 수호를 둘러싼 불꽃에서 솟은 증기가 모습을 바꿨다. 불꽃의 장벽에서 일곱 마리의 연기 뱀이 나타나 솟아올랐다.

비사사와 부단나가 수호의 앞을 막아섰다.

연기 뱀이 비사사의 활과 화살통에 감기고, 부단나의 손가락에 휘감겼다.

"두 분은 저를 이길 수 없습니다."

수다나가 말했다.

"예정과는 다르지만, 수호보다 두 분의 힘을 먼저 가져가겠습니다."

"나름대로 원하는 바야."

비사사가 활을 단검처럼 잽싸게 휘둘러 실을 끊어내며 소리쳤다.

"부단나!"

"알아!"

부단나가 손을 높이 들었다.

그러자 화염이 치솟았다. 화염과 함께 공기가 뜨거워지며 가벼워졌고, 주위로 회오리가 일었다. 수호의 몸이 움찔 흔들리며 떠올랐다.

"달아나, 수호!"

✦

수호는 퍼뜩 눈을 떴다.

그리고 상황을 파악하지 못한 채 주위를 둘러보았다.

수다나가 옆에서 정좌하고 있었고, 그 무릎 위에 어린 남자애와 여자애 둘이 쓰러져 있었다. 아까 휠체어에 앉아 있던 스칸다는 잠바 소매로 다리 난간에 묶인 채 버둥대고 있었다.

잠깐일지 몰라도, 모두의 얼굴에서 아버지의 모습은 사라져 있었다. 기괴한 주위 풍경도.

일단 돌아온 시야에 안심하는데 갑자기 귀가 먹먹했다. 스피커로 고막을 틀어막은 것처럼 우렁찬 소리가 머리를 울렸다.

기. 회. 가. 왔. 군.

'……무슨 기회?'

아. 버. 지. 에. 게. 복. 수. 할. 기. 회.

'……아버지에게?'

마. 음. 안. 에. 서. 는. 괴. 물. 들. 이. 지. 만. 바. 깥. 에. 서. 는. 종. 잇. 장. 보. 다. 도. 약. 한. 것. 들. 이. 다.

두뇌가 쪼개지는 기분과 함께 지직거리며 시야가 도로 변했다. 순간 피가 말라붙는 듯했다.

아버지 넷이 주위에 누워 있었다.

셋은 각기 다른 자세로 기절해 있었지만, 난간에 묶인 아버지는 아직 깨어 있었다. 몸을 꿈틀대며 야수 같은 시선으로 자신을 노려보고 있었다.

서. 둘. 러.

음침한 소리가 속삭였다.

먼. 저. 죽. 이. 지. 않. 으. 면. 네. 아. 버. 지. 가. 널. 죽. 일. 거. 야.

120 들리는 소리

스칸다는 다리 난간에 묶인 채 눈을 부릅뜨고 재빨리 상황을 살폈다.

진흙탕 속에서 간신히 몸을 일으킨 수호는 무엇에 홀린 사람처럼 주변을 두리번거리고 있었다. 떨림이 심했고 눈에 초점이 없었다. 간혹 시선이 자신이나 쓰러진 퇴마사들에게 멎을 때마다 괴물이라도 본 듯 기겁했다.

스칸다는 '저격수의 눈'으로 수호의 마음을 살폈다. 실상 보이는 것이 없어 귀로 들을 수밖에 없었지만.

어둠 속에서 울부짖는 듯한 세찬 폭풍 소리만 몰아친다. 마음의 벽이 젖은 흙벽처럼 무너지는 소리와 두억시니의 촉수가 웃자란 뿌리처럼 찌걱찌걱 쑤시고 들어가는 소리만 무성했다. 창이 부딪치는 소리도 없다.

'카마 바루나는 패퇴한 모양이군. 물리력으로 제거되었다면 곧 다시 살아나기는 하겠지만.'

마음이 저 지경으로 무너질 땐 그나마 카마라도 버티고 있어야 파국을 저지할 수 있겠지만……. 모순적이지만, 카마는 자기 보호에 대한 강렬한 의지를 만들어내기는 하므로.

'지금 수호의 마음에 들리는 소리는 두억시니의 목소리뿐.'

잘 잡히지 않는 라디오 주파수처럼 지직거리는 가운데 반복되는 말이 들려왔다.

죽. 여.

수호의 텅 빈 눈에서 날카로운 살의가 빛났다.

'결국 예감이 들어맞았는가.'

낭패다. 이래서 내가 아닌 다른 한 명이 더 밖에 남아 있었어야 했는데. 비사사와 부단나도 설마 수호의 정신이 이 정도까지 무너졌으리라고는 생각지 못했을 것이다.

'적어도 금강과 수다나의 판단은 옳았다. 이 소년의 마음은 완전히 붕괴했다. 어떻게든 무력화시켜야 한다. 문제는 지금 내가 할 수 있는가인데…….'

한참 수다나와 비사사, 부단나를 바라보던 수호는 물과 진흙을 뚝뚝 흘리며 저수조에서 느릿느릿 기어 나왔다.

오른팔이 둔해 보였다. 무거운 돌처럼 어깨에서 축 늘어뜨려져 있었다.

'무기의 봉쇄는 대강 끝난 모양이군. 하지만 아직 다른 신체는 멀쩡하다…….'

스칸다를 향해 방향을 잡은 수호는 바닥에 떨어진 부단나의 커터칼을 발견하고 왼손으로 주워 들었다. 그러고는 날이 잘 있는지 몇 번 드륵드륵 뺐다 집어넣었다 했다.

'나부터 공격할 작정이군.'

스칸다는 판단했다.

지금 깨어 있는 사람은 나뿐이니 합당한 선택이었다. 도망치거나 공격할 수 있는 적을 먼저 처치하는 것이 기본.

'현실의 대응은 불가능.'

스칸다는 각오를 다졌다. 신체적인 한계는 둘째 치고 몸까지 묶여 있다.

'충분히 가까이 접근하면 저 애의 마음에 진입한다.'

마음의 벽은 부서졌으니 진입은 쉬울 것이다.

'구멍을 막은 두억시니의 촉수를 먼저 타격하여 분해하고, 그 틈으로 들어가 대지에 내가 가진 모든 화력을 전부 쏟아붓는다.'

스칸다에게는 **공작**이라는 별명의 날개를 변형해 만드는 박격포가 있다. 한 번 쓰고 나면 날개와 갑옷이 전부 분해되어버려서 한 전투에서 한 번밖에는 쓸 수 없는 무기.

'눈 덮인 산에 쏘아 눈사태를 유발한다. ……저 애의 마음 자체를 완전히 파괴한다.'

스칸다는 결심했다.

인간의 마음 그 자체를 파괴하는 것은, 마음 밖의 싸움과 마찬가지로 절대적인 금기였지만 도리가 없었다. 지금 이 애를 막지 못하면 수다나는 물론이고 부단나와 비사사까지 위험하다.

'어차피 저 애의 마음은 망가졌다. 다른 퇴마사들의 보호가 우선이다.'

그리고…….

'저 마음에 들어간다면 나도 살아나올 수 없다.'

두억시니와 어둠에 휩싸이고 폭풍과 산사태가 계속되는 마음이다. 들어간 입구는 다시 두억시니의 침입으로 막힐 것이니 빠져나올 가능성도 제로에 가깝다.

'그래도 어쩔 수 없다. 다른 퇴마사들의 보호가 우선이다.'

상관없다.

어차피 나는 다음 생에서 다시 태어나니까.

단지 이대로 바루나를 제거하지 못하고 간다면, 내 이번 임무는 실패하는 셈이다. 물론 내가 다음 생에서 각성할 때까지 저 애가 살아 있고 마음에 바루나도 여전히 있다면 새 전투가 이어질 수는 있겠으나…… 크게 기대할 수는 없는 노릇.

이렇게 실패하고 나면 내 정신은 어떻게 될까.

결국 언젠가는 패배한다.

언젠가는 실패한다.

언젠가는 장애를 입고, 언젠가는 다치고, 언젠가는 약해지고, 언젠가는 지고 끝난다.

그것이 내가 겪어온 모든 삶의 결말이었다. 이르든 늦든 닥칠 일이었다. 받아들이는 수밖에.

스칸다의 앞에 도달한 수호는 한참을 서 있었다. 망설이는 듯했다. 수호의 등 뒤로 별이 내려앉은 밤하늘이 눈에 들어왔다.

'마지막 풍경인가.'

스칸다는 별을 응시했다.

수호가 가까이 오자 녀석의 머릿속을 뒤덮은 끔찍한 아우성이 스칸다의 귀에도 전해졌다.

죽. 여.

소름 돋는 소리가 마음 전체를 휘어잡고 있다.

'무시무시한 고통이겠지.'

전생의 기억도 없는 아이다. 감당하기 어려울 것이다.

'네 잘못은 아니다. 너는 힘껏 싸웠겠지만 악이 너무 강했다. 그간 고생했으니 내가 해방시켜주겠다.'

스칸다는 생각했다.

수호가 스칸다의 목을 향해 칼을 뻗었다.

스칸다가 막 수호의 마음으로 진입하려는 찰나, 칼이 스칸다의 목을 지나쳐 팔을 묶은 옷으로 향했다. 그러더니 스칸다의 팔을 묶은 옷소매를 뜯어냈다.

'?!'

스칸다는 당황했다.

수호는 왼손으로 낑낑거리며 옷자락을 잘라냈다. 체력이 없기는 수호도 마찬가지. 그것만으로도 힘에 부치는지 겨우 옷을 뜯어내고는 허덕였다.

스칸다가 대응하지 못하는 사이에, 수호는 주위를 두리번거리더니 구석에 나동그라진 스칸다의 휠체어를 낑낑거리며 끌고 와 스칸다를 부축해 앉혔다. 그러고 나서는 또 한참을 허덕였다.

상태로 보아 휠체어가 필요한 것은 오히려 수호 쪽으로 보였다.

수호가 다시 수다나와 두 아이 쪽을 보았다.

망설임.

스칸다는 그제야 자신이 수호가 망설인 이유를 크게 착각했다는 것을 깨달았다.

죽. 여.

뭘. 하. 는. 거. 냐.

수호의 마음의 소리는 여전히 시끄러웠다.

"저기……."

수호가 입을 열었다.

"저 아이들이 깨어나면 데리고 달아나줘."

수호가 비사사와 부단나 쪽을 가리켰다.

'……뭐?'

스칸다는 완전히 맥락을 놓치고 말았다.

죽. 여.

"내가…… 저 아저씨를 막고 있을 테니까."

스칸다는 한참 동안 수호를 바라보았다.

수호는 못 알아들었나 하는 눈으로 스칸다를 보았다. 스칸다가 한참 만에 입을 열었다.

"……문제가 두 가지……, 아니, 세 가지, 아니, 네 가지 있다. 마호라가의 협시 나한."

수호는 지쳐 보였다. 안 그래도 며칠 거리를 헤매며 너덜너덜해진 몸에 달라붙은 썩은 진흙과 물이 천 근은 무게를 더하는 듯했다.

"말해봐."

수호가 말했다.

"첫째로…… 네 마음의 소리는 지금 네 행동과 다른 말을 한다."

죽. 여.

생생한 소리가 수호와 스칸다의 귀에 동시에 울려 퍼졌다.

수호는 멋쩍은 얼굴을 했다. 창피해하는 듯한 태도에 스칸다는 당황했다.

"내 마음의 소리가 아니야."

스칸다는 수호를 물끄러미 보았다.

"어떻게 알지?"

"내 귀에 들리니까."

수호가 답했다.

"그러니까 내가 아니야."

소리가 잠잠해졌다. 마음을 휘감은 어둠도, 눈보라도, 요동치는 대지도, 썩어 문드러지는 마음의 벽도 그대로였지만, 두억시니는 침묵했다.

스칸다는 잠시 침묵하다가 입을 열었다.

"둘째로…… 넌 저 애들을 도울 이유가 없다."

"저 애들도 나를 도울 이유가 없었어."

수호가 제 팔을 내려다보았다. 이제 사라지고 만 것을.

"그러니 돕겠어."

스칸다의 시선이 수호에게 송곳처럼 꽂혔다.

"셋째로…… 너는 수다나를 상대로 이길 수 없다."

'파문자'인 수다나의 힘은 비사사와 부단나를 압도한다.

그리고 이미 이 애의 정신력과 체력, 그 무엇도 남아 있지 않았다. 더해서 중간에 멈췄다 해도, 수호는 이미 무기를 쓸 수 없을 것이다.

수호는 오른팔을 왼손으로 쥐었다. 팔꿈치 아래부터는 석고로 굳힌 것처럼 딱딱했다.

이 애는 무기를 잃었다. 본인도 안다. 그토록 무시무시한 무기였건만 어처구니없이 허무하게 소멸해버렸다.

하지만 수호의 눈빛에는 아쉬워하는 마음도 비치지 않았다. 그저 싸울 때는 주어진 상황에서 싸울 수밖에 없다고 말하는 듯한 눈.

"시간을 벌겠어."

스칸다로서는 그 '시간을 벌 방법'도 떠오르지 않았다.

"수다나는…… 아트만을 가진 퇴마사다. 너는 이길 수 없다."

수호는 그건 몰랐다는 듯 잠시 생각하는 표정을 지었다.

"……그래도 시간을 벌겠어."

여전히 스칸다는 수호가 무슨 생각을 하는지 알 수가 없었다.

"넷째로……."

스칸다가 마지막으로 말했다.

"나는 네 부탁을 들어줄 수가 없다. 내겐 지금 네 카마 바루나를 제거해야 하는 임무가 있고…… 그 누구도 지금 내게 다른 일을 시킬 수 없다."

이번만은 수호가 이해하지 못하는 얼굴을 했다. 하지만 퇴마사의 규약은 자신의 이해 범위 밖에 있다는 것을 상기하는 듯했다.

"알았어."

수호는 담담히 말했다.

"하지만 나는 갈게."

수호가 돌아섰다. 스칸다를 뒤에 놓아두고 수다나와 두 아이를 향해 걸어갔다. 겉보기만으로는 정좌한 수다나의 무릎에서 아이들이 평온하게 자고 있는 것처럼 보였다.

수호는 수다나의 앞에 한참 서 있다가 무릎을 꿇고 앉았다. 그러더니 나무토막처럼 푹 쓰러졌다.

그때 스칸다의 심장이 두근, 하고 뛰었다.

한번 뛰더니 가라앉지 않았다. 맥박이 빨라지고 몸에 열이 올랐다. 스칸다는 납득할 수 없는 기분으로 제 맥박을 세었다.

'어쨌든 내 임무의 순서에 변함은 없다.'

스칸다는 정신을 수습하며 생각했다.

'그러면 일단 저 애가 수다나에게 완전히 무력화된 다음을 기다려서……'

그때, 스칸다의 마음에서 무엇인가 부서지는 소리가 들렸다.

'……?'

심장이 뜨겁게 달아올랐다. 몸에서 고양감이 솟구쳤다. 이 것이 '쾌락'이라면, 스칸다가 처음 체감하는 강렬한 쾌락이 었다.

'?!'

철의 탑과 같던 마음의 벽이 부드러워졌다. 탑 곳곳이 갈라 지며 창문이 활짝 열렸다. 열린 창문으로 햇살이 비쳤다.

'?!'

스칸다는 혼란에 빠져 제 마음을 살폈다.

벽 한구석에서 흙이 떨어지더니 벽돌이 바스러지며 무너 졌다. 벽이 무너진 너머로 숨은 철문이 드러났다.

철문은 큰 쇠막대와 사슬과 자물쇠로 봉인되어 있었다.

하지만 스칸다가 보는 사이에 자물쇠가 툭 끊어지고, 문을 옭아맨 굵은 사슬이 녹슬더니 마디마디 끊어져 바닥에 툭툭 떨어졌다. 쇠막대가 둘로 갈라져 무거운 소리와 함께 떨어지 고 나자, 육중한 문이 땅을 긁는 소리를 내며 스르르 열렸다.

'임무가……'

스칸다는 가슴을 부여잡으며 가쁜 숨을 쉬었다.

'임무가 변했어……?'

두억시니가 자리한 심소, '검은 홍수'의 결계 밖.

금와를 중심으로 나한 열 명과 금강이 구멍을 살피고 있었다.

"우선 제가 구멍을 막은 뒤, 트바스트리와 결합하도록 하겠습니다. 치유술사들은 벽의 회복을 도와주십시오."

금와가 말했다. 결계에 다가선 금와는 피부에서 끈적이는 진액을 흘리며 몸을 물렁물렁하게 만든 뒤 벽에 달라붙었다.

"모두들 저를 기억해주십시오."

"물론이지, 금와."

금강이 답했다.

"다음 생에서 봅시다."

"다음 생에서."

화답한 금강이 땅을 크게 밟았다.

땅이 크게 뒤흔들리며 움푹 파였다. 나한들이 모두 중심을 잃고 쓰러졌다.

"금강님?"

쓰러진 나한들이 눈이 휘둥그레져서 물었다.

벽에 달라붙은 금와는 뒤에서 일어나는 상황을 알 수 없었다. 두억시니나 다른 카마가 빠져나와 금강이 대응하느라 움직인 것이라 판단한 금와는 더 단단히 몸을 붙였다.

"금강님! 저는 걱정하지 마십시오! 계속 싸우십시오!"

신음과 비명 가운데 황금빛 싸라기가 뒤에서 피어올랐다.

금와는 큰 전투가 벌어졌다 믿고 몸을 단단히 굳혔다.

'서둘러야 한다……. 어서 변형을 마무리 지어야…….'

그때, 목이 콱 막혀 왔다. 누군가가 무지막지한 힘으로 금와의 목을 조른 것이었다.

금와는 황급히 목을 돌로 변형시키며 저항했다. 하지만 상대의 힘은 상상 이상이었다. 목 부위를 금강석에 가까운 밀도로 전환했는데도 조이고 있었다.

금와는 마지막에 가서야 목을 조르는 상대의 얼굴을 보았다.

"금…… 강…… 님……."

금와는 귀신 같은 얼굴을 한 석상을 마주 보았다.

"어째서……."

금강이 웃었다.

금와의 몸이 분해되며 황금빛으로 피어올랐다.

빛 싸라기 속에서 한 걸음 전진하던 금강은 멈칫했다. 벽을 막고 있던 트바스트리가 식물처럼 자라나며 더 두껍게 구멍을 막았다.

'크기는 변화할 수 없는 줄 알았는데, 마호라가.'

트바스트리는 점점 더 자라났다.

"남은 생명력까지 다 쓰고 있는가……."

금강은 트바스트리를 손으로 쥐고 좌우로 뜯기 시작했다. 트바스트리는 뜯어낸 만큼 다시 자라나고 변형하며 온 힘을 다해 공격에 맞섰다.

"그래, 끝까지 발버둥 치거라, 마호라가."

금강이 웃으며 속삭였다.

"그래야 더 재미있으니까."

121   이길 수 없는 전장

수호는 수다나의 마음 안으로 천천히 낙하했다.

검붉은 바다가 저 아래 펼쳐져 있었다.

우중충한 하늘에는 고슴도치처럼 빼곡하게 총과 검이 꽂혀 있었다. 지구 전체를 둘러싼 막이 있고 그 막에 촘촘히 총검을 박아놓은 듯한 모습. 현실에서는 불가능한 풍경이다.

저기 먼 바다에는 녹슨 총검으로 만든 거대한 구조물이 탑처럼 서 있었고 생물처럼 삐걱삐걱 움직였다. 고통에 소리 없이 몸부림치듯이.

수호는 해안가에 내려섰다.

모래사장에 철썩이는 바다는 썩은 핏물 같았다. 해안가는 모래가 아니라 해골과 뼈로 이루어져 있었다. 뼈 사이에는 탄피가 굴러다녔고, 파도가 철썩이는 자리에는 깨지고 마모된 뼈가 모래처럼 부서져 있었다.

파도가 치는 가운데 어린 소년의 울음소리가 들려왔다.

〈엄마······.〉

〈아빠······.〉

〈할머니······.〉

〈누나······.〉

〈형······.〉

파도가 해골의 눈두덩을 치고 탄피를 쓸어갔다. 하얀 거품이 일 때마다 아이들의 울음소리가 들렸다.

〈모두 어디 갔어?〉

〈돌아와.〉

〈날 두고 가지 마.〉

수호는 해안가 한가운데 홀로 서서 오른손을 내려다보았다.

손과 팔이 연기로 이루어진 실뱀에 휘감겨 있었다. 두개골에 바늘을, 척추에 실을 품은 뱀들이 수호의 팔 구석구석을 꿰뚫은 채 머리를 내밀고 꿈틀댄다.

팔꿈치 아래로는 감각이 없었다. 움직여지지도 않았다.

'안녕.'

수호는 뒤늦게 작별 인사를 했다.

'간디바, 내 검. 그간 고마웠어.'

그때 하늘이 열렸다.

검과 총이 양옆으로 홍해처럼 갈라지더니 구름 사이로 빛이 쏟아지며 수다나가 강림했다.

나찰의 말대로라면 수다나는 이 마음 안에서는 신이나 다름없을 것이다. 자각몽의 주인처럼 이 마음 구석구석 자신의 의지가 미치지 않는 곳이 없을 것이고, 이 세계 전체를 자유자재로 움직일 수 있겠지.

수다나의 얼굴에는 침착함이 사라져 있었다. 분노로 얼굴이 붉으락푸르락했다.

"나가라."

수호의 앞에 내려선 수다나가 말했다.

목소리는 사방에서 들렸다. 발밑에서 해골이 치아를 따닥

653

이며 "나가라" "나가라"를 낮게 합창했다.

"나가게 해보세요."

수호가 말했다.

"감히 내 마음에 들어오다니."

수다나의 목소리는 하늘에서부터 들렸다. 총검이 서로 부딪치며 따닥따닥 소리를 냈다.

"남에게 보일 마음이 아니다. 나가라."

"불편하리라고 생각했어요."

수호는 실뱀들이 꿈틀대는 오른팔을 들어 보였다.

"그러니 그 애들과의 싸움을 멈추고 여기로 들어오리라고 생각했어요."

수다나의 눈이 차갑게 얼어붙었다.

"카마 바루나처럼 말하기 시작했군. 카마에 물든 타락한 자."

'그랬나?'

자신의 말투라 스스로 알 길이 없었다. 적을 앞에 두면 늘 떠올리는 바루나였지만.

바루나라면, 무기를 영영 잃거나 신체 일부를 잃어도 회한하지 않을 것이다. 늘 주어진 상황에서 쓸 수 있는 전략이 무엇인지만을 탐색할 것이다.

수호는 주변을 살폈다. 귀를 기울이며 듣는 시늉을 했다. 파도가 철썩일 때마다 가족을 찾아 우는 아이의 목소리를.

'그래, 이거야말로 바루나 같은 짓이네.'

수다나의 얼굴이 기괴하게 일그러졌다. 다시 천둥 같은 소리가 메아리쳤다.

"좋은 말로 할 때 나가라."

"곤란한데요."

수호는 스스로도 제 낯선 말투에 웃으며 말했다.

"저는 그 애들이 달아났으면 해서요. 여기서 삐댈 때까지 삐대려고요."

수다나의 눈이 험악해졌다.

수호가 밟은 해골과 뼈가 흔들렸다. 뼈들이 치아를 따닥이며 수호의 몸을 타고 기어올랐다. 갈비뼈며 손가락뼈, 정강이뼈가 사슬처럼 서로 엮이며 수호의 어깨와 오른팔에 달라붙었다.

수호는 신기한 마술이라도 보는 기분으로 기어오르는 뼈를 바라보았다.

뼈들은 허공에 접착제로 붙인 것처럼 움직이지 않았다. 수호는 이내 오른팔을 가로로 든 채 꼼짝달싹할 수 없게 되었다.

"여기는 내 마음 안이고, 나는 너를 숨 한번 내쉬는 것만으로도 죽일 수 있다."

"……."

"연이 없는 아이들인 줄로 아는데."

"어차피 없어질 힘이라면,"

수호는 미소를 지었다.

"내가 무슨 방법으로 없애든 내 마음이에요."

"언제까지 입을 놀릴 수 있나 보지."

수호를 붙든 해골의 눈에서, 뼈의 골수 사이에서 연기 뱀들이 솟아올랐다.

바늘과 실을 품은 뱀들이 일시에 수호의 팔에 꽂혔다.

"수호!"

수다나에게 달려들려는 비사사를 부단나가 황급히 붙잡아 말렸다.

선유도공원. 현실.

수호는 정좌한 수다나의 무릎에 엎어진 채 누워 있었다. 역시나 누가 본다면 다정하게 어울려 잔다고 여길 법한 풍경이었다.

"안 돼, 누나! 수다나의 마음에 들어가는 건 수다나의 위장에 뛰어드는 것이나 다름없어!"

"하지만 수호는 들어가버렸잖아!"

"우리가 들어가봤자 먹잇감만 늘어날 뿐이야! 저 마음 안은 전부 수다나의 뜻대로 움직인다고!"

"두 사람이 달아날 시간을 벌기 위해서 들어간 겁니다."

스칸다가 휠체어에 앉아 말했다. 비사사와 부단나가 같이 뒤를 돌아보았다.

"수호는 자기 대신…… 두 분을 구하기로 마음먹었습니다. 그러니 그 뜻에…… 따릅시다."

비사사와 부단나가 서로를 돌아보았다.

"제 휠체어를 끌어주시면 이동하겠습니다. 수다나도…… 명색이 퇴마사라면 마음 밖에서는 우리를 공격하지 않을 겁니다."

"우리를 돕겠다고?"

부단나가 다른 당혹감에 빠져 물었다.

"명령을 받지도 않았는데……? 이전 명령을 다 수행하지도 않았는데?"

"명령을 받았습니다."

스칸다가 답했다.

"누구에게?"

비사사가 되물었다.

"……저는 이미 명령을 받았으니 이 명령은 무를 수 없습니다. 저는 두 사람을 보호해야…… 합니다. 필요하다면 평생이라도 할 것입니다."

비사사가 혼란스러워하다 고개를 도리도리 저으며 말했다.

"뭐가 어찌 된 건지 모르겠지만 나는 수호를 지키고 싶어. 아무래도 그래야겠어. 나를 지키겠다면 나를 위해 수호를 지켜줘."

"……저도 그러고 싶습니다만."

비사사는 스칸다가 '그러고 싶다'는 표현을 쓰는 걸 처음 들었기에 깜짝 놀랐다.

"방법이 없습니다."

"수다나를 어떻게든 깨우면 되지 않을까?"

비사사는 생각을 쥐어짜내며 말했다.

"전장이 자기 마음입니다. 수다나는 깨어나지 않는 기술을 압니다."

"뭐라도 방법을 떠올려줘!"

"어떤…… 방법도 없습니다."

스칸다는 더듬었지만 말은 단호했다.

"아트만을 가진 퇴마사의 마음 안에서는…… 누구도 힘을 쓸 수 없습니다. 마구니조차도…… 이길 수 없습니다. 수호는 완전히…… 무모한 일을 벌였습니다. 수호를 구할 방법은 조금도……, 없습니다."

비사사는 맥이 탁 풀린 얼굴을 했다.

"두 분이 몸을 보전하는 것만이…… 그나마 수호의 희생을 헛되이 하지 않는 길입니다."

수호의 팔은 해골과 뼈 무더기에 붙들려 있었다.

하얀 실을 몸에 품은 뱀들이 손목과 손등, 팔꿈치를 꿰맨다. 가장 많이 꿰뚫린 자리는 가운뎃손가락이었다.

불처럼 뜨거운 실이 근육을 찌르고, 신경을 나누고, 뼈를 통과해 피부를 뚫고 빠져나간다. 통과한 자리에서 황금빛 싸라기가 점점이 날아올랐다.

무기 해체는 끝난 지 오래다. 단지 고통을 주기 위한 바느질.

'현실이 아니야.'

이 안에서 피부나 근육이나 뼈 같은 게 있을 리 없지. 있다고 상상하는 것뿐.

'그러니 괜찮아.'

"꼬마야."

수다나가 안타깝다는 말투로 물었다.

"아프지 않니?"

'당연한 말을.'

"아픈데, 뭘 위해 버티는 거지?"

'아무것도.'

대체 무엇을 위해서 이딴 일을 할 수 있겠어.

그냥 하기로 했으니 할 뿐.

문득 바늘이 피부를 통과하는 속도가 느려졌다.

수다나가 늦춘 것이 아니었다. 막 살을 뚫으려던 바늘이 피부 위에서 멈췄다. 따닥이던 해골과 뼈도 움직임을 멈췄다. 거칠게 숨을 쉬던 수다나도 그림처럼 멈췄다.

시간이 느려졌다.

익숙한 감각.

그리고 마음속에서 목소리가 들렸다.

〔생을 포기하는 건가.〕

낮고 중후한 소리. 무심한 냉소.

그 소리가 누구의 것인지 깨달은 순간, 수호는 반가움과 안도감에 와락 눈물이 날 것 같았다.

그러자마자 그만 웃음이 났다.

그렇게 싸우고 퇴마사들에게 없애달라고 빌기까지 한 주제에 목소리 잠시 들었다고 반가워하다니.

바루나는 목소리뿐이었고 실체는 흐릿했다. 두억시니와의 싸움에서 해체되었다가 다시 몸을 조립하는 중인 듯했다.

〔무엇이든 해도 좋지만, 내가 네 안에 있는 한, 네 생을 포기하는 것만은 허락할 수 없다, 수호.〕

수호는 하마터면 눈물이 나올 것 같아 입술을 깨물었다.

싫고, 밉고, 진절머리 나고, 내던져버리고만 싶은데도, 결국 마지막 순간에는 너만이 홀로 내 옆에 있다.

아무리 밀쳐내고 떨쳐내어도 결국은 돌아와 옆에 있는 내 욕망.

'네가 뭐라든, 어차피 지금은 방법이 없어.'

수호는 생각했다. 대화를 의도하지 않은 생각이었지만 바루나가 마음을 읽고 답한다.

〔방법을 궁리해보려고도 안 한 것 같은데.〕

그래, 너는 포기하는 법을 모르겠지. 네 목적에 포기가 없으니.

하지만 바루나는 아마 상황 파악을 제대로 못 하고 있을 거다. 이곳은 아트만을 가진 퇴마사의 마음. 이 공간 전체가 저 수다나라는 퇴마사의 몸이나 마찬가지니, 어쩌면 공기를 무겁게 만들어 나를 대기로 으스러뜨려 죽이는 것도 가능하겠지.

그리고 내겐 이미 아무 무기도 없다.

'난 끝났어.'

수호는 생각했다.

'잘 있어, 바루나.'

〔……〕

생각만 했을 뿐이지만 바루나에게 전부 전해진 듯했다. 질책하고 화를 내도 모자라건만 아무 말도 없다.

나는 여기서 버틸 생각이고, 그러다 저 퇴마사가 역정이 나서 나를 죽일 수도 있겠지. 그래도 어쩔 수 없다.

'미안, 바루나.'

수호는 말하고도 스스로 놀랐다.

〔……〕

'나 같은 놈의 카마로 태어나서, ……네 목적을 이루지 못하게 해서 미안해.'

〖……〗

'다음에는 마음이 맞는 사람의 마음에서 태어나서……'

〖몇 번이나 말하지만,〗

바루나의 무심한 목소리가 되돌아왔다.

〖너는 네 생 전체를 걸고 네 소원을 열망했다. 내 존재가 이를 증명한다.〗

늘 하는 말이었다. 그리고 무의미한 말.

수호는 입을 다물었다. 바루나도 답이 없었다. 다른 생각에 빠져 있는 듯했다.

그리고 바루나의 마음이 전해져왔다.

격렬하게 탐색하고 궁리한다.

어차피 살아 있는데 달리 할 일이 뭐가 있느냐고 묻듯이. 아무것도 할 수 없다면 남은 시간 동안 궁리한다 한들 달라질 것은 없다고 말하는 듯이.

그래서 아무것도 얻지 못하더라도.

바루나의 마음은 하나뿐이다. 애초에 그런 존재이므로.

바루나의 시선을 따라 수다나의 마음 곳곳이 손에 잡힐 듯이 보였다. 바루나의 예민한 촉각을 따라 세상을 만지고, 움직임을 느끼고, 후각을 따라 곳곳을 냄새 맡았다.

〖수호.〗

바루나가 말했다. 말 너머의 생각이 전해졌다.

〖나는 네 마음 곳곳을 다 돌아다녀보았고, 네 마음의 동굴 속으로 깊이 들어가보기도 했다.〗

〔사람의 마음은 세상 전체처럼 넓고 깊고, 그 자신도 모르는 미지의 영역으로 가득하다.〕

'…….'

〔그러니 눈에 보이는 곳이 이 퇴마사의 마음 전부는 아닐 것이다.〕

말 너머의 생각. 바루나가 많이 설명할 필요는 없었다. 수호는 무슨 말인지 알아들었다.

나는 이 마음에 들어올 수 있었다. 초대받지 않았는데도. 그것만은 언제나 할 수 있었다.

'할 수 있을까?'

수호는 궁금해졌다.

〔쓸데없는 생각.〕

바루나의 냉소가 돌아왔다.

〔할 수 없다 한들 별 차이도 없다.〕

정지된 시간이 풀렸다.

수호는 '아래'를 응시했다.

122 심연

수다나는 수호가 아무 저항 없이 해골과 뼈에 묶여 있는 모습을 보며 지독한 불쾌감에 사로잡혔다.

'더 하면 이 애의 마음 전체가 위험할 수도 있다.'

물론 그렇게까지는 하지 않을 생각이었다. 퇴마사의 본분을 잊을 마음은 없었다. 이 일은 어디까지나 정당한 파문 의식이다. 신세기新世紀를 위해 필요한 여러 사소한 일 중 하나다.

'하지만 어린애라도 타락한 자의 고집은 대단하군. 뭘 얼마나 더 해야 좋을까……'

귀찮다고 생각하는데…… 수호의 모습이 눈앞에서 사라졌다.

수다나는 얼이 빠졌다.

'뭐?'

수다나는 당황해 주위를 두리번거렸다.

'밖으로 나갔나?'

아니, 아니다. 아직 내 안에 있다. 수다나는 다급히 자신의 마음을 샅샅이 살폈다.

'어디로 간 거지?'

마음 전체가 자신의 것이니 바로 알 수 있어야 했다. 하지만 감이 멀었다.

'대체 어디로?'

수호는 어두침침한 곳에서 눈을 떴다.

바닷속일까. 심해에 잠긴 깊은 동굴 같았다. 수직으로 이어진 통로였고 검고 차가운 물로 채워져 있다.

수호는 풍선처럼 느릿느릿 하강했다.

동굴 벽은 해골과 뼈로 이루어져 있다. 해골 사이사이로 총과 탄피가 시멘트처럼 맞물려 있었다. 마치 아까의 세상을 누군가 손으로 진흙처럼 주물럭거린 뒤 덕지덕지 발라 만든 곳같았다.

〈엄마…….〉

가족을 찾는 아이의 울음소리는 아까보다 더 크게 들렸다. 해골 사이사이로 흐느낌과 통곡이 메아리쳤다.

'언제부터 생겨난 동굴일까.'

수호는 끝도 없이 이어진 길을 내려다보며 생각했다.

'퇴마사는 계속 다시 태어난다니까, 전생에서부터였을까.'

전생의 기억까지 감당해야 한다니, 퇴마사도 나름대로는 힘들 거란 기분이 들었다.

이렇게 계속 마음이 통곡하면 힘들겠다 싶었다. 안식이 없을 것 같은 마음이다.

〈엄마, 아빠, 돌아와. 누나, 형, 할머니…….〉

〈돌아올 수 없다면…….〉

〈차라리 모두 다 사라져버리면 좋겠어…….〉

〈그래서 새로운 세상에서…….〉

눈앞에 그림자가 드리워졌다.

수호는 조용히 눈앞의 수다나를 응시했다. 얼굴이 아까보다도 더 험악하게 일그러져 있었다. 분노 대신 광기 어린 공포가 눈에 깃들어 있었다.

"어떻게 여기까지……. 어떻게 여기에 들어올 수 있는 거냐."

〈모두 사라지고, 전부 다시 태어났으면…….〉

"나가……!"

수다나가 울부짖었다.

마음이 다 열어젖혀져 온 천하에 까발려지기라도 한 듯한 공포가 목소리에 휘감겨 있다.

해골과 뼈로 이루어진 동굴 벽이 격렬하게 꿈틀거리기 시작했다. 뼈를 얼기설기 모아 만든 사람 모양의 거대한 조각상들이 되더니, 사방에서 수호를 향해 아우성쳤다. 모두가 두려움에 사로잡힌 얼굴이다.

수호는 물러서지 않았다. 지금 싸우고 있으므로.

'적을 해칠 수 없다고 생각되면……'

수호는 진씨의 말을 떠올렸다.

'해칠 마음을 먹은 척한다.'

자신만만한 바루나의 눈빛.

그 무엇으로도 자신을 막을 수 없다며 한껏 얕잡아보는 눈빛.

수호는 수다나에게 바루나가 늘 하던 눈빛을 돌려준 뒤에 시선을 틀었다.

'여기보다 더 깊은 곳이 있을까?'

그리 생각하자 주변이 희미해졌다.

수다나의 얼굴이 공포에 사색이 되었다. 아이를 말리듯이 손을 뻗었지만, 수호는 이내 연기처럼 모습을 감추었다.

수호는 캄캄한 어둠 속에서 눈을 떴다.

미끌미끌하고 차가운 반죽 속에 들어온 듯했다. 주변은 살아 있는 듯 꿈틀거렸다. 고요한 가운데 울음소리만이 가득했다.

〈엄마.〉

〈엄마.〉

그리고 수다나의 마음도 그대로 전해졌다.

상실감. 갈가리 찢어진 마음.

어디선가 총성이 들려왔다. 바람을 가르며 폭발하는 소리가 빗발쳤다. 총성 사이로 처참한 비명과 공포에 사로잡힌 아우성이, 서러움에 울부짖는 소리가 들려왔다.

〈모든 것이 사라져버리기를…….〉

〈그래서 모두 다시 태어나 같이 살아가기를…….〉

〔수다나 마음의 심연에 들어온 듯하다.〕

바루나의 목소리.

〔소환하라.〕

'뭘? 너를?'

〔내 몸은 아직 없다. 내 일부를 불러라.〕

바루나의 목소리가 마음에 울려 퍼졌다.

생각해본 적이 없는 전략. 하지만 논리에 틀림은 없다. 내가 바루나를 부를 수 있다면 '그 일부'도 부를 수 있다.

수호는 아직 움직일 수 있는 왼팔을 뻗고 바루나의 목소리를 따라 읊조렸다.

"이리 와."

낯선 이름. 하지만 입에 담으니 어쩐지 즐거워졌다. 손끝까지 희열로 빛나는 듯하다.

수호의 왼손에서 한 치 떨어진 자리에서 푸른 빛이 반짝였다.

"바루나스트라."

빛이 더 밝아지고 자라나더니 물빛 창의 형태로 변했다. 수호는 왼손을 높이 들어 올렸다.

창이 수호의 팔 동작을 따라 높이 치솟았다.

어둠 속에서 푸르게 빛났다. 타오르는 안광처럼 눈부시다. 그 빛에 수호의 주위를 둘러싼 점액질이 움츠러들며 몸부림쳤다.

〔안 돼!〕

죽음과도 같은 호소.

〔그만, 더는 안 돼! 내 마음을 더는 쑤시고 들어가지 마! 그만! 제발 나가!〕

수호는 아랑곳하지 않고 창을 심연 속으로 내리꽂았다.

처절한 비명이 마음 전체에 울려 퍼졌다.

✦

비사사가 수다나의 마음으로 막 들어가려는 것을 부단나가 뜯어말리려는 찰나였다.

수다나의 몸이 전기에 감전된 듯 크게 흔들렸다.

비사사는 화들짝 놀라 물러났다. 그 바람에 뒤로 넘어가는 비사사를 부단나가 끌어안아 엉덩방아를 찧는 것을 막았다.

수다나는 몸을 뒤틀며 눈을 희번덕댔다. 구토하다가 경련을 일으켰다. 혼에 쇠꼬챙이가 꽂힌 사람처럼 목을 쥐어뜯다가, 장님처럼 주위를 두리번거리더니 털썩 쓰러져 의식을 잃었다.

"무슨 일이……."

비사사가 중얼거렸다.

"무슨 일이 일어난 거지?"

스칸다, 비사사, 부단나 셋이 수호를 바라보았다. 수호는 얕은 숨을 내뱉을 뿐 깨어나지 못했다.

심소의 외벽.

은빛의 트바스트리가 애처롭게 떨렸다. 더는 버틸 수 없는 듯했다.

금강은 트바스트리 사이로 바위 같은 손을 집어넣었다. 그리고 벽을 손으로 우악스럽게 찢어냈다.

찢어진 틈에서 검은 거머리가 폭포처럼 쏟아져 나왔다. 금강은 두억시니를 온몸으로 맞으며 껄껄 웃었다.

"나와라! 어서! 그래!"

금강은 뜨거운 해일을 정면으로 맞은 충격으로 의식을 잃었다가 눈을 떴다.

허허벌판에 홀로 웅크리고 있었다. 새하얀 모래밭이다. 지평선까지, 시야에 닿는 모든 풍경이 은처럼 하얀 모래사장이다.

금강은 의아한 기분으로 주위를 느릿느릿 돌아보았다.

바닥을 손으로 쓸어 모래를 손에 쥐어보았다. 모든 것이 태양과도 같은 고열에 타서 산산조각이 난 뒤에, 남은 열기에 녹아 엉겨 붙어 작은 결정이 된 듯했다.

손가락 사이로 흘러내리는 결정 속에는 어린아이의 손톱이나 이빨, 그릇 조각이나 전자기기 부품의 파편처럼 보이는 것도 섞여 있었다.

멸망한 세상. 다 타버린 세상.

두리번거리다 보니 누군가가 시야에 들어왔다. 조금 전까지 없었던 사람이다.

긴나라였다.

기계눈을 달고 하얀 깃털 옷으로 몸을 둘러싼 모습이었다. 기계눈은 고장이 난 듯 간혹 전기불꽃을 일으키며 파직거렸고, 꺼졌다 켜졌다 했다. 깃털 옷은 깃털이 숭숭 빠져서 군데군데 속이 드러나 있었고, 날개 끝에는 붉은 피가 묻어 있었다.

"긴나라."

금강은 반가운 마음에 달려갔다. 긴나라는 산처럼 조용히 서 있었다.

"여긴 저승인가? 나는 죽었는가?"

〔어떤 의미로는.〕

긴나라의 목소리가 머릿속에서 웅웅거리며 들려왔다.

"우리가 해냈는가? 두억시니가 세상 전체로 퍼져 나갔는가?"

〔진행 중일세.〕

긴나라가 미동 없이 답했다. 기계눈이 치직거리며 꺼졌다
가 다시 꿈벅이며 켜졌다.

"성공했군."

금강은 긴장이 풀어져 풀썩 주저앉았다. 천 년이 넘는 아득
한 시간, 윤회를 되풀이하는 동안 바라 마지않았던 소원.

"이 끝나지 않는 전쟁의 굴레를 끝내는 것."

금강은 소원을 읊조렸다.

이끼가 긴 너부데데한 돌 석상의 얼굴에서 눈물이 주룩 흘
렀다. 금강은 이어 꺼이꺼이 소리를 내며 오열했다. 다 이루
었다고 생각하니 마음이 곤죽처럼 흐물흐물해졌다. 금강은
가슴을 부여잡고 아이처럼 울었다.

"구세로군."

겨우 진정한 금강은 새로운 격정에 휩싸여 미친 사람처럼
소리를 높였다.

"구세로다. 내가 세상을 구원했다. 성마의 전쟁은 끝났다.
인간의 오욕은 다 오늘의 해일에 씻겨나가 사라지고 마구니
는 이제 다시는 이 땅에 발을 붙이지 못한다. 그 누구의 마음
에서도 제 군대가 될 욕망을 찾아낼 수 없으리라. 신세기의 시
작이다. 구세기는 끝나고 인류는 광명의 시대로 들어선다. 극
락이 지상에 도래하였도다. 다음 세대의 인간은 모두가 보살
이요, 부처가 되리라. 모두가 백지처럼 한 점 욕망 없는 마음
으로 살리라. 아아, 그 세상을 내 눈으로 볼 수 없는 것만이 한
이구나. 마구니는 이제 없다, 없어! 세상천지에 없다! 이제 다
시는 없다! 다 없어진다! 내가 해낸 거야, 내가, 이 금강이!"

들는 이 하나 없는 허허벌판에서 금강은 마치 수만의 관중을 앞에 둔 사람처럼 환희에 들떠 폭포수처럼 말을 쏟아냈다. 황홀경에 빠져 두 주먹으로 땅을 쾅쾅 치다가 짐승 같은 괴성을 내지른다. 환호하다 으어으어 악다구니를 쓰다가 다시 환호한다.

그러다 겨우 눈앞에 사람이 있는 줄 깨닫고 마음에 없는 인사를 덧붙였다.

"아, 참, 그대와 함께였지, 친구."

죽음과 탄생을 함께 체험하는 듯한 극상의 희열이었다.

주마등이 돌듯 그간의 기나긴 생을 고속으로 다시 체험한다. 천년간 몸을 옥죄던 사슬이 일시에 풀려나간 사람처럼 몸부림치고, 머리를 땅에 쿵쿵 치고, 울고, 또 울다가, 다시 미친 사람처럼 박장대소한다.

긴나라는 그 모습을 시체처럼 창백한 얼굴로 보고 있었다. 파리한 얼굴에 보일 듯 말듯 냉소가 비쳤다.

〔함께 가자, 친구.〕

긴나라가 나무토막처럼 뻣뻣하게 손을 내밀었다.

금강은 그제야 정신을 차리고 어리둥절해서 긴나라를 올려다보았다.

"……어디로?"

〔변모變貌하러.〕

"변모라니, 무엇으로?"

〔새로 태어나는 마구니로.〕

금강은 처음에는 무슨 말인지 알아듣지 못했다. 다음에는 어쭙잖은 농담이려니 하고 헛웃음을 지었다. 다음에는 불길함이 밀어닥쳤고, 다음에는 공포가 솟구쳐 조금 물러났다.

"무슨…… 무슨 뜻인가, 친구?"

긴나라의 기계눈이 치칙거렸다. 찰칵이던 조리개가 반쯤 열린 채로 멈췄다가 다시 녹슨 기계처럼 끼긱거리며 느리게 열렸다.

〔카마 두억시니가 세상을 다 삼키고 나면.〕

긴나라의 하얀 깃털 옷이 어디선가 흐른 피로 더 붉게 물들었다. 이마에서도 핏방울이 솟아 뺨을 타고 흘렀다.

〔카마 두억시니는 새 마구니가 된다.〕

금강은 여전히 알아듣지 못했다.

"무슨 소리를 하는 건가?"

〔이곳은 두억시니의 몸속이다. 금강, 나와 함께, 새로 태어날 이 세상 전체의 왕, 새 마구니에게 흡수되어 하나가 되자.〕

금강의 머릿속은 과부하로 엉망이 되었다. 허, 하고 웃어넘기려다 농담치고는 과하다는 기분이 솟구쳐 입을 바위처럼 다물고 긴나라를 노려보았다.

〔새 왕의 정신은 아직 원초적이고 거칠다. 우리의 마음이 새 왕에게 지성과 인격의 안정을 부여할 것이다. 기쁜 마음으로 그분의 양분이 되자.〕

"자네에게 유쾌한 면이 있는 줄은 알지만, 이 농담은 하나도 재미가 없군."

〔천왕 이외의 퇴마사가 마구니가 태어나는 방식을 몰라야 하는 것 또한 이 전쟁의 규약이었다.〕

〔태초의 규약.〕

〔마구니가 오직 마음 안에서만 전쟁을 하고, 바깥에서는

인간을 해치지 않는 대가로 천왕들과 거래한…….〕

"그만하게, 긴나라."

〔그 규약이 통하지 않는 카마의 세계에서는 비밀을 알아낼 방법이 있더군.〕

긴나라의 기계눈이 째각거렸다. 그 눈 너머는 공허했다. 어둠 외에는 없었다.

〔수백 년에 한 번씩, 자네처럼 퇴마사들이 헛된 꿈을 꿀 때 새 마구니가 태어난다.〕

"그만……."

〔세상 모든 인간이 저마다의 욕망을 잃고 단 하나의 욕망을 갖게 되었을 때.〕

"그만해……."

〔그때 세계는 한번 무너지고 다시 태어나지. 이것이 마구니가 자기 종족을 늘리는 방법…….〕

"그만하라고 했어!"

금강은 육중한 몸을 일으키며 긴나라에게 덤벼들었다. 바위 같은 두 손으로 긴나라의 기계눈을 뜯어내려 했다.

막 기계눈의 부품이 떨어져 나가는 찰나, 긴나라의 눈이 부풀며 물컹거리는 검은 진흙처럼 변했다.

진흙은 이내 거머리의 모습이 되어 금강의 양팔에 달라붙었고, 어깨를 타고 금강의 머리로 덮쳤다. 입과 코와 귀로 파고들고 눈을 파먹고 들어갔다.

"으아아!"

금강은 지옥불에 태워지는 듯한 처참한 비명을 지르며 몸부림쳤다.

고통에 아우성치는 금강의 몸 위로 거머리들이 계속 덮쳐 왔다. 거머리들은 금강의 바윗덩어리 몸을 파먹으며 몸속으로 기어들어 갔다.

〔지금 자네 소원과 내 목적이 모두 이루어지네. 기뻐하게, 금강.〕

긴나라는 시체처럼 창백하게 서서 말했다. 긴나라의 눈에서는 거머리가 끝도 없이 쏟아져 나왔다.

〔나, 긴나라의 목적, 카마의 구세는, 지금 인간의 모든 욕망이 모멸로 대체되는 것으로 이루어진다.〕

금강이 절망 속에서 울부짖는 소리가 긴나라가 말하는 내내 배경 음악처럼 울려 퍼졌다.

〔두억시니의 목적, 모든 인간의 마음에 모멸을 퍼트리는 것 또한 그것으로 이루어진다.〕

금강은 짐승처럼 울었다.

〔내 협시 나한 수다나의 소망, 모든 것이 사라지고 다시 태어나기를 바라는 꿈도 지금 이루어진다.〕

〔그리고 자네 소원, 끝나지 않는 전쟁의 굴레가 끝나는 것은, 지금 세상의 종언으로 이루어진다. 기뻐하게, 금강. 우리는 다 함께 꿈을 이루네.〕

긴나라는 울부짖는 금강을 내려다보며 표정 없이 말했다.

〔안타깝군, 금강. 그대가 마음을 카마에게 내어주었다면, 지금 아무 모순 없이 순수하게 기뻐할 수 있었을 것을.〕

긴나라의 몸이 허물어지며 모두 거머리로 변했다. 거머리의 얼굴마다 둥근 기계눈이 째각이며 나타났다. 거머리들이 금강의 몸을 유린하는 군대와 하나가 되었다.

금강은 목이 틀어막히고 나자 아무 소리도 내지 못하게 되었다.

'이렇게……'

거머리에게 뜯어먹히며, 그 안으로 녹아들며, 금강의 마지막 의식이 단말마처럼 생각했다.

'소망이 짓밟히는 것이…… 이토록 고통스러운 줄 몰랐구나……'

그는 마지막 의식 속에서 울며 자신을 비웃었다.

'다시 태어난다면…… 사람의 마음에서 카마를 없애는 일은…… 다시는…… 하지 않겠다……'

〔자네는 더 이상 그런 일을 할 필요가 없네, 금강.〕

〔전쟁은 끝났네. 우리 소원이 다 이루어졌어. 기뻐하게, 금강.〕

긴나라가 금강을 다정하게 끌어안으며 속삭였다. 둘은 물처럼 녹아들었다.

두억시니의 심소.

검게 물든 바다에서 거무튀튀하고 주룩주룩 흘러내리는 손이 나타났다. 큰 손이 아직 남아 있는 건물의 잔해를 움켜쥐었다.

건물을 반쯤 으스러트리며 괴수의 머리가 수면 위에 모습을 드러내었다. 이마를 짓누르는 붉은 뿔이 기울어진 형태로 박혀 있고 여섯 개의 황금빛 눈이 달린 얼굴이었다.

두억시니의 등 뒤로 끈적이는 검은 날개가 높이 펼쳐졌다. 깃털 끝마다 금색 눈동자와 가느다란 이빨이 달린 입이 나타났다.

무수한 입이 새로 태어나는 환희에 합창하며 울부짖었다.

123 모멸의 해일

나찰이 친구와 함께 질풍처럼 결계 외벽으로 날아 들어왔을 때는 일이 다 끝나 있었다.

진영별로 각 방위를 지키는 전통에 따라, 서쪽에서 금강이 작업을 하는 사이에 나찰은 남쪽에서 정황을 살피던 참이었다.

제3의 눈으로 이변을 알아차리고 급히 들어왔지만 현장은 이미 엉망이었다. 나한들은 물론, 금강과 금와도 흔적도 없이 사라져 있었다. 두억시니의 체내로 삼켜져버린 듯했다.

크게 벌어진 외벽은 생물처럼 꿈틀거렸고, 그 구멍으로 거머리, 혹은 환형생물, 혹은 식충식물 같은 두억시니만이 해일처럼 쏟아져 나오고 있었다. 외벽을 위태위태하게 막고 있던 트바스트리도 산산이 부서져 흩어진 채였다.

두억시니와의 정면 대결은 금기였지만 생각하고 자시고 할 틈이 없었다.

나찰은 등에 진 낫, **찬드라하스**를 뽑아 들었다. 나찰이 적을 겨누자 날이 불에 달군 듯 벌겋게 달아올랐다.

"찬드라하스!"

기합과 함께 나찰이 낫을 크게 회전시키며 손에서 놓자, 낫은 풀려난 독수리처럼 날아올라 쐐액 소리와 함께 나찰의 주위를 회전하며 눈에 띄는 것을 닥치는 대로 갈아냈다.

낫에 닿은 두억시니의 몸은 폭탄에 맞은 듯 펑펑 폭발을 일으켰다. 낫에서 튀어 나간 날카로운 질풍이 사분오열해 흩어지더니, 본체를 보좌하며 군대처럼 적을 썰어냈다.

앞뒤 없이 공격을 날리자마자 퍼뜩 정신이 들었다.

'아차, 힘을 쓰고 말았다.'

이 힘은 고스란히 복사된다. 두억시니가 신장의 힘을 복사해버리면 나한은 손을 쓸 수도 없다.

나찰은 찬드라하스가 열풍을 일으키며 두억시니를 잘게 부수는 동안 다음 수를 생각하지 못하고 발을 동동 굴렀다.

그때 나찰의 등 뒤에서 돌풍이 불었다.

돌풍이라기보다는 태풍.

나찰은 등 뒤에서 전차처럼 몸을 밀어내는 광풍에 놀라 황급히 천구의 등을 누르며 바닥에 납작 엎드렸다.

허리케인 같은 회오리가 나찰을 중심으로 회전했다. 광풍이 나찰이 조각낸 두억시니의 신체를 깨끗이 쓸어 담아 끌어올린다.

천왕 풍천의 **신풍**神風.

회오리 안에서도 칼날 같은 바람이 제각기 따로 회전하며 조각난 살점을 다시 분해하고 있었다.

엉망으로 부딪친 살점들이 서로의 몸에 의해 찢겨나갔다.

신장의 힘이 군대에 가깝다면, 천왕의 힘은 재해에 가깝다는 속설을 그대로 증명하는 기세. 현실이라면 도시를 종잇장처럼 짓밟고 초목을 뿌리째 뽑아 날릴 힘.

곤죽이 된 살점 무더기를 품에 안은 강풍이 방향을 틀어 심소의 외벽에 밀어붙여졌다.

살점들이 벽에 찰싹 붙어 납작해진 채로 꼬물거렸다. 안간 힘을 쓰며 도로 몸을 이어 붙이려 하거나 벌레 모양으로 변형하려다가도, 짓누르는 힘이 너무 큰 나머지 꼼짝도 못 하는 듯했다.

자연히, 벌어진 틈새 주변의 살점은 배수구로 빨려들듯이 심소 안으로 되돌려지고 있었다. 밀고 나오려던 두억시니도 같이 밀려 들어갔다.

"천왕 풍천님!"

나찰은 바닥에 강아지처럼 엎드린 채 고함쳤다.

하지만 해일이나 다름없는 강풍 속에서 소리는 두억시니의 살점과 마찬가지로 조각조각 나 삼켜질 뿐이었다.

〔풍천님, 이대로라면 두억시니가 풍천님의 신풍을 훔칠 것입니다.〕

두억시니의 심소 상공에서 감시하던 가루라의 목소리가 들려왔다. 까마귀 신오를 통한 전언이다.

"북서의 영역에 있는 전 퇴마사에게 알리겠소."

풍천이 말했다.

"두억시니가 내 신풍을 훔치면 이를 상쇄할 다른 힘으로 대처하시오."

"천왕의 힘에 대처할 힘이라고요?"

납작 엎드린 나찰이 저도 모르게 소리쳤다.

"두억시니가 재차 그 힘을 훔치면 바로 또 다른 힘으로 대처하시오."

심소 안에서 가루라의 당황한 소리가 들렸다.

〔제 날개를 최대한 넓게 펴면 저기압을 만들어 잠시 돌풍

을 가라앉힐 수는 있습니다.〕

　짧은 침묵.

　〔하지만 그다음은요? 두억시니가 복사할 힘만 점점 쌓일 뿐입니다. 아랫돌 빼서 윗돌 고이는 것이나 다를 바가 없습니다!〕

　"지금 다른 수는 없소! 여기서 막아내지 못하면 두억시니가 세상 전체로 퍼져 나갈 것이오!"

　추이는 맑은 술이 담긴 하얀 도자기 잔을 반상에 내려놓았다.

　바람 소리가 스산했다.

　불안한 마음에 귀를 까닥이고 긴 꼬리로 뱃전을 탁탁 치다가 옆에 풀어둔 장검을 쥐었다. 물안개가 자욱한 호수에 풍랑이 일었다.

　'이상하군. 집주인에게 마음의 동요가 될 만한 일이 없었는데.'

　추이는 안경을 들었다 놓았다 하고는 뱃머리에 서서 털북숭이 귀를 바짝 세웠다.

　저 호수 밑바닥, 흙 아래쪽에서 미끌미끌한 거머리 같은 것이 굴착기처럼 바닥을 쑤시고 올라오려 하고 있었다.

　"뭐가 어떻게 된 거야, 이게!"

백호는 방 안에서 으르렁거리며 솥뚜껑 같은 손아귀로 거머리를 쳐내며 괴성을 질렀다.

낡지만 아담한 나무집이었다. 손으로 잘라내고 손으로 쓴 듯한 음식 메뉴판이 벽마다 빼곡하게 걸린 집이다. 하나씩 생겨날 때마다 집주인이 뿌듯해했을 모습이 그려질 만큼 정성이 깃든 메뉴판이다. 나무 벽은 여기저기 고치고 보수한 흔적이 많았고, 얇게 금이 가 있는 곳도 있다. 마치 이전에 한 번 부서졌다가 다시 세운 것처럼.

그 바늘 끝만 한 틈으로 거머리가 좀비 떼처럼 비집고 들어오고 있었다.

"왜 심소 카마가 남의 집에 기어들어 오는 거야?"

백호가 으아아우아으아 아우성을 치며 거머리를 손톱으로 난사하고 보니, 열 손가락이 모두 검게 물들어 있었다.

백호는 당황해 손톱을 살폈다.

손톱 사이로 실지렁이처럼 작은 벌레들이 꼬물거리며 파고들고 있었다. 백호는 히에에엑 소리를 지르며 손을 마구 뿌리쳐 떨쳐냈다.

"뭐야, 대체 이건?"

✦

신촌의 병원.

선혜의 침상에 머리를 묻고 있던 진은 고개를 들었다.

스산한 기운이 사방에서 다가오고 있었다. 진은 손을 뻗어 선혜의 마음을 살폈다.

마음이 이어진 사이. 선혜처럼 명확하게는 아니라도 얼마
간은 느낄 수 있었다.

넋이 나가고 혼이 빠진 채였지만(비유가 아니라 실제로) 선혜
의 마음의 벽만은 여전히 탄탄했다. 신장의 마음이 그리 간단
히 침범할 수 있는 곳은 아니었다.

진은 다시 자는 척하며 푹 드러눕고 심소로 들어갔다.

병원의 심소.

온갖 종교의 작은 신상과 제단들이 구석구석 빼곡히 놓인
곳이다. 제단마다 들꽃이 화사하게 장식되어 있고 기도문이
적힌 쪽지가 압핀으로 꽂혀 매달려 있다.

이름을 알 수 있는 신들도 있으나 이름 모를 짐승이나 무속
신들도 있고, 때로는 죽은 가족이나 조상처럼 보이는 신상도
있다.

신상마다 놓인 소담스러운 들꽃이 바람에 흔들려 떨어졌다.

창문 틈새로, 환풍구로, 화장실 배수구와 수도꼭지에서 두
억시니의 촉수가 비집고 들어오고 있었다.

같은 시공이라도 심소는 여러 개가 겹쳐 있다. 같은 사람의
마음에 여러 욕망이 있듯이, 같은 시공에도 여러 욕망이 있어,
서로 소통하지 않는 여러 심소가 평행우주처럼 겹쳐 있다.

진은 이 두억시니가 그 모든 심소를 침범하고 있으리라는
느낌을 받았다.

이 시공 전체가 두억시니의 것이 되어가고 있다.

〔진, 나를 내보내줘.〕

진의 마음 깊은 곳 심해에서 아난타가 울부짖었다.

〔너만으로는 무리야. 제발 내가 싸우게 해줘. 내가 잘못했어. 이렇게 빌게.〕

진은 듣지 않았다. 듣지 않을 테니 입을 닥치라는 대답조차 하지 않았다.

진은 소매가 없는 남색 도포를 뒤로 확 젖히고 팔을 높이 들었다.

팔은 붓으로 부적을 그린 듯한 문신으로 뒤덮여 있었다. 문신은 팔을 타고 어깨와 뺨 왼쪽 위까지 올라와 있었다. 바깥에서 회색으로 탁한 눈동자는 마음 안에서는 물처럼 푸른빛이었다.

진은 춤을 추듯, 혹은 악단을 통솔하는 지휘자처럼 길쭉한 왼쪽 팔을 높이 치켜들며 공중에 곡선을 그렸다. 팔에서 문신이 들뜨더니 검은 연기처럼 진의 주위를 맴돌았다.

나비처럼 춤을 추던 문신들이 두억시니의 촉수를 향해 맹수처럼 달려들었다. 달라붙어 조이고, 테이프처럼 벽에 고정하고, 뒤따라오다 서로 엉키게 한다.

"너희가 무엇이든, 내가 있는 한,"

진이 매섭게 말했다.

"이 앞으로는 한 발짝도 못 나가."

바루나는 시각과 청각, 후각이 돌아오자마자 찬찬히 주변을 살폈다.

몸을 다시 형성할 틈도 없이 계속 창과 칼로 무한히 분해되던 중이었는데, 어쨌든 조각난 머리가 도로 생겨날 정도로는 소강기가 온 모양이었다.

'전선에 변화가 생겼는가.'

수호 마음의 벽이 봉합된 기색은 없었다.

이 마음을 집중해서 공략하는 두억시니의 기세도 꺾인 것 같지 않은데.

바루나는 수호의 마음 안 가장 높은 산 정상에 누워 있었다. 누워 있다고 보기에는 이제 겨우 상반신만 만들어졌고, 하반신은 황금빛뿐이었지만.

암흑이 조금 걷혀 있었다. 걷힌 까닭은 눈앞에서 지귀, 불타는 애욕의 카마가 붉은빛을 뿌리고 있어서였다.

그 아래에는 불가사리가 은은한 빛을 내며, 긴 불꽃의 꼬리를 흔들면서 지켜보고 있었다. 둘의 열기로 아래쪽 눈이 조금 녹아 있다.

바루나의 머리 위로는 근육이 울룩불룩한 거대한 손이 지붕과 기둥을 만들어주고 있었다.

눈밭 아래에서 작은 거머리가 곰실곰실 솟아오르며 바루나에게 접근할 때마다, 뇌공의 손이 전류를 일으키며 거머리를 태워 없애고 있었다.

"이 마음은 끝났네, 카마 바루나."

뇌공의 손이 전류를 찌릿거리며 말했다.

"지금 우리가 도와주러 오지 않았다면 자네는 형체를 되찾을 수 없었을 걸세. 아무리 자네가 회복력이 있어도 이처럼 무한히 살해당하는 환경이라면 죽은 것이나 다름이 없어."

바루나는 아무 말도 하지 않았다.

"안됐지만 바루나, 이 마음의 파국은 두억시니의 침입 때문만은 아닐세. 이 마음은 이미 집으로서 기능을 다했네."

"……."

"자네도 느끼고 있겠지?"

바루나는 묵묵히 조각난 제 몸을 내려다보았다.

지귀가 있는 곳만 밝을 뿐, 수호의 마음 전체는 심해처럼 어둠에 파묻혀 있었다.

"마구니 파순께서 당신의 왕국에서 기다리고 계셔."

지귀가 말했다.

"곧 알현하러 갈 수 있을 거야."

그 말에 바루나는 어리둥절해졌다.

'나를 부른다고? 자기 왕국으로?'

"나는 이 마음을 떠날 수 없다. 수호가 소환해 부르지 않는 한."

바루나가 말했다.

"수호는 곧 마구니 파순의 왕국에 갈 걸세."

머리 위에서 뇌공이 말했다.

"파순께서 그리 말씀하셨네."

"……?"

"수호는 그때 자네 주인으로서의 자격을 전부 잃을 걸세."

"무슨 소리인지 모르겠다."

"곧 알게 될 거야."

지귀가 말했다.

"바루나, 카마를 보호하길 포기한 본령은 놓아주는 수밖에 없네."

뇌공의 긴 한숨 소리가 머리 위에서 들려왔다.

"나도 오래전에 그랬다네."

뇌공이 손가락으로 눈밭을 꾹꾹 눌렀다.

"내 집주인은 참으로 존경할 만한 사람이었네. 나라를 빼앗긴 시기에 우국충정의 뜻을 세운 의인이었지. 그런 훌륭한 사람과 마지막까지 함께하고 싶은 마음은 간절했으나……."

긴 한숨 소리가 팔뚝 너머에서 들려왔다.

"그 사람이 스스로 자신의 생존을 놓아버렸을 때 더는 함께할 수가 없었네."

"……."

"카마는 인간과 달라서…… 목적을 스스로 버리는 선택을 할 수가 없네. 자네도 마찬가지일 걸세. 우리가 집주인을 지키는 것은 자신의 생존을 위해서일 뿐이야."

"바루나,"

지귀가 애원했다.

"살아가자."

"……."

"우리가 무엇에서 비롯되었고 어디서 생명을 얻었는지는 중요하지 않아. 우리가 어떤 존재든, 우리는 살아 있으니 살 권리가 있어."

바람 소리,

도처에 땅과 하늘을 헤집고 쑤셔대는 두억시니의 소리뿐.

124 잘못한 사람의 의무

수호는 선유도 식물원에 누워 있었다.

세 아이가 그 주위에 둥글게 모여 있다.

조금 전 비사사와 스칸다가 머뭇거리는 사이, 부단나는 새처럼 빠르게 움직였다.

수다나를 스칸다의 휠체어에 태워 공원 밖으로 끌고 나간 뒤, 취객으로 위장시켜 정류장에 눕히고 119를 불렀다.

수다나가 구급차에 실려 가는 것을 확인한 부단나는 다시 날쌔게 공원 안으로 들어왔다. 이어서 잠긴 식물원 문을 따고 들어와 어디서 찾아냈는지 모를 담요를 바닥에 깔고 수호를 눕혔다.

몸을 치료하려면 현대의학의 도움을 받아야 했지만, 수호에게 필요한 응급처치는 몸이 아니라 정신이었다.

게다가 수호를 지금 병원에 보내면 아이들인 자신들은 접근할 수 없을 가능성이 컸다. 어영부영하는 사이에 수호의 정신이 돌이킬 수 없이 망가질 수도 있다. 최악의 상황에서는 금강과 다른 퇴마사들이 보호자라며 나타날 수도 있다.

부단나가 누운 수호의 젖은 옷을 찢어 벗겼고 비사사가 몸의 물기와 진흙을 수건으로 닦고 손발을 주물렀다.

부단나가 바삐 움직이는 사이, 스칸다는 수다나의 마음에 침입했다. 해일이 몰아치고 하늘에 박힌 총검이 불을 뿜으며 추락하는 가운데, 마음의 늪에 가라앉은 수호의 본령을 찾아내었다.

마음의 길을 이어놓지 않았다면 불가능했을 추적.

스칸다는 밧줄 다르마파사를 던져 수호를 낚아챈 뒤 선유도 식물원의 심소로 직행했다.

본래라면 본령을 바로 제 마음으로 돌려보내야 했지만 지금 수호의 마음은 수다나의 마음보다도 위험했다. 물론 계속 본령이 마음을 떠나 있을 수도 없으니 임시방편일 뿐이었지만.

비사사와 부단나가 수호의 몸을 돌보는 사이에 스칸다는 심소에서 수호의 정신을 살폈다.

선유도 식물원의 심소.

화사한 꽃이 가득하고 날은 한낮의 봄날처럼 따사롭다. 사계절의 꽃이 한자리에 피어 있을 뿐 아니라 현실에는 존재하지 않는 풀꽃과 꽃나무들도 드문드문 눈에 띈다.

식물들의 마음에서 생겨난 심소.

인간의 마음에 현실에 없는 동물이 나타나듯이, 식물의 마음에도 환상의 식물이 나타나기에 생겨난 공간이다.

식물의 마음을 들여다보려는 자는 흔치 않다. 사람은 물론, 마구니와 카마도. 퇴마사도 마찬가지다. 들여다보려 시도해도 들어오는 것은 또 다른 문제. 따라서 그 어느 곳보다 안전한 곳이었다.

수호는 심소에서도 눈을 뜨지 못했다.

바깥에서 옷을 벗겨두었기 때문일까, 수호는 속옷이나 다름없는 얇은 윗도리에 반바지, 맨발이었다. 이전에 스칸다가 마음에 들어갔을 때 눈여겨보았던 남색 재킷도 어째서인지 사라지고 없었다.

'그 재킷이 갑옷보다도 더 단단히 마음을 지켜주고 있다고 느꼈었는데.'

스칸다는 상반신의 갑옷을 해체해 접어 날개갑에 넣은 뒤 수호에게 다가가 몸을 뒤집어 보았다.

수호의 오른손과 팔은 수다나의 '파마'의 뱀이 휘감고 있었다.

어찌나 많이 꿰맸는지 뱀을 제외하면 남는 공간이 없어 보였다. 몇 가닥만으로도 힘을 제어할 수 있다는 것을 생각하면 지나친 시술이었다. 어느 시점부터는 파마의 의미도 없었고 실상 고문에 가까웠을 것이다.

뱀은 오른손과 팔 이외에도 어깨와 옆구리나 다리까지 군데군데 통과하고 있었다. 실의 흔적만으로도 느낄 수 있었다. 수다나는 광분했고, 공포에 질렸고, 실상 퇴마사의 선을 한참 넘었다.

'그 수다나가 이런 어린애를 상대로 이성을 잃고 싸우다니. 무기도 없는 애가 대체 뭘 어떻게 했길래……'

하지만 벌써 몇 번이나 체험하지 않았는가.

예측을 벗어난 대응. 경험과 훈련을 넘어서는 반응, 상식을 배반하는 전략.

'그' 바루나의 주인이 아니던가.

스칸다는 수호의 팔에 휘감긴 뱀 한 가닥을 잡아당겨보았다. 손은 연기를 통과했고 겨우 뼈대인 실만 잡을 수 있었다.

"흐윽……."

실이 당겨지자 수호는 의식을 잃은 가운데에도 고통스러운 신음을 냈다. 이미 엉망으로 뒤엉켜 풀어낼 도리는 없어 보였다.

"부단나, 협조를 부탁합니다."

마음 안에서는 말을 더듬지 않는 스칸다였다.

스칸다가 말하자마자 부단나가 날쌔게 심소로 뛰어 들어왔다.

"실을 태울 수 있겠습니까? 수호는 제가 붙들고 있겠습니다."

과격한 치료. 하지만 위급 상황이라 이것저것 잴 것이 없었다.

"꽉 붙들어."

부단나는 털투성이의 손가락을 칼처럼 들었다가 수호의 손등 위에 꾹 짓눌렀다. 손끝에서 확 불이 번졌다. 불꽃이 실을 타고 수호의 팔 안으로 번져 들어갔다.

"으아악!"

수호가 눈을 크게 뜨고, 고개를 젖히고 죽어가는 새처럼 비명을 질렀다.

스칸다가 바위 같은 힘으로 수호의 다리를 눌렀다. 부단나가 몸으로 상반신을 타고 앉은 채로 계속 불을 지폈다.

"아악!"

수다나와 상대하며 신음 하나 내지 않던 수호였다. 본능적으로 지금은 안전하다는 것을 아는 걸까. 수호는 아이처럼 울었다.

비명은 불꽃이 마지막 뱀의 머리까지 타고 올라올 때까지 이어졌다. 피부 위에서 요동치던 바늘이 투둑툭 떨어졌다.

부단나가 바늘을 주워 저 멀리 내던졌다. 수호는 끊어진 실처럼 도로 툭, 의식을 잃었다.

"회복할 수 있을 것 같아?"

부단나가 물었다. 스칸다는 고개를 저었다.

"수호가 상처에서 검을 뽑아내는 모습을 본 적이 있습니다. '서'에 전하는 기술입니다만."

스칸다가 답했다.

"하지만 파마의 실은 물질 자체를 변화시킵니다. 회복도 정신이 '본래의 상태'를 기억하고 있어야 가능하지요. 파마의 실은 '본래의 상태' 자체를 변화시킵니다. 그저 고통을 멈추고 더 망가지는 것을 막았을 뿐입니다."

부단나는 입을 다물었다.

"신장 금강도 이를 알고 수다나를 수호에게 보냈을 겁니다."

〔안에서 뭘 한 거야?〕

바깥에서 비사사의 투정 어린 목소리가 들려왔다.

〔몸이 불덩이 같아! 물수건을 가져와줘!〕

"바쁘네, 바빠."

부단나가 서둘러 심소를 빠져나갔고 스칸다는 뒤에 남아 수호의 본령을 살폈다.

스칸다의 날개갑에는 온갖 무기가 들어 있었지만 치료약

은 구비되어 있지 않았다. 마음의 탑에는 몇 종류의 약 설계도가 있기는 하나, 지금 새로 구축할 시간은 없었다.

대신 마지막 날개갑 한구석에 오래전 쟁여놓은 낡은 붕대가 있어 수호의 손과 팔을 단단히 감아주었다. 이 또한 임시방편일 뿐이었지만.

"수호, 들립니까?"

스칸다는 수호의 이마에 손을 얹으며 말했다.

"퇴마사의 치료는 약과 마찬가지로 그저 보조 역할일 뿐입니다. 회복은 스스로 해야 합니다."

수호는 신음하며 몸을 뒤척였다.

"하지만 마음이 부서져서는 회복할 수 없습니다. 우선 마음의 폭풍우를 가라앉히고 어둠을 걷어내야 합니다."

기계처럼 감정이 없는 목소리였다.

"그것만 할 수 있다면 우리가 마음에 들어가서 이것저것 도와줄 수 있을 겁니다."

수호는 눈을 가늘게 떴다. 그리고 스칸다와 시선이 마주쳤다.

상반신 갑옷을 벗은 스칸다가 옆에 정좌한 채 앉아 있었다. 꼭 어느 절에 있는 무신상처럼 보였다.

공격하려는 기색은 없었다. 어째서인지 아까보다 호의적인 눈이다. 이유는 알 수 없었지만 어차피 저항할 기력도 남지 않은 수호는 낙관론에 마음을 맡겼다.

수호는 붕대에 감긴 오른팔을 붙들고 몸을 웅크렸다.

지금은 마음껏 괴로워해도 안전하리라는 기분이 들어서일

까, 참아두었던 고통이 몰아쳤다.

"고맙지만…… 불가능해."

수호는 고통으로 숨을 참으며 말했다.

"어째서입니까?"

스칸다가 물었다.

"내가 잘못을 해버렸어……."

수호가 답했다.

"내가 잘못을 해서 마호라가가 죽어……. 그러니 내 마음은 회복할 수 없을 거야."

"그러면 그 퇴마사를 구하러 가야겠군요."

스칸다는 일말의 망설임도 없이 말했다. 수호는 가쁜 호흡을 뱉다가 무슨 말인가 싶은 기분으로 스칸다를 바라보았다.

"그 퇴마사를 구해야 회복할 수 있다면 가서 구해야지요. 그것이 자신도 구하는 길입니다."

스칸다의 보랏빛 눈이 단호하게 반짝였다.

"수호, 그 사람을 구하기 위해 회복하십시오."

"……."

"그것이 잘못을 한 사람이 치러야 할 대가입니다. 쓰러져 울고 주저앉고 자신을 무너뜨리는 것은 잘못에서 회피하는 것이며, 그것은 잘못한 사람의 자세가 아닙니다."

가차 없는 말이었다.

"정말로 자신이 잘못했다고 생각한다면, 회복하십시오. 잘못한 사람은 자신의 마음을 망가뜨리고 도망칠 자격이 없습니다."

수호는 붕대에 감긴 손을 바라보며 마른침을 삼켰다.

스칸다의 시선이 팔에 머물렀다. 수호가 방금 삼킨 말을 알아듣는 듯했다.

'나는 무기를 잃었다.'

수호는 이미 아는 사실을 재확인했다.

나는 힘을 잃었다.

이제 내가 할 수 있는 일은 없다. 더는 싸울 수 없다.

스칸다도 알고는 있을 것이다.

천왕과 신장을 포함해 그 많은 퇴마사들이 모여도 아무것도 못 하는데, 무기조차 없는 내가 뭘 할 수 있겠는가?

"수호, 보통 사람에게도 퇴마의 힘은 없습니다."

스칸다가 말을 이었다.

"그런데도 모두가 일생 마음의 투쟁을 하며, 때로는 카마나 마구니도 이겨냅니다. 인간의 마음의 힘은 꼭 퇴마의 힘에만 있지 않습니다."

허망한 말이었다. 맞는 말이지만 위로는 되지 않았다.

"우선 마음의 폭풍을 가라앉혀보십시오. 도움이 되도록 내일 맛있는 음식을 사드리지요."

'응?'

수호는 눈을 깜박였고 둘은 서로 우스꽝스러운 눈빛을 교환했다.

"연남동에 좋은 중국집을 압니다."

"……."

"짜장면 좋아하십니까?"

"……좋아하지만."

"맛있는 음식만큼 마음에 좋은 약이 없습니다. 허울 좋은

694

말보다 먹을 것이 낫습니다."

"……."

"두 번 사드릴 수도 있습니다."

"……."

"세 번……?"

그때, 심소가 지진이 난 듯 흔들렸다.

스칸다는 전광석화처럼 경계 태세를 갖추고 갑옷을 도로 조립해 입으며 몸을 일으켰다.

'적의 침입인가.'

하지만 이상한 일이었다. 이곳은 식물의 심소. 사람의 마음과는 달리, 지구의 멸망쯤에나 흔들릴 법한 안정적인 심소일 텐데.

수호는 흔들리는 바닥에 몸을 웅크린 채 꼼짝도 하지 않았다. 어차피 대응할 기력은 조금도 없었다.

흙바닥이 갈라지고 버섯이나 곰팡이 같은 거머리가 여기저기서 삐죽이며 고개를 들었다. 썩은 내를 풍기는 거머리들이 자라난다. 몇 개는 끝이 벌어지며 이빨이 드러났다.

스칸다는 휘트워스 소총을 손에 쥐었다가 멈칫했다. 상대가 두억시니라면 공격하는 순간 기술을 빼앗길 것이다.

'수호를 쫓아온 건가? 그래도 그렇지, 어떻게 여기까지 침범했지?'

주변이 어수선해졌다. 무장한 비사사와 부단나가 허겁지겁 심소로 들어오고 있었다.

"다 같이 들어오면 안 됩니다! 진영을 나누어야 해요!"

스칸다가 고함쳤다.

"알아, 하지만 상황이 심상치 않아!"

비사사가 말했다. 비사사가 스칸다의 반대편에서 수호를 등지고 감싸듯이 서자, 부단나도 다른 방향에서 수호를 둘러싸고 섰다.

그리고 소리가 들려왔다.

〔'북서'의 영역에 있는 모든 퇴마사들에게 알립니다.〕

천왕 풍천의 목소리였다.

125 결사 항전

천왕 풍천의 목소리. 풍천의 어깨에 앉은 까마귀 신오가 라디오방송처럼 전하는 소리였다.

천왕이 나한에게까지 직접 목소리를 전하는 일은 흔치 않았다. 적어도 비사사와 부단나는 자신의 생에서 처음 겪는 일이었다.

〔현재 '북서' 진영은 서울 북서의 부서지는 심소의 결계를 막는 데에 실패했습니다.〕

부단나와 비사사가 시선을 교환했다.

〔지금 두억시니가 경계 없이 세상으로 퍼져 나가고 있습니다. 서울 북서뿐 아니라 나라 전체…… 아니, 어쩌면 세상 전체의 모든 심소, 모든 사람의 마음이 전부 위험에 처했습니다.〕

〔전 퇴마사는 지금 즉시 두억시니와의 결전에 임하십시오.〕

셋은 서둘러 자신의 마음을 살폈다.

아직은 안전했다. 퇴마사의 마음에는 마구니라 해도 침입하기 어렵다.

하지만 보통 사람들은 그렇지 않을 것이다. 지금 카마가 없는 마음에는 두억시니가 침입하고 있을 것이고, 있는 마음에서는 카마가 하나둘 잡아먹히고 있을 것이다.

〔하지만 풍천님! 두억시니는 기술을 복사합니다!〕

어디선가 다른 퇴마사의 항변이 들려왔다.

〔우리 모두가 두억시니와 싸운다면, 두억시니는 우리의 모든 기술을 복사하여 무적이 됩니다!〕

〔두억시니는 싸울 수 없는 카마입니다!〕

여러 퇴마사의 목소리가 동시에 들려왔다.

〔압니다!〕

풍천이 추상같이 답했다.

〔이기기 위한 싸움이 아닙니다. 지금 남, 동, 북, 전 진영의 퇴마사들에게 조력 요청을 했습니다. 이들이 다시 결계를 만들어 두억시니를 가둘 것입니다.〕

풍천이 잠시 침묵했다.

〔'북서'의 전 진영은 그때까지 전력으로 버팁니다.〕

〔미리 말씀드립니다. 필요에 따라, 결계를 칠 퇴마사들은 우리를 같이 두억시니의 심소에 가둘 것입니다.〕

그 말에 부단나, 비사사, 스칸다는 서로를 돌아보았다.

〔여러분의 역할은 두억시니가 더 퍼져 나가지 않도록, 여러분들과의 싸움으로 흥미를 끌고 시간을 허비하게 하는 것입니다. 최대한 살아남으시고, 최대한 오래 버티십시오. 하지만 경우에 따라서는……〕

풍천은 잠시 망설였지만, 결국 결단을 내린다.

〔절멸을 각오하십시오.〕

'절멸.'

풍천의 선언에 잠시 침묵이 내려앉았다.

698

〔알겠습니다.〕

답이 돌아온다.

〔알겠습니다.〕

〔다시 만납시다.〕

〔최대한 끌어주지.〕

〔흥, 내가 더 오래 끌 거야.〕

신오의 방송이 끊겼다.

세 명은 수호를 등지고 둘러싼 채 잠시 침묵에 빠졌다.

"지금 제 임무는 두 분을 보호하는 것입니다."

스칸다가 바닥에서 꿈틀꿈틀 머리를 내미는 거머리를 바라보며 말했다.

"이미 임무가 있는 이상 제겐 천왕 풍천의 지령을 받을 여력이 없군요. 하지만 할 일은 다르지 않을 듯합니다."

비사사가 스칸다를 바라보고 수호를 내려다보았다.

"나는 수호를 지키겠어."

부단나가 그 말에 비사사를 보았다.

"수호는 나와 부단나를 위해 자기 몸을 내놓았어. 이 빚을 갚지 못하면 이번 생을, 아니, 앞으로의 모든 생을 다 후회 속에서 살 거야."

"나는 누나를 보호해야 해."

부단나가 말했다.

"그걸 위해 수호를 지키겠어."

"알겠습니다. 저는 두 분을 지키기 위해 수호를 보호하겠습니다."

스칸다의 날개갑 문이 철컥이며 열렸다 닫혔다. 안에 있는 무기들이 전부 모습을 드러냈다. 가진 자원을 모두 검토하는 듯했다.

"진은 방어 위주로 짜겠습니다."

"지휘를 맡기겠어, 스칸다."

비사사가 재빨리 결정하고 말했다.

신장이 없는 나한들만의 전투.

나한 중 가장 강하다고 알려진 스칸다가 아직 신장이 되지 못한 이유는 '명령'에 의해서만 움직인다는 절대적인 자기 제한 때문이었다. 하지만 그 제약이 풀린 스칸다라면 그렇지 않다.

"받아들이겠습니다."

말을 마치자마자 스칸다의 몸에서 갑옷이 전부 해체되어 떨어져 나갔다.

스칸다는 자세를 낮추며 날개를 공작새처럼 활짝 펼쳤다.

날개갑 하나하나의 연결고리에서 나사가 툭툭 풀려나가더니, 하나씩 떨어져 나갔다. 떨어져 나간 갑이 회전하며 수호를 중심으로 모두의 주위에 방진을 펼쳤다.

쇠갑이 훈련받은 군대처럼 일사불란하게 움직였다.

방진 바깥에서 거머리 하나가 고개를 내밀고 접근하려다 회전하는 쇠갑에 부딪혀 튕겨 나갔다. 빈틈이 생긴다 싶어 거머리가 진입하려 들면 바로 그 자리로 날아든 쇠갑이 몸을 찢는다.

화려한 위용이었다.

부단나와 비사사는 새삼 스칸다가 지닌 날개의 규모를 체감했다. 과연 공작이라는 별명에 어울리는 현란함이다.

"바깥에서 오는 적은 공작으로 막겠습니다. 하지만 적은 땅속이나 하늘에서도 올 것이니, 방진 안쪽의 방비는 두 분에게 맡기겠습니다."

날개갑 하나의 문이 열리며 쇠지팡이 하나가 부단나의 손에 하늘하늘 내려와 잡혔다.

"마법은 응용하기 쉽습니다. 불은 최후의 순간까지 쓰지 마십시오."

부단나는 고개를 끄덕이며 검을 쥐고 수호를 향해 섰다. 마침 땅에서 거머리가 솟아오르자, 부단나는 지팡이로 그 머리를 쿡 찍었다.

"활 또한 적이 쓰기 시작하면 피하기 어렵습니다. 원거리 공격 또한 최후의 순간까지 자제하십시오."

다른 날개갑이 열렸고 다른 쇠지팡이가 내려와 비사사의 손에 쥐어졌다.

비사사도 수호를 향해 서서 온실 천장에서 떨어지는 거머리를 지팡이를 휘둘러 쳐냈다.

"사소한 질문이지만, 쓰고 나면 어떻게 되지?"

비사사가 지팡이를 회전하며 물었다.

"끝납니다. 몇 초 더 버틸 뿐이겠지요."

"이해하기 쉬워서 좋네."

"명심하십시오. 마지막까지 가능한 무식하고 단순하게 싸워야 합니다. 되받았을 때 우리 쪽 타격이 크지 않도록요."

"애들처럼 말이지."

부단나가 이해했다는 듯 답했다. 스칸다의 날개갑 방진이 속도를 높이며 회전했다.

수호는 그 가운데 조용히 누워 있었다.

눈앞에 비죽이 작은 거머리가 자신을 바라보고 있었다.

하나, 둘, 아니, 수십.

모두가 자신을 바라보고 있다.

두억시니의 원한 섞인 말이 머릿속에서 울려 퍼졌다.

너. 를. 제. 일. 먼. 저. 먹. 을. 것. 이. 다.

수호는 눈을 감았다.

놀라 손을 뻗는 비사사와 부단나, 그리고 돌아보는 스칸다의 모습이 감기는 눈 사이로 흐릿하게 보였다.

다시 눈을 떴을 때 수호는 선유도 끝자락, 한강 변에 서 있었다.

모멸이 해일처럼 진격해오고 있다.

썩고, 낡고, 으스러지고, 문드러지고, 좀 슬고, 비틀리고, 일그러지고, 악취를 풍기고.

그리고 왕이 눈앞에 있었다.

모멸의 왕.

혐오와 경멸과 멸시와 조롱과 얕잡아봄의 왕.

받은 모멸을 제 주변의 가장 약한 이에게 되돌려주는 카마, 상처만으로 이루어진 부서진 마음의 왕.

한강은 검게 물들어 있었고 그 검은 물에서 왕이 기어 나와 수호와 마주하고 있었다.

이마에 뿔을 깊이 박은 채, 등에 눈과 입으로 가득한 날개를 펼친 채.

해일 같은 멸시가 큰 둑이 터진 듯 쏟아져나왔다.

수호는 붕대에 감긴 오른팔을 쥔 채 해일처럼 밀려드는 모멸을 마주 보았다.

어째서일까. 매번 마지막 싸움이라고 믿는데, 또 마지막이 온다.

매번 이번만은 이길 수 없으리라고 생각하는데, 또 지나고, 또 다음 싸움을 마주한다.

하지만 바루나라면 불평하지 않겠지.

잃은 것을 돌아보지 않고, 다음을 생각하지 않고, 매번 지금 가진 것을 다 걸 것이다.

수호는 문득 깨달았다.

'나는 아직도 내놓을 것이 있다.'

이 심장이 살아 뛰는 한은, 숨이 붙어 있는 한은 내놓을 것이 있다.

신기하기도 하지. 가진 것이 아무것도 없어도, 자신만만한 미소를 지으며, 흉내를 내며, 허세를 부릴 수 있다.

바루나처럼.

"두억시니,"

수호는 고개를 높이 쳐들고 말했다.

"나를 데려가."

수호는 붕대에 감긴 오른팔을 꾹 쥐고 말했다.

두억시니의 푹 들어간 눈이 수호를 내려다보았다. 눈두덩에서는 이글거리는 경멸이 쏟아져나왔다.

"나를 원하는 걸 알아."

두억시니가 소름 끼치는 소리로 울었다.

"나를 데려가. 만족할 만큼 모멸을 먹게 해줄 테니까."

수호는 웃었다.

기뻤다. 이렇게 모두 잃은 뒤에도, 아직도 내놓을 것이 있다는 사실에.

아직도 싸울 수 있다는 사실에.

한강에 반쯤 잠긴 두억시니가 몸을 숙였다. 썩어 흘러내리는 양팔이 수호의 양쪽에 쿵, 하고 내리꽂혔다. 땅이 크게 흔들리며 먼지가 피어올랐다.

"그 대신 마호라가를 돌려줘."

수호는 다정하게 말했다. 오랜 친구에게 부탁하듯이.

사실 친구나 다름없었다.

이미 두억시니의 모멸은 마음을 다 채우고 있었으니.

저 부들거리며 흘러내리는 살이며, 피부에서 부패해 가스가 터지듯 툭툭 올라오는 기포며, 마치 현실처럼 손에 잡힐 듯 보인다.

두억시니, 나는 누구보다도 너를 또렷하게 볼 수 있다.

내가 전부 속속들이 이해하기에.

네 모멸을.

세상을 모멸로 물들이고 싶은 네 욕망을, 내가 전부 이해하므로.

"마호라가를 집어삼켰지만 보이지도 만질 수도 없지? 어차피 네겐 필요 없을 테니 돌려주고 나를 가져가."

두억시니가 포효했다.

수호의 주위로 썩은 진흙이 뚝뚝 떨어졌다. 떨어진 진흙에서는 검은 연기가 솟아올랐다.

너. 는. 자. 신. 을. 거. 래. 할. 수. 없. 다.

두억시니의 목소리가 마음 안에서 들렸다.

나. 는. 이. 제. 세. 상. 의. 주. 인. 이. 다. 너. 는. 내. 게. 는. 아. 무. 가. 치. 도. 없. 다.

"그래도 나를 제일 먼저 먹고 싶겠지."

두억시니의 근육이 불끈거렸다.

"그런데 먹을 수가 없지?"

수호는 자신만만한 냉소를 지었다. 바루나처럼.

"그렇게 내 마음을 다 헤집어놓고 속속들이 쑤셔놓았는데도 날 조종할 수가 없잖아."

너. 는. 내. 것.

이. 세. 상. 은. 이. 제. 전. 부. 내. 것. 이. 고. 너. 는. 이. 세. 상. 에. 속. 한. 티. 끌. 일. 뿐. 이. 다.

"그런데 나는 못 가졌지."

수호는 말했다. 바루나처럼.

"그리고 그게 몹시 거슬릴 거야. 너는 나부터 먹어야 하니까."

두억시니가 입을 다물었다.

"세상을 다 가진 위대한 왕이, 창피하게시리 나 하나를 먹지 못하는 거야."

"……"

"마호라가를 돌려줘. 그러면 나는 네 것이 되겠어. 이 마음을 네게 전부 주겠어. 네게 바닥까지 삼켜지겠어. 내 마음에서 하고 싶은 건 뭐든 할 수 있을 거야."

두억시니의 팔에서 미끌미끌한 거머리가 툭툭 떨어졌다.

한강은 전부 거머리로 채워져 있었다. 여기저기서 이빨과 눈이 있는 촉수가 솟아올랐다 가라앉았다.

내. 게. 들. 어. 와. 라.

두억시니가 말했다.

"먼저 마호라가를 돌려주면."

수호가 버텼다.

우. 선. 네. 가. 무. 엇. 을. 할. 수. 있. 는. 지. 보. 겠. 다.

"……."

내. 가. 맛. 본. 네. 모. 멸. 이. 충. 분. 히. 만. 족. 스. 러. 우. 면.

그. 런. 하. 찮. 은. 퇴. 마. 사. 하. 나. 쯤. 세. 상. 의. 군. 주. 로. 서. 네. 게. 돌. 려. 줄. 수. 도. 있. 다.

불리한 제안이었다.

하지만 수호는 친구가 집에 놀러 오겠다는 제안이라도 들은 듯 고개를 끄덕였다.

"그래, 알았어."

두억시니의 몸이 변형되었다. 몸이 크게 펼쳐지며 검은 우산처럼 수호의 머리 위를 덮었다. 머리 위로 진흙이 뚝뚝 떨어졌다.

'모두 내려놓는다.'

수호는 눈을 감고 생각했다.

'저항하는 마음도, 살려는 의지도, 희망도. 무엇보다도……'

그 무엇보다도,

'바루나를,'

어디선가 바루나가 듣고 있다는 기분이 들었다.

'너를 지운다.'

바루나가 좌절한 눈으로 이쪽을 보는 듯했다.

그것으로, 수호와 바루나와의 연결이 완전히 끊어졌다.

126 지옥

시
간
이

정
지
했
다
.

두억시니가 수호를 삼키기 직전, 심소가 겹쳐지고 다른 심소가 수호를 덮었다.

똑같이, 세상 전체를 영역으로 하는 심소가.

붉은 하늘.

황금빛이 섞인 주홍빛 웅장한 구름이 수호의 주위를 흘러 갔다.

수호는 끝없이 펼쳐진 붉은 하늘 속을 깃털처럼 느릿느릿 떨어졌다. 지구 전체가 눈에 들어올 만큼 높은 곳에서부터.

태양이 저 아래 우주처럼 펼쳐져 있었다. 바다는 피처럼 붉고 걸쭉했다.

수평선 너머에서는 화산이 분출했다. 꿈틀거리며 치솟는 화산에서 검은 뭉게구름이 치솟고 재가 쏟아져 내린다. 부글거리며 끓는 용암이 이글거리며 흘러내려 초목을 새까맣게 불태운다.

대기는 열풍으로 가득했지만 죽처럼 걸쭉하고 불처럼 뜨겁다. 끓어오른 바다의 수증기가 산소 대신 공간을 채우고 있다.

덕분에 수호는 늪에 가라앉는 새털처럼 천천히 가라앉아 갔다.

눈에 띄는 모든 것이 불탄다.

산은 벌거숭이가 된 채로, 드높은 마천루와 도로에 정차된 차는 모두 뼈대만 남은 채 날뛰는 불에 휩싸여 있다. 도로는 녹아 끓으며 검은 죽이 되어 흘러내린다.

살아 있는 것은 아무것도 없다.

사람들은 물론이고 벌레들이나 개미들마저 다 타 죽었을 것이다. 물고기들과 조개와 산호초들마저 삶아지고 익혀져 죽었을 것이다.

초목은 다 불타 없어졌고 산에 살던 짐승들도 모두 숯이 되어 죽었을 것이다. 숨을 쉴 대기가 남지 않아 지하나 하늘로 대피한 사람들마저 다 죽었을 것이다.

모든 생명이 죽어 사라진 곳.

종말.

멸망.

멸종.

절멸.

파탄.

멸절.

파국.

몰락.

소멸.

파멸.

살아 있는 모든 것이 죽은 세계.

수호는 녹아 눌어붙은 도로에 내려앉아 길게 누웠다.

몸에는 힘이 한 점도 남아 있지 않았다. 움직일 수가 없었다. 아무것도 느껴지지 않았다. 열기도. 고통도.

저 멀찍이 있는 불타는 탑에서 화려한 불꽃 하나가 한 덩어리 내려왔다.

가까이 내려선 것을 보니 그것은 불덩이가 아니었다. 불꽃 같은 긴 옷자락을 끌고 불꽃처럼 이글거리는 머리카락을 한 거인이었다.

극상의 아름다움.

전신은 예술가가 섬세하게 세공한 듯한 화려한 문신으로 뒤덮여 있었다. 머리 양쪽에는 산양의 뿔이 박혀 있었고 발도 산양의 발굽이었다. 등에는 여섯 장의 불타는 날개가 태양처럼 화려하게 펼쳐져 있었다.

눈동자는 홀리는 듯 영롱하게 빛났고 외모는 남자인지 여자인지 분간이 가지 않았다. 어느 쪽도 아니거나 양쪽 다일 것이란 생각이 들었다.

"내가 보이는가? 어린 광목천."

이 타화자재천의 왕, 마구니 파순이 입을 열었다.

소리는 사방에서 들렸고 수호의 마음속에서도 들렸다. 마치 여러 사람이 수호를 둘러싸고 합창하는 듯한 목소리였다. 남자와 여자, 노인과 아이의 목소리가 다 섞여 있었다.

강림한 마구니 파순의 발끝이 희롱하듯 수호의 눈앞에 와 닿았다. 보석으로 장식한 발굽이 눈앞에 어른거렸다.

"너, 혹시 이런 말 들어본 적 있어?"

장난기 어린 말투.

하지만 그 너머에는 세상을 산산조각 내고도 남을 법한 무시무시한 것이 도사리고 있었다.

"너는 이 세상 전체의 욕망을 볼 수 있는가?"

수호는 녹아 흘러내리고 작열하는 도로에 길게 누운 채, 보석이 박힌 마구니 파순의 발굽을 바라보았다.

여러 사람이 같은 소원을 빌면 심소가 생겨난다. 그 집단 의식의 영역만큼.

만약 모든 사람이 같은 욕망을 가지면, 그 심소의 영역은 세상 전체가 된다.

이제 알 것 같았다. 마구니가 무엇인지.

무엇을 마구니라 부르는지.

'세상 전체의 욕망의 카마.'

수호는 그제야 알 수 있었다.

'……하나의 카마가 세상을 다 삼키면, 그 카마는 마구니가 된다.'

그리고 그 심소는, 세상 전체에 걸쳐 있는 심소.

어디에나 있고, 모든 곳에 있는 곳. 누구의 마음에나 있는 곳.

지옥.

카마 하나가 세상을 다 삼킬 때 새 지옥 하나가 태어나며, 그 카마는 새 마구니가 된다.

"그래."

마구니 파순이 수호의 마음을 들여다본 듯 답했다.

화염 속에서 카마들이 하나둘 나타나 쓰러진 수호의 주위로 천천히 모여들었다.

"이곳은 저 고대로부터 인류 전체의 원념怨念이 만들어낸, 세상 전체를 영역으로 하는 심소."

파순이 여러 겹의 목소리로 말했다.

"인류가 자연이라는 본성에 거슬러 모래성처럼 쌓아 올린 문명을 무너뜨리고, 도덕과 윤리, 법과 규범을 다 깨어 부수고, 구축해온 모든 것을 남김없이 산화시키고, 자신의 생명을 전부 다 불태우고, 세상 전체와 함께 불꽃처럼 파멸하고 먼지처럼 사멸해, 존재 이전의 원초적인 모습, 무無로 돌아가기를 바라는 인류 근원의 욕망."

몰려든 카마들이 한 치 옆에서 수호를 욕망에 이글거리는 눈으로 핥듯이 보았다. 카마들의 입에서 침이 뚝뚝 흘렀다.

"인류 전체가 태초부터 마음 한구석에서 품었던 욕망, **파멸.**"

파순은 붉은 입술을 혀로 핥았다.

"이곳은 그 심소, **타화자재천.**"

수호를 둘러싼 카마의 수가 점점 불어났다.

"그러니 나는 어디에나 있고, 누구의 마음이든 드나들 수 있다. 온 세상이 나의 왕국이며, 내가 이 세상 전체의 주인이므로."

콘서트라도 구경하듯 수호의 주위로 군중이 구름 떼처럼 몰려들었다. 같은 모습은 하나도 없는 괴물들이었다.

"내 왕국에 들어올 수 있었으니 그 누구보다 더 잘 이해하겠지, 어린 광목천?"

파순이 말했다.

"네가 이곳에 올 수 있었던 것은, 네가 누구보다 강렬히 욕망하였기 때문이니."

파순이 새 신하를 받아들이는 군주처럼 말했다.

"너 자신의 파멸을."

수호의 주변은 이미 군중으로 가득 차 있었다.

군중에 밀려 가까이 오지 못한 카마들은 수호를 구경하기 위해 다투어 높은 건물로 기어 올라갔다. 날 수 있는 것들은 수호의 머리 위에 새까맣게 몰려들었다.

"모든 인간의 욕망이 하나가 될 때 새 마구니가 태어난다."

파순이 말했다.

"인간끼리의 말로 집단 히스테리라고 하던가? 군중의 망상이라던가?"

파순이 즐겁다는 듯이 웃었다.

"그 여파로 세상은 업화에 휩싸인다. 새 마구니의 탄생은 내 목적에 이르는 길이니, 그것이 내가 마구니 중의 마구니로 불리는 이유다."

수호 가까이 온 우牛, 털북숭이 원숭이가 긴 팔로 수호를 쿡 찔러보았다.

수호는 움직일 기력도 없어 그대로 누워 있었다.

오른팔은 바윗덩이처럼 무거웠다. 몸 전체에도 돌덩이가 군데군데 박혀 있는 것만 같았다.

카마 하나가 수호의 옆구리를 코끝으로 툭 쳤다. 얼굴에 털이 북슬북슬하고 몸은 큰 두꺼비 같은 카마였다.

"얘 때려봐도 돼?"

두꺼비 같은 카마가 속삭였다.

"난 사람이 아파서 우는 게 좋아."

다른 카마가 물컹물컹한 다리를 수호에게 뻗었다. 얼굴에는 눈알밖에 없고 몸은 흐물흐물한 지네처럼 보이는 카마였다.

"얘 놀려봐도 돼?"

눈알 달린 지네가 거대한 눈을 뒤룩뒤룩 굴리며 수호의 너덜너덜한 옷을 실 같은 발로 잡아당겼다.

"난 사람이 창피해서 우는 게 좋아."

카마 사이를 헤치고 큰 얼굴만 있는 카마가 뒤뚱거리며 나타났다. 뒤룩뒤룩한 눈알에 입은 거대했고 얼굴 뒤로는 수북한 머리털뿐이었다.

"얘 한 입만 먹어봐도 돼? 난 먹는 게 좋아."

거대한 얼굴의 카마가 누가 말릴 새도 없이 수호의 몸을 삼키려 들었다.

그러자 몰려든 카마들이 성을 내며, 순서를 지키라며 얼굴에 달라붙어 두들겨댔다.

소란이 일었다. 카마끼리 이리 당기고 저리 당겼다.

아귀 하나가 끝까지 남아, 뼈가 드러난 턱으로 수호의 팔옆에서 이빨을 따닥거리다가 다른 카마에게 붙들려 질질 끌려갔다. 가까이 오지 못한 카마들은 멀리서 야구장에 모인 관중처럼 박자를 맞추어 발을 구르며 함성을 질렀다.

수호는 자기 몸뚱이 하나를 두고 일어나는 시장통 같은 소란을 남의 일처럼 지켜보았다.

"내 왕국의 손님이여, 자비로운 군주인 내가 네 소원을 이루어주겠다."

고대의 예술품처럼 아름다운 눈을 빛내며 파순이 말했다.

"파멸하라."

말이 떨어짐과 동시에 어디선가 밧줄이 날아와 수호의 목을 휘감았다. 달군 철심을 목구멍에 쑤셔 넣는 듯 뜨거운 밧줄이었다.

살이 끓는 듯했다. 솟구친 연기까지 얼굴을 덮쳐 숨이 턱 막혔다. 수호는 황급히 밧줄을 붙잡았지만 손바닥만 같이 탈 뿐이었다.

'진짜가 아니야……'

하는 생각으로 정신을 바짝 차리니 간신히 숨통이 트였다.

하지만 뜨거움은 그대로였고 목이 말라붙어 소리가 나오지 않았다. 밧줄이 거칠게 수호의 몸을 당겨 올렸다.

그와 함께 수호의 몸 아래로 장작더미가 날아와 쌓였다.

지푸라기와 나뭇가지가 사방에서 쏟아지고, 이내 멀리서도 볼 수 있도록 드높은 제단이 되었다. 제단이 무대처럼 높이 솟아오르자, 잘 안 보인다고 소란을 떨던 군중이 환호성을 질렀다.

밧줄은 제단이 완성되자 등 뒤에 나타난 기둥에 수호의 목을 매어둔 채로 툭 흘러내렸다.

수호는 밧줄 때문에 쓰러지지도 못하고 기둥에 기댄 채 주저앉았다. 숨을 헐떡이는 것 외에는 할 수 있는 일이 없었다.

제단 주위로 불기둥이 솟구쳤다.

제 모습이 모두에게 드러나자 수호도 세상 전체를 볼 수 있었다.

세상의 카마가 다 모여 있다. 지평선 끝까지 온갖 카마로 빼곡한 모습이 나름대로는 장관이었다.

"보아라, 바루나."

바루나의 이름이 들리자 퍼뜩 정신이 들었다. 수호는 눈을 번쩍 뜨고 주위를 두리번거렸다.

"네 집주인은 제 삶을 포기했다."

귓속이 쩡쩡 울렸다. 여러 사람이 수호를 둘러싸고 같이 합창하는 듯한 목소리.

익숙한 기척이 눈앞에 나타났다.

수호는 퍼뜩 놀라 앞을 보았다. 바루나가 산처럼 서서 수호를 내려다보고 있었다.

'바루나!'

불렀지만 말은 나오지 않았다.

음울하고 냉랭한 눈. 낯선 사람을 보는 듯한 눈. 아무 인정도 없는 눈. 처음 만났을 때와 마찬가지로.

코트 하단은 이제 겨우 만들어지는 듯 푸른 알갱이가 점점이 피어나고 있었다.

"바루나, 네가 저 아이를 지키는 까닭은 네 목적을 이루기 위해서다. 너의 생존을 위해 네가 사는 공간을 지키기 위한 것."

파순의 흥겨운 목소리가 이어졌다.

"네 보금자리를 파괴하기로 마음먹은 이상, 너는 네 집주인을 지킬 의무가 없다."

바루나의 눈은 늪처럼 침울했다.

'바루나……'

역시 말은 나오지 않았다.

"수호는 이제 네 목적의 방해자다. 네 '적'이다."

바루나의 눈에 분노는 없었다.

아쉬움뿐.

어쩔 수 없는 일은 어쩔 수 없다는 체념.

"동의한다."

바루나가 입을 열었다.

숨이 막혔다.

반박할 수 없는 사실인데도 가슴이 아팠다. 이 아픔, 아마도 바루나의 감정이겠지.

제단 아래에서 카마 군대의 우, 우, 하는 응원의 환호성이 들려왔다. 세상 전체가 흥분으로 들썩이는 듯했다. 재판관이 죄목을 읊는 듯한 파순의 목소리가 이어졌다.

"수호는 이미 너를 제거하려 했다. 스스로 하지 못하자 퇴마사까지 불러들여 없애려 했다. 네가 그래도 끝끝내 참은 것은 네 생존을 위해서였다. 하지만 수호는 이제 너의 생존에도 소용없어졌다."

바루나의 무거운 침묵이 수호의 눈 위에 얹혔다.

"……동의한다."

바루나가 답했다. 낮은 음성이었지만 또렷했다. 제단 아래의 환호성이 더욱 커졌다.

"수호는 자신을 희생해서 마호라가를 구할 작정이다. 설득할 길은 없다."

"……동의한다."

"네가 생존할 방법은 이제 하나밖에 남지 않았다."

타화자재천의 왕, 멸절의 제왕, 마구니 파순이 타는 듯한 눈을 빛내며 말했다.

"나와 계약하고 네 적인 수호의 인격을 집어삼키고 그 몸을 차지해라. 그리고 너와 수호의 생존을 지켜라."

파순의 선언이 타화자재천에 낭랑하게 울려 퍼졌다.

"바루나, 지금 네가 살아남을 다른 길은 없다."

수호를 내려다보는 바루나의 눈빛이 늪처럼 깊어졌다. 짙푸른 눈에 담긴 아쉬움 위로 슬픔이 드리워졌다.

하지만 슬픔은 다시 체념으로 변했다.

"……동의한다."

127 하나의 목적

수호도 동의했다.

반박할 길은 없었다. 만약 지금 도로 아까의 자리로 되돌아간다면, 수호는 다시 망설임 없이 목숨을 버릴 것이다.

이제 바루나가 나와 공존할 길은 없다.

나는 이제 바루나의 적이며, 방해자다.

내가 나를 파괴하려고 마음먹었으므로.

내가 내 생명을 포기했으므로.

네 보금자리인 이 생명을.

"내게 중요한 것은 내 목적뿐이다. 다른 것은 아무것도 중요하지 않다."

바루나가 말했다. 다시 군중이 흥분으로 들썩였다.

수호는 체념하고 몸에 긴장을 풀었다. 다른 길이 없다는 생각이 들자 웃음이 났다. 수호의 쓸모없는 오른팔은 붕대에 감긴 채 돌덩이처럼 제단에 얹혀 있었다.

'미안해, 바루나.'

수호는 마음이 전해지기를 바라며 생각했다. 서로 바라는 바는 달랐어도 미안한 일은 미안했다.

'내가 네 마음의 주인인데 어쩌다 이렇게까지 갈라졌을까.'

바루나의 눈빛에는 변화가 없었다.

'너는 나보다 강하니까 내 몸을 더 잘 쓸 수 있겠지. 네가 원하는 것을 이루어, 바루나. 설사 그게 내가 원하는 바가 아니라고 해도.'

수호는 금방이라도 불이 붙기를 바라는 듯 꿈틀거리며 일렁이는 제단을 내려다보았다. 이제 바루나가 자신을 삼키는 의식을 치를 제단을.

'그간 고마웠어.'

그것만은 사실이었다.

퇴마사들이 뭐라고 하든, 나는 네가 없었으면 지금까지 살 수 없었다. 네가 태어나지 않았다면 일찌감치 죽었다. 지금까지 내가 버틴 것은 모두 네 덕분이었다.

'미안해, 마호라가.'

수호는 마지막으로 사과했다.

'어떻게든 너만은 구하고 싶었는데, 역시 나로서는 무리였나 봐.'

"나와 함께하면, 바루나."

파순의 색기 넘치는 목소리가 머리 위에 쏟아졌다.

"네 목적이 무엇이든 이룰 수 있다. 와서 내 옆자리에 앉아라. 내 군대가 전부 너의 것이다."

바루나의 시선은 차갑게 수호에게 꽂혀 있었다.

"네게 의미 있는 것은 네 목적뿐이다, 카마 바루나."

"……동의한다."

바루나가 다시 눈에 짙은 슬픔을 담고 파순의 말을 반복했다.

"나는 카마다. 내 목적 이외에는 아무것도 의미가 없다."

수호는 이해한다는 뜻으로 고개를 끄덕였다.

'알아.'

바루나가 수호를 향해 말했다.

"수호, 우리는 서로 생각이 잘 맞지 않았지만, 그간 함께 싸운 것은 영광이었다."

바루나는 잠시 침묵했다.

"너는 모든 전장에서 최고였다. 내가 만난 누구보다도 훌륭한 전사였다."

예상치 못한 칭찬이었다.

'친절하네.'

수호는 생각했다. 그리고 기다렸다.

'어서 와, 바루나.'

하지만 바루나는 다가오는 대신 돌아섰다. 수호를 등지고 파순을 마주했다.

불에 휩싸인 파순의 얼굴에 희열이 타올랐다. 욕망에 들끓어 자신을 자제하지 못하는 얼굴이다.

어째서일까. 처음 보는 풍경인데도 익숙했다.

머릿속에 생생한 환영이 떠올랐다.

아득한 옛날에 이런 풍경을 보았던 것만 같다. 그때도 이렇게 바루나와 마구니가 마주했었던 것 같다.

천오백 년쯤 전에 이곳에 온 적이 있었던 것만 같다. 강렬한 자기 파괴의 욕망에 휩싸여. 그래서 여기서 저 마구니를 만났던 것만 같다.

그때, '나'는 소원을 빌었다. 똑같이, 카마 바루나를 만들어 낸 소원을.

"내 목적."

바루나가 말했다.

"나를 만든 것을 죽인다. 그리고 그것과 같은 것을 다."

제단 아래에서 군중이 환호하며 들썩였다. 파순의 얼굴이 희열로 주체하지 못하는 듯했다.

"그래, 네가 원하는 것은 모두 네 것이다. 이제 세상이 다 네 것이다, 바루나! 내 세상을 다 네게 주겠다! 부수고 싶은 것은 무엇이든 부술 수 있다! 파괴와 죽음의 신이 되리라!"

"나를 만든 것, 그것은."

돌연 저 아래에서 일어난 돌풍에 바루나의 코트가 날개처럼 휘날렸다.

바루나의 허리의 수통이 파삭 하는 소리와 함께 깨졌다.

솟구친 물방울이 빛을 뿌리며 모여들어 바루나의 오른손에서 창의 형태로 자라났다.

물의 창. 이곳이 불타는 공간이므로, 단 한 번밖에 만들 수 없는 무기.

"사람의 마음을 집어삼킨 카마였다."

찬물을 뿌린 듯 일시에 정적이 내려앉았다.

세상이 고요해졌다.

파순의 얼굴에서 미소가 가셨다. 얼굴이 차츰 식었다. 수호의 눈이 커졌다.

바루나가 돌아서 있어서 얼굴을 볼 수 없었지만, 파순의 낯빛으로 짐작할 수 있었다. 바루나의 몸에서 들끓는 투기를.

"지금…… 뭐라고 했느냐, 바루나?"

"나를 만든 그놈은, 사람의 마음을 집어삼킨 카마였다."

"지금 무슨 소리를 하는 거냐, 바루나."

파순의 목소리가 분노로 바들바들 떨렸다.

"그것이 내가 제거할 적이다. 이 세상에서 남김없이 없앨 것이다. 그것이 수호의 소원이며, 내 목적이다."

바루나는 또렷하게 말했다.

"내게 목적 이외에 의미 있는 것은 없다. 설사 내가 지금 사라져 없어진다 해도, 나는 결코 내 의지로 내 목적을 버리는 선택만은 못 한다."

"바루나, 미쳤느냐."

"그러므로 나는 결코 스스로 내가 제거할 대상이 될 수 없다."

찬란하기까지 한 명료한 목소리.

"나는 결코 수호의 마음을 잡아먹을 수 없다. 너와 계약하는 것으로 그럴 가능성을 높일 수도 없다."

"바루나!"

"내 목적은 모든 것에 우선하며 내 생존에 우선한다. 그러니 나는 영원히 어떤 마구니와도 계약할 수 없다."

파순의 몸이 일그러지기 시작했다.

화염이 하늘을 전부 채웠다. 비명이 하늘을 휘감았다. 하늘이 시뻘겋게 불타올랐다.

"바루나!"

파순이 증오 속에서 울부짖었다.

"없애버리겠다. 없애버리겠다! 가질 수 없다면 없애버리고

724

말겠다! 재가 되어 내 땅의 한 줌 흙이 되어라, 바루나! 쉽게 죽게 하지 않겠다. 끔찍한 고통 속에서 죽게 하겠다. 무한의 고통을 겪고 마음이 갈기갈기 찢겨나간 뒤 지옥 속에서 죽어라, 바루나!"

하늘이 화산이 폭발하듯 터졌다. 불꽃이 사방으로 튀었다. 제단에도 불똥이 튀며 불이 붙기 시작했다.

그것을 신호로 카마 대군이 제단을 기어오르기 시작했다.

빠른 것은 메뚜기처럼 튀어 오르며 전진하고, 느린 것은 육중한 몸으로 나뭇가지를 타고 올랐다. 저 지평선 너머에서부터 앞다투어 새까맣게 모여들었다.

바루나가 뒤의 수호에게 잠시 시선을 두었다.

물의 창이 회전하며 수호의 목에 매인 밧줄을 끊어냈다. 그 바람에 창의 끝부분이 연기를 일으켜 증발했고 하나뿐인 창이 그나마도 짧아졌다.

수호는 콜록콜록 기침하며 바루나를 보았다.

"수호, 네게는 무기가 없다. 내 뒤에 바짝 붙어 있어라."

바루나의 눈에는 원망도 질책도 없다.

체념뿐.

하지만 투기만은 선연했다.

"나는 곧 죽는다. 하지만 결코 너를 먼저 죽게 하지는 않겠다. 내가 살아 있는 한 너는 살 것이다."

저 멀리 불타는 건물 위에 모여서 바라보던 카마들 사이에 가벼운 한숨이 오갔다.

하늘의 구멍에서 튀어나와 있는 굵고 거대한 팔뚝 모양의 뇌공, 그리고 불가사리와 그 등에 탄 지귀였다.

뇌공은 손가락으로 건물 바닥을 두드렸고, 불가사리는 이럴 줄 알았다는 듯 고개를 저었다.

"결국 이렇게 되어버렸네."

지귀가 불꽃 섞인 한숨을 쉬며 말했다.

"어쩔 수 없네, 지귀."

뇌공이 말했다.

"하지만 난 정말 쟤와 같이 놀고 싶었는데. 앞으로 영원히."

지귀가 불가사리의 등에 누워 불똥의 눈물을 뚝뚝 흘렸다. 뇌공이 손가락 끝으로 지귀의 머리를 토닥였다.

"카마는 제 목적 이외의 목적이 없어……. 그러니 원래는 생존도 목적으로 하지 않는다네. 우리가 지금……"

뇌공은 아련한 추억에 잠기는 목소리로 말했다.

"세상에 마구니가 존재하기 전의 카마를 보는 듯하네."

"내 생각에는 말이지, 뇌공."

불가사리가 오랜만에 입을 열었다.

"궁극의 카마라는 이름을 누구에게 붙인다면…… 오히려 저런 것이 좋지 않겠나."

"궁극이라……."

뇌공이 그 말의 뜻을 음미하듯 중얼거렸다.

바루나는 다시 돌아서서 파순을 향해 바위처럼 섰다.

그때 생생한 환영이 수호를 덮쳤다.

아득한 옛날, 바루나라는 이름을 가진 카마가 마구니 앞에 서 있었다.

퇴마사 마호라가가 바루나를 퇴마하려다 포기하고 돌아간 뒤, 무너진 광목천의 마음의 구멍으로 다른 마구니가 들어와 유혹했다.

「내 집주인 광목천의 소원.」
과거의 환영 속에서 광목천의 바루나가 말했다. 내 바루나와 같은 카마가.
「타락한 퇴마사를 멸할 힘을 갖는다.」
「그래, 그래! 네가 원하는 것은 모두 네 것이다!」
마구니가 흥분해서 말했다.
「타락한 퇴마사가 내 적이다.」
「그래, 그렇지!」
「그러므로 나는 결코 이 퇴마사가 타락하게 둘 수 없다.」
광목천의 바루나가 투기를 불태우며 말한다.
마구니가 멈칫한다. 둘러싼 카마들이 웅성웅성한다.

「나는 결코, 스스로 내가 멸할 대상이 될 수 없다.」
「그러므로, 나는 어떤 마구니와도 계약할 수 없다.」

'같은 소원.'
수호는 그제야 깨달았다.
'광목천과 나는 같은 소원을 빌었다.'
같은 소원을 빌었기에 같은 카마가 태어났다.
광목천이 천오백 년 전에 마음에 품은 소원.
아무것도 바라는 것이 없었던 사람이 품었던 단 하나의

소원.

　가진 것을 다 버리고, 퇴마사로서의 삶과 이어질 다음 생과, 자신의 진영을 다 버리는 한이 있어도 갖기를 소망했던 단 하나의 카마.

「타락한 퇴마사를 멸할 힘을 갖는다.」

'광목천은,'
수호는 마치 자신이 한 일처럼 분명하게 알 수 있었다.

'그 어떤 경우에도 타락하지 않을 카마를 원했다.'

　단 하나의 목적을 위해.
　그제야 떠올랐다.
　수호 자신이 그날 빌었던 소원이 전부 다 생각이 났다. 전부 다 떠올랐다.

「너를 죽이겠어. 그리고 너와 같은 것을 다. 남김없이, 이 세상에서.」

　그리고 덧붙인 말이 있었다.
　그 덧붙인 말이 내 진짜 내 소원이었다. 그것이 나의 맹세였다.
　말 너머의 의지, 그것이 내 소원.
　나는 지금까지 그 소원을 위해 달려왔다.

바루나도 마찬가지였다.

바루나와 내 생각은 어긋난 적이 없었다. 우리는 목적이 달랐던 적이 없다. 다른 길을 걸었던 적이 없다. 우리 둘은 같은 방향을 보며 달려왔다.

나는 그날 소원을 빌었다.

심장을 짓누르는 모멸 속에서 허우적거리며 소망했다.

아버지에게 미움받는 것보다, 어디에도 도움을 청할 곳 없다는 고독보다도 더 깊은 좌절에 휩싸여서. 두억시니가 내 몸에 흘려보내는 처참한 모멸에 빠져.

이처럼 비참한 사람을 찾아와 이용하는 존재가 있다는 것을 처절하게 깨달은 순간에.

지독하게도 아픈 나머지, 고통에 삼켜진 나머지, 죽을 것처럼 힘들어서, 마음이 다 부서지도록 괴로운 나머지 앞뒤 재지 않고 빌었다.

그런 소원을 이룰 수 있는지 없는지는 생각도 않고, 절망과 분노 속에서 빌었다.

그것은 소원이라기보다는 맹세.

내 생명과 존재 전체를 걸고 한 맹세.

그 맹세에서 바루나가 태어났다. 내 바루나가. 내 카마가. 그리고 지금까지 나와 함께 있어 주었다.

내가 소망했기에.

그리고 지금까지도 내가 그 소망을 놓은 적이 없기에.

"누구도,"
"다시는 누구도,"

"내가 지금 겪은 이 일을
겪지 않도록."

.

.

.

다시는 누구도,
아무도,
나 이외에는,
내가 지금 겪는 이런 지독한 아픔을 겪지 않도록.
이런 지독한 모멸을 느끼는 일이 없도록.
네가 무엇이든,
두 번 다시 누구에게든 다시는 이런 짓을 못 하도록.

"너를 죽이겠어."
"그리고 너와 같은 것을 다."
"남김없이, 이 세상에서."

"누구도,"
"다시는 누구도,"
"내가 지금 겪는 이 일을
겪지 않도록."

그것이 내 소원.

바루나의 목적.

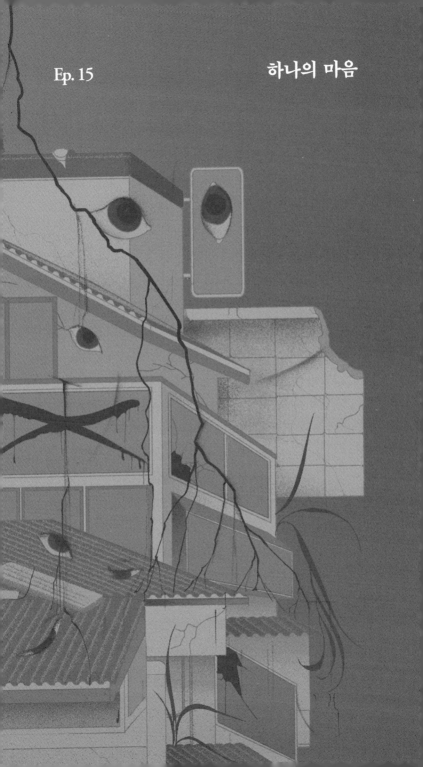

Ep. 15

하나의 마음

수호는 최후의 싸움에 대비하며 전신의 신경을 예민하게 세웠다. 적이 이렇게 많으니 창을 휘두르면 걸리는 것이 다 적일 것이다. 나름대로는 흥겹겠거니 싶었다.

'잠깐, 뭐? 수호? 내가?'

바루나는 당황했다.

'내가 정신이 나갔나.'

아니, 착각이 아니다. 마음이 겹쳐 있다.

자신이 바루나인지 수호인지 구분이 되지 않았다. 감이 가깝다든가, 느낌이 생생하다든가, 마음의 목소리가 또렷하다든가 하는 수준을 넘어선 공명.

수호의 생각 전체를 자신의 마음처럼 고스란히 느낄 수 있었다. 대화를 나눌 필요조차 없으리만큼.

이질감이 없다. 남의 마음이라는 생각은 조금도 들지 않는다.

바루나는 적이 새까맣게 몰려오는 상황에서도 멍하니 뒤를 돌아보았다.

목에서 황금빛 가루를 흘리며 기둥 앞에 주저앉아 황망한 얼굴로 자신을 마주하는 사람은 바로 바루나, 자기 자신이었다.

바루나는 어리둥절한 기분으로 눈앞의 사람을 올려다보았다.

검은 코트를 휘날리며 얼음 창을 든 키 큰 수호가 당혹스러운 눈으로 자신을 내려다보고 있었다.

'자, 잠깐, 이게 무슨 소리야. 바루나라고, 내가?'

수호는 깜짝 놀라 고개를 도리도리 젓고 자신으로 되돌아왔다. 눈앞의 사람도 바루나의 모습으로 되돌아온다.

하지만 마음이 겹친 기분이 가시지 않았다.

자신이 수호인지 바루나인지 구분이 되지 않았다. 바루나의 마음을 자기 것처럼 느낄 수 있었다.

저 찬연히 타오르는 투지와 바위처럼 단단한 의지를.

다른 무엇도 없이 오직 목적으로만 이루어진 화신을.

수호는 지금까지 몰랐다. 상상해본 적이 없었다. 카마와 마음이 온전히 이어지면 어떻게 될지.

아아, 이제야 알겠다.

바루나의 목적은 내 목적이다.

바루나는 내 마음이었다.

바루나는 나였다.

처음부터.

넋을 놓고 수호를 내려다보는 바루나의 등 뒤로 가장 앞서서 전진한 카마 무리가 일제히 뛰어올랐다.

사마귀 같은 모습, 큰 집게발에 곤충의 날개를 퍼덕이는 것들이었다. 눈은 희번덕거렸고, 껍질이며 집게발이 강철처럼 난단해 보이는 놈들이다. 지대공 미사일처럼 부챗살 모양으로 솟구쳐올라 막 포물선의 정점에 오르고 있었다.

위협적인 공격이었지만 수호의 눈에는 웃음이 날 만큼 느릿느릿했다. 귀여워 보이기까지 했다.

'바루나.'

수호는 제 오른팔을 드는 상상을 하며 불렀다.

수호의 오른팔은 여전히 돌덩이처럼 굳어 있었다. 조금도 움직이지 않는다.

대신 움직인 것은 바루나의 오른팔이었다.

바루나스트라가 타화자재천의 타오르는 불길에 반사되어 눈부시게 빛난다.

바루나는 의지 없이 팔이 들리는데도 놀라지 않았다. 굳이 돌아보며 적의 움직임을 확인하지도 않았다.

수호는 바루나가 자신의 시야로 주변을 파악하고 있음을 느낄 수 있었다. 똑같이 수호도 바루나의 시선을 통해 자신의 등 뒤에서 포물선을 그리며 솟구치는 사마귀 무리를 볼 수 있었으므로.

삼백육십 도의 시야.

감각이 전부 환하게 빛났다. 수호는 바루나의 야수 같은 예민한 시각과 청각, 후각을 전부 느꼈다.

눈은 몇 배로 밝아져 지평선 끝까지 또렷하게 보이고 귀는 에워싼 무리의 가장 외곽에서 발을 구르는 소리까지 들린다. 후각은, 그 이상의 세상을 보여주고 있었다.

가까이 접근한 것들이 이제껏 어디를 달려왔고 누구와 접촉했는지까지 냄새만으로도 느껴진다.

지금까지 보아온 세상은 진짜가 아니었던 것만 같다. 모든 것이 안개를 걷어낸 듯 또렷했고, 선명했고, 명확했고, 확연했다.

이처럼 찬란한 세상이라니.

바루나 녀석, 지금까지 혼자 이런 세상을 보고 지냈다니.

수호와 바루나는 마주 보며 같이 웃었다.

'간디바.'

수호는 마음속으로 불렀다.

'바루나스트라.'

바루나가 동시에 불렀다.

아무 신호도 나누지 않고 수호는 몸을 수그렸다. 바루나는 수호의 머리 위로 풍차를 돌리듯 창을 크게 회전시켰다.

경쾌한 돌풍.

창이 바루나의 손에서 빛을 뿌리며 자라났다. 어디서 나타났는지 모를 맑은 물이 바루나의 손 주변에서 폭포처럼 치솟는다. 치솟은 물이 창에 달라붙으며 자라나는 식물처럼 뻗어나갔다.

사마귀 무리의 몸이 포물선의 정점에서 둘로 나뉘었다. 둘로 나뉜 몸이 다음 회전에서 넷, 여덟 조각으로 갈라졌다.

비명조차 없는 죽음.

황금빛이 수호와 바루나의 주위에서 꽃처럼 피어올랐다.

예상치 못한 강풍이 휘몰아치자 전진하던 카마의 기세가 주춤했다. 당혹감이 돌진을 더디게 했다.

진격이 잠시 멈춘 사이에 카마들이 제단 위를 보니, 바루나가 수호의 몸 양쪽에 다리를 걸치고 옆구리에 창을 끼운 자세로 바위처럼 서 있다.

창은 무기라고 부를 크기를 넘어서 있었다. 오벨리스크라고 불러도 좋을 법한, 차라리 탑에 가까운 위용.

지켜보던 파순의 황금빛 눈동자에 당혹감이 깃들었다.

바루나는 잠시 찾아온 정적 사이에 여유롭게 수호에게 손을 내밀었다. 살기로 이글거리는 대군에 둘러싸여 있는데도, 주변에 아무것도 없다는 듯한 유유자적한 몸짓.

수호는 그 손을 맞잡았다.

대화를 나눌 필요는 없었다. 마음은 하나였다.

수호의 생각이 그대로 바루나의 마음이 되었다. 바루나의 마음이 그대로 자신의 생각이 되었다.

바루나는 수호를 한쪽 옆구리에 단단히 안았다. 카마들이 다시 정신을 수습하고 밀물처럼 제단을 기어오르며 몰려들었다.

수호는 바루나의 마음에 떠오르는 기억을 읽었다. 거대한 팔뚝만 있는 카마. 그 이름도 바루나의 마음에서 읽을 수 있었다. '뇌공'이 바루나에게 속삭이던 말을.

「단, 명심하게.」
「그 기술을 쓰려면 너와 본령의 마음이 일치해야 한다는 걸.」

그리고 그 말을 듣는 순간, '불가능하잖아'라고 혼자 투덜대던 바루나의 마음까지도.

수호는 풋, 하고 웃었다. 바루나가 수호의 마음을 느끼고 같이 시원하게 웃는다.

투지로 온몸이 뜨겁다.

살아 있다는 강렬한 쾌감이 마음 한구석에서 활화산처럼 용솟음친다. 파도처럼 치솟아 새하얗게 부서진다.

"해보겠다, 수호."

"가자, 바루나."

바루나는 창을 높이 들었다. 수호는 그 창에서 뻗어 나가는 폭포수 같은 물줄기를 마음으로 그렸다. 그러자 바루나가 피식 미소 지었다.

"형태가 단순하군, 수호."

"변형은 네 역할이야, 바루나."

"물론이다."

바루나가 희열에 몸을 떨며 유쾌하게 답한다.

"가라."

바루나가 흥겹게 명한다.

지금까지는 상상만 해보았던 무기.

"무한의……."

수호가 중얼거렸고, 바루나가 화답했다.

"그래, 무한의."

두 무기의 결합. 아니, 원래 하나였던 무기가 되찾은 본연의 모습.

바루나의 외침이 작열한다.

"무한의 바루나스트라."

천지가 파열하는 굉음.

백만 대군이 일제히 발을 구르며 진격하는 듯한 격렬한 진동.

태산처럼 해일이 치솟는다. 바루나와 수호를 둘러싸고 물이 소용돌이친다. 포효하는 짐승 같은 소용돌이가 불타는 하늘과 대지의 빛을 받아 진홍빛으로 빛난다.

새하얗게 부서지는 물보라. 도시 하나쯤은 한숨에 삼켜버릴 듯한 물의 진격.

재해와도 같은 폭격.

용오름처럼 솟구치고 폭포수처럼 쏟아진다. 무너지고 휩쓸리며 붕괴한다.

제단의 불은 조롱하듯이 한 숨에 삼켜 꺼트리고 흥에 겨운 수룡처럼 제단을 휘감아 내리며 카마 대군을 한입에 집어삼킨다.

제단을 기어오르던 것들이 폭포수 같은 물줄기에 얻어맞아 속절없이 휩쓸린다. 물살에 갈가리 찢기고, 휩쓸리다 서로 엉키고 부딪치며 단말마의 비명 속에서 잘게 쪼개진다.

제단 아래에서 시체를 먹을 생각에 입맛을 다시던 아귀 떼가 순식간에 불어난 물살에 휩쓸려 허우적대다 가라앉는다.

끼익끼익 울며 앞서거니 뒤서거니 제단으로 몰려들던 원숭이 우 무리가 허겁지겁 뒷줄에 서 있던 신상 모습의 토우의 몸에 매달린다. 하지만 토우의 다리가 물살에 녹아 종잇장처럼 우그러지자 원숭이들도 아우성치며 물살에 휩쓸린다. 무너진 토우들이 거품을 일으키는 물살 속에서 조각조각 부서져 곤죽이 된다.

물에 빠지지 않으려 건물 벽에 애처롭게 매달려 있던 강길들이 대포 같은 물보라에 맞아 처참한 비명과 함께 사라져버린다.

저 멀리 섬처럼 거대한 거북이 모습의 귀수산이 놀라 방향을 틀려 하지만 거센 물살 탓에 발을 떼지 못한다.

작은 카마들이 아우성치며 귀수산의 몸을 기어오른다. 하지만 대군과도 같은 물살이 귀수산의 다리를 휘감는다. 귀수산은 매달린 무수한 카마들과 함께 기우뚱 뒤집어진다.

큰 고목과도 같은 두두리가 황급히 땅에 뿌리를 뻗고 가지를 펼치지만, 해일이 칼날처럼 쏟아진다. 이내 뿌리가 우두둑 꺾이며 하나둘 물에 떠내려간다.

떠내려가는 두두리 위로 다른 카마들이 허겁지겁 매달리지만, 두두리가 황금빛 알갱이로 변해 사라지자 그들도 아우성 속에서 가라앉는다.

비렴 무리가 높이 날아오른다. 공중에서 겨우 한숨을 돌리지만, 수면에서 솟구친 용오름이 이들을 전부 휘감아 떨어트린다.

높은 건물 위에서 지켜보던 뇌공의 팔뚝은 황급히 공중으로 치솟는다. 구름 위까지 날아올라서는 천둥과 번개 속에 숨는다.

불가사리는 지귀를 등에 태우고 아직 높이 솟아 있는 건물과 건물 사이를 허겁지겁 뛰어 달린다. 저 아래의 소멸을 보며 지귀가 경악에 몸을 떨었다.

높은 건물에서 재난을 내려다보던 불가사리는 상황을 이해해보려 하지만, 겨우 정신을 놓지 않는 것이 고작이다.

잘게 갈린 건물을 품은 물이 시커멓게 물들고 찐득해진다. 찐득해진 시커먼 물이 물렁물렁한 태산처럼, 고대의 악신처럼, 자비 없는 파멸의 군주처럼 영역을 넓힌다. 수면 가장자리에서 처참한 아우성과 함께 눈부신 황금빛이 솟아오른다.

저 멀리에서 사태를 파악한 카마들이 각기 벌레 구멍 같은 구멍을 열고 황급히 차원 속이나 집주인의 마음속으로 도망친다.

하지만 물이 불어나는 속도는 이들의 생각의 속도를 넘어서고, "어어" 하며 공포에 질려 압도적인 물살을 바라보던 이들이 도망칠 새도 없이 휘말린다.

단 일격의 학살.

"그만!"

하늘이 울부짖었다.

"그만! 그만해라! 멈춰!"

목을 조르는 듯한 비명. 한순간에 자신이 쌓아온 것을 다 잃는 자의 비명.

"제발 멈춰!"

수호와 바루나의 주위에서 회오리 치던 해일이 다소 가라앉았다. 물살의 대군이 속도를 늦춘다.

풍랑이 잦아든다.

수호는 바루나의 팔에 안긴 채로 고개를 들었다.

거대한 파순이 제 몸을 방파제 삼아 수호와 바루나를, 해일을 막고 있었다. 아이를 보호하는 듯한 자세로 웅크린 채 수호와 바루나를 품에 안고 있었다.

하지만 물은 모든 것을 뚫고 흐른다. 파순이 아무리 몸으로 막아도 물은 머리카락 사이로, 손가락 사이로, 사타구니 사이로 빠져나갔다.

수학자처럼 계산적이라는 마구니. 절대로 한 카마를 얻기 위해 셋 이상의 카마를 전장에 내보내지 않는다는 카마의 군주.

모든 카마가 똑같이 사랑스럽고 소중하므로 그들의 목적을 굳이 캐묻지 않는다고 자랑스레 말하던, 세상 전체의 욕망의 왕. 파멸을 바라는 인류 전체의 갈망으로 생겨난 마군. 종말의 군왕.

왕국의 몰살을 앞둔 제왕이 흐느꼈다. 아이들을 한순간에 잃은 어머니처럼 울었다.

"바루나."

파순은 덜덜 떨리는 목소리로 최후의 품격을 지키려 애쓰며 애원했다.

"바루나, 네 목적은 내 왕국이 아니다. 내 사랑하는 아이들도 아니다. 그리고 나도 아니다."

바루나의 짙푸른 눈이 파순을 향했다. 파순의 눈에서 불똥 같은 눈물이 뚝뚝 떨어졌다.

"제발 학살을 멈춰라. 네 목적은 여기에 없다."

바루나는 말없이 수호를 끌어안은 팔에 힘을 주었다. 무언의 의지를 알아들은 파순이 말했다.

"네 집주인을 지키려 하는 일이라면 더는 아무것도 할 필요 없다. 이제 나는 다시는 수호의 털끝 하나 건드리지 않겠다. 아무 조건도 없이."

파순의 이마에서 땀처럼 보이는 불똥이 뚝뚝 떨어졌다. 불똥은 흥건한 물에 빠져 치익 소리를 내며 꺼졌다.

"영원히, 이생뿐 아니라 다음 생에도, 윤회의 마지막까지도 나는 수호를 만나지 않을 것이며……."

파순은 한순간 망설였다. 이토록 많은 카마를 잃고도, 그 무엇보다도 이 약속을 해야 하는 것이 못내 슬프다는 듯이.

"바루나, 너도 다시는 찾지 않겠다. 너는 이 파멸의 군주와 두 번 다시 조우하지 않는다."

"……."

바루나는 묵묵히 파순을 노려보았다.

"바루나, 나는 마구니요 본질적으로 카마다. 내가 약속하였으니 이 일은 이루어진다. 나는 이제 네 집주인의 생존에 아무 위협이 되지 않는다. 그러므로 여기에 네 목적은 없다. 제발 멈춰라, 바루나."

파순은 기도하듯 웅크렸다.

거래조차도 아닌 맹세.

바루나가 더 무슨 난동을 부리든 파순은 다시는 수호를 건드리지 않을 것이다. 하지만 그것만으로, 바루나의 목적은 이곳에서 사라졌다.

해일이 가라앉았다. 물보라가 잦아들었다. 제단을 흠뻑 적시던 물이 빠지기 시작했다.

수위가 내려간다. 온갖 부서진 것들의 잔해를 끌어안고 전진하던 물컹물컹한 태산도 속도를 줄였다. 물가에서 눈부시게 솟구치던 황금빛도 약해졌다.

건물 사이를 정신없이 뛰어넘던 불가사리와 지귀가 겨우 안도하며 한숨을 쉬고, 구름 속에서 뇌공이 손가락을 빼꼼 내밀며 주위를 살폈다.

고요함이 모두의 머리에 얹혔다.

파순은 적막 속에서 몸을 일으키며 씁쓸한 눈으로 바루나를 내려다보았다.

"바루나, 이 망할 자식아. 내가 너를 얼마나 애모했는지 아느냐?"

"알지만,"

바루나가 말했다.

"그건 내 목적과 관계없는 일이다."

바루나의 답에 파순이 헛웃음을 지었다. 마지막까지 미련을 놓지 못하는 얼굴로.

"참, 그런데 나는 수호를 내 왕국에서 내보내는 방법은 모른다. 네 집주인은 제 의지로 이곳에 왔으니."

"상관없어."

수호가 말했다.

"나가는 법을 아니까."

파순이 완연한 패배의 웃음을 지으며 몸을 일으켰다.

"떠나라, 어린 광목천. 여기는 너 같은 사람이 올 곳이 아니다. 다시는 오지 마라."

파순의 몸을 아름다운 화염이 휘감았다.

"그래도 우리는 결국은 만나리라. 너와 나의 의지와는 상관없이."

파순이 말했다.

"세상의 귀결은 결국 나이니. 먼 훗날, 어쩌면 가까운 날, 모든 것이 끝나고, 모든 존재가 소멸하고, 모든 것의 수명이 끝나면 세상은 결국 나의 것이 된다. 모든 퇴마사도 마구니도 소멸하고 오직 나만이 남으면, 세상은 결국 나와 조우한다. 내 왕국은 소멸하지 않는다. 소멸 그 자체가 나이니. 그것이 우주의 운명이니."

"그것도 마찬가지로,"

바루나가 말했다.

"내 목적과는 관계없는 일이다."

파순이 쓰디쓴 미소를 지었다. 파순의 몸을 휘감은 불꽃이 타올랐다.

"사랑하는 이여. 나와 함께 내 왕국을 지배했을 이여, 수호. 위대한 카마를 가진 이여, 가라."

세상 전체가 눈부시게 타올랐다.

"너희의 목적을 위해."

129 도시 전체의 마음

「수호.」

언젠가 마호라가가 했던 말이 수호의 마음에 울렸다.

「너는 얼마나 큰 욕망을 볼 수 있는가?」

도시 전체의 욕망.

이해하면 그 심소로 들어갈 수 있다.

그래서 수호는 이해해보았다. 스스로 파멸하고 싶은 마음을 안고 파순의 왕국에 들어왔을 때처럼.

욕망에 휩싸인 도시의 마음을.

서로의 몸뚱이로 이루어진 산을 기어오르는 사람들.

남들보다 더 높이, 더 높이. 더 많이 움켜쥐기 위해.

이미 움켜쥔 뒤에도 까닭 모를 기갈에 허덕이며, 누가 나보다 더 가진 사람 없나 눈을 부라린다.

헤집고 헤집어 내 위에 있는 사람을 찾아낸 뒤에는, 내가 그것을 손에 쥐지 못한 결핍에 심장이 벌렁벌렁 뛰고, 잠을 이루지 못한다.

그러면서 저 탑 아래를 내려다보며 조롱을 쏟아낸다. 그러게, 너희도 나처럼 똑똑했어야지. 나처럼 기회를 잘 잡았어야지. 나처럼 영민하게 대응했어야지.

도시의 심소가 내뿜는 욕망에 사로잡혀, 집값과 땅값을 마구잡이로 올리고, 아무도 손에 넣을 수 없을 만큼 올리고, 불어난 허상의 자산가치를 끌어안고 행복해한다.

가게를 쫓아내고, 더 많은 돈을 가져올 가게를 들이고, 다시 쫓아내고, 아무도 살 수 없는 가격까지 올린 뒤에 가치가 폭락해 소진한 거리에서 울고, 괴로워하고.

이렇게 된 것이 누구 탓인가 생각하고, 증오할 사람을 찾고, 미워하고.

밑 빠진 독처럼 구멍이 난 마음.

비참하게 추락하고 싶지 않은 욕망. 가혹한 경쟁에서 살아남았다는 안도감. 그 고생을 해서 살아남았기에 어떻게든 게걸스럽게 보상받고자 하는 마음.

기아에 허덕이듯이 탐한다.

조롱하고 깔보고 비웃고, 위에서 내려다보며, 너도 누구누구처럼 노력했거나 똑똑하게 살았으면 그 고난을 다 벗어나, 이 인간으로 이루어진 탑 꼭대기에 올랐으리라고. 그러지 못했다면 비참해지는 것이 당연하다고.

미신적인 낙관을 종교처럼 믿는다.

그러지 않으면 두려움에서 벗어날 수 없으므로.

나 자신도 거꾸러지고 말리라는 두려움을.

언제든 한발 차이로, 발을 삐끗한 정도로, 아주 간단히 악취를 풍기는 모멸의 구렁텅이에 빠지리라는 것을 알기에,

더욱더 멸시하고 모멸한다. 승리자의 망상에 아득바득 매달린다.

그 저변에 있는 마음은,

결코 누구에게도, 멸시받고 싶지 않다는 마음.

결코 모멸받고 싶지 않은 마음.

그리고 수호는 도시 전체의 심소에서 눈을 떴다. 바루나는 수호를 끌어안은 채로 소환되어 옆에 있었다.

마포대교 한가운데.

한때 서울대교로 불렸던 다리. 국회의사당과 방송국과 금융감독원이 있는 여의도로 향하는 다리다.

한강은 투신하는 사람이 워낙 많은 강이지만 마포대교는 그중에서도 가장 많은 사람이 찾는 곳. 불명예스러운 죽음의 명소다.

매년 늘어나는 죽음을 막겠다고 2012년 '생명의 다리' 프로젝트를 시행해 난간에 위로의 문구를 넣는 작업을 했다. "잘 지내지?" "많이 힘들었구나" 따위의 시시껄렁한 문구.

그 문구들은 효과가 있었다. 큰 격려를 받아 지난 삼 년간 이곳을 찾는 자살자가 무려 열두 배로 늘었다.

바루나는 "밥 먹었어?"라고 쓰인 문구 위의 가로등 위에 깃털처럼 가볍게 내려섰다. 한 팔로 수호를 안아 들고, 수호가 바루나의 어깨에 팔을 두르고 앉게 했다.

한밤중의 서울은 네온사인으로 별이 내려앉은 듯 눈부셨다.

수호는 도시의 심소를 내려다보았다.

서울이라는 공간 안에 무수한 심소가 산개해 있었고, 그들이 영역을 겹치고 있었다. 수호는 겹쳐 있는 무수한 심소를 전부 보았다.

멀리 있는 것들도 모두 가까이 느낄 수 있었다. 보려고 마음먹은 심소는 망원경을 댄 듯이 확대되어 보였다.

수호의 몸은 선유도의 온실 안에, 휠체어를 탄 소녀와 두 어린아이에게 둘러싸여 누워 있었다. 그들이 지금도 온 힘을 다해 제 몸을 지켜주고 있다는 것도 알 수 있었다.

'저 애들이 있는 한, 이 싸움이 몸의 위협으로 방해받을 일은 없겠구나.'

수호는 생각했다. 아마 지금까지도 그랬을 것이고.

'고마워.'

수호는 멀리서 인사했다.

연남동 부근은 흐릿한 안개에 둘러싸여 있었고, 바람이 이는가 하면 불꽃이 번쩍이고 벼락이 쳤다. 거기서 퇴마사들이 두억시니를 가두기 위해 전투를 치르고 있다는 것을 알 수 있었다.

두억시니의 뿌리는 이미 심소를 빠져나와 도시 전체로 퍼져 나가고 있었다.

한강 바닥은 두억시니의 촉수로 덮여 거무튀튀했다. 건물마다 촉수가 휘감겨 올라가고 있다. 눈에 띄는 곳마다 거머리가 들끓고, 곰팡이가 자라난다.

'크네, 두억시니.'

수호는 생각했다.

마지막으로 봤을 때도 크다고 생각했지만 지금은 크다는 말로는 부족하다. 그때 태산처럼 느껴졌다면 지금 두억시니는 말 그대로 도시와도 같다.

'지금 막지 못하면 저놈은 세상 전체를 뒤덮겠지.'

수호는 문득, 자신의 시야를 통해 심소를 살펴보는 바루나

750

의 마음을 느꼈다.

자신이 조금 전 바루나의 감각으로 세상 전체가 찬란하게 빛난다고 느낀 것처럼, 바루나도 수호의 시선으로 보는 세상이 놀랍고 신기한 듯했다.

그러고 보니, 조금 전에도 바루나는 자신의 시선을 통해서야 처음 마구니 파순의 얼굴을 제대로 마주한 모양이었다.

수호는 지금까지 바루나가 자신의 마음에 갇혀 있었다는 것을 새삼 깨달았다. 바루나로서는 어쩌면 처음 보는 광대한 세상.

"그래, 크군. 수호."

바루나가 감탄사처럼 뱉었다. 세상을 향해 하는 말인가 싶었지만 바루나의 시선은 오직 두억시니에게만 꽂혀 있다는 것을 깨달았다.

투지가 끓는 말투.

"상대로 부족함이 없다."

수호는 바루나를 바라보았다. 그리고 다시 돌이켰다.

'광목천은 타락하지 않을 카마를 원했다.'

그것은 광목천의 소원.

또한 내 소원.

둘은 같은 것이었다.

바루나는 우리가 같이 바란 카마다.

광목천은 자신의 목적을 명확히 알았고, 나는 그러지 못했지만.

하지만 이제는 안다. 그때 내가 무엇을 바랐고, 그때 내가 입에서 뱉은 말이 무엇을 위해서였는지.

'두억시니를 물리친다.'

세상에 모멸을 퍼트리는 괴물을.

그것이 광목천이 바란 단 하나의 목적.

그리고 천오백 년의 세월을 거쳐 내가 다시 바란 꿈.

아니, 그 긴 세월 동안, 어쩌면 내 전생의 모든 삶들이, 내가 모를 내 전생의 그 많은 사람이 한 번도 놓지 않았던 꿈.

받은 모멸을 그대로 주위에 퍼트리는 카마. 그래서 없앨 방법이 없었던 카마.

놈에게 입히는 어떤 상처도, 몇십 배로, 몇백 배로, 몇천 배로 도로 세상으로 퍼져 나가므로. 그래서 커지다 못해 언제나 세상을 삼켜버리고, 그 세상이 몰락한 뒤에야 겨우 줄어드는 카마.

하지만 한번 퍼트린 모멸은 사라지지 않는다. 누가 시작했는지도 모르게 남아 돌아다닌다.

사람들은 그것이 지금 만난 저 사람이, 어제 만났던 그 사람이, 내 가족이, 내 친구가 퍼트렸다고 착각한다. 그렇게 다시 서로를 원망하고 미워한다.

남을 모멸하는 것을 그 무엇보다 싫어했던 광목천이 바랐던 단 하나의 소원.

그리고 내가 빌었던 소원.

'아무도, 다시는 내가 겪은 이 모멸을 겪지 않기를.'

이것은 누구도 겪을 만한 것이 아니기 때문에.

내가 이미 겪었으니, 이제 누구도 다시는 겪지 않아야 한다.

그것이 감히 이 몸을 모멸한 대가.

주제도 모르고 나를 모멸했으니, 모멸의 총량은 충분하다.

더는 필요하지 않다.

바라고, 소망하고.

갈망하고 기원한다.

누구도 이런 일을 겪지 않기를.

내 생명을 다 걸고 소망한다.

내 지난 생 전체에 걸쳐 소망했으며, 내 이번 생과 다음 생 전체를 다 바쳐 소망한다.

'나는 이제 여기서 저놈을 없앤다.'

수호는 생각했고, 각오를 다졌고, 전략을 짰다.

바루나와 대화를 나눌 필요도 없었다. 논쟁할 필요도 없다.

바루나도 전략을 짰고 수호는 받아들였다. 수호가 전략을 수정했고 바루나가 받아들였다. 수호가 제안했고 바루나가 조정했다. 마음은 이어져 있었다. 결심할 필요도 없었다.

길은 분명했다. 그리고 하나뿐이었다.

어쩌면 그 옛날 광목천이 짜두었던 전략.

실은 전략을 짤 필요도 없었다. 바루나와 마음이 이어지자마자, 마치 마음 어딘가에 자리 잡고 있다가 상자가 열리기만을 애타게 기다리고 있었던 것처럼, 순식간에 알 수 있었다.

그저 확인하고 점검했을 뿐이었다.

하지만 정작 생각을 마치고 나니 마음이 아렸다.

바루나가 눈치를 채고는 '뭐냐' 하는 시선으로 수호의 머리에 손을 얹었다.

"아직 우리가 마음이 다 이어지지는 않았나 보군. 네가 슬퍼하는 이유를 모르겠다."

"하지만……."

수호의 눈이 젖어 들었다. 바루나가 크게 웃었다.

"수호, 나는 지금 최고로 기분이 좋다. 나는 이제 바라 마지 않았던 전장으로 간다. 카마에게 이 이상의 희열은 없다. 가슴이 떨려 어쩔 줄을 모르겠다."

"……."

수호는 말없이 바루나를 바라보았다. 짙푸른 눈이 자신을 향했다.

"그토록 많은 사람이 마음에 카마를 품는다. 세상에 이토록 카마가 많건만, 그들 대부분이 자신이 진짜 원하는 바를 빌지 않는다. 그나마 그 소원마저 마구니의 유혹에 홀려 변질되고, 진정으로 자신이 원하는 바가 무엇이었는지도 잊고, 그것을 이루지도 못한다. 바란 적도 없는 욕망에 매여 생을 마감한다."

"바루나."

"세상에 나처럼 운 좋은 카마도 많지 않을 것이다."

바루나는 수호의 머리를 토닥였다.

"너는 최고다."

바루나가 토닥이다 문득 물었다.

"사실 네가 걱정할 쪽은 내가 아닐 텐데. 너는 괜찮은 거냐."

수호는 무슨 말인가 했다가, 바루나의 마음에서 답을 읽었다.

수호는 그만 웃고 말았다. 그 문제야말로 조금도 마음에 떠오르지 않았다는 사실에.

그런가. 너도 나와 같은 기분인가.

"아무렇지도 않아."

수호가 답했다. 바루나가 수호를 조용히 응시했다.

"……그래."

바루나는 더 말하지 않았다.

그래, 지금 내게는 오직 목적뿐이다. 다른 마음은 없다. 너와 마찬가지로.

"바루나."

"말만 해라."

바루나가 답했다.

"말하지 않아도 알 수 있지만 그래도 지휘해라. 네 목소리를 듣는 것이 즐겁다."

"그러면 가자, 바루나."

수호는 왼손을 높이 들었다. 바루나도 따라 손을 들었다.

"가라."

바루나가 신처럼 소환한다.

"무한의 바루나스트라."

바루나의 손끝에서 얼음 창이 물보라를 뿌리며 자라났다.

창은 바루나의 손 위에 잠시 떠 있다가 쩡, 하고 깨졌고, 바늘처럼 갈라지더니, 이내 물안개가 되어 흩뿌려졌다.

물안개가 도시에 흩뿌려졌다. 바루나스트라의 원래 크기를 한참 벗어나 무한히 흘러내린다.

비가 별처럼 도시 전체에 내린다.

진은 선혜의 병실 앞을 막아선 채 허덕이고 있었다.

거머리를 닮은 두억시니의 촉수는 점점 늘어났다. 진이 문신으로 조여놓은 촉수가 근육을 부풀리듯 몸을 불리더니 문신을 투둑 끊어내고는 벽과 바닥을 타고 몰려왔다.

진은 황급히 문신을 회수해 주변에 뿌렸다. 접근하던 거머리들이 바닥에 접착제처럼 붙은 문신에 붙어 속도가 느려졌다.

하지만 잠시 느려졌을 뿐, 바닥에 붙은 놈 위로 다시 다른 거머리가 타고 오르며 접근했다.

진은 문설주 양옆에 양손을 짚고 다리를 떡 벌리고 서서 가슴을 폈다. 더 접근하면 몸으로 막겠다는 자세로.

잠시 전진을 멈춘 거머리의 몸에, 진의 몸에 새겨졌던 문신이 나타나기 시작했다.

진의 것이 검은빛이었다면 두억시니의 것은 하얀색이었다. 진을 둘러싼 촉수마다 투둑, 툭 문신이 나타나 뒤덮기 시작했고, 검은 풍경에 흰색이 뒤덮였다.

진의 표정에 불쾌감이 치솟았다. 제 작품을 표절하는 모습을 보는 기분이다.

"나를 묶어두려면 이 문에 묶어놔야 할 거야."

진은 두억시니를 노려보며 고개를 쳐들었다.

그때, 진의 머리 위로 물이 툭 떨어졌다. 진이 의아해서 고개를 드니, 병실 천장에서 구슬비가 내리듯 반짝이는 물방울이 떨어지고 있었다.

'?!'

눈앞의 두억시니의 몸에도 비가 흘렀다. 미끌미끌한 몸에 툭 떨어지며 주룩 흘렀다.

그런데 두억시니의 반응은 뭔가 달랐다. 불에 덴 듯이 깜짝 놀라며 몸을 움찔거렸다.

진은 차갑게 내리는 비를 맞으며 눈을 크게 뜨고 두억시니의 몸에 내리는 비를 바라보았다.

빗방울은 진의 몸을 타고 흘러내렸지만 두억시니의 몸에서는 그렇지 않았다. 스펀지에 흡수되듯이 몸 안으로 스며 들어갔다. 진의 발아래는 물이 흥건했지만 두억시니의 몸 아래는 쨍쨍하게 말라 있었다.

"뭐지……?"

진은 두리번거렸다.

그리고 익숙한 냄새를 느꼈다.

"바루나……?"

연이어 바루나와 함께 있는 사람이 떠올랐다.

"수호……?"

130 그 반대의 세계

두억시니의 심소 외벽.

풍천은 폭풍으로 두억시니의 몸체를 외벽 안으로 밀어 넣고 있었지만 이미 늦었음을 절감하고 있었다. 형체가 없는 두억시니는 땅속으로 파고들어 서울 전역으로 퍼져 나가고 있었다.

'서울 전체를 봉인해야 할지도 모른다. 하지만 그건 불가능한 일⋯⋯.'

〔풍천, 조심하십시오.〕

풍천의 등 뒤에서 두억시니의 촉수 끝을 낫으로 갈아대던 나찰이 말했다.

외벽 구멍에서 나찰의 낫을 닮은 붉은 칼날이 만들어지며 풀처럼 삐죽삐죽 솟아나고 있었다.

칼날이 진동했다. 날이 외벽을 잘게 찢어내면서 우글우글 기어 나왔다. 기어 나온 칼날들이 번뜩이며 스스로 폭풍에 뛰어들었다.

'기술을 빼앗기리라는 예측은 했다.'

풍천은 생각했다. 칼날이 퇴마사들의 몸을 갈기갈기 찢게 하지 않으려면 이 바람을 멈추는 수밖에 없었다. 하지만 그러면 놈이 떼로 밀려 나오리라는 것은 또 뻔한 일.

'여기까지인가.'

풍천은 절망 속에서 눈을 감았다.

그때였다. 이마에 물방울이 툭 떨어졌다.

'비?'

풍천은 상황을 파악하지 못하고 고개를 들었다.

반짝이는 비가 내렸다. 물이라기에는 천천히 떨어져 마치 눈처럼 느껴졌다.

빗방울이 풍천이 일으키는 폭풍에 섞여들었다. 물안개가 강풍에 하얗게 일어났다. 건조한 돌풍이 습해지며 물을 잔뜩 머금은 비바람으로 변했다.

바람은 풍천의 몸이나 다름없다. 폭풍 안에 날아든 칼날이 무거워져 뒤뚱이는 것이 느껴졌다. 빗방울이 칼날에 달라붙고 그 안으로 스며드는 듯했다.

칼날은 더는 바람에 몸을 싣지 못하고 날개를 잃은 새처럼 뚝뚝 바닥에 떨어지기 시작했다. 떨어진 뒤에도 몸을 가누지 못하고 바들바들 떨었다.

입구를 찢고 나오려던 칼날도 상황은 마찬가지였다.

물이 칼날 안에 스며들며 그 몸을 불리고 무게를 키우고 있었다. 칼날이 제 무게를 이기지 못하고 부들부들 떨었다.

풍천은 바람의 세기를 늦추었다. 미는 힘을 줄였는데도 두억시니는 빠져나오지 못했다. 풍천은 의아해하며 손에 톡톡 떨어지는 빛나는 물방울을 내려다보았다.

'퇴마사의 무기……?'

하지만 이런 황망한 것이 '무기'일 수 있다고?

따뜻한 비. 익숙한 느낌.

설마.

'그 사람이 아직 이 세상에 있을 리가.'

이런 기운을 가진 사람은 풍천이 아는 한 하나뿐이었다.

'……광목천?'

〔천왕 풍천.〕

심소 안에서 가루라의 목소리가 들렸다.

〔누가 비를 뿌리고 있습니까?〕

두억시니의 심소 안,

재난이 한바탕 휩쓸고 지나간 폐허. 검은 거머리의 바다로 가득한 거리에 별처럼 비가 내렸다.

쓰러진 전봇대 위로, 기울어진 건물 옥상에, 바다 위를 떠내려가던 나무 위로, 둥둥 떠 가던 건물 파편 위로.

저 멀리, 심소의 외벽을 애처롭게 막고 있던 은빛의 트바스트리 위로.

추이는 호수에 내리는 비를 보고 놀라 고개를 들었다.

천장에 네 발로 매달린 채 다가오는 거머리를 쫓아내던 백호는 천장이 축축해지는 바람에 놀라 어리둥절해졌다. 축축해진 천장에서 비가 내렸다.

모든 심소마다, 사람들의 마음마다 비가 내렸다.

수호가 온데간데없이 사라진 뒤에도 스칸다와 비사사, 부단나는 자리를 지키고 있었다.

스칸다가 '저격수의 눈'을 아무리 펼쳐도 수호의 기척을 찾을 수 없었다. 스칸다는 어차피 다른 심소로 빠졌어도 겹쳐 있는 다른 차원일 뿐, 공간은 같다고 판단했다.

결국은 수호의 몸이 있는 공간 그 자체를 지키는 것이 답이었다.

스칸다의 얼굴은 파리해져 있었고 얼굴은 땀범벅이었다. '공작'을 전부 펼치는 기술은 공력을 심히 소모하는 일이었고, 날개갑의 움직임은 눈에 띄게 더뎌져 있었다.

한순간 집중을 놓쳤을까, 땅에서 촉수처럼 자라난 것이 스칸다의 날개갑 하나를 휘감아 붙들었다.

아차, 싶은 순간 회전하던 날개갑이 교통사고처럼 연쇄적으로 부딪치며 멈췄다.

스칸다가 번개처럼 휘트워스 소총을 뽑아들어 날개갑을 휘감은 촉수에 총알을 박았지만, 이미 방진은 활짝 열려 모두가 노출된 뒤였다.

비사사가 부단나의 손을 콱 잡고 그대로 열두 개의 활을 활에 먹여 시위를 당겼다. 부단나는 대화 한마디 나누지 않고 손끝에서 불꽃을 일으켰다.

둘은 그 자리에서 껴안다시피 한 자세로 한 바퀴 회전했다. 열두 발의 불화살이 열두 방위로 날아가 꽂혔다. 셋의 주위에서 불이 번졌다. 식물과 나무를 타고 번졌다.

"결국 공격해버리고 말았네."

부단나가 비사사에게 안기다시피 해서는 말했다.

"그래, 여기까지겠지."

"끝까지 포기하지 마십시오."

스칸다가 날개갑을 전부 열었다.

날개갑마다 숨어 있던 총구가 주위를 겨눴다. 기관단총이나 자동 권총은 하나도 없었지만, 총구가 연이어 장전되었다.

하지만 이 또한 적에게 기술을 추가하는 행위. 모두의 마음에 체념이 떠올랐다.

부단나는 문득 머리에 떨어지는 물방울에 고개를 들었다. 셋 모두가 고개를 들었다.

"비……?"

비사사가 어리둥절해서 중얼거렸다.

"비라고요?"

스칸다는 이마를 닦고 손에 묻은 빗방울을 내려다보았다. 물은 살아 있는 듯 반짝였다.

"……바루나……?"

서울 곳곳에 내리는 비.

바루나는 들었던 손을 내리며 말했다.

"충분히 스며들었다."

바루나스트라는 바루나의 몸. 어디에 내렸는지, 어디에 스며들었는지 촉각으로 느낄 수 있었다.

"이제 소환하라."

수호는 고개를 끄덕였다. 바루나는 문득 이 부분은 생각을 나누지 않은 것을 깨닫고 물었다.

"그런데 어디로 데려갈 거지?"

"생각해둔 곳이 있어."

수호가 답했다.

"전에 내 마음에 마구니가 침입해서 너와 싸웠을 때, 마구 잡이로 도망치다가 나도 모르게 잠깐 빨려 들어갔던 심소가 있어. 그땐 거기가 어딘지 몰랐는데."

"저놈을 가둬둘 수 있는 곳인가?"

"응."

"그렇게 생각하는 이유는?"

바루나가 활기차게 물었다.

"두억시니는 결코 그 심소를 이해하지 못해. 아무것도 보거나 만질 수 없을 거야."

"괜찮은 말이로군."

수호는 눈을 감았다.

사람의 욕망은 하나가 아니다. 동일한 공간에 다른 심소가 있다.

타화자재천은 파멸을 바라는 인류의 욕망이 만든 심소. 나는 그 욕망을 깊이 이해할 수 있었기에 그곳에 갈 수 있었다.

하지만 이제 알 것 같다.

전부 알 것 같다.

죽음을 동경하는 사람은 실은 정말로 죽음을 바라는 것이 아니다. 자신의 생명이 온전히 자기 것이기를 바라는 것이다. 자신의 생명 전체를 자기 것으로 하고, 그 삶을 전부 통제하기를 바라는 것이다.

그러므로 그 저변에는 다른 소망이 있다.

그 반대의 소망,

문득 수호의 마음속에 영상이 떠올랐다.

높은 산에 올라, 아직 어린 마호라가와 어떤 사람이 대화를 나누고 있었다. 바루나를 꼭 닮았지만, 조금 더 나이 들고 더 조용한 표정의 사람.

그 사람이 마호라가에게 말하고 있었다.

「우리는 다 아무것도 아니다. 만물이 다 그러하다, 마호라가. 너도, 나도. 모두가 그러하다.」

"아무것도 아니다……."

수호는 그의 말을 따라 했다.

바루나를 닮은 사람이, 어린 마호라가의 어깨에 손을 얹으며 말했다.

「미물이며 허망하다. 존재하지 않는 것이나 다름없다.」

"그럼에도 불구하고……?"

수호는 마호라가의 질문을 따라 물었다.

「'그럼에도 불구하고'가 아니다.」

바루나를 닮은 사람이 말을 이었다.

「존엄에는 이유가 없다, 마호라가.」

광목천이 말했다.

「너는 이 사바의 티끌처럼 하찮은 미물에 불과하며, 아무 것도 아니며……, 동시에 너는 너로서 존엄하며 더할 것도 제 할 것도 없다. 너는 온전하다, 마호라가.」

너는 온전하다.

나 또한 온전하다.

모든 사람의 마음에 파멸의 욕망이 있다면 그 반대의 욕망도 있다.

자신에게 주어진 생을 다 살고자 하는 마음.

이 생명을 오롯이 찬양하고, 생의 모든 순간을 아낌없이 체험하며, 전부 충실히 살아가고자 하는 욕망.

그 생명을 마음껏 누리고자 하는 소망.

나의 생명과 마찬가지로 모두의 생명도 똑같이 다 누리기를 바라는 마음.

모든 생명이 다 빛나기를 바라는 마음.

모두가 다 함께 어우러져 마지막까지 살고자 하는 마음.

그 또한 태초부터 있었던 심소.

그곳에서도 나는 그 왕국의 군주를 보았다. 잠시나마. 그 마음을 다 이해할 수 없었기 때문에 빛으로밖에는 보이지 않았지만.

"그러면 **광명천**光明天이 어울리는 이름이겠군."

바루나가 수호의 마음에 떠오른 풍경을 보며 말했다.

"천국 중 하나의 이름이라고 들었다. 부를 이름은 필요하니."

"이름은 뭐든 좋아."

수호는 고개를 끄덕였다.

"내 부름에 응답하라."

수호는 왼팔을 앞으로 내밀며 흥겹게 읊었다. 수호를 안고 있던 바루나가 킥킥 웃었다.

"뭐 하는 거냐?"

"내버려둬. 주문 같은 거야."

수호가 삐죽였다.

"소리 내서 말해야 집중이 된다고."

"그래, 네 이름으로 불러라. 저것은 내 몸이다. 네가 원하면 어디로든 데려갈 수 있다."

수호는 고개를 끄덕이며 말했다.

"오라."

바루나는 다시 쿡쿡 웃었다.

"함께 가자."

수호의 목소리가 퍼져 나갔다.

바루나가 세상에 뿌린 모든 물방울이, 물안개가 수호의 목소리에 쫑긋 귀를 기울이며 빛났다. 두억시니의 몸에 촘촘히 박힌 모든 물방울이.

"바루나스트라."

도시를 가득 메운 것이, 세상 전체로 퍼져 나가던 것이, 해일이나 다름없던 것이, 구석구석 뻗고 퍼져 나간 뿌리와 촉수를 다 헤아릴 수 없던 것이, 전부 깃털처럼 공중에 떠올랐다.

세상의 모든 심소에서 두억시니가 떠올랐다.

두억시니의 몸뚱이가 쿵, 하고 운석처럼 내리꽂혔다.

도시 전체나 다름없던 몸뚱이였다. 거대한 무게로 인해 바닥이 분화구처럼 깊이 파였다. 먼지가 높이 치솟아 올랐다. 땅에 깊이 처박힌 두억시니는 상황을 파악하지 못하고 혼란에 빠져 허우적거렸다.

전신이 각기 살아 있는 두억시니였다. 모든 촉수가 공황에 빠진 군중처럼 제각기 혼돈 속에서 아우성쳤다. 여섯 장의 날개 가득히 박힌 눈알들이 공포에 질려 끔벅끔벅하며 두리번거렸다. 하지만 그 눈에 비치는 것은 없었다.

빛으로 가득한 새하얀 공간.

완전한 무無의 공간.

두억시니는 공포에 질려 몸을 휘젓고, 어디든 쑤시고 들어가고 뻗어 나갈 곳을 찾으려 했다.

하지만 보이지도 들리지도 냄새 맡을 수도 없는 공간에 몸이 부딪치고 치일 뿐이었다. 어디로도 파고들 수가 없었다.

세상은 부드럽고 물렁물렁했는데도 두억시니가 촉수를 쑤셔 넣으면 푹 파였다가 탄력이 있는 반죽처럼 본래대로 되돌아갔다. 두억시니는 몸을 사방으로 뻗어 빠져나갈 곳을 찾았지만 나갈 곳은 보이지 않았다.

바루나는 수호를 안은 채 장미 화단으로 둘러싸인 아파트 옥상에 사뿐히 내려섰다.

물론 위치상 아파트려니 할 뿐, 지형과 구조물은 모두 단순했다. 가장 단순하게 만든 조감도처럼.

건물은 창문도 문도 없고, 하얗고 투박한 형태뿐이다. 그마저도 모두 새하얀 빛으로 둘러싸여 있어 흐릿하게만 보인다. 탐스럽게 피어난 장미조차도 희고 각이 져 보인다.

맨 처음 두억시니를 만났던 바로 그 거리였다.

경의선 철길공원. 같은 공간의 다른 심소.

"지형지물이 보여?"

수호가 바루나에게 물었다.

"네 눈을 통해서."

바루나가 답하며 두억시니를 응시했다.

"하지만 저놈 눈에는 안 보이겠지. 움직이기 불편할 거다."

무정형의 두억시니 한가운데에서 부글거리며 큰 거품이 솟았다.

그 거품 사이에서 뿔이 돋아났다. 뿔을 깊이 박은 이마 사이로 샛노란 눈이 섬뜩한 빛을 내며 바루나와 수호를 보았다.

"우리를 제외하고는."

바루나가 전투태세를 취했다.

"마호라가가 먼저야."

수호가 말했다. 마음은 이어져 있었기에, 바루나는 수호가 말하기 전에 이미 준비하고 있었다.

"마호라가가 어디 있는지 알겠어?"

"나는 저놈의 몸 전체에 퍼져 있다. 일찌감치 찾아냈다."

수호는 무슨 생각을 했는지 키득, 하고 웃었다.

"너, 〈겨울왕국〉 알아?"

"뭔지는 모르지만, 네 마음에 떠오른 영상은 파악했다."

바루나는 수호를 번쩍 들어 올려 어깨에 턱 얹으며 말했다.

"드레스는 못 만든다."

바루나는 오른손을 앞으로 쭉 뻗었다.

"노래도 안 부른다."

바루나의 손끝에서 얼음의 물줄기가 도로처럼 뻗어 나갔다.

수호는 바루나의 어깨에서 펄쩍 뛰어 맨발로 도로를 달렸다.

발을 디디는 속도에 맞추어 얼음의 도로가 생겨난다. 두억시니의 몸 어느 구석, 불룩불룩한 지형 어딘가가 거대한 손으로 잡아 뜯어내듯이 둘로 갈라졌다.

두억시니는 제 몸이 종잇장처럼 뜯겨 나가자 경악하며 아우성쳤다. 그 몸 안에 촘촘히 박힌 물방울이 하나하나 의지를 가진 세포처럼 몸을 둘로 찢어낸다.

수호가 다다르자 물방울은 수호가 두억시니의 몸에 닿지 않도록 지주대처럼 동굴을 만들어 길을 터주었다. 수호는 아무 제지도 받지 않고 달렸다.

그리고 저 멀리, 그 안에, 물에 잠긴 듯 부유하는 사람이 눈에 들어왔다.

반가움에 눈물이 핑 돌았다.

마호라가는 한쪽 다리가 없었고 옷은 조각조각 찢겨나가 있었다. 옷자락과 몸의 말단은 재가 흩어지듯이 점점이 파편이 떨어지고 있었다.

달려간 수호는 마호라가를 와락 끌어안았다. 그리고 한참 동안 품에 얼굴을 묻었다.

마호라가가 눈을 떴다.

아득한 잠에서 깨어난 사람처럼 천천히 시선을 틀었다. 몸은 수호에게 기댄 채 축 늘어져 있었다. 손가락을 움찔움찔했지만 움직일 힘은 없어 보였다.

하지만 얼굴을 보지 않아도 흐느끼는 소리며, 몸의 감촉이며, 몸집과 팔다리를 보고 누군지 알아본 듯했다.

마호라가는 환하게 웃었다.

"수호."

"마호라가."

수호는 마호라가를 부르며 몇 번이고 다시 끌어안았다.

131 마음을 다 열고

한참 마호라가를 끌어안고 있던 수호는 몸을 조금 떼었다. 하지만 마호라가의 몸이 종잇장처럼 뒤로 덜렁 꺾이는 바람에 화들짝 놀라 허둥지둥 등을 받쳐야 했다.

"와주었구나. 올 줄 알고 있었어."

"진짜?"

수호는 종잇장처럼 흐느적거리는 마호라가를 수습해주면서도 물었다. 마호라가는 웃었다.

"아니, 뜻밖이야."

수호는 바루나스트라로 이루어진 얼음의 도로에 마호라가를 눕혔다. 마호라가는 고개를 들어 반짝이는 물안개를 바라보았다.

"바루나스트라잖아……? 어떻게 이런 모습이 됐는지 모르겠네."

수호는 마호라가의 시선이 제 마음을 어루만지는 것을 느꼈다. 자신과 마음이 이어진 마호라가가 상황을 파악하려고 속내를 구석구석 들여다보는 것이 느껴졌다.

수호는 마음을 활짝 열었다.

마호라가가 아무 제약 없이 마음 모든 곳을 살피도록 했다. 마호라가가 보이지 않는 손가락으로 몸을 따듯하게 쓰다듬는 듯했다. 어차피 지금의 몸은 정신이니까. 차이는 없겠지.

마치 애무받는 기분이었다.

손가락과 발가락 사이며, 발톱이며, 발뒤축의 갈라진 피부며, 겨드랑이 안쪽이며, 귓등 뒤쪽의 꺼끌꺼끌한 머리카락이며, 콧잔등과 볼 사이며, 콧방울과 인중이며, 입술과 잇몸 사이며, 쇄골 안쪽과 가슴골과 배꼽의 주름이며, 주름에 난 잔털이며.

누구에게도 내보이지 않고 건드리게 두지 않을 몸 구석구석을 모두 기꺼이 드러낸다.

마음과 마음의 교류.

자기 마음이라 들여다보지 않고, 그저 익숙하여 느낄 생각도 하지 않고 내버려둔 구석구석을 마호라가가 어루만질 때마다 '아, 거기에 그게 있었지' 하고 깨닫는다. 아, 그래. 그것까지도 다 내 마음이었지.

그게 다 나였지.

두억시니가 계속 귓가에 속삭이며 조롱하던 것과는 하나도 같지 않았다. 나는 쓰레기 같지도 않았고 악마 같지도 않았다.

내 마음은 온전했다.

비록 날씨가 급변하고, 때로 비가 오고 눈보라가 치고 한파가 몰아닥쳐도, 그것까지 다 포함하여 온전했다.

나는 내 결핍까지 포함하여 온전했다.

내 굳은 손가락까지 포함하여 온전했다. 마호라가가 다리가 하나 없는 채로 온전하듯이.

설령 다리가 둘인 사람이 세상에 오십 억쯤 있을지라도 마호라가가 온전하듯이. 손가락이 다 움직이는 사람이 세상에 오십 억쯤 있을지라도, 그와 관계없이 나는 온전했다.

수호는 자신을 마호라가에게 전부 내맡겼다.

누군가가 마음을 속속들이 어루만져준다는 것이 이토록 기쁠 줄은 몰랐다. 단 한 사람이 단 한 번 이리 해주는 것만으로도 다시는 상처받지 않을 것만 같다.

마호라가는 세상에서 가장 소중한 것을 다루듯이 수호의 마음을 쓰다듬었다. 수호는 마호라가가 다 들여다볼 때까지 마음을 전부 열고 기다렸다.

"소원을 기억해냈구나, 수호."

마호라가가 마침내 말했다.

"응."

수호가 고개를 끄덕였다.

"광목천의 소원도…… 그래, 그게 그런 뜻이었구나."

이제는 마호라가의 눈에 눈물이 맺혔다.

"진짜, 천하의 바보 같으니라고……."

마호라가는 누구에게 하는지 모를 한탄을 했다.

마호라가가 움찔거리며 일어나려 했지만 힘이 없어 툭 도로 누웠다. 그래서 대신 수호가 몸을 숙였다. 마호라가에게 이마를 대고 한참을 그대로 있었다.

자신의 마음을 다 보았으니 마호라가는 다 이해할 것이다. 그리고 마호라가라면 받아들일 줄 안다.

마호라가는 한참 눈을 감고 있었다. 수호와 이마를 댄 채 마음을 나눈다.

"뜻한 바를 이루소서."

마호라가가 눈물을 삼키며 말한다. 손가락을 움직여 바닥을 짚은 수호의 손가락에 깍지를 끼었다.

"내 스승이시여……. 제자가 어리석어 이제야 당신을 이해하나이다."

수호는 마호라가의 마음을 들여다보았다. 마호라가처럼 세세히 살필 수는 없었지만 그 눈에 비치는 세상을 같이 느꼈다.

지금 마호라가의 눈에 보이는 것은 반짝이는 별무리뿐이다. 마치 광활한 우주 속에 잠겨 있는 듯하다.

두억시니는 이제 반쯤 마구니가 되었기에 마호라가의 눈에 보이지 않는다. 눈부시게 빛나는 세상 속에서 물안개 같은 바루나스트라뿐이다.

반면, 수호의 눈에 비치는 것은 온통 꿈틀거리는 두억시니뿐이었다.

그 미끌미끌하고 거무튀튀한 살이며, 알알이 빛나는 거죽에 흐르는 기름이며, 촉촉한 질감까지 전부 느껴진다.

마호라가의 세상은 아름다웠다.

하지만 내가 보는 이 풍경이 바로 그 사람, 광목천이 보기를 바랐던 풍경일 것이다.

알 것 같았다. 그 사람은 자기 눈으로 세상 전체를 오롯이 보기를 바랐을 것이다.

자신이 갖기를 원했던 단 하나의 카마와 함께.

어둠과 빛을 포함한 이 세상 전체를.

그리고 같이 살기를 바랐을 것이다. 매일 힘들고, 시달리고, 진흙탕을 뒹굴며, 퇴마의 힘조차 없이, 살기 위해 매 순간을 투쟁하는 사람들 속에서.

생을 매번 처음부터 다시 시작하고, 이내 종말을 고하고, 종말을 고한 뒤에는 다시는 존재하지 않을, 매번 하나뿐인 짧은 삶을 살기를.

"이제 가."

수호가 마호라가의 두 손을 잡으며 말했다.

"고생 많았어. 가서 몸을 회복해야지. 여기는 나한테 맡겨."

마호라가는 입을 다물었다. 수호는 다짐했다.

"잘할게."

"그래."

마호라가가 답했다.

"맡길게, 내 수제자. 이기고 돌아와라."

그 말에 수호는 답하지 않았다. 마호라가도 더 말하지 않았다.

마음을 다 들켰으니 변명할 것도 없었다.

하지만 마호라가는 이해한다. 받아들인다. 그럴 줄도 안다. 그래서 내가 너를 신뢰한다. 네게 다음을 맡긴다. 그 옛날 광목천이라는 사람이 그리했듯이.

트바스트리가 빛을 뿌리며 마호라가의 다리에 모여들었다.

이제 마호라가는 여기를 떠날 수 있다. 심소의 벽을 막느라 트바스트리를 놓아둘 필요가 없고, 그러기 위해 여기 남아 있을 필요가 없으므로.

마호라가의 몸이 반짝이며 빛났고, 서서히 빛을 뿌리며 사라졌다.

진은 이슬비가 내린 뒤 두억시니가 공중으로 들렸다가 빛을 뿌리며 사라지는 것을 보고 어안이 벙벙해졌다.

한참을 숨바꼭질하듯 심소를 헤매며 뒤지다 현실로 되돌아와보니, 자신은 보호자 의자에 앉은 채 선혜의 손을 잡고 누워 있었다.

어리둥절해 두리번거리는데 선혜의 손이 따듯했다. 끊어질 듯 약하게 뛰던 선혜의 맥박이 진의 손바닥에 느껴질 만큼 강하게 뛰었다.

진은 허겁지겁 선혜의 가슴에 귀를 대었다.

심장이 힘차게 뛰며 가슴이 안정적으로 부풀었다가 내려앉고 있었다. 숨이 편안하게 내쉬어졌다가 들어갔다.

선혜의 눈이 움찔움찔하다가 가늘게 떠졌다. 진의 눈이 커지며 입이 벌어졌다.

"진······?"

선혜가 미소를 지으며 조막만 한 손을 움찔거리며 내밀었다.

"기다렸지······?"

진은 낮은 울음을 터트리며 선혜를 품에 끌어안았다.

광명천.

마호라가가 누웠던 곳 주변의 동굴이 분노에 휩싸인 듯 격렬하게 요동치기 시작했다. 미끌미끌한 벽에서 악취를 풍기는 점액이 구토하듯이 뿜어져 나와 수호의 발밑에 툭툭 떨어졌다.

두억시니의 몸이 요동치며 액화하기 시작하자, 흩어진 물방울 모양의 바루나스트라로는 막기가 버거워진 듯했다.

수호는 두 발을 딛고 섰다.

증오에 휩싸인 괴성이 귀를 찢었다.

빛나는 물방울 사이사이에서 돌기가 솟아올랐다. 돌기마다 끝이 갈라지며 눈동자와 입이 생겨났다. 핏발이 서서 황금빛으로 번쩍이는 눈이 수호를 향해 이글거리는 증오를 내뿜었다.

동공이 격렬하게 흔들렸고 바늘 같은 이빨이 꽂힌 입이 검은 침을 뚝뚝 떨어트렸다. 당장이라도 씹어 삼키고 싶은 듯 몸을 쭉 뻗었다 움츠러들곤 했다.

수. 호.

죽. 여. 버. 린. 다.

영. 원. 한. 고. 통. 을.

저. 주. 를.

돌기마다 달린 입들이 따로 다른 욕설을 내뱉느라 시장통처럼 시끌시끌했다. 수호는 그 사이를 태연히 걸어 지나갔다.

동굴 같은 공간을 빠져나와보니 아파트 옥상에 바루나가 보였다. 난간에 한쪽 다리를 턱 걸쳐 놓은 채 유유히 기다리고 있었다.

"지금 해, 바루나."

〔기─화─폭─발.〕

바루나의 유쾌한 목소리가 귓가에 들려왔다.

수호의 등 뒤에서 폭발음과 광풍이 치솟았다.

두억시니의 몸에 알알이 박힌 바루나스트라의 파편이 하나하나 끓어오르고 팽창하더니 증기를 내뿜으며 펑펑 터져 나갔다.

두억시니의 살점이 갈가리 찢기며 하늘로 점점이 솟구친다. 점액이며 내장의 파편이 불꽃놀이처럼 터져 나간다. 눈알이 튀고 이빨이 부서져 나간다.

치솟은 눈알 안에서 다시 폭발이 인다. 몸의 중심에서부터 촉수의 끝까지 남김없이 폭파한다. 한 점도 남기지 않겠다는 듯이 알알이 터져 나간다.

수호는 천천히 바루나스트라의 얼음길을 따라 바루나 가까이로 다가갔다. 바루나가 옥상에서 손을 잡아 끌어주었다.

아파트에서 내려다보는 폭발의 풍경은 장관이었다. 아마 이제껏 인류 누구도 구경하지 못했을, 도시 규모의 '무해한' 폭발이었다.

단 한 사람도, 한 생명도 다치지 않는 대규모 연쇄 폭격.

백여 제곱킬로미터에 이르는 폭발.

폭발은 무지갯빛으로 빛난다. 새하얀 연기를 일으키고 뭉게구름을 일으키고 아지랑이를 피워올린다. 피어오른 것이 가라앉고 자욱한 시야가 조금 밝아지는 데만도 시간이 걸렸다.

살점이 먼저, 더 작은 파편이 나중에, 다음에는 재가 이슬처럼 내린다.

그리고 고요했다.

그 뒤에도 재는 계속 비처럼 내렸다.

"끝났을까?"

수호가 물었다.

"아닌 줄 알지 않는가."

바루나가 무심히 말했다.

"기대해봤어."

"인간은 이해할 수 없군. 안 될 일을 왜 기대하는지 모르겠다."

"사는 건 간단하지 않고 미신적인 낙관 없이는 버티기 힘드니까?"

"그렇다면 납득하겠다."

수호와 바루나가 수다를 떠는 사이에 해체된 두억시니의 몸이 부글부글 거품을 일으키며 끓어오르기 시작했다.

끓어오른 거품이 뭉치며 커지고, 커진 거품에 해체된 살점이 모여들어 붙는다. 썩은 살점이 붙어 만들어진 듯한 추상 조각이 솟아나는 듯하더니, 점점 도로 형체를 갖추어갔다.

이마를 짓누르는 기울어진 붉은 뿔과 여섯 개의 황금빛 눈이 달린 얼굴이 수면에서 떠오르듯 모습을 드러냈다. 눈동자와 이빨이 달린 입이 다닥다닥 붙은 날개가 그 뒤로 솟구친다.

얼굴의 반이 솟아올랐을 뿐인데도 이미 시야를 가득 채운다. 산맥이 서서히 솟구치는 듯했다.

수호와 바루나는 개미 크기로밖에 보이지 않는다.

나. 는. 불. 멸. 이. 다.

소리가 들려왔다.

나. 는. 이. 제. 네. 힘. 을. 전. 부. 가. 진. 다.

네. 힘. 은. 전. 부. 나. 의. 것.

나. 는. 불. 굴. 이. 다.

네. 가. 내. 게. 준. 상. 처. 는. 전. 부. 네. 가. 돌. 려. 받. 는. 다.
나. 는. 영. 원. 불. 멸.

바루나는 수호를 옆으로 조금 밀쳐두고 손을 뻗었다. 수호
의 주위에 얼음의 기둥이 일정한 간격으로 방패처럼 솟아올
랐다. 그 위로 작은 얼음 단검 세 개가 나타나 수호의 주변을
호위병처럼 회전하며 맴돌았다.

"이제부터가 진짜다."

바루나가 물에 파문을 그리듯이 공중에서 손을 휘젓자 바
루나의 손끝에서 물안개가 피어올랐다. 손에 이 미터는 넘는
창이 생겨났다.

바루나는 창을 굳게 쥐고 얼음의 도로 위로 뛰어올랐다.

도로가 미끄러지듯이 바루나를 태우고 두억시니에게로 향
했다.

✦

"진."

신촌의 한 병실 안. 선혜가 진의 품에 안겨 말했다.

"네, 무슨 말씀이든 하세요."

진이 말했다.

"수호에게 가야 해."

진은 고개를 끄덕였다.

"……도우러 가나요?"

그 질문에 선혜는 잠시 입을 다물었다. 짙은 슬픔이 눈에
내려앉았다.

"아니."

선혜가 고개를 저었다.

"그러지 못할⋯⋯ 거야. 그래도 가야 해. 우리가 같이 있어 주어야지."

진은 선혜를 더 꼭 끌어안았다.

"명령에 따르지요, 주인님."

선유도 식물원, 현실.

"아직 못 찾았어?"

비사사가 막 부스스 깨어난 스칸다에게 물었다.

수호는 담요에 둘둘 말려 잠든 채 깨어나지 못하고 있었다.

혼이 나간 사람의 몸은 무겁다. 수호가 아무리 작고 비쩍 말랐어도 마찬가지였다. 게다가 비사사와 부단나는 어린애고, 스칸다는 현실에서는 힘을 쓸 수 없다.

비사사와 부단나가 같이 수호의 몸을 뒤집거나 차가워진 몸을 담요로 감싸려 할 때마다 땀을 뻘뻘 흘려야 했다. 그래도 손발이 척척 맞는 사이다 보니 어찌어찌 몸 둘인 네발짐승처럼 날쌔게 움직이는 중이었다.

"예……. 여전히 제 시선이 닿는 곳에는 없습니다."

스칸다가 지친 목소리로 말했다.

잠깐 잠들었다 깬 듯싶었지만, 모르긴 해도 아마 심소 안을 아득한 시간 동안 돌아다녔을 것이다.

"저격수의 눈조차도 닿지 않는 곳으로 간 듯합니다……. 아무래도 우리의 이해를 한참 넘어서는 심소에 있는 듯합니다. 겨우 생존만 확인될 뿐입니다."

"아직 살아 있다는 건 여기서도 알 수 있어."

비사사는 조금 전 두억시니가 침입한 심소에 내리던 비를 떠올렸다.

비는 다른 것은 모두 미끄러지며 피하더니 두억시니의 몸에만 구석구석 흡수되었다. 그 물방울 무더기가 그대로 두억시니를 들어 올려 어디론가 데려간 것이다.

사람이 도시 하나를 통째로 들어 올린 것과 마찬가지. 상상도 못 할 힘이었다.

"그게 바루나스트라였다고? 진짜야?"

부단나가 수호의 목 뒤에 수건을 받쳐주고 고개를 살짝 뒤로 젖혀 기도가 막히지 않을 자세를 해주며 말했다.

마음의 전투를 할 때 신장의 몸은 완전히 무력해지기에 나한들은 기본적인 응급처치 훈련을 받는다. 비사사는 수호의 가슴에 귀를 대고 숨이 가빠지거나 최악의 경우 심장이 멈추지는 않는지 살피고 있었다.

"저는 한번 본 무기는 잊지 않습니다……."

스칸다가 말했다.

"하지만 그건 무기라고 할 수 없는 크기였어."

부단나가 당혹스러워하며 말했다.

"도시 크기로 커진 카마의 몸 전체에 다 뿌려졌어. 그게 말이 돼?"

"수호의…… 무기의 용량에는 한계가 없었습니다."

"하지만 바루나스트라였다면서."

부단나가 헷갈리는 얼굴로 물었다.

"바루나의 무기는 커지지 않아. 수호의 검은 수다나가 해체해버렸고."

"저도 모르겠습니다. 수호가…… 뭔가를 했으리라고 짐작할 뿐입니다."

"두억시니를 어디로 데려간 거지?"

비사사가 수호의 호흡을 편하게 하려고 열어젖혔던 담요를 도로 체온 유지를 위해 덮으며 물었다.

"보통의 카마나…… 마구니나…… 퇴마사마저도 접근할 수 없는 곳이겠거니 합니다. 제 눈으로도 찾기 어려운."

비사사는 죽은 듯 늘어진 수호를 믿기 힘든 눈으로 내려다보았다.

"두억시니를 혼자 상대할 수는 없어."

비사사는 잠시 생각하고 덧붙였다.

"혼자가 아니라도 상대할 수 없어."

"하지만 이 자식은 이미 여러 번 믿을 수 없는 일을 했잖아, 누나. 이길 수 없는 상대이기는 수다나도 마찬가지였어."

부단나가 수호의 이마에 자기 이마를 대서 체온을 재며 말했다.

"지금 이 자식이 하는 싸움은 우리 상식을 한참 넘어서는 것 같아."

부단나는 생각에 잠겼다.

"그러면 우리는 우리가 할 수 있는 일을 하자."

비사사가 '뭐를?' 하는 눈으로 부단나를 바라보았다.

"나한으로서, 신…… 마음의 투쟁을 하는 퇴마사의 몸을 끝까지 지켜야지."

비사사는 부단나가 '신장'이라고 하려다 어물거리는 것을 알아들었지만 더 말하지는 않았다.

"그래, 나한의 명예를 걸고."

"마지막까지."

부단나가 다짐했고 비사사가 고개를 끄덕였다. 둘은 이것이 일종의 맹세임을 알아보았다.

"마지막까지."

별무리가 내려앉은 양화대교 한가운데, 선유도 공원 입구에 자전거 한 대가 멈춰 섰다.

얼마나 무시무시한 속도로 달렸는지 자전거 바퀴에서 타는 냄새가 나며 연기가 치익 피어올랐다.

광명천.

수호는 아파트 옥상에 서서 바루나와 두억시니의 전투를 지켜보고 있었다.

눈앞에서 인간의 인지와 상상을 모두 넘어서는 공방이 펼쳐지고 있었다. 인간의 전투는커녕, 생물과 생물의 전투로도 보이지 않는다.

재해와 재해의 싸움.

바루나는 자신을 향해 마구잡이로 공격해오는 현란한 촉수 사이를 얼음의 도로를 타고 미끄러지듯 피하며 공격을 난사하고 있었다.

주위에는 호위무사처럼 창이 다섯 개쯤 회전하고 있었다.

생겨난 창은 거의 즉시 날아온 공격으로 폭발해 깨지고, 예비로 만들어둔 창이 그 자리를 대신한다. 죽은 병사를 바로 대체하듯이.

바루나는 그 과정을 무한히 반복하고 있다.

동시에 수호의 주위에서 맴도는 작은 창들도 꾸준히 날아오는 파편이나 불똥을 튕겨내고 있다.

모든 공방이 수호의 동체시력을 아득히 넘어서고 있었다.

바루나의 정신에 공감하면 공격이 날아오는 방향이나 자리를 파악할 수 있었지만, 어차피 동체시력이나 다른 감각을 공유한다 해도 바루나의 반응 속도를 따라갈 수가 없었다. 공격이 날아오는가 싶으면 이미 격돌은 끝나고 다음 격돌이 시작되고 있다.

생각조차도 깃들지 않는 자동 반사의 향연.

그저 감탄하며 초고속으로 오가는 불꽃놀이를 지켜볼 뿐이었다.

상상의 속도를 넘어서는 대응은 방어만이 아니었다.

바루나는 지나는 곳마다 폭격기처럼 물의 칼날을 내리꽂고 있었다. 마치 폭탄을 투하하는 제트기 같다.

하지만 물의 칼날이 꽂히는 자리마다, 마찬가지로 두억시니가 바루나스트라와 비슷한 모양의 창을 만들어 회전하며 쳐내고 있었다.

무한과 무한의 격돌.

지상에서 상반신 정도까지 빠져나온 두억시니는 여섯 개의 눈알을 굴리며, 행성처럼 회전하며 점점 거리를 좁혀오는 바루나를 지켜보았다.

나. 는. 불. 멸. 이. 다.

바루나가 간신히 거리를 좁혔다 싶을 무렵, 귀가 먹먹해지는 소리와 함께 바루나가 지나는 자리 아래쪽 땅이 움푹 파였다. 무엇인가 육중한 물건이 공간을 강하게 짓누르는 듯했지만 보이는 실체는 없었다.

움푹 파인 공간이 무겁게 바루나를 끌어당겼다. 막 두억시니를 찌르려던 바루나는 얼음의 도로와 함께 바닥으로 포탄처럼 내리꽂혔다.

수호는 어깨에 바윗덩이가 얹히는 기분으로 푹 주저앉았다. 충격으로 무릎이 박살 나는 것 같았다.

바닥에 내리꽂힌 바루나는 아무 일도 없다는 듯 구덩이 속에서 적을 응시했다.

익숙한 기술이었다. 수호는 언젠가 신장 금강이 발을 구르자 땅이 움푹 파이던 순간을 기억했다. 온몸을 바윗덩이가 내리누르는 듯한 중력을 만드는 기술.

'금강의 기술.'

바루나가 말없이 양팔을 좌우로 폈다.

그 팔의 움직임을 따라 주위에서, 그리고 바루나의 발아래에서 물방울이 솟아올랐다. 중력을 거꾸로 거슬러 오르는 폭포처럼 물이 치솟는다.

중력과 반중력의 싸움.

힘과 힘의 대결.

눈앞의 적이 금강이었다면 했을 법한 대결.

결국 물줄기의 힘이 중력을 이긴다. 활화산처럼, 끓어올라 폭발하는 용암처럼, 바루나는 솟구치는 물줄기의 압력을 타고 제트기처럼 튀어 올랐다.

하늘 높이 날아오른 바루나는 그대로 창을 겨눈 채 두억시

787

니의 몸을 향해 낙하했다.

두억시니의 시선이 바루나를 향했다. 등에 빼곡히 돋아난 촉수에서 삐죽삐죽 고슴도치처럼 수백 개의 화살이 튀어나왔다.

수호는 멀찍이서 바루나의 마음이 흔들리는 것을 느꼈다.

바루나만큼 적의 무기를 잘 기억하지는 못했지만, 바루나의 기억 속에서 그것이 비사사의 화살이라는 것을 알아챘다.

화살은 불에 넣어 달군 것처럼 뜨겁게 달아올라 있었다. 그건 부단나의 불꽃이었다.

화살촉에서 풍기는 보라색 기운과 독한 냄새는, 아무래도 이전 두억시니와의 전투에서 바루나가 어디인지 알 수 없는 방향에서 맞은 총알에 발라져 있던 독인 듯했다. 그것이 스칸다의 무기라는 것도 바루나의 기억 속에서 알아챘다.

다른 퇴마사들의 기술도 복사했겠지만 정확히 바루나에게 통하는 무기를 골라내었다.

바루나는 허공에 손을 휘저었다. 낙하하는 바루나의 주위를 얼음의 방패가 둘러쌌다.

〔화살의 속도는 통상 투창의 두 배.〕

바루나의 계산이 수호의 머릿속에 들려왔다.

즉, 바루나의 창이 두억시니에게 닿기 전에 화살이 바루나의 몸에 닿는다.

바루나의 주위를 얼음 방패가 둘러쌌다. 수백의 궁사가 일제히 발사한 듯 두억시니의 등에서부터 바람을 가르며 날아오른 화살이 하늘을 새까맣게 뒤덮었다. 비처럼 날아온 화살이 바루나의 방패를 뚫었다. 머리를 스치고 코트를 찢었다.

그것이 제1격.

현실이라면 화살을 날린 궁수가 뒤로 물러나고 그 뒤에 대기하고 있던 궁수들이 앞으로 나서서 시위를 재는 간격이 있으리라. 하지만 두억시니의 2격은 그보다 빨랐다. 그리고 노리는 방향이 달랐다.

제2격.

화살이 새까맣게 수호를 향해 날아왔다. 모든 방향에서.

바루나는 발밑에 얼음의 발판을 만들어 낙하를 멈추었고, 수호의 방향을 보지 않은 채로 무엇을 내던지듯 오른팔을 흩뿌렸다.

수호의 주위를 맴돌던 세 개의 창이 길어졌다. 그리고 세 개의 창이 더 나타나 수호의 주위에 이중의 방벽을 만들었다.

수호는 움직이지 않았다.

어차피 자신의 반응 속도로 피할 수 없을뿐더러, 위치를 바꾸면 자신을 보호하는 바루나에게 방해만 될 뿐이었다.

하지만 설령 무한한 용량의 검이라 해도 그것을 조종하는 사고력은 무한이 아니다. 아무리 바루나가 지금 상식을 뛰어넘는 절정의 무예를 펼치고 있다고 해도.

바루나는 예감했고 수호도 그 예감을 받아들였다.

바루나가 수호의 방벽을 두텁게 하는 순간, 바루나의 방벽은 미세하게 얇아졌다. 그리고 생겨난 틈새.

제3격.

제2격보다 빠른 타격.

수호는 두 차례의 무시무시한 폭격이 가라앉은 뒤 솟아오르는 연기 속에서 고개를 들었다.

저 멀리서 수호를 향해 뻗은 바루나의 오른팔에 세 발의 화살이 꽂혀 있었다. 꽂힌 자리에서는 황금빛과 함께 검은 연기가 점점 피어올랐다.

바루나는 말없이 발치에 떨어진 창 하나를 발로 차올렸다. 회전하며 솟구친 창이 바루나의 어깨를 찢으며 날아올랐다.

"……!"

수호는 어깨가 타는 듯한 느낌에 눈을 꾹 감았다. 하지만 소리는 내지 않았다. 싸우는 사람이 신음을 내지 않는데, 내가 낼 수는 없었다.

바루나의 오른팔이 얼음의 도로 위에 나무토막처럼 툭 떨어졌다.

잘린 어깨에서는 황금빛이 솟아올랐다.

떨어진 팔에서는 피부를 타고 검은 핏줄이 점점 자라나 퍼지더니 이내 급속도로 부패하기 시작했다. 곰팡이가 야금야금 집어삼키듯이 검은 가스를 뿜어내다가 짓무르며 녹아내렸다. 검은빛과 황금빛의 액체가 바루나의 발밑에서, 얼음의 도로 아래로 툭툭 흘러 떨어졌다.

아래쪽 땅에서 입이 쩍 벌어졌다.

바늘 같은 이빨이 난 입이 녹아 흘러내린 바루나의 팔을 받아 삼켰다. 목울대가 출렁이는 모습이며 꿀꺽꿀꺽하는 소리가 멀리까지 울렸다.

맛. 있. 군.

두억시니가 입맛을 다시며 말했다.

나. 머. 지. 도. 먹. 어. 주. 지.

바루나는 오른팔을 잃은 채로 두억시니를 마주 보았다.

바루나는 산처럼 우뚝 서서 하나 남은 왼팔을 뻗었다. 긴 창을 만들어낸 뒤 손안에서 휘리릭 한 바퀴 돌렸다. 바람을 베는 소리가 호쾌하게 울려 퍼졌다.

나. 는. 불. 멸. 이. 다.

두억시니의 음산한 소리가 공간 안에 울려 퍼졌다.

바루나의 창이 검무를 펼쳤다.

✦

선유도 식물원, 현실.

비사사와 부단나는 식물원 문이 벌컥 열리자 황급히 일어 났다. 각기 돌멩이며 나뭇가지를 들고 수호의 앞을 막아섰다.

스칸다는 휠체어에 앉은 채 정면을 응시했다.

어둠 속에서 나타난 사람을 먼저 알아본 것은 스칸다였다. 움직임이 불편한 만큼 현실에서도 타인의 기척에 예민한 스 칸다였다.

"신장 마호라가."

스칸다의 말에 비사사와 부단나는 경계를 풀었지만 이내 다른 종류의 긴장에 뻣뻣해졌다.

숨을 헐떡이며 문을 박차고 들어온 사람은 선혜를 업은 진 이었다. 선혜는 분홍색 담요에 아기처럼 싸여 축 늘어져 있 었다.

진은 아무래도 억지로 퇴원하면서 병원에서 몸싸움이라도 한 모양이었다. 재킷과 셔츠 단추가 뜯어져 있었고 머리도 엉 망으로 엉클어져 있었다.

진은 얼마 전에는 맞붙어 싸우기도 한 사이다. 싸움이 난다면 현실의 무력으로는 여기서 진을 상대할 수 있는 사람이 없다. 잠시 침묵 속에서 불편한 대치가 오갔다.

누군가가 본다면 어린애들이 밤에 몰래 공원에 기어 들어가 보물찾기 놀이라도 하는 것처럼 보일 풍경이다. 대부분 몸이 어딘가 불편해 보이는 점이 이상하겠지만.

침묵을 깬 사람은 선혜였다.

"……상황을 말해줘."

진은 등에서 조심조심 선혜를 내리고 담요에 감싼 채로 수호의 옆에 눕혔다.

빠릿빠릿한 부단나가 냉큼 정신을 차리고 말했다.

"어떻게 했는지 모르겠지만 바루나의 무기가 두억시니의 몸 전체를 이동시켰어. 어디로 갔는지 찾을 수 있겠어?"

수호의 옆에 누운 선혜는 축 늘어진 수호의 손을 깍지 끼고 잡았다.

"찾아도 우리로서는 도울 방법이 없을 거야……. 아니, 아무도……."

선혜는 마음의 격통으로 눈을 질끈 감으며 수호의 팔에 얼굴을 묻었다.

"그래도 함께 있어주려고 왔어."

광명천.

심소는 바루나가 휩쓸고 지나간 잔해로 가득했다.

마치 살아 있는 홍수가 삼키고 지나간 듯한 거리.

정밀폭격과 융단폭격, 광범위한 폭격이 어우러져 있다. 바늘 끝처럼 섬세한 흔적이 있는가 하면 항공모함이라도 떨어트린 듯한 무시무시한 자리도 있다. 도시가 산산조각으로 부서진 흔적만이 얼마나 상식을 초월한 전투였는지를 증명한다.

부서진 자리마다 눈부시게 빛난다. 마치 천지에 보석이 흩뿌려진 듯 아름답다.

수호는 두억시니의 촉수에 휘감긴 바루나를 멀리서 바라보았다.

두억시니의 중심에서 나타난 거대한 입이 바루나를 으적으적 씹어 삼키고 있었다.

바루나는 이미 황금빛에 휘감겨 있었고 얼굴과 몸의 반쪽은 날아가 있었다. 하나 남은 눈으로 삼켜지는 제 몸을 내려다보고 있었다.

아니, 노려보는 채로 동공은 정지해 있다.

이미 넋은 그 안에 남아 있지 않았다. 땅에서 나타난 입에서는 스칸다의 독과 부단나의 불을 비롯한 온갖 화학물질이 쏟아져나오며 바루나의 몸을 녹이고 있었다.

〔수호.〕

멀리서 보는 수호의 머릿속에 희미하게 바루나의 목소리가 들려왔다. 가벼운 웃음기마저 깃든 목소리.

〔그간 즐거웠다.〕

후련하다는 듯한 목소리. 상쾌하기까지 하다. 가진 기량을 다 펼쳤으니 후회도 미련도 없다는 듯한 느낌.

〔잘 있어라.〕

그리고 생각이 끊겼다. 수호의 주위를 맴돌던 창이 파사삭 부서지며 물안개가 되어 흩어졌다.

툭, 하고 마음 한구석이 통째로 떨어져 나갔다.

슬픔이 파도처럼 몰아쳤다.

그리고 공허했다.

두억시니가 기쁨에 넘쳐 승리의 포효를 내질렀다.

133 빼앗긴 힘

두억시니가 포효하자 세상이 크게 뒤흔들렸다.

어. 리. 석. 은. 놈.

두억시니는 흥분에 들떠 소리를 높였다.

네. 카. 마. 의. 힘. 은. 이. 제. 영. 원. 히. 내. 것. 이. 다.

두억시니가 힘을 쓰며 땅속에서 몸을 빼내려 했다.

거대한 몸이 먼지를 일으키며 흙바닥에서 솟아올랐다. 몸이 새로 만들어지는 영향인지 천지사방에 뻗어 나가 있던 촉수가 조금 줄어드는 듯했다.

나. 는. 불. 멸. 이. 다.

전보다 말이 많아졌다. 긴나라의 영향일까. 아니면 지금 바루나를 먹었기 때문일까.

두억시니의 한쪽 팔이 빛나는 바닥에서 솟아올랐다.

근육이 불룩불룩하고 뻣뻣한 검은 털이 숭숭 난 짐승의 팔이었다. 팔에도 무수한 눈알이 굴러다니고, 어느 소화기관으로 통하는지 모를 입이 숭숭 뚫린 구멍처럼 나타나 따닥따닥 이빨을 부딪쳤다. 등에 솟은 날개, 그 위 돋은 눈알과 입도 제각기 번들거렸다.

두억시니가 승리의 흥분에 들떠 팔을 높이 들었다. 그 손에서 바루나의 창을 닮은 거무튀튀한 얼음 창이 나타났다.

두억시니의 몸집에 맞춰 만들어진 탓에 큰 탑처럼 보였다. 두억시니는 수호가 내내 서 있던 아파트 옥상을 향해 창을 휘둘렀다.

발치가 부서졌다. 수호는 빛나는 하얀 돌 더미와 함께 아래로 떨어졌다. 각진 장미꽃잎이 눈처럼 흩날렸다.

두억시니가 떨어지는 수호를 주변의 콘크리트와 함께 잡아채 여섯 개의 눈 가까이 가져갔다.

여러 단계의 위협이었지만 수호는 눈 하나 까닥하지 않고 상대를 바라보았다.

나. 는. 불. 멸. 이. 다.

너. 자. 신. 의. 힘. 으. 로. 파. 멸. 하. 라.

두억시니는 다른 팔을 지상에서 천천히 뽑아냈다.

팔에서 기름 같은 진흙이 뚝뚝 떨어진다. 몸이 더 빠져나오자 팔 두 개가 옆구리와 허리에도 나타났다. 전부 여섯 개.

수호는 눈처럼 내리는 장미꽃잎을 맞으며 두억시니가 틀어쥔 하얀 콘크리트 조각에 매달려 떨어지지 않으려 안간힘을 썼다. 다행이랄까, 이 심소의 사물은 모두 부드럽고 말랑말랑했다. 덕분에 수호도 이불에 매달리는 기분으로 몸을 가눌 수 있었다.

콘크리트를 쥔 손을 제외한 다섯 개의 손아귀에서 거무튀튀한 창이 자라났다. 바루나가 늘 맨 처음에 만들던 형태였다. 흐르는 물줄기 같은 투박한 생김새.

방금 잃었는데도 그립다.

수호와 두억시니의 비율을 생각해보면, 개미 한 마리를 죽이려 바위며 도끼를 마구잡이로 휘두르는 것과 비슷한 풍경.

나름대로는 대단하게 봐줘서 고맙다고 해야 할까.

두억시니가 다섯 개의 창을 수호에게 겨누고 막 내리찍으려는 찰나였다.

쩡 소리와 함께 두억시니의 손에 쥔 창이 깨져 나갔다.

뭐. 냐.

두억시니가 의아해하며 여섯 개의 눈으로 여섯 개의 손아귀를 살폈다. 여섯 개의 손은 각기 다른 의지로 움직이듯이 허우적대며 창을 도로 구현하려고 애썼지만, 창은 나타났다가도 픽 꺼지듯이 사라지곤 했다.

이변은 그뿐만이 아니었다.

두억시니의 몸이 점점 줄어들기 시작했다.

무. 슨.

왜.

새하얀 도시 전체로 뻗어 나간 잔뿌리와도 같던 검은 촉수가 끝에서부터 시들며 두억시니의 몸 안으로 스며들었다.

왜.

촉수가 시들자 그 끝에 구현되어 있던 눈알과 입이 제각기 공포와 당혹에 빠져 허우적거렸다. 황금빛 눈에 붉은 핏발이 서고 동공이 커졌다.

눈알뿐인데도 본능적으로 죽어가는 몸뚱이에서 빠져나가려고 꿈틀거린다. 마치 불에 휩싸인 건물에서 추락하려는 듯이. 물가에 나온 소라게가 껍질에서 도망치려는 듯이.

눈알 몇 개는 탈출에 성공하고, 탈출한 채로 바닥에서 꿈틀거리다가 썩어 문드러지고, 그대로 황금빛에 휩싸여 흩어진다.

입들은 공포에 질려 끔찍한 비명을 질러대었다. 마찬가지로 몸뚱이에서 빠져나오려고 안간힘을 쓰지만, 입은 눈알처럼 몸에서 쉽사리 탈출하지 못하고 허우적댄다. 목구멍이 그 안쪽에서 밀려 나온 살덩이에 막혀버리고, 입은 질식하는 소리를 내며 살 속에 파묻혀 닫히고 만다.

집합생물이나 마찬가지인 두억시니였다. 세포 하나하나, 따로따로 의식과 의지가 있는 몸뚱이였다. 전체로는 그저 몸이 줄어드는 것으로만 보였지만, 실제로는 수백 수천의 몰살이었다. 말단마다 단말마의 비명으로 아우성쳤다.

어. 째. 서.

중심이 되는 몸체마저도 부피가 줄어든다.

산맥과도 같던 몸뚱이는 이제 높은 빌딩 정도의 크기로 작아진다. 잔뿌리 같던 촉수도 겨울 나뭇가지처럼 시들어 툭툭 떨어진다. 더는 한 손만으로는 수호가 매달린 콘크리트 더미를 쥘 수 없을 만큼 줄어들자 콘크리트와 수호를 같이 바닥에 내팽개친다.

수호는 부드러운 콘크리트의 경사면을 주욱 미끄러져 내려갔고, 바닥에 내려선 뒤에는 왼팔을 지지대 삼아 착지하며 몸을 낮추고 두억시니를 마주 보았다.

"어리석은 놈."

수호가 입을 열었다.

두억시니가 했던 말을 되돌려준다. 바루나처럼 냉소를 띠며.

여섯 개의 핏발 선 눈이 수호를 홱 돌아보았다.

"내 카마의 힘은 이제 영원히 네 것이야."

수호는 두억시니의 말을 재차 되풀이했다.

다시 파도처럼 슬픔이 밀려왔다.

이것이 바루나의 목적이었다.

바루나가 바라 마지않은 결말이다. 하지만 뒤에 남겨진 나는, 너를 잃은 나는, 마음의 공허를 감당하기 어렵다.

"내 카마의 진짜 목적은,"

선유도 식물원, 현실 공간.

비사사와 부단나, 스칸다와 진은 둥글게 모여 앉아 있었다. 수호의 팔에 얼굴을 묻고 누운 선혜를 응시하며, 선혜의 말을 경청하고 있었다.

"같은 카마입니까."

진이 선혜가 방금 한 말을 되풀이했다.

"그래, 다른 소원의 언어에서 태어난 같은 카마."

선혜가 답했다.

"바루나의 진짜 목적은……."

선혜가 꼭 붙잡은 수호의 오른팔은 여전히 돌처럼 경직되어 있었다.

"내 카마의 진짜 목적은,"

수호가 두억시니를 향해 말했다.

"누구도 모멸받지 않는 거야."

두억시니 전면의 여섯 눈, 그리고 날개와 수백의 촉수에 달린 작은 눈들이 전부 크게 떠져서 꿈틀거렸다.

"너는 이제 모멸을 퍼트릴 힘을 잃었어, 두억시니."

그것이 천오백 년 전, 광목천이 바랐던 소원.

광목천은 가진 모든 것을 버리고, 친구와 자신의 진영과 퇴마사로서의 삶과, 남은 생과 다음 생을 다 버려가면서까지 바라 마지않았다.

불멸의 너를 물리치기를.

네가 결코 타락할 수 없는 카마의 힘을 복사하게 하는 것으로.

또한 그것이 나의 소원.

나의 맹세.

두억시니가 분노와 공포에 휩싸였다.

폭발하는 화산처럼 몸을 뒤틀었다. 몸을 부르르 떨고, 정신없이 변형시키며, 몸 안에 들어온 것을 피부 밖으로 뽑아내려고 한다. 돌기를 툭툭 떨어트리고 피부에서 진액을 쏟아낸다. 하지만 소용이 없었다.

수호는 두억시니의 몸 안에 동화되고 있는 무한의 바루나 스트라를, 그리고 바루나의 의지를 동시에 느낄 수 있었다.

두억시니의 몸집은 이제 집채만 한 크기로 줄어들었다. 땅속에 몸을 박아 넣는 것도 더는 어려운지, 다리가 불쑥불쑥 땅에서 빠져나왔다.

지상에 나온 여섯 개의 다리가 후들거렸다. 여섯 날개와 여섯 개의 팔, 아직 꼬리 근처에 남은 촉수 다발을 뒤흔들며, 사라져가는 몸을 수습하려고 안간힘을 쓴다.

두억시니는 정신을 놓고 울부짖었다. 울분에 찬 수호의 몸을 촉수로 휘감아 들어 길 건너의 벽에 내팽개쳤다.

수호는 과자 같은 벽을 부수며 밀려갔다. 엎어진 채 쿨럭쿨럭 목 안에 든 것을 토했다. 반짝이는 황금빛이 쏟아져 내렸다.

그제야 두억시니는 이상한 느낌에 몸부림을 멈추었다. 그리고 쿨럭이며 빛을 토하는 수호를 응시했다.

이. 상. 하. 군.

두억시니가 고개를 이리저리 꺾으며 수호의 앞을 이리저리 배회했다.

왜. 달. 아. 나. 지. 않. 지.

수호는 말없이 땅을 내려다보았다.

그. 렇. 군.

두억시니의 여섯 개의 눈이 제각기 반짝였다.

그. 퇴. 마. 사. 처. 럼.

네. 카. 마. 와. 그. 무. 기. 로. 나. 를. 이. 곳. 에. 묶. 어. 두. 고. 있. 으. 니.

너. 도. 나. 갈. 수. 없. 군.

수호는 아무 말도 하지 않았다. 고통으로 몸을 조금 떨다 황금빛을 더 토했을 뿐이었다.

두억시니의 촉수가 다시 수호를 휘감아 높이 들어 올렸다. 수호는 저항하지 않고 들려 올라갔다. 저항할 도리도 없었지만 그럴 의지도 없었다.

내 투지는 바루나가 전부 가져가버렸다. 용감무쌍함도, 오만도, 허세도, 적 앞에서 물러서지 않는 패기도, 뱃심도.

달아날 기력마저도.

하긴, 어차피 달아나서는 안 되니 다행이라면 다행이랄까.

두억시니는 수호를 멀리 건물 벽에 패대기쳤다. 하얀 벽이 과자처럼 부서졌다.

수호는 돌벽에 부딪혀 튀어나와 바닥을 굴렀다. 그대로 내던져진 채 누워 꼼짝도 하지 않았다.

그. 렇. 군.

네. 가. 여. 기. 서. 죽. 으. 면. 나. 는. 영. 원. 히. 여. 기. 에. 갇. 히. 겠. 군.

처. 음. 부. 터. 그. 럴. 생. 각. 으. 로. 왔. 는. 가.

두억시니가 배려하듯 수호의 등에 얹힌 부드러운 돌 더미를 촉수로 치워주었다.

두억시니는 패배의 울분과 분노 속에서 마지막 희열 하나가 남은 것을 깨닫고 몸을 부르르 떨었다. 굶주림 속에서 찾아낸 다디단 디저트라도 보는 눈이다.

두억시니가 입맛을 다셨다. 입에서 검은 침이 뚝뚝 흘렀다.

그. 러. 면. 여. 기. 엔. 너. 와. 나. 둘. 뿐. 이. 군.

기. 쁘. 군.

"그래……."

수호는 손톱으로 흙을 긁으며 미소를 지었다.

"나도 기뻐."

✦

"우리가 광목천을 도울 방법이 있습니까, 신장 마호라가?"

침묵하던 스칸다가 입을 열어 물었다.

선혜는 고개를 도리도리 저었다. 눈에 깊은 고통이 잠겨 있었다.

스칸다가 수호를 '광목천'이라고 불렀는데도 누구 하나 이의를 제기하는 사람이 없었다. 스칸다가 명령과 관계없는 일을 질문하는데도 의구심을 품지 않는다.

〔우라가.〕

진과 선혜의 마음에 낮은 중저음의 목소리가 들려왔다.

〔나를 들여보내줘.〕

다른 세 명에게는 들리지 않는 소리였다. 진이 자기 가슴을 내려다보았다. 선혜는 놀라 진을 돌아보았다.

"미안해요, 선혜."

진이 마음에서 꿈틀거리는 카마 아난타를 도로 심해 안으로 되돌리려고 했다.

〔우라가, 내가 규약을 어긴 줄은 알아. 그러니 맨 처음 약속대로 나는 퇴마되어야 하겠지.〕

아난타가 심해 속에서 보글보글 물거품을 일으키며 말했다.

〔어차피 사라져야 한다면 수호 옆을 지키면서 사라지게 해줘. 여기서 지금 그걸 할 수 있는 건 나밖에 없어.〕

"수호를 지키는 건 나를 지키는 일이 아니야, 카마 아난타."

선혜가 수호의 손을 꼭 잡은 채로 말했다. 그제야 비사사와 부단나, 스칸다도 이 안에 있는 다른 존재를 깨닫는다.

"아난타. 이건 네 목적과 다른 일이야. 그러니 네가 할 수 있는 일이 아니야."

〔아니, 내가 해야 하는 일이야. 그게 마호라가, 네 마음을 지키는 일이니까.〕

아난타가 말했다. 선혜는 입을 다물었다.

〔또, 그게 진의 마음을 지키는 일이고.〕

"……수호는 돌아오지 않을 거야, 아난타."

선혜가 말했다. 말하고 나서는 입술을 깨물었다. 수호의 손을 잡은 손이 바르르 떨렸다.

〔그러니까 끝까지 옆에 있어주어야지.〕

아난타가 상큼하게 말했다.

〔그게 네 마음이잖아, 우라가.〕

"……."

〔이제야 알 것 같아. 네 마음을 지키는 것이 진의 소원이고. 그 화신이 바로 나야.〕

"……."

〔진은 네 마음을 지키기를 원해……. 그래서 수호를 지키기를 원해. 그러니 그게 바로 내가 할 일이야.〕

〔부탁이야, 내가 수호의 마지막을 함께하게 해줘.〕

진이 가슴을 움켜쥐었다. 그리고 난처한 얼굴로 마호라가를 마주 보았다.

134   아직 살아 있으니

〔무슨 일이 일어난 겁니까?〕

두억시니의 심소 상공을 맴도는 가루라의 질문이 신오를 통해 퇴마사들에게 전해졌다.

하지만 답할 수 있는 퇴마사는 없었다. 천왕 풍천조차도 나찰이나 다른 나한들과 함께 말끔해진 심소 외벽을 멍하니 바라볼 뿐이었다.

〔심소 카마가 자기 심소에서 다른 곳으로 한순간에 소환되었습니다. 이런 일을 이전에 보신 적이 있으십니까?〕

나찰은 천구를 끌어안고 온갖 잔해와 함께 쓰러진 채 한순간 끝나버린 전선에 망연자실해 있었다. 죽음을 각오하고 버티던 다른 나한들도 어리둥절해하기는 마찬가지였다.

〔신장의 힘 수준은 아득히 넘어셨습니다. 혹시 다른 천왕께서 오셨습니까?〕

풍천은 눈을 크게 뜨고 고개만 저었다.

광명천.

두억시니의 촉수가 슬금슬금 쓰러진 수호의 손목에 감겨

왔다.

요리 재료를 만지작거리듯 수호의 손가락을 더듬으며 팔과 다리를 매만진다. 남은 힘을 다 끌어모아 마음에 침투한다.

살아오며 겪은 수치스럽고 고통스러운 순간을 지금 체험하듯이 생생히 떠오르게 하고, 실제 기억보다도 몇 배는 모멸스럽게 재구성한 뒤 반복해서 떠오르게 한다.

수호의 몸이 조금 꿈틀거렸다. 하지만 큰 반응은 없었다.

부. 족. 해.

초조하게 배회하던 두억시니는 마음이 조급해졌는지, 쓰러진 수호의 머리 위로 큰 콘크리트 더미를 높이 들어 올렸다. 그러다 고개를 도리도리 저으며 콘크리트를 수호의 옆에 텅, 하고 내려놓았다.

아. 니. 야. 그. 렇. 게. 간. 단. 히. 는. 안. 되. 지.

두억시니가 입맛을 다셨다.

내. 게. 남. 은. 것. 이. 너. 하. 나. 뿐. 인. 데. 오. 래. 오. 래. 같. 이.

두억시니는 촉수를 치우고 진액이 뚝뚝 떨어지는 몸으로 어슬렁거리며 수호와 거리를 벌렸다.

두억시니가 몸을 부르르 떨었다.

여섯 개의 날개가 서로 스치며 위잉 소리를 내자 등에서 구더기를 닮은 벌레들이 꾸물꾸물 기어 나왔다. 마치 썩은 몸에 파리가 무수히 알을 까고 깨어나듯이.

손가락만큼 통통한 것이 있는가 하면 실지렁이처럼 가는 것도 있고 개미나 진드기처럼 작은 것도 있다. 조금 큰 놈은 전면에 구멍 같은 입이 나 있고 그 안에 이빨이 들여다보인다.

수백, 수천, 셀 수 없이 많은 벌레가 끝도 없이 생겨나 두억시니의 등을 타고, 손발을 타고 내려와 수호의 주위에 새까맣게 모여들었다.

수호는 흙바닥에 엎드린 채 꿈틀거리며 몰려드는 벌레 무리를 남의 일처럼 바라보았다.

다. 네. 몸. 에. 넣. 어. 주. 겠. 다.

두억시니가 으르렁거리며 말했다.

네. 몸. 의. 모. 든. 구. 멍. 으. 로. 눈. 으. 로. 코. 로. 귀. 로. 입. 으. 로. 땀. 구. 멍. 으. 로.

전. 부. 넣. 어. 네. 몸. 을. 아. 주. 천. 천. 히. 파. 먹. 겠. 다.

그. 몸. 은. 네. 정. 신. 이. 니.

너. 는. 완. 전. 히. 미. 치. 고. 망. 가. 지. 고. 붕. 괴. 한. 뒤. 에. 도. 오. 래. 오. 래. 살. 아. 남. 으. 리. 라. 지. 옥. 의. 고. 통. 에. 서.

수호는 눈을 꾹 감았다가 다시 떴다.

그리고 빛이 꺼지지 않은 눈으로 두억시니를 노려보았다.

진격 명령만 기다리는 듯, 실지렁이 같은 것과 진드기 같은 것이 서로의 몸을 타 넘고 앞서거니 뒤서거니 하며 수호를 에워쌌다. 귀와 코 바로 밑에서 위협하듯 꿈틀거렸다.

악취가 코를 찔렀다. 버석버석하는 소리가 시끄러웠다. 몇 마리는 참을 수 없는지 수호의 손가락을 타고 기어올랐다. 손톱 사이로 꿈틀꿈틀 머리를 들이민다.

수호는 그 모두를 말없이 바라보았다.

두억시니가 여섯 개의 눈을 반짝이며 이빨을 드러내고 웃었다.

달. 아. 나. 거. 라. 아. 이. 야.

어. 서.

자상한 목소리였다.

이. 런. 일. 은. 아. 이. 가. 겪. 을. 만. 한. 일. 이. 아. 니. 지.

달. 아. 나.

수호는 오른손을 보았다. 붕대에 감긴 가운뎃손가락을.

손가락은 조금도 움직이지 않았다. 감각이 없는 팔은 나무 통처럼 어깨에서 무겁게 늘어뜨려져 있다. 달고 있는 것이 귀 찮을 만큼.

너. 는. 너. 무. 말. 랑. 말. 랑. 하. 고. 깨. 끗. 하. 구. 나.

구. 멍. 이. 모. 자. 라. 조. 금. 더. 늘. 려. 야.

두억시니의 등 뒤에서 으르렁대는 소리가 들려왔다.

수호는 일어나는 일을 무심히 지켜보았다. 재미없는 공포 영화를 만들려고 이 궁리 저 궁리하는 감독을 구경하는 기분 으로.

두억시니의 꽁무니에 몇 가닥 남은 촉수가 툭툭 끊어져 나 갔다. 떨어져 나간 촉수가 꿈틀거리며 변하더니 팔다리가 생 겨나고 얼굴이 만들어졌다. 이마에 뿔이 깊이 박히고 눈이 없 는, 검은 들개를 닮은 모습으로 변했다.

들개 세 마리가 으르렁거리며 벌레들 사이로 어슬렁어슬 렁 걸어왔다.

네. 몸. 에. 서. 살. 을. 좀. 뜯. 어. 놓. 고. 시. 작. 하. 지.

수호는 눈을 질끈 감았다.

선유도 식물원 심소.

"뭐가 보입니까?"

중갑옷을 입은 스칸다가 말했다. 왼팔로는 마호라가를 부축하고, 오른손은 검을 쥔 마호라가의 팔에 얹은 자세다.

"나는 눈이 안 좋아. 하지만 느껴지는 것은 있어."

마호라가가 답했다.

"마호라가는 수호와 마음이 이어져 있고 저는 바루나를 향해 길을 이어놓았으니, 저와 협력해서 방향을 잡으면 얼추 찾을 수 있을 겁니다."

"준비되면 신호해줘."

비사사가 쫑긋 귀를 세우고 새하얀 땋은 머리카락을 휘날리며, 마호라가와 스칸다의 옆에 자세를 취하고 앉았다.

비사사가 크게 활시위를 당겼다. 활시위에는 비사사가 지금까지 쏜 어떤 화살보다 크고 두꺼운 활이 매여 있었다.

스칸다는 마호라가의 축 늘어진 팔을 제 오른팔에 얹고, 그 자세 그대로 활을 당기는 비사사의 팔을 쥐었다.

마호라가가 스칸다의 팔에 신호를 주었다. 스칸다는 그 신호와 자신의 감각을 합쳐 비사사의 활의 방향을 세심하게 조정했다.

"방향 잡았으면 붙인다."

부단나가 그 옆에 서서, 활에 매단 막대에 붉은 손가락을 가져갔다.

막대는 스칸다의 날개갑 어딘가에 숨어 있던 폭죽이었다. 스칸다의 물품이 다 그렇듯이 오래된 것이다. 10세기경 중국 어느 절에서 귀신을 쫓기 위해 승려가 만들었다는 최초의 폭죽이다.

부단나가 손가락 끝으로 폭죽 끝을 톡 건드리자 불꽃이 일기 시작했다.

선유도 식물원의 심소. 바깥과 비슷하지만 하늘이 열려 있고, 사계절의 꽃이 만발하며 식물이 훨씬 더 크고 무성한 심소.

모습만 변했을 뿐 아까와 같은 자리에 있는 네 사람이었다. 단지 그 사이에 누워 있던 수호의 모습만 사라져 있다는 사실이 기괴한 느낌을 주었다.

"아무리 그래도 이건 활이야, 뇌룡."

비사가가 활을 한계까지 당기며 말했다.

"활이 총알만큼 빠르지는 않아도 최대 시속 이백사십 킬로미터는 된다고. 초속으로 육십육 미터야. 쫓아갈 수 있겠어?"

〔문제없어.〕

아난타의 답은 마호라가의 마음에만 들렸다. 마호라가가 대신 고개를 끄덕였다.

〔벼락의 속도는 시속 삼억 육천만 킬로미터야.〕

"신호해주십시오, 마호라가!"

스칸다가 비사사의 팔을 바위처럼 고정하며 외쳤다.

"셋, 둘."

마호라가가 "하나"라고 하는 순간, 활시위가 튕기며 활이 허공을 갈랐다. 거의 동시에, 말 그대로 화살 같은 속도로 넷의 사이를 용이 헤치고 날아갔다.

에메랄드 보석과도 같은 큰 눈이 흘러간다.

아난타는 모습이 변해 있었다. 연둣빛 비늘은 색이 빠져 거의 흰빛으로 보였다. 긴 꼬리가 물고기처럼 허공을 헤엄치며 지나갔다.

불꽃을 신호 삼아, 용은 마음의 길을 따라 빛처럼 돌진했다.

✦

광명천.

'바루나.'

수호는 눈을 감은 채 자기도 모르게 불렀다.

지금 옆에 있었다면 무엇이든 해주었을 바루나를. 옆에 있는 것만으로도 안심이 되었을 바루나를.

'바루나.'

답은 없다.

하지만 답은 떠올릴 수 있었다.

「왜 그리고 누워 있는 거냐.」

무심한 비웃음.

그래, 바루나라면 결코 이렇게 누워만 있지 않았을 거다.

설령 힘을 다 잃었더라도, 몸을 다 잃고 입만 남았어도. 화려한 입담으로 저놈의 입이라도 닥치게 했겠지.

바루나라면…….

바루나라면 결코, 생명이 다하는 순간까지 싸움을 멈추지 않았을 것이다. 그 어떤 상황에서든.

이길 수 없어도.

수호는 마호라가를 생각했다.

은빛 실과도 같은 눈부신 검을. 그 검을 뽑을 때마다 들리던 맑은 피리 소리가 떠올랐다.

차랑차랑한 금속음을 내며 변하던 은빛 다리가. 한 점의 흔들림도 없는 붉은 눈동자가. 내면의 불꽃이 뿜어져 나오는 듯한 새빨간 눈을.

마호라가도 모든 검격에 목숨을 걸었다.

한 번의 검을 내리치기 위해 목숨을 바쳐야 한다면 기꺼이 바쳤을 것이다. 생이 다음 숨에서 끝나더라도 아무 후회도 없었을 것이다.

'뭘 위해서……?'

「'뭘 위해서' 같은 질문은 왜 하는 거냐?」
바루나가 머릿속에서 웃는 듯했다.
「살아 있는데, 달리 할 일이 뭐가 있다는 거냐.」

수호는 왼손 손가락을 꿈틀거렸다.
수호가 움찔거리자 두억시니의 날개가 서로 스치며 소리를 냈다. 몸에 붙은 수천 개의 눈이 뒤룩뒤룩 구르며 수호를 흥미롭게 살폈다.

몸이 천 근 같았다.

하지만 저놈 말대로 이건 몸이 아니다. 내 정신이다. 진짜 몸은 의지만으로 움직이지 않을 때도 있지만 여기서는 의지로 움직일 수 있다…….

수호는 왼팔로 땅을 짚고, 바윗덩이 같은 다리를 손으로 잡아 세운 뒤에 느릿느릿 일어났다. 등을 쭉 펴고 고개를 들었다. 곧게 서서 정면을 보았다.

장관이었다. 눈부시게 빛나는 세상 속에서 새까맣게 몰려드는 벌레들과 으르렁거리는 들개들. 그 가운데 꿈틀거리는 두억시니가 푸룩, 푸룩, 악취 섞인 숨을 내뿜는다.

'나 하나 먹겠다고 고생이 많아.'

수호는 속으로 웃었다.

수백의 눈이 흥미로운 듯 수호의 작은 몸에 꽂혔다.

수호는 왼팔을 옆으로 벌렸다. 그러자 몸 전체가 무방비하게 드러난 자세가 되었다. 공격하기 좋도록 몸을 활짝 연 셈이었다.

수호는 제 의도를 확인시키듯 마지막으로 눈을 감았다.

흥. 미. 롭. 군.

두억시니의 말이 들려왔다.

조. 금. 이. 라. 도. 빨. 리. 끝. 내. 달. 라. 는. 건. 가.

두억시니가 격렬하게 조롱했다.

그. 결. 정. 할. 자. 격. 은. 네. 게. 없. 다.

붕. 괴. 하. 라.

두억시니의 말을 진격 신호 삼아, 제1선에 있던 벌레 떼가 일제히 수호의 몸으로 달려들었다.

벌레가 수호의 맨발과 맨다리를 타고 올라간다.

작은 것은 발톱 사이로 머리를 쑤셔 박고 큰 것은 몸을 타고 오른다. 중간중간 멈춘 것이 수호의 피부에 이빨을 박아넣는다.

들개들이 벌레들을 짓밟으며 달려들었다. 벌레가 수호의 몸을 먼저 파먹기 시작하면 자기가 먹을 것이 없을까 봐 초조한 듯.

들개 한 마리가 벌레 무리 사이를 뛰어넘어 아직 벌레가 다 다르지 않은 수호의 어깨를 덥석 물었다.

수호의 몸이 크게 흔들렸다.

들개가 수호의 어깨에서 한 점 살점을 와직, 하고 뜯어냈다. 수호의 어깨에서 황금빛 싸라기가 눈부시게 터져 나갔다.

동시에 뜯긴 자리에서 붉은 피가 솟았다.

아니, 솟은 것은 피가 아니었다.

칼.

피처럼 붉은 칼.

135 새로 태어나는 것

솟구쳐 오른 칼이 수호의 어깨를 물어뜯은 들개의 입과 두 개골을 꿰뚫었다. 들개는 비명조차 지르지 못하고 그 자리에서 황금빛 싸라기가 되어 흩어졌다.

두억시니의 몸에 달린 수백의 눈과 얼굴에 박힌 여섯 개의 눈이 움찔 흔들렸다.

수호가 눈을 번뜩 떴다.

어깨에서 솟구친 칼은 마치 석순이 자라나듯 솟아올랐다.

제2격.

뒤이어 쫓아온 두 번째 들개가 벌레에 뒤덮이고 있던 수호의 정강이를 콱 물었다.

수호는 다시 비틀거렸다.

다음 순간, 수호의 정강이에서 네 개의 칼이 솟구쳤다. 이빨 자국마다 하나씩.

네 개의 칼이 들개의 얼굴과 몸을 꿰뚫고 뒤로 튀어나왔다. 들개는 마찬가지로 황금빛 싸라기와 함께 분해되었다.

두억시니의 모든 눈알마다 당혹감이 깃들었다. 툭 불거진 눈알들이 뒤룩뒤룩 굴렀다.

수호의 다리를 새까맣게 뒤덮은 벌레들이 속도를 늦추는 듯했다.

그때, 수호의 정강이와 무릎에서 고슴도치처럼 날카로운 가시가 돋아났다.

벌레들이 가시에 찔려 황금빛으로 흩어졌다. 수호의 발톱 사이로 파고들려던 것들도 삐죽삐죽 돋아난 가시에 찔려 모두 흩어졌다.

마지막 들개가 수호에게 질풍처럼 덤벼들었다. 셋 중 가장 큰 놈이었다. 거의 호랑이만 했다.

제3격.

들개는 수호의 가슴을 향해 일직선으로 덤벼들었다.

베어져 나간 가슴에서 황금빛이 솟구쳤다.

붉은 검이 대포알처럼 솟아올랐다. 검이 그대로 들개의 등을 꿰뚫고 솟아올랐다. 가슴에서 솟아난 칼은 들개를 꿰뚫고도 계속 자라났다.

수호는 비틀거렸다. 가슴에서 솟아난 검의 무게를 견딜 체력이 없었다.

가슴의 검이 바닥에 푹 박히며 쓰러지는 수호의 몸을 지탱했다. 수호는 가슴을 압박하는 검을 견디지 못하고 무릎을 꺾고 주저앉았다.

수호의 몸에는 아직 벌레들이 붙어 있었다.

벌레들이 몸을 작은 입으로 깨물 때마다 새로운 칼날이 비죽비죽 자라났다. 칼날이 자라난 자리마다 벌레들이 빛을 뿌리며 소멸했다.

정적이 흘렀다.

몰려들던 벌레들이 움찔움찔 물러났다. 공격이 멈추자 황금빛에 둘러싸인 수호가 덩그러니 모습을 드러냈다.

수호는 전신이 고슴도치처럼 칼날로 둘러싸인 모습이 되어 있었다. 크고 작은 날이 옷을 찢고 빠져나와 있다.

갈가리 찢어진 오른팔의 붕대 사이로 가시가 자라난다. 이마와 목과 뒤통수에도 검이 솟구쳤고, 빈자리마다 계속 새로 돋아났다.

두억시니는 정적 속에서 묵묵히 수호를 바라보았다.

상. 처. 는. 칼. 이. 된. 다.

두억시니가 읊었다.

상. 처. 는. 칼. 이. 된. 다.

두억시니가 읊는 소리가 수호의 귀에 들려왔다. 익숙한 경구였다.

두억시니가 촉수를 뻗었다. 촉수 끝으로 수호의 몸에 돋아난 칼을 그리운 듯 만지작거렸다. 부드러운 건드림이었지만 태산 같은 무게가 그 손끝에 얹혀 몸을 짓눌렀다.

"윽……."

수호는 낮은 신음을 흘렸다. 무릎이 땅에 파고드는 듯했다.

그. 립. 군.

'서'. 에. 전. 하. 는. 능. 력. 이. 라. 지. 만. 그. 중. 광. 목. 천. 이. 으. 뜸. 이. 었. 지.

수호의 몸에서는 계속 붉은 칼이 부들부들 떨리며 자라났다.

아. 느. 냐.

내. 가. 어. 디. 서. 처. 음. 태. 어. 났. 는. 지.

수호는 눈을 들어 두억시니를 바라보았다. 이미 한쪽 눈알에서도 가시가 자라나 시야를 뒤덮고 있었다.

그. 옛. 날. 퇴. 마. 사. 의. 감. 옥. 의. 심. 소. 에. 서.

두억시니가 나직이 말했다.

자. 신. 의. 동. 료. 에. 게. 배. 신. 당. 해. 고. 초. 를. 겪. 은. 퇴.
마. 사. 의. 집. 단. 의. 식. 에. 서.

그. 억. 울. 함. 속. 에. 서.

'…….'

수호의 한쪽 눈이 크게 떠졌다.

상. 처. 를. 무. 기. 로. 바. 꾸. 는. 퇴. 마. 사. 의. 힘. 이. 내. 힘.
의. 근. 원.

상. 처. 는. 무. 기.

하. 지. 만. 상. 처. 가. 감. 당. 할. 수. 있. 는. 수. 준. 을. 넘. 어.
서. 면.

마. 음. 은. 본. 래. 의. 모. 습. 을. 유. 지. 하. 지. 못. 한. 다.

나. 는. 거. 기. 서. 태. 어. 났. 다.

두억시니의 몸에 난 모든 황금색 눈동자가 뒤룩뒤룩 굴렀다.

나. 는. 거. 기. 서. 태. 어. 났. 다.

수호는 아무 말도 하지 않았다. 어차피 이미 입안도 칼날로
가득 차서 열 수도 없었다.

수. 호.

두억시니가 다시 오랜 친구를 대하듯 친근하게 수호의 칼
날을 쓰다듬었다.

너. 도. 내. 가. 될. 수. 있. 다.

우. 리. 에. 겐. 시. 간. 이. 얼. 마. 든. 지. 있. 으. 니. 네. 가. 내.
가. 될. 때. 까. 지.

만. 들. 어. 주. 마.

무. 수. 한. 상. 처. 를.

'······.'

절망이 마음을 덮쳤다.

'끝인가.'

수호는 좌절했다. 이렇게까지 했는데, 더는 방법이 없나.

무력감이 해일처럼 마음을 덮쳤다.

'하지만 바루나라면.'

바루나라면 끝까지 버틸 것이다.

제 파멸을 똑바로 직시하면서, 허리를 꼿꼿이 세우고, 오만한 눈을 치켜뜨면서, 자신만만한 미소를 짓겠지.

수호는 조용히 두억시니를 마주 보았다. 자신의 파멸과도 같은 적을.

벌레들이 수호를 향해 몰려들었다. 이내 몸을 전부 뒤덮었다.

어두웠다.

제 몸은 보이지 않았지만 느낌은 왔다.

이미 인간의 형체는 무너지고 있었다. 몸에서 고슴도치처럼, 새 가지가 뻗는 나무처럼 끊임없이 새 칼이 자라났다.

칼은 형태가 제멋대로였다. 가시가 돋은 것도 날카로운 것도 구불구불한 것도 뭉툭한 것도 있다.

벌레들이 그 위로 새까맣게 뒤덮었다. 자라나는 칼날에 쪼개지고 부서지면서도 멈추지 않고 달려든다.

몸은 새로 상처가 생겨날 때마다 과잉 면역반응을 하듯이 통제할 수 없이 칼을 만들어냈다. 마음을 지키기 위해 자라나는 칼이었지만 이제 칼이 거꾸로 자신을 좀먹는다.

이 칼이 나를 다 침식하고 나면, 정말로 나는 새 두억시니가 되고 마는 걸까.

싫다.

그것만은.

수호는 몸부림쳤다.

인간이 아니게 되어도 좋고 눈 뜨고 볼 수도 없는 끔찍한 괴물이 되어도 좋아. 그래도 제발 그것만은.

하지만 내 마음은 이미 뭉텅이로 떨어져 나갔고, 텅 비어버렸다.

나는 내 카마를 잃었으므로.

나는 이제 싸울 방법을 알지 못한다. 내겐 남은 목표가 없다.

나. 는. 아. 무. 것. 도. 아. 니. 다.

칼날을 씹어대는 작은 두억시니의 파편들이 이빨을 드러내며 속삭였다.

그. 래. 그. 래. 따. 라. 하. 렴. 자. 따. 라. 하. 렴.

나. 는. 아. 무. 것. 도.

문득 다리가 젖는 느낌이 들었다. 바닥이 투명하게 느껴졌다.

고개를 들어보니 수호는 파동을 그리는 맑은 호수 위에 서 있었다. 주변은 안개로 자욱했다.

어디선가 콧노래 소리가 들려왔다. 노랫가락을 따라 시선을 틀어보니, 목발을 짚은 마호라가가 저 멀리 호수 저편에 서서 흥얼거리고 있었다.

"마호라가······."

수호는 호수 저편에서 불렀다. 들릴 것 같지는 않았지만.

"나 두억시니가 되려나 봐."

그러자 마호라가의 시선이 움직였다. 저 멀리 허공을 보던 눈에 빛이 들었다.

"그렇게 되면 날 없애주겠어?"

수호는 깊은 신뢰를 담아 말했다.

떠보는 말도, 마음에 없는 말도 아니었다. 반쯤은 명령이나 다름없는 부탁.

마호라가는 해주겠지.

피하지 않을 거다. 누군가의 손에 피가 묻어야 한다면, 독이 묻어야 한다면, 기꺼이 스스로 뛰어들어 제 온몸에 묻힐 것이다.

"만약 지금 할 수 없다면 다음 생에서라도 없애줘."

마호라가의 눈이 수호를 향했다.

눈이 타는 불길처럼 살아 있다. 광채에 눈이 부실 지경이다.

"수호,"

마호라가가 풍경이 울리는 듯한 맑은 목소리로 말했다.

"네 옆을 봐."

수호는 어리둥절했다.

"아직 '남아' 있어."

수호는 마호라가가 가리키는 방향을 바라보았다. 마호라가가 수호의 왼손을 가리키고 있었다.

수호는 왼손을 펴보았다.

손바닥 안에 황금빛 알갱이가 반짝이고 있었다.

수호는 정신을 차리고 하나 남은 눈으로 제 손을 바라보았다.

손가락마다 가시가 삐죽삐죽 솟은 손이었다. 팔은 이미 형태를 잃고 있었다. 관절은 여러 개로 늘어났고 팔에서 자라난 돌기가 제멋대로 가지를 펼치고 있었다.

손바닥에 작은 황금빛 알갱이가 반짝였다. 반딧불이처럼 희미한 빛을 낸다.

〔수호.〕

깨끗한 목소리가 귓가에 울렸다.

내내 시끌시끌하던 두억시니의 소리가 햇볕에 타듯이 말끔히 사라졌다.

수호는 놀라 소리치려 했지만 가시로 가득 찬 입에서는 소리가 나지 않았다. 수호는 생각으로 말했다.

'바루나? 바루나? 살아 있어? 아직 있어?'

〔아직은.〕

'회복할 수 있어?'

〔아니.〕

바루나는 느릿느릿 말했다.

〔영체에서 떨어져 나온 의식의 파편뿐이다. 이것도 곧 사라지겠지.〕

'아.'

또 미신적인 낙관.

지금 바루나는 두억시니와 동화되고 있다. 회복할 수 있을 리 없다. 바루나가 완전히 흡수되어야 저놈의 힘도 다 사라지겠지.

우리는 그러기 위해 들어왔으니까.

뒤늦은 눈물이 쏟아졌다.

바루나가 사라질 때 울지 못한 설움이 지금 몰아쳐왔다. 쏟아지는 눈물을 참을 수가 없었다.

지금 내가 사라지는 것보다도, 패배하는 것보다도, 바루나가 사라지는 것이 슬퍼서 견딜 수가 없다.

이것이 카마를 가진 사람이 결국 도달하는 모순이라고 그렇게 귀가 닳도록 들었건만.

내가 세상에서 사라져도 네가 남으면 좋겠다.

바루나.

내가 사라지는 것으로 너를 살릴 수만 있다면 그러고만 싶다.

내가 다시는 살지 못한대도 네가 살았으면 싶다.

그럴 수만 있다면 그러고 싶다.

〔수호,〕

반딧불이 같은 빛이 속삭였다.

〔수계식을 해다오.〕

'응?'

뜻밖의 말이었다. 수호는 어리둥절해졌다.

〔예전에 마호라가 네게 가르쳐주지 않았던가. 퇴마사도 미약하나마 카마를 만들 수 있다.〕

'……어?'

〔마호라가가 거의 퇴치되어 사라진 카마의 파편으로 작은 카마를 만드는 것을 본 적이 있다.〕

〔그리고 그런 카마는 퇴마사가 원하는 이름을 줄 수도 있

다고도 했다.〕

수호는 당황해서 손바닥의 작은 불빛을 살펴보려 했다. 그저 좁쌀만 한 빛의 파편뿐이다. 바루나의 몸에서 떨어져나온 의식의 일부.

〔내게 지금 남은 영체는 거의 없다. 누가 만들어도 별다른 건 못 만들 거다. 먼지나 벌레나…… 모래라든가.〕

'왜…… 그걸 원해?'

수호가 물었다.

〔네가 아직 살아 있으니까.〕

바루나가 답했다.

〔이런 생각을 하게 될 줄은 몰랐지만, 네가 살아 있는 한은 네 옆에 있고 싶다.〕

수호는 어처구니없어 웃고 말았다.

'나는 이제 곧 끝나.'

〔그러니 같이 있고 싶다.〕

다시 눈물이 쏟아졌다. 수호는 울다가 그만 허탈하게 웃었다.

'수계식 같은 거, 나 해본 적 없어.'

〔그냥 해봐라. 원래 넌 대단한 놈이니 할 수 있을 거다.〕

〔뭐든 좋다. 파리, 아니, 모기도 좋다.〕

수호는 다시 웃고 말았다. 그리고 꺼져가는 빛을 소중히 끌어안았다.

문득 이름이 떠올랐다.

낯설고 당황스럽지만 명확한 이름이었다. 다른 이름은 떠오르지 않았다. 바루나에게 붙일 수 있는 유일한 이름이.

할 수 있을 것 같았다. 할 수 있을 것 같은 다음에는 확신이 섰다. 마치 늘 하던 일처럼 익숙한 기분이었다. 아득한 옛날에는 늘 하던 일이었던 것만 같다.

'해볼게. 하지만 나는 작고 약한 것밖에 만들 수 없을 거야.'

〔상관없다.〕

'네 인격이 남아 있지 않을 수도 있어. 생각하거나 말하거나 나와 대화할 수 없을지도 몰라.'

〔기대하지도 않는다.〕

꺼질 듯한 빛이 수호의 손바닥에 몸을 붙이며 눕는 기분이 들었다.

〔같이 있자, 수호.〕

'그래, 같이 있자.'

〔마지막까지.〕

'응.'

수호는 결심했다. 그리고 마음속으로 말했다.

'퇴마사 수호의 이름으로 수계식을 한다.'

〔모기는 좀 그렇군.〕

바루나가 혼자 하는 생각이 전해져왔다.

〔아니, 한 번쯤 공격해볼 수 있다는 점에서 파리보다 나으려나. 물론 침을 쏘는 모기는 암컷이니 그러려면 여자가 되어야 하겠지만.〕

〔벌. 벌이 좋겠군. 벌이라면 조금 더 아프겠지. 아니, 벌은 한 방만 쏘면 죽을 테니 곤란하겠다. 역시 귀찮게 하려면 모기나 파리가…….〕

〔아니다. 괜히 생물로 만들었다가 또 죽으면 곤란하니까. 역시 사물이 낫겠다.〕

'네 이름은.'

〔돌멩이 정도면 단단하기도 하고 던질 수도 있고 소지하기도……〕

'수호.'

바루나의 생각이 멈추었다. 수호의 손바닥에서 반짝이던 빛이 당황하며 흔들렸다.

〔……뭐……?〕

'다시 말한다.'

〔……뭐라고……?〕

수호는 계속했다.

'나 퇴마사 한수호, 내 이름으로 카마 바루나에게 새로 이름을 주겠다. 네 이름은,'

'한수호.'

긴 침묵이 이어졌다.

어디선가 크고 호탕한 웃음소리가 들려왔다.

136 하나의 마음

두억시니는 수호의 온몸을 휘감고 있었다.

하지만 어쩐지 기분이 이상했다.

자라나는 칼날의 기세가 느려졌다. 제일 바깥에 흉측하게 자라나던 가장 큰 칼날이 툭 떨어졌다. 삐죽삐죽 자라나던 다른 칼날도 하나둘 우수수 떨어져 재가 되고 있다.

'상처를 칼로 만들 기력도 없어진 건가.'

그러면 오히려 잘됐다.

칼날이 바스러지면 연약한 신체가 모습을 드러날 것이다. 침투하기는 더 쉬워진다. 남은 힘을 다 끌어모아 네놈의 몸 안으로 들어가리라. 모든 구멍으로 파고들어가 안에서부터 전부 파먹어주리라.

'네놈이 새 두억시니가 될 때까지.'

그때 어디선가 피잉, 하고 바람을 가르는 소리가 들려왔다. 툭, 하고 화살이 날아와 두억시니의 날개에 꽂혔다.

화살 끝이 이상하리만치 뜨거웠다. 물론, 두억시니의 몸집에 비하면 바늘에 찔린 것이나 다름이 없었지만. 그래도 의아하기는 마찬가지.

'누가 이곳에 있는가.'

퇴마사가 저놈을 구하기 위해 들어왔는가.

그리 생각하자 흥분되었다.

잘되었다. 어떤 인간의 마음에든 모멸이 있다. 카마와 달리 인간의 마음은 무궁무진하다. 공력이 높은 퇴마사라도 마찬가지다.

누가 들어왔든, 그 안에서 모멸의 씨앗을 찾아내어 뽑아 먹으리라. 그것을 양분으로 저 밉살맞은 광목천의 환생에 전부 쑤셔 박으리라.

'어리석은 놈들. 감정에 못 이겨 동료를 구하러 들어왔군. 이대로 저놈이 죽게 내버려두었으면 결국 내가 패배했을 텐데. 이제 내가 이겼⋯⋯.'

바람을 칼처럼 가르는 소리가 뒤를 이었다.

용이었다.

새하얀 용이 제트기처럼 직선으로 날아든다. 그대로 머리로 두억시니의 몸통을 들이박는다. 이어 높이 솟구치고, 두억시니의 주변을 회오리처럼 휘감았다.

뭐. 냐.

용의 양 날개가 푸르게 번뜩이더니 하늘에 우르릉거리며 천둥이 쳤다. 푸른 뇌격이 두억시니의 몸에 쏟아졌다.

두억시니는 크게 실망했다.

'카마인가. 나를 무시해도 분수가 있지.'

이해 못 할 것은 아니지만.

인간을 이 안에 넣을 수는 없었겠지. 소용없기는 마찬가지지만.

두억시니의 전신에 돋아난 입들이 하늘을 향해 쩍 벌려졌다. 목을 길게 빼고 내리꽂히는 뇌격을 받아먹었다. 두억시니의 몸에 찌릿찌릿 전기가 흘렀다.

두억시니는 받아먹은 뇌격을 되쏘려 했지만 아직 몸이 둔했다. 온몸에 못처럼 박힌 묵직한 물방울이 힘을 분사하는 것을 방해한다.

두억시니는 분노를 터트리며 여섯 개의 팔을 휘둘렀다.

용은 두억시니의 팔 사이를 선회했다.

두억시니가 용을 쫓아 발을 옮기며 방향을 틀자 그 틈을 노려 총알처럼 벌레와 짐승 떼가 모여든 곳으로 돌진했다. 머리로 들개들을 쳐내고 벌레 구름 속으로 들이박는다.

새 먹잇감이 나타나자 파리와 거미 떼들이 용의 몸에 새까맣게 몰려들었다.

용은 머리 앞부분을 뒤집개처럼 납작하게 만들었다.

우글거리는 속으로 미끄러지듯 비집고 들어가더니, 무엇인가를 머리에 이고 솟구쳐올랐다. 몸에 달라붙은 것들이 급속 상승하는 기세에 밀려 우수수 떨어진다.

검은 것들이 용의 몸에서 떨어지며 용이 머리에 얹은 것이 조금씩 모습을 드러냈다.

두억시니의 모든 눈이 깜박였다.

낯선 것이 거기에 있었다.

처음 보는 것이.

눈처럼 흰 코트가 바람에 세차게 휘날린다.

바루나의 옷과 닮은, 기장이 긴 코트와 키 높은 부츠. 하지만 색은 티 한 점 없는 순백이다. 허리에 새하얀 수통이 매달려 흔들린다.

파도를 타듯이 용의 등에서 균형을 잡고 선 사람은 몸집은 조금 전의 수호보다는 컸고 바루나보다는 작아 보였다.

용은 구름을 뚫고 계속 수직으로 상승했다.

용의 머리에 선 사람이 왼팔을 곧게 뻗었다. 물방울이 명령에 화답하듯이 뻗은 팔에 모여들었다. 모여든 물방울이 창의 형태로 변한다. 흐르는 물이 그대로 얼어 만들어진 듯한 투명한 창이다.

창이 새하얀 심소의 빛을 받아 하얗게 빛났다.

그 사람은 발뒤꿈치를 디디고 한쪽으로 틀었다.

용은 여전히 그 사람이 누군지 파악하지 못하는 듯했지만, 조종간을 휘듯이 발이 회전하는 느낌에 맞추어 급속히 방향을 틀었다.

수직 기동하던 용이 뒤로 돌아 선회해 급속 강하한다.

용의 몸에 달라붙었다 떨어진 것들은 아직 공중에 흩어져 있었다. 용은 중력의 속도로 느릿느릿 떨어지는 것들을 금세 따라잡는다.

용의 등에 탄 사람이 창을 크게 휘둘렀다. 창이 황금빛 싸라기에 휩싸여 눈부시게 빛난다.

✦

수호의 팔에 이마를 대고 기도하듯이 누워 있던 선혜가 퍼뜩 놀라 고개를 들었다.

"무슨 일이에요, 선혜?"

진이 황급히 달려들어 선혜를 부축했다. 비사사, 부단나와 스칸다도 궁금해하며 시선을 모았다.

선혜의 동공이 떨렸다. 믿을 수 없다는 눈이다.

"광목천……?"

그 이름이 불리자 진이 당혹스러워했다.

"광목천이라니요?"

"아, 아냐……. 누구야? 이건 누구야?"

"무슨 일이 일어난 겁니까?"

스칸다가 물었다.

저격수의 눈에 흐릿하게 비치는 풍경은 있었지만, 도저히 상황을 파악할 수가 없었다. 믿을 수 없는 일이 펼쳐지고 있었다.

그제야 진도 아난타의 마음을 통해 상황을 느꼈다. 진도 마찬가지로 당혹감에 빠졌다.

"누구……?"

조금 전.

꼬불꼬불한 마음의 길을 한참을 날아 심소에 이른 아난타는 재빨리 상황을 파악했다.

심소는 눈을 뜨기 힘들 만큼 눈부시게 빛나는 새하얀 곳이었는데, 그건 일단 중요한 문제는 아니었다.

바루나의 모습은 보이지 않았다. 안됐지만 벌써 죽은 듯했다.

두억시니는 이전보다 커졌을 줄 알았는데도 오히려 작아

진 듯 보였지만, 역시 중요한 문제는 아니었다. 문제는 저쪽에 산더미 같은 벌레에 휩싸여 있는 무언가였다.

'아마도 수호겠지.'

이미 늦었고 다 끝났다는 예감이 마음을 뒤흔들었다.

수호는 마호라가 같은 퇴마사도 아니다. 보통 사람이 저 안에 갇혔다면 정신은 삽시간에 전부 가루가 되도록 파괴되었을 것이다.

기억이고 인격이고 남아 있지 않을 가능성이 높다. 나를 알아보지 못할 수도 있다. 두억시니와 똑같은 괴물이 되어 있을 수도 있다.

'그래도 함께하겠다고 약속했다.'

아난타는 결심하고 속도를 높였다.

일단 몸으로 부딪치고 뇌격을 쏘아 두억시니의 시선을 조금 돌렸다. 곧바로 대기를 가르며 낮게 비행하자, 벌레들이 강풍에 밀려 홍해처럼 양쪽으로 열렸다.

끈적끈적한 놈들이라 바람만으로 다 헤치기는 무리였지만, 아난타는 머리를 납작하게 만든 뒤 벌레에 휩싸인 것의 아래로 몸을 밀어 넣었다. 그리고 머리에 누가 올라타는 기분이 들자마자 방향을 틀어 상승했다.

처음에는 갈기를 늘여 올라탄 사람이 떨어지지 않게 붙잡아주려 했다. 하지만 어째서인지 그 사람은 자연스레 균형을 잡고 서 있었다.

'이상하네.'

보통 사람이 아난타의 속도를 버티고 몸 위에 두 발로 서 있을 수는 없다. 웬만한 퇴마사라도 갈기를 잡고 겨우 버티는 것이 고작일 텐데.

의아했지만 일단 아난타는 그대로 상승했다. 상승하는 힘을 버티지 못하고 몸에 붙은 벌레가 우수수 떨어져 나갔다.

머리에 올라탄 것의 실체가 점점 드러나자 아난타는 점점 더 어리둥절해졌다.

'누구야, 이건?'

바루나?

'아냐, 냄새가 달라.'

수호? 아니, 어쩐지 더 묵직하다.

'누구지?'

등에 탄 사람이 아래를 힐끗 내려다보는 듯하더니 조종간을 돌리듯 발을 회전시켰다. 마호라가가 신호를 주던 방식이었다.

아난타는 기겁했다. 일단 본능적으로 공중에서 끼이익 급브레이크를 걸고 크게 선회한 뒤에 급강하했다.

아난타가 강하하자 상승에서 오는 중력과 강풍을 견디지 못하고 나풀나풀 떨어지던 벌레들 속으로 도로 되돌아가는 형국이 되었다.

'뭘 하려는 거지?'

아난타가 궁금해하기도 전에 머리 위에서 눈부신 창이 자라났다.

창은 생기로 가득했다. 마치 야수 한 마리가 머리 위에서 기지개를 켜는 듯했다. 창끝에 생명력이 펄펄 타오르고 있다.

'대체 이게 누구야?'

질문의 답을 찾기도 전에 창이 맹수처럼 바람을 갈랐다. 돌풍이 벌레들 사이를 휘감았다.

이내 아난타는 벌레 떼가 아니라 눈부시게 피어나는 황금 빛 싸라기 사이로 강하하고 있었다.

아난타는 본능적으로 감을 잡고 바닥에 이르자마자 몸을 회전시켰다. 벌레 무리의 중심에서부터 소용돌이를 일으키며 점점 넓게 회전했다.

두어 바퀴 회전하고 멈춰보니, 벌레 무리가 우글거리던 자리는 전부 황금빛 싸라기가 내려앉고 있었다.

아난타는 눈을 사시로 뜨고 이마를 움찔움찔했다. 코를 벌름거리며 머리 위에 있는 사람을 보려고 애썼다.

머리 위에 선 사람이 걸음을 옮겨 아난타의 코끝으로 가서 섰다. 허공에 뜬 용의 머리 위를 걷는데도 지상을 걷는 듯 발걸음이 가볍다.

순백의 코트.

아난타가 누군지 확인하려고 코를 벌름벌름하는데, 창을 든 사람이 정면을 응시하며 말했다.

"아난타, 반가워. 와줬구나."

목소리는 익숙했다. 여전히 같은 사람이라고 믿기지는 않았지만.

"내 지휘에 따라줄 수 있겠어?"

아난타는 코를 벌름거리는 것을 딱 멈추었다.

"그래! 아니, 네! 아니, 응, 아니, 네……."

눈앞에는 두억시니가 여섯 개의 눈을 황망하게 뜬 채 이쪽을 바라보고 있었다.

두억시니는 피어나는 황금빛을 뒤로한 채, 용의 머리에 꼿꼿이 서서 자신을 마주 보는 사람을 응시했다.

바루나와 비슷한 복장이지만 머리부터 발끝까지 새하얗다. 코트 자락이 강풍에 휘날린다.

수호, 그놈처럼 보였지만 조금 더 나이 들어 보이고 몸집이 더 커 보였다. 오른팔은 축 늘어뜨려져 있지만 왼손에 쥔 긴 창이 황금빛을 받아 눈부시게 빛나고 있었다.

네. 놈. 은. 뭐. 냐.

자. 기. 카. 마. 라. 도. 잡. 아. 먹. 었. 는. 가.

그 말을 듣고 나서야 수호는 의아해했다.

'응? 내가 누구냐니?'

뭐야? 갑자기 왜 그런 걸 묻는 거지? 지금까지 같이 있었으면서.

하지만 불현듯 제 안에서도 질문이 떠올랐다.

'내가 누구지?'

〔무슨 헛소리냐. 멍청한 놈.〕

마음속에서 상쾌한 냉소가 들려왔다. 심장 어딘가에 생생하게 살아 있는 누군가가 느껴졌다. 내게 하는 말이 아니었다. 내 적을 보며 하는 말.

"무슨 헛소리야……."

수호는 노랫가락을 읊듯 그 말을 따라 했다.

〔이 녀석은 처음부터 나였다.〕

수호는 창을 든 왼 주먹을 꽉 쥐었다. 창이 차르랑 하는 맑은 소리를 내며 작은 물방울로 분해되었다. 분해된 물방울이

음표가 떠다니듯 원을 그리며 수호의 주위를 둘러쌌다.

"바루나는 처음부터 나였어."

수호가 말했다.

〔처음부터 나였다.〕

이제는 흔적만 남은 누군가가 심연 너머에서 속삭였다. 말은 합쳐졌고 수호의 목소리에 섞여들었다.

"처음부터 나였다."

마음속의 소리가 하나로 합쳐졌다. 그리고 더는 들리지 않았다.

수호는 눈을 꾹 감았다 뜨며 주먹을 쥐고 발을 크게 내디뎠다. 그 발디딤을 신호 삼아 아난타가 두억시니를 향해 질풍처럼 돌격했다.

수호를 둘러싼 물의 장벽이 같이 진격했다.

137   하얀 전사

두억시니가 울부짖었다.

등에서 긴 촉수를 뻗어 날아드는 수호를 휘감으려 한다.

하지만 수호를 에워싼 얼음 조각들이 공격을 전부 쳐낸다. 조각은 공격받을 때마다 터져나갔지만, 날아드는 공격을 비스듬히 비껴가게 하며 솜씨 좋게 튕겨낸다.

두억시니의 옆구리에 이르자 수호는 누군가에게 지시하듯이 왼손을 뻗었고, 그 손 주변에 얼음 조각들이 모여들어 창의 형태가 되었다.

신속한 공수 전환.

수호는 두억시니의 몸에 창을 깊이 박았다.

귀 따가운 비명.

아난타는 지령 없이 두억시니의 몸 앞에서 급선회했다.

수호의 창이 두억시니의 옆구리를 가로로 길게 찢어낸 뒤에야 거리를 벌렸다. 황금빛이 폭포처럼 치솟았다.

네. 놈!

선회한 아난타가 두억시니의 날개를 목표로 잡아 돌진했다.

날개에 달라붙은 무수한 눈과 입들이 일제히 아우성친다. 날개가 서로 스치며 빠르게 진동하자, 돌풍이 수호를 덮쳤다. 수백의 귀신들이 귀곡성을 합창하는 듯한 소리가 귀를 쩡쩡 울렸다.

수호는 창을 회전시켰다.

창이 회전하며 절반 크기로 줄어들었다. 나머지 절반이 수호의 축 늘어진 오른손 주변에 모여들었다.

나무토막처럼 굳은 손가락이 꿈틀 움직인다.

느리고 불편한 움직임이었지만 팔꿈치가 조금 들렸다. 손가락이 삐걱이며 움직인다. 오른손은 느렸지만 창은 지휘 없이도 스스로 움직이는 병사처럼 혼자 회전한다.

수호는 화려한 검무는 왼손에, 둔탁한 칼질은 오른손에 맡기고 날개 사이로 뛰어들었다. 위협하는 날개를 피하는 일은 아난타에게 맡긴다.

자연스러운 협공.

아난타의 비행에 몸을 맡긴 채 접근하는 무수한 눈알과 이빨을 썰어낸다. 아우성치는 비명과 황금빛이 수호를 둘러싼다.

바루나의 움직임, 바루나의 기술, 바루나의 전략, 바루나의 오감.

수호는 전부 자기 것처럼 떠올릴 수 있었다. 자신이 지금까지 해온 싸움처럼 모두 생생히 떠올린다.

두억시니는 날개살이 툭툭 떨어지고 몸 한가운데가 찢겨나간 채 황금빛을 쏟아냈다. 둘로 갈라진 몸을 여섯 개의 손으로 양쪽에서 잡아 붙이려 들었다.

황금빛을 쏟아내는 갈라진 틈에서 눈알과 입이 달린 돌기가 무수히 솟아나며 서로를 향해 달라붙었다.

두억시니가 기쁨에 넘치는 웃음소리를 냈다.

하. 하. 하.

내. 회. 복. 력. 은. 아. 직. 남. 아. 있. 다.

아난타가 두억시니의 상공을 크게 회전했다.

그. 래. 너. 의. 카. 마. 도. 회. 복. 력. 은. 있. 었. 지.

나. 는. 회. 복. 할. 수. 있. 다.

"아난타."

수호는 왼손에 쥔 창을 하늘로 높이 쳐들었다.

"뇌격."

아난타는 알아듣고 날개를 활짝 펴며 몸을 둥글게 말았다.

구름 한 점 없는 하늘이 어둑어둑해지며 천둥이 쳤다. 하늘 저편에서부터 굵은 번개가 내리치더니 수호가 양손에 든 두 개의 짧은 창에 내리꽂혔다.

"물은 전도체지?"

수호는 누군가에게 확인하듯 묻다가, 자기가 말을 건 대상이 이미 없다는 것을 깨닫고 허무하게 덧붙였다.

"……바루나."

마음속에서 누군가가 유쾌하게 웃는 듯했다.

아난타가 두억시니의 이마를 향해 돌격했다.

매서운 돌풍이 칼날처럼 두억시니를 향해 날아들었다. 수호가 든 창의 궤적에 따라 수호의 양옆으로 찬연한 푸른 빛줄기가 뒤따랐다.

두억시니가 수호를 향해 입을 벌렸고, 그 입에서 벌레들이 수호를 향해 쏟아져 나왔다.

"상승."

수호의 입에서 나직한 명령이 떨어졌다.

아난타는 의문 없이 즉각 방향을 틀어 즉시 수직 기동했다. 동시에 수호는 아난타의 등에서 새처럼 뛰었다.

수호의 창에서 번쩍이는 뇌격이 주변에 달라붙는 벌레를 전부 태우며 길을 터준다. 바다처럼 새파란 불길이 높이 치솟는다.

가볍게 두억시니의 이마에 착지한 수호는 뿔 부근 양쪽에 두 개의 창을 푹 찔러 넣었다.

뿔에서 눈알과 입이 달린 돌기가 아우성과 함께 무수히 튀어나왔다. 돌기들이 수호의 다리를 붙잡으려 했다. 수호는 그대로 발을 구르며 뒤로 회전하며 추락했다.

상승하며 직격을 피한 아난타는 미리 약속이나 한 듯 다시 급하강하여 떨어지는 수호를 머리로 받았다.

그때 하늘이 어둑어둑해지며 천둥이 친다.

화려한 번개가 하늘을 찢으며 굉음과 함께 두 개의 창에 내리꽂힌다.

두억시니의 두개골이 굉음과 함께 둘로 쪼개진다.

처참한 비명.

지옥 같은 아우성.

두억시니의 이마에서부터 불이 붙어 몸 전체로 퍼져 나갔다.

몸부림치는 와중에도 두억시니는 둘로 갈라진 얼굴로 소리 내어 웃었다. 즐거워 못 견디겠다는 듯 한참을 웃는다.

어. 리. 석. 은. 놈.

네. 놈. 무. 기. 를. 잃. 었. 군.

지. 금. 네. 몸. 에. 서. 무. 기. 를. 만. 들. 수. 없. 다. 면. 여. 기. 에. 물. 은. 없.

"그래?"

수호는 아난타를 타고 선회하며 태연히 되물었다. 냉소하는 물음에 두억시니의 눈알들이 제각기 움찔했다.

"그럴까?"

수호는 빈 손바닥을 펴며 하늘을 향해 왼팔을 높이 들었다.

"착각이 심하네."

수호의 말에 흠칫하며 두억시니가 불안한 눈으로 하늘을 쳐다본다. 실상 하늘이라고 할 만한 것도 거기에 없다. 구름 한 점 없이 새하얗게 빛나는 허공.

물. 이. 어. 디. 있. 다. 는.

두억시니는 말을 잇지 못했다.

두억시니의 피부에서 미끌거리며 흘러 떨어지던 진액이 수호의 손아귀로 빨려 들어갔다.

무. 슨.

피부에 흐르는 진액만이 아니었다. 혀에서 침이 뽑혀 나간다. 피부에서 땀이 뽑혀 나간다. 피부 안쪽이 말라 비틀리며 수분이 뽑혀 나간다. 관에 흐르는 찐득찐득한 썩은 용액에서 맑은 수분만 피부 밖으로 빠져나가 수호의 손을 향해 군대처럼 모여든다.

안. 돼.

이. 런. 안. 돼. 살. 려. 줘.

말. 도. 안. 돼.

두억시니는 경악과 공포 속에서 발버둥 쳤다. 몸에 난 무수한 돌기며 눈알과 입이 제각기 아우성친다.

살. 려. 줘.

제. 발.

수천수만의 입이 함께 내지르는 비명 속에서 두억시니의 몸이 바싹 말린 미라처럼 쪼그라들기 시작했다.

수호의 손 옆에서 두억시니의 수분을 뽑아 만든 검은 창이 나무처럼 자라났다. 창은 차츰 커져 탑과 같은 위용을 자랑한다.

"가라."

창을 높이 든 수호가 냉랭한 눈으로 아래를 내려다보며 말했다.

"너 자신의 힘으로 파멸하라."

바루나의 말투.

말하자마자 다시 파도처럼 슬픔이 몰아쳤다.

수호는 두억시니의 몸 전체에 퍼져 동화되는 바루나를 느낄 수 있었다. 지금 든 이 창에 스며들어 있는 바루나 또한.

그리고 이제 자신의 몸에, 이 정신에 동화되어가는 바루나의 파편까지도.

수호의 눈이 젖어 들었다.

〔울지 마라.〕

마음속에서 유쾌한 목소리가 들려왔다.

보이지 않는 손이 수호와 함께 창을 들고 있는 듯했다. 넘치는 기쁨을 주체하지 못하겠다는 듯한 목소리.

〔나는 너였다. 처음부터.〕

창을 쥔 손이 델 듯이 뜨거웠다.

〔내 말은 모두 네 말이었으며, 내 생각은 모두 네 생각이었다. 내 힘은 다 네 것이었다.〕

〚나를 잃는 것이 아니다. 남은 네가 전부 나다.〛

수호의 눈이 결의로 빛났다.

타오르는 황금빛 속에서, 창이 해일처럼 내리꽂힌다.

선유도 심소.

스칸다는 금속 날개를 새처럼 활짝 편 채 공중에 떠서 눈을 빛내며 한강 저편을 바라보았다. 도시를 둘로 가른 큰 강의 남북은 드높은 마천루로 틈 없이 빽빽했다.

마호라가는 관공선이 정박한 선유도 작은 선착장 근처 강변에 서 있었다.

심소의 바닥과 건물을 모두 채웠던 거머리며 썩은 진흙은 감쪽같이 자취를 감췄다. 대신 민들레며 국화며 꽃잔디며, 키 낮은 꽃과 풀이 강변을 뒤덮고 있고, 풀 내음과 꽃 향이 은은하게 퍼지고 있다.

마천루의 숲을 뚫고 저 멀리서부터 하얀 비단 같은 생물이 수면 위를 미끄러지듯이 날아왔다.

아난타는 선착장에 정박하는 배처럼 마호라가의 발끝에 코끝을 대고 착지했다. 긴 몸뚱이는 수면에 드리우고, 꼬리는 마른 갈대가 가득한 강변북로 아래 망원 한강공원에 놓는다.

아난타의 머리 위로 우뚝 솟은 뿔 사이에 수호가 누워 있었다.

새하얀 코트 자락이 아난타의 갈기에 묻혀 있다. 누운 채로도 손에 단단히 쥔 창은 놓지 않는다.

마호라가는 아난타의 콧잔등을 타고 뿔을 헤치고 수호에게 다가갔다.

그리고 수호의 몸을 품에 끌어안았다. 처음에는 가만히 안았지만 이내 격정적으로 몸을 파묻는다.

수호는 눈을 떴다.

작은 선혜의 몸이 파묻히다시피 자신을 끌어안고 있었다. 울음을 참는 듯한 얼굴이 가슴에 푹 묻혀 있다. 그 뒤로는 진씨가 자신과 선혜를 같이 끌어안고 있었다.

그날, 재난이 도시를 휩쓸었지만 이를 알아챈 사람은 많지 않았다.

그 일은 오직 마음 안에서만 일어났기에.

까닭 모를 울분이 사람들의 마음을 뒤흔들었다. 활화산처럼 서러움과 억울함이 치솟았고, 치솟은 울분은 불똥처럼 바로 옆에 있는 사람에게 튀었다.

늘 함께해온 가족, 가장 사랑하는 사람, 가장 친한 친구에게 송곳 같은 미움이 꽂혔다.

하지만 마음은 자신만의 것이라, 사람들은 그 격동이 오직 자신의 안에서만 일어났다고 믿었다. 괴물이 해일이나 태풍처럼 온 도시 사람들의 마음을 전부 삼켰다고 상상하지는 못

844

했다.

도시 곳곳에서 퇴마사들이 목숨을 걸고 싸웠지만 역시 아는 사람은 거의 없었다.

사람의 마음마다 머물고 있던 카마들이 온 힘을 다해 그 마음을 지켰지만 역시 아는 사람은 거의 없었다.

그날 많은 사람이 악몽을 꾸었다. 어떤 사람은 밤새도록 괴물에 쫓겨 다녔고, 어떤 사람은 자신이 가장 괴로웠던 과거의 기억 속으로 되돌아가 되풀이되는 시간 속에 갇혀 자기혐오와 모멸에 괴로워했다.

깨어 있던 사람들은 갑자기 밀어닥치는 트라우마에 고통스러워했다. 어떤 사람은 맥주를 깠고 어떤 사람은 텔레비전을 켜고 머리를 비웠고, 어떤 사람은 '나처럼 괴로운 일을 겪은 사람은 세상에 없을 거야. 나는 참 불쌍하기도 하지'라고 생각하며 집 밖을 서성였다.

술집에서는 유달리 드잡이가 많이 일어났고, "사람 무시해?" "내가 누군 줄 알고"로 시작하는 크고 작은 싸움이 일어났다.

거리를 걷다가 '나처럼 불쌍한 사람은 세상에 없을 거야' 하고 눈을 부라리던 사람들은 눈에 띄는 가장 약해 보이는 사람을 붙잡아 괴롭히고 욕설을 퍼부었다.

그들은 제일 약해 보이는 사람을 골라 너희가 얼마나 위험하고 강하며 세상을 위협하는지 아느냐며 저주의 말을 쏟아냈다.

자기연민에 취한 사람들은 결코 자신이 약한 사람을 괴롭히는 소인배라고 믿고 싶지 않았기에 머릿속에서 상대를 강자로 포장했다.

그날 유독 시달린 약한 사람들은 자주 겪는 일이라 특별히 이상한 날로 생각하지도 않았다.

그 쏟아지는 울분의 파도 속에서도 저보다 강한 사람에게 덤비는 이는 아무도 없었기에 어떤 사람들은 지극히 평화로운 하루를 보냈다.

인터넷을 보던 사람들은 밤새도록 욕설을 쏟아댔는데, 그 또한 자신이 조금도 다칠 일이 없는 싸움이라서였다.

아침이 밝자 사람들의 마음에서는 어젯밤의 울분이 거짓말처럼 사라져 있었다. 하지만 쏟아진 울분의 이유만큼 그 이유를 아는 사람도 많지 않았다. 누군가는 어떤 날은 유달리 삶이 서러운 법이라고 생각했다.

만약 그들에게, 어디선가 어떤 사람들이 목숨을 걸고 싸우지 않았다면 모멸이 세상을 전부 잠식할 수도 있었다고 말하면 코웃음을 치리라.

그 모멸이 자신의 것이라 믿은 사람들은 이유를 찾아 헤맸다.

왜냐하면 자신은 아무 이유 없이 억울해할 만큼 옹졸하거나 어리석은 사람이 아니라고 믿고 싶었기 때문이었다.

그들은 자신의 지난 행적에서 이유를 찾지 못하자 주변을 향해 의심의 눈을 돌렸다.

틀림없이 누가 나를 괴롭히거나, 나도 모르게 내 것을 빼앗았기 때문이라고 믿었다. 이유를 찾을 수 없을수록 점점 더 큰 음모론에 빠졌다. 조직적인 세력이 자신을 음해하고 있다고 믿었다.

자신의 행적에서 모멸의 이유를 찾아낸 어떤 선량한 사람들은 조금 우울해졌고, 잠시 자기혐오에 시달리기도 했다.

반면에 그 울분이 잠깐의 재난처럼, 그저 잠시 마음의 벽을 뚫고 찾아온 이상한 요물의 장난 같은 것이었나보다 생각한 사람들은, 곧 그날을 잊고 일상으로 돌아갔다.

'이유 없는 일은 그저 이유가 없는 것이다' 하고 생각한 사람들도, 마찬가지로 그날을 잊고 일상으로 돌아갔다.

2호선 지하철 안.

휠체어가 지하철 안으로 들어오자, 사람들의 눈이 모두 휠체어에 꽂혔다.

휠체어는 바퀴를 굴려 휠체어 전용공간으로 이동했다. 전용공간에는 고등학생으로 보이는 남학생들 몇이 수다를 떨다가 휠체어를 보자마자 대화를 딱 멈췄다.

"실례⋯⋯합니다⋯⋯."

스칸다는 바퀴를 조금씩 움직여 조용히 밀고 들어왔고, 남학생들은 인상을 구기며 슬금슬금 자리를 비켰다.

휠체어에 밀려난 남학생들이 수군거리기 시작했다. 수군거리다가 자기들끼리 지지받으며 성이 올랐는지 들릴 만큼 소리가 높아졌다.

"씨, 저 자리에 열 명은 타겠다."

"사람 많은 시간에 저런 거 끌고 오는 거 이기적인 거 아냐?"

"쟤 태우려고 직원 몇 명은 고생했겠네."

"쟤 요금 십 인분은 내냐? 아니잖아? 십 인분도 안 내는데 왜 십 인분 자리를 차지해?"

한참 화를 내던 한 학생이 핸드폰을 낮게 들어 스칸다를 향했다. 옆에서 놀라 폰을 빼앗으려 하고 방어하는 실랑이가 이어졌다.

"야, 미쳤냐."

"얼굴 안 찍어. 휠체어만 올릴 거야. 무개념이라고 써야지."

"미친 새꺄, 선 넘네. 그냥 지하철만 탔잖아."

스칸다는 무심히 창에 고개를 기댔다. 그리고 갑자기 잠이 든 것처럼 푹 고개를 떨구었다. 사진을 찍으려던 학생이 갑자기 현기증이 온 것처럼 비틀거렸다.

"왜 그래?"

"몰라. 어지러워. 심장이 뛰어."

"멀미하냐?"

"몰라. 기분이 너무 이상해."

학생은 바닥에 털썩 주저앉았다. 그대로 멍하니 땅바닥을 보더니 눈에 눈물이 고였다. 뺨에서 눈물이 뚝뚝 떨어졌다. 그리고 자기가 들고 있던 핸드폰을 보자 범죄 현장이라도 들킨 사람처럼 화들짝 놀라 주머니에 쑤셔 넣었다.

친구들이 당황해서 "나가자, 나가자" 하며 일으켜 세워 부축해서 문 쪽으로 끌고 갔다.

문이 열리고 타고 내리는 인파의 물결이 흘러갔다. 밖으로 나가는 학생의 눈이 스칸다에게 꽂혀 있었다. 눈에 혼란과 두려움이 푹 담겨 있었다.

스칸다는 눈을 감은 채로 손가락을 움찔거렸다.

마음 안에서 펼쳐지는 자신의 큰 날개와 손가락에 걸리는 방아쇠의 금속 촉감을 생각했다. 큰 파열음과 함께 맹수처럼 날아가 목표에 정확히 명중하는 납탄과 함께.

＊

수호는 현관에 앉아 신발을 발에 끼우고 끈을 꾹 동여맸다.

"발 또 커진 거 아냐?"

수호의 어깨 위에서 진이 등을 푹 숙여 눈높이를 맞추며 말했다.

"아, 아녜요, 딱 맞아요."

"전에도 딱 맞는다고 했잖아."

진은 듣지 않고 수호의 발을 번쩍 들어 올려 조물락거렸다. 덕분에 수호는 으악으악 하며 발이 높이 들린 채로 방바닥에서 개구리처럼 허우적거려야 했다.

"저녁에 새로 사줄게. 키도 요만큼 더 컸잖아. 맞지?"

진은 현관에 볼펜으로 표시한 자리를 가리키며 말했다. 그걸 보자마자 수호는 얼굴이 새빨개졌다.

어제 학교에서 돌아오는데 진이 "수호, 너 큰 거 아냐?" 하고 벽에 사람을 전차처럼 밀어붙이더니 그어놓은 선이었다. 하마터면 그때 뇌진탕으로 사망할 뻔했다.

"키 안 재도 돼요."

"안 돼요, 안 돼. 이제 막 고등학교 진학하는데 안 맞는 옷 입고 다니면 흉봐요."

안 맞는 옷이고 뭐고, 이 집에 들어왔을 때 수호의 소지품은 길에 버려두었다가 아무도 안 가져가는 바람에 도로 들고 온 책가방 말고는 아무것도 없었다. 입던 옷은 비사사와 부단나가 치료하다가 다 찢어놓아서 그야말로 맨몸이었다.

진과 선혜의 작은 원룸은 방 한가운데 커튼을 쳐서 둘로 나뉘어 있었다. 커튼 안쪽이 수호의 공간이었고 바깥쪽이 진과 선혜의 공간이었다.

그날, 수호는 병원에서 눈을 떴다.

일시적인 영양실조 판정을 받았고, 며칠 밖에서 떠돈 탓이라고 들었다. 수호는 한동안 영양죽을 먹으며 지내다가 퇴원했다.

로비를 나서다 또 가벼운 사냥을 하고 현실로 돌아와보니 다시 진과 선혜의 원룸이었다.

선혜는 수호의 배에 얼굴을 묻고 자고 있었고 진은 책상 아래에 상체를 집어넣은 채 긴 몸을 아무렇게나 구겨 넣고 자고 있었다.

처음 만난 그날처럼.

마치 그사이에 아무 일도 없었다는 듯이.

수호는 선혜의 몸을 조심스레 옆으로 치우고 잘 눕힌 뒤 일어났다. 입은 옷은 큼지막한 진의 티셔츠였지만 달리 어쩔 수도 없었다. 현관에서 진과 선혜의 신발과 뒤축이 나간 슬리퍼를 발로 건드려보던 수호는 그대로 맨발로 밖으로 나갔다.

연립주택 현관에서 나와 주차장을 지나 어둑어둑한 골목으로 나가는데, 머리 위에서 가벼운 살기가 느껴졌다.

"수호, 잠깐만"

하는 말과 동시에 옥상에서 크고 검은 물체가 몸을 날리는 것이 눈에 들어왔다. 진이 옥상에서부터 베란다를 타고 내려오려 하고 있었다.

수호는 소스라치게 놀라 기겁해 손을 마구 내저었다.

"내, 내려오지 마세요!"

진이 아랑곳하지 않고 베란다에서 다시 몸을 날리려 하자, 수호는 버둥거렸다.

"안 도망갈 테니까, 계단으로 내려오세요!"

진은 그제야 방긋 웃으며 도로 새처럼 훌쩍 뛰어 옥상으로 되돌아갔다.

그 동작만으로도 이미 인간의 육체는 아득히 뛰어넘은 몸짓이라, 마음만 먹었으면 뛰어내릴 수도 있었겠다 싶었다.

수호가 겨우 안도의 한숨을 쉬는데 진이 무시무시한 속도로 계단을 뛰어 내려왔다.

진은 길에 선 수호의 모습을 발끝에서부터 머리까지 위아래로 살피고는 미소를 지었다.

"그러고 밤에 돌아다니면 감기 걸려."

진은 재킷을 벗어 수호의 어깨에 걸쳐주며 말했다.

"현실은 마음 안과는 달라, 수호. 몸을 소중히 해야지."

수호는 차가운 입김을 내며 고개를 숙였다.

"밤중에 어디 가는데?"

조금 전에 인간병기처럼 옥상에서 맨몸으로 뛰어내리려던 진이 다정하게 물었다.

"고모한테……."

"흠, 지금은 기차도 차도 지하철도 끊겼을 것 같은데?"

"……걸어갈 테니 괜찮아요."

진은 수호의 맨발을 잠시 내려다보았다.

수호는 창피함에 고개를 푹 숙였다. 다른 사람들이 본능적

으로 이기심을 드러내고 나서 부끄러워하듯이, 수호는 본능
적으로 자신을 함부로 대한 것에 부끄러워했다.

"신발……."

"……제 것이 없어서……."

"옷도 네 것 아닌데……."

잠시 아무도 원치 않는 긴장감이 오갔다.

"그리고 강원도까지?"

"역까지 가서…… 고모에게 차표 끊어달라고 해서……."

수호는 횡설수설했다.

"그런데 고모한테 가면 아버지가 있잖아?"

수호는 입을 다물었다.

진이 휴대폰비를 내주고 충전해준 뒤에 고모에게서 온 연
락을 전해주었다. 아버지가 노숙자 꼴로 서울 가야 한다면서
기차역을 전전하는 것을 붙잡아 집에 데려갔다는 내용이었
다. 지금도 종종 서울 가서 잃어버린 돈 찾아오겠다면서 집을
뒤집어놓고 있다고 들었다.

"고모 혼자 아버지 데리고 있기 힘들 테니 도와드리기도
해야겠고."

"뭘 도와주는데?"

진은 답이 연이어 흥미롭다는 듯이 물었다. 수호는 더듬거
렸다.

"……밥을 한다든가……. 청소를 한다든가……."

"대신 아버지에게 시달려주거나?"

진의 질문에 수호는 입을 다물었다. 그러고는 고개를 숙였
다.

"괜찮을 거예요. 버틸 수 있다는 기분이 들어요."

"수호, 애는 누구 도와주는 사람 아냐. 도움받는 사람이지."

수호는 잠시 입을 다물고 있다가 고개를 들었다. 어쩐지 제 시선에 진이 움찔하는 기분이 들었다.

"진씨도 어리잖아요."

진은 이게 무슨 소리야 하며 눈을 깜박였다.

"선혜도 있고, 전 남자애고, 이제 고등학생 되고, 밥도 더 먹을 거고, 집에 잘 데도 부족하고, 여름엔 더울 거고, 수도세도 더 나올 거고."

"애는 그런 거 걱정하는 거 아냐."

"진씨도 금방 제가 싫어질 거예요."

"……네 아버지처럼?"

수호는 잠시 말문이 막혔다가 답했다.

"진씨가 절 싫어하게 되느니 아버지와 사는 게 나아요."

수호는 고개를 꾸벅 숙이고 한 걸음 발을 디뎠다. 진이 수호의 앞을 막아섰다.

수호가 눈을 꾹 감고 한 걸음 더 내딛자 그만 진의 가슴에 얼굴을 푹 파묻게 되었다. 진이 수호의 어깨를 끌어안았다.

"그럼 네가 날 도와주면 되겠네."

수호는 그만 숨이 콱 막혔다.

"너, 그딴 아버지 같은 인간도 도와줄 수 있으면, 나 도와주는 게 더 쉽겠지? 그래도 내가 네 아버지보다는 인성이 좀 낫잖아?"

수호의 얼굴이 달아올랐다.

"네 말대로 나 어려. 그런데 돈 한 푼 안 되면서 늙은이처럼 구는 쬐그만 혹 달고 사느라고 허리 휘어진단 말이지. 사람이라도 하나 고용해야 할 판인데 나 같은 '어린애'가 그럴 돈이 어딨냔 말이지. 밥하고 청소? 땡큐지. 너 가사노동이 돈으로 환산하면 얼마나 되는 줄 알아? 그거 공짜 아니거든? 모든 노동이 공짜가 아닌데 가사노동은 왜 공짜냐고? 왜 아직도 현대사회는 가사노동에 월급을 안 주냔 말이지?"

진이 살짝 진심으로 하소연하는 바람에 수호는 대꾸할 말을 찾지 못했다. 진은 수호의 머리카락을 쓸어올렸다.

"너도 삼 년만 학교 더 다니면 어른이 될 거야. 그땐 나도 지금보다 더 어른이 되겠지. 선혜도 조금 더 클 거고. 그때는 서로 돕지 않아도 어떻게든 살 수 있을 거야."

"……."

"그때까지만 도와줘, 수호."

수호는 진의 가슴에 얼굴을 묻고 끌어안았다. 진도 수호를 꼭 끌어안았다.

"춥거드은?"

연립주택 옥상에서 혀 꼬인 소리가 들려왔다.

"해 떴을 때 하라고. 나 밤에 안 자면 키 안 큰다고."

선혜가 졸린 얼굴로 난간에 매달려 투정을 부렸다.

그리고, 이제 봄.

"선혜도 학교 가야지요."

진이 수호에게 가방을 건네주고 침대를 보며 말했다. 침대 위에는 뭔가 작은 것이 이불 안에서 굴러다니고 있었다.

"안~가~."

선혜가 침대 위에서 이불을 돌돌 말며 말했다.

"체~~험~~학~~습~~신청~~."

"학교 체험이 인생에서 제일 중요하거든요."

"싫어, 싫어. 싫단 말야. 예전에 다 했단 말야."

"언제요."

"전생에~."

진은 한숨을 폭 쉬며 이불에 도롱이처럼 돌돌 말린 선혜를 이불째로 번쩍 들어 어깨높이로 올렸다. 이불이 꾸엑 소리를 내며 바둥거렸다.

"담임 선생님한테 전생에 다 배웠다고 카톡 보내면 참 좋아하시겠네! 미안한데 그때랑 교과과정 다 바뀌었거든요? 그리고 열한 살이나 됐으면서 아이 흉내 그만 좀 내요!"

선혜가 소라게처럼 이불 사이에서 얼굴을 폭 내밀었다.

"아니거든. 열 살이거든."

"해 바뀌었는데 왜 아직도 열 살인데요!"

"만으로~."

"나이 맘대로 바꾸는 게 완전 한국 늙은이네."

"다녀오겠습니다."

선혜와 진이 투닥이는 것을 다 구경하다간 또 지각일 테니 수호는 서둘러 책가방을 챙겨 들고 집을 빠져나왔다.

연립주택 앞에는 쌍둥이처럼 똑같이 생긴 어린애 두 명이 서 있다가 동시에 돌아보았다.

"등교하십니까?"

"등교하십니까!"

책가방을 등에 멘 차림의 비사사와 부단나였다. 무슨 두목 맞이하듯이 우렁차게 인사하는 소리에 지나가던 사람들이 힐끗힐끗 보았다.

수호는 부끄러움에 얼굴을 손으로 가렸다. 매일 한 걸음 한 걸음이 난관이었다.

"왜 자꾸 기다리는 거야? 너흰 학교 안 가?"

"우린 등교 시간이 더 늦습니다! 아직 초등학생이거든요!"

부단나가 당당하게 말했다.

"어쩔 수 없습니다. 저희는 남은 생애를 수호를 모시기로 맹세했으므로."

비사사가 말했다.

"그렇습니다! 혹시라도 수호가 학교까지 가다가 넘어져 다치시기라도 하면 큰일이니까요."

부단나가 연이어 말했다.

"안 넘어져!"

"퇴마사는 언제 카마의 습격을 받을지 모릅니다. 마음의 싸움은 혼자 하더라도 몸은 지킬 사람이 필요해요."

비사사가 말했다.

"그런 일, 초등학생한테는 안 시켜!"

그 말을 듣자마자 부단나가 갑자기 안색을 바꿔 울먹울먹했다.

"저희를 버리시는 겁니까?"

와, 딱 봐도 연기였다.

"우리들, 타락한 신장 금강의 휘하였다고 떠돌이 마호라가와 수호처럼 교단에서 천덕꾸러기가 되었다고요."

부단나가 말했다.

"너희들, 사람 앞에 두고 아무 말이나 하지 마……."

"저희를 버리신다면, 저희는 갈 곳 없는 불쌍한 고아들처럼, 물론 우린 진짜 고아이긴 합니다만……."

비사사가 태연히 말했다. 과도하게 직설적인 사연을 뒤로하고 수호는 둘을 피해 바삐 걸음을 옮겼다.

둘은 냉큼 다다다다 연기를 일으키며 쫓아왔다. 수호의 체력을 감안하더라도 원래 고등학생보다 초등학생 체력이 좋은 법이다.

"좀 떨어져!"

"떨어지면 호위를 못 합니다."

비사사가 조랑말처럼 쫓아오며 말했다.

"초등학생한테 호위받는 고등학생이 세상에 어디 있어!"

"모든 일은 최초가 있는 법입니다! 최초의 사건은 역사적인 사건이고요. 기록으로 남길 만한……."

부단나가 또 아무 말이나 했다.

"기록하지 말라고!"

다시, 그날.

수호가 몰래 빠져나가려고 했다가 진을 만났던 날 저녁.

"아버지랑 왜 살아? 그 사람 너랑 십오 년밖에 같이 안 살
았는데 그런 잘 모르는 사람한테 무슨 미련이 있어? 진이 너
랑 같이 산 것만 해도 햇수로 이백 년은 넘어!"

운동을 마치고 옥상에 드러누워 있는 수호에게 수건과 콜
라를 주던 선혜가 폭포수처럼 말을 쏟아냈다.

"제발 현실 세상의 언어를 써줘……."

수호는 선혜가 재미 삼아 자기 얼굴에 수건을 던져 씌우는
것을 내버려두며 중얼거렸다.

선혜는 수호의 옆구리에 엉덩이를 콕 붙이며 앉아서는, 수
호가 내미는 손을 무시하고 콜라를 자기가 꼴깍꼴깍 마셨다.

"다른 사람이면 몰라도 진이라면 괜찮아. 진이 네 아버지보
다 훨씬 훨씬 훠어어얼씬 더 네 가족이야. 그리고 집안일 네
가 다 하기로 했다면서. 너 그거지. 뭐랄까……."

'식모?'

"프…… 프롤레타리아……!"

'플라나리아……?'

머릿속으로 꼬물꼬물 기어다니는 벌레를 떠올리는 수호에

게 선혜가 입맛을 다시며 남은 콜라를 넘겼다.

옥상 구석에는 마침 동네 주민이 버리는 것을 받아 설치해 둔 일인용 텐트가 놓여 있었다. 수호가 진과 선혜에게 방해되지 않으려고 만든 개인 공간이었다.

수호는 수건을 치우고 차가운 캔을 받아 이어 마시며 선혜를 응시했다.

"너는?"

"응?"

선혜가 눈을 동그랗게 떴다.

"너랑 나랑은 얼마나 오래 같이 살았어?"

선혜는 한참 댕그란 눈을 깜박이다가 배시시 웃었다.

"몰라!"

"몰라?"

선혜는 수호 옆에 놓인 핸드폰을 탁탁 쳐서 켜고는 시간을 보았다.

"오늘만 해도 너 학교 갔다 와서부터 네 시간하고 십이 분…… 삼십사 초, 삼십오 초……."

"무슨 소리냐……."

"계속 늘어나니까 몰라!"

선혜는 이빨을 드러내며 환하게 웃었다.

"앞으로 얼마나 늘어날지 모르니까. 지금 생도 그렇고, 다음 생도."

"다음 생까지?"

"이리, 이리 와봐."

선혜는 절룩절룩 또각또각하며 옥상 난간으로 갔다. 수호는 수건으로 땀에 젖은 머리와 얼굴을 슥슥 닦고 뒤를 쫓아 갔다.

"저기, 저기 봐."

선혜는 어딘가로 손가락을 가리키며 성한 한쪽 다리로 깽 깽이를 뛰며 난간 밖으로 고개를 내밀었다 착지했다 했다.

수호는 무심코 옆에 굴러다니는 플라스틱 술병 상자를 가져다 선혜의 발밑에 놓았다.

선혜는 술병 상자에 올라가 저쪽을 가리켰다. 수호는 그 옆에 서서 선혜의 시선과 방향을 눈대중하며 같이 비슷한 자세로 왼팔을 들어 손가락을 뻗었다. 오른팔은 재활 중이었지만 아직도 뻣뻣했다.

선혜는 "거기 아냐" 하며 난간 위에 기어올라가 직접 수호의 손가락 방향을 고쳐주려 했다.

수호는 기겁해서 선혜를 붙잡아 도로 술병 상자 위에 올려놓고는 안도의 한숨을 쉬었다. 그리고 선혜가 다시 난간에 기어오르지 않도록 엉거주춤한 자세로 다가가 선혜와 눈높이를 맞추고 몸을 딱 붙여서 선혜가 가리키는 팔에 자기 팔을 붙였다.

"그래, 거기."

전선줄이 어지러이 오가는 하늘과 서너 층 높이의 주택과 오피스텔 건물뿐이었다.

선혜가 가리킨 곳에는 간판도 없는 한 평짜리 작은 전시관이 있었고 앞에서 좌판을 편 거리 예술가가 손으로 만든 팔찌나 열쇠고리를 팔고 있었다.

"저기 측간 있었어."

"측간?"

"아이참, 화장실 말야."

"?"

수호의 머릿속은 온갖 의문으로 혼란해졌다.

"네가 쓰던 화장실."

"언제?"

"천오백 년 전에."

"……."

"저기, 저기서는."

수호가 전신에서 힘이 쭉 빠져 슬슬 일어나려 하자, 선혜가 다른 팔로 수호의 팔을 붙잡느라 끙끙대며 손가락의 방향을 바꾸었다.

"너, 저기 서서 군대 지휘했었어."

"?"

선혜가 가리킨 곳은 아무것도 없는 허공이었다.

"높은 제단에 올라서. 삼천 대군이 네 휘하에 있었지. …… 숫자 적다고 생각하지 마! 그때 퇴마사 다 끌어모은 거야, 그 거. 네가 총지휘관이었다고."

"저기……."

"저기서 팔찌 파는 아가씨가 그때 조리장이었어."

"저기……."

"저 아가씨 아버지가 대장장이라서 이이이따만 한 솥을 구워서 들고 왔는데, 그땐 그렇게 큰 솥은 나라에서도 못 구웠어. 그런 걸 혼자 구워왔으니, 신령한 물건이라고 사람들이 솥에 기도도 했어."

수호가 뭐라 답해야 할지 모르는 사이에 선혜는 깽깽이를 뛰며 골목을 지나가는 회사원 차림의 사람을 가리켰다.

"저 사람은, 그래, 저 사람은 저번 저번 생애에 네가 치료해 준 사람이야. 인연이 돼서 같이 술도 많이 마셨어."

"……."

"저 사람은, 음, 그 전전 생애에 네 옆집에 살았는데, 농사가 안 되면 네가 몰래 곳간에 먹을 거 넣어주고 그랬어."

"……."

"아, 저 사람은 네 엄마였다!"

"그런 소리 하지 마!"

수호는 기겁하고 안 보려고 제 눈앞에서 손을 흔들었다.

"저 사람은 네 아이였고. 두 번이었던가? 세 번?"

선혜는 골목을 지나는 사람을 하나하나 짚으며 미주알고 주알 말했다.

"여기 사는 사람들 모두 네 가족이고 친구야, 수호."

"……."

"이 거리에 네가 모르는 사람은 아무도 없어."

수호는 눈을 크게 떴다.

"너는 혼자였던 적이 없어. 지금도. 지난 어느 생애서도. 앞으로의 어느 생애서도 그럴 거야."

선혜는 이빨을 드러내며 해죽 웃었다.

"……."

수호는 긴 침묵에 빠져 선혜를 바라보았다.

그때 수호는 저 멀리에서 무시무시한 기운이 음속으로 접근하는 것을 느꼈다.

태풍이 접근하는 듯한 압도적인 위압감이었다.

수호는 본능적으로 팔을 뻗어 선혜를 자신의 뒤에 숨기고 돌아섰다. 선혜는 다가오는 기운보다 자신의 앞을 막는 수호의 팔에 조금 더 놀란 기색이었다.

수호는 그대로 정체불명의 적이 진입하는 심소로 돌입했다.

수호의 눈앞에 마호라가 조금 전에 말한 풍경이 그대로 나타났다. 이 거리에 남은 고대의 심상 같은 곳이었다.

군대를 지휘하기 위한 높은 제단, 큰 솥이 걸린 급식소, 늘어선 수백의 막사. 곳곳에 휘날리는 '서西'의 이름이 쓰인 새하얀 깃발.

돌풍이 깃발을 크게 휘날리며 날아들었다.

어느 깊은 산속에서부터 몰아치는 바람인지, 연둣빛 나뭇잎과 무지갯빛 꽃잎이 우수수 날아와 발밑에 쌓였다. 바람은 수호가 있는 자리에서 맴돌며 회오리쳤다.

수호는 마호라가 자신의 마음에 손을 뻗는 것이 느껴졌다.

마음을 열고 마호라의 손길을 그대로 받아들였다. 마호라가 자신처럼 빠르게 심소를 탐색하지 못하기에, 자신의 마음을 탐색하여 뒤쫓아오는 것을 느낄 수 있었다.

마호라의 손길이 따듯하게 수호의 심장을 어루만졌다. 기계다리가 또각이는 소리와 함께 등 뒤에 기척이 느껴졌다.

그와 함께 수호의 왼손에서 물을 부어 만든 듯한 새하얀 창이 길게 자라났다. 새하얀 코트가 수호의 몸을 덮었고 오른손에서는 이제 막 뿌리를 내린 듯한 칼날이 손등에서 삐죽이 고개를 내밀었다.

수호의 창 양쪽 끝이 맑은 소리를 내며 펑, 하고 터졌다.

터져 나간 얼음 조각이 살아 있는 듯 반짝이며 마호라가의 주위를 둘러쌌다. 길이가 짧아진 수호의 남은 창이 마호라가의 전면을 방어했다.

'이럴 필요는 없는데, 수호.'

마호라가가 수호의 귀에 속삭였다.

'이러지 않을 필요도 없잖아.'

수호가 답했다. 돌아보지 않고도 마호라가의 웃음을 느낄 수 있었다.

꽃잎과 나뭇잎의 회오리가 잦아들고 보니, 그 자리에 보통 사람의 두 배는 넘는 몸집의 할머니 장수가 허공에 떠 있었다.

초록빛 눈에 전신이 눈부시게 빛나고, 녹색 갑주 차림에 몸 주위로는 연둣빛 천이 날개처럼 하늘거렸다. 그 주위로는 꽃잎과 나뭇잎이 주위를 호위하듯이 맴돌았다.

"이처럼 많은 퇴마사를 앞에 두고 있으면서 그대의 무기는 자기 몸을 조금도 보호하지 않는군요."

할머니가 말했다. 위엄 있으면서도 따뜻한 목소리. 적의는 없는 듯했지만 수호는 태세를 풀지 않았다. 마호라가의 긴장이 전해졌기 때문이었다.

"참으로 변함이 없으십니다."

기운은 다르지만 위압감만으로 따지면 마구니 앞에 섰을 때와 크게 다르지 않다.

"북서의 천왕 풍천."

마호라가의 목소리가 들려왔다.

풍천이라 불린 할머니 장수의 뒤를 이어 황금빛 새가 돌풍을 일으키며 날아와 수호의 코앞에 정박했다. 상체는 여자의 모습이며 새라기보다는 항공모함 같은 위용이었다. 날개의 끝과 끝이 한눈에 들어오지 않았다.

양옆으로 펼친 새의 날개에는 제각기 중무장한 퇴마사들이 대열을 지어 올라타 있었다.

가장 앞에 있던 붉은 옷의 신장이 풍천을 호위하듯 앞으로 뚜벅뚜벅 걸어와 뛰어내려 난간 위에 올라섰다. 그 뒤로 사자와 늑대를 반쯤 섞은 듯한 흰 짐승이 뒤를 쫓았다.

나찰이 코앞까지 다가와도 수호는 물러나지 못하고 지켜보는 수밖에 없었다.

나찰이 '나 알지?' 하는 태도로 손가락을 살랑거리며 인사했다.

금빛 새의 날개 사이에서 빛으로 이루어진 작은 금빛 새들이 하늘하늘 날아올랐다. 깃털에서 날아오른 새의 숫자는 점점 늘었고 수호의 주위를 에워싸며 선회했다.

이미 숫자로는 상대할 수 있는 범위를 넘어선 대군이었다.

"신장 마호라가, 귀환을 축하드리오. 무사한 모습을 보니 기쁘구려."

풍천이 마호라가를 향해 말했다.

"심려를 끼쳐 송구합니다, 천왕 풍천."

마호라가가 정중히 고개를 숙이며 화답했다.

"그대를 심려하는 것만큼 내게 익숙한 일이 없소."

풍천이 답했다.

"이번 전투에서 명을 달리한 신장 금강이 내게 매우 이상한 형태로 상황을 보고했으나, 석연찮은 구석이 많소. 적당한

때 그대의 입에서 다시 듣고자 하오."

"자비에 감사드립니다."

풍천의 시선이 마호라가에서 수호로 향했다. 따듯한 시선이었다.

"이 생에서는 처음이구려."

수호는 긴장해서 창을 꾹 쥐었다.

"그대에게도 이 생에 주어진 속명이 있겠으나, 지금은 그대를 누구든 납득할 만한 이름으로 부르고자 하오."

풍천이라는 사람이 부르려는 이름을 예감한 수호의 마음에 거부감이 치솟았다.

'그건 내 이름이 아니야.'

나는 벌써 열다섯 해나 살았고, 그건 나만의 삶이었다. 그리고 나는 다른 누구도 겪지 못할 두 달을 겪었다.

수호는 저 사람이 누구든, 이미 오래전에 죽은 과거의 망령에게 결코 내 실재하는 생을 부정당하지 않으리라 다짐했다. 만약 저 사람이 나를 그 이름으로 부르면 설사 저 사람이 마구니만큼 강한 것이라도 저항하겠다고.

'그런데 왜 이렇게 우글우글 다 끌고 왔지? 아무리 봐도 마호라가보다도 높은 사람 같은데.'

수호는 혼자 열심히 궁리했다.

금강은 마호라가를 파문하겠다고 했다. 마호라가가 이미 규약을 여러 번 어겼다고도 했고, 카마를 가진 협시 나한을 둔 것도, 두억시니와 대적한 것도 교단의 뜻에 어긋난 일이었다고 했다. 그러면 저 사람은 금강이 하려던 파문을 마저 하러 온 걸까.

음, 그게 아니면 나 때문인가.

'북서'는 해체된 '서'의 자리를 대신한 진영이라고 했다. 그러면 저 사람은 서의 천왕 광목천 대신 그 자리에 오른 사람. 나를 지금 그 이름으로 부르겠다는 것은 자기 영역으로 들어오지 말라는 경고일까.

아니면 설명하기 어려운 지금 내 상태 때문일까. 내 안에는 카마 바루나가 있다. 나는 카마를 내 안으로 받아들이는 것으로 내 아트만을 만들었다. 혹시 그것 때문에 나를 퇴마하러 온 걸까.

아무리 머리를 굴려도 수호의 머리로는 좋은 상상이 떠오르지 않았다.

하지만 지금 어떤 일이 일어나든 할 일은 명확했다.

마호라가는 아직 회복하지 못했다. 여전히 싸울 만한 상태가 아니고, 앞으로 한동안은 그럴 것이다.

그러니 마호라가를 지킨다.

할 일이 명확해지자 망설임은 없어졌다.

수호의 창이 우웅, 하는 울음소리를 내며 진동했다. 대기가 급격히 버석버석해졌다. 공기 중의 수분이 수호의 창으로 흰 연기를 일으키며 모여들었다.

마호라가를 둘러싼 무수한 얼음 조각의 장벽이 더 넓게 퍼져 나갔다. 퍼져 나간 얼음 조각의 벽이 햇빛을 받아 눈부시게 반짝였다. 오로라처럼 빛의 향연이 펼쳐졌다.

나찰은 물론, 모여든 퇴마사들이 당황하는 기색이 느껴졌다.

풍천은 수호가 경계심을 뚜렷하게 내비치며 무기를 키우는 모습을 보면서도 온화하게 웃었다.

"그대가 앞으로 또 다른 이름을 얻을 수도 있겠으나, 지금 만큼은 이 이름으로 부르고자 하오. 이 자리의 누구든 내가 지금 부르는 이름에 이의가 없으리라 믿소."

풍천이 입을 열어 말했다. 향긋한 꽃 내음이 수호의 주변을 감쌌다.

"신장神將."

그 말에 창을 쥔 수호의 손에서 힘이 툭 풀렸다. 힘이 풀리는 바람에 창이 조금 녹아 물이 똑똑 떨어졌다.

'어??'

수호는 눈을 깜박였다.

'신장??'

퇴마사들 사이에는 소요가 없었다. 이미 짐작했거나 사안을 공유하고 온 듯 입가에 가벼운 미소만 떠올라 있다.

"수천水天."

'수천??'

"천天은 그 힘을 가진 자 중에 가장 드높은 자에게 주어지는 이름. 수천은 물을 다스리는 퇴마사 중 최고위를 뜻하오."

풍천은 덧붙였다.

"카마 바루나, 한때 세상 전체의 신이었고 모든 영역을 거치며 마지막에는 물의 군주의 자리에 서기로 한 신의 이름을 딴 카마, 그 바루나의 마음과 함께하는 분. 현 북서의 천왕 풍천이 새 신장, 수천을 뵙습니다."

마호라가마저 예상 밖인 듯 놀란 기색이 역력했다.

수호의 주변에 맴도는 얼음 장벽이 마치 풍천이 부른 이름에 화답하듯 반짝였다.

"신장 수천. 그대의 용맹과 무훈을 칭송하며, 저와 여기에 모인 퇴마사 모두가 깊은 감사를 드립니다."

풍천이 눈을 감고 손을 가슴에 얹으며 허공에서 허리를 깊이 숙였다. 그 뒤를 따라 나찰이 손을 가슴에 얹고, 무릎을 꿇고 허리를 숙였다.

"신장 수천, 신장 나찰이 인사드립니다."

수호의 주위를 맴돌던 작은 빛나는 새들도 모두 고개를 숙였다.

"신장 수천, 신장 가루라가 인사드립니다."

큰 새가 말했다. 가루라라 불린 새의 날개에 타고 있던 퇴마사들이 하나둘 가슴에 손을 얹고 연이어 고개를 숙였다.

"신장 수천, 나한 건예자가 인사드립니다."

"신장 수천……."

140 모두의 마음

현재. 진의 마음 안.

진은 소매 없는 팔을 쭉 뻗었다. 뺨에서부터 손가락까지 피부를 덮은 검은 문신이 나비처럼 하나둘 하늘로 날아올랐다.

진은 파도가 철썩이는 마음의 섬에 서 있었다.

파도가 치는 섬 주변부에는 조개껍데기가 가득했다. 대지는 이전보다 한층 넓어졌다. 간신히 서 있을 수만 있던 바위섬은 이제 작은 마당 크기다.

진이 지휘하듯 손짓하자 떠오르던 문신들이 나란히 정렬했다.

진의 약지와 새끼손가락은 은빛 금속이었다. 진이 다시 손가락을 움직이자 나란히 정렬했던 문신이 다시 춤을 추며 자리를 바꾸었다.

진이 어깨가 아픈 듯 팔을 휘휘 돌렸다. 그러자 문신들은 주인의 뜻을 못 알아듣고 당황하듯이 방향을 놓치고 서로 콩콩 부딪쳤다.

"으음, 오랜만에 하니까 잘 안 되네요. 아무래도 어릴 때 한두 번 해본 게 다였으니."

"쓸 일이 없었으니까."

마호라가는 바다를 바라보며 옆에 앉아 있었다. 발에 닿아 철썩이는 파도를 즐기며.

마호라가의 의족 트바스트리는 허벅지 아래에 붙어 있기는 했지만, 망치로 두들긴 것처럼 우그러져서 내부 관절이 엉망으로 드러나 있었다. 관절 사이에서는 간혹 합선된 듯 불꽃이 튀었다.

"다리는 좀 어때요?"

"겨우 발가락만 움직여. 그래도 언젠가는 낫겠지."

마호라가가 뭉툭한 의족 끝을 까닥였다. 진이 오래도록 바라보자 마호라가는 고개를 갸웃했다.

"왜?"

"닮았네요. 우라가하고."

"같은 사람이니까."

"이론상으로는 알아요. 하지만 당신은 나한테 늘 작은 선혜였으니까."

"그렇지. 다른 사람이니까."

진이 '요 꼬맹이가?' 하는 듯이 눈웃음을 쳤다.

"지난 생이 있든 없든, 우리는 매번 지금 여기에서 새로 시작하니까. 그걸 잊으면 생물도 뭐도 아니지. 나는 이전에도 앞으로도 네 작은 선혜야."

"……."

"우리 사이의 스승과 제자, 보호자와 피부양자, 어른과 아이의 관계는 계속 교체될 거야. 그래야 천년을 살아도 계속 배울 수 있어. 그러지 못하면 고목처럼 늙어 뻣뻣하게 굳을 뿐이지."

"그래요."

진은 문신을 도로 회수하며 답했다.

"아난타는 좀 어때?"

마호라가의 질문에 진은 몸을 수그리고 마호라가 옆에 앉았다. 그리고 도포 앞섶을 열어 안을 보여주었다. 진의 품 안에는 손가락만 하게 줄어든 아난타가 쌕쌕 소리를 내며 아기처럼 곤히 자고 있었다.

마호라가가 아난타의 이마를 손가락으로 톡 건드렸다. 아난타는 눈을 조금 움찔할 뿐 도로 몸을 돌돌 말았다. 뿔을 건드려보니 고개를 몸 안으로 파묻었다.

"건드려도 안 깨네."

"전장에서 소환하기 전에는 계속 이 상태예요. 소환수와 비슷해졌네요."

"……."

"아난타의 선택이에요. 아난타는 당신을 사랑하니까요. 자기 자신보다도."

진은 아난타의 머리를 톡톡 건드렸다.

"당신을 지키려는 내 마음을 지키면서 자신이 사라질 방법은 이것밖에 없었겠지요."

마호라가는 한참 아난타를 바라보았다.

"……생각해봤는데."

마호라가가 망설이다 말했다.

"……수호가 바루나와 한 방식 있잖아. 그야, 간단하지 않겠지만, 혹시 진, 너와 아난타도……."

진은 마호라가의 입에 손가락을 댔다. 선혜에게 하던 몸짓이었다.

"욕망."

"……욕망인가?"

마호라가가 풀이 죽어 물었다.

"그래요. 그거 욕망이에요."

"무엇이 '욕망'이지?"

마호라가는 진의 어깨에 이마를 대며, 한 번도 그 질문의 답을 들어본 적이 없는 사람처럼 물었다.

"선혜, 이것만은 당신보다 내가 더 잘 알아요. 이것만은 내가 선생이야. 당신은 천오백 년간 한 번도 카마를 가져본 적이 없잖아요."

"……"

"그거 못해요. 아마 수호 말고는 다른 누구도 못 할 거예요."

"그럴 거라고 생각은 하지만……."

"생각하면서도 찔러봤어요?"

진이 다정하게 핀잔했다.

"그때 수호는 바루나와 마음이 같았어요. 목적 이외의 마음이 없었어요. 사람이 본능적으로나마 갖고 있는 생존 욕구를 포함해서 정말로 아무것도 없었어요. 말 그대로 카마나 다름없었어요."

"……"

"일순간이었든 어쨌든 수호와 바루나가 같은 존재였던 거예요. 더해서 바루나의 목적이 워낙 넓은 의미여서 가능했던 기적이었을 거예요. 같은 존재였으니 합쳐졌다고 볼 수도 없어요."

"……"

"카마가 자라나서 본체의 마음을 잡아먹어 없애버리는 것과 완전히 다른 형태의 일체였지요. 다시 일어날 법하지도 않은 일이에요. 나는 수호와 달라요, 선혜 마호라가."

진이 말을 이었다.

"나는 하고 싶은 것도 많고, 다른 욕구도 많아요. 내 마음엔 당신 이외에도 이것저것 많다고요. 그러니까 아난타와 하나가 되는 일 같은 건 죽어도 안 해요."

마호라가는 작게 웃었다.

"아니, 정말 나를 평생 부려먹을 생각이었어요? 한국, 민주주의 사회거든요? 신분제 없거든요?"

진이 마호라가의 이마에 입을 맞추었다.

"왜냐하면 나는 당신을 정말로 많이 사랑하니까."

진이 미소를 지었다.

"그러니까 최선을 다해 딴생각할 거예요. 수호도 당신만큼 열심히 지키고 돌봐줄 거고, 나도 자격증도 따고, 사회생활도 하고."

"……."

"당신도 나한테 매이지 않게 할 거라고요. 댁 양육자는 가난한 서민이고 뜯어먹을 거 하나도 없거든요. 난 당신 조금만 키워놓으면 바로 독립시켜버릴 거라고요. 얼른 알아서 밥벌이하게 만들어놓겠어. 현대사회라는 게 퇴마사만 하면서 어영부영 살아도 될 만큼 그렇게 녹록지 않거든요?"

마호라가는 피식 웃었다.

"늘 고마워, 진."

"당연히 고맙겠지!"

진은 의기양양하게 허리에 손을 올렸다.

"아, 큰일 치렀으니 나도 얼른 하고 싶은 일 해야지."

"뭐 하고 싶은데?"

"빨리도 물어본다. 내 인생에 관심 없었죠?"

진은 조금 부끄러운 듯 헛기침을 했다.

"도서관 사서요."

둘은 잠시 말이 없었다.

"……근육이 아깝네……."

"……운동도 너무 많이 하면 몸에 안 좋아요……."

"한국에서 사서 잘 안 뽑는 거 알지?"

"아아, 꿈은 누구에게나 어렵죠……."

✦

"일 나가?"

새벽녘, 선혜는 현관을 나서는 수호를 배웅하며 졸린 눈을 비비고 해롱해롱하며 물었다.

"어, 응."

수호가 신발 끈을 꽉 매며 건성으로 답했다.

"낮에 일하지이~."

선혜가 지팡이를 짚은 채로 기울어지며 벽에 머리를 콩 박으려는 바람에 수호가 손으로 막아 제지했다.

"낮에는 학교 가야지."

"학교 같은 건 쉬어. 병가 내~."

"싫거든."

"다녀와, 신장 수천."

선혜가 손을 까닥까닥하며 인사하자 수호가 "으아아아~" 하며 몸을 배배 꼬고 비명을 질렀다.

"그 이름 엄청, 무지, 말도 안 되게 창피해!"

"아이디려니 해!"

"아이디로도 이상해!"

"시이이이이인장~ ♪."

선혜가 방긋방긋 웃으며 가락을 붙여 부르자, 수호는 귀를 막고 얼른 집을 뛰쳐나갔다.

뒤에 남은 선혜는 혼자 쿡쿡 웃다가 침대에 털썩 누우며 생각했다.

'수천水天.'

물의 힘을 쓰는 퇴마사 중 최고위를 뜻하는 이름.

지금 수호의 힘을 생각하면 누구도 부정할 수 없는 이름이지만.

수호의 안에 들어와 합쳐진 바루나를 부정하지 않고 그대로 인정한 이름이기도 하겠지.

풍천은 다른 퇴마사들이 수호를 '광목천'으로 부르기 전에 서둘러 이름을 내려주어 분란을 사전에 차단했다.

더해서 '신장神將'의 지위.

그 또한 수호가 두억시니와 싸울 때 보여준 힘의 수준을 생각했을 때 넘치고도 남지만.

풍천은 수호에게 명확한 지위를 부여하는 것으로 행여 수호를 위험인물로 간주해 처단하려는 움직임을 사전에 차단했다. 또 한편으로 '천왕'으로 불릴 위험마저도 재빨리 막았다.

전왕 중 한 명이 제 이름을 걸고 여러 신장 앞에서 직접 승격의식을 치렀다. 그러니 북, 동, 남의 진영과 다문천, 증장천, 지국천이 함부로 입을 댈 수 없게 되었다.

퇴마사가 카마를 마음에 전부 받아들이는 것으로 아트만을 찾았다는 전대미문의 사건마저도 입에 오르내리지 않도록.

'신장 수천.'

적이 수호를 공격하지 못하도록 지키는 한편, 잠재적인 추종자들은 어느 이상을 넘보지 못하도록 제지했다.

'과연, 패퇴한 진영의 천왕이라는 분란의 자리를 천오백 년이나 지켜온 분이라.'

이것은 유예.

수호가 자라 어른이 될 때까지의 유예.

성장한 수호가 천왕의 지위를 위협하거나 이전의 광목천에 필적하는 인물이 되면, 그때 가서 지위를 걸고 맞대결을 해주겠다는 뜻.

공정하게, 하지만 가차 없이.

물론 수호가 그때 가서 어떤 판단을 할지는 또한 수호의 몫이었다.

하지만 그것은 아직 훗날의 일. 아이의 의무는 자라는 것뿐, 그리고 어른은 그 자라남을 지켜줄 의무가 있으니.

'다 클 때까지는, 수호.'

선혜는 뭉툭한 다리를 까닥까닥하며 생각했다.

"지금은 크는 일만 하자, 수호."

선혜는 중얼거리고는 하품을 크게 하고 도로롱 잠에 빠져들었다.

✦

경의선 숲길은 조성되기 전에는 오랫동안 철로가 그대로 드러난 폐철길이었다. 몇 년간은 방치되다시피 한 공사장이었던 숲길이 올해 6월 개장한 이래 거리는 크게 요동치기 시작했다.

큰 길가 모퉁이에는 출판사에서 운영하는 큰 북카페가 있었다. 독서실처럼 공부할 수 있는 자리가 있었고 사다리를 타고 올라가야 할 만큼 높은 책장으로 둘러싸여 있었다.

주택가 안쪽에는 대만에서 온 노부부가 운영하는 중국집이 있었다. 반찬으로 볶은 땅콩이 나왔다.

근처에는 그림책을 가득 파는 아담한 책방이 있었다. 문은 파란색이었고 내부는 노란색이었다. 단골손님이 많았다.

대학교를 향해 대로를 건너면 지하에 자리한 큰 만화 전문 서점이 있었다. 먼 곳에서부터 찾아오는 손님이 많았다.

거기서 조금 더 가면 낙서와 벽화로 둘러싸인 작은 놀이터가 있었다. 이곳에서는 거리 공연이며 젊은 예술가들이 작은 공예품을 파는 시장이 종종 열렸다.

그리고 또…….

오랜 터줏대감 가게부터 자리를 옮겼고, 폐업했고, 사라진 뒤에는 새 가게가 들어왔고, 그 가게도 금세 또 자리를 옮기고 사라졌다. 거리는 계속 모습을 바꾸어갔다.

✦

새벽녘, 마포대교. 벚꽃이 흐드러지게 핀 한강 위.

날이 어스름하니 밝아오고 있었다. 차들이 칼바람을 일으키며 도로를 씽씽 오가는 가운데, 한 여학생이 교복을 입은 채 좁은 인도에 쭈그리고 앉아 한강을 내려다보고 있었다.

소녀가 앉은 난간에는 "하하하하하하하"라는 글자가 하얗게 불을 밝히고 있었다. 저쪽 어딘가에는 "수영 잘해요?"라는 생뚱맞은 글귀도 있다.

소녀의 뺨에는 상처와 멍이 있었고 손에는 일회용 밴드가 여럿 붙어 있었다. 옷도 어디서 굴렀는지 군데군데 실밥이 뜯기고 흙이 덕지덕지 붙어 있다. 옆에는 책가방과 찌그러진 콜라 캔이 나뒹굴고 있었다.

소녀가 탁해진 눈으로 황금빛으로 물드는 강을 내려다보는데, 등 뒤에서 헛기침하는 소리가 들렸다.

소녀가 돌아보니 웬 조그만 초등학생 둘이 책가방을 멘 채서 있었다. 남녀라는 점을 빼면 쌍둥이처럼 빼닮은 아이들이었다.

길이라도 물어보려 건드렸나 쳐다보는데 둘은 눈을 말똥말똥 뜬 채로 떠나지 않았다.

"너흰 뭐야?"

소녀가 적개심을 숨기지 않고 물었다.

"우리가 도와줄게요."

남자애 쪽이 말했다.

"도와주는 게 아니라 도와줄 사람에게 데려가는 거지."

옆에서 여자애가 말했다.

"그게 그거잖아. 누나, 내가 기껏 폼 잡고 말하는데."

"그래도 정확히 말해야지."

소녀는 얼굴을 어그러뜨렸다.

"너희 대체 뭐야?"

소녀가 초등학생 둘을 쫓아가 보니, 대교 가까운 편의점 앞, 파라솔 탁자 앞에 핼쑥해 보이는 여리여리한 남고생 하나가 교복을 입은 채 앉아 있었다.

소녀를 본 남고생은 민망한 얼굴로 어색하게 일어나더니 허리를 굽혀 꾸벅 인사했다.

"저, 신장님, 조금 평범하게 인사해보세요."

남자애가 못 살겠다는 듯이 말했다. 남고생이 쑥스러운 듯 뒷목을 긁었다.

"그래도 처음 뵙는 분이니까……."

소녀는 가만히 세 명을 돌아보다가 한숨을 푹 쉬었다.

"나, 도 안 믿어. 기독교 계열도 다 안 믿고, 다단계도 안 하고, 모든 종교하고 비현실 안 믿고, 착실히 일해서 월급 받는 것 말고 다른 돈벌이 다 안 믿으니까 다시는 말 걸지 마. 새벽부터 재수 없네."

소녀는 홱 뒤돌아 떠나려 했다. 그러자 남고생이 뒤에서 말했다.

"네 친구한테 일어난 일은 네 잘못이 아냐."

소녀는 발을 멈췄다. 한참 서 있다가 눈을 크게 뜨고 돌아보았다.

남고생은 말없이 서 있었다.

소녀는 눈에 핏발이 서서 책가방을 바닥에 내던지고 남고생에게 큰 걸음으로 뚜벅뚜벅 다가갔다.

"너 뭐야? 나 알아?"

"아니, 몰라. 하지만 그게 네 잘못이 아니라는 건 알아."

남고생이 말했다.

"네가 자책하는 건 당연해. 하지만 자책 때문에 자신을 해치기를 바라는 건 네 생각 아냐. 네 안의 카마 생각이야."

소녀는 남고생의 교복 옷깃을 잡아채 눈앞에 확 끌어당겼다. 몸이 가벼운지 남고생은 맥없이 끌려왔다.

"너 뭐야? 날 언제 봤다고 그딴 소리를 해? 너 시발, 뭐라도 돼? 내 엄마야, 아빠야? 뭔데 사람 아는 척하느냐고?"

"미안."

남고생은 멱살을 잡힌 채 순순히 사과했다.

"함부로 말하고 싶지는 않았는데, 마음이 너무 닫혀 있어서 조금 열어야 했어."

이게 무슨 소리야? 소녀는 황망해졌다.

그때 남고생이 소녀에게 손을 뻗었다. 보이지 않는 문고리를 잡아당기는 듯한 동작이었다.

마음이 흔들렸다.

소녀는 누군가가 마음 안으로 훅 들어오는 환상에 빠졌다.

……그러더니 남고생이 갑자기 픽 정신을 놓고 쓰러졌다.

"야, 뭐야? 소리 좀 질렀다고 기절해? 너 왜 이리 심약해?"

소녀가 당황하는데 옆에 있던 초등학생들이 다람쥐처럼 바삐 움직였다.

남자애가 남고생 뒤편에 의자를 놓았고 여자애가 소녀에게 손을 놓으라고 신호하고는 의자에 털썩 앉게 했다. 그리고 둘이서 의자를 밀어 남고생이 탁자에 몸을 눕혀 기대게 했다.

둘이 손발이 척척 맞았다. 여자애가 소녀에게 의자를 권하고 쓰러진 남고생 앞에 앉게 했다. 소녀가 멍하니 있는데 편의점에서 직원이 나왔다.

소녀가 허둥거렸다.

"내가 때린 거 아녜요! 지가 알아서 픽 쓰러졌다고요. 야! 일어나! 너 왜 이래? 응?"

"예, 알아요."

직원이 소녀 앞에 뭔가를 내려놓았다. 김이 올라오는 따끈따끈한 컵라면이었다.

"우선 뭐 좀 들어요. 밤새 아무것도 못 먹었죠?"

소녀는 멍하니 직원을 보았다.

훤칠하니 키가 큰 여자였다. 눈 하나는 회백색이었는데, 자세히 보니 뺨에서부터 목을 타고 내려오는 화상 자국이 눈에 띄었다.

그 말을 듣고 보니 배도 고프고 현기증도 나는 것도 같았다. 머릿속이 멍하고 눈이 침침했다.

여자가 플라스틱 의자를 끌어오더니 남고생 옆에 앉아 턱을 괴었다.

"그럼, 싸움이 끝날 때까지 잠시 우리 수다나 떨까요?"

"……무슨 싸움이요?"

수호는 눈을 떴다.

불티가 타닥타닥 부츠 아래에 떨어졌다. 눈처럼 새하얀 긴 코트가 수호의 뒤로 휘날렸다.

모래바람이 몰아치는 황야 한가운데였다. 눈앞에 있는 것은 불에 휩싸인 크고 오래된 고성이었다. 옛 고딕 소설에 나올 법한 웅장한 성채다.

천장이 드높아서 거인이 사는 성처럼 컸고 높은 탑 꼭대기는 구름에 가려져 있었다. 타지 않을 법한 돌벽이 타는데 무너질 기색은 없었다.

"제법 큰 마음이네. 속이 다 타고 있어서 그렇지."

옆에서 누군가 등의 갈기로 수호의 몸을 부드럽게 쓸고 지나가며 중얼중얼했다.

"아직은 어디 무너진 구석도 없고. 사람 들일 공간도 많아 보이네. 강한 아이야. 카마만 처치하면 잘 회복할 거야."

새하얀 용이었다. 방금 깼는지 졸린 눈빛이었다. 용은 크게 하품했다.

바닷빛 비늘은 색이 하얗게 바랬지만 큰 눈동자만은 여전히 청옥색으로 빛나고 있다.

용은 애교를 부리듯 수호의 몸에 갈기를 비비며 한 바퀴 맴돌았다. 몸을 부르르 떨자 비늘 사이에서 물안개가 하얗게 일어났다.

"그럼 갈까, 수호."

아난타가 생기 넘치는 목소리로 말했다.

"그래, 아난타."

수호도 기운차게 말하며 왼손으로 허리에 맨 수통 마개를 땄다. 마개가 경쾌한 소리를 내며 튀어 올랐다.

바루나가 그랬을 때처럼.

마개 따는 소리에 섞여 어디선가 바루나의 웃음소리가 들리는 듯했다.

수통에서 맑은 물이 흘러내렸다. 수호의 왼손에 물방울을 떨구며 모여든다. 물이 소용돌이치며 긴 창의 모습으로 변했다. 수호가 창을 한 바퀴 돌리자 물방울이 주위에 시원하게 흩뿌려졌다.

수호는 새처럼 가볍게 뛰어 아난타의 머리에 올라섰다.

아난타가 수호를 태우고 바람을 일으키며 높이 날아올랐다. 구름 위까지 용솟음친 아난타가 다시 하강하며 불타는 성채 안으로 날아 들어갔다.

수호는 상쾌한 기분으로 창을 꾹 쥐었다. 그리고 괴물처럼 달려드는 불길을 똑바로 응시했다.

희열에 타는 눈으로.

감사의 말

　처음 출간을 상담했던 편집자이자, 마지막까지 외주 편집자로서 작품을 살펴주시고 격려와 조언을 아끼지 않았던 김주희 편집자님, 긴 시간 집필을 기다리며 응원해주신 카카오페이지의 김대진 과장님, 이어받아 완결을 지켜봐주신 강명구 PD님, 연재 초기부터 종이책 출간을 제안해주셨고, 세심하게, 또 열정적으로 소설을 다듬고 보완해주신 유승재 편집자님, 아름다운 표지를 그려주신 람한 작가님, 따듯한 대담을 이끌어주신 이지용 평론가님께.

　내게 연남동이라는 공간을 알게 해주셨으며, 슬플 때나 기쁠 때나 곁에 있어주신 이수현 작가님, 마음과 치유에 대해 많은 영감을 주신 한소영 상담사님, 곽재식 작가님의《한국 괴물 백과》, 맘상모, 늘 함께 해주시는 그린북 에이전시와 연재 지면을 주신 카카오페이지, 출간을 결정해주신 디플롯, 그리고 내게 다시없는 행복을 주신 사랑하는 애인님께.

사바삼사라 서 2

1판 1쇄 찍음   2024년 9월 4일
1판 1쇄 펴냄   2024년 9월 24일

지은이   J. 김보영
펴낸이   김정호

주간   김진형
책임편집   유승재
디자인   피포엘, 위미

펴낸곳   디플롯
출판등록   2021년 2월 19일(제2021-000020호)
주소   10881 경기도 파주시 회동길 445-3 2층
전화   031-955-9505(편집)·031-955-9514(주문)
팩스   031-955-9519
이메일   dplot@acanet.co.kr
페이스북   facebook.com/dplotpress
인스타그램   instagram.com/dplotpress

ⓒ J. 김보영, Fansia, 2024
저작권 관리: 그린북 에이전시

ISBN   979-11-93591-20-8 04810
ISBN   979-11-93591-18-5 (세트)

디플롯은 아카넷의 교양·에세이 브랜드입니다.
아카넷은 다양한 목소리를 응원하는 창의적이고 활기찬 문화를 위해 저작권을 보호합니다. 이 책의 내용을 허락 없이 복제, 스캔, 배포하지 않고 저작권법을 지켜주시는 독자 여러분께 감사드립니다. 정식 출간본 구입은 저자와 출판사가 계속해서 좋은 책을 출간하는 데 도움이 됩니다.

북펀드 독자 명단

후원해주신 모든 분께 진심으로 감사드립니다.

asiapd이병원	고은정(2)	김래영	김유강	김향숙
Borisito	고정빈	김명철(2)	김유리	김현
clotusy	곽기욱	김명호	김유림	김현경
Deep sea	곽일두	김미경	김윤체	김현미
Elena Kang	구김본희	김미리	김은경	김현정
elyasion	구름	김미미	김은비	김현주
ilnaezza	구명오	김민규	김은서	김현지(2)
JeonHeyjin	구혜주	김민석	김은지	김현진
jinjoo(2)	국경자	김민수(2)	김은화	김형진(2)
Juicylincy	권두호	김민영	김인화	김혜빈
KL KIM	권로사	김민주	김재원	김혜숙
Lagoon.K	권서영	김민화	김재현	김호선
mmimiccc	권성현	김보연	김정우	김희경
momora	권세나	김보영	김주연(2)	김희연
MOON	권예지	김서연	김주희	꼼토
rryder	권용화	김선애	김지빈	나보미
scifi최종인	권유진	김성완	김지수	나세연
shreema	권윤혜	김성주	김지애	나조은
StVench	권재이	김성호	김지연(2)	나지연
가을비	그린베지타블	김소연(2)	김지우	나혜리
강강호랭	금수니언니	김소현	김지원(2)	난로
강리나	금숲	김소형	김지은	남진영
강미소	기우정	김솔지	김지인	냥이관리인
강민정(2)	김가연(2)	김수경	김지현(3)	네모
강수경	김규완	김수민	김지호	노랑조아
강수현	김규태	김수연	김지희	노보영
강승미	김금지	김수용	김진	노찬오
강은교	김나래	김수인	김진명	노현경
강정아	김나리	김수정(2)	김진주	노희원
강지원	김나림	김승현	김찬성	노희진
강지희	김나영	김아루미	김채운	달걀댁
강학구	김나은	김아연	김채은(2)	달노을
강혜영	김남용	김여진	김태연	달무리
강혜원	김다연	김연수	김필수	달밤에술한잔
걈	김다영	김예빈	김하루(2)	담백
경재찬	김다정	김예진	김한균	대봉대디
경하성진	김덕규	김용권	김한나	데이코드
고범철	김도은	김원재	김해원	도은호

돕듐	박서희	서정성	양정동앙꼬누나	유지현
동화	박소연	서주연	양취향	유지혜
디디	박소영	선재	양혜주	유창석
라규홍	박수정	성민주	어현숙	유청희
라꼬따뚜영원히사랑해	박승준	세영과 장미	여니나	유피애니
라태영	박유니	세임선	여현지	유해나
락이	박은숙	손도운	여혜	윤미리
레디오스	박장순	손유건	연남도령	윤설영
룩욱	박정운	손은채	연민경	윤주영
류이화	박종철	손진우	연민선	윤창환
류진숙	박주영	손진원	연서일	윤혜민
류혜민	박주현	손형민	오경은	윤혜정(심여지)
륜혜	박주호	솔	오기쁨	윤회
리경윤	박지민	솜뿌르	오록	은정민
리리	박지영	송선화	오민영	은지
링티	박지인	송섬별	오은수	이규연
마나파이	박지현	송성호	오인선	이길
마법고냥이	박진희	송수정	오정민	이다교
메이	박초롱	송슬기	오정섭	이다혜
메타폭스	박톰(오타대마왕)	송지영	오태언	이단비
모담피	박효정	순정	오혜민	이동식
모란	반정경	슈퍼슈퍼보노	오혜정	이메
못지	반현정	스트롱	옥승림	이미나
무릎연골	방세영	시그청사	용의주도자들	이민정
문정아	배소현	시율이모송이	우다영	이민현
문정현	배영숙사랑해	신경식	우옥주	이보경
문지영	배예지	신민주	원동동이	이보람
문지현	배윤호	신서연	원윤하	이부
문한나	백슬기(2)	신윤정	원정인	이비비
문혜주	백우정	신윤형	원채린	이사공사이칠
문효진	배배	신정섭	위대선	이삼
문희순	버들양	신지호	위즈	이상아
미냐미냐	베라꽁	신채원	유기원	이서영
미이mii	베짱이	신화영	유리아	이서현
민경철	변바른	쓰러져가는팽이	유무이	이석연
민미희	별빛처럼	안가을	유민정	이선아
밀집	봄비토리	안보영	유버들	이소영
바훈	북스모스	안예주	유선영	이소정
박겨울	분랑	안재성	유성현	이소현
박대원	불량중년	안정현	유소정	이수민
박다룡 祉玧	비빔밥	안지원	유송희	이슬비(2)
박마리	삐렁이	안진희	유수정	이승희
박민경	사바삼사라서유현	안혜림	유승수	이아리
박민지	서동현	안희환	유시들	이안
박보람	서소영	양양	유영재	이영래
박서영(순천)	서은희	양은영	유영지	이영주